피렌체의
여마법사

이 도서의 국립중앙도서관 출판시도서목록(CIP)은
e-CIP 홈페이지(http://www.nl.go.kr/ecip)와
국가자료공동목록시스템(http://www.nl.go.kr/kolisnet)에서 이용하실 수 있습니다.
(CIP제어번호: CIP2011002026)

피렌체의 여마법사

SALMAN RUSHDIE

살만 루슈디 장편소설

송은주 옮김

The
Enchantress
of
Florence

문학동네

빌 버퍼드에게

그녀의 몸동작은 언젠가는 죽는 존재가 아니라
천사의 움직임 같고, 그녀의 목소리는
범상한 인간의 목소리보다 더 높이 울린다

천상의 영혼, 살아 있는 태양을
나는 보았네⋯⋯

— 프란체스코 페트라르카

언어를 아는 자가 여기 있다면, 그를 데려오라
도시에 낯선 자가 있노라
그는 할 말이 많다

— 미르자 갈리브

차례

1 · 하루의 마지막 빛 속에서 반짝이는 호수 _013

2 · 스코틀랜드 귀족 나리의 해적선 _025

3 · 새벽녘 결코 잊을 수 없는 사암 궁전들 _043

4 · 그리고 또다시 밝은색 비단 천조각과 함께 _063

5 · 황제의 아들들이 말을 타고 빠른 속도로 달리면서 _081

6 · 혀의 칼을 뽑았을 때 _111

7 · 지하 감옥의 어둠 속에서 그의 사슬은 _127

8 · 삶이 너무 복잡해질 때 _143

9 · 안디잔의 꿩들이 너무 통통하게 살이 올라서 _161

II

10 · 목매달린 자의 씨가 땅에 떨어지면 _181

11 · 그가 사랑하는 것은 모두 그의 문 앞에 있었다 _197

12 · 제노바로 가는 길에 텅 빈 여인숙이 _227

13 · 위스퀴브의 어린이 포로수용소에서 _243

14 · 탄센이 불의 노래를 부르자 _265

15 · 늙은 감자 마녀들이 카스피 해변에 _287

III

16 · 마치 피렌체인이 전부 추기경이라도 된 것처럼 _321

17 · 공작은 궁전 문을 꼭꼭 닫아걸었다 _357

18 · 사자와 곰이 사고를 쳤다 _385

19 · 그는 무함마드의 후예가 아니라 아담의 후예 _415

참고 문헌 _475

감사의 말 _485

옮긴이의 말 _487

1

하루의 마지막 빛 속에서
반짝이는 호수

궁전 도시 아래, 하루의 마지막 빛 속에서 반짝이는 호수가 녹은 금으로 이루어진 바다처럼 보였다. 해가 지는 지금 이 순간 호숫가 길을 따라 이쪽으로 오는 여행자는, 너무도 부유해서 손님들이 눈부셔하며 경외감에 몸을 떨도록 자기 보물의 일부를 움푹 파인 커다란 구덩이에 쏟아부은 군주의 왕좌로 다가가고 있다고 믿었을지 모른다. 그 군주에게는 금으로 이루어진 호수라고 해봐야 더 어마어마한 재산의 바다에서 흘러나온 한 방울에 불과할 것이다. 여행자의 상상력으로는 그 모태가 되는 대양의 크기를 어림짐작조차 할 수 없다! 금빛 호숫가에 선 경비병 셋도 짐작 못하기는 마찬가지일 것이다. 게다가 왕은 관대하기 짝이 없어서 모든 신민, 어쩌면 이방인과 이 여행자 같은 방문객까지도 다 호수에 흐르는 은혜를 마음껏 퍼가게 해줄지 모른다. 그 왕이야말로 진실로 품격이 높은 군주이며, 불가사의한 경이를 담은 노래와 옛이야기

속 왕국을 잃어버린 참된 프레스터 존*일지 모른다. 어쩌면(여행자는 추측했다) 영원한 젊음의 샘이 도시의 담 안에 있을지도 모른다. 지상에서 천국으로 가는 전설의 문조차 손 닿을 듯 가까이 있지는 않으려나? 하지만 그때 태양이 지평선 아래로 떨어졌고, 금도 호수의 수면 아래로 가라앉아 자취를 감추었다. 인어와 뱀들이 낮이 돌아올 때까지 호수를 지킬 것이다. 그때까지 여행자에게 주어질 유일한 보물이자 목마른 여행자가 고맙게 받아들일 선물은 물뿐일 것이다.

이방인은 황소가 끄는 수레에 타고 있었지만, 수레 안의 거친 방석 위에 앉는 대신 신처럼 일어서서 한 손으로 무심히 수레의 격자세공한 나무틀 난간을 잡고 있었다. 바퀴 두 개짜리 수레는 바퀴 아래 길이 평탄치 않아 소가 걸어가는 리듬에 따라 덜커덕거리고 이리저리 흔들리며 나아갔다. 서 있다가는 까딱하면 떨어져 목이 부러질 수도 있었다. 그런데도 여행자는 개의치 않고 흡족한 얼굴로 서 있었다. 수레몰이꾼은 이미 한참 전에 그에게 소리 지르기를 포기해버렸다. 처음에는 이 외국인이 바보인 줄 알았다. 길바닥에서 죽고 싶으면 마음대로 하라지. 이 나라에서 누가 눈썹 하나라도 까딱할 줄 아냐! 하지만 곧 수레몰이꾼의 멸시는 마지못한 감탄으로 바뀌었다. 그는 진짜 바보일지도 모르지만, 바보라기엔 얼굴이 지나치게 곱상하고, 걸친 옷도 바보에게는 어울리지 않았다. 이 찌는 듯한 더위에 색이 화려한 가죽을 마름모꼴로 이어

---

* 중세에 아시아와 아프리카에 기독교 왕국을 건설했다고 전해지는 전설 속의 왕.

붙인 외투를 입었던 것이다! 그의 균형 잡힌 자세는 조금도 흐트러짐이 없어 경탄을 자아낼 만했다. 황소가 앞으로 터벅터벅 걸어가면서 수레바퀴가 길에 팬 곳과 바위에 걸렸지만, 서 있는 남자는 휘청거리지도 않고 우아한 자세를 유지했다. 기품 있는 바보인가, 아니면 바보가 아닌가, 수레몰이꾼은 생각했다. 어쩌면 허투루 볼 인물이 아닌지도 몰랐다. 그에게 흠잡을 것이 있다면, 원래도 그런 모습이지만 자기 자신을 연기하려는 듯한 젠체하는 태도였다. 수레몰이꾼은 생각했다. 이 근방 것들은 죄다 조금씩은 저런 식으로 구니까, 어쩌면 이 남자도 우리 눈에 그다지 낯설게 비치지 않는 건지도 모르지. 손님이 목이 마르다고 하자 수레몰이꾼은 자기도 모르게 물가로 가서 호리병박의 속을 파내고 광약을 칠해 만든 잔에 물을 담아와 마치 그가 마땅히 이런 대접을 받을 자격이 있는 귀족이라도 되는 양 그 이방인에게 내밀었다.

수레몰이꾼이 오만상을 쓰고 투덜거렸다. "댁은 고관대작이라도 되는 듯 고대로 서 있고 내가 뛰어내려 종종거리며 분부대로 갔다 오는구려. 내가 왜 댁한테 이렇게 잘해주는지 나도 모르겠수다. 누가 댁한테 나를 부릴 권리라도 주었소? 대관절 댁이 뭐기에? 이런 수레를 타고 가는 것을 보면 귀족은 당연히 아닐 테고. 그러면서 폼은 있는 대로 다 잡는단 말이지. 그러니 아마 댁은 무뢰한 같은 종자인가보우." 상대는 호리병박의 물을 달게 마셨다. 그의 입가를 타고 흘러내린 물이 액체로 된 수염처럼 그의 매끈하게 깎은 턱에 걸렸다. 마침내 그는 빈 호리병박을 돌려주고 만족스러운 한숨을 내쉬고는 그 수염을 훔쳤다. "내가 누구냐고?" 그는 마치 혼잣말하듯 되물었지만, 수레몰이꾼의 언어를 썼다. "나는 비밀이 있는 사람이오. 그게 뭐냐 하면, 오직 황제만이 들을 수 있는 비밀이지." 수레몰이꾼은 역시나 싫었다. 이놈은 과연 바보였어. 깍듯이 대접해줄 필요가 없다니까. "비밀 잘 지키슈. 비밀이야 어린아이하고 첩자나 가지고 있는 것이지." 그가 대꾸했다. 이방인은 대상들이 묵는 여관 앞에서 내렸다. 모든 여행이 시작되고 끝나는 곳이었다. 그는 키가 굉장히 컸고 융단으로 만든 여행가방을 들고 있었다. 그가 수레몰이꾼에게 말했다. "그리고 마법사도. 연인도. 왕도."

여관은 온통 시끌벅적 소란스러웠다. 말, 낙타, 황소, 나귀, 염소 등 짐승이 보살핌을 받을 동안, 끽끽대는 원숭이, 누구의 애완동물도 아닌 개 등 길들여지지 않는 다른 동물은 제멋대로 마구 뛰어다녔다. 쇳소리를 지르는 앵무새들은 하늘에서 녹색 불꽃놀이처럼 폭발했다. 대장장이와 목수 들은 일을 했고, 엄청나게 넓은 광장 사방에 빼곡히 자리 잡은 잡화점들에서는 사람들이 식료품, 양초, 기름, 비누, 밧줄을 쌓으며 여행 계획을 짰다. 터번을 쓰고 붉은색 셔츠에 도티*를 두른 막일꾼들이 입이 딱 벌어질 만큼 크고 무거운 짐꾸러미를 머리에 이고 쉴 새 없이 이리저리 뛰어다녔다. 어디서나 물건을 싣고 내리느라 난리법석이었다. 밤을 보낼 잠자리도 여기에서는 싸게 구할 수 있었다. 엄청나게 넓은 여관 안뜰을 단층 건물들이 둘러싸고 있고, 그 위에 나무틀에 밧줄을

---

* 인도 아대륙의 남자들이 허리에 두르는 천.

매고 꺼끌꺼끌한 말총 매트리스를 깐 잠자리들이 정렬해 있었다. 누워서 하늘을 올려다보며 스스로 신이 된 듯 상상의 나래를 펼쳐도 좋을 법한 잠자리였다. 그 너머 서쪽에선 최근 전쟁에서 돌아온 황제의 군대를 위한 막사들이 수런거리고 있었다. 군대는 궁전 지역으로 들어가지 못하게 되어 있어서 왕실 언덕 발치인 이곳에 머물러야 했다. 전투에서 돌아온 지 얼마 되지 않아 한가한 군대는 조심스럽게 다뤄야 했다. 이방인은 고대 로마를 떠올렸다. 황제는 자신의 근위병 말고는 어떤 군인도 신뢰하지 않았다. 신뢰 문제야말로 여행자가 납득할 수 있게 답해야 할 문제였다. 그러지 못한다면 목이 달아나는 것은 시간문제였다.

여관에서 멀지 않은 곳에서는 코끼리 엄니가 박힌 탑이 궁전 문으로 가는 길을 가리켰다. 모든 코끼리는 황제 소유였다. 황제는 코끼리의 이를 탑에 박아 자신의 권력을 과시했다. 조심하라! 탑이 말하고 있었다. 그대는 지금 천 마리 야수의 이를 고작 장식하는 데 마음껏 쓸 수 있을 만큼 후피동물을 넘치게 가진 군주 코끼리 왕의 왕국으로 들어가고 있노라. 힘을 과시하는 탑을 보며 여행자는 자기 이마에서 그와 똑같이 불꽃처럼 타오르는 눈부신 광휘인지 악마의 표지인지 모를 것을 새삼 의식했다. 그러나 탑을 세운 자는 여행자에게 종종 약점이 되곤 하는 바로 그 특질을 강점으로 바꾸어놓았다. 외향적인 성격을 정당화해줄 수 있는 것은 권력뿐인가? 여행자는 스스로에게 던진 질문에 답할 수 없었으나, 어느새 자기도 모르게 아름다움도 구실이 될 수 있기를 바랐다. 그는 확실히 아름다웠고, 자기 외모가 나름의 힘을 가지고 있다는 걸 알았다.

엄니 탑 너머로 거대한 급수탑이 우뚝 서 있고, 그 위로 둥근 지붕이 무수히 솟은 언덕 위의 궁전에 물을 대는 복잡하기 짝이 없는 거대한 급수 기계장치가 보였다. 물이 없으면 말짱 다 헛것이지, 여행자는 생각했다. 황제라 해도 물이 없으면 순식간에 한 줌의 재로 변할 거야. 물이야말로 진짜 군주이고 우리는 모두 그 노예지. 피렌체의 집에서 물을 사라지게 할 수 있는 사람을 만난 적이 있었다. 그 주술사는 물단지에 물을 가득 채우고 마법의 주문을 외운 뒤 단지를 뒤집었다. 그러자 물 대신 색색가지 비단 스카프가 쏟아져나왔다. 물론 그것은 눈속임이었다. 그날이 다 가기 전에 여행자는 주술사를 구슬려 비밀을 알아내고 자신의 비밀들 속에 숨겨두었다. 그는 비밀이 많았지만, 왕에게 어울리는 비밀은 단 한 가지였다.

성곽으로 가는 길은 언덕을 따라 가파르게 이어졌다. 길을 따라 오르자 그가 당도한 곳의 규모가 눈에 들어왔다. 확실히 전 세계에서 가장 웅장한 도시 가운데 하나였다. 그의 눈에는 피렌체나 베네치아, 로마보다 커 보였고, 지금껏 본 어떤 도시도 따르지 못할 정도였다. 그는 런던에도 한 번 가본 적이 있었는데, 런던도 이 대도시에는 미치지 못했다. 어둠이 내리자 도시가 더 커지는 것 같았다. 성벽 밖에는 민가들이 오밀조밀 모여 있었고, 모스크의 첨탑에서 무에진*이 소리를 질렀다. 멀리 드넓은 영지의 불빛이 보였다. 불빛이 석양 속에서 경고처럼 타오르기 시작했다. 검은

---

* 기도 시간을 알리는 사람.

주발 같은 하늘에서 별빛이 화답했다. 지상과 천상이 마치 전투를 준비하는 군대 같구나, 그는 생각했다. 마치 고요한 밤에 야영을 하며 다가올 대낮의 전투를 기다리는 것 같아. 평원 위의 이 모든 미로 같은 거리와 권력자의 그 모든 집 가운데 그의 이름을 들어본 이, 그가 해야 하는 이야기를 기꺼이 믿어줄 이는 단 한 명도 없었다. 그러나 그는 말해야 한다. 그 이야기를 하기 위해 온 세상을 건너 여기까지 왔으니, 그는 할 것이다.

그는 큰 보폭으로 성큼성큼 걸었다. 그의 큰 키는 물론이고 노란 머리 때문에 호기심 어린 시선이 쏟아졌다. 그의 길고 더러워 보이는 노란 머리는 호수의 금빛 물결처럼 얼굴 주위로 흘러내렸다. 길은 엄니 탑을 지나 위쪽으로 올라가 양각으로 새긴 두 마리 코끼리가 서로 마주보는 돌문을 향해 뻗어 있었다. 활짝 열린 문을 통해 놀고, 먹고, 마시고, 흥청대는 사람들의 소음이 들려왔다. 하티아풀* 성문에 보초병들이 있었지만, 긴장이 풀린 자세였다. 진짜 관문은 그 앞에 있었다. 여기는 만나고, 물건을 사고, 즐기도록 공개된 장소였다. 사람들이 배고픔과 갈증에 이끌려 바삐 여행자 곁을 지나쳤다. 바깥 문과 안쪽 문 사이 포석을 깐 길 양쪽으로 숙소, 술집, 먹을거리를 파는 노점, 온갖 행상이 늘어서 있었다. 이곳은 온갖 물건을 사고파는 거래가 끝없이 이루어지는 곳이었다. 옷, 연장, 싸구려 잡동사니, 무기, 럼주. 제일 큰 시장은 도시 남쪽의 더 작은 문 밖에 있었다. 도시 주민들은 거기에서 물건을

---

* '코끼리'라는 뜻.

샀고 이곳은 기피했다. 이곳은 물건의 제값을 모르는 무지한 초행자나 오는 곳이었다. 사기꾼들의 시장이요, 귀가 따갑도록 시끄럽고 바가지가 난무하는, 경멸스러운 도둑들의 시장이었다. 그러나 도시가 어떻게 생겨 먹었는지도 모르고, 어쨌거나 바깥 성벽을 빙 돌아서 더 크고 공정한 시장까지 가기가 내키지 않는 지친 여행자들은 코끼리 문의 상인과 거래하는 수밖에 없었다. 그들의 필요는 절박하고 단순했다.

산 채로 발목이 묶인 채 거꾸로 매달려 솥으로 들어가기를 기다리는 닭이 겁에 질려 푸드덕거리며 소란을 피웠다. 채식하는 이들을 위한 더 조용한 솥도 있었다. 채소는 소리를 지르지 않는다. 여행자의 귀에 보이지 않는 남자들을 향해 애처롭게 울고, 지분거리고, 유혹하고, 웃음을 터뜨리는 여자들의 목소리도 바람결을 타고 들려왔던 것일까? 저녁 산들바람에 그 여자들의 향기가 실려왔을까? 어쨌든 오늘밤은 황제를 찾아가기에 너무 늦었다. 여행자는 호주머니에 돈이 있었고, 오랫동안 먼 길을 빙 돌아 여행해왔다. 수없이 우회하고 옆길로 빠지면서 목적지까지 에둘러 가는 것이 그의 방식이었다. 수라트*에 내린 후로 부란푸르, 한디아, 시론, 나르와르, 괄리오르, 돌푸르를 거쳐 아그라까지, 아그라에서 여기 새로운 수도까지 여행해왔다. 이제 구할 수 있는 한 가장 편안한 잠자리와 여자, 기왕이면 콧수염이 없는 여자를 원했다. 궁극적으로는 여자의 품에서가 아니라 독하고 좋은 술로만 찾을 수 있는

---

* 인도 캄베이 만에 면한 항구 도시로 16세기 무굴제국의 중요한 항만이었다.

수많은 망각, 자기로부터의 도피를 원했다.

  바라던 바를 이룬 그는 악취 나는 매음굴에서 잠을 이루지 못하는 창녀를 옆에 두고 요란하게 코를 골며 꿈을 꾸었다. 그는 이탈리아어, 스페인어, 아랍어, 페르시아어, 러시아어, 영어, 포르투갈어, 이렇게 일곱 가지 언어로 꿈을 꿀 수 있었다. 그는 선원들이 질병을 고르는 것과 같은 식으로 말을 골랐다. 언어는 그의 임질이었고, 그의 매독, 괴혈병, 학질, 흑사병이었다. 잠에 빠지자마자 세계의 절반이 그의 머릿속에서 웅성거리며 경이로운 여행자들의 이야기를 쏟아냈다. 이 반밖에 발견되지 않은 세계에서는 매일 새로운 매혹적인 이야깃거리가 나왔다. 매일 쏟아지는 환영과 계시로 가득 찬 이 꿈의 시는 아직 제 코앞밖에 못 보는 단조로운 사실에 짓뭉개지지 않았다. 이야기를 하는 이야기꾼 본인은 경이로운 이야기, 특히 그를 벼락출세하게 해줄 수도 있고 목숨을 빼앗아갈 수도 있는 한 이야기에 의해 자신의 문 밖으로 쫓겨났다.

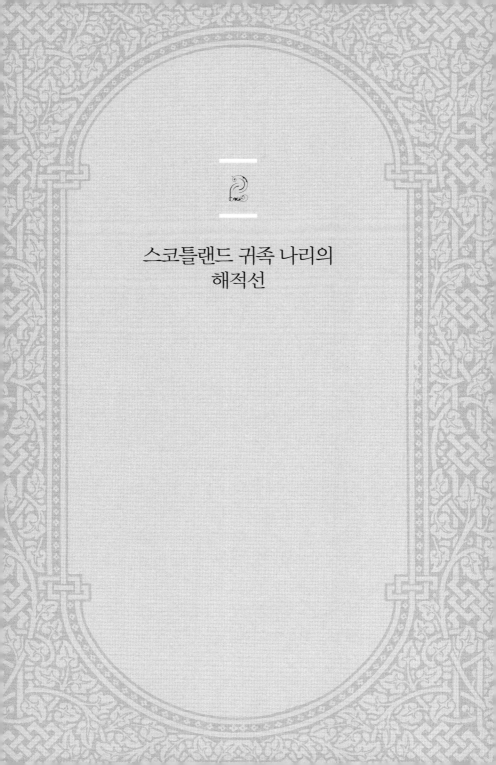

2

스코틀랜드 귀족 나리의
해적선

스카이 섬*의 신화에 나오는 전쟁의 여신 이름을 딴, 스코틀랜드 귀족 나리의 해적선 스카타크 호는 선원을 싣고 오랜 세월 마음껏 약탈하고 도적질하며 카리브 해를 누볐지만, 지금은 나랏일로 인도에 가는 중이었다. 배 위에서 기운 없는 피렌체인 밀항자가 남아프리카의 화이트 강으로 내던져질 뻔했다가 갑판장의 귀에서 산 물뱀을 끄집어내는 묘기를 부려 간신히 위기를 모면했다. 그는 배가 아프리카 대륙 맨 끄트머리인 아굴라스 곶을 돈 지 이레째 되던 날 앞쪽 갑판 아래 선원실의 침상 밑에서 발각되었다. 겨자색 더블릿**에 긴 양말을 신고, 밝은색 마름모꼴 가죽을 이어 붙인 알록달록한 긴 외투를 걸친 그는 작은 여행가방을 끌어안은

---

* 스코틀랜드 이너헤브리디스제도 북단에 있는 섬.
** 르네상스 시대의 허리가 잘록한 남자 상의.

채 숨으려 애쓰기는커녕 요란하게 코를 골며 단잠에 빠져 있었다. 그는 마법을 부리고, 설득하고, 사람을 홀리는 자신의 힘을 믿으며 어디 잡을 테면 잡아보라는 식이었다. 어쨌거나 그들은 그를 이미 멀리까지 데리고 왔다. 실제로 그는 대단한 주술사였다. 그는 금화를 연기로 바꾸고, 노란 연기를 다시 금으로 바꾸었다. 물단지를 홱 뒤집자 비단 스카프가 쏟아졌다. 우아한 손놀림 두어 번에 물고기와 빵이 몇 배로 늘어났다. 물론 불경스러운 짓이었지만, 굶주린 선원들은 쉽사리 그를 용서해주었다. 선원들은 예수 그리스도가 기적을 일으키는 이 후대의 일꾼한테 자기 자리를 빼앗겼다고 노하실까 두려워 황급히 십자를 긋고는, 신학적으로 문제는 있지만 기대하지도 않았던 풍성한 점심을 게걸스럽게 먹어치웠다.

스코틀랜드 귀족 나리 조지 루이스 하우크스방크는 그 일족의 하우크스방크 경으로, 즉 스코틀랜드식을 따르자면 그보다 못한 지역의 천한 하우크스방크들과 헷갈릴 일이 없는 귀족으로 하우크스방크 중의 하우크스방크였다. 그마저도 재판을 받으러 그의 선실로 끌려온 이 알록달록한 차림새의 침입자에게 눈 깜박할 새에 매혹당해버렸다. 젊은 무뢰한은 귀족 같은 자태로 허리 굽혀 절하며 완벽한 영어로 자신을 "우첼로", 즉 "우첼로 디 피렌체, 무슨 분부든 다 따르는 마법사이자 학자"라고 소개했다. 하우크스방크 경은 미소를 지으며 손수건에 뿌린 향수 냄새를 맡았다. 그는 대답했다. "내가 이름과 출신이 똑같은 화가 파올로를 몰랐다면 그 말을 믿었을지도 모르겠군, 마법사여. 그는 조반니 밀라노로 알려진 우리 조상 존 하우크스방크 경을 위해 자네의 읍구 대성당에 트롱프뢰유* 프레스코화를 그렸지. 그분은 용병으로 옛날에는 피렌체의 장군이었는데, 폴페토전투에서 승리를 거두셨지. 그 화가가 오래전에 불운한 죽음을 맞지 않았더라면." 젊은 무뢰한은 건방지게도 그의 말에 동의하지 않는다는 뜻으로 혀를 찼다. "분명히 저는 그 죽은 화가가 아닙니다." 그가 허세를 부리며 말을 시작했다. "우리나라 말로 그 단어에 '새'라는 뜻이 있어 여행할 때 쓰는 가명으로 선택했습니다. 새야말로 가장 훌륭한 여행자이지요."

이때 그는 제 가슴팍에서 고깔을 씌운 매 한 마리를, 텅 빈 허공에서 매부리의 장갑을 끄집어내 경악한 영주에게 건넸다. "하우크스방크의 주군을 위한 매입니다." 그는 깍듯이 예를 갖추어 말했다. 하우크스방크 경이 손에 장갑을 끼고 새를 그 위에 앉히자, '우첼로'는 애정을 거두는 여인처럼 손가락을 탁 튕겼다. 그러자 그렇지 않아도 어찌할 바를 모르던 스코틀랜드 귀족 나리의 손에서 장갑 위의 새와 새를 앉힌 장갑이 둘 다 사라져버렸다. 마법사는 다시 자기 이름 문제로 돌아와 하던 이야기를 계속했다. "또한 제가 살던 도시에서는 이 단어에 드리워진 베일, 이 숨겨진 새가 남자 성기를 살짝 에둘러 일컫는 말이기도 합니다. 제 물건에 자부심을 갖고 있긴 하나 이 자리에서 보여드릴 만큼 무례하지는 않습니다." "하! 하!" 하우크스방크 중의 하우크스방크 경은 놀라우리만치 재빠르게 평정을 되찾았다. "그렇다면 우리에게 공통점이

---

* 실물과 구별할 수 없을 만큼 정밀하게 묘사한 그림.

있군."

그는 여행을 많이 한 귀족 나리였고, 보기보다 나이가 많았다. 그의 눈은 반짝반짝 빛나고 피부는 깨끗했지만, 마흔 줄에 들어선 지도 벌써 칠 년이 넘었다. 그의 칼솜씨는 전설적이었고, 힘은 흰 황소처럼 셌다. 그는 뗏목을 타고 황허 강의 발원지인 카르취까지 여행한 적도 있었는데, 거기에서 기름에 볶아 황금 주발에 담은 호랑이 성기를 먹었다. 그는 응고롱고로 분화구*에서 하얀 코뿔소를 사냥했고, 벤네비스 산부터 스카타크 호의 고향인 스카이 섬의 스거르디어그에 있는 인억세서블 피너클까지, 스코틀랜드 먼로의 봉우리 이백팔십네 개를 전부 올랐다. 오래전 그는 하우크스방크 성에서 아내와 다툰 적이 있었다. 아내는 붉은 곱슬머리에 턱은 네덜란드제 호두까기 인형 같은, 몸집은 작아도 사나운 여자였다. 그는 스코틀랜드 고지에서 흑양을 키우는 아내를 버리고 말썽꾼만 모아 그 이전의 조상처럼 행운을 찾아 떠났다. 그리고 드레이크 밑에서 배를 지휘하며 카리브 해에서 스페인 사람을 대상으로 아메리카의 금을 해적질했다. 여왕이 감사의 뜻으로 그에게 내린 보상이 바로 지금 맡은 대사 임무였다. 그는 힌두스탄으로 가는 중이었는데, 왕에게 보내는 영국 여왕의 친필 편지를 전하고 무굴인의 답신을 받아오기만 하면, 보석이든 아편이든 금이든 찾을 수 있는 것은 뭐든 마음껏 긁어모을 수 있었다.

젊은 요술쟁이가 그에게 말했다. "이탈리아에서는 모고르라고

---

* 탄자니아 북쪽에 있는 사화산의 분화구.

하지요." 하우크스방크 경이 대답했다. "그 나라 말로 발음이 안 되는 곳에서는 그 단어가 어떻게 꼬이고 뒤틀리고 뒤집어질지 알 턱이 있겠는가."

책 한 권이 그들의 우정을 다져주었다. 평소처럼 작은 피에트라 듀라* 탁자 위 스코틀랜드 귀족 나리의 팔꿈치 옆에 놓여 있던 페 트라르카**의 『칸초니에레』였다. '우첼로'가 탄성을 질렀다. "아, 위대한 페트라르카로군요. 이제야 진정한 마법사가 나왔네요." 그 러고는 로마 원로원 의원처럼 우렁차게 낭송하기 시작했다.

> 그 날, 그 달, 그 계절, 그 순간,
> 그 사랑스러운 장면, 나를 단단히 묶어버린
> 두 개의 사랑스러운 눈동자에
> 노예가 되고 만 그 장소를 축복하라……

그러자 하우크스방크 경이 그 뒤를 이어 영어로 소네트를 읊었다.

> ……첫번째 달콤한 고통을 축복하라.
> 사랑과 결합하며 그 고통을 느꼈나니,
> 그리고 활과 나를 관통한 화살을,
> 내 가슴 깊이 뚫린 상처를 축복하라.

---

* 대리석에 무늬를 박아넣는 모자이크 기법.
** 이탈리아의 시인이자 인문학자.

'우쳴로'가 절하며 말했다. "저처럼 이 시를 사랑하는 분은 누구라도 저의 주인이십니다." "이 단어들을 나와 같이 느끼는 이라면 누구든 나의 술친구가 될 수 있네." 스코틀랜드인이 화답했다. "자네는 내 마음을 여는 열쇠를 돌렸네. 이제 자네가 누구한테도 절대 털어놓아선 안 될 비밀을 말해주겠네. 나와 함께 가세."

하우크스방크 중의 하우크스방크 경은 자기 침실의 미닫이식 벽판 뒤에 작은 나무상자를 감춰두고 그 안에 아끼는 '진품' 수집물을 보관해두었다. 끊임없이 여행을 다니는 사람이 중심을 잃지 않으려면 꼭 필요한 아름다운 소품들이었다. 하우크스방크 경이 잘 알고 있듯, 여행을 너무 많이 다니고 기이하고 새로운 것을 너무 많이 접하다보면 영혼이 닻을 내릴 곳을 잃게 될 수도 있기 때문이다. "이것들은 내 것이 아니네." 그는 새 피렌체인 친구에게 말했다. "하지만 내가 어떤 사람인지 잊지 않게 해주지. 나는 잠시 이것들을 맡아두었을 뿐이야. 시간이 다 되면 놓아줄 것이네." 그는 상자에서 기가 질릴 만큼 크고 투명한 보석을 잔뜩 꺼내더니, 경멸스럽다는 듯 어깨를 한번 으쓱하고 옆으로 밀어놓았다. 그다음에 나온 것은 이것을 찾은 사람은 누구든 남은 평생 부귀영화를 누릴 수 있는 스페인 금괴였다. "이건 아무것도 아니야, 아무것도." 그가 중얼거렸다. 그제야 천에 하나씩 꼼꼼히 싸서 구긴 종이와 헝겊조각 속에 묻어둔 진짜 보물에 그의 손이 닿았다. 고대 소그디아나의 이교도 여신이 잊힌 영웅에게 사랑의 증표로 주었다는 비단 손수건, 고래 뼈에 수사슴 사냥 장면을 정교하게 새긴 세공품, 여왕 폐하의 초상화가 든 로켓, 비범한 장식과 아름다운 글씨로 꾸민 작은 페이지들에 쿠란의 전체 내용을 담은, 성지에서 가져온 가죽으로 장정한 육각형 책, 알렉산드로스 대왕의 초상이라고들 하는, 마케도니아에서 가져온 코가 깨진 석상 머리, 이집트에서 발견된 것으로, 해독되지 않은 일련의 상형문자와 황소 그림이 새겨진 인더스문명의 비밀 '문장(紋章)', 용도를 알 수 없는 물건 하나, 주홍색 주역 헥사그램과 어스름 속의 산맥을 닮은 무늬가 있는 반질반질하고 평평한 중국산 돌, 채색한 도자기 달걀, 아마존 열대우림 주민들이 만든 쪼그라든 머리*, 이가 다 빠져버려 단어를 제대로 발음하지 못하는 늙은 여인을 제외하고 그 말을 쓰는 사람이 절멸한 파나마지협의 잃어버린 언어 사전이었다.

하우크스방크 중의 하우크스방크 경은 수많은 대양을 건너면서도 기적적으로 살아남은 귀중한 유리 찬장을 열어 오팔색으로 빛나는 무라노 유리잔 한 쌍을 꺼내 브랜디를 가득 따랐다. 밀항자가 다가와 잔을 들었다. 하우크스방크 경은 심호흡을 하고 쭉 들이켰다. "자네 피렌체 출신이라고 했지. 그렇다면 자네도 군주 가운데 가장 높은 왕이라도 개체적 인간 존재로서 애써 달래야 할 아름다움, 귀함, 그리고 사랑을 향한 열망을 갖고 있음을 잘 알 테지." 자신을 '우첼로'라고 소개한 남자가 대답하려 하자 하우크스방크가 손을 들어올렸다. "내 할 말부터 해야겠네. 자네 나라의 고명한 철학자들도 전혀 모르는 문제들에 대해 좀 할 이야기가 있

---

* 아마존 오지에서 사람 머리로 만든 의식용 도구.

거든. 자아는 고귀할지는 몰라도 비렁뱅이처럼 굶주리고 있네. 이처럼 잘 싸서 숨겨둔 경이로운 것들을 살펴보며 잠시나마 힘을 얻을 수 있을지는 몰라도, 여전히 가난하고 굶주리고 목말라 있을 뿐이야. 한 예로 어느 왕이 위험에 처해 있다 치세. 영원히 수많은 폭도의 손아귀에 놓여 공포와 불안 속에 고립되어 어찌할 바를 모르면서도 말할 수 없는 기이한 자부심과 거칠면서도 말없는 수치를 느끼지. 자아는 비밀에 둘러싸여 있네. 비밀은 자아를 쉬지 않고 먹어 들어가 마침내 자아의 왕국을 무너뜨리고 부러진 왕홀을 먼지 속에 남겨둘 게야."

그가 한숨을 내쉬었다. "자네가 어리둥절해하는 것도 무리가 아니지. 그러니 나 자신을 있는 그대로 보여주겠네. 자네가 누구에게도 발설해서는 안 될 비밀은 이 상자 속에 숨겨져 있지 않다네. 그건—아니, 거짓이 아니라 진실을 말하는 거야!—바로 여기 있네."

조금 전 하우크스방크 경의 숨겨진 욕망에 대한 진실을 직관적으로 간파한 피렌체인은 썰리기를 기다리는 피노키오나 살라미처럼 희미하게 회향 냄새를 풍기며 그의 앞 탁자 위에 놓인 얼룩덜룩한 음경의 무게와 크기에 엄숙하게 적절한 존경심을 표했다. "만약 나리께서 바다를 버리고 제 고향으로 와서 사신다면, 나리의 괴로움도 곧 끝날 것입니다. 산로렌초의 젊은 한량 가운데서 쉽사리 나리께서 원하는 남자다운 쾌락을 찾으실 수 있을 테니까요. 저는, 참으로 통탄스럽지만……"

"마시게나." 스코틀랜드 귀족 나리가 얼굴이 시뻘게져서 제 물건을 도로 넣으며 명령했다. "그 일에 대해서는 더 말하지 않기로 하세." 그의 눈이 동행이 꺼림칙해할 빛을 내며 번쩍였다. 그의 손은 동행이 달가워하지 않을 정도로 칼자루 가까이 있었다. 그의 미소는 야수의 벌린 입 같았다.

길고 적막한 침묵이 계속되는 동안 밀항자는 자신의 운명이 아슬아슬한 위기에 처했음을 알았다. 하우크스방크가 브랜디잔을 단숨에 비우고 고뇌에 찬 추악한 웃음을 터뜨렸다. "자, 이제 내 비밀을 알았으니, 자네도 자네 비밀을 나에게 말해줘야 하네. 당연히 비밀을 가지고 있겠지. 어리석게도 나와 같은 비밀인 줄 오해했으니, 이제 솔직해져야겠네."

자신을 '피렌체의 우첼로'라고 한 남자는 화제를 바꾸려 했다. "나리, 보물을 실은 갤리언선 카카푸에고 호를 포획한 이야기를 들려주시지 않겠습니까? 드레이크와 함께 발파라이소에 계셨고, 놈브레데디오스*에서 드레이크가 부상을 입었다던데요……?" 하우크스방크가 잔을 벽에 내던지고 칼을 뽑았다. "이 악당놈, 나한테 솔직히 대답하지 않으면 죽을 줄 알아라."

밀항자는 신중하게 말을 골랐다. "나리, 저는 지금 여기에서 나리의 막일꾼으로 저를 바칠 작정입니다. 진심입니다. 하지만," 그는 칼끝이 자기 목을 겨누자 잽싸게 덧붙였다. "더 먼 목표도 가지고 있습니다. 저는 정말 나리 말씀대로 비밀스러운 모험에 나선 자입니다. 그 이상이지요. 하지만 제 비밀은 당대의 가장 강력한

---

* 파나마의 대서양 연안.

여마법사가 건 저주라는 점을 경고해드려야겠습니다. 제 비밀을 듣고 살아남을 수 있는 자는 단 한 명뿐입니다. 나리를 죽게 하고 싶지는 않습니다."

하우크스방크 중의 하우크스방크 경은 다시 웃음을 터뜨렸다. 이번에는 추악한 웃음이 아니라 구름과 망령을 흩뜨리는 햇살 같은 웃음이었다. "재미있군, 작은 새여. 내가 녹색 얼굴 마녀의 저주 따위를 두려워할 것 같은가? 나는 죽은 자들의 날에 바론 사메디*와 춤을 추고도 부두교 저주에서 살아남은 사람일세. 자네가 지금 당장 다 털어놓지 않는다면 아주 불손한 행동으로 받아들이겠네."

밀항자가 말을 시작했다. "그렇다면 어쩔 수 없지요. 옛날에 아르칼리아라고도 불리던 아르갈리아라는 모험가 군주가 있었습니다. 마법의 무기를 가진 위대한 전사였지요. 그의 수행원 가운데는 무시무시한 거인 네 명이 있었고, 안젤리카라는 여인과 함께 다녔습니다……"

"잠깐." 하우크스방크 중의 하우크스방크 경이 이마를 감싸쥐며 말했다. "자네 말을 듣고 있으니 머리가 아프군." 잠시 후 그가 말했다. "계속하게." "……안젤리카는 칭기즈칸과 티무르의 고귀한 피를 이어받은 공주였는데……" "그만. 아니, 계속해." "……세상에서 가장 아름답고……" "그만."

하우크스방크 경은 의식을 잃고 바닥에 쓰러졌다.

---

* 부두교의 죽음의 신.

여행자는 나리의 잔에 넣은 아편제가 너무 잘 듣자 당혹스러워하면서 조심스레 보물이 든 작은 나무상자를 숨겨두었던 곳에 다시 돌려놓고, 알록달록한 외투를 걸치고 도움을 청하러 서둘러 주갑판으로 나왔다. 그는 어떤 베네치아 다이아몬드 상인과의 카드 게임에서 이겨 그 외투를 얻었다. 상인은 피렌체인이 리알토에 와서 그들 고유의 게임에서 토박이들을 이길 수 있으리라고는 생각도 못했기에 깜짝 놀랐다. 곱슬머리에 턱수염을 기른 샬라크 코르모라노라는 그 유대인 상인은 특별히 베네치아에서도 가장 유명한 재단사의 가게에서 그 외투를 지었다. 문 위쪽 지붕널에 녹색 눈의 아랍인 그림이 걸려 있어서 '일 모로 인비디오소'*로 통하는 가게였다. 그것은 주술사한테 딱 어울릴 신기한 외투였다. 다이아몬드 상인이 귀중한 상품을 숨길 수 있도록 안감에 비밀 호주머니와 숨겨진 주름을 카타콤처럼 만들어놓아서, '피렌체의 우첼로' 같은 사기꾼이 온갖 눈속임거리를 숨길 수 있었다. "여봐요, 빨리요, 빨리." 여행자가 과장되게 걱정스러운 태도로 외쳤다. "나리를 돌봐드려야 해요."

사나포선 선원과 외교관을 넘나드는 이 억센 선원들 가운데 지도자가 갑자기 쓰러진 데 의심을 품고 신참이 멀쩡했던 선장에게 무슨 짓을 했을지도 모른다고 눈을 홉뜨고 보기 시작한 냉소주의

---

* '시기심 많은 무어인'이라는 뜻.

자들이 많긴 했지만, 그들은 '피렌체의 우첼로'가 하우크스방크 경의 건강을 근심하는 모습에 어느 정도 의심을 풀었다. 그는 의식을 잃은 나리를 침대로 옮기는 일을 돕고, 옷을 벗기고 잠옷을 입히느라 씨름을 하고, 이마에 뜨거운 습포나 찬 습포를 대주고, 스코틀랜드 귀족 나리의 건강이 회복될 때까지 자지도 먹지도 않았다. 선의(船醫)는 밀항자가 더할 나위 없이 훌륭한 조수라고 선언했고, 그 말을 들은 선원들은 중얼대며 어깨를 으쓱하고 자기 자리로 돌아갔다.

의식이 없는 나리하고만 남자 의사는 '우첼로'에게 이 귀족이 갑작스러운 혼수상태에서 깨어나려 하지를 않으니 어쩌면 좋을지 모르겠다고 털어놓았다. "아무리 보아도 전혀 문제가 없네. 하느님 맙소사, 깨어나지 못한다는 것만 빼고 말일세. 이렇게 무정한 세상에선 깨어나느니 꿈을 꾸는 편이 더 현명할지도 모르겠네만."

'하느님 맙소사'라는 별명으로 불리는 단순하고 싸움에는 이골이 난 의사 호킨스는 선량하지만 의학 지식은 좀 모자라서, 동료 선원의 몸에서 스페인군의 탄환을 빼내거나, 스페인인과 백병전을 치른 후 칼에 베인 상처를 꿰매는 일에는 익숙해도 밀항자나 신의 심판처럼 난데없이 찾아온 수수께끼 같은 잠자는 병은 고치지 못하는 돌팔이였다. 발파라이소에서 한쪽 눈을 잃고, 놈브레데디오스에서 한쪽 다리를 잃은 호킨스는 밤마다 집시들의 바이올린 비슷한 악기를 벗 삼아 오포르토 인근 리베이라의 발코니에 있는 한 처녀를 기리며 구슬픈 포르투갈 파두를 불렀다. 하느님 맙소사는 노래를 부르면서 눈물을 철철 흘렸는데, '우첼로'는 이 착한 의사가 자신이 배신당하는 상상을 하면서, 애인이 포트와인을 마시며 사지가 멀쩡한 남자들, 물고기 비린내를 풍기는 어부들, 음탕한 프란체스코회 수사들, 초기 항해자들의 유령, 그리고 이탈리아 놈들과 영국인, 중국인과 유대인 등 오만가지 피부색의 살아 있는 남자들과 침대에 있는 모습을 그리며 자학한다는 것을 알았다. 밀항자는 생각했다. '사랑의 마법에 사로잡힌 남자는 쉽게 주의가 산만해지기 마련이지.'

스카타크 호가 아프리카의 뿔*과 소코트라 섬을 지나 항해를 계속하면서, 그리고 무스카트에서 보급품을 실은 다음 페르시아 해안을 떠나 몬순을 타고 호킨스 의사가 '구제라트'라고 부르는 남쪽 해안의 디우에 있는 포르투갈인의 안식처를 향해 남동쪽으로 갈 동안, 하우크스방크 중의 하우크스방크 경은 무력한 호킨스의 말에 따르면 "하느님 맙소사, 너무나 고요한 것은 그의 양심이 깨끗하다는 증거이니 적어도 그의 영혼은 언제라도 조물주를 기꺼이 맞이할 준비가 된 건강한 상태의 잠"에 빠져 있었다. 밀항자가 말했다. "설마 나쁜 일이야 생기겠습니까, 하느님 맙소사. 아직은 그분을 데려가지 마옵소서." 상대방이 즉시 동의했다. 오랜 시간 병상을 지키면서 '우첼로'는 여러 차례 의사에게 그의 포르투갈 연인에 대해 물어보았다. 호킨스는 굳이 부추기지 않아도 먼저 그 화제를 끄집어냈다. 밀항자는 그 여인의 눈, 입술, 가슴, 엉덩이, 배, 발에 바치는 찬가에 참을성 있게 귀를 기울였다. 그는 그녀가

---

* 에티오피아, 지부티, 소말리아 3개국을 포함하는 지역의 속칭.

사랑의 행위에서 썼던 비밀스러운 애정 표현, 이제 더는 그리 비밀도 아닌 표현을 알게 되었고, 그녀가 했던 정절의 약속과 그녀가 웅얼거린 영원한 결합의 맹세도 들었다. "아, 하지만 그녀는 거짓말쟁이야, 거짓말쟁이." 의사가 흐느꼈다. "확실한가요?" 여행자가 물었다. 그러자 눈물범벅이 된 하느님 맙소사는 고개를 저으며 말했다. "이렇게 세월이 많이 흘렀으니, 이제 나는 반쪽짜리 남자에 불과해요. 그러니 최악의 상황을 가정하는 수밖에." '우첼로'는 그가 기운을 차리도록 달래주었다. "자, 이제 신을 찬양합시다, 하느님 맙소사. 당신은 이유도 없이 우는 겁니다! 그녀는 진실해요. 확신할 수 있어요. 그녀는 당신을 기다리고 있어요. 저는 그 사실도 믿어 의심치 않는다고요. 당신이 다리 하나가 없다 해도 그녀는 사랑으로 부족한 부분을 채워줄 겁니다. 그 다리 몫의 애정을 다른 부분에 다시 쏟을 거예요. 당신이 한쪽 눈이 없다 해도, 다른 눈은 정절을 지키고 당신이 사랑하는 만큼 당신을 사랑하는 그녀를 보며 두 배로 호사를 누릴 겁니다! 충분하고말고요! 신을 찬양합시다! 즐겁게 노래하고 더는 눈물 흘리지 마세요."

이런 식으로 그는 선원들이 하느님 맙소사 호킨스의 노래를 듣지 못하면 적적해할 거라고 설득해 밤마다 그를 병실에서 내보냈다. 매일 밤 혼수상태인 나리와 단둘이 남게 되면, 잠시 기다렸다 모든 비밀을 찾아 선장실을 샅샅이 뒤졌다. "물건을 숨길 공간을 선실에 만들어둔 사람이라면 적어도 두세 개는 더 만들어뒀겠지." 그는 이렇게 추측하고, 디우의 항구가 보일 즈음 이미 하우크스방크 경을 닭털 뽑듯 다 털었다. 그는 널빤지를 댄 벽에서 비밀 방

일곱 개를 찾아냈고, 그 안의 나무상자에 있던 모든 보석은 샬라크 코르모라노의 외투 속에 안전하게 새로운 둥지를 틀었다. 일곱 개의 금괴도 마찬가지였지만, 외투는 깃털처럼 가볍게 느껴졌다. 녹색 눈의 베네치아 무어인은 이 마법의 옷 속에 어떤 물건을 숨기든 무게가 느껴지지 않게 하는 비밀을 알았던 것이다. 다른 '진품'으로 말하자면, 그것들은 도둑의 흥미를 끌지 못했다. 그는 그것들을 원래 있던 자리에 잘 모셔두었다. 하지만 이렇게 어마어마하게 한탕 한 뒤에도 '우첼로'는 만족하지 못했다. 가장 귀한 보물은 그의 손이 닿지 않는 곳에 있었다. 그는 마음의 동요를 숨기기 위해 무진 애를 썼다. 우연이 손 닿을 곳에 엄청난 기회를 놓아두었으니, 절대 놓칠 수 없었다. 하지만 그 물건은 어디에 있을까? 그는 선장실을 이 잡듯 구석구석 뒤졌지만 여전히 찾아낼 수 없었다. 빌어먹을! 보물에 마법이라도 걸었나? 눈에 보이지 않게 해두어서 그의 손길을 피한 것일까?

스카타크 호는 잠깐 동안 디우에 정박한 뒤 수라트를 향해 길을 재촉했다. 하우크스방크 경은 수라트(최근에 아크바르 황제가 직접 징벌을 내리기 위해 찾았던 장소)에서 무굴인의 궁정까지 육로 여행을 할 계획이었다. 그들이 수라트에 도착한 날 밤(황제의 분노로 폐허가 된 그 도시에서는 아직도 연기가 피워 오르고 있었다), 하느님 맙소사 호킨스는 탄식하고 선원들은 럼주에 취해 긴 바다 여행의 끝을 축하하고 있을 때 갑판 아래 수색자는 마침내 자신이 찾던 것을 발견했다. 마법의 수 일곱보다 하나 더 많고, 거의 모든 도둑이 예상할 법한 것보다도 하나 더 많은 여덟번째 비밀 벽판, 그 최후의 문 뒤에 그가 찾던 것이 있었다. 그는 마지막 할 일을 마치고 갑판 위에서 흥청대는 무리에 끼어 배에 탄 어느 누구보다 신나게 노래를 부르고 술을 마셨다. 그는 누구도 더는 눈을 뜨고 있을 수 없게 될 때까지 깨어 있을 수 있는 능력이 있었기 때문에, 동이 터올 무렵 기회를 잡아 배에 있는 작은 보트 하나를 타고 육지로 빠져나가 유령처럼 인도로 자취를 감출 수 있었다. 하느님 맙소사 호킨스가 선실 침대에서 입술이 시퍼렇게 변한 채 갈망에 찬 피노키오나 살라미가 안기던 고통에서 영원히 벗어난 하우크스방크 경을 발견하고 경보를 울렸을 때는 이미 '피렌체의 우첼로'가 벗어버린 뱀 허물처럼 그 이름만 뒤에 남기고 사라진 지 한참 뒤였다. 이름 없는 여행자의 품속에는 보물 중의 보물이라 할 엘리자베스 1세가 직접 쓰고 자신의 인장을 찍은 편지, 즉 영국 여왕이 인도 황제에게 보내는 서한이 있었다. 그것이야말로 그에게 무굴 궁정의 세계로 들어가는 '열려라 참깨' 주문, 곁쇠가 되어줄 것이다. 그는 이제 영국의 대사였다.

새벽녘
결코 잊을 수 없는 사암 궁전들

새벽녘 아크바르 황제의 새로운 '승리의 도시'에서 결코 잊을 수 없는 사암 궁전들은 마치 붉은 연기로 만들어진 것처럼 보였다. 대부분의 도시는 태어나자마자 영원히 존재할 듯한 인상을 주지만, 시크리*는 언제나 신기루처럼 보일 것이다. 해가 중천에 뜨면, 한낮의 열기가 거대한 곤봉처럼 포석을 내리쳐 사람들은 귀머거리가 되어 어떤 소리도 듣지 못하고, 공기는 겁에 질린 영양처럼 떨고, 제정신과 착란상태 사이, 비현실적인 것과 현실적인 것 사이의 경계선은 흐려진다.

　황제조차 환상에 굴복했다. 왕비들은 그의 궁전 안을 유령처럼 떠다녔다. 라지푸트족과 튀르크인 왕비 들은 술래잡기 놀이를 했다. 이 황실의 귀인 중 한 명은 실재하지 않았다. 그녀는 외로운

---

*아크바르 황제가 세운 도시로 무굴제국의 수도였다.

어린아이가 가상의 친구를 생각해내듯 아크바르가 생각해낸 상상의 아내였다. 떠다니지만 살아 있는 수많은 배우자의 존재에도 불구하고, 황제는 진짜 왕비들이 유령이고, 존재하지 않는 이 연인이 진짜라고 생각했다. 그는 그녀에게 조다라는 이름을 붙여주었다. 아무도 감히 황제의 말에 반박하고 나서지 못했다. 여자들의 공간인 내실에서, 그녀 궁전의 비단길 같은 복도에서 그녀의 영향력과 힘은 커져만 갔다. 탄센은 그녀를 위해 노래를 지었고, 화원(畵院)에서는 시와 초상화로 그녀의 아름다움을 찬미했다. 페르시아인 거장 압두스 사마드는 얼굴 한번 본 적 없는데도 꿈속의 기억을 살려 직접 그녀의 초상화를 그렸다. 황제는 그의 작품을 보고 종이에서 광채를 뿜어내는 아름다움에 박수를 보냈다. "그대는 그녀를 생생하게 표현해냈노라." 황제가 외쳤다. 압두스 사마드는 안심하고 머리가 목에 디룽디룽 매달려 있는 듯한 느낌을 떨쳐냈다. 황제의 화실 소속 장인이 그린 이 상상의 작품이 전시된 뒤로 온 궁정이 조다를 실제 인물로 알게 되었고, 가장 위대한 조신들인 나브라트나, 즉 '아홉 개의 별'도 그녀의 존재는 물론이고 그녀의 아름다움, 지혜, 우아한 몸짓, 부드러운 목소리까지 인정했다. 아크바르와 조다바이! 아, 아! 희대의 사랑 이야기였다.

황제의 마흔번째 생일에 도시 건설은 결국 끝이 났다. 도시를 세우기 시작한 지 열두 해째였지만, 오랫동안 황제는 마치 마법에라도 걸린 듯 해가 갈수록 도시가 힘도 들이지 않고 올라간다는 인상을 받았다. 황제의 대신들은 새로운 제국의 수도에 황제가 머무는 동안엔 어떤 공사도 하지 못하게 했다. 황제가 있는 동안 석공의 연장은 침묵에 잠겼고, 목수는 못 한 개 박지 않았고, 화가와 세공 장식가, 천 씌우는 이나 칸막이 조각가도 모두 시야에서 모습을 감추었다. 그러고 나면 쿠션에 묻힌 쾌락만이 존재했다. 오직 기쁨의 소리만 낼 수 있었다. 무희들의 발목에 매달린 종이 감미롭게 울리고, 분수가 짤랑거리고, 천재 탄센의 부드러운 음악이 산들바람을 타고 울려퍼졌다. 황제의 귓가에 시를 속삭이고, 목요일이면 파치시* 정원에서 살아 있는 노예 소녀들을 말로 이용한 활기 없는 주사위 놀이가 벌어졌다. 펑카** 아래로 커튼이 드리워진 오후는 사랑을 나눌 조용한 시간이었다. 한낮의 열기 못지않게 도시의 관능적인 침묵도 군주의 전능함으로 생겨난 것이었다.

도시라고 해서 다 궁정 같지는 않다. 돌뿐만 아니라 나무와 진흙, 똥과 벽돌로 지은 진짜 도시는 왕족의 거주지가 세워진 단단한 붉은 초석 벽 아래 웅크리고 있었다. 구역은 직업뿐 아니라 인종에 따라서도 결정되었다. 이곳엔 은세공사의 거리가 있고, 저곳엔 뜨거운 쇳물로 무기를 만드는 장인이 살고, 저기 세번째 도랑 아래쪽엔 장식 고리와 옷 만드는 지역이 있었다. 동쪽으로는 힌두교도 마을이, 그 너머 도시를 빙 둘러싼 벽을 따라 페르시아인 구역이 있고, 그 너머에 투란인 지구가, 그 너머 금요 사원***의 거대한 문 옆으로 인도 태생 무슬림들의 집이 있었다. 귀족의 저택

---

* 인도 주사위 놀이.
** 천장에 매달아 끈으로 움직이는 인도의 큰 야자잎 부채.
*** 이슬람의 종교적 휴일인 금요일에 모든 무슬림이 예배를 드릴 수 있을 정도로 규모가 큰 모스크를 말한다.

과 이미 온 나라에 명성이 자자한 화가의 화실과 기록실, 음악 공연을 위한 천막과 춤 공연을 위한 또다른 천막이 시골에 흩어져 있었다. 이 시크리의 아랫지역에서는 게으름을 피울 시간이 없었다. 황제가 전쟁에서 돌아오면 진흙으로 지은 도시는 침묵의 명령으로 숨이 막힐 듯했다. 왕 중의 왕의 휴식을 방해할까 싶어 닭을 도살할 때에도 재갈을 물려야 했다. 수레몰이꾼은 자칫 끽끽거리는 수레바퀴 소리를 냈다가는 채찍질을 당할 수 있었고, 채찍을 맞으며 비명을 질렀다가는 벌이 훨씬 더 가혹해질 수 있었다. 아이를 낳는 여자들은 비명을 삼켰고, 시장에서 벌어지는 무언극은 일종의 광기였다. "황제가 여기 있을 때는 우리 모두 미친다니까." 사람들은 이렇게 말하다가도 첩자와 배신자가 도처에서 판을 치는지라 황급히 덧붙였다. "기뻐서." 진흙 도시는 황제를 사랑했고, 사랑한다고 주장했고, 말없이 우겼다. 말은 금지된 피류, 소리로 이루어져 있었기 때문이다. 황제가 다시 한번 출정하자—카불과 카슈미르, 구자라트와 라자스탄 군대에 맞서 결코 끝나지 않을 (항상 승리를 거두기는 하지만) 전투로—침묵의 감옥에 걸린 빗장이 풀리면서 나팔 소리와 환호가 터져나왔고, 사람들은 마침내 몇 달 동안이나 입 다물고 눌러둬야 했던 모든 말을 서로에게 할 수 있게 되었다. 당신을 사랑해. 우리 어머니가 돌아가셨어요. 당신이 끓여준 수프 맛있어요. 나한테 빚진 돈 갚지 않으면 팔을 분질러주겠어. 자기, 나도 사랑해. 전부 다.

진흙 도시로서는 다행스럽게도 아크바르는 군사적인 문제로 도시를 자주 비웠다. 사실 거의 늘 자리에 없었다. 그가 없을 때면 해방된 공사장 일꾼들의 아우성은 물론이고 가난뱅이 무리의 고함 소리가 매일같이 무력한 왕비들의 짜증을 돋웠다. 왕비들은 함께 누워 신음을 흘렸다. 그들이 서로의 정신을 딴 데로 돌리려고 했던 일들, 휘장을 친 방에서 서로에게 발견한 환락을 여기에 묘사하지는 않겠다. 상상의 왕비만이 순수한 채로 남아 있었다. 궁에서 왕이 편안한 시간을 보내도록 해주고 싶은 관리들의 지나친 욕심 탓에 백성들이 어떤 곤궁을 겪는지 아크바르에게 말해준 사람도 다름 아닌 그 왕비였다. 황제는 이 사실을 알자마자 명령을 철회하고, 덜 가혹한 인물로 대신을 교체하고, 억압받는 신민의 거리를 말을 타고 돌아다니며 외쳤다. "떠들고 싶은 대로 시끄럽게 떠들어도 좋다, 백성들이여! 소음은 곧 삶이니라. 소음이 넘치는 것은 삶이 살 만하다는 표시이니라. 편안히 숨을 거둔 뒤에 조용히 해도 시간은 충분하니라." 도시는 기쁨에 찬 함성을 터뜨렸다. 새로운 성향의 왕이 왕위에 올랐다는 것, 세상에서 그 무엇도 전과 같지 않으리라는 것이 확실해진 날이었다.

◆◆◆

마침내 나라는 평화를 찾았지만, 황제의 영혼은 결코 평온하지 않았다. 황제는 이제 막 최후의 출정에서 돌아온 참이었다. 그는 수라트에서 갑자기 등장한 강적을 꺾었지만, 오랜 진군과 전쟁의 나날 중에도 그의 마음은 군사적 난제뿐만 아니라 철학적이고 언어학적인 난제들로 어지러웠다. 황제 아불파트 잘랄우드딘 무하마드, 어린 시절부터 '황제'라는 뜻의 아크바르로 불렸고, 지금은 의미가 겹치는데도 아크바르 황제, 위대하고 위대한 자, 두 배로 위대한 자, 너무 위대해 그 칭호를 반복해 부르는 것이 합당할 뿐 아니라 그의 영광의 영예로움을 표현하는 데 꼭 필요한 왕 중의 왕—위대한 무굴인, 먼지투성이에 전투로 지쳤지만 승리에 빛나고, 사색적이고, 본래부터 우람하며, 환상에 현혹되지 않고, 수염을 기르고, 시적이고, 성욕이 넘치는 절대적인 황제, 너무 웅장하고 지나치게 전 세계를 아우르는, 요컨대 한 인간 안에 다 담기에는 너무 넘치는 자, 이 모든 것을 망라하는 홍수와 같은 지배자, 세계를 집어삼키는 자, 자신을 일인칭 복수형으로 칭하는 무수히 많은 머리가 달린 괴물—이 본국으로의 길고 지루한 여행 중 묵상에 빠져들었다. 그는 패배한 적들의 머리를 피클단지 속에 봉해 옆에 매달고 가면서, 마음을 어지럽히는 일인칭 단수형 '나'의 가능성들에 대해 생각했다.

말을 타고 천천히 나아가는 나날이 끝없이 계속되다보면, 사변적인 기질을 지닌 사람은 수많은 나른한 의문을 떠올리게 마련이다. 황제는 말을 타고 가면서 우주의 변덕스러움, 별의 크기, 아내들의 가슴, 신의 본질 따위에 대해 곰곰이 생각했다. 또한 오늘은 자신과 일인칭, 이인칭, 삼인칭, 영혼의 단수와 복수 같은 문법적 질문에 대해서도 생각했다. 아크바르는 한 번도 자신을 '나'라고 칭해본 적이 없었다. 심지어 혼자 있을 때나 꿈속에서나 화가 났을 때도 마찬가지였다. 그는 '우리'였다. 그가 그 외에 다른 무엇이 될 수 있었겠는가? 그는 '우리'의 정의 자체였고, '우리'의 화신이었다. 그는 애초부터 복수형으로 태어났다. '우리'라고 말할 때 그는 자연스럽게 진심으로 그의 국경 안에 있는 모든 동물과 식물과 나무뿐 아니라 모든 신민, 모든 도시와 땅과 강과 산과 호수, 머리 위를 나는 새와 해질녘 물어뜯는 모기, 만물의 근원을 천천히 갉아먹는 지하 세계 굴속의 이름 없는 괴물의 화신으로 자신을 일컬었다. 그는 그가 거둔 모든 승리의 총합으로, 인물, 능력, 역사, 어쩌면 심지어 그가 목을 베거나 진압한 적의 영혼으로도 자신을 가리켰다. 덧붙여 자신을 백성의 과거와 현재의 정점, 그들 미래의 원동력으로 생각했다.

'우리'는 왕이라는 존재가 의미하는 모든 것이었다. 그러나 이번에 그는 공정함을 기하는 차원에서, 그리고 토론을 할 의도에서 평민 또한 틀림없이 가끔은 자신을 복수로 생각한다는 사실을 떠올렸다.

그들이 틀렸던 것일까? 아니면(오, 이런 불경스러운 생각이라니!) 그가 틀렸을까? 어쩌면 공동체로서의 자아라는 이 개념은 어떤 존재든 세상에서 하나의 존재가 된다는 의미일 수도 있었다. 뭐니뭐니해도 이런 하나의 존재는 필연적으로 다른 존재들 가운데 있으며, 모든 사물의 존재성의 일부다. 그러니 복수는 왕만이 누릴 수 있는 특권이 아닐지도 몰랐다. 결국은 왕의 신성한 권리가 아닐지도 몰랐다. 더 나아가 군주의 숙고는 덜 고상하고 정제된 형태로 당연히 신민의 사고에도 반영되므로, 그렇게 따진다면 그가 지배하는 남녀들 또한 스스로를 '우리'로 생각할 것이라는 주장도 가능할 법했다. 어쩌면 그들은 스스로를 자기 아이, 어머니, 숙모, 고용주, 동료 교인, 동료 일꾼, 친족과 친구를 더하여 이루어진 복수의 존재로 볼 수도 있었다. 또한 그들의 자아를 자식의 아버지인 자아, 부모의 자식인 또다른 자아 식으로 복수로 생각할지 몰랐다. 그들은 아내와 함께 집에 있는 자신과, 주인과 함께 있는 자신을 다른 자아로 여길지도 몰랐다. 다시 말해 그들도 왕이 그렇듯 복수로 터질 듯한 자아들의 꾸러미일지 몰랐다. 그렇다면 지배자와 피지배자 사이에 아무런 본질적 차이도 없단 말인가? 이제 그의 본래 질문이 새롭고 깜짝 놀랄 형태로 거듭 주장했다. 왕의 수많은 자아로 이루어진 신민이 그들 자신을 복수가 아니라 단수로 생각하려 한다면, 왕 또한 '나'가 될 수 있지 않을까? 단순히 자기 자신인 '나'도 있을 수 있지 않은가? 이렇게 벌거벗은 단독의 '나'가 세상에 들끓는 '우리' 밑에 묻혀 있는 것은 아닐까?

그 질문이 백마를 타고 용감하게 불굴의 모습으로 고향에 돌아가는 그를 두렵게 했다. 황제는 그 질문을 인정하지 않을 수 없었고, 질문은 점점 커지기 시작했다. 밤에 그 질문이 떠오르면 그는 쉽사리 잠을 이루지 못했다. 조다를 다시 보게 되면 무슨 말을 해야 할까? 그냥 간단히 "내가 돌아왔소" 또는 "나요"라고 말한다면, 그녀도 이에 화답해 그를 이인칭 단수로, 아이, 연인과 신을 위해 준비해둔 '너'로 불러줄 수 있다고 생각할까? 그건 무슨 의미가 될까? 그가 그녀의 아이거나 혹은 신과 같은 존재거나, 아니면 그가 그녀를 꿈꾸었듯 그녀 역시 간절히 존재하기를 꿈꾸었던 그런 연인이라는 의미가 될까? 그 작은 한마디 말, '너'가 말 중에서도 가장 사람을 자극하는 말로 드러날 수 있을까? '나.' 그는

숨죽여 연습해보았다. '내'가 왔소. '나'는 당신을 사랑하오. '나'에
게 오시오.

고향으로 돌아오는 길에 벌어진 최후의 교전이 그의 사색을 어
지럽혔다. 그는 최근 일어난 소국의 군주를 하나 더 쓰러뜨렸다.
완강히 버티던 쿠치 나힌의 라나*로, 입도 크고 콧수염은 더 큰 젊
은이였다(황제는 자기 콧수염에 대한 자부심이 대단해서 경쟁자
들에게 용서가 없었다). 우스꽝스럽게도 자유에 대해 떠들기를 좋
아하는 이 봉건 지배자를 진압하기 위해 카티아와르반도로 길을
꺾었던 것이다. 황제는 내심 누구를 위한, 무엇으로부터의 자유냐
고 반문했다. 자유는 어린아이의 환상, 여자가 갖고 노는 장난거
리일 뿐이다. 어떤 인간도 자유롭지 않다. 그의 군대는 소리 없이
다가오는 역병처럼 기르숲의 흰 나무들 사이로 이동해갔다. 쿠치
나힌의 보기 딱할 만큼 작은 요새는 바스락거리는 나무 꼭대기에
서 닥쳐오는 죽음을 감지하고는 탑을 무너뜨리고 항복 깃발을 올
린 뒤 비굴하게 자비를 구걸했다. 황제는 종종 패배한 적을 처형
하는 대신 그들의 딸 중 하나를 아내로 삼고 패배한 장인에게 지
위를 주었다. 썩어가는 시체보다야 새로운 가족을 얻는 편이 더
나았다. 하지만 이번에 황제는 성이 나서 오만한 라나의 턱수염을
잘생긴 얼굴에서 뜯어내고, 이 나약한 몽상가를 자기 칼로 직접
도륙했다. 그의 할아버지가 그랬던 것처럼. 그러고는 막사로 돌아

---

* 쿠치 나힌은 가상의 지명, 라나는 인도의 왕을 가리킨다.

와 몸을 떨며 한탄했다.

황제의 치켜뜬 큰 눈은 꿈꾸는 젊은 숙녀의 큰 눈처럼 또는 육지를 찾는 선원의 눈처럼 무한을 응시했다. 그의 도톰한 입술은 여자의 삐죽 내민 입술처럼 앞으로 튀어나왔다. 이처럼 소녀 같은 면이 있음에도 그는 몸집이 크고 강인한 남자다운 남자였다. 소년 시절 그는 맨손으로 암호랑이를 잡고는 자기가 한 짓에 심란해진 나머지 영원히 육식을 끊고 채식만 하겠노라 맹세했다. 무슬림 채식주의자, 평화만을 바라는 전사, 철학자 왕, 앞뒤가 안 맞는 말들이었다. 세상에 지금까지 알려진 지도자 가운데 가장 위대한 지도자가 바로 이러했다.

피로 녹아든 무너진 요새 아래의 공허한 죽은 자들 위로 저녁 어둠이 내릴 때, 작은 폭포가 부르는 나이팅게일의 노래가 불불, 불불 하고 들려오는 곳에서 황제는 천막 안에 앉아 전투 후 애수에 잠겨 물을 탄 포도주를 홀짝이며 피비린내 나는 자신의 혈통을 슬퍼했다. 그는 선조들이 역사상 가장 위대한 인물이었다 하더라도, 피에 굶주린 선조들처럼 되고 싶지는 않았다. 그는 과거 약탈자들의 이름에, 자신에게 인간의 피로 이루어진 폭포에서 나온 이름을 물려준 그 이름들에 짓눌리는 느낌이었다. 그 이름들에는 이 새로운 영토를 정복했지만 너무 많은 부와 너무 많은 신이 있는 '인도'를 항상 지긋지긋해했던, 페르가나의 장군이었던 그의 조부 바바르, 시의적절한 말을 하는 데 예기치 못한 재능을 지닌 전투 기계 바바르, 그 바바르 이전의 트란속사니아*와 몽골의 잔혹한 군주들, 그리고 누구보다 위대한 테무친이 있었다. 겡기스든 창제

스든 젱기스든 칭기즈칸이든, 그 덕분에 아크바르는 무굴의 이름을 받아들일 수밖에 없었고, 자신이 몽골인이 아닌데도 혹은 아니라고 생각하는데도 몽골인이 될 수밖에 없었다. 아크바르는⋯⋯ 힌두스탄 사람이라고 느꼈다. 그의 유목민 무리는 금빛도, 푸른빛도, 하얀빛도 아니었다. '유목민'이라는 바로 그 말이 그의 섬세한 귀에는 추하고, 탐욕스럽고, 천하게 들렸다. 그는 유목민이고 싶지 않았다. 녹인 은을 패배한 적의 눈에 붓거나 만찬을 들며 단 아래의 적들을 깔아뭉개 죽이고 싶지 않았다. 그는 전쟁에 지쳤다. 어린 시절의 선생이었던 페르시아 미르가 스스로와 평화롭게 지내려면 다른 모든 사람과 평화롭게 지내야 한다고 했던 말이 떠올랐다. 술이쿨,** 완전한 평화. 그 어떤 칸도 이런 생각을 이해할 수 없었다. 그는 칸의 지위를 원치 않았다. 그는 나라를 원했다.

테무친만이 아니었다. 그는 또한 '강철'이라는 이름을 지닌 남자의 허리에서 태어난 직계 자손이기도 했다. 선조들의 언어로 강철을 일컫는 말은 티무르였다. 티무르에랑, 절름발이 철인. 다마스쿠스와 바그다드를 파괴한 티무르, 오만여 유령이 들린 델리를 폐허로 만든 티무르. 아크바르는 티무르의 자손이 아니었으면 싶었다. 그는 칭기즈칸의 아들 중 한 명의 이름을 딴 티무르의 언어 차가타이어를 더는 쓰지 않았고, 대신 페르시아어를 쓰다가 나중엔 이동 중인 군대의 마구 뒤섞인 잡종 언어인 우르두어, 막사의

---

* 지금의 우즈베키스탄 전 지역, 튀르크메니스탄과 카자흐스탄 일부 지역을 가리킨다.
** sulh-i-kul. '모든 이에게 평화를'이라는 뜻으로, 아크바르 황제가 썼던 포용정책을 말한다.

언어를 썼다. 반쯤만 알아들을 수 있는 대여섯 가지 언어는 놀랍게도 꺅꺅대고 삑삑거리면서 새롭게 아름다운 소리를 만들어냈다. 군인들의 입에서 태어난 시인의 언어였다.

젊고, 호리호리하고, 가무잡잡한 쿠치 나힌의 라나는 수염이 다 뽑히고 피가 흐르는 얼굴로 아크바르의 발치에 무릎을 꿇고 일격이 날아올 때를 기다렸다. 그가 말했다. "역사는 반복되는구나. 그대의 조부가 칠십 년 전 나의 조부님을 살해하였으니."

황제는 관습에 따라 황제의 복수형을 사용해 대답했다. 지금은 단수형으로 실험을 해볼 때가 아니었던 것이다. 이 비참한 자는 그런 실험을 목격할 특권을 누릴 자격이 없다. "우리 조부께서는 시인의 혀를 지닌 야만인이셨도다. 이와 반대로 우리는 전쟁에서 야만인의 역사와 야만인의 무용을 지닌 시인이노라. 우리는 이를 끔찍이 싫어하노라. 그러니 이 사건은 역사가 반복되는 것이 아니라 앞으로 전진하며, 인간은 변화할 능력이 있음을 보여주는 것이니라."

젊은 라나가 부드럽게 말했다. "사형집행자가 할 말치고는 좀 이상하군. 하지만 죽음과 입씨름해봤자 다 헛된 일."

황제도 동의했다. "그대는 죽을 때가 되었도다. 그러니 죽기 전에 우리에게 솔직하게 털어놓아보라. 그대는 베일을 뚫고 나갔을 때 어떤 천국을 발견하게 되리라 예상하는가?" 라나가 만신창이인 얼굴을 쳐들고 황제의 눈을 똑바로 쳐다보았다. "천국에서는 **숭배**와 **논쟁**이 같은 것을 뜻한다. 전능하신 신은 폭군이 아니다. 신의 집에서는 누구든 자유롭게 원하는 대로 말할 수 있다. 그것이 신을 섬기는 방식이다." 그는 사람을 짜증나게 만드는 독선적인 타입의 젊은이였다. 의심할 여지 없는 사실이었지만, 아크바르는 짜증스러운 한편으로 감동을 받았다. 황제가 말했다. "약속하노라. 우리는 지상에, 이곳에 숭배의 집을 지을 것이니라." 그리고 외침 소리와 함께—알라후 아크바르, 신은 위대하다, 아니, 어쩌면 아크바르가 신이다—그는 잘난 척하는 보잘것없는 바보의 건방지고, 설교하기 좋아하고, 그리하여 갑자기 필요가 없어진 머리를 베었다.

황제는 라나를 죽이고 몇 시간 후 익숙한 고독의 악령에 사로잡혔다. 누가 그에게 대등한 상대로서 말을 걸 때마다 그는 광기에 휩싸였다. 이것은 잘못이었다. 왕의 분노는 항상 잘못이며, 분노한 왕은 실수를 저지른 신과 같다는 것을 그는 알고 있었다. 그리고 여기에 그의 또다른 모순점이 있었다. 그는 야만인 철학자이고 울보 살인자일 뿐 아니라 아첨과 굴종에 중독된 인물이었으나, 그럼에도 다른 세계, 즉 자신과 동등하며 형제로 만날 수 있는 사람, 자유로이 대화를 나누고, 서로 가르치고 배우며, 기쁨을 주고받을 수 있는 사람을 찾아낼 수 있는 세계, 더 차분하지만 더 힘겨운 담화의 즐거움을 위해 정복의 만족감을 포기할 수 있는 세계를 갈망하는 이기주의자였다. 이런 세계가 존재할까? 어떤 길로 가야 그곳에 닿을 수 있을까? 이런 사람이 세상 어딘가에 있을까, 아니면 이미 그를 처형해버렸을까? 콧수염 라나가 만약 유일한 그 한 명이었다면 어떡하나? 자신이 사랑할 수도 있었을 단 한 명을 방금 죽여버린 것일까? 황제의 생각은 점점 더 포도주 빛깔을 띠며 감상적으로 변해갔고, 그의 눈은 눈물에 젖어 흐릿해졌다.

어떻게 하면 되고 싶은 사람이 될 수 있을까? 아크바르, 위대한 자가 될 수 있을까? 어떻게?

이야기를 나눌 상대가 아무도 없었다. 그는 조용히 술을 마시려고 귀가 완전히 먹은 몸종 바크티 람 자인에게 막사 밖으로 물러가라 일렀다. 횡설수설하는 주인의 말을 들을 수 없는 몸종은 축복이지만, 바크티 람 자인은 이제 그의 입술을 읽을 줄 알았다. 이로 인해 그의 가치가 많이 떨어졌고, 그 역시 다른 모든 이처럼 엿듣는 자가 되었다. 왕이 미쳤다. 그들은 말했다. 모두가 이렇게 말했다. 그의 병사 그의 백성 그의 후궁. 아마도 바크티 람 자인도 그렇게 말할 것이다. 그들은 왕의 면전에서 말하지는 않았다. 그는 한 인간으로서도 비범한 인물이었고, 옛이야기 속 영웅처럼 막강한 전사였을 뿐 아니라 왕 중의 왕이었던 것이다. 이런 자가 약간 미친 짓을 하고 싶어한들 누가 시비를 걸 수 있겠는가. 그러나 왕은 미치지 않았다. 왕은 현 상태에 만족하지 못했다. 무엇이 되고자 분투하는 중이었다.

아주 좋아. 그는 죽은 카티아와르반도의 소국 군주에게 한 약속을 지킬 것이다. 승리를 거둔 도시의 심장부에 숭배의 집을 지을 것이다. 신의 비존재와 왕정 폐지를 비롯해 어떤 주제에 대해서든 누구나 모두에게 하고 싶은 말을 마음껏 할 수 있는 논쟁의 장이 될 것이다. 그 집에서 스스로에게 굴욕을 가르칠 것이다. 아니다, 지금 그는 스스로에게 공정치 못하게 굴고 있다. '가르치는' 것이 아니다. 그보다는 스스로에게 이미 마음속 깊이 자리 잡은 굴욕을 일깨우고 되살려낼 것이다. 이 겸허한 아크바르가 아마도 지금 성인의 위풍당당함을 뒤집어쓰고 있음에도 여전히 존재하는, 도피 중이던 어린 시절의 환경에서 빚어진 최상의 자아일 것이다. 승리 속에서가 아니라 패배 속에서 태어난 자아일 것이다. 요즘은 온통 승리뿐이지만, 황제는 패배에 대해 속속들이 알고 있었다. 패배는 그의 아버지였다. 그의 이름은 후마윤이었다.

그는 아버지의 이름을 별로 생각하고 싶지 않았다. 아버지는 아편에 빠져 왕국을 잃었다가, 페르시아 왕한테서 군대를 얻기 위해 시아파가 된 척한(그리고 코이누르 다이아몬드를 내준) 뒤에야 겨우 왕국을 되찾았다. 후마윤은 왕위를 되찾고 난 직후에 도서관 계단에서 떨어져 죽었다. 아크바르는 아버지를 몰랐다. 그는 신드에서 태어났다. 후마윤이 차우사전투에서 패배한 뒤, 셰르 샤 수리가 후마윤이 되어야 했지만 그럴 능력이 없었던 왕이 되자, 퇴위당한 왕은 아들을 버리고 페르시아로 달아났다. 그의 아들은 그때 십사 개월이었다. 아버지의 형제이자 적이었던 칸다하르의 아스카리 숙부가 그 아들을 발견해 양육했다. 거친 남자였던 아스카리 숙부는 기회만 있었으면 아크바르를 죽였을 테지만, 그의 아내가 항상 방해했다.

아크바르는 숙모 덕에 살았다.

칸다하르에서 그는 생존에 대해, 싸움과 살해와 사냥에 대해 배웠다. 또한 배우지 않고서도 스스로를 돌보고, 혀를 조심하고, 자기 목숨을 위협할 수도 있는 말은 하지 않는 것 등 많은 것을 익혔다. 패배한 자의 존엄, 패배, 영혼을 정화하고 패배를 받아들이는 법, 원하는 것을 너무 꽉 붙잡으려다 빠지게 되는 덫을 피하고 놓아버리는 법, 일반적인 것, 특히 아버지의 부재, 아버지들의 열등함, 아버지 부재의 열등함을 떨쳐버리는 법, 그리고 우월한 자에게 맞서는 열등한 자의 최고 방어인 내성적 성격, 앞날에 대한 걱정, 교활함, 겸손, 훌륭한 주변 시야를 익혔다. 열등함이 주는 많은 교훈. 성장의 시작이 될 수도 있는 열등함.

그러나 누구도 그에게 가르쳐줄 생각을 하지 않았고, 그 또한 결코 배우지 않았을 것이 있었다. "우리는 인도의 황제다, 바크티 람 자인. 그러나 우리는 빌어먹을 우리 이름을 쓸 수가 없다." 그는 새벽녘 자신의 목욕을 돕는 늙은 몸종에게 소리 질렀다.

"그렇습니다. 오 가장 복된 존재이시여, 많은 아들들의 아버지시여, 많은 아내들의 남편이시여, 세계의 군주시여, 지상의 주인이시여." 바크티 람 자인이 그에게 수건을 건네며 말했다. 왕을 알현하는 시간인 이때는 또한 황제에게 아첨하는 시간이기도 했다. 바크티 람 자인은 제일급의 황제 아첨꾼 자리를 자랑스럽게 꿰찼다. 그는 아첨을 반복해 층층이 쌓아가는 기술로 알려진 화려한 전통 문체의 대가였다. 지나칠 정도로 찬사를 보내는 바로크적 어구들을 기막히게 잘 기억할 수 있는 사람이라야 필요한 만큼 반복하며 필연적인 순서에 따라 정확하게 아첨의 말을 쌓아나갈 수 있었다. 바크티 람 자인의 기억은 틀림이 없었다. 그는 몇 시간이라도 아첨을 늘어놓을 수 있었다.

황제는 운명을 점치듯 따뜻한 물이 담긴 대야에서 자신을 향해 찡그리는 자기 얼굴을 보았다. "우리는 왕 중의 왕이다, 바크티 람 자인. 그러나 우리는 우리의 법을 읽을 수 없다. 이에 대해 그대는 뭐라고 할 텐가?" "그렇습니다, 오 판관 중의 판관이시여, 많은 아들들의 아버지시여, 많은 아내들의 남편이시여, 세계의 군주시여, 지상의 주인이시여, 그 모든 것의 지배자는 모든 존재를 한데 모으는 자입니다." 바크티 람 자인이 자신의 임무인 아첨에 충실하며 말했다.

"우리는 숭고한 광휘, 인도의 별이자 영광의 태양이니라." 황제가 말했다. 그는 자신에 대한 아첨 한두 가지는 알고 있었다. "그러나 우리는 남자가 아기를 만들기 위해 여자와 자고 남자로 만들어주기 위해 소년과 잠자리를 하는 시궁창에서 자랐다. 정면에서 맞붙는 전사만이 아니라 뒤에서 덤비는 습격자를 경계하며 자랐다."

"그렇습니다. 오 눈부신 빛이시여, 많은 아들들의 아버지시여, 많은 아내들의 남편이시여, 세계의 군주시여, 지상의 주인이시여, 그 모든 것의 지배자는 모든 존재를 한데 모으는 자, 숭고한 광휘시여, 인도의 별이자 영광의 태양이시여." 바크티 람 자인이 말했다. 그는 귀머거리일지는 모르나 암시를 알아채는 법을 아는 자였다.

"왕이 그런 식으로 키워져야 하는 것인가, 바크티 람 자인?" 황제가 분노에 차서 고함을 지르며 세숫대야를 뒤엎었다. "일자무식에 야만스럽고…… 왕자가 그래야만 한단 말인가?"

"그렇습니다. 어떤 현자보다 더 현명한 자이시여, 많은 아들들의 아버지시여, 많은 아내들의 남편이시여, 세계의 군주시여, 지상의 주인이시여, 그 모든 것의 지배자는 모든 존재를 한데 모으는 자, 숭고한 광휘시여, 인도의 별이자 영광의 태양이시여, 인간 영혼의 지배자시여, 그대 백성의 운명의 대장장이시여." 바크티람 자인이 말했다.

"너는 우리의 입술을 읽을 줄 모르는 척하고 있다." 황제가 외쳤다.

"그렇습니다. 오 선지자보다 더 통찰력이 뛰어난 자이시여, 많은 아들들의……"

"그대는 점심거리로 목을 베어야 마땅했던 염소로다."

"그렇습니다. 오 신들보다 더 자비로운 자이시여, 많은……"

"네 어미는 돼지와 정을 통해 너를 낳았다."

"그렇습니다. 오 모든 말할 수 있는 자 가운데 가장 명쾌한 자이시여, 많……"

"됐다. 이제 기분이 나아졌다. 가거라. 너를 살려주마." 황제가 말했다.

그리고 또다시
밝은색 비단 천조각과 함께

그리고 또다시 붉은 왕궁의 창에서 깃발처럼 날리는 밝은색 비단 천조각과 함께 시크리가 아편에 취해 보는 광경처럼 열기 속에 어른거렸다. 드디어 뽐내며 걷는 공작과 춤추는 소녀 들을 데리고 고향에 돌아왔다. 전쟁에 지친 세상이 가혹한 진실이라면, 시크리는 아름다운 거짓이었다. 황제는 자기 담뱃대로 되돌아가는 끽연가처럼 고향으로 돌아왔다. 그는 마법사였다. 이 장소에서 그는 새로운 세계, 종교, 지역, 계급과 부족을 넘어선 세계를 마법으로 불러낼 것이다. 세상에서 가장 아름다운 여인들이 여기 있고, 그들은 모두 그의 아내였다. 세상에서 가장 빛나는 재사(才士)들이 여기 모여 있었다. 그중에서도 누구보다 뛰어난 재능을 지닌 아홉 명, 아홉 별이 있으니, 그들의 도움으로 이루지 못할 일은 없었다. 그들의 도움으로 황제의 마법은 온 세상을, 미래를, 영원을 모두 바꿔놓을 것이다. 황제는 현실 세계에 마법을 걸어놓았고, 이러한 공모 덕분에 그의 마법은 실패하려야 실패할 수 없었다. 탄센의 노래는 우주의 봉인을 깨고 신성을 일상세계로 퍼져나가게 할 수 있었다. 파이지의 시는 마음과 정신의 창을 열어 빛과 어둠을 모두 볼 수 있게 해주었다. 라자 만 싱의 통치술과 라자 토다르 말의 재정 관리 기술은 황제의 과업이 최고 일꾼들의 손에서 이루어지고 있음을 보여주었다. 다음으로 최고 중에서도 최고인 아홉 명 중에서도 으뜸가는 비르발이 있었다. 황제의 첫째가는 대신이자 첫째가는 친구였다.

첫째가는 대신이자 당대 최고의 재사가 코끼리 엄니를 박아넣은 탑 히란 미나르에서 황제를 맞았다. 황제의 장난기가 발동했다. "비르발." 아크바르가 말에서 내리며 말했다. "한 가지 질문에 대답해주겠나? 우리는 그 질문을 던질 날을 오랫동안 기다려왔다." 전설적인 기지와 지혜를 지닌 첫째가는 대신은 공손하게 절했다. "세계의 보호자이신 자한파나*여, 뜻대로 하옵소서." "그러면 닭이 먼저인가, 달걀이 먼저인가?" 아크바르가 물었다. 비르발은 즉시 대답했다. "닭이옵니다." 아크바르는 당황했다. "어떻게 그리 확신할 수 있는가?" 그는 알고 싶었다. 비르발이 대답했다. "지배자시여, 저는 한 가지 질문에만 대답해드리기로 약속하였나이다."

첫째가는 대신과 황제는 도시의 성벽 위에 서서 하늘을 선회하는 까마귀떼를 바라보았다. 아크바르는 생각에 잠겼다. "비르발,

---

* 무굴제국의 황제를 칭하는 말.

내 왕국에 까마귀가 몇 마리나 있다고 생각하는가?" 비르발이 대답했다. "자한파나여, 정확히 구십구만 구천구백구십구 마리가 있나이다." 아크바르는 어리둥절했다. "만약 세어보았는데 그보다 많으면 어떡하겠는가?" 비르발이 대답했다. "그렇다면 까마귀의 친구들이 이웃 왕국에서 방문했다는 뜻이옵니다." "만약 그보다 적다면?" "그렇다면 우리 까마귀 중에 몇이 더 넓은 세계를 보러 국외로 나간 것일 것이옵니다."

위대한 언어학자가 아크바르의 궁정에서 기다리고 있었다. 머나먼 서쪽 땅에서 찾아온 자로, 수십 가지 언어로 유창하게 대화하고 토론할 수 있는 예수회 수사였다. 그는 황제에게 자신의 모국어를 맞혀보라고 도전장을 내밀었다. 황제가 그 수수께끼를 놓고 궁리하는 동안, 첫째가는 대신은 수사의 주위를 빙빙 돌다가 갑자기 뒤에서 거칠게 그를 발로 걸어찼다. 수사는 포르투갈어도 아니고 이탈리아어도 아닌 욕지거리를 연달아 내뱉었다. 비르발이 말했다. "보셨나이까, 자한파나여, 욕설을 내뱉을 때만큼은 항상 모국어를 쓰는 법이옵니다."

황제가 첫째가는 대신에게 도전했다. "비르발, 그대가 무신론자라면 세상 모든 위대한 종교의 진실한 신도들에게 뭐라고 말하겠는가?" 비르발은 트리비크람푸르 출신의 독실한 브라만이었지만 서슴없이 대답했다. "제가 보기에는 그들 역시 모두 무신론자라고 말하겠나이다. 저는 각각의 신도보다 하나의 신을 덜 믿을 뿐이옵니다." "어찌 그리 되는가?" 황제가 물었다. "모든 진실한 신도는 자신의 신을 제외하고 모든 신을 믿지 않아야 할 충분한 이유를 갖고 있나이다. 그러므로 저에게 어떤 신도 믿지 않을 모든 이유를 주는 자는 바로 그들이옵니다."

첫째가는 대신과 황제는 '꿈의 장소' 콰브가에 서서 군주만의 은밀한 공식 연못인 비할 데 없는 못, 모든 연못 가운데 최고의 연못인 아눕 탈라오의 잔잔한 수면을 굽어보았다. 왕국이 곤경에 처하면 연못의 물이 경고를 보낸다는 말이 전해졌다. 아크바르가 말했다. "비르발, 그대도 알다시피 우리의 총애하는 비는 불행히도 존재하지 않는다. 우리는 그녀를 무엇보다 사랑하고, 누구보다 숭배하고, 심지어 잃어버린 코이누르 다이아몬드보다 더 귀하게 여기지만, 그녀는 너무도 깊은 슬픔에 잠겨 있다. 그녀는 이렇게 말한다. '전하의 아내 가운데 가장 추하고 성질 못된 처라 해도 피와 살로 이루어졌나이다. 결국 저는 그녀와 상대가 될 수 없을 것이옵니다.'" 첫째가는 대신은 황제에게 조언했다. "자한파나여, 비께 바로 그 최후의 때에야말로 비의 승리가 모두에게 명백해질 것이라 말씀하시옵소서. 결국에는 왕비 가운데 그 누구도 마찬가지로 존재하지 않게 될 것이기 때문이옵니다. 그때까지 비께서는 폐하의 애정을 누리실 것이고, 비의 명성은 세세만년 퍼질 것이옵니다. 그러하니 비께서 존재하지 않는다는 것이 사실이라 해도, 비께서 살아계신 분이라 말하는 것 또한 진실이옵니다. 만약 비께서 저 너머, 저 높은 창 너머에 존재하지 않으신다면, 폐하의 귀환을 기다릴 자 아무도 없을 것이옵니다."

조다의 자매들, 즉 그녀와 같은 아내들은 그녀에게 분개했다. 어떻게 막강한 황제가 존재하지 않는 여자와 함께하기를 더 좋아할 수 있단 말인가? 적어도 황제가 없을 때는 그녀 또한 없어야 했다. 그녀는 실제로 존재하는 것 주위에 얼쩡거릴 자격이 없었다. 그녀는 환영이니만큼 사라져야 마땅했다. 거울이나 그림자 속으로 미끄러져 들어가 자취를 감춰야 했다. 살아 있는 왕비들은 그녀가 사라지지 않는 것은 가상의 존재에게 누구나 기대하는 바를 어기는 일종의 예법 위반이라고 결론지었다. 아예 마주쳐본 적도 없는데 어떻게 그녀에게 예의범절을 가르칠 수 있을까? 그녀는 교육받지 않은 허구의 산물이었고, 무시해야 마땅했다.

그들은 황제가 자기들에게서 조금씩 훔쳐다 그녀를 짜깁기해 만들어냈다고 분통을 터뜨렸다. 그는 그녀가 조드푸르 왕의 딸이라고 말했다. 말도 안 된다! 그건 다른 비였고, 그 비는 딸이 아니라 누이였다. 또 황제는 허구의 연인이 그가 오랫동안 고대해온 첫 아들의 어머니라고 믿었다. 이 승리의 도시가 세워진 언덕 꼭대기 오두막에 사는 성인의 축복 덕분에 수태된 아이였다. 그러나 그녀는 살림 황태자의 진짜 어머니인 마리암우즈자마니로 알려진, 카치와하 일족인 아메르의 라자 비하르 말의 딸 라지쿠마리 히라 쿤와리가 보는 사람마다 붙잡고 슬퍼하며 말하는 바와 같이 살림 황태자의 어머니가 아니었다. 그러니까 이런 얘기이다. 허구의 왕비가 지닌 끝없는 아름다움은 이 왕비한테서, 그녀의 힌두교는 다른 왕비한테서, 헤아릴 수 없는 부는 또다른 비한테서 가져온 것이라는. 그러나 그녀의 성격만큼은 아크바르의 창작물이었다. 그 어떤 현실의 여자도 그토록 완벽하게 상냥하고, 그토록 다소곳하고, 그토록 끝없이 헌신하지는 못했다. 그녀는 있을 수 없는 존재, 완벽한 환상이었다. 그들은 그녀가 불가능한 존재라는 것을, 그래서 대적할 수 없다는 것을 알았기에 그녀를 두려워했고, 바로 그 때문에 황제는 그녀를 가장 사랑했다. 그들은 그녀가 자신들의 내력을 도적질해갔으므로 증오했다. 그녀를 살해할 수 있다면 그렇게 했을 테지만, 황제가 그녀에게 싫증이 나거나 황제 자신이 죽는 날까지 그녀는 불사의 존재였다. 황제의 죽음도 고려 대상 밖에 있지는 않았지만, 왕비들은 아직 거기까지 생각해보지는 않았다. 지금까지는 침묵 속에서 불만을 삭이고 있었다. 그들은 속으로 툴툴거렸다. '황제는 미쳤어.' 하지만 그 말을 입 밖에 내지는 않았다. 그리고 황제가 사람들을 죽이며 정신없이 휘돌아다닐 때면 허구의 처도 제 마음대로 하도록 내버려두었다. 그들은 그녀의 이름을 절대 입에 올리지 않았다. 조다, 조다바이. 그 말은 결코 그들의 입술에 오르지 않았다. 그녀는 궁정의 방을 홀로 떠돌았다. 그녀는 격자무늬 돌 칸막이를 통해서만 엿보이는 외로운 그림자였다. 미풍에 날리는 천자락이었다. 그녀는 밤이면 판치마할 꼭대기층의 작은 돔 아래 서서 지평선을 살피며 자신을 실제로 만들어줄 왕이 돌아오기만 기다렸다. 전쟁에서 집으로 돌아올 왕을.

노란 머리의 거짓말쟁이가 여마법사와 주문에 관한 이야기를 가지고 이방의 땅에서 파테푸르 시크리에 불안하게 도착하기 한참 전부터 조다는 자신의 이름 높은 남편이 핏속에 마법의 재능을 지니고 있음이 틀림없다는 것을 알았다. 칭기즈칸의 강신술이라든가, 그가 사용한 짐승 제물과 신비한 약초라든가, 흑마술의 힘을 빌려 낳은 팔십만 자손 이야기는 모르는 이가 없었다. 절름발이 티무르가 쿠란을 불태운 적이 있고, 지상을 정복한 뒤에 별까지 올라 천상도 정복하려 했다는 이야기도 다들 알았다. 황제 바바르가 아들을 살리기 위해 자신을 희생해 병상을 빙빙 돌며 사신(死神)을 아이한테서 아버지에게로 꾀어내 죽어가는 후마윤을 구한 일도 누구나 아는 이야기였다. 남편은 사신과 악마와 맺은 이러한 어두운 계약을 물려받았다. 그녀의 존재야말로 남편 안의 마법이 얼마나 강한가를 보여주는 증거였다.

꿈으로부터 실제 생명을 만들어내는 것은 인간의 능력을 뛰어넘는 행위이며, 신의 특권을 찬탈하는 짓이었다. 그즈음 시크리에는 시인과 예술가가 차고 넘쳤다. 제 잘난 맛에 사는 이 이기주의자들은 텅 빈 무에서 언어와 이미지로 아름다운 것을 불러낼 수 있는 힘을 지녔다고 주장했지만, 어떤 시인도 화가도 음악가도 조각가도 '완전한 인간'인 황제가 성취한 것에는 따라가지 못했다. 또한 궁정에는 외국인, 머릿기름을 바른 이방인, 햇볕에 탄 상인, 듣기 싫은 불쾌한 언어로 자기네 나라, 자기네 신, 자기네 왕의 권위에 대해 떠벌리는 서쪽에서 온 얼굴이 길쭉한 수도사가 가득했다. 자기 숙소 2층의 높은 창에 쳐진 돌 칸막이 사이로 그녀는 담을 둘러친 공식 알현장의 거대한 안뜰을 내려다보며 보란 듯이 으쓱대며 걸어가는 수많은 외국인을 주시했다. 황제가 그녀에게 외국인이 가지고 온 그들의 산과 계곡 그림을 보여주었을 때, 그녀는 히말라야와 카슈미르를 생각하고는 보잘것없는 외국인의 자연미를 비웃었다. 그들이 쓰는 말은 반 쪼가리 대상을 묘사하기에 딱 적당한 반 쪼가리 말이었다. 그들의 왕은 야만인이었고, 그들은 자기네 신을 나무에 못 박았다. 그렇게 우스꽝스러운 자들에게서 무엇을 바라겠는가?

그들의 이야기 또한 그녀에게 아무런 인상을 남기지 못했다. 황제는 어느 여행자가 들려주었다는, 여자에게 생명을 불어넣고 그녀와 사랑에 빠진 고대 그리스의 조각가 이야기를 그녀에게 해주었다. 그 이야기는 끝이 좋지 못했고, 뭐라 해도 아이들한테나 맞을 우화였다. 그녀의 실제 존재에는 비할 바가 못 되었다. 누가 뭐래도 그녀는 여기에 존재했다. 정말 여기 있었다. 순수한 의지만으로 이러한 창조의 위업을 달성한 사람은 일찍이 세상에 단 한 명뿐이었다.

그녀는 황제가 외국인 여행자에게 매혹되는 것을 알았지만, 그들에게 관심이 없었다. 그들은 찾으러 왔다…… 정확히 무엇을? 아무짝에도 쓸모없는 것을. 그들에게 조금이라도 지혜가 있다면 자기네 여행이 전혀 무용하다는 것을 분명히 깨달았을 것이다. 여행은 무의미했다. 여행은 자신에게 의미 있는 장소에서 자기 삶을 내주고 보답으로 의미를 얻은 장소로 옮겨가는 것이다. 여행은 사람을 완전히 허황된 존재로 만드는 동화의 나라로 감쪽같이 채간다.

그렇다. 바로 이곳 시크리가 그들에게는 동화의 나라였다. 그들의 영국과 포르투갈, 네덜란드와 프랑스가 그녀의 이해 능력 밖에 있듯이. 세계는 하나가 아니었다. 그녀는 황제에게 말한 적이 있었다. "우리는 저들의 꿈이에요. 그리고 그들은 우리의 꿈이지요." 그녀는 황제가 자기 의견을 절대로 가볍게 내치거나 위엄 있는 손으로 털어내버리는 법이 없었기 때문에 그를 사랑했다. 어느 날 저녁 황제는 간지파* 카드게임을 하다가 말했다. "하지만 상상해보시오, 조다. 만약 우리가 다른 이의 꿈속에서 깨어나 그들을 바꿀 수 있다면, 그들을 우리의 꿈속으로 초대할 용기가 있다면 어떻게 될지 말이오. 온 세상이 단 하나의 백일몽이 된다면 어떨 것 같소?" 그녀는 백일몽을 이야기하는 왕에게 몽상가라고 말할 수 없었다. 그녀야말로 백일몽이 아니면 무엇이란 말인가?

그녀는 십 년 전 궁정에서 자신의 창조자이자 연인인 남자로부터 성인인 상태로 태어나, 그곳을 단 한 번도 떠나본 적이 없었다. 사실이 그랬다. 그녀는 그의 아내이자 그의 아이였다. 만약 그녀가 궁정을 떠난다면, 그녀가 늘 의심해왔던 대로 주문이 풀리고 그녀는 더 존재하지 않게 될 것이다. 어쩌면 황제가 궁정 밖에서도 믿음의 힘으로 그녀를 지탱해준다면 가능할지 모르지만, 그녀

---

* 중세 인도의 포커게임.

혼자라면 도리가 없을 것이다. 다행히도 그녀는 떠나고 싶은 마음이 없었다. 궁정의 수많은 건물을 잇는, 벽이 쳐지고 커튼이 드리워진 복도로 이루어진 미궁에서 그녀는 얼마든지 원하는 대로 여행할 수 있었다. 이곳은 그녀의 작은 우주였다. 여기 외에 다른 곳을 정복하고픈 마음은 없었다. 나머지 세상은 다른 사람들 몫으로 남겨두어도 좋았다. 이 돌로 된 사각형 요새는 그녀의 것이었다.

그녀는 과거가 없는, 역사로부터 떨어져 있는 여자였다. 아니, 황제가 그녀에게 기꺼이 부여해준, 다른 왕비들이 격하게 이의를 제기하는 역사만을 소유한 여자라고 해야 할 것이다. 독립된 존재의 문제, 즉 그녀가 독립된 존재인가 아닌가의 문제는 그녀가 그것을 원하는가라는 질문을 끈질기게 거듭 제기했다. 만약 신이 자신의 피조물인 인간을 외면한다면, 인간은 존재하지 않게 될까? 이는 그 질문을 확장한 것이었지만, 그녀를 괴롭히는 것은 자기 본위로 축소된 질문이었다. 그녀의 의지는 자신이 존재하기를 원했던 남자로부터 자유로울까? 그녀는 단지 그가 그녀의 존재 가능성에 대한 불신을 접어두고 있기에 존재하는 것인가? 만약 그가 죽는다면, 그녀는 계속 살아 있을 수 있을까?

그녀는 심장박동이 빨라지는 것을 느꼈다. 무슨 일이 막 벌어지려는 순간이었다. 그녀는 스스로 강해지고 단단해지는 것을 느꼈다. 의심이 사라졌다. 그가 오고 있었다.

황제가 궁정에 들어오면 그녀는 그의 욕망이 다가오는 힘을 느낄 수 있었다. 그렇다. 뭔가가 벌어지려는 참이었다. 그녀는 자신의 핏속에서 그의 발소리를 느꼈고, 자신을 향해 다가올수록 점점 더 커져가는 자기 안의 그를 볼 수 있었다. 그녀는 그가 그런 식으로 그녀를 만들어냈기에 그의 거울이면서 동시에 자기 자신이었다. 그렇다. 창조행위는 완벽한 것이니까 그녀는 누구나 자기 본성의 한계 안에서 자유로이 되고 싶은 대로 되고 하고 싶은 대로 하듯 자유롭게 그가 창조한 인물이 될 수 있었다. 그녀가 갑자기 얼마나 강해졌는지, 얼마나 피와 분노로 가득 찼는지. 그가 그녀에게 행사하는 힘은 결코 절대적이지 않았다. 그녀가 되어야 하는 것은 모두 일관성이 있었다. 그녀는 이보다 더 일관성이 있다고 느껴본 적이 없었다. 그녀의 본성은 홍수처럼 그녀 안으로 몰아쳤다. 그녀는 종속된 존재가 아니었다. 그는 종속적인 여자를 좋아하지 않았다.

그녀가 먼저 그를 꾸짖곤 했다. 어떻게 이리도 오래 떠나 있을 수 있단 말인가? 그가 없을 때 그녀는 수많은 음모와 싸움을 벌여야 했다. 이곳에선 아무도 믿을 수 없다. 사방 벽이 수군거림으로 가득했다. 그녀는 그들 모두와 싸웠다. 제 잇속만 차리는 하인들의 소소한 반역행위를 물리치고, 벽에 붙어 엿보는 도마뱀을 혼란에 빠뜨리고, 모의를 꾀하느라 급히 달려가는 쥐를 막아내 왕이 돌아오는 날까지 궁정을 안전하게 지켰다. 이런 모든 일을 하면서 그녀는 자신이 희미해져간다고 느꼈다. 생존을 위한 단순한 투쟁에 그녀는 거의 모든 의지력을 쏟아부어야 했다. 다른 왕비들은…… 아니다, 다른 왕비들 얘기는 하지 않을 것이다. 다른 왕비들은 존재하지 않는다. 그녀만 존재한다. 그녀 역시 마법사였다. 그녀가 마법을 걸어야 할 남자는 단 한 명밖에 없었다. 그가 바로 여기에 온 것이다. 그는 다른 비에게 가지 않을 것이다. 그는 자신을 기쁘게 해줄 상대에게 오고 있다. 그녀는 그로, 자신에 대한 그의 욕망으로, 막 벌어지려는 무언가로 가득 차 있다. 그녀는 그의 요구를 훤히 꿰뚫고 있다. 모든 것을 알고 있다.

문이 열렸다. 그녀는 존재했다. 그녀는 불멸이었다. 사랑으로 창조되었으므로.

꽃 모양 모표가 달린 황금색 터번을 두르고 금빛 비단 외투를 입은 그는 병사의 훈장처럼 자신이 정복한 땅의 흙먼지를 온통 뒤집어쓰고 있었다. 그는 수줍게 미소 지었다. "'나'는 더 빨리 돌아오고 싶었소. '내'가 늦었소." 그의 말에는 뭔가 어색하고 실험적인 데가 있었다. 무슨 일일까? 그녀는 그답지 않게 머뭇거리는 태도를 무시하고 계획해두었던 대로 밀고 나가기로 마음먹었다.

"아, 폐하께서 그러고 '싶으셨군요'." 얼굴 아래쪽을 비단 두건으로 가리고 평상복을 입은 그녀는 똑바로 일어서서 말했다. "남자는 자기가 무엇을 원하는지 모릅니다. 자기가 원한다고 말하는 것을 원하지 않지요. 남자는 자기가 필요로 하는 것만을 원합니다."

황제는 그가 그녀를 가장 먼저 만나러 왔다는 것을 그녀가 인정하려 들지 않자 당황했다. 이는 그녀에게 영예로운 일이며 기쁨으로 졸도해야 마땅한 일이고, 그의 가장 새로운 발견이자 애정 선언이었다. 그는 당황했고 약간 기분이 상했다.

그가 얼굴을 찌푸리고 그녀에게 다가가며 말했다. "그렇게 잘 알다니, 그대는 남자를 몇 명이나 알고 지낸 거요? '내'가 떠나 있는 동안 혼자서 남자에 대한 공상이라도 했단 말이오, 아니면 꿈이 아니라 그대를 기쁘게 해줄 진짜 남자를 찾아내기라도 한 거요. '내'가 죽여야 할 남자가 있소?" 이번에는 그녀가 그 대명사의 혁명적인, 관능적인 새로움을 알아차릴까? 이제 그가 말하려하는 것을 이해할까?

그녀는 이해하지 못했다. 그녀는 무엇이 그를 자극하는지 안다고 믿었고, 그를 그녀의 것으로 만들기 위해 해야 하는 말만 생각했다.

"여자는 대부분의 남자가 상상하는 것보다 남자 생각을 덜 한답니다. 자기네 남자가 믿는 것보다 덜 자주 남자를 생각하지요. 여자는 남자가 여자를 필요로 하는 만큼 그들을 필요로 하지는 않는답니다. 그래서 착한 여자를 억누르는 것이 그토록 중요한 게지요. 만약 당신이 착한 여자를 억누르지 않는다면 필시 도망가버릴테니까요."

그녀는 그를 맞으려고 옷을 차려입지도 않았다. "인형을 원하신다면 천박하게 치장한 인형들이 깩깩거리고 서로 머리카락을 잡아당기면서 폐하를 기다리는 인형의 집으로나 가보시지요." 이것이 실책이었다. 다른 비들을 입에 올린 것이다. 그의 미간이 찌푸려지고 눈빛이 어두워졌다. 그녀는 하지 말아야 할 짓을 했다. 주문이 거의 깨질 뻔했다. 그녀는 눈에 온 힘을 모아 황제의 눈을 바라보았다. 황제가 그녀에게로 돌아왔다. 마법이 걸렸다. 그녀는 목소리를 높여 말을 이어갔다.

그녀는 황제에게 아첨하지 않았다. "폐하는 벌써 노인처럼 보이십니다. 폐하의 아들들은 폐하를 할아버지로 생각할 겁니다." 그녀는 황제의 승리를 축하해주지도 않았다. "역사가 다른 길로 갔더라면, 옛 신들이 여전히 지배하고 있겠지요. 폐하께서 처부순 신들, 처벌과 법 대신 이야기와 행위로 가득한, 수많은 팔다리와 수많은 머리가 달린 신들, 춤추는 신, 웃는 신, 천둥번개와 피리의 신, 행위의 여신 옆에 서 있는 존재의 신들, 그 많고 많은 신 말입니다. 어쩌면 그것이 진보일지도 모르겠군요." 그녀는 자신이 아름답다는 것을 알고 있었다. 그녀가 얇은 비단 베일을 떨어뜨려 내내 숨겨왔던 아름다움을 드러내자 황제는 무너졌다. 그녀가 나지막이 속삭였다. "소년이 여인을 꿈꿀 때는 가슴이 크고 머리는 빈 여자를 상상하지요. 왕이 아내를 상상할 때는 저를 꿈꾸고요."

그녀는 손톱으로 일곱 가지 유형의 무늬를 새기는 데 정통했다. 사랑의 행위를 더 격렬하게 하기 위해 손톱을 쓰는 기술이었다. 황제가 긴 여행을 떠나기 전에 그녀는 황제의 몸에 깊이 할퀸 자국을 세 개 남겨놓았다. 오른손가락 세 개로 그의 등과 가슴, 고환을 할퀸 자국이었다. 그것으로 그녀를 기억하라는 뜻이었다. 그가 집으로 돌아왔으니 자국을 남기지 않고 그의 뺨과 아랫입술과 가슴에 손톱을 갖다대 그의 머리끝이 진짜로 쭈뼛 곤두서게 만들고, 덜덜 떨게 만들 수 있었다. 아니면 그의 목에 반달 모양의 자국을 낼 수도 있었다. 오랫동안 그의 얼굴에 서서히 손톱을 박을 수도 있었다. 그의 머리와 허벅지에, 그리고 다시 늘 민감한 그의 가슴에 긴 자국을 남길 수도 있었다. '깡충깡충 뛰는 산토끼' 흉내를 내며 그의 몸에서 다른 곳은 전혀 손대지 않고 젖꼭지 주위 젖꽃 판에 자국을 낼 수도 있었다. 살아 있는 여자 가운데 그녀만큼 섬세한 손놀림으로 '공작 발자국 찍기'를 할 수 있는 뛰어난 여자는 없었다. 그녀는 엄지손가락을 그의 왼쪽 젖꼭지 위에 올려놓고, 다른 네 손가락으로 그의 가슴 위를 '걸으면서' 이 순간만을 기다리며 애지중지 아끼고 날카롭게 다듬은 길고 구부러진 손톱을 황제의 피부에 박아 공작이 진창을 걸어갈 때 남길 법한 자국이 남을 때까지 깊숙이 밀어넣었다. 그녀는 이런 행위를 할 동안 그가 무슨 말을 할지 알고 있었다. 그는 군대 막사에서 외로이 눈을 감고 그녀의 동작을 흉내 내곤 했다고, 자기 몸 위를 더듬는 손톱이 그녀의 것이라고 상상하며 흥분을 느꼈다고 말할 것이다.

그녀는 황제가 그 말을 하길 기다렸지만, 그는 하지 않았다. 뭔가 달라졌다. 이제 그에게선 조급함, 심지어 그녀가 이해할 수 없는 짜증, 성가셔하는 태도까지 보였다. 마치 연인의 정교한 행위가 매력을 잃어, 그냥 그녀를 소유한 뒤 끝내버리고 싶어하는 것 같았다. 그녀는 황제가 변했다는 것을 알았다. 이제 그 밖의 다른 모든 것도 바뀔 것이다.

------◆I◆I◆------

황제로 말하자면, 그는 결코 두 번 다시 다른 사람 앞에서 자신을 일인칭으로 칭하지 않았다. 그는 세상의 눈 앞에서 복수였고, 그를 사랑하는 여자가 판단하기에도 복수였고, 복수로 남을 것이다. 그는 자신의 교훈을 배운 것이다.

5

황제의 아들들이 말을 타고
빠른 속도로 달리면서

황제의 아들들이 말을 타고 빠른 속도로 달리면서 창으로 땅에 박힌 천막 말뚝을 겨누었다. 여전히 말등에 타고 있는 아들들은 끝이 구부러진 긴 막대를 휘둘러 그물을 친 골대에 공을 쳐 넣는 경기인 차우간에서 따를 자가 없었다. 그의 아들들은 사냥꾼 무리에서 사냥 대가의 지도로 표범 사냥의 신비에 입문했다. 또한 비둘기 경주인 이스크바지, '사랑게임'에도 참여했다…… 그의 아들들은 얼마나 아름다운지! 얼마나 힘차게 경기를 하는지! 살림 황태자를 보라. 열네 살에 불과한데 이미 궁술이 얼마나 뛰어난지 그를 받아들이기 위해 경기 규칙을 고쳐야 할 지경이었다. 아, 무라드, 다니얄, 나의 기수들이여, 황제는 생각했다. 황제가 그들을 얼마나 사랑하는지! 그러나 그들은 얼마나 사치스러운 게으름뱅이인지! 그들의 눈을 보라. 벌써 술에 취해 있다. 열한 살, 열 살인 그들은 이미 술에 취해 있다. 술에 취해 말을 내달리는 바보들이다. 황제는 부하에게 단단히 주의를 주었지만, 왕자들이니 감히 어떤 하인도 나서서 그들을 막지 못했다.

황제는 물론 그들에게 감시를 붙여두었으므로 살림이 습관적으로 아편을 피우고 밤마다 변태적인 음란행위에 탐닉한다는 것을 잘 알았다. 어쩌면 처음 힘이 솟구치기 시작한 젊은이가 매춘부와 비역질하는 데 재미를 붙인 것을 이해 못할 바는 아니었지만, 곧 그의 귀에 말이 들어올 것이었다. 무희들이 멍든 엉덩이, 엉망진창이 된 석류 싹 때문에 공연하기가 힘들어졌다고 불평하고 있었다.

아, 맙소사, 그의 타락한 아이들, 그의 살 중의 살, 그의 강점은 하나도 물려받지 못하고 결점만 물려받은 아이들을 어쩌면 좋단 말인가! 무라드 왕자의 간질은 일반 대중에게 알려지지 않았지만, 언제까지 그럴 것인가? 그리고 다니얄은 아무짝에도 쓸모없는 녀석 같다. 집안의 잘난 외모를 물려받았지만 개성이라고는 찾아볼 수 없다. 잘난 척 허영심은 강한 주제에 자부심을 가질 만한 업적이라곤 없다. 열 살짜리 아이를 이런 식으로 평가하다니 가혹한가? 그렇다, 물론 그렇다. 하지만 이 아이들은 여느 소년이 아니다. 작은 신, 미래의 전제군주이다. 불행히도 지배하기 위해 태어난 자이다. 그는 아이들을 사랑했다. 자식들은 그를 배신할 것이다. 아이들은 그의 삶의 빛이었다. 그들은 황제가 잠들었을 때 그를 덮칠 것이다. 이 어린 개자식들. 그는 아이들이 움직이기를 기다렸다.

황제는 매일 그러듯 오늘도 아들들을 믿을 수 있기를 소원했다. 그는 비르발과 조다와 아불 파즐과 토다르 말은 믿었지만, 자식들에게는 감시의 눈길을 늦추지 않았다. 그들이 그의 노년을 굳세게 떠받쳐줄 수 있으리라 믿고 싶은 마음은 간절했다. 그는 눈이 침침해졌을 때 아이들의 아름다운 눈동자 여섯 개에 의지하고, 팔힘을 잃었을 때 아이들의 강인한 팔 여섯 개에 의지할 수 있기를, 그가 정말 여러 개의 머리와 사지가 달린 신처럼 될 수 있도록 아이들의 눈과 팔이 그의 명령에 하나로 똘똘 뭉쳐 움직이기를 꿈꾸었다. 그는 신뢰를 미덕으로 여기며 이를 장려했으므로 자식들을 믿고 싶었으나, 자기 혈통의 역사를 알고 있었다. 그의 집안사람은 본래 믿을 수 없는 족속이었다. 그의 자식들은 훌륭한 콧수염을 자랑하는 빛나는 영웅으로 성장할 것이고, 그에게 맞서 일어설 것이다. 그들의 눈빛에서 이미 예견할 수 있었다. 그들 종족 가운데 페르가나의 차가타이족은 자식이 왕위에 있는 아비에게 맞서 음모를 꾸미고, 왕위에서 쫓아내려 시도하고, 아비를 요새나 호수의 섬에 가두거나 자기 칼로 처형하는 일이 관례가 되다시피 했다.

아, 살림, 저 피에 굶주린 녀석은 벌써 사람들을 살해할 독창적인 방법을 꿈꾸고 있다. 아빠, 누가 저를 배신하면 저는 나귀를 잡아서 갓 벗겨 축축한 가죽 속에 반역자를 넣고 꿰맬 거예요. 그런 다음 당나귀 위에 그놈을 거꾸로 앉히고 한낮에 거리를 행진하게 하겠어요. 그러면 뜨거운 햇빛이 제 할 일을 하겠지요. 잔인한 태양이 가죽을 바짝 말려 천천히 수축하면, 그 안의 적은 서서히 질식해 죽어갈 것이다. 어디에서 이런 구역질나는 방법을 알아냈느냐? 황제가 아들에게 물었다. 소년은 거짓말을 했다. 제가 생각해냈어요. 그리고 아빠가 잔인하다는 말을 하시다니요. 아빠가 칼을 뽑아 신발 한 켤레를 훔친 남자의 발을 자르는 광경을 제 눈으로 보았는걸요. 황제는 그 말을 듣고서야 진실을 알았다. 살림 황태자 안에 어둠이 있다면, 그것은 바로 왕 중의 왕인 자신에게서 물려받은 것이었다.

살림은 그가 가장 총애하는 아들이자 그를 암살할 확률이 가장 높은 아들이었다. 그가 없어지면 세 형제는 권력이라는 살점이 잔뜩 붙은 그의 뼈다귀를 놓고 길바닥의 개처럼 싸울 것이다. 눈을 감고 경기를 하는 아이들의 말발굽 소리에 귀를 기울이노라니, 살림이 그에게 맞서 반란을 이끌다 보잘것없는 어린애처럼 패배하는 꼴이 눈앞에 훤히 보였다. 물론 우리는 그를 용서할 것이다. 그를, 우리의 아들을 살려둘 것이다. 말 타는 솜씨가 저렇게 훌륭하고, 왕다운 웃음을 터뜨릴 때면 저리도 빛나지 않느냐. 황제는 한숨을 내쉬었다. 그는 아들들을 믿지 않았다.

사랑 문제는 이런 상황들 때문에 더 불가사의해졌다. 황제는 그 앞에서 말을 타고 광장을 내달리는 세 아이를 사랑했다. 만약 그가 그들의 손에 죽는다 해도, 치명적인 일격을 날리는 그들의 팔을 사랑할 것이다. 그러나 어린 망나니들이 자기를 무너뜨리도록 놔둘 마음은 없었다. 그의 숨이 붙어 있는 동안은 안 될 말이었다. 그는 먼저 지옥에서 그들을 볼 것이다. 그는 황제 아크바르였다. 누구도 그를 업신여기게 놔두지는 않을 것이다.

그는 금요 사원 안뜰의 무덤에 잠들어 있는 신비주의자 치슈티를 믿었지만, 치슈티는 죽었다. 그는 개, 음악, 시, 기지 넘치는 조신, 자신이 무에서 창조해낸 아내를 믿었다. 아름다움, 그림, 선조의 지혜를 믿었다. 그러나 다른 것에 대한 확신은 잃어갔다. 예를 들면 종교적 신앙이 그랬다. 그는 삶은 믿을 것이 못 되며, 세상은 의지할 만한 곳이 아니라는 것을 알고 있었다. 그는 웅장한 모스크의 문 앞에 자신의 금언을 새겨두었다. 직접 지은 것은 아니고, 나사렛 예수가 한 말이었다. 이 세상은 다리이다. 그 다리를 건너가되 그 위에 어떤 집도 짓지 말라. 그는 자신의 금언조차 믿지 않았다. 그는 집 정도가 아니라 도시 하나를 통째로 지은 자신을 책망했다. 한 시간을 바라는 자는 영원을 바란다. 세상은 한 시간이다. 그 뒤에 오는 것은 보이지 않는다. 맞는 말이다, 그는 속으로 인정했다. 나는 너무 많은 것을 바란다. 영원을 바란다. 한 시간으로는 모자라다. 나는 위대함을 바란다. 사람들이 마땅히 원해야 하는 것보다 더 많이. (그는 스스로를 '나'라고 말할 때 기분이 좋았다. 자신과 더 친밀해진 느낌이 들었지만, 개인적인 문제, 이미 해결된 문제로 남겨둘 것이다.) 나는 긴 삶을 원한다. 평화를, 이해를, 오후의 맛있는 식사를 바란다. 이 모든 것보다 신뢰할 수 있는 젊은이 한 명을 원한다. 그 젊은이는 내 아들이 아니겠지만, 그를 아들 이상으로 만들어줄 것이다. 내 망치이자 모루로 만들 것이다. 나의 아름다움이자 진실로 만들 것이다. 그는 내 손바닥 위에 서서 하늘을 채울 것이다.

바로 그날, 노란 머리 젊은이가 갖가지 색의 마름모꼴 가죽조각을 이어붙인 우스꽝스러운 긴 외투를 입고, 손에 영국 여왕의 편지를 들고 그 앞에 나타났다.

이른 아침, 불면증이 있는 하티아풀 매음굴의 창녀 모히니는 외국인 손님을 깨웠다. 그는 반짝 눈을 뜨더니 그녀를 거칠게 두 팔로 휘감고 마술처럼 공기 중에서 칼을 잡아 그녀의 목을 겨눴다. 그녀가 말했다. "어리석은 짓은 집어치워요. 어젯밤에 당신을 죽일 기회는 수도 없이 많았어요. 당신이 궁정의 황제도 깰 만큼 요란하게 코를 골 동안 내가 그 생각을 안 해봤을 거라고 생각하진 마세요." 그녀는 그에게 한 번 하는 값과 그보다 약간 더 비싼 긴 밤 지내는 값, 두 가지 요금을 제안했다. 그가 여자에게 물었다. "어느 쪽이 더 돈 값을 하나?" "다들 항상 긴 밤 값이라고 하지요. 하지만 내 손님은 대부분 너무 늙어빠졌거나 술에 취했거나 아편으로 정신이 흐리멍덩하거나 남자 구실을 제대로 못하거나 해서 한 번 하기도 힘들어하니까, 한 번 하는 쪽이 확실히 돈이 절약되기는 하겠죠." "긴 밤 값의 두 배를 내겠소. 당신이 밤새 내 옆에 있겠다고 약속해준다면. 여자랑 하룻밤을 보내본 지가 하도 오래라 말이지. 여자가 옆에 누워 있으면 내 꿈도 달콤해지겠지." "당신 돈 당신이 쓰는 거니까 알아서 하세요. 말리지는 않겠어요." 그녀는 냉담하게 대꾸했다. "하지만 달콤함 따위 나한테서 다 없어진 지 이미 오래라서요."

그녀는 너무 말라서 다른 창녀들은 그녀를 해골이라고 불렀다. 주머니가 넉넉한 손님은 그녀와 대조적으로 하도 살이 쪄서 매트리스라고 불리는 여자를 그녀와 같이 골랐다. 우선 단단히 버티는 뼈의 감촉을 즐기고, 그다음에 빨아들이는 듯한 살의 느낌을 즐기는 식으로 여자의 몸이 제공하는 두 극단을 향유하기 위해서였다. 해골은 늑대처럼 게걸스럽고 급하게 먹었다. 그녀가 많이 먹으면 먹을수록 매트리스는 점점 더 뚱뚱해졌는데, 두 창녀가 악마와 계약을 맺어 지옥에 가면 끔찍하리만치 뚱뚱한 모습으로 영원히 있어야 하는 것은 해골이고, 반면 매트리스는 뼈만 남아 밋밋한 가슴에 조그만 나무 마개 같은 젖꼭지를 달고 다니게 되지 않을까 싶을 지경이었다.

그녀는 하티아풀의 돌리 아르티 매춘부였다. 이는 그녀가 문자 그대로 자기 일과 결혼했으며, 장례식 관인 아르티에 누울 때에야 비로소 고용 기한이 끝난다는 의미였다. 그녀는 일반적으로 쓰는 일인용 가마 돌리 대신 당나귀가 끄는 수레를 타고 거리의 어중이떠중이들이 흥겨워하는 가운데 우스꽝스럽게 패러디한 결혼 예식을 치러야 했다. "결혼식을 마음껏 즐기라고, 해골. 평생 처음이자 마지막 결혼식일 테니까." 한 무뢰한이 소리치자, 다른 창녀들이 위층 발코니에서 그의 머리 위로 따뜻한 오줌 요강을 들이부어 입을 다물게 했다. '신랑'은 매음굴 자체로, 안주인 랑길리 비비가 상징적으로 대신했다. 그녀는 너무 늙어서 이가 다 빠지고 사팔뜨기인 창녀지만 사람들의 존경을 받았다. 성격도 불같아서 다들 그녀를 두려워했다. 심지어 이치상으로는 그녀의 사업을 문 닫게 해야 할 경찰까지 그녀를 무서워했다. 경찰은 그녀가 악의에 찬 눈초리로 자기들에게 평생 불운을 내릴까봐 감히 그녀에게 맞서 조치를 취할 엄두를 내지 못했다. 매음굴이 살아남은 이유에 대한 좀더 말이 되는 또 한 가지 설명은 이곳이 궁정의 영향력 있는 귀족 소유라는 것이었다. 혹은 그 밖에 귀족이 아니라 성직자, 심지어 치슈티 묘에서 쉬지 않고 기도하는 신비주의자 가운데 한 명이라는 소문도 도시에 떠돌았다. 그러나 귀족이라고 항상 총애를 받는 것도 아니고, 성직자 역시 마찬가지다. 반면에 악운은 언제까지고 영원하다. 그래서 랑길리 비비의 성난 눈에 대한 두려움은 적어도 보이지 않는 성직자나 귀족 보호자 못지않게 강력했다.

모히니는 창녀 신세가 되었다고 비통해한 게 아니었다. 몸 파는 일도 다른 여느 직업과 마찬가지로 그녀에게 먹고 입을 것과 잠잘 곳을 주었다. 모히니는 그 일이 아니었더라면 십중팔구 들개나 다름없는 처지가 되어 도랑에서 개처럼 죽었을 거라고 제 입으로 말하곤 했다. 그녀의 비탄은 단 한 여자, 그녀의 전 주인이었던 아메르의 만 바이 양을 향한 것이었다. 만 바이 양은 열네 살로 지금 시크리에 사는데, 이미 사촌인 살림 황태자의 열렬한 구애를 남몰래 받고 있는 닳고 닳은 여자였다. 만 바이 양에게는 노예가 백 명 있는데, 해골 모히니는 그녀가 총애하는 노예 가운데 한 명이었다. 황태자가 한낮의 뙤약볕 아래 말을 달려 사냥을 하느라 땀투성이가 되어 도착하면, 모히니는 시종들의 맨 앞에 나서서 그의 옷을 모두 벗기고 창백한 피부를 향기 나는 시원한 기름으로 마사지해주었다. 모히니는 백단향이나 사향, 파출리나 장미향 같은 향수를 고르는 역할을 했다. 황태자가 정부를 맞을 수 있도록 그의 남성을 마사지하는 특별한 임무도 모히니가 수행했다. 다른 노예는 그에게 부채를 부쳐주고 손발을 문질러줄 뿐, 해골만이 황태자의 성기에 손을 댈 수 있었다. 이는 그녀가 성적 욕구를 높이고 교접 시간을 늘리는 데 없어서는 안 될 연고 조제에 대한 전문 지식을 가졌기 때문이다. 그녀는 타마린드와 진사 또는 말린 생강과 후추로 만든 반죽에 왕벌의 꿀을 섞었는데, 이 연고를 사용하면 여성은 남성이 크게 힘을 쓰지 않아도 격렬한 쾌락에 이를 수 있었고, 남자 또한 극도의 쾌감을 주는 열기와 꽉 죄어오는 두근거림을 경험할 수 있었다. 그녀는 반죽을 어떤 때는 여주인의 질에, 어떤 때는 황태자의 성기에 발랐는데, 대개는 양쪽에 다 발랐다. 그 결과 양쪽 모두 최고의 쾌락에 이를 수 있었다.

그녀는 '남자를 말로 바꿔놓는 약'이라고 알려진 남성용 약에 통달한 실력 탓에 신세를 망쳤다. 어느 날 그녀는 수컷 염소를 거세하라고 명령하고 불알을 우유에 넣어 끓였다. 그리고 소금과 후추를 치고 기*에 튀긴 다음, 마지막으로 다져서 달콤한 맛이 나게 만들었다. 몸에 바르기 위해서가 아니라 먹기 위해 준비한 이 음식을 그녀는 말처럼 힘을 잃지 않고서도 다섯 번, 열 번, 스무 번까지 정사를 치를 수 있게 해줄 약이라고 설명하면서 은수저로 황태자에게 먹여주었다. 유난히 정력이 강한 젊은 남자라면 연속해서 백 번을 사정할 수도 있었다. "맛있군." 황태자는 양껏 먹었다. 다음 날 아침, 그는 여주인의 침실에서 여주인을 초죽음상태로 만들어놓고 나왔다. 나오면서 그는 모히니에게 외쳤다. "하! 하! 그거 재미있었다."

---

* 물소 젖으로 만든 인도 버터.

만 바이 양은 마흔이레의 밤과 낮이 지나도록 섹스를 할 생각조차 할 수 없었다. 그 기간 동안 황태자는 그녀를 찾아와 자신이 입힌 피해를 충분히 이해하고 죄를 깊이 뉘우치며 근심하는 태도를 보였다. 그리고 대신 노예와 관계를 가졌는데, 대부분 그에게 초인적인 성적 능력을 준 말라깽이 여자를 원했다. 만 바이 양은 그를 막을 수 없었지만, 속으로는 질투에 불탔다. 백한 번의 성교를 치른 악명 높은 밤 이후로 남자를 받아들이는 해골 모히니의 능력은 무궁무진하며 황태자가 정부를 거의 죽게 했듯 그녀를 무너뜨릴 수 없다는 사실이 명백해지자, 노예 소녀의 운명은 정해졌다. 만 바이 양의 질투는 걷잡을 수 없이 치솟았고, 모히니는 남자를 욕망으로 미치게 만들 수 있는 지식 말고는 아무것도 없이 내쫓겼다. 그녀는 왕궁에서 매음굴로 추락했지만 남자를 호리는 능력 덕에 하티아풀의 매음굴에서도 가장 인기 많은 여인이 될 수 있었다. 그러나 그녀는 복수하고 싶었다. "운이 좋아 고년을 내 손에 넣을 수만 있다면, 자칼까지도 달려들 만큼 강력한 연고를 발라줄 테다. 그년은 까마귀랑 뱀이랑 문둥이랑 물소한테까지 당하다 결국 흠뻑 젖은 머리카락 몇 가닥만 남게 될 거야. 내가 그걸 태우는 거지. 그러면 다 끝나는 거야. 하지만 그년은 살림 황태자랑 결혼할 테고, 나 같은 것한테는 신경도 안 쓰겠지. 나 같은 여자한테 복수는 도저히 손에 넣을 수 없는 사치야. 자고새처럼, 어린 시절처럼."

무슨 까닭인지 그녀는 노란 머리 이방인에게 아무한테도 한 적이 없는 이야기를 털어놓았다. 아마도 그의 노란 머리와 외국인이 분명한 용모 등 이국적인 외관 탓이었을 것이다. 그녀가 심란해하며 말했다. "당신이 나한테 마법이라도 걸었나봐요. 대낮엔 어떤 손님한테고 내 얼굴조차 보여준 적이 없거든요. 살아온 이야기를 하지 않는 것은 말할 것도 없고." 그녀는 열한 살에 삼촌한테 처녀를 잃었다. 태어난 아기는 괴물이어서 어머니가 행여 그녀가 아기를 보았다가는 앞날을 저주하게 될까봐 그녀에게 보여주지도 않고 물에 빠뜨려 죽였다. "어머니는 그런 걱정 안 하셔도 됐는데. 난 다행히도 웬만한 일에는 눈도 까딱 안 하는 성격인 데다 고추가 땅콩만 한 남자라도 상관 안 할 만큼 그짓이라면 환장을 하거든요. 하지만 한 번도 따뜻한 사람은 아니었어요. 만 바이 양 아래에서 부당하게 고통받은 후로 내 주위에 냉기가 더 심해졌어요. 여름에는 남자들이 내 옆에 있으면 시원하다고 좋아하지만 겨울에는 일이 별로 없어요."

노란 머리 남자가 말했다. "나를 준비 좀 시켜주시오. 오늘 중요한 일로 궁정에 가야 하거든. 대박이 터지든가 망하든가 할 거요."

여자가 말했다. "돈만 낸다면 여느 왕 못지않게 좋은 향기를 풍기게 만들어줄 수 있지요."

그녀는 그의 몸을 코를 위한 교향곡으로 바꾸어놓기 시작했다. 가격은 모후르 금화 한 닢이라고 했다. "당연히 바가지 씌우는 거예요." 그녀는 경고했지만, 그는 왼손목을 흔들었다. 그녀는 그의 네 손가락 사이로 금화 세 닢을 보고 깜짝 놀라 숨이 턱 막혔다. "잘해주시오." 그는 그녀에게 세 닢을 전부 건넸다. 그녀가 말했다. "모후르 금화 세 닢이면 당신을 낙원에서 온 천사로 믿게 만들어줄 수도 있어요, 물론 원한다면. 당신이 해야 할 일이 뭔지는 몰라도, 일을 마치고 오면 나와 매트리스를 함께 가져도 좋아요. 일주일 동안 당신이 원하는 걸 공짜로 다 해드릴게요."

그녀는 금속 빨래통을 가져와 직접 더운물과 찬물을 양동이 한 개 대 세 개 비율로 섞었다. 그리고 알로에와 백단향, 장뇌로 만든 비누로 그의 온몸에 비누칠을 했다. "당신에게 왕족 분위기를 입히기 전에 피부에 생기를 주어 열어놓기 위해서예요." 그런 다음 침대 밑에서 천으로 잘 싸놓은 마법의 향 바구니를 꺼냈다. "황제 앞에 나가기 전에 다른 사람들 마음에 들어야 해요. 그러니까 황제를 위한 향수는 덜 중요한 인물들을 기쁘게 해줄 향 밑에 먼저 숨겨놓을 거예요. 황제 앞에 나아갈 때쯤이면 다른 향은 다 날아갈 거예요." 그녀는 영묘향과 제비꽃, 목련과 백합, 수선화와 그밖에 그는 묻고 싶은 마음조차 안 드는 이름의 다른 비교에서 쓰는 액체와 고래 내장에서 뽑은 밀랍뿐 아니라 튀르크, 키프로스, 중국의 나무 수액에서 추출한 분비물을 그의 몸에 발랐다. 그녀가 일을 끝낼 즈음에 그는 자기 몸에서 틀림없이 싸구려 매음굴 냄새가 날 거라고 확신했다. 그가 있는 곳이 바로 그곳이니까. 그는 해골에게 도움을 청하기로 마음먹었던 것을 후회했다. 그러나 예의상 자기 탓으로 돌렸다. 그는 작은 여행가방에서 해골이 숨을 딱 멈출 만큼 화려한 옷가지를 꺼냈다. "누구 사람이라도 죽이고 빼앗은 건가요, 아니면 당신 진짜로 보통 사람이 아닌 건가요?" 그녀가 궁금해했다. 그는 대답하지 않았다. 여행 중에 중요한 인물처럼 보여봤자 무뢰한의 주목만 끌 뿐이다. 하지만 궁정에서 떠돌이처럼 보인다면 그 또한 어리석은 짓이다. "이제 가야겠소. 나중에 또 오리다." 그녀가 말했다. "공짜로 해준다고 한 거 잊지 마세요."

그는 뜨거워지기 시작한 오전의 열기에도 불구하고 부득이하게 외투를 걸치고 해야 할 일을 하러 출발했다. 해골의 향수가 기적같이 그를 앞질러 가서 순조롭게 그의 길을 가도록 해주었다. 경비대는 도시 반대쪽 문에서 공식 알현장 안뜰로의 입장 허가를 기다리는 줄에 가서 서라고 그를 쫓아내는 대신, 일부러 도움을 주러 와 마치 좋은 소식이라도 전해들은 양 킁킁거리며 냄새를 맡더니 놀랍게도 환영의 미소를 지었다. 경비대장은 심부름꾼을 보내 왕실 부관을 데려오게 했다. 호출을 받은 부관은 짜증스러운 얼굴로 와서는 방문자에게 다가갔는데, 그때 산들바람이 불어와 새로운 향기가 공기 중에 확 퍼졌다. 경비대의 무딘 코에는 아주 미미한 향이었지만, 부관은 갑자기 처음 사랑에 빠졌던 소녀를 떠올렸다. 그는 자진해서 비르발의 집으로 가 일을 처리하고 돌아오더니 필요한 모든 허가가 떨어졌다고 알려주었다. 이제 그는 방문객을 궁정 안으로 들일 수 있는 권한이 있었다. 방문자는 이름을 묻는 질문에 주저하지 않고 대답했다.

"모고르라고 불러주십시오." 그는 흠잡을 데 없이 완벽한 페르시아어로 말했다. "모고르 델라모레라고 부르셔도 됩니다. 피렌체의 신사로, 지금은 영국 여왕 폐하를 위해 일하고 있습니다." 그는 흰 깃털을 꽂고 겨자색 보석을 단 벨벳 모자를 벗고 허리를 깊이 숙여 인사하며 모두에게 그가 조신의 예법과 공손함, 우아함을 지니고 있음을 과시했다. (벌써 제법 많은 군중이 모였다. 그들의 꿈꾸는 듯 몽롱한 눈빛과 빙그레 웃는 얼굴이 해골의 솜씨가 지닌 전능한 힘을 다시 한번 입증했다.) 부관도 마주 인사하며 말했다. "대사님, 이쪽으로 오시지요."

이제 아까의 향기들이 희미해지고 세번째 향기가 풍겨나왔다. 이 향기는 욕망의 환상으로 공기를 가득 채웠다. 왕궁의 붉은 세계를 걸어가는 동안, 모고르 델라모레라는 이 남자는 커튼을 내린 창문과 격자 칸막이 뒤에서 퍼덕이는 움직임을 눈치챘다. 그는 창문의 어둠 속에서 빛나는 아몬드 같은 눈의 주인을 찾아낼 수 있을 거라 상상했다. 일단 보석으로 장식한 손의 모호한 움직임은 초대일지도 몰랐다. 그가 해골을 과소평가했다. 그녀는 자기 전문 분야에서 이 화가와 시인, 노래가 넘치는 신화적인 도시에서 찾아낼 수 있는 그 누구와 겨루어도 지지 않을 예술가였다. 그는 생각했다. '어디 황제를 위해서는 어떤 준비를 해놓았는지 한번 보자. 앞의 향기들만큼 유혹적이라면 만사형통이다.' 그는 튜더 왕가의 두루마리를 꽉 쥐었다. 자신감이 커져갈수록 성큼성큼 보폭도 커졌다.

사적 알현관의 제일 큰 방 중앙에 붉은 사암으로 된 나무가 서 있었다. 나무에 걸린 돌로 깎은 거대한 바나나 다발은 방문객의 순진한 눈길을 끌 만했다. 넓은 붉은 돌 '가지'가 나무줄기 꼭대기에서 방의 네 귀퉁이로 뻗어 있었는데, 이 가지들 사이에 은실과 금실로 수놓은 비단 차양이 쳐져 있었다. 돌나무의 두꺼운 줄기를 등지고 차양과 바나나 아래 세상에서 가장 두려운 자(예외가 딱 한 명 있다)가 서 있었다. 황제에게는 사랑받고 질투심에 찬 경쟁자한테는 미움받는 엄청난 지력을 지닌 비만하고 작고 싹싹한 남자, 알랑거리는 아첨꾼, 하루에 삼십 파운드의 음식을 먹는 자, 요리사에게 저녁식사로 천 가지 요리를 준비하도록 명령할 수 있는 남자, 전능함이 환상이 아니라 삶의 최소 필요조건인 자.

이자가 바로 아불 파즐, 모든 것을 아는 자였다(외국어와 인도의 수많은 투박한 언어는 제외하고. 그는 그것들을 도통 이해하지 못했다. 그는 온갖 언어가 난무하는 바벨탑 같은 궁정에서 보기 드물게 한 언어만 할 줄 아는 인물로 도드라졌다). 역사가, 첩자의 우두머리, 아홉 별 중에서도 가장 영리한 자, 세상에서 가장 두려운 자(예외는 없다)의 두번째로 가까운 상담자인 아불 파즐은 세계가 실제로 어떻게 창조되었는지 알았다. 그는 천사에게 그 이야기를 들었다고 했다. 또한 황제의 마구간에 있는 말에게 매일 먹여야 하는 사료의 양, 비리아니* 요리법, 노예의 명칭을 '사도'로 바꾼 이유, 유대인의 역사, 천상 영역의 서열, '죄의 일곱 등급', '아홉 개의 학교', '열여섯 가지 범주', '열여덟 가지 학문', '마흔두 가지 부정한 것'에 대해서도 알았다. 그는 거미줄 같은 밀고자의 망을 통해 파테푸르 시크리의 벽 안에서 모든 언어로 오가는 귓속말로 전해지는 모든 비밀, 모든 반역행위, 모든 탐닉, 모든 난잡한 행위를 하나도 빠짐없이 통보받았다. 그래서 벽 안 사람들의 운명은 그의 손, 아니면 그의 펜 끝에 달려 있었다. 부하라의 압둘

---

* 인도식 볶음밥.

라 왕이 아크바르의 칼보다 아불 파즐의 펜을 더 두려워해야 한다고 말했을 정도였다. 하지만 세상에서 가장 두려운 한 사람(예외는 없다)은 그를 두려워하지 않았다. 누구도 두려워하지 않는 그 사람은 물론 아불 파즐의 주군인 황제였다.

아불 파즐은 왕처럼 옆으로 선 채 낯선 이를 보려고 몸을 돌리지도 않았다. 그의 침묵이 너무 길었으므로, 일부러 모욕을 주려는 뜻임이 분명해졌다. 엘리자베스 여왕의 사절은 이것이 그가 통과해야 할 첫번째 시험이라는 것을 알았다. 그 역시 입을 열지 않았다. 무시무시한 침묵 속에서 각기 상대방에 대해 더 많은 것을 알게 되었다. 여행자는 생각했다. '당신은 나에게 아무 말도 않고 있다고 생각하겠지. 하지만 나는 당신의 장엄함과 무례함에서, 당신의 살찌고 단호한 모습에서, 쾌락주의가 의심과 공존하는 세계, 폭력이 아름다움에 대한 숙고와 나란히 걸어가는 세계, 과도한 탐닉과 징벌로 이루어진 이 우주의 약점이 허영심이라는 것을 잘 보여주는 본보기가 바로 당신이라는 사실을 알 수 있어. 이 침묵은 폭력적인 공격의 한 양상이니까. 허영심은 당신네 모두를 사로잡을 마법이지. 바로 그 허영심에 대한 나의 지식을 통해 내 목표를 달성하고 말 것이다.'

그때 세상에서 가장 두려운 자(예외가 딱 한 명 있다)가 마치 상대방의 생각에 대답하듯 드디어 입을 열었다. "각하, 각하가 왕을 유혹하려고 고안한 향을 뿌리고 왔다는 사실을 알고 있소. 미루어 보건대 당신은 우리 방식에 전혀 무지하지는 않은 것 같소. 사실 전혀 무지하지 않지. 조금 전 당신에 대해 처음 들었을 때는 당신을 믿지 않았고, 지금 당신의 냄새를 맡고 보니 더더욱 믿을 수 없게 되었소." 노란 머리의 모고르 델라모레는 해골 모히니가 능숙하게 다루는 연고 조제 방법이 적힌 주문 책의 원저자가 아불 파즐이라는 걸 직감으로 알았다. 그러니 이 후각에 작용하는 마법이 그에게 아무런 힘을 못 쓰는 것이다. 결과적으로 마법은 다른 이에 대한 영향력까지도 잃고 말았다. 사적 알현관의 네 입구에 서서 얼빠진 표정으로 웃던 경비병들이 갑자기 제정신을 차렸고, 위엄 있는 방문객을 모시고자 대기하고 있던 베일을 쓴 노예 소녀들도 몽환적인 관능적 분위기를 잃어버렸다. 이방인은 모든 것을 꿰뚫어 보는 왕의 총신의 시선 앞에서 벌거벗은 꼴이 되었음을 알았다. 이제 오직 진실만이 혹은 진실이라 믿게 할 만한 무언가만이 그를 구해줄 수 있을 것이다.

아불 파즐이 말했다. "스페인의 왕 펠리페의 사절이 우리를 방문했을 때, 그는 수행원을 이끌고 선물을 가득 실은 코끼리와 최상급 아랍종 말 스물한 마리, 그리고 보석을 가지고 왔소. 소달구지를 타고 나타나 하도 빼빼 말라서 과연 여자인가 의심이 가는 여인과 매음굴에서 밤을 보내지는 않았단 말이오."

"저의 주인이신 하우크스방크 중의 하우크스방크 경께서 저희가 수라트에 정박했을 때 불행히도 신의 부르심을 받았습니다. 임종 자리에서 경은 여왕 폐하가 맡기신 책임을 저에게 수행하라 명하셨습니다. 아, 배의 선원은 모두 악당인지라 경의 시신이 식기도 전에 주인님께서 가진 것 중 뭐든 값나갈 만한 것을 찾아 주인님의 방을 뒤져 약탈했습니다. 고백건대 제가 여왕 폐하의 편지를 지니고 목숨을 건져 빠져나올 수 있었던 것도 순전히 운이 좋았던 덕분입니다. 그들은 제가 주인님의 충직한 종이라는 것을 알았기에, 만약 제가 남아서 하우크스방크 경의 재산을 지키고자 했다면 목을 베었을 것입니다. 지금도 주인님의 유해가 기독교인답게 매장되지 못했을 것 같아 걱정입니다만, 이제 저의 책임이 된 주인님의 임무를 수행하기 위해 이 위대한 도시에 도착한 것을 자랑스럽게 생각합니다."

아불 파즐은 생각에 잠겨 말했다. "내가 알기로 영국 여왕은 우리의 우방인 이름 높은 스페인 왕의 친구가 아니었다."

상대방이 잽싸게 둘러댔다. "스페인은 제 잇속만 차리는 악한입니다. 반면 영국은 예술과 미의 본산이며 영광스러운 여왕 폐하 자신입니다. 우둔한 펠리페 왕의 감언이설에 분별을 잃으시면 안 됩니다. 비슷한 상대끼리 어울린다고, 황제 폐하의 위대함과 품격을 진정으로 알아볼 수 있는 분은 영국의 엘리자베스 여왕 폐하뿐입니다." 그는 자기 말에 스스로 흥분해 먼 나라의 붉은 머리 여왕은 황제의 서구식 판박이 같은 인물이며, 여자 아크바르이고, 왕 중의 왕 샤한샤*는 콧수염을 기르고 여자 성기가 없는 동방의 엘리자베스라 할 수 있으나, 위대함의 본질에선 두 사람이 똑같다고 설명을 늘어놓았다.

아불 파즐의 얼굴이 딱딱하게 굳었다. "감히 우리 군주를 일개 여자와 같은 위치에 놓다니." 그가 조용히 말했다. "진짜 영국 왕

---

* 페르시아제국의 통치자를 일컫는 말로, '왕 중의 왕'이라는 뜻이다.

실의 봉인이 찍힌 두루마리를 들고 있는 것을 다행으로 알거라. 그 문서 때문에 너에게 안전통행권을 줄 수밖에 없다. 그것만 아니면, 용납할 수 없는 돼지 같은 인간을 제거하기 위해 근처 잔디밭에 매어둔 거친 코끼리한테 네놈을 던져주어 오만함에 대한 대가를 치르게 했을 것이다."

모고르 델라모레가 말했다. "황제 폐하는 여성을 너그러이 이해해주시기로 온 세상에 널리 알려져 있습니다. 폐하께서 동방의 보석으로서 성은 어찌 되었든 또다른 위대한 보석에 견주어졌다 하여 모욕으로 받아들이시지는 않으리라 확신합니다."

아불 파즐이 어깨를 으쓱했다. "고아의 포르투갈인이 이 궁정에 보낸 나사렛의 현인들은 네가 말하는 보석을 그리 높이 치지 않더구나. 그들 말로는 그 여자가 신에게 등을 돌렸다더군. 곧 무너질 것이 불 보듯 훤한 보잘것없는 지배자라던데. 그녀의 나라는 도둑이 들끓고 네놈은 아무리 보아도 첩자가 분명하다."

모고르 델라모레가 말했다. "포르투갈인은 해적입니다. 바다의 무법자이고 악당이지요. 현명한 이라면 그들의 말을 믿어서는 안 됩니다."

"예수회의 아콰비바 신부도 너와 같은 이탈리아인이다. 그의 벗인 몬세라테 신부는 스페인 출신이고." 아불 파즐이 대답했다.

상대방도 물러서지 않았다. "야비한 포르투갈의 깃발 아래 이곳에 왔다면, 그들도 이미 포르투갈 해적의 개가 된 것입니다."

마치 신이 그를 조롱하기라도 하듯 그들의 머리 위에서 요란한 웃음소리가 터져나왔다.

천둥 같은 목소리가 울렸다. "봐주어라, 위대한 신하여. 그 젊은 이를 살려주어라. 적어도 그가 가져온 전갈을 다 읽기 전까지는." 비단 차양이 방의 귀퉁이에서 떨어지고, 그 위로 왕의 안락한 자리인 사암나무 꼭대기에 방석을 깔고 앉은 위대한 무굴인 아불파트 잘랄우드딘 무하마드 아크바르가 잔뜩 흥에 겨워 너털웃음을 터뜨리며 어마어마하게 큰 횃대 위에 앉은 거대한 앵무새 같은 모습으로 눈앞에 나타났다.

◆|◆|◆

그는 이상하게 짜증스러운 기분으로 잠에서 깼다. 사랑하는 아내의 능숙한 손길도 그의 마음을 가라앉혀주지 못했다. 어찌 된 일인지 한밤중에 까마귀 한 마리가 방향감각을 잃고 조다의 침실로 날아들었다. 왕과 왕비는 겁에 질린 까악까악 소리에 잠을 깼다. 잠에 취한 황제의 귀에는 세상의 종말을 알리는 소리처럼 들렸다. 무시무시한 찰나의 순간 검은 날개가 그의 뺨을 쓸었다. 하인들이 까마귀를 쫓아낼 때까지 황제는 신경이 잔뜩 곤두서 있었다. 그 일이 있고 나서 잠을 자도 온통 불길한 징조뿐이었다. 문득 파멸을 예언하는 듯한 까마귀의 검은 부리가 우후드의 전쟁터에서 메카의 힌드*가 패배한 예언자 무함마드의 숙부 함자의 심장을 먹었듯 그의 가슴에서 심장을 끄집어내 먹으려고 다가오는 것처

---

* 이슬람 포교에 반대했던 메카의 통치자 아부 수피안의 아내.

럼 보였다. 그 막강한 영웅도 비열한 창에 쓰러질 수 있다면, 그역시 언제라도 추악하고, 치명적이고, 검은 까마귀가 날아오듯 어둠 속에서 날아오는 화살에 쓰러질 수 있었다. 까마귀가 경비병의 방어를 뚫고 그의 얼굴에 날개를 스쳤다면, 살인자라고 똑같이 하지 못하겠는가?

이렇게 그는 죽음의 예감에 가득 차 닥쳐올 사랑에 무방비상태로 있었다.

━━◆┃◆◆━━

영국 대사를 자칭하는 무뢰배의 도착은 황제의 호기심을 자극했다. 그는 아불 파즐에게 그 녀석을 좀 놀려주라고 명령하고서 기분이 좋아지기 시작했다. 아불 파즐은 사실 누구보다 붙임성 있는 인물이지만, 사나운 척 연기하는 데에도 시크리에서 따라올 자가 없었다. 질문하는 자와 질문 받는 자, 두 사람의 머리 위에 몸을 숨기고 발아래에서 펼쳐지는 재밋거리에 귀를 기울이노라니, 마침내 간밤의 구름이 걷히며 싹 잊혔다. '저 허풍선이가 제법이군.' 황제는 생각했다. 그가 술 달린 끈을 잡아당겨 비단 차양을 내리고 아래의 사람들 앞에 모습을 드러냈을 때 그는 아주 호의적인 태도를 취했지만, 노란 머리 방문객과 눈이 마주쳤을 때 그를 덮친 감정에는 전혀 준비가 되어 있지 않았다.

그것은 사랑이었다. 아니면 그런 느낌이었다. 황제의 심장박동이 홀딱 반한 어린 계집아이처럼 빨라지고, 호흡이 깊어지고, 뺨에 홍조가 피어올랐다. 이 젊은이는 어찌 이리도 잘생겼으며, 어찌 이리도 자신감에 차 있고 당당한가. 그리고 그에게는 뭔가 겉으로 드러나지 않은 것, 백 명의 조신보다 그를 더 흥미로운 인물로 만들어주는 비밀이 있었다. 몇 살이나 되었을까? 황제는 외국인의 얼굴을 판단하는 데 능숙하지 못했다. 그는 스물다섯 살 정도밖에 안 되었을 수도 있고, 서른 살이나 먹었을 수도 있었다. '내 아들들보다는 더 먹었겠군. 우리 아들 또래라기엔 너무 나이가 많아 보여.' 황제는 생각했다. 이런 생각이 머리에 떠오른 게 의아했다. 저 외국인은 무슨 요술쟁이가 아닐까 싶기도 했다. 내가 비교의 마법에 홀리기라도 했나? 뭐, 하여튼 상관없다. 딱히 해는 없으니. 황제는 술수에 아주 능해서 그 어떤 숨겨진 칼에도, 의사가 건넨 독이 든 잔에도 걸려들지 않았다. 그는 무엇이 이런 감정을 불러일으켰는지 알아보기 위해 자기감정을 따라가보기로 했다. 놀랄 일이 없다는 것은 권력자의 삶에서 피할 수 없는 형벌이다. 황제는 절대 그 무엇에도 놀라지 않도록 정교한 시스템과 기계장치를 설치해두었다. 그런데 이 모고르 델라모레는 우연인지 고의인지 그의 허를 찔렀다. 그 이유만으로도 그를 좀더 제대로 알아볼 가치가 있었다.

아크바르가 명령했다. "여왕의 편지를 읽어보아라." '대사'는 과장된 몸짓으로 손을 휘두르며 우스꽝스러울 만큼 깊이 허리를 숙여 절했다. 그가 다시 허리를 펴자 아크바르도 아불 파즐도 봉인 떼는 모습을 보지 못했는데 두루마리가 펼쳐졌다. 황제는 생각했다. '손재주가 보통이 아니로군. 마음에 들어.' 허풍선이는 영어로 편지를 읽은 다음, 유려하게 페르시아어로 옮겼다. 엘리자베스 여왕의 글은 이러했다. "누구도 당할 자 없는 막강한 군주시여, 캄바야의 왕 젤라브딤 에체바르 님에게 인사드립니다." 아불 파즐은 요란하게 콧방귀를 뀌었다. "'젤라브딤'이라고?" 그가 비웃었다. "이 '에체바르'는 또 누구란 말인가?" 그의 머리 위에서 황제가 흥에 겨워 제 넓적다리를 철썩 쳤다. "우리가 바로 그로다." 그는 신이 나서 킬킬거렸다. "우리가 파디샤 에체바르, 동화 속 캄바야 왕국의 군주이니라. 오 무지몽매한 영국이여, 그대의 여왕이 이런 무식한 머저리라니, 그대의 백성에게 동정을 금치 못하노라."

편지를 읽던 자는 잠시 멈추고 웃음소리가 가라앉기를 기다렸다. "계속해라. '젤라브딤' 왕의 명령이다." 황제가 그에게 손짓했다. 웃음소리가 더 커졌다. 황제는 손수건을 찾아 눈물을 훔쳤다.

'대사'는 다시 처음보다 더 공들여 절하고 계속 읽어 내려갔다. 다 읽었을 즈음에는 두번째 주문이 이미 짜여졌다. "무역 문제와 그 밖의 상호 이득을 위한 목적에서 동맹 맺기를 청하옵니다. 폐하는 스스로를 절대 무오류의 존재로 선언하셨다 들었습니다. 우리는 그러한 주장의 권위에 이의를 제기할 생각이 없습니다. 그러나 폐하 못지않은 권위를 주장하는 다른 인물이 있으니, 완전 사기꾼이옵니다. 우리는 이 막강한 군주를 가리켜 비열한 신부, 로마의 주교, 불명예스러운 그레고리우스 13세라고 부릅니다. 폐하는 현명한 분이시니 그가 동방에 품은 뜻을 간과하지 않으시겠지요. 만약 그가 캄바야, 중국, 일본에 신부를 보낸다면, 분명히 말씀드리건대 이는 단지 종교를 위한 성스러운 행위가 아닙니다. 바로 이 주교가 지금 우리에게 맞서 전쟁을 준비하고 있으며, 그의 가톨릭 종복들은 폐하의 궁정에 반역하는 무리이옵니다. 그들은 다가올 정벌을 모의하고 있습니다.

폐하, 경쟁자의 종복들을 경계하소서! 우리와 동맹을 맺는다면, 우리가 모든 적을 물리쳐줄 것입니다. 저는 비록 약하고 힘없는 여인의 몸이지만, 영국 왕으로서의 심장과 용기를 지녔습니다. 로마의 어떤 교황이든 저나 저의 동맹의 명예를 감히 더럽히려 한다면 가만두지 않을 것입니다. 저는 저 자신의 권위뿐만 아니라 힘도 가졌기 때문입니다. 그러한 힘이 저를 싸움에서 승리케 해줄 것입니다. 그들이 모두 패배해 바람에 휩쓸려가면, 그때 폐하는 영국과 손잡기를 잘했다고 기뻐하실 것입니다."

'대사'가 읽기를 마치자, 황제는 몇 분 만에 두번째 사랑에 빠졌음을 깨달았다. 이제 편지의 저자인 영국 여왕에 대한 크나큰 욕망에 사로잡힌 것이다. 그가 외쳤다. "아불 파즐, 한시도 지체 않고 내가 이 훌륭한 숙녀와 결혼하는 것이 어떤가? 이 처녀 여왕, 라니 젤라바트 길로리아나 펠라비와? 당장 그녀를 가져야겠다."

'대사' 모고르 델라모레가 말을 받았다. "훌륭한 생각이십니다. 여기 이 로켓 속에 여왕 폐하의 초상이 있사옵니다. 애정 어린 인사와 함께 폐하에게 보내신 것입니다. 문장의 아름다움을 능가하는 여왕 폐하의 미모가 황제 폐하를 사로잡을 것이옵니다." 그는 화려한 레이스 소맷단에서 금빛 부적을 꺼냈다. 아불 파즐이 의심 가득한 얼굴로 그것을 받았다. 깊은 물속으로 빠져들고 있다는 강한 느낌을 받으면서. 이 모고르라는 인물의 출현이 그들 사이에 엄청난 결과를 가져올 것이고, 그 결과가 그들에게 꼭 이로운 것만은 아니라는 확신이 들었다. 그러나 그의 주인에게 이 새로운 사건에 주의하라는 경고를 올리려 하자, 세상에서 가장 두려운 자(예외는 없다)는 손을 내저어 그의 걱정을 물리쳤다.

아크바르가 말했다. "편지는 매혹적이고 편지를 가져온 자 또한 그렇도다. 더 이야기를 나누어보고 싶으니 그를 내일 우리 사실로 데려오도록 하라." 알현은 끝났다.

◄┃◆┃►

젤라브딘 에체바르 황제는 성만 다를 뿐 자신과 거울같이 똑같은 인물 젤라바트 길로리아나 1세 여왕에게 갑작스럽게 빠져들어 황실의 전령이 영국으로 가져갈 연애편지를 쏟아냈으나, 답장은 없었다. 황제의 봉인이 찍힌 열광적인 편지에는 당시 유럽(그리고 아시아)에선 보기 힘든 격한 감정과 노골적인 성 묘사가 담겨 있었다. 이 편지 가운데 상당수는 전령이 가는 도중에 습격을 당해 목적지까지 닿지도 못했다. 카불에서 칼레까지 가는 동안 이런 식으로 유출된 편지들은 동반구와 서반구를 결합해 세계적인 대제국을 건설하겠다는 과대망상적 환상은 물론이고, 한 번도 만난 적 없는 여자에게 그칠 줄 모르는 애정을 선언한 인도 황제의 미친 열정에 재미있어하는 귀족과 왕 들에게 풍성한 오락거리를 제공했다. 화이트홀 궁전에 도착한 편지는 위조품 취급을 받거나 웬 괴짜가 가명으로 보낸 편지로 여겨졌다. 편지를 가져온 자들은 별 관심을 받지 못했고, 상당수는 길고 위험한 여행에 대한 빈약한 보답으로 감옥에 갇혔다. 시간이 좀 지나자 그들은 아예 입국 자체를 거부당했고, 간신히 온 세상을 가로질러 파테푸르 시크리로 발을 절룩이며 돌아온 자들은 쓰라린 소식을 전했다. "그 여왕이 처녀인 것은 그렇게 차가운 여자하고는 아무도 잠자리를 같이하고 싶어하지 않기 때문입니다." 그들은 이렇게 보고했다. 일 년하고 하루가 지나자 아크바르의 사랑은 신기하게 처음 생겨났을 때처럼 순식간에 사라져버렸다. 어쩌면 그의 왕비들이 반발했기 때문인지도 모른다. 왕비들은 존재하지 않는 애처 뒤에 똘똘 뭉쳐 영국 여자에게 편지 보내는 일을 그만두지 않으면 자기들도 왕에게 등을 돌리겠노라고 위협했다. 영국 여자는 처음에 제 편에서 먼저 달콤한 말을 보내 황제의 관심을 끌더니 이후 침묵으로 일관함으로써 불성실한 성격임을 드러냈다. 많은 사랑스럽고 매력 있는 왕비들이 손만 뻗으면 닿을 곳에 있는데, 이렇게 기묘하고 매력 없는 인물을 이해하려고 시도한다는 것은 어리석은 짓일 뿐이다.

허풍쟁이 모고르 델라모레의 시대가 지나고도 많은 세월이 흐른 뒤, 기나긴 재위 기간 막바지에 이르렀을 때 노년의 황제는 향수에 잠겨 영국 여왕에게서 편지를 받았던 기이한 사건을 떠올리고는 다시 편지를 보겠노라고 청했다. 편지를 그에게 가져와 다른 통역관이 번역했을 때, 원문의 상당 부분은 사라지고 없었다. 남은 부분에서 황제의 무오류성이나 교황에 관한 언급은 찾을 수 없었다. 공동의 적에 맞서 동맹을 제안한 내용도 없었다. 사실 상례에 따른 경의의 표현과 함께 단순히 영국 상인들을 위한 좋은 무역 조건을 청하는 내용 말고는 아무것도 없었다. 진실을 알게 된 황제는 까마귀 꿈을 꾸고 난 오래전 아침 마주쳤던 마법사가 얼마나 대담무쌍한 자였던가를 새삼스레 깨달았다. 그러나 그때는 알아봤자 아무 소용이 없었다. 그가 절대 잊지 말았어야 할 사실, 마법에는 어떤 약도, 낯익은 유령도, 마술지팡이도 필요하지 않다는 것을 일깨워주었다는 것만 제외하고. 마법을 거는 데에는 은빛 혀에 실린 말이면 충분하다.

혀의 칼을 뽑았을 때

혀의 칼을 뽑았을 때, 황제는 생각했다. 그 칼은 어떤 날카로운 칼보다 더 깊이 상처 입힐 수 있지. 증거가 필요하다면 바로 이곳, 자수를 놓고 거울조각으로 장식한 '새로운 숭배의 천막'에서 날마다 벌어지는 철학자들의 전쟁에서 찾을 수 있을 것이다. 이곳은 왕국 최고의 사상가들이 자기네 말로 서로를 깊이 베는 소리로 늘 시끌벅적했다. 아크바르는 오만한 쿠치 나힌의 라나를 베던 날 했던 맹세를 지켜, 어떤 세력이든 참여할 수 있는 지적 씨름 경기로 신에게 숭배를 바치는 토론실을 만들었다. 그는 자신의 새로운 발명품으로 무굴 궁정의 눈부신 독창성과 선진성을 과시함으로써 이방인에게 깊은 인상을 주고, 포르투갈에서 보낸 예수회 수사들에게 황제의 귀에 접근할 권한을 허락받은 서구인이 그들만은 아니라는 것을 일부러라도 보여주고 싶어 천막에 동행하자며 그를 초대했다.

천막 안에서 양탄자나 베개에 기대 누운 참여자들은 물을 마시는 자와 포도주 애호가로 패가 나뉘었다. 양측은 황제와 그의 손님이 앉은 자리만 빼고 텅 빈 신랑(身廊)을 사이에 두고 마주 보고 있었다. 종교 사상가와 신비주의자가 포함된 만쿨 측은 물만 마시는 반면, 반대파인 마쿨은 순수 철학과 과학을 찬양하며 하루 종일 포도주로 목을 축였다. 아불 파즐과 라자 비르발은 오늘 여기에 참석해 둘 다 평소처럼 포도주 애호가 사이에 앉았다. 살림 황태자도 방문해 물만 마시는 금욕적 지도자 바다우니 옆에 뚱한 얼굴로 앉아 있었다. 말라깽이 바다우니는 나이 든 채로 태어난 것처럼 보이는 젊은이들 가운데 한 명으로, 나이 든 아불 파즐을 지독히 싫어해서 그 대가로 반대편에 둥글게 둘러앉은 높은 분들로부터 미움을 한 몸에 받았다. 양측의 논쟁이 격화되면 거친 말이 오갔다("살찐 아첨꾼!" "지겨운 흰개미 같은 놈!"). 황제도 이런 부조화가 어떻게 자신이 추구하는 조화로움으로 이어질 수 있을지 의구심이 들었다. 정말 자유가 통합으로 가는 길인가, 아니면 그 결과는 피할 수 없는 혼돈인가?

아크바르는 이러한 혁명적 사원을 영구적 건물로 만들지는 않겠다고 마음먹었다. 여기에선 논쟁 자체가 유일한 신이 될 것이다. 아무리 팔다리가 많고 강력하다 해도 신이 되지는 못한다. 그러나 이성은 죽은 신, 죽어야 할 운명의 신성이다. 훗날 다시 태어난다 할지라도 반드시 다시 죽는다. 사상은 바다의 조류나 시시각각 변하는 달의 모습과 같다. 세상에 출현해 때를 잘 만나면 자라났다, 그다음엔 기울어 빛을 잃고, 거대한 바퀴가 돌면 자취를 감춘다. 사상은 천막처럼 일시 거처일 뿐이므로, 천막이 사상에 어울리는 집이다. 무굴의 천막 설계자들은 엄청나게 복잡하고 아름다우면서도 접을 수 있는 집을 만들어냈다는 점에서 그 나름대로 천재였다. 군대가 진군할 때면 (코끼리와 낙타는 말할 것도 없고) 왕과 부하들이 묵을 조그만 천막 도시를 세우고 철거할 지원군 이천오백 명을 대동했다. 이 휴대용 탑, 정자, 궁전은 시크리의 직공들에게 영감을 불어넣어주기까지 했으나, 천막은 그래봤자 천막이었다. 정신적 대상의 비영속성을 훌륭하게 상징하는 천과 범포, 나무로 이루어진 물건에 불과했다. 지금부터 천 년 뒤 어느 날, 그의 위대한 제국조차 더는 존재하지 않을 때—그렇다! 이곳에서 그는 자기 창조물의 파괴마저도 기꺼이 예견했다—그의 후손은 천막이 허물어지고 그의 모든 영광이 사라지는 것을 목도하게 될 것이다. 황제는 선언했다. "우리가 죽음의 진실을 받아들일 때 비로소 살아 있음의 진실을 배우기 시작할 수 있으리라."

모고르 델라모레가 건방지게 말을 받았다. "폐하, 역설은 암탉을 냄비 속에 묶어놓듯 인간의 뇌를 묶어놓았을 때조차 인간을 지적으로 보이게 만들어주는 매듭이옵니다. '죽음 속에 삶의 의미가 있다!' '부유해질수록 영혼은 가난해진다!' 그와 같이 폭력은 관대함이 되고, 추함은 아름다움이 되고, 모든 복된 것은 그 반대가 될 것입니다. 이것이야말로 진정 환각과 전도로 가득 찬 거울의 방이옵니다. 인간은 최후의 날이 올 때까지 그 이름에 걸맞은 명석한 생각은 해보지도 못하고 역설의 늪에서 뒹굴지 모릅니다."

황제는 자기 안에서 쿠치 나힌의 라나의 비위에 거슬리는 콧수염을 잡아뜯게 했던 것과 똑같은 맹목적 분노가 파도처럼 솟구치는 것을 느꼈다. 내가 잘못 들은 것은 아닌가? 무슨 권리로 이 외국인 악당놈이……? 감히 어떻게……? 황제는 얼굴이 자줏빛으로 변했고 분노로 침을 튀며 식식거리기 시작했다. 모여 있던 사람들은 겁에 질려 침묵에 빠졌다. 분노한 아크바르는 무슨 짓이든 할 수 있었기 때문이다. 그는 맨손으로 하늘을 부숴버릴 수도 있고, 목격한 것을 절대 말하지 못하도록 말소리가 들리는 거리 안에 있는 모든 사람의 혀를 뽑아버릴 수도 있고, 상대의 영혼을 빨아내 부글거리는 핏물에 익사시킬 수도 있었다.

　그 침묵을 깨뜨린 인물은 바로 바다우니의 재촉을 받은 살림 황태자였다. 그는 더워 보이는 기묘한 외투를 입고 주제넘게 나선 인물에게 말했다. "그대는 방금 황제께 드린 말씀 때문에 죽을 수도 있다는 것을 아는가?" 모고르 델라모레는 태연한 얼굴이었다 (어쩌면 완전히 태연하지는 않았을지 모르지만). "이 도시에서 그런 일로 죽을 수 있다면, 그런 도시는 살 곳이 못 됩니다. 게다가 제가 알기로 이 천막 안에서는 왕이 아니라 이성이 지배합니다." 침묵은 응고된 우유처럼 짙어져갔다. 아크바르의 얼굴이 시커멓게 변했다. 그때 갑자기 폭풍우가 지나가고 황제가 웃음을 터뜨렸다. "이방인이 우리에게 한 수 가르쳐주었구먼. 원이 둥근지 알려면 원 밖에 나가봐야 하는 법이지."

　이번에는 황태자가 분노할 차례였다. 그러나 그는 아무 말도 않고 자리에 앉았다. 아불 파즐은 자신의 경쟁자 바다우니의 얼굴에 떠오른 표정을 보고 기분이 너무 좋아져, 이처럼 예기치 않게 황제를 매혹한 노란 머리 외국인에게 마음이 풀어졌다. 이방인으로 말할 것 같으면, 그는 자신의 도박이 성공했지만 그 위업을 달성함으로써 강력한 적을 만들었음을 알았다. 그 적은 미성숙하고 사소한 일에도 발끈하는 청년이라는 점에서 훨씬 위험했다. 해골은 황태자의 정부한테 미움을 샀는데, 이제 내가 황태자한테 미움을 받게 되었군. 그는 생각했다. 이건 이길 가망이 없는 싸움이야. 그러나 마음속의 불안을 전혀 내비치지 않고 보란 듯이 화려하고 과장된 동작으로 절하며 라자 비르발이 내민 적포도주잔을 받아들였다.

황제 또한 자기 아들을 생각하고 있었다. 아들이 태어났을 때는 얼마나 기뻤던가? 그러나 황태자를 셰이크 살림 치슈티의 추종자이자 후계자인 신비주의자들의 보호에 맡겨놓았던 것은 현명치 못했다. 황태자의 이름도 그의 이름을 따서 지었다. 아들은 섬세하고 주의를 기울여야 하는 정원 가꾸기를 좋아하면서 아편에 탐닉하고, 금욕주의자 사이에서 성욕에 빠지고, 쾌락주의자이면서 가장 완고한 사상가를 인용하고, 아크바르의 총신들을 맹인의 눈에선 빛을 찾지 못하는 법이라는 말로 멸시하는 얽히고설킨 모순덩어리로 자랐다. 물론 그의 독자적인 생각은 아니었다. 아들은 구관조처럼 흉내를 낼 뿐이었다. 그의 줄을 잡고 있는 자가 누구이건 그자의 조종에 따라 황제에게 맞서는 데 이용되는 꼭두각시일 뿐이었다.

반면 그와 대조적으로 논쟁을 너무 좋아해, 경악한 황제의 면전에 대고 합리주의자답게 감히 조롱을 던지는 이 외국인을 보라. 다들 보는 앞에서 그런 짓을 했으니 더 상황이 나빴다. 어쩌면 여기 이 남자에게 황제는 자신의 혈육도 이해하지 못하거나 지겨워할 이야기를 할 수 있을지도 모른다. 왕은 쿠치 나힌의 라나를 죽였을 때 자신을 이해해줄지도 모를, 그가 사랑했을지도 모를 단 한 사람을 죽인 것이 아닌가 생각했다. 지금 마치 그의 슬픔에 답을 주듯 운명이 어쩌면 두번째 상대를 만나게 해준 것인지도 모른다. 어쩌면 첫번째보다 더 나은 상대일 수도 있다. 이 남자는 재담꾼일 뿐 아니라 모험가이기도 하니까. 이성의 이름으로 비이성적 위험을 무릅쓰는 이성적인 남자. 역설을 얕잡아보는 역설적인 녀석. 이 무뢰한은 살림 황태자 못지않게 모순적이다. 어쩌면 세상의 그 누구도 비할 수 없을 정도일지 모른다. 그러나 황제는 즐길 수 있을 만한 모순이다. 황제가 이 모고르라는 자에게 마음을 열고 한 번도 말한 적 없는 것, 심지어 귀머거리 아첨꾼 바크티 람 자인이나 재사 비르발, 전능한 아불 파즐에게조차 말한 적 없는 것까지 말할 수 있을까? 이자가 결국 황제의 고백을 들어줄 자일까?

황제는 말하고 싶은 것, 아불 파즐이나 비르발조차 다 이해하지 못할 것, 아직 새로운 숭배의 천막에서 벌어지는 공개토론에서도 발설할 준비가 안 된 것이 너무 많았다. 예를 들면 왜 어떤 사람은 종교가 진실이어서가 아니라 단지 조상으로부터 내려온 믿음이라는 이유만으로 종교를 고수하는지 알아보고 싶었다. 믿음은 믿음이 아니라 단순히 집안의 관습인가? 어쩌면 진정한 종교란 없고 이 같은 영원한 대물림만 있는 것인지도 모른다. 그리고 과오도 미덕처럼 쉽게 대물림될 수 있다. 믿음은 선조의 과오에 불과한가?

어쩌면 진정한 종교 따위는 없는지도 모른다. 그렇다, 그는 스스로에게 이러한 생각을 허용했다. 그는 신이 인간을 만든 것이 아니라 인간이 신을 만들었을지도 모른다는 의구심을 누군가에게 얘기하고 싶었다. 세상의 중심엔 신이 아니라 인간이 있다고 말하고 싶었다. 가운데에, 바닥에, 꼭대기에 있는 인간, 앞에 뒤에 옆에 있는 인간, 천사이고 악마인 인간, 기적과 죄, 인간과 항상 인간이다. 그러니 이제부터는 다른 어떤 사원도 짓지 말고 인간에게 봉헌해야 할 것이다. 인간의 종교를 세우는 것, 이것이 그가 결코 말할 수 없는 야심이었다. 새로운 숭배의 천막에서 포도주파와 물파는 서로를 이단이니 바보니 불렀다. 황제는 그의 감춰둔 실망감을 모든 신비주의자와 철학자에게 고백하고 싶었다. 그는 모든 논쟁을 싹 쓸어버리고, 수세기에 걸친 유산과 성찰을 지우고, 천상의 왕좌 위에 아기처럼 벌거벗은 인간을 세우고 싶었다. (인간이 신을 창조했다면 인간이 신을 절멸할 수도 있을 것이다. 아니면 피조물이 조물주의 권력에서 빠져나갈 수 있을까? 신은 일단 창조되면 파괴할 수 없는 것일까? 이러한 허구가 자신을 영원히 죽지 않게 만들어줄 자율적 의지를 획득한 것일까? 황제는 이런 질문에 대한 답을 갖고 있지 않았지만, 질문 자체가 일종의 대답 같았다.) 외국인은 그의 동포들이 알지 못하는 것을 파악할 수 있을까? 만약 아크바르가 원 밖으로 나간다면, 위안을 주는 원 없이 무섭고 낯설기만 한 새로운 생각 속에서 살아갈 수 있을까?

그는 그의 손님에게 말했다. "가자꾸나. 이만하면 하루에 들을 위대한 생각은 충분히 들었다."

평온함의 기이한 환상이 한낮의 열기에 아른거리듯 황제의 궁정에 퍼져나갔기 때문에, 징조와 전조 속에서 시대의 진정한 본질을 찾아낼 필요가 있었다. 매일 들어오는 얼음 선적이 지연된다면, 지방에 문제가 생겼다는 의미였다. 모든 연못 가운데 최고의 연못인 아눕 탈라오의 맑은 물에 녹색 곰팡이가 핀다면, 궁정에서 반역 모의가 이루어진다는 의미였다. 그리고 황제가 궁정을 떠나 가마를 타고 시크리 호수로 간다면, 마음이 어지럽다는 표시였다. 이것은 모두 물의 전조였다. 물론 공기와 불, 땅의 전조도 있었지만, 물의 예언이 가장 믿을 만했다. 물은 황제에게 정보를 주고, 흐름에 진실을 실어다주었으며, 또한 황제의 마음을 달래주었다. 물은 궁정 건물의 안뜰을 감아 돌아 가로지르는 좁은 수로와 넓은 통로를 흐르며 밑에서 석조 건물을 식혀주었다. 사실 물은 바다우니의 만쿨파처럼 절제하는 금욕주의자의 상징이었지만, 생명을 지탱해주는 이 액체와 황제가 맺고 있는 관계는 여느 종교적 광신도의 것보다 깊었다.

바크티 람 자인이 황제에게 매일 아침 목욕물을 김이 나도록 데워 갖다 바치면, 아크바르는 퍼져오르는 수증기 속을 깊이 들여다보았다. 그 속에서 그날의 주요한 행동 방침이 드러나곤 했다. 황제의 욕탕에서 목욕을 할 때 그는 고개를 뒤로 젖히고 물고기처럼 둥둥 떠 있었다. 욕탕 물이 물에 잠긴 그의 귀에 속삭이며 3마일 반경 안에서 목욕을 하는 모든 이의 내밀한 생각을 전해주었다.

고인 물의 정보력에는 한계가 있었다. 먼 거리 소식을 들으려면 강에 몸을 담가야 했다. 그러나 욕탕의 마법은 얕잡아 볼 것이 아니었다. 예를 들면, 그에게 속 좁은 바다우니의 비밀일기에 대해 알려준 것도 바로 욕탕이었다. 그 책에는 아크바르가 일기의 존재를 알고 있다고 인정하면 즉시 바다우니를 처형하지 않을 수 없을 정도로 심하게 황제의 생각과 습관을 헐뜯은 내용이 담겨 있었다. 하지만 그는 비판자의 비밀을 자기 비밀처럼 가슴속 깊이 접어두었다. 매일 밤 바다우니가 잠들면 황제는 가장 신뢰하는 첩자인 아이야르* 우마르를 적의를 품은 저자의 서재로 보내 황제의 통치에 관한 비밀스러운 역사의 가장 최근 페이지를 찾아 외워오게 했다.

아이야르 우마르는 아크바르에게 물처럼 중요한 자였다. 황제 외에는 그의 존재를 아는 사람이 없을 정도로. 비르발조차 그의 존재를 몰랐고, 첩자의 우두머리인 아불 파즐도 몰랐다. 그는 젊은 환관으로, 아주 날씬하고 얼굴과 몸에 털이 없어 여자라 해도 통할 정도였다. 그래서 아크바르의 명령에 따라 이름을 숨기고 자기와 꼭 닮은 첩의 비천한 종을 가장해 하렘의 침실에서 살았다. 그날 아침, 아크바르가 모고르 델라모레를 새로운 숭배의 천막으로 데려가기 전 우마르는 바크티 람 자인조차 모르는 비밀 문을 통해 아크바르의 방으로 들어와 주인에게 자신이 허공에서 엿들

---

* 9~12세기 이란과 이라크에서 득세했던 무사 집단으로 아랍어로 '건달' 또는 '악당'이라는 뜻이다.

은 것, 하티아풀 매음굴에서 흘러나온 희미한 소문 한 자락을 들려
주었다. 노란 머리 이방인이 얘기하려고 하는 비밀이 있는데, 너무
놀라운 비밀이라 왕조 자체를 뒤흔들어놓을 수도 있다는 내용이었
다. 그러나 우마르는 그 비밀이 뭔지는 알아내지 못했다. 그 사실
이 너무 부끄러워 계집애처럼 풀이 죽은 그를 황제는 한참이나 위
로해줘야 했다. 그가 눈물을 쏟으며 더 부끄러워하지 않도록.

　이 밝혀지지 않은 비밀에 잔뜩 흥미가 생긴 아크바르는 마치 그
것이 대수롭지 않은 척 굴면서 비밀이 밝혀지는 것을 지연할 갖가
지 방법을 찾아냈다. 그는 이방인을 가까이 두었지만, 절대 단둘
만 있지는 않았다. 황제는 그를 데리고 황실의 경주용 새를 점검
하러 비둘기장까지 산보했고, 빛나는 호숫가를 걸을 때는 그에게
황제의 가마 옆에서 양산을 든 하인과 함께 걷도록 허락했다. 마
음이 심란한 것은 사실이었다. 세계를 가로질러 그를 찾아온 이
누설되지 않은 비밀도 그렇지만, 간밤에 총애하는 조다와 사랑을
나누면서 전에는 한 번도 자신을 실망시킨 적 없는 아내인데도 평
소보다 덜 흥분되어 자기도 모르게 기분 전환 삼아 더 예쁜 첩을
품어보는 것이 낫지 않을까 하는 생각이 들었던 것이다. 그리고
신에 대한 환멸도 커져갔다. 이 정도면 도를 넘었다. 한동안 마음
이 붕 떠 있었다.

　그는 향수 때문에 보존해 개보수해놓은, 할아버지 바바르가 가
장 아꼈던 배 네 척을 호수에서 운행케 했다. 제일 큰 배이자 '수
용력'이라는 뜻의 군자이시 호가 카슈미르에서 얼음을 실어왔다.
배에 실린 얼음은 높은 히말라야에서 예전에 그와 이름이 같은 술

탄 잘랄우드딘이 잔인하고 자연을 사랑했던 첫번째 무굴 왕에게 선물한 공예품인 궁정의 물잔으로 이어지는 한결같은 여정의 마지막 구간을 지나고 있었다. 아크바르는 해안에서 방문객을 나르는 '명령'이라는 뜻의 작은 나룻배 파르마이시 호가 수행하는 가운데 '위안'이라는 뜻의 아사이시 호를 타고 여행하는 편을 더 좋아했다. '장식'이라는 뜻의 화려하게 꾸민 네번째 배 아라이시 호는 낭만적인 즐거움을 위한 배로 밤에만 이용했다. 아크바르는 모고르 델라모레를 아사이시 호의 주선실로 데려가, 발밑에서 단단한 땅의 진부함 대신 물의 미묘함을 느낄 때면 늘 그러듯 기쁨에 찬 탄식을 나지막이 내뱉었다.

외국인은 태어나지 않은 아이 같은 그의 비밀로 분만이 임박한 여인처럼 부풀어오르고, 다가올 위험으로 겁에 질린 모습이었다. 아크바르는 배의 선원들이 황급히 종종대며 궁정 예법에 따라 방석과 포도주, 책 따위를 가져오도록 해 그의 손님을 약간 더 오래 괴롭혔다. 어떤 음료든 황제의 입술에 닿기 전에 독이 있는지 세 번 맛을 보아야 했다. 황제는 이런 관습이 지겨웠지만 거부하지는 않았다. 그러나 책에 한해서는 관례를 바꾸었다. 옛 방식에 따라 황제 앞에 내오는 책은 어느 것이든 세 명의 각각 다른 해설자가 읽어보고 선동적인 내용이나 외설적인 내용, 거짓된 내용이 없는지 확인해야 했다. 젊은 황제가 왕좌에 올랐을 때 말했다. "이는 곧 우리가 지금껏 쓰인 것 중에 가장 지루한 책만 읽어야 한다는 뜻이다. 절대로 그렇게는 안 될 것이다." 이제는 모든 종류의 책이 다 허용되었지만, 황제가 책을 펴기 전에 세 해설자가 검토하는 일은 계속되었다. 황제를 놀라게 해서는 안 된다는 것이 무엇보다 중요한 최고의 규약이었기 때문이다. 그리고 방석으로 말하자면, 혹시 나쁜 마음을 먹은 자가 속에 칼날이라도 숨겨놓았을지 모르므로 하나씩 검사해야 했다. 이 모든 것이 황제가 감내해야 하는 일이었다. 마침내 그는 어느 측근도 듣지 못할 곳에 외국인과 있게 되었다.

"폐하, 폐하에게만 말씀드려야 할 일이 있습니다." 모고르 델라 모레가 말했다. 목소리가 약간 떨리는 듯했다.

아크바르가 홍소를 터뜨렸다. "우리가 그대를 더 기다리게 했다가는 그대가 죽을지도 모르겠구먼. 한 시간만 더 있다가는 터져버릴 종기 같은 몰골이로세."

외국인은 얼굴을 붉혔다. "폐하께서는 모든 것을 알고 계십니다." 그는 절하며 말했다. (황제는 그에게 앉으라고 하지 않았다.) "그러나 제가 말씀드리려는 정보가 있다는 건 아실지 모르지만 그 내용은 알지 못하시리라 감히 믿습니다." 아크바르는 마음을 진정시키고 엄숙한 표정을 지었다. "자, 어디 말해보아라. 그대가 주어야 할 것이 무엇이든 말해보거라."

외국인이 이야기를 시작했다. "원하신다면 그리하겠습니다, 폐하. 옛날에 오스만제국에 아르갈리아 혹은 아르칼리아라는 이름의 모험가 군주가 있었습니다. 그는 마법의 무기를 지닌 위대한 전사이기도 했습니다. 그에게는 무시무시한 거인 수행원 네 명이 있었고, 안젤리카라는 여인이 함께 있었습니다……"

아불 파즐과 몇몇 사람을 태우고 아사이시 호를 향해 달려오는 소형 범선 파르마이시 호에서 큰 고함 소리가 들렸다. "조심하십시오! 황제를 구해라! 조심하소서!" 그 순간 황제가 탄 배의 선원들이 황제의 선실로 뛰어들어 격식도 갖추지 않고 모고르 델라모레를 붙잡았다. 근육이 울퉁불퉁한 굵은 팔이 그의 목을 감고, 세 개의 칼끝이 그의 가슴을 겨누었다. 벌떡 일어난 황제도 그를 위험에서 지키려는 무장한 부하들에게 순식간에 둘러싸였다.

외국인은 이야기를 계속하려 애썼다. "……인도와 중국의 공주인 안젤리카는……" 팔이 그의 기도를 꽉 졸랐다. "……가장 아름다운……" 그는 고통스러워하며 덧붙였으나 그의 목을 휘감은 팔이 다시 꽉 조여왔다. 모고르 델라모레는 더 말을 잇지 못하고 의식을 잃었다.

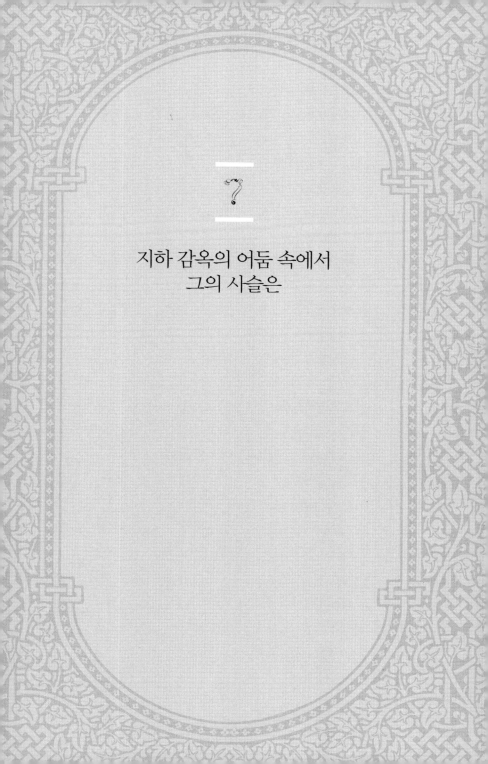

지하 감옥의 어둠 속에서
그의 사슬은

지하 감옥의 어둠 속에서 그의 사슬은 끝내지 못한 그의 이야기처럼 묵직했다. 몸에 사슬을 너무 많이 둘둘 감아서, 어둠 속에서 더 큰 몸, 쇠로 된 인간의 몸속에 넣어진 기분이었다. 몸을 움직일 수 없었다. 빛은 환각일 뿐이었다. 지하 감옥은 황제의 궁정 밑에 바위를 파내고 만든 곳이었다. 감방 속 공기는 천 년은 묵은 것이어서, 흰 풍뎅이, 눈먼 뱀, 투명한 생쥐, 허깨비 같은 전갈, 이 따위가 그의 발로 기어오르고 머리카락과 사타구니 사이를 파고들었다. 그는 이야기를 해보지도 못하고 죽을 것이다. 그 생각을 하니 참을 수 없었다. 이야기가 그를 떠나길 거부하며 귓속으로 기어들었다 기어나오고, 눈초리 속으로 미끄러져 들어가 입천장과 혀 밑의 부드러운 조직에 착 달라붙었다. 누구나 자기 이야기를 남에게 들려주어야 한다. 그는 인간이지만, 이야기를 하지 못하고 죽는다면 흰 풍뎅이보다 못한 존재가 될 것이다. 지하 감옥은 이야기라는 개념을 이해하지 못했다. 지하 감옥은 정적이고 영원하고 어두운데, 이야기는 움직임과 시간과 빛을 필요로 한다. 그는 자신의 이야기가 그에게서 빠져나가 의미를 잃고 결국 죽어버리는 것을 느꼈다. 그에게는 아무 이야기도 없었다. 이야기가 없었다. 그는 인간이 아니었다. 여기에는 인간이 없었다. 있는 것은 오직 지하 감옥과 미끄러지는 어둠뿐이었다.

사람들이 그를 데리러 왔을 때, 그는 하루가 지났는지, 백 년이 지났는지 알 수 없었다. 그의 사슬을 풀어주는 거친 손도 보이지 않았다. 그의 청각과 말하는 힘이 회복되는 데 시간이 좀 걸렸다. 그들은 그에게 눈가리개를 씌우고 벌거벗겨 다른 곳으로 데려가 박박 문질러 닦아주었다. 그는 자기가 흡사 매장될 준비를 하는 시체 같다고 생각했다. 자기 이야기를 할 수 없는 벙어리 시체. 이 이교도의 땅에는 관이 없었다. 그는 수의에 싸인 채 꿰매어져 이름도 없이 구덩이 속으로 내던져질 것이다. 아니면 불태워지거나. 그는 평화로이 잠들지 못할 것이다. 살아서와 마찬가지로 죽어서도 말하지 못한 말로 가득 차서 그 말이 지옥이 되어 영원토록 그를 괴롭힐 것이다. 소리가 들렸다. 옛날에 있었습니다. 자기 목소리였다. 옛날에 한 군주가 있었습니다. 그는 심장이 다시 뛰고 피가 흐르기 시작하는 것을 느꼈다. 혀가 둔했지만 움직일 수는 있었다. 그의 심장이 가슴속의 대포처럼 쿵쿵거렸다. 마법의 무기를 가지고 있었습니다. 그에게 육체가, 말이 다시 돌아왔다. 그들이 눈가리개를 벗겼다. 네 명의 무시무시한 거인과 한 여인이 함께 있었습니다. 다른 감방이었는데, 여기엔 촛불이 밝혀져 있고 구석에 경비병이 있었다. 가장 아름다운 여인이었습니다. 이야기가 그의 생명을 구하고 있었다.

경비병이 말했다. "힘을 아껴둬라. 내일 살인죄로 재판을 받아야 하니까."

그는 묻고 싶은 것이 있었다. 말이 모이지 않았다. 경비병이 그를 불쌍히 여기고 어쨌거나 대답을 해주었다.

"너를 고발한 자의 이름은 나도 모른다. 하지만 그 역시 너처럼 죄 많은 외국인이야. 한쪽 눈이 없고 다리도 절반이 없더군."

모고르 델라모레의 첫번째 재판은 사암 바나나나무의 집에서 열렸다. 판사는 궁정에서 가장 훌륭한 고관인 아홉 별 전원으로, 황제의 예외적인 명령에 따라 참석했다. 현명하며 비만한 아불 파즐, 빛나는 기지의 소유자 라자 비르발, 재무대신 라자 토다르 말, 군부대신 라자 만 싱, 속세를 초월한 신비주의자 파키르 아지아우딘, 그보다는 세속적이라 기도보다 요리를 더 좋아하고 그래서 아불 파즐의 총애를 받는 수도사 물라 도 피아자, 위대한 시인 파이지와 압둘 라힘, 음악가 탄센이었다. 황제는 평소처럼 나무 꼭대기에 앉아 있었지만 기분은 평소와 전혀 달랐다. 고개를 푹 숙인 황제는 전혀 황제답지 않은, 끔찍한 개인적 재난의 불행으로 괴로워하는 평범한 인간의 모습이었다. 그는 한참 동안 아무 말도 하지 않았지만, 재판은 원칙대로 행하도록 했다.

해적선 스카타크 호의 선원들이 한쪽에 모여 그들의 대변인으로 지명된 외다리에 안대를 한 소름 끼치는 모습의 의사 뒤에 바짝 붙어 투덜거렸다. 그는 피고의 기억 속에 있는 하느님 맙소사 호킨스, 손쉽게 설득할 수 있었던 오쟁이 진 울보 사내가 아니었다. 옷을 말쑥하게 차려입은 호킨스는 단호한 표정이었는데, 법정으로 들어오는 죄수를 보자 손가락질하며 힘찬 목소리로 외쳤다. "저기 그자가 있습니다. 비열한 우첼로, 금을 노리고 대사를 살해한 자입니다!"

"정의를!" 선원들이 그보다는 덜 고상하게 고함을 질러댔다. "돈을 도로 내놔!" 긴 흰색 셔츠 차림에 손이 등 뒤로 묶인 피고는 황제, 아홉 명의 판사, 고발자, 재판을 구경하려고 좁은 건물이 미어터지도록 몰려든 그보다 급이 낮은 조신이 모인 불길한 현장으로 들어섰다. 그들 중에서도 서구 사람이 공정한 재판을 받는지 확인하기 위해 그리고 아마도 선원들이 여기까지 쫓아와서 요구하는 돈을 받는지 보기 위해 그 자리에 온 두 명의 기독교 신부, 로돌포 아콰비바와 안토니오 몬세라테가 검은 예수회 의복 때문에 유독 눈에 띄었다. 피고는 자신이 얼마나 엄청난 계산 착오를 저질렀는지 깨달았다. 이 어중이떠중이들이 자기네 주인이 죽은 후에도 자기 뒤를 쫓을 줄은 미처 생각지도 못했기에 자신의 흔적을 지우려는 수고조차 하지 않았던 것이다. 알록달록한 가죽외투를 입고 소달구지 위에 서 있는 키 큰 노란 머리 남자라니, 인도의 길거리에서 보기 힘든 광경이었다. 게다가 그들은 수가 많고 그는 혼자였으니 재판에서 질 게 뻔했다. 아불 파즐이 말했다. "이곳에서 저자는 다른 이름을 썼다."

아콰비바 신부가 페르시아인 통역을 통해 발언을 허락받았다. 그는 저주하듯 말했다. "이 모고르 델라모레는 이름도 아닙니다.

'혼외정사로 태어난 무굴인'이라는 뜻이지요. 대담무쌍하게도 많은 이를 욕보이는 이름입니다. 그런 이름을 취함으로써 이자는 서자 왕자로 생각되기를 바라는 속내를 내비친 것입니다."

이 발언에 법정 전체가 대경실색했다. 황제의 고개는 더 깊이 수그러져 턱이 가슴에 묻힐 지경이었다. 아불 파즐이 피고에게로 고개를 돌렸다. "그대의 이름이 무엇인고? '우첼로'라는 이름도 또다른 위장이렷다."

죄수는 침묵을 지켰다. 그때 갑자기 위쪽에서 황제가 천둥같이 고함을 쳤다. "네놈의 이름을 대라! 외국인이여, 네 이름을 대든가 목숨을 내놓든가 하여라." 그는 하느님 맙소사 호킨스가 포르투갈 여인의 불성실한 사랑을 슬퍼할 때보다 더 벽력같은 소리로 외쳤다.

죄수가 입을 열었다. "제 이름은 베스푸치입니다." 그는 조용히 말했다. "베스푸치, 니콜로입니다."

"저것도 거짓말입니다." 아콰비바 신부가 통역을 통해 끼어들었다. "정말 베스푸치입니다." 그는 요란하게 껄껄 웃어젖혔다. 천박한 서구인의 웃음, 세계의 웃음은 다 자기들 손아귀에 있다고 믿는 민족의 웃음이었다. "이놈은 정말 후안무치한 거짓말쟁이 도둑놈입니다. 이번에는 위대한 피렌체인의 이름을 훔쳤군요."

바로 그때 라자 비르발이 끼어들어 예수회 신부에게 말했다. "선생, 선생이 앞서 한 발언에 감사드리는 바이오. 하지만 고함은 좀 삼가해주시면 좋겠소. 지금 우리 앞에는 기이한 사건이 놓여 있소. 스코틀랜드 귀족이 죽었고, 많은 것이 입증되었고, 모두 매우 애석해하고 있소. 그가 여왕 폐하를 위해 지니고 온 편지는 피고가 전달했소. 우리 역시 알고 있는 사실이지만, 죽은 자의 편지를 전달했다고 우편배달부가 살인자가 되지는 않소. 배의 선원들은 많은 조사 끝에 선장의 선실에서 숨겨진 방 일곱 개를 찾아냈는데, 일곱 개 모두 비어 있었다고 하오. 그러나 누가 그 방을 비웠을까요? 우리는 알 수 없소. 그 방들에 금이나 보석이 있었을지도 모르지만, 어쩌면 처음부터 빈방이었을 가능성도 있소. 선의호킨스는 지금 죽은 주인이 아편제로 만든 치명적인 독으로 고통받은 것 같다고 증언했지만, 주인이 숨을 거둘 때까지 밤낮으로 간호한 자가 본인이므로 자기 죄를 덮기 위해 다른 자를 고발했을수도 있소. 고발자들은 죄수에게 도적죄를 물었지만, 그는 그가가져왔음을 우리가 확실히 알고 있는 것, 즉 영국 여왕이 보낸 양피지를 충실히 전달했소. 금으로 말하자면, 우리는 그의 물건 중에서 금이나 아편제의 흔적을 전혀 발견하지 못했소." 그가 손뼉을 치자 하인이 마름모꼴무늬 외투를 비롯해 죄수의 옷가지를 들고 들어왔다. "우리는 그가 소문 나쁜 하티아풀의 집에 남겨둔 가방과 옷가지를 샅샅이 조사하고 요술쟁이의 비밀 도구를 찾아냈소. 카드와 주사위 등 여러 가지 속임수 도구와 살아 있는 새는 있었지만, 보석이나 금 같은 값나가는 물건은 없었소. 그렇다면 우리가 어떻게 생각해야 하겠소? 그는 훔친 물건을 숨겨놓은 노련한 도둑일지도 모르오. 훔친 것이 없으니 도둑이 아닐 수도 있소. 그도 아니면 도둑들이 여기 서서 무고한 사람을 고발한 것일 수도 있소. 이것이 우리가 고려해야 할 가능성이오. 그의 반대편에 선

자의 수가 만만찮지만, 많은 자가 그를 고발했다 해도 많은 이가 악한일 수 있소."

황제는 높은 곳에서 무겁게 입을 열었다. "자신의 이름을 속인 자는 다른 많은 것도 거짓으로 말할 것이다. 코끼리에게 결정을 맡기자꾸나."

다시 방에서 소란스러운 웅성거림이 일었다. 충격과 기대가 섞인 웅성거림이었다. 라자 비르발은 고민스러운 표정이었다. "자한 파나여, 세계의 보호자시여, 이것만은 재고해주옵소서. 염소치기 소년과 호랑이의 유명한 이야기를 상기하옵소서."

아크바르가 대답했다. "기억하는 바로 거짓말쟁이 염소치기는 호랑이가 왔다고 여러 번 외쳐 마을 사람들을 성가시게 하는 바람에 진짜 호랑이가 그를 덮쳤을 때는 아무도 그를 구하러 오지 않았도다." 비르발이 말했다. "자한파나여, 그것은 무지한 마을 사람들의 이야기옵니다. 왕 중의 왕께서는 소년이 비록 거짓말쟁이에 멸시받아 마땅한 놈이라 할지라도 호랑이에게 잡아먹히기를 바라지는 않으시리라 확신하옵니다."

황제가 짜증스레 대꾸했다. "아닐 수도 있지만, 이 경우에는 우리 코끼리의 발밑에 그가 깔리는 꼴을 보면 기쁘겠다."

비르발은 황제가 자신이 사랑하는 자가 사랑받을 가치가 없다고 밝혀진 것처럼 굴고 있다는 것을 알아차리고, 피고가 구제받기 어려워질 진술을 할 때에도 관용을 베풀어달라는 주장을 굽히지 않았다. 외국인이 대담하게도 입을 열었다. "위대한 황제시여, 저를 죽이기 전에 말씀드리고 싶은 것이 있습니다. 만약 저를 죽이면 황제 폐하는 저주를 면치 못하실 것이고, 황제의 수도는 산산이 무너져내릴 것이옵니다. 강력한 마법사가 저에게 축복을 내려주었기 때문에 저를 보호해주는 자는 번영하고, 저에게 해를 입히는 자는 누구든 파멸할 것이옵니다."

황제는 막 으깨어 죽이려는 벌레를 보듯 그를 쳐다보았다. "그거 아주 재미있구나. 우첼로인지 모고르인지 베스푸치인지여, 우리가 온 인도에서 가장 위대한 성인인 셰이크 살림 치슈티의 영묘 주위에 이 막강한 도시를 건설했으니, 그의 축복이 우리를 보호해주고 우리의 적에게는 파멸을 내릴 것이니라. 그대의 마법사와 우리의 성인 중 누구의 힘이 더 큰지 궁금하지 않으냐?"

"저의 성인은 세상에서 가장 막강한 여마법사입니다." 외국인의 말에 좌중이 참지 못하고 폭소를 터뜨렸다.

황제가 말했다. "아, 여자라. 그거 참으로 무시무시하구나. 이제 되었다! 저 망나니를 미친 코끼리에게 던져주고 그 여인의 술책이 힘을 쓰는지 확인하도록 하자꾸나."

세 개의 이름을 가진 자의 두번째 재판은 히란 정원에서 열렸다. 가장 아끼는 코끼리에게 사슴이라는 뜻의 히란이라는 이름을 붙인 것은 황제의 변덕이었다. 아마도 바로 그 때문에 이 불쌍한 짐승은 오랫동안 고귀한 봉사를 바친 후 실성해 감금되었을 것이다. 왜냐하면 이름은 힘을 지니기 때문이다. 이름이 대상에 맞지 않으면 악한 힘이 깃든다. 코끼리가 미친 뒤(그다음에는 눈이 멀었다)에도 황제는 코끼리를 죽이지 못하게 했다. 코끼리는 날뛰다가 몸을 다치지 않도록 벽에 솜을 덧댄 특별 우리에서 보살핌을 받았고, 가끔 황제의 변덕이 동하면 끌려나와 재판관이자 처형자역할을 한꺼번에 하기도 했다.

이름을 속인 자가 변덕스러운 작명으로 미쳐 날뛰는 코끼리에게 재판을 받다니 그럴듯했다. 미친 장님 코끼리 히란은 날뛰지못하도록 돌에 구멍을 뚫어 고정한 다음 법정 정원의 잔디밭에 묻은 튼튼한 밧줄에 묶여 있었다. 코끼리는 사납게 울부짖으며 발을구르고 칼처럼 번득이는 엄니를 휘둘렀다. 법정은 세 개의 이름을가진 남자가 어떻게 되나 구경하려고 모여든 이들로 붐볐다. 일반인도 입장이 허용되어 신기한 구경거리를 보려고 많은 이들이 모여들었다. 남자의 손은 이제 등 뒤로 묶여 있지 않았지만, 자유를되돌려준 것은 그를 구해주려는 뜻이 아니라 단지 짐짝보다는 품위 있게 죽도록 해주려는 것이었다. 그런데 그가 한 손을 뻗어 코끼리에게 내밀었다. 그 자리에 있던 모든 이들이 코끼리가 갑자기조용해지며 진정하더니 남자가 자신을 어루만지도록 몸을 내맡기는 모습을 보았다. 신분 고하를 막론하고 그 자리에 모인 사람들은 모두 코끼리가 죄수를 코로 부드럽게 감아 들어올리자 놀라 헉하고 숨을 멈추었다. 모두 노란 머리 외국인이 왕자처럼 히란의널찍한 등 위에 앉는 모습을 보았다.

황제 아크바르는 판치마할이라 불리는 오 층 누각에서 라자 비르발과 나란히 앉아 이 기적을 보았다. 두 사람 다 눈앞에서 벌어진 일에 크게 감동했다. "눈멀고 미친 쪽은 불쌍한 우리 코끼리가아니라 우리로구나." 아크바르가 대신에게 말했다. "지금 당장 저못된 선원들을 잡아들이고, 무고한 희생자를 제대로 씻긴 뒤 옷을 입혀 우리 방으로 데려오라."

비르발이 말했다. "코끼리가 저자를 죽이지 않은 것은 사실입니다만, 그렇다고 그가 무고하다는 뜻은 아니지 않사옵니까, 자한파나여? 선원들이 죄가 있다면 바다에서 여기까지 애써 그를 고발하러 왔겠습니까? 그냥 배를 몰아 달아나는 편이 더 낫지 않았겠습니까?"

아크바르가 대답했다. "항상 시류를 거스르는구나. 조금 전까지만 해도 그대는 저자를 변호하는 데 앞장섰다. 이제 그의 혐의가 풀리니 그에 대한 의심이 고개를 드는 모양이로군. 그렇다면 그대가 공박할 수 없는 주장이 있도다. 코끼리의 판결은 황제가 지지하면 그 효력이 배가되느니라. 아크바르가 히란과 뜻을 같이하면, 코끼리의 지혜는 그대의 지혜조차 훨씬 능가할 정도로 배가되느니라."

◆◈◆

아이야르 우마르는 스카타크 호의 선원들이 갇힌 감방으로 여자 옷을 입고 찾아갔다. 선원들은 베일을 쓰고 여자처럼 몸을 하느작거리는 그를 보고 이 돌과 그림자뿐인 곳에 웬 여인인가 하고 놀랐다. '그녀'는 그들에게 이름도 말해주지 않고, 자신이 누구인지 설명해주지도 않고, 그저 그들에게 제안 하나만 내놓았다. 아이야르는 황제가 그들의 죄를 확신하지 못하며, 모든 범인이 결국은 그렇듯 시뇨르 베스푸치가 본색을 드러낼 때까지 신중하게 감시할 준비가 되었다고 말했다. 만약 그들이 진정으로 죽은 주인을 위해 뭔가 하고 싶다면, 베스푸치의 유죄가 드러날 때까지 지하 감옥에서 기다려야 하는 가혹한 처지를 받아들일 것이다. 이 무정한 운명을 받아들인다면 그들의 결백은 의심할 여지 없이 밝혀질 것이며, 황제는 온 힘을 다해 베스푸치를 추적해 마침내 범인을 잡고 말 것이다. 그러나 기다림이 길지 짧을지는 알 길이 없으며, 지하 감옥은 지하 감옥이다. 그것은 부인할 수 없는 사실이었다. 고통스러운 나날을 달래줄 방법은 없었다. 우마르가 힘주어 말했다. "그럼에도 명예로운 방법이 딱 하나 남아 있습니다." 다른 방안으로 그('그녀')는 자신에게 그들의 '탈출'을 도와줄 권한이 있다고 말했다. 만약 그들이 이 길을 택한다면 자기네 배로 호송되어 자유의 몸이 되겠지만, 이 탈주가 곧 그들이 유죄라는 증거가 될 것이므로 다시는 베스푸치 사건을 제기할 수 없게 될 것이다. 그들이 왕국으로 돌아간다면, 하우크스방크 경 살해 혐의로 즉결처분을 받게 될 것이다. "이것이 황제 폐하께서 지혜롭게 여러분에게 내놓은 선택지입니다." 환관은 엄숙하면서도 여성스러운 어조로 말했다.

스카타크 호 선원들은 즉각 명예고 뭐고 내팽개쳤다. "그 야비한 살인자는 마음대로 하시오. 우리는 고향으로 돌아가겠소." 하느님 맙소사 호킨스의 대답이었다. 아이야르 우마르는 솟아오르는 경멸감을 간신히 억눌렀다. 영국인은 이 땅에서 미래가 없어, 그는 혼잣말을 했다. 개인의 희생을 거부하는 종족은 당연히 오래가지 못하고 역사의 기록에서 지워질 거야.

니콜로 베스푸치로 새롭게 개명한 자는 제 옷을 입고, 얼룩덜룩한 가죽외투를 어깨에 망토처럼 걸치고, 완전히 제 모습을 되찾은 뒤 황제의 방에 나아갔다. 그는 궁궐을 사라지게 하거나, 타오르는 불길 속을 털끝 하나 다치지 않고 통과하거나, 미친 코끼리를 사랑에 빠지게 만드는 불가능한 마법을 성공시킨 마술사처럼 장난스러운 미소를 지었다. 비르발과 황제는 그의 건방진 태도에 크게 놀랐다. 황제가 물었다. "어떻게 그 일을 해냈는가? 왜 히란이 그대를 죽이지 않았지?" 베스푸치는 여전히 싱글벙글 웃었다. "폐하, 히란이 저에게 첫눈에 반한 것입니다. 폐하의 코끼리는 폐하를 잘 모셔왔습니다. 틀림없이 최근에 폐하의 친구이자 말동무가 된 저한테서 낯익은 향기를 느낀 것입니다."

우리 모두 이자와 같은 짓을 하고 있는 것인가? 황제가 자문했다. 이 매력적인 거짓말 습관을 버리지 못하고, 끊임없이 현실에 치장을 더하고, 진실에 머릿기름을 처바르는 식으로. 세 개의 이름을 가진 남자의 짓궂은 행동도 우리 자신이 저지르는 우행과 다르지 않은 것인가? 진실은 우리에게 너무나 빈약한가? 어느 누구라도 가끔은 진실을 꾸미거나, 심지어 진실을 완전히 저버리는 죄를 면치 못하는 것일까? '나'나 그나 다를 바 없는가?

그 와중에도 베스푸치는 신뢰에 대해 생각했다. 아무도 신뢰하지 않는 그가 한 여자를 신뢰했고, 그녀가 그의 목숨을 구했다. 해골이 나를 구해주었어, 그는 생각했다. 정말 이상한 이야기였다. 그는 보물을 숨겨둔 곳에서 꺼냈다. 마술외투 밖으로 나온 금은 본래 무게를 회복했고, 보석은 그의 손바닥에 묵직한 무게감을 주었다. 그는 그것을 전부 그녀에게 주었다. "그러니까 당신의 힘에 나 자신을 맡기는 거요. 당신이 내 것을 다 훔쳐간다 해도 나는 전혀 손쓸 방법이 없소." "당신은 모르는군요. 당신이 내가 뿌리칠 수 없을 만큼 큰 힘을 나한테 행사하게 되었다는 걸." 사실 그 당시에 그는 자기감정을 이해하지 못했고, 그녀는 '사랑'이라는 말을 어떻게 하면 좋을지, 아니면 예기치 않게 태어난 이 감정을 어떻게 설명해야 할지 몰랐다. 그런데 바로 그 미스터리가 도둑으로 밝혀질 상황에서 그를 구해주었던 것이다. 코끼리 앞에 나가기 전 그의 손을 풀어주고 조물주를 만나면 은총을 받을 수 있게 기도할 시간을 주었을 때, 그는 그녀가 이러한 가능성 또한 예측했다는 것을 깨달았다. 그는 감시관의 눈이 닿지 않는 곳에 숨겨두었던, 황제의 향기를 완벽하게 합성한 향이 든 작은 병을 꺼냈다. 그 향이 눈멀고 늙은 코끼리를 속여 넘겨 그의 생명을 구했던 것이다.

황제가 입을 열었다. 그가 고대하던 순간이 왔다. "이리 오거라, 이름이야 무엇이 되었건 이제 빙빙 돌려 넌지시 암시를 던지는 짓은 그만두어라. 이제 그대의 이야기를 들어야겠다. 우리 기분이 좋을 때 빨리 말해보거라."

코끼리 히란이 외국인을 마치 무굴 군주처럼 등에 태웠을 때, 그는 갑자기 어떻게 시작해야 할지 깨달았다. 항상 같은 말로 자기 이야기를 한다면 거짓말을 완벽하게 연습해둔 거짓말쟁이라고 자백하는 거나 다름없다. 다른 지점에서 시작해야 한다. "폐하,

왕 중의 왕이시여, 세계의 보호자시여. 폐하께 말씀드리는 영광
을……" 그의 입술에서 말이 끝까지 나오지 못했다. 그는 신의 일
격으로 갑자기 벙어리가 된 사람처럼 황제 앞에 멀거니 서 있었
다. 아크바르는 짜증이 났다. "거기서 끊지 마라. 이번만큼은 그
지긋지긋한 얘기를 털어놔보아라." 외국인은 헛기침을 하고 다시
시작했다.

"저는, 폐하, 다름이 아니오라……"

"뭔가?"

"폐하, 이야기를 할 수가 없사옵니다."

"하지만 해야 한다."

"잘 아옵니다. 하지만 폐하의 반응이 두렵사옵니다."

"그래도 해야 한다."

"그렇다면 폐하, 지금 알게 된 사실이온데, 저는 사실……"

"그래?"

(심호흡을 한 다음, 홱 내뱉듯 말한다.)

"폐하의 친척이옵니다. 사실대로 말씀드리면, 폐하의 숙부이옵
니다."

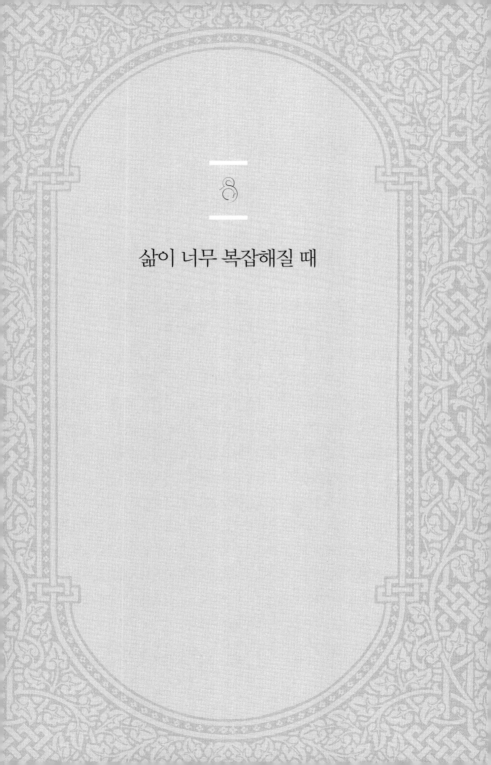

8

삶이 너무 복잡해질 때

무굴 궁정 남자들은 삶이 너무 복잡해질 때면 답을 찾아 나이든 여인들에게로 갔다. '모고르 델라모레'라 스스로를 칭했던 '니콜로 베스푸치'가 황제의 친척이라는 놀라운 주장을 꺼내기 무섭게, 황제는 어머니 하미다 바노와 고모 굴바단 베굼*의 처소로 전령을 보냈다. 황제는 비르발에게 말했다. "우리가 아는 한 정체를 모르는 숙부 따위는 없다. 게다가 숙부라고 주장하는 이자는 우리보다 열 살이나 아래인 데다 금발에, 차가타이어를 한마디도 할 줄 모르지 않느냐. 그러나 다음 조치를 취하기 전에 이야기의 수호자인 여인들에게 물어봐야겠다. 그들이 우리에게 확실히 알려줄 것이다." 아크바르와 대신이 사기꾼일지도 모를 자는 완전히 무시한 채 자기들끼리 방구석에서 논쟁에 깊이 빠져든 것을 보고

---

* 이슬람권에서 신분이 높은 여성이나 기혼 여성에게 쓰는 존칭.

그는 자신의 존재감이 흔들리기 시작한 것을 느꼈다. 그가 정말 위대한 무굴 왕의 면전에서 황제와 혈연관계임을 주장했단 말인가? 아니면 아편에 취해서 본 환각일까? 코끼리한테 밟혀 죽을 위험에서 가까스로 빠져나온 지 얼마 지나지도 않아 자살행위를 저지른 것일까?

비르발이 아크바르에게 말했다. "저자가 말했던 전사 아르갈리아인지 아르칼리아인지는 제가 모르는 이름입니다. 그리고 안젤리카는 우리나라 사람이 아니라 외국인의 이름입니다. 우리는 아직 이 긴 이야기, 이 '중요한 이야기'에서 그들의 역할을 듣지 못했습니다. 하지만 이름 때문에 이 사람들을 없는 셈 치기는 좀 그렇습니다. 이름이야 얼마든지 바꿀 수 있으니까요." 라자 비르발은 원래 마헤시 다스라는 이름의 가난한 브라만계급 출신 소년이었다. 그를 궁정으로 데려와 신분 상승을 시켜준 이가 바로 아크바르였다. 두 벗은 고귀한 여인들을 기다리다 옛 추억에 잠겼고, 젊은 시절로 되돌아갔다. 아크바르는 사냥을 하다 길을 잃었다. "여봐라! 애야! 이중에 어느 길이 아그라로 가느냐?" 황제가 묻자, 다시 예닐곱 살로 돌아간 비르발이 엄숙하게 대답했다. "어느 길도 아무 데로도 가지 않습니다." "그럴 리가 없다." 아크바르가 꾸짖자, 어린 비르발이 씩 웃었다. "길은 움직이지 않습니다. 그러니 아무 데로도 가지 못합니다." 이 농담 덕에 소년은 궁정으로 와서 새로운 이름과 새로운 삶을 얻었다.

아크바르가 곰곰 생각하며 말했다. "숙부라? 아버지의 형제인가? 어머니의 형제인가? 고모의 남편인가?" 비르발이 공정을 기하며 말했다. "혹은, 조금 더 범위를 넓히자면 조부님 형제분의 자식일 수도 있습니다." 겉으로는 진지한 체하면서도 희희낙락하는 모습이 역력했다. 외국인은 그가 장난감 취급을 받고 있다는 걸 알았다. 황제는 그의 운명이 결판날 동안 놀이를 하는 것이다. 사정이 그리 좋아 보이지는 않았다.

커튼이 드리워진 통로가 드넓은 황제의 처소를 사방팔방으로 가로지르고 있어서, 궁정의 여인들은 부적절한 눈길을 피해 눈에 띄지 않고 움직일 수 있었다. 이런 통로 가운데 하나를 따라 모후 하미다 바노와 궁정의 연장자 굴바단 공주가 좁은 운하를 통과하는 두 척의 막강한 배처럼 미끄러져왔고, 여왕의 절친한 벗 비비 파티마가 뒤를 바짝 따랐다. "지우," 모후가 불렀다(모후가 손위 시누이를 부를 때 쓰는 애칭이었다). "어린 아크바르가 지금 이 무슨 정신 나간 짓을 하는 걸까요? 지금 있는 가족도 모자라 가족이 더 필요하단 말인가요?" "더 필요하단 말인가요?" 비비 파티마가 되풀이했다. 그녀는 여주인의 말을 메아리처럼 따라 하는 나쁜 버릇이 있었다. 굴바단 공주가 고개를 가로저었다. "세상은 수수께끼투성이고, 아무리 기묘한 이야기라도 진실로 밝혀질 수 있다는 걸 황제는 알고 있지요." 전혀 예상치 못했던 말이라 모후는 침묵에 빠졌다. 두 여자와 시녀는 말을 더 나누지 않고 황제의 방까지 미끄러지듯 닿았다.

산들바람이 부는 날이어서 사람들의 눈으로부터 그들을 가려주는 정교하게 수놓은 천이 불안에 떠는 돛처럼 퍼덕였다. 그들의 화려하게 장식한 의복, 폭 넓은 스커트, 긴 웃옷, 그 품위 있는 옷

자락이 머리와 얼굴을 휘감으며 바람의 장난에 나부꼈다. 그들이 아크바르에게 가까워질수록 바람은 점점 더 거세어졌다. 모후는 생각했다. 어쩌면 이건 어떤 징조일지도 몰라. 우리의 모든 확실성이 바람에 실려 날아가고, 우리는 굴바단의 수수께끼와 의심으로 가득 찬 우주에서 살아야 할지도 몰라. 불같은 성질에 위풍당당한 여인인 하미다 바노는 의심이라는 개념이 그다지 마음에 들지 않았다. 그녀는 자신이 뭐가 뭔지 다 알고, 그런 것을 알도록 훈육받았다고 생각했다. 모든 이에게 가능한 한 분명하게 알려주는 것이 그녀의 임무였다. 만약 황제가 뭐가 뭔지 알지 못하게 되었다면, 어머니가 다시 깨우쳐주러 가야 했다. 그러나 굴바단은 기묘하게도 딴생각을 품고 있는 듯 보였다.

메카 순례를 마치고 돌아온 후로 굴바단은 이전보다 세상일에 대한 확신이 없어진 것 같았다. 마치 신성한 우주의 확고부동한 진실에 대한 그녀의 신념이 위대한 여행으로 강화된 것이 아니라 약화된 것만 같았다. 하미다 바노가 보기에 굴바단이 계획하고 궁정의 나이 든 여인 대부분이 참여한 여인들의 하지*는 아들의 군주제 방식이 지닌 달갑잖은 혁명적 성격을 보여주는 표시일 뿐이었다. 여자들의 하지라니? 그녀는 굴바단이 처음 그 문제를 끄집어냈을 때 아들에게 물었다. 어떻게 이런 짓을 허락할 수 있는가? 말도 안 된다. 모후는 아들에게 무슨 일이 있어도 거기 끼지 않을 것이며, 세상이 두 쪽 나도 그럴 일은 없을 거라고 말했다. 그러나

---

* 메카 순례.

그녀와 같이 왕비 자리에 있는 살리마는 갔고, 아크바르의 부모가 아들을 버리고 도피했을 때 그의 목숨을 구해주었던 아스카리칸의 처 술타남 베굼, 어린 아크바르에게 하미다 본인보다 더 어머니 같았던 술타남과 바바르의 체르케스인 아내, 아크바르의 의붓사촌, 굴바단의 손녀, 수많은 하인도 따라갔다. 삼 년 반 동안이나 성지에 가 있다니! 여왕은 여행이라면 페르시아로의 긴 도피만으로 충분했다. 삼 년 반이나 떠나 있다니 생각만 해도 몸서리가 쳐졌다. 굴바단이나 메카에 가라지! 모후는 고향에서 다스릴 것이다.

한없이 떠들어대는 굴바단이 없어 평화롭고 조용했던 삼 년 반 동안, 경쟁 상대나 방해자 없이 하미다 바노가 왕 중의 왕에 대한 영향력을 굳힐 수 있게 된 것은 물론 사실이었다. 여자들의 결혼이나 화해를 중재해야 할 때 나설 수 있는 여인이 그녀뿐이었으니까. 아크바르의 왕비들은 그 환영만 제외하면 한갓 계집아이에 불과했다. 그 환영이야 온갖 지저분한 책을 다 암기하고 있는 잠자리 상대에 불과하니 지나치게 생각할 필요는 없었다. 그러나 굴바단이 이제 '순례자 굴바단'이 되어 돌아오자 권력의 균형에 변화가 생겼다. 늙은 모후는 그 사실에 짜증이 나서 요즘 들어 신에 대한 이야기를 거의 입에 올리지 않았다. 대신 여자와 여자의 아직 쓰지 않은 힘, 원하는 것은 무엇이든 할 수 있는 여자의 능력, 그리고 여자가 어떻게 남자가 부여한 제약을 더는 받아들이지 않고 제멋대로 살려 하는지에 대해 더 많이 이야기했다. 만약 여자가 하지를 수행할 수 있다면 산에도 오르고 시집도 내고 세상을 혼자 힘으로 휘두를 수도 있게 될 것이다. 그런 것은 명백히 수치스러운 일인데도 황제는 좋아한다. 황제는 새로운 것이라면 뭐든지 덮어놓고 즐긴다. 언제까지나 어린아이로 남아 반짝이는 새로운 생각이 있으면 육아실의 은딸랑이라도 되는 양 무조건 홀딱 반해버리고, 어른의 삶에 어울릴 만한 진지한 것은 내던져버린다.

어쨌거나 굴바단 공주는 나이가 많으니 모후는 항상 그에 합당한 경의를 바칠 것이다. 그리고, 아 그렇다, 굴바단은 아무래도 싫어할 수가 없다. 그녀는 항상 미소를 잃지 않았고, 미친 사촌이나 다른 이들에 대한 재미있는 이야기를 들려주었으며, 머릿속은 새롭고 독립적인 생각으로 가득할지라도 마음은 따스한 애정이 넘쳤다. 하미다 바노는 굴바단에게 늘 말하곤 했다. 인간은 단수로 이루어진 존재가 아니라 복수라고. 인간의 삶은 상호 의존하는 힘으로 이루어졌으며, 일부러 그 나뭇가지 가운데 하나를 흔든다 해도 머리 위로 어떤 과일이 떨어질지 아무도 알 수 없다고. 다들 그녀를 좋아했다. 모후도 그녀를 좋아했다. 그거야말로 가장 짜증나는 일이었다. 모후를 짜증나게 하는 또 한 가지는 젊었을 때나 늙어서나 날씬하고 나긋나긋한 젊은 여인 같은 굴바단의 몸매였다. 모후의 몸은 세월에 손쉽게 굴복하고 아들의 제국과 보조를 맞춰 팽창해, 이제는 육체 또한 산맥과 숲을 지닌 왕국, 하나의 대륙이 되었다. 그 위에 결코 축 처진 적이 없는 그녀의 정신이 수도처럼 버티고 있었다. 하미다 바노는 생각했다. 내 육체는 늙은 여인의 육체라면 응당 그러해야 할 모습이야. 이게 정상이지. 젊게 보이려는 굴바단의 끈질긴 노력은 전통에 대한 존경심이 위험할 정도로 결여되어 있다는 증거이다.

그들은 여자들의 문을 통해 황제의 방으로 들어가 평소처럼 피에트라 듀라를 곁들여 선조 세공한 호두나무 칸막이 뒤에 자리를 잡고 앉았다. 굴바단은 상황을 전적으로 잘못된 방향으로 몰아가고 있다. 그녀는 이방인에게 직접 말을 걸어서는 안 되는데도 그가 모국어로 하는 이야기를 듣고 곧장 본론으로 들어가 날카롭고 새된 목소리로 외쳤다. "여봐라! 외국인! 자! 세상의 반을 가로질러 와서 이 무슨 동화 같은 얘기를 늘어놓는 겐가?"

◆◆◆

이건 제 귀로 똑똑히 들은 이야기입니다, 외국인이 맹세했다. 그의 어머니는 진짜 차가타이 혈통을 지닌 공주, 칭기즈칸의 직계 후손, 티무르가의 일원이며, 그녀가 '비버'라고 불렀던 인도의 1대 무굴 황제의 여자 형제였다(그가 이 말을 했을 때 굴바단 베굼이 칸막이 뒤에서 허리를 곧추세웠다). 그는 날짜나 장소에 대해서는 아무것도 모르고, 들은 이야기를 정직하게 되풀이할 뿐이었다. 어머니의 이름은 안젤리카로, 무굴의 공주였다. 여태껏 누구도 본 적이 없을 만큼 아름다운 여인이자 대적할 상대가 없을 만큼 뛰어난 여마법사로, 모두가 두려워하는 힘을 지닌 주문과 묘약을 능숙하게 다루었다. 젊을 때 그녀의 오라버니 비버 왕은 사마르칸트에서 웜우드 경이라는 우즈베크 장군에게 포위당한 적이 있었다. 장군은 포위한 도시에서 비버를 안전하게 빠져나가도록 해주는 대가로 공주를 넘길 것을 요구했다. 그리고 그녀를 모욕하기 위해 젊은 물 운반자 바차 사카우에게 마음 내키는 대로 하라며 선물로 줘버렸다. 이틀이 지난 뒤 바차 사카우의 몸이 이곳저곳 끓어오르기 시작하더니, 겨드랑이와 사타구니에 가래톳이 퍼져 터지면서 죽어버렸다. 그 일이 있고 나서 아무도 이 마녀에게 손끝 하나 대려 하지 않았다. 그러다 마침내 그녀는 웜우드와의 서투른 정사에 몸을 내맡겼다. 십 년이 흘렀다. 웜우드는 카스피 해 연안에서 벌어진 마르브전투에서 페르시아 왕 이스마엘에게 패배했다. 안젤리카 공주는 다시 한번 전리품 신세가 되었다.

(이제 하미다 바노 역시 심장고동이 빨라지는 것을 느꼈다. 굴바단 베굼은 그녀 쪽으로 몸을 기울여 귓가에 한 단어를 속삭였다. 모후는 고개를 끄덕였다. 그녀의 눈에 눈물이 가득 차올랐다. 시녀 비비 파티마도 울었는데, 그저 주인을 따라 한 것뿐이었다.)

이번에는 페르시아 왕이 오스만, 술탄이라고도 하는 오스만리에게 패배당했다……

칸막이 뒤의 여자들은 더 참을 수 없었다. 모후 하미다 바노도 자기보다 잘 흥분하는 굴바단 못지않게 흥분했다. "내 아들아, 우리에게로 오너라." 그녀가 큰 소리로 명령했다. "오너라." 비비 파티마가 메아리처럼 따라 했다. 왕 중의 왕이 명령에 따랐다. 굴바단이 그의 귀에 대고 속삭이자 그는 아주 조용해졌다. 그런 다음 진정 놀란 얼굴로 비르발에게 몸을 돌렸다. 그가 말했다. "부인들은 이 이야기의 일부는 이미 알려진 것이라고 하네. 바부르, 다시 말해 '바바르'는 비버를 일컫는 오래된 차가타이어일세. '웜우드'는 시반 혹은 샤이바니칸 정도로 옮길 수 있는데, 한창때 최고 미

인으로 소문이 자자했던 조부 바바르의 누이는 바바르가 사마르
칸트에서 샤이바니에게 패배한 후 그의 포로가 되었네. 십 년 후
샤이바니는 페르시아의 샤 이스마일에게 마르브 근처에서 패했
고, 바바르의 누이는 페르시아 왕의 손에 떨어졌지."

비르발이 말했다. "죄송합니다만, 자한파나여, 제가 잘못 안 것
이 아니라면 그분은 칸자다 공주가 아니옵니까? 칸자다 공주의
이야기는 물론 다 알려진 것입니다. 저 역시 알고 있듯 샤 이스마
일은 친선의 표시로 바바르 샤에게 공주를 돌려보냈고, 공주마마
는 슬픈 죽음을 맞을 때까지 왕가의 품에서 극진한 존경을 받으며
사셨습니다. 이 외국인이 공주마마의 이야기를 알고 있다니 정말
놀랍지만, 공주마마의 후손일 리는 없습니다. 공주마마가 샤이바
니의 아들을 낳은 것이 사실이라 해도, 그 아들은 아비와 같은 날
에 페르시아 왕 샤의 손에 죽었습니다. 그러니 이자의 이야기는
거짓임이 밝혀졌사옵니다."

이때 칸막이 뒤의 두 부인이 한 목소리로 외쳤다. "또다른 공주
가 있었다오!" 시녀가 되풀이했다. "……다오!" 굴바단이 감정을
추스르고 말했다. "오 빛나는 왕이여, 우리 가족사에는 숨겨진 부
분이 있답니다."

가장 고귀한 여인들이 자기네 혈통의 족보를 읊을 동안, 스스로
를 '모고르 델라모레'라고 칭한 남자가 무굴제국의 중심부에서
조용히 일어섰다. "오 모든 것을 아는 왕이시여, 수많은 아내와 첩
에게서 태어난 수많은 공주가 있답니다." 굴바단이 말했다. 황제
는 가볍게 한숨을 내쉬었다. 굴바단이 흥분한 앵무새처럼 가계도

를 오르기 시작하면, 얼마나 많은 가지에 잠깐씩 머문 끝에 쉬기로 결정할지 아무도 알 수 없었다. 그러나 이번만큼은 깜짝 놀랄 만큼 짧게 끝났다. "미르 바누와 샤르 바누와 야드가르 술탄이 있었지요." "하지만 야드가르의 어머니 아가는 왕비가 아니었지요." 모후 하미다가 거만하게 끼어들었다. "그녀는 첩에 불과했어요." "……했어요." 비비 파티마가 의무적으로 따라 했다. 모후가 덧붙였다. "하지만 칸자다가 나이는 가장 많았을지 몰라도, 또 공식적으로 그녀가 가장 뛰어나다고 선포되긴 했어도 외모는 결코 첫째가 못 되었답니다. 첩의 딸들 중에 훨씬 더 예쁜 아이들이 있었지요." 굴바단이 뒤를 이었다. "오 가장 빛나는 왕이시여, 아아, 칸자다는 언제나 질투심에 차 있었다는 것도 알려드려야겠군요."

이것은 연로한 굴바단이 오랫동안 비밀로 묻어두었던 이야기였다. "사람들은 칸자다가 제일 손위이고, 어쨌거나 그녀를 거스르면 안 되었기에 예쁘다고 말해주었지요. 하지만 사실 제일 나이 어린 공주가 최고 미인이었답니다. 그녀에게는 놀이친구 겸 하녀 노릇을 하는 예쁘장한 어린 노예 소녀가 있었는데, 그 아이는 여주인 못지않은 미모에다 여주인을 꼭 빼닮기까지 해서 사람들이 그녀를 '공주의 거울'이라고 부르기 시작했지요. 그리고 칸자다가 샤이바니의 포로가 되었을 때, 어린 공주와 거울도 사로잡혔답니다. 칸자다가 샤 이스마일 덕에 자유의 몸이 되어 바바르의 궁정으로 돌아간 뒤에도 숨겨진 공주와 거울은 페르시아에 남았지요. 바로 그 때문에 그녀가 우리 가족사에서 지워진 것입니다. 그녀는 제 고향에서의 영예로운 지위보다 외국인 사이에서의 삶을 더 좋아했던 거예요."

외국인이 갑자기 끼어들었다. "라스페키아(La Specchia). '거울'의 남성형 명사입니다. 하지만 그녀를 위해 여성형을 만들어냈습니다. 라스페키아(La specchia), 작은 거울 소녀라는 뜻이지요."

이제 이야기가 하도 급박하게 요동쳐서 의전 규범 따위는 잊혔고, 이방인이 끼어들어도 책망하지 않았다. 고음으로 빠르게 이야기하는 인물은 바로 굴바단이었다. 숨겨진 공주와 그녀의 거울 이야기는 계속되었다.

그러나 하미다 바노는 넋을 잃고 기억 속으로 빠져들었다. 모후는 다시 젊은 시절로 돌아가 품에 어린 아들을 안고 있었다. 남편 후마윤이 패배했을 때 그녀는 세상에서 가장 위험한 자들, 바로 남편의 형제들로부터 도망쳤다. 칸다하르의 황무지는 어찌나 추운지 수프를 냄비에서 그릇에 붓는 즉시 얼어버려 마실 수 없을 정도였다. 어느 날 그들은 너무 배가 고파 말 한 마리를 잡아 토막을 쳐서 그들의 유일한 냄비였던 병사의 투구에 넣고 끓였다. 그때 적의 공격을 받아 그녀는 어린 아들을 뒤에 남겨두고, 어린 아들을 전쟁터에서 운에 맡겨놓고, 어린 아들을 술타남 베굼, 남편의 형제이자 적 아스카리의 처인 다른 여자 손에서 자라게 하고 도망쳐야 했다. 술타남 베굼은 하미다 바노가 자신의 아들인 황제를 위해 할 수 없었던 일을 해주었다.

그녀가 속삭였다. "나를 용서하시오." ("······시오." 비비 파티마가 말했다.) 그러나 황제는 그 말을 듣고 있지 않았다. 그는 굴바단 공주와 함께 정체 모를 물길 속으로 돌진하고 있었다. "숨겨진 공주는 칸자다와 함께 돌아오지 않았다오. 왜냐하면—그래요!—그녀는 사랑에 빠졌던 겁니다." 외국인과 깊은 사랑에 빠져버린 나머지 그녀는 왕인 오라버니에게 도전하고 그의 궁정을 능멸할 각오를 했다. 그녀의 의무와 더 고귀한 사랑이 그녀가 어디에 속하는지를 상기시켜줬어야 마땅했다. 비버 바바르는 분개해 동생을 역사에서 제해버리고, 그녀의 이름을 모든 기록에서 삭제하고, 그의 왕국에서 누구도 다시는 입에 올리지 못하도록 명령했다. 칸자다 베굼도 동생을 깊이 사랑했지만 그 명령을 충실히 따랐고, 숨겨진 공주와 그녀의 거울에 대한 기억은 서서히 희미해져 갔다. 그리하여 그들은 뜬소문, 군중 속에서 들릴 듯 말 듯한 이야기, 바람결에 섞여 오는 속삭임에 불과하게 되었고, 그날부터 오늘까지 아무런 소식도 더 들려오지 않았다.

"다음에는 페르시아 왕이 오스만, 술탄이라고도 하는 오스만리에게 패배했지요." 외국인이 말을 이었다. "그리하여 결국 공주는 막강한 전사와 함께 이탈리아로 건너갔습니다. 아르갈리아와 안젤리카가 그들의 이름이지요. 아르갈리아는 마법의 무기를 가졌고, 무시무시한 거인 수행원 네 명을 거느렸습니다. 중국과 인도의 공주로, 세상에서 가장 아름다운 여인이자 겨룰 상대가 없는 여마법사 안젤리카도 그와 함께였습니다."

"그녀의 이름이 무엇이었다고요?" 황제가 그를 무시하고 물었다. 모후가 고개를 가로저었다. "그 이름은 들어본 적이 없습니다." 그러자 굴바단 공주가 말했다. "그녀의 별명은 입 끝에 맴도는데, 본명은 기억에서 완전히 사라져버렸다오."

외국인이 말했다. "안젤리카, 그분의 이름은 안젤리카입니다."

그때 칸막이 뒤에서 굴바단 공주의 목소리가 들려왔다. "재미있는 이야기로군요. 저자가 그 이야기를 어떻게 알게 되었는지 좀 알아내야겠습니다. 하지만 문제가 있어요. 그가 우리가 만족할 만한 해답을 내놓을 수 있을지 나도 모르겠군요."

비르발은 물론 알고 있었다. "날짜 문제이지요. 날짜와 사람들의 나이 말입니다."

굴바단 공주가 말했다. "만약 칸자다 베굼이 아직까지 살아 있다면 백칠 세가 됩니다. 그녀의 막내동생이 바바르보다 여덟 살 어리니까 아마 아흔다섯이 되겠지요. 이 자리에 서서 우리의 묻혀버린 과거 이야기를 들려주는 이 외국인은 기껏해야 서른이나 서른한 살 정도일 겁니다. 그러면 숨겨진 공주가 이자의 말대로 이탈리아에 갔다면, 그리고 주장하는 대로 그가 그녀의 아들이라면, 그가 태어났을 시점에 그녀는 어림잡아도 예순네 살이었다는 얘기가 됩니다. 만약 그런 기적적인 출산이 정말 이루어졌다면 그는 당연히 황제 폐하의 숙부, 폐하 조부의 누이의 아들이니, 왕가의 왕자로서 인정받아야 마땅하겠지요. 하지만 두말할 것도 없이 그건 있을 수 없는 일입니다."

외국인은 무덤이 그의 발치에서 크게 입을 벌리는 것을 느끼면서, 그들이 자기 말을 더 들어주지 않으리라는 것을 알았다. 그가 외쳤다. "여러분께 저는 날짜와 장소에 대해서는 아무것도 모른다고 말씀드렸습니다. 하지만 제 어머니는 젊고 아름다웠습니다. 육십대 노파가 아니었습니다."

칸막이 뒤의 여자들은 침묵했다. 그 침묵 속에서 그의 운명이

판가름 나고 있었다. 마침내 굴바단 베굼이 다시 입을 열었다. "그가 우리에게 아주 깊이 묻혀 있던 이야기를 해준 것은 사실입니다. 그가 이야기를 꺼내지 않았다면 우리 늙은이들은 그 이야기를 무덤까지 가져갔을 겁니다. 그러니 약간의 의심쯤이야 덜어주어도 좋겠지요."

황제가 반박했다. "하지만 말씀하셨듯 달리 생각할 여지가 없습니다."

굴바단 공주가 말했다. "달리 설명할 수 있는 가능성이 두 가지 있다오."

모후 하미다 바노가 말했다. "첫번째 가능성은, 숨겨진 공주가 실제로 최고의 여마법사였다는 것입니다. 그녀는 영원한 젊음을 누릴 수 있는 비교의 비밀을 알고 있어서, 아이를 낳았을 때 거의 칠십 세에 가까운 나이였는데도 여전히 젊은 여인의 육체와 정신을 유지했을지도 모르지요."

황제가 주먹으로 벽을 쿵 쳤다. "아니면 두 분 모두 정신이 나간 것이든지요. 바로 그 때문에 이런 말도 안 되는 헛소리를 믿어주는 것이겠지요." 그가 고함을 쳤다. 굴바단 공주가 어린아이를 달래듯 그를 진정시켰다. "아직 두번째 설명을 듣지 않았습니다."

황제가 으르렁거렸다. "아주 좋군요, 어디 말씀해보시지요." 굴바단 베굼이 박식한 척 힘주어 말했다. "이자의 이야기가 사실이고, 숨겨진 공주와 그녀의 전사가 오래전에 이탈리아에 갔다 칩시다. 그렇다면 이자의 어머니가 전사의 왕족 출신 정부가 아니었다는 것도 사실일 수 있지요……"

"……공주가 아니라 공주의 딸이 그의 어머니라는 거군요." 아크바르는 무슨 말인지 이해했다. "그렇다면 그의 아버지는 누구지요?"

비르발이 대답했다. "무언가 사연이 있겠군요."

황제가 외국인 쪽으로 돌아서며 호기심도 단념한 듯 한숨을 내쉬었다. 이 이방인에 대한 예상치 못한 황제의 애정은 너무 많은 것을 아는 외부인을 싫어하는 성향으로 인해 식어버렸다. "힌두스탄의 이야기꾼은 언제 청중을 잃게 될지 늘 알지. 청중이 자리를 털고 가버리거나, 야채를 던지거나, 청중이 왕이라면 때론 이야기꾼의 목을 도시 성벽에서 내던져버리니까. 친애하는 나의 숙부 모고르여, 이번 경우에는 청중이 진짜 왕이라네."

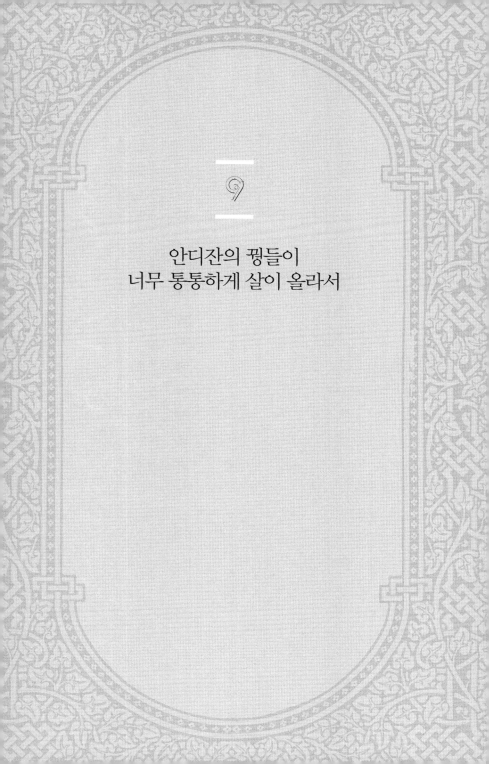

9

안디잔의 꿩들이
너무 통통하게 살이 올라서

안디잔의 꿩들이 너무 통통하게 살이 올라서, 네 사람은 새 한 마리로 요리한 음식을 다 먹지 못했다. 약사르테스라고도 하는 시르다리야 강의 지류인 안디잔 강둑에는 제비꽃이 피었고, 봄에는 튤립과 장미가 만발했다. 무굴 왕가의 본래 터전이었던 안디잔은 페르가나 지역에 있었다. 황제의 조부는 자서전에 이렇게 적었다. "안디잔은 문명 세계의 가장자리, 다섯번째 지역에 자리한다." 황제는 선조의 땅을 한 번도 보지 못했지만, 바바르의 책을 통해 알고 있었다. 힌두쿠시 산맥의 거대한 봉우리 북쪽, 사마르칸트 동쪽에 위치한 페르가나는 중앙아시아의 실크로드에 있었다. 질 좋은 멜론과 포도주용 포도가 자라고, 흰 사슴과 아몬드 페이스트로 속을 채운 석류를 양껏 먹을 수 있는 곳이었다. 어디에나 개울이 흐르고, 인근 산에는 좋은 목초지가 있고, 채찍 자루와 화살로 안성맞춤인 껍질이 붉은 조팝나무가 자라고, 광산에서는 터키석과 철이

나왔다. 여자들이 아름답다고들 했지만, 황제가 알기로 이런 문제에 있어선 의견이 항상 일치하는 건 아니었다. 힌두스탄의 정복자 바바르가 그곳에서 태어났고, 칸자다 베굼도 그리고 이름 없는 공주(그녀의 출생에 관한 기록은 전부 삭제되었지만)도 그곳에서 태어났다.

아크바르는 숨겨진 공주의 이야기를 처음 듣고 나서 총애하는 화가 다슈완트를 모든 연못 가운데 최고의 연못 옆에 있는 꿈의 장소에서 보자고 호출했다. 아크바르가 열네 살도 채 되지 않아 왕위에 올랐을 때, 황제의 가마꾼 아들인 다슈완트는 왕과 같은 또래로 겉보기에는 무식하고 지독하게 침울한 소년이었다. 하지만 그는 남모르게 천재성을 뿜어내는 대단한 화가였다. 밤이면 그는 보는 사람이 없는지 확인하고 파테푸르 시크리의 벽을 온통 낙서로 뒤덮었다. 음란한 말이나 그림이 아니라 궁정 고관의 캐리커처였는데, 얼마나 잔인하리만치 정확하게 그렸던지 고관 모두가 당장 그를 잡아다 그 야유하는 손모가지를 잘라버리겠다고 마음먹었다. 아크바르는 아불 파즐과 궁정 화원의 최고 장인인 페르시아인 미르 사이이드 알리를 꿈의 장소로 불러 말했다. "그가 누구이건 그의 적들보다 먼저 찾아내도록 해라. 이런 재능이 분개한 귀족의 칼에 스러지도록 놔두어선 안 된다." 일주일 후 아불 파즐은 조그맣고 새까맣고 뼈만 앙상한 아이의 귀를 잡아끌고 돌아왔다. 다슈완트는 몸부림치고 고함을 지르며 저항했지만, 아불 파즐은 그를 인간 주사위 놀이를 하던 아크바르 앞으로 끌고 갔다. 미르 사이이드 알리는 기쁘고도 근엄한 표정으로 이 악동과 포획자의 뒤를 바짝 따라갔다. 황제는 주사위판 위에 서서 인간 말 노릇을 하는 예쁘장한 흑인 노예 소녀들로부터 슬쩍 시선을 돌려 다슈완트에게 당장 궁정 화원에 들어가라고 명하고, 궁정의 누구도 그에게 해를 끼치지 못하도록 했다.

다슈완트가 그린 초상 중에서도 황제의 악의 어린 숙모이자 유모인 마함 아나가와 그녀의 아들 아담의 초상은 가장 잔인할 뿐 아니라 예언적이었는데, 그들조차 황제의 명령 앞에서는 다슈완트를 해칠 음모를 꾸미지 못했다. 마함 아나가의 캐리커처는 하티아풀 매음굴의 외벽에 그려졌다. 부글부글 끓는 독약에 둘러싸인 푸른 얼굴의 마녀로 형상화된 그녀의 모습은 많은 이가 고개를 끄덕일 법했다. 반면 잔인한 아담은 눈물범벅이 되어 성벽에서 거꾸로 내던져지는 모습이 커다란 유리 증류기에 비쳤다. 육 년 후 아담이 권력을 노리고 아크바르를 공격했다 성벽에서 거꾸로 내던져지는 처형 판결을 받았을 때, 황제는 다슈완트의 예언을 기억해내고 놀라워했다. 그러나 다슈완트는 그런 그림을 그린 기억이 없다고 말했고, 그림은 매음굴 벽에서 깨끗이 지워진 지 오래였으므로, 황제는 자신의 기억을 의심하며 깨어 있을 때의 삶이 꿈으로 얼마나 오염되었을까 의아해했다.

다슈완트는 금세 미르 사이이드 알리의 화원에서 가장 빛나는 별 가운데 하나가 되었다. 그는 마법 항아리를 타고 하늘을 날아가는 턱수염 난 거인, 데브스라는 털이 길고 반점이 난 작은 요정, 바다에 몰아치는 격렬한 폭풍, 푸른색과 금색 용, 구름 속에서 손을 뻗어 영웅을 재난에서 구해주는 천국의 마법사 등 젊은 왕의 자유분방하고 환상적인 상상력을 만족시켜주는 그림을 그려냈다. 그는 눈이 세 개 달린 요정 말을 타고 이 세상에 있음 직하지 않은 온갖 괴물을 물리치는 전설적인 영웅 함자의 모습을 그리고 또 그렸다. 그는 자신이 황제의 꿈 자서전을 그리고 있으며, 붓을 잡은 것은 그의 손일지라도 천 위에 나타나는 것은 황제의 비전이라는 사실을 화실의 자랑이자 기쁨인 십사 년 단위의 함자 주기와 관련 있는 어떤 화가보다도 잘 알았다. 황제는 그의 행위의 총합이었다. 아크바르의 위대함은 그의 분신인 함자의 위대함처럼 저항하는 군주, 현실의 용, 데브스 등 거대한 장애물을 물리치고 거둔 승리로 표현될 뿐 아니라, 실제로 그런 승리에 의해 창조되었다. 다슈완트의 그림 속 영웅은 황제의 거울이 되었고, 화실 소속 화가 백한 명 모두가, 심지어 페르시아인 거장 미르 사이이드 알리와 압두스 사마드까지도 그에게 배웠다. 함자와 그 벗들의 모험을 그리는 공동 작업을 통해 문자 그대로 무굴 힌두스탄이 발명되었다. 예술가의 연합은 제국 통일을 예시하는 전조였을 뿐 아니라 어쩌면 그것을 현실로 만들었을지도 모른다. "우리는 다 함께 황제의 영혼을 그리고 있습니다." 다슈완트는 협력자들에게 슬프게 말했다. "그리고 황제의 영혼이 육체를 떠날 때 영혼은 이 그림들 속에서 안식을 취할 것이며, 황제는 불멸을 얻게 될 것입니다."

이러한 예술적 성취에도 불구하고, 그의 우울한 성격은 전혀 바뀌지 않았다. 그는 결혼도 하지 않고 금욕적인 생활을 했다. 세월이 흐를수록 그의 성격은 점점 더 어두워져 아예 일을 못하고 화실의 작은 방에 앉아 마치 그렇게 오랜 세월 동안 그토록 뛰어난 솜씨로 그렸던 괴물 중 하나가 있기라도 한 듯 텅 빈 구석을 몇 시간이고 노려보는 때가 많았다. 그의 행동이 점점 이상해져갔음에도 그는 여전히 도피해 있던 시절부터 고향에 돌아올 때까지 아크바르의 아버지 후마윤을 따랐던 두 페르시아인 거장 밑에서 일을 익힌 인도 화가 가운데 최고로 인정받았다. 그래서 아크바르가 조부의 가혹한 조치를 되돌려 숨겨진 공주를 가족사에 복원해야겠다고 생각했을 때 호출한 인물이 다슈완트였던 것이다. 왕은 다슈완트에게 말했다. "그녀를 그려라. 네 붓끝의 마법은 그녀가 다시 살아나 화폭에서 뛰어나와 우리와 함께 주연을 즐길 수 있게 될 만큼 훌륭하니까." 생명을 주는 황제의 힘은 허구의 아내 조다를 만들어내고 지탱하려는 엄청난 노력 때문에 일시적으로 소진된 상태였기 때문에, 이번엔 직접 나서지 못하고 예술의 힘을 빌려야 했다.

다슈완트는 즉시 아크바르의 사라진 대고모의 삶을 함자 그림조차 무색해질 만큼 탁월한 시리즈로 그려내기 시작했다. 페르가나 전체가 살아 숨 쉬었다. 문이 세 개 있고 아홉 시내가 흘러들지만 그중 단 하나도 흘러나가지는 않는, 물을 빨아들이는 안디잔의 요새, 인근 오시 마을 위로 열두 봉우리가 솟은 산, 수도승 열두 명이 거센 바람 속에서 서로를 잃어버렸던 사막의 황야, 그 지역의 수많은 뱀과 수사슴, 토끼. 다슈완트는 첫번째로 완성한 바로 그 그림에서 숨겨진 공주의 모습을 예티 켄트 산의 근사한 숲 속을 작은 바구니를 들고 헤매는 아름다운 네 살짜리 여자아이로 보여주었다. 그녀는 눈에 반짝임을 더해주고 아마도 적에게는 독이 될 벨라도나 잎과 뿌리를 모으고, 지역 주민들이 아이크 오티라고 부르는 맨드레이크 뿌리로 알려진 신비의 식물이 자라는 넓은 군락을 찾고 있었다. '인간-용'이라고도 하는 맨드레이크는 치명적인 가짓과 식물로, 땅 위의 모습은 여느 가짓과 식물과 아주 비슷했다. 그러나 땅 밑 뿌리는 인간 형상이었고, 공기 중으로 뽑아내면 마치 인간을 산 채로 묻을 때 낼 법한 비명을 질러댔다. 맨드레이크가 지닌 마법의 힘은 설명이 따로 필요치 않았다. 첫번째 그림을 본 이들은 누구나 다슈완트의 보기 드문 직관력을 통해 숨겨진 공주가 '깨우친 자', 자신을 보호하려면 무엇을 해야 하며 남자의 마음을 정복하려면 또 어떻게 해야 하는지를 본능적으로 아는 인물임을 알아챘다. 그 두 가지는 종종 같은 것이기도 했다.

그림 자체가 일종의 마법을 발휘했다. 연로한 굴바단 공주가 아크바르의 사실에서 그 그림을 본 순간, 여러 날 동안 입 끝에서 맴돌기만 할 뿐 영 나오지 않던 소녀의 이름을 기억해냈던 것이다. "그녀의 어머니는 마흐둠 술탄 베굼이었어요." 굴바단은 빛이 나는 그림 위로 허리를 굽히고 말했다. 목소리가 너무 나직해서 얘기를 듣기 위해서는 황제도 같이 허리를 굽혀야 했다. "마흐둠, 그래요, 그것이 어머니의 이름이었지요. 우마르 셰이크 미르자의 진정한 마지막 사랑이었어요. 그리고 그 소녀는 카라 쾨즈예요! 카라 쾨즈, 바로 그 이름이에요! 칸자다는 그녀를 지독히도 미워했지요. 물론 결국은 증오하는 대신 사랑하기로 결심했지만."

굴바단 베굼은 칸자다 베굼의 허영심에 관한 일화들을 떠올렸다. 매일 아침 칸자다가 일어나면(그녀는 황제에게 이야기했다),

시녀장은 지시받은 대로 이렇게 말했다. "오 칸자다 베굼, 그분이 일어나셨도다. 세상에서 가장 아름다운 여인이 눈을 뜨고 그녀의 미의 영토를 바라보신다." 그리고 그녀가 아버지 우마르 셰이크 미르자에게 예를 올리러 가면, 전령이 이렇게 외쳤다. "오 세상에서 가장 아름다운 여인, 폐하의 따님이 오십니다. 폐하께서 힘으로 지배하시듯 공주마마께선 아름다움으로 지배하십니다." 어머니의 침소에 들어가면, 용의 여왕 또한 이와 비슷한 말을 해주었다. 눈에서 불을 뿜고 코에서 연기를 피워올리는 쿠트루그 니가르 카눔은 맏이의 도착을 우렁차게 알렸다. "칸자다, 세상에서 가장 아름다운 딸이 나에게 와서 희미해져가는 내 불쌍한 눈을 호강시켜주는구나."

그러나 그후 마흐둠 술탄 베굼이 막내 공주를 낳았다. 태어난 날부터 그녀에게는 검은 눈이라는 뜻의 카라 쾨즈라는 별명이 붙었다. 그 눈을 들여다보는 사람은 모두 홀리고 마는 비범한 힘 때문이었다. 그날부터 칸자다는 매일 되풀이되던 숭배에서 변화를 감지했다. 그녀가 용납할 수 없을 만큼 불성실해진 것이다. 그후 어린 소녀를 노린 살해 시도가 수도 없이 있었으나, 칸자다의 소행으로 밝혀진 것은 단 하나도 없었다. 한번은 검은 눈의 공주가 마시는 우유잔 속에 독이 들어 있었다. 그녀는 아무런 해를 입지 않았지만, 마지막 남은 몇 모금을 얻어 마신 애완견은 고통으로 몸을 뒤틀며 그 자리에서 죽어버렸다. 그다음에는 '마시는 불'로 알려진 끔찍한 죽음을 맞게 하려고 소량의 다이아몬드 부스러기를 누가 그녀의 음료에 넣었지만, 다이아몬드는 그녀에게 아무런 해도 입히지 않고 몸속을 통과했다. 보모 노예가 공주의 변기를 청소하다 공주의 대변에서 반짝이는 돌조각을 찾아냈을 때에야 살해 시도가 있었음이 밝혀졌다.

검은 눈의 공주가 초인적인 힘을 지녔다는 사실이 분명해지자 살해 시도는 중단되었다. 칸자다 베굼은 자존심을 누르고 전략을 바꿔 어린 경쟁자를 귀여워해주기로 결심했다. 오래지 않아 이복 언니도 여동생의 마법에 걸려들었다. 우마르 셰이크 미르자의 궁정에 왕의 막내딸이 몽골 태양의 여신 알란쿠와의 환생일지도 모른다는 말이 퍼지기 시작했다. 이 여신은 테무친, 즉 칭기즈 또는 겡기스칸의 조상이며, 모든 빛을 관장하기 때문에 어둠의 정령에게 빛을 비춰 그들이 몸을 숨긴 그림자를 없애버리겠다고 위협해 그녀에게 복종시킬 수 있었다. 알란쿠와는 삶과 죽음의 여주인이었다. 커가는 이 아이를 둘러싸고 태양 숭배자들은 종교의식을 벌이기 시작했다.

그것은 오래가지 않았다. 사랑하는 아버지 파디샤, 즉 왕이 곧 잔인한 운명과 맞닥뜨렸던 것이다. 그는 안디잔 부근의 아흐시 요새에 가 있었다. 아, 아흐시, 달콤한 미르티무르티 멜론이 자라는 곳! 아흐시, 다슈완트의 손이 그린 대로 깊은 협곡 맨 끝에 지어진 요새. 파디샤가 비둘기를 보러 비둘기장에 방문했을 때, 갑자기 그의 발밑에서 땅이 꺼지면서 파디샤와 비둘기, 비둘기장이 모두 계곡으로 굴러떨어져 자취를 감추었다. 검은 눈의 공주의 이복오빠 바바르가 열두 살 나이에 왕이 되었다. 그녀는 겨우 네 살이었다. 집안의 비극과 그에 뒤따른 혼돈 한가운데에서 카라 쾨즈의 비밀스러운 지혜에 관한 문제는 잊었다. 태양의 여신 알란쿠와는 다시 한번 하늘의 적당한 곳으로 물러났다.

왕 중의 왕의 증조부 우마르 셰이크 미르자의 추락은 다슈완트의 최고 작품 가운데 하나에 화려한 장식과 함께 묘사되었다. 파디샤가 협곡의 어둠 속으로 거꾸로 떨어지고, 협곡의 양쪽 절벽이 그를 지나쳐 돌진했다. 그의 삶과 인물됨에 대한 묘사가 난해하고 추상적인 그림의 가장자리를 장식했다. 키가 작고 뚱뚱한 남자, 수다스러운 호인, 백개먼* 고수, 공정한 남자, 그러나 또한 싸움거리를 찾아내는 사람, 주먹 쓰는 법을 아는 흉터투성이 싸움꾼. 그는 바바르, 후마윤, 아크바르와 아크바르의 아들 살림, 다니얄, 무라드를 비롯한 모든 후손처럼 포도주와 독한 술, 마준이라는 사탕 또는 설탕절임을 지나치게 좋아한 사람이었다. 대마로 만든 마준이 그를 갑작스러운 죽음으로 이끈 원인이었다. 마준으로 정신이 몽롱해진 상태에서 비둘기를 절벽 끝까지 바짝 쫓아가다 그만 키가 작든 뚱뚱하든 성격이 좋든 수다스럽든 공정하든 아무 상관이 없는 지하 세계로 떨어졌던 것이다. 그곳에는 백개먼을 할 상대도, 싸워야 할 적도 없고, 마준이 유발하는 혼미한 상태가 언제까지나 사람을 감싸고 있을 것이다.

다슈완트의 그림은 나락 깊은 곳에서 악귀들이 자기네 왕국에 온 왕을 환영하기 위해 기다리는 모습을 보여주었다. 그 모습은 명백히 불경죄에 해당했다. 황제의 선조가 지옥에 떨어졌을 거라

---

* 주사위 놀이의 일종.

고 암시한 것만으로도 황제 역시 같은 길을 밟을 수 있다고 암시한 것이 될 수 있었으므로, 죽음으로 처벌해 마땅한 범죄행위였다. 그러나 아크바르는 그림을 보고도 그저 웃으며 말했다. "곁에 천사가 있는 지루한 곳보다는 지옥이 훨씬 즐거운 곳으로 보이는구나." 물 마시는 자인 바다우니는 이 말을 듣고 무굴제국에 저주가 내렸다고 결론지었다. 당연히 신이 바로 눈앞에서 악마 숭배자로 변해가는 군주를 참아줄 리 없으니까. 그러나 제국은 그리 오래까지는 아니지만 어쨌든 살아남았다. 다슈완트 또한 그보다는 훨씬 짧은 시간이었지만 살아남았다.

어린 검은 눈의 공주의 삶에서 이후 몇 년간은 시간을 허비하며 보낸 불안정한 세월이었다. 그동안 그녀의 오빠이자 보호자인 바바르는 이리저리 말을 달리며 싸움에서 이기고 지고, 영토를 획득하고 다시 잃고, 숙부들에게 공격받고 사촌들을 공격하고, 사촌들에게 포위당하고 다시 숙부들을 공격했다. 이 모든 평범한 가족 문제 뒤에는 그의 가장 큰 적인 야만스러운 우즈베크의 고아이자 행운의 병사, 티무르가의 재앙인 웜우드—'샤이바니'라고도 부르는—칸이라는 인물이 대기하고 있었다. 다슈완트는 다섯, 여섯, 일곱 살의 카라 쾨즈를 그녀 주위에서 전투가 벌어지는 동안 작은 빛의 알 속에 웅크린 모습으로 그렸다. 바바르는 사마르칸트를 점령하고 안디잔을 잃었고, 다음에는 사마르칸트를 잃었다 되찾았다 다시 잃었고, 그의 여자 형제들도 함께 잃었다. 웜우드칸은 바바르를 그 위대한 도시에서 포위했다. 철의 문, 바늘제조공의 문, 표백업자의 문, 터키석 문 주변에서 거친 싸움이 벌어졌다. 그러나 결국 바바르는 굶주림을 못 이겨 포위 공격에 굴복했다. 바바르의 누이 칸자다 베굼의 전설적인 미모에 대해 들었던 웜우드칸은 칸자다를 넘긴다면 바바르와 그의 가족을 고이 놔주겠다고 전갈을 보냈다. 바바르는 받아들이는 수밖에 없었고, 칸자다는 바바르의 선택을 따를 수밖에 없었다.

그리하여 그녀는 아크바르의 주사위판 위 노예 소녀들처럼 희생 공물, 인간 전리품, 살아 있는 담보가 되었다. 그러나 사마르칸트의 왕족 처소에서 열린 마지막 가족모임에서 그녀는 자신의 선택을 추가했다. 그녀는 오른손을 로크 새의 발톱처럼 여동생의 왼손목에 감고 말했다. "제가 간다면, 동무 삼아 검은 눈의 공주도 데려가겠어요." 그녀의 말이 적의에서 나왔는지 애정에서 나왔는지는 그 자리에 있던 누구도 판단할 수 없었다. 카라 쾨즈와 칸자다 사이에는 그 두 감정이 항상 공존했기 때문이다. 그 장면을 그린 다슈완트의 그림에서 칸자다는 도전장을 던지듯 입을 크게 벌린 채 위엄 있는 모습으로 서 있는 반면, 얼핏 보기에 검은 눈의 공주는 겁에 질린 아이 같다. 그러나 검은 눈이 보는 이를 끌어당기고, 그 깊은 곳에 숨어 있는 힘이 보인다. 카라 쾨즈 역시 입을 벌리고 있다. 자신의 불행을 한탄하는 한편으로 자신의 힘을 선언하고 있다. 카라 쾨즈 역시 팔을 뻗고 있다. 그녀의 오른손도 어떤 손목을 감고 있다. 칸자다가 웜우드칸의 죄수이고, 그녀, 카라 쾨즈가 칸자다의 죄수라면, 이 작은 노예 소녀, 거울은 그녀의 죄수가 될 것이다.

그림은 힘의 사악함, 즉 힘이 어떻게 더 강한 자에게서 더 약한

자에게로 사슬을 타고 내려가는지에 대한 알레고리다. 인간 존재
는 서로 차례차례 매여 있다. 만약 힘이 울부짖음이라면, 다른 이
들이 울부짖는 메아리 속에서 사는 것이 인간의 삶이다. 그러나
마지막으로 놓치지 말아야 할 세부사항이 있다. 다슈완트는 이어
잡은 손의 사슬을 마무리했다. 노예 소녀, 거울의 왼손목은 여주
인의 손에 굳게 잡혀 있고, 자유로운 오른손은 칸자다 베굼의 왼
손목을 잡고 있다. 그들은 원을 그리고 서 있다. 잊힌 세 존재. 화
가는 그 원을 닫아놓음으로써 힘의 맞물림 혹은 메아리 또한 역전
될 수 있음을 암시했다. 노예 소녀가 때로는 왕녀를 가둘 수도 있
다. 역사는 아래로 내려갈 뿐 아니라 위로도 나아갈 수 있다. 강자
가 약자의 울부짖음에 귀가 먹을 수도 있다.

　다슈완트가 포로 신세인 카라 쾨즈가 젊은 미인으로 자라나는
모습을 그리는 동안, 어떤 더 높은 힘이 그의 붓을 사로잡고 있음
이 분명해졌다. 그의 화폭에 담긴 아름다움은 너무도 강렬해서 처
음 그것을 본 비르발은 예언하듯 말했다. "나는 이 화가가 두렵구
나. 그는 사라진 여인에게 너무 깊이 빠져버린 나머지 현실로 돌
아오기 어려워질 게야." 아크바르는 작품을 자세히 들여다보다 다
슈완트가 이 걸작 속에 불러낸, 아니 그보다는 되살려낸 소녀, 그
청춘, 부드럽게 빛나는 아름다운 젊은 여인이 차가타이어를 쓰는
최고의 시인, '시인들의 군주'로 불리는 헤라트의 알리시르 나바
이가 찬미해 마지않은 검은 눈의 미인, 카라 코줌임을 깨달았다.
내 눈 속 깊은 곳에 그대를 위한 둥지를 틀리. 오, 내 마음속 정원에서 자
라는 어린 나무를 닮은 그대의 가녀린 몸이여. 그대 얼굴에 맺힌 구슬 같

은 땀방울을 보노니 나 갑자기 죽을 것만 같도다. 다슈완트는 실제로 카라 쾨즈의 옷감 무늬에 마지막 시구의 일부를 그려넣었다. 나 갑자기 죽을 것만 같도다.

소위 '동쪽의 피렌체'로 불리는 헤라트는 샤이바니, 즉 웜우드 칸이 사마르칸트를 점령한 후 그의 손에 떨어졌다. 그곳에서 칸자다, 카라 쾨즈, 거울이 포로생활의 대부분을 보냈다. 세계는 바다 같다고 흔히들 말하는데, 그 바다에 진주가 있다면 바로 헤라트다. 나바이는 말했다. "헤라트에서 돌멩이를 던지면 십중팔구 시인이 맞는다." 오, 신화 같은 모스크와 궁정, 하늘을 나는 양탄자 시장이 펼쳐진 헤라트! 그렇다, 두말할 것도 없이 헤라트는 굉장한 곳이다, 황제는 생각했다. 그러나 다슈완트가 그리는, 숨겨진 공주의 아름다움으로 빛나는 헤라트는 실제로 존재했던 헤라트가 겨룰 수 없는 헤라트, 비르발이 예언했듯 화가가 절망적 사랑에 빠진 꿈의 여인을 위한 꿈의 헤라트였다. 다슈완트는 밤낮으로, 매일같이, 단 하루도 쉬지 않고 그림을 그렸다. 그는 전에 없이 바짝 야위었고, 눈이 불거지기 시작했다. 동료 화가들은 그의 건강을 크게 염려했다. 압두스 사마드가 미르 사이이드 알리에게 소곤거렸다. "저 사람 완전히 뼈만 남았습니다. 마치 삼차원인 실제 삶을 포기하고 자신을 평평하게 만들어 그림 속으로 들어가고 싶어하는 것처럼 말입니다." 비르발의 언급처럼 이 또한 예리한 관찰이었으며 금세 분명해질 진실이었다.

다슈완트의 동료들은 우울함이 너무 깊어지면 그가 스스로를 해치지 않을까 걱정되어 그를 틈틈이 엿보기 시작했다. 그들은 교대로 그를 감시했다. 그는 자기 작품에서 눈을 떼지 않았기 때문에 감시는 어렵지 않았다. 그들은 그가 예술가의 마지막 광기에 굴복하는 모습을 보았으며, 그림을 집어들어 끌어안고 "숨을 쉬어라"고 속삭이는 소리를 들었다. 그는 소위 카라쾨즈나마라 불리는 그림의 마지막 작품이 될 '검은 눈의 공주의 모험'을 그리는 중이었다. 소용돌이치며 여러 대륙을 아우르는 이 그림의 한쪽 구석에서 웜우드칸은 죽은 채 카스피 해에 피를 흘리고 있고, 지느러미 달린 괴물이 그의 주위에 떼 지어 몰려 있었다. 그림 나머지 부분에선 웜우드를 굴복시킨 페르시아의 샤 이스마일이 헤라트에서 무굴 여인들을 맞이했다. 페르시아 왕의 얼굴에 떠오른 상처 입은 우수의 표정을 보고 황제는 다슈완트 본인 특유의 표정을 떠올렸다. 황제는 이 슬픔에 찬 표정이 숨겨진 공주의 이야기에 자신을 집어넣는 예술가 나름의 방식일지도 모른다고 추측했다. 그러나 다슈완트는 그보다 훨씬 더 멀리 가버렸다.

동료들이 거의 물샐틈없이 감시했는데도 어쨌든 그는 용케 모습을 감추었다. 그리고 그후로 다시는 무굴 궁정에도, 시크리의 어느 곳에도, 힌두스탄 땅 어디에도 모습을 드러내지 않았다. 그의 시체가 호숫가로 쓸려오지도 않았고, 대들보에 목맨 채로 발견되지도 않았다. 그는 마치 애초부터 존재하지 않았던 사람처럼 사라져버렸고, 카라쾨즈나마 그림들도 거의 전부 그와 함께 사라졌다. 검은 눈의 공주가 다슈완트조차 이전에는 아무리 노력해도 그려내지 못했을 만큼 사랑스러운 모습으로 그녀의 운명이 될 남자와 대면하는 이 마지막 그림만 제외하고. 비르발이 결국 그 수수께끼를 풀었다. 다슈완트가 사라진 지 한 주하고 하루가 지난 뒤, 아크바르의 조신 중 가장 현명한 이 인물은 실마리를 찾을까 싶어 숨겨진 공주의 남은 마지막 그림 표면을 샅샅이 조사한 끝에, 미처 발견되지 않았던 기이한 세부를 발견했다. 그림이 다슈완트가 그려놓은 가장자리 무늬에서 멈추지 않고, 적어도 왼편 구석 아래쪽에서 폭 2인치의 장식 테두리 밑에까지 어느 정도 계속 이어진 것 같았다. 그는 그림을 일단 화원으로 되돌려보냈고, 황제가 직접 비르발과 아불 파즐을 데리고 화원으로 행차했다. 두 페르시아인 거장의 감독하에 그림 가장자리가 작품 본체에서 조심스럽게 분리되었다. 그림의 숨겨진 부분이 드러나자, 구경꾼들은 놀라 탄성을 터뜨렸다. 위대한 화가 다슈완트, 낙서 예술가 다슈완트, 가마꾼의 아들이자 카라쾨즈나마를 훔친 도둑 다슈완트가 둘둘 만큼지막한 종이 두루마리를 옆구리에 끼고 작은 두꺼비처럼 웅크린 채 이제 그가 믿는 유일한 세계, 그가 창조했고 그다음에는 그를 멸절시킨 숨겨진 공주의 세계 속으로 들어가 있었던 것이다. 그는 황제가 상상의 왕비를 불러냈을 때 성취했던 것과 정확히 대척점에 있는 불가능한 공포를 현실로 이루어냈다. 다슈완트는 허구의 여인을 살아 있는 존재로 만드는 대신, 감당할 수 없는 사랑의 힘에 이끌려(황제가 이끌렸듯) 자신을 허구의 존재로 바꾸었다. 아크바르는 세계들 간의 경계선을 한 방향으로 가로지를 수 있다면, 반대 방향으로 가로지를 수도 있으리라는 것을 깨달았다. 꿈꾸는 자는 자신의 꿈이 될 수도 있다.

"가장자리를 원래대로 돌려놓고 저 가엾은 자가 평화를 누리도록 해주어라." 아크바르가 명령했다. 그 명령이 이루어지자 다슈완트의 이야기는 원래 속했던 곳인 역사의 가장자리에서 그대로 안식을 얻게 되었다. 무대 중앙에는 다시 발견된 주인공과 그녀의 새로운 연인, 즉 숨겨진 공주인 검은 눈의 공주, 카라 쾨즈 혹은 안젤리카와 페르시아의 샤가 서로를 마주 보고 서 있었다.

목매달린 자의 씨가
땅에 떨어지면

"목매달린 자의 씨가 땅에 떨어지면," 일 마키아가 큰 소리로 읽었다. "그 자리에서 맨드레이크를 찾게 될 것이다." 니노 아르갈리아와 그의 가장 가까운 벗 니콜로 '일 마키아'는 피렌체 페르쿠시나의 산탄드레아에서 보낸 소년 시절에 여자를 지배할 신비한 힘을 얻기를 꿈꾸었다. 둘은 그 지역 숲 속 어딘가에서 한 남자가 언젠가 목매달린 적이 있다고 단정 짓고, 몇 달 동안이나 니콜로의 가족 영지인 카파조 참나무숲과 임푸르네타의 산타마리아 인근 계곡 숲, 또 비비오네 성 주변 숲 속에서 맨드레이크를 찾아다녔다. 그들이 찾아낸 것이라고는 버섯과 그들에게 발진을 일으킨 정체불명의 검은색 꽃뿐이었다. 좀 지나자 그들은 맨드레이크를 위한 정액이 꼭 목매달린 사람한테서 나온 것일 필요는 없다고 판단하고, 한참을 문지르고 헐떡거린 끝에 무심한 땅에 자신들의 무력한 정액 몇 방울을 겨우겨우 흘렸다. 그러고 나서 그들이 열

살 되던 해 부활절 일요일에 시뇨리아 궁전에 죽은 자들이 매달려 대롱대롱 흔들렸다. 패배한 파치가의 음모자 여든 명을 로렌초 데 메디치가 창문에 목매단 것이다. 그중에는 예복을 차려입은 대주교도 있었다. 그 일이 일어났을 때 아르갈리아는 일 마키아와 시내에 머물고 있었고, 그의 아버지 베르나르도는 불과 서너 블록 떨어진 베키오 다리 건너편 집에 있었다. 모두가 달려가는 모습을 보자 그들도 가만있을 수 없었다.

베르나르도는 두 소년과 함께 똑같이 겁에 질리고 흥분해 달려갔다. 베르나르도는 책벌레에 소년 같고 다정한 사람이었다. 피를 혐오했지만, 목매달린 대주교라면 얘기가 달랐다. 볼만한 구경거리였다. 소년들은 쓸모 있는 체액이 떨어지기라도 하면 받으려고 양철컵을 가져갔다. 광장에서 그들은 바람에 흔들리며 악취를 풍기는 죽은 자들에게 큰 소리로 야유를 보내고 시체에 대고 음란하게 수음하는 시늉을 하는 친구 아고스티노 베스푸치와 마주쳤다. "엿이나 먹어라! 네놈들 딸내미랑 붙어먹어라! 누이랑 흘레붙어라! 네 어미랑 할망구랑 형제랑 마누라랑 마누라 형제랑 장모랑 장모의 자매하고도 흘레붙어라!" 아르갈리아와 일 마키아는 아고에게 맨드레이크 시에 대해 이야기해주었다. 그는 컵을 들고 가서 대주교의 성기 밑에 섰다. 그리고 세 소년은 페르쿠시나에 컵 두 개를 묻고 악마의 시라고 상상해낸 것을 읊은 다음 사랑의 식물이 싹트기를 오랫동안 무익하게 기다리기 시작했다.

황제 아크바르가 모고르 델라모레에게 말했다. "반역자들로 시작하면 신뢰할 수 없는 이야기가 되기 마련인데."

처음에는 세 친구가 있었다. 안토니노 아르갈리아, 니콜로 '일 마키아', 아고 베스푸치. 삼인조 중에서 가장 입심이 좋은 금발 아고는 도시의 번잡한 오니산티 구역에 살면서 올리브유와 포도주, 양모를 용의 구역, 즉 곤팔로네델드라고의 아르노가(家)와 거래하는 베스푸치가의 일원이었다. 그는 자라면서 입이 걸고 목청이 커졌는데, 베키오 시장의 약제사나 이발사처럼 서로에게 불을 뿜듯 고함을 질러대는 베스푸치가 사람들의 악다구니를 뚫고 제 목소리를 내려면 누구라도 그렇게 되지 않을 수 없었다. 아고의 아버지는 로렌초 데메디치의 공증인으로 일하던 터라, 칼부림과 교수형이 있었던 부활절 이후 이긴 쪽 편이 되어 마음을 놓았다. "하지만 빌어먹을 교황의 군대가 이제 우리를 뒤쫓아올 거야. 우리가 빌어먹을 신부를 죽였으니까." 아고가 웅얼거렸다. "그리고 빌어먹을 나폴리 왕의 군대도 오겠지." 아고의 사촌인 거친 성격의 스물네 살 청년 아메리고 혹은 알베리코 베스푸치는 메디치 정부를 위해 프랑스 왕에게 도움을 청하러 가려고 바로 숙부 구이도와 함께 짐을 꾸렸다. 파리로 출발할 때 반짝이던 아메리고의 눈빛에서 그가 왕보다 여행에 더 관심이 있다는 것을 쉽게 알아챌 수 있었다. 아고는 여행을 좋아하는 부류가 아니었다. "어른이 되면 내가 무엇이 되어 있을지 알아." 그는 맨드레이크가 없는 페르쿠시나 맨드레이크 숲에서 친구들에게 말했다. "빌어먹을 양 장사꾼이나 술 판매상이나 뭐 그런 게 되겠지. 어찌어찌해서 공직에 나가게 된다면 책임도 희망도 미래도 없이 빌어먹을 장부나 끼적이는 빌어먹을 서기나 해먹을 거고."

서기가 되리라는 암울한 미래에도 불구하고 아고는 이야깃거리가 끊이지 않았다. 그의 이야기는 폴로의 모험담 같은 환상적인 항해담이었다. 그가 하는 말을 믿는 사람은 아무도 없었지만 다들 듣고 싶어했다. 특히 도시의 온 역사를 통틀어, 아니 지구가 생겨난 이래로 가장 아름다운 여인에 대한 기나긴 이야기를 좋아했다. 등 뒤에서 다들 오쟁이 진 마르코니 사랑에 눈먼 바보 마르코니 수군대는 아고의 사촌 마르코 베스푸치와 결혼했던 시모네타 카타네오가 결핵으로 죽어 모든 피렌체인을 슬픔에 빠뜨린 것이 불과 이 년 전이었다. 시모네타의 창백한 아름다움은 너무도 강렬해, 그녀를 한 번이라도 본 사람은 남자건 여자건 뜨거운 애모의 정에 빠지지 않을 수 없었다. 도시의 거의 모든 고양이와 개조차 마찬가지였으니, 아마 질병도 그녀에게 반했을 것이다. 그 때문에 그녀는 스물넷도 채 못 되어 죽었다. 시모네타 베스푸치는 마르코와 결혼했지만, 그는 그녀를 온 마을과 공유해야만 했다. 처음에는 체념에서 나온 품위 있는 태도로 참아냈지만, 그래봤자 결국 서로 공모한 교활한 도시의 시민들에게 그가 멍청하다는 사실만 입증해줄 따름이었다. 그는 백치같이 순진하게 이런 말을 하곤 했다. "이런 미인은 공공 자산이야. 강이나 국고의 금이나 토스카나의 멋진 햇빛이나 공기처럼 말이지." 화가 알레산드로 필리페피는 그녀가 죽기 전과 죽은 후 여러 차례 그녀의 그림을 그렸다. 옷을 입은 모습과 벌거벗은 모습을 봄과 베누스, 심지어 그녀 자신으로도 그렸다. 그녀는 그를 위해 포즈를 취할 때마다 그를 '내 작은 통'이라고 불렀는데, 항상 그를 땅딸막한 생김새 때문에 '작은 통'이라는 뜻의 '보티첼리'라고 불리는 그의 형과 헷갈렸기 때문이다. 동생 필리페피는 통하고는 전혀 다르게 생겼지만, 시모네타가 그렇게 부르고 싶어한다면 아무래도 괜찮았다. 그래서 그 이름에 대답하기 시작했다.

이런 것이 바로 시모네타가 지닌 마법 같은 힘의 효과였다. 그녀는 남자를 신이든 애완견이든 작은 통이든 발판이든 물론 연인이든, 자기가 원하는 대로 바꾸어놓았다. 그녀는 남자들에게 죽음으로 그녀에 대한 사랑을 증명하라고 명령할 수도 있었다. 그들은 아주 기쁘게 목숨을 버렸을 테지만, 그녀는 마음씨가 착해 그런 짓은 하지 않았고, 자신의 막대한 힘을 나쁜 목적으로는 절대 사용하지 않았다. 시모네타에 대한 숭배는 점점 커져서 마침내 사람들은 남몰래 예배당에서도 마치 살아 있는 성인인 양 그녀의 이름을 숨죽여 웅얼거리며 그녀에게 기도를 올렸고, 그녀의 기적에 대한 소문이 퍼져나갔다. 거리에서 그녀가 어떤 남자 곁을 지나가자 그녀의 사랑스러움에 남자의 눈이 멀었는데, 그녀의 슬픈 손끝이 갑자기 동정하듯 그의 괴로워하는 이마에 닿자 시력이 다시 돌아왔다. 앉은뱅이 아이가 그녀를 뒤쫓아가려고 제 발로 벌떡 일어섰고, 어떤 소년은 그녀의 등 뒤에서 음란한 몸짓을 했다가 갑자기 몸이 빳빳이 굳어버렸다. 로렌초와 줄리아노 데메디치는 그녀에게 미쳐 경의를 표하기 위한 마상 창시합을 열었다. 줄리아노는 형을 그녀의 손으로 쓰러뜨렸음을 입증하려고 필리페피가 그린 그녀의 초상과 프랑스 전설 '비할 데 없는 미녀'라는 문장을 담은 깃발을 들고 나갔다. 그들은 그녀를 궁전의 호화로운 방에 옮겨놓았다. 이쯤 되자 멍청한 마르코조차 자신의 결혼생활에서 뭔가가 잘못되었음을 알아차렸지만, 항의했다가는 그의 목숨을 대가로 내놓게 되리라는 경고를 받았다. 그후로 마르코 베스푸치는 도시에서 아내의 아름다움을 무시할 수 있는 유일한 남자가 되었다. "그년은 창녀야." 그는 아내가 바람피운 사실을 잊으려고 자주 드나드는 선술집에서 말하곤 했다. "나한테는 메두사만큼이나 추한 년이야." 아무것도 모르는 이방인들이 '비할 데 없는' 미인을 비난했다고 그를 때려눕히곤 했다. 결국 그는 오니산티의 집에 틀어박혀 혼자 술을 마셔야 했다. 그 무렵 시모네타가 병이 들어 숨을 거두었다. 피렌체 거리에는 도시가 여마법사를 잃었으며, 도시의 영혼 일부가 그녀와 함께 죽어버렸다는 얘기가 돌았다. 심지어 언젠가 그녀가 다시 부활할 것이며, 그녀가 재림할 때까지 피렌체인은 결코 진정한 자신일 수 없을 것이고, 그때 비로소 그녀가 두번째 구세주처럼 그들 모두를 구원해줄 거라는 말까지 퍼졌다. 아고가 계곡 숲에서 속삭였다. "하지만 줄리아노가 그녀를 살려두기 위해 무슨 짓을 했는지 아무도 모를걸. 그는 그녀를 흡혈귀로 바꾸어놓았어."

그녀의 시동생인 그의 말에 따르면, 도시 최고의 흡혈귀 사냥꾼 도메니코 살세도가 줄리아노의 방으로 불려가 피를 마시는 흡혈귀를 찾아오라는 명령을 받았다. 다음 날 밤 살세도는 흡혈귀를 병든 여인이 누워 있는 궁전의 방으로 데려와 그녀를 물게 했다.

그러나 시모네타는 그 슬프고 창백한 종족의 일원이 되어 영원을 맞이하기를 거부했다. "자신이 흡혈귀가 되었다는 것을 깨닫자, 베키오 궁전의 탑 꼭대기에서 뛰어내려 경비병이 든 미늘창에 제 몸을 박았대. 그 일을 어떻게 묻어버렸을지는 뻔하지 뭐." 그래서 아고의 말에 따르면, 피렌체의 첫번째 여마법사는 죽음으로부터 다시 살아 돌아올 희망이 없는 곳으로 사라져버렸다. 마르코 베스푸치는 슬픔으로 정신을 놓았다. (아고는 냉정하게 말했다. "마르코는 바보야. 내가 그렇게 화끈한 미녀랑 결혼했다면, 아무도 손 댈 수 없게 제일 높은 탑에 가두어놓았을 거야.") 그리고 줄리아노 데메디치는 파치 음모가 있던 날 음모자의 칼에 찔려 죽었고, 작은 통 필리페피는 마치 그녀를 그림으로써 죽음에서 불러낼 수 있기라도 한 듯 그녀를 거듭해서 그리고 또 그렸다.

"다슈완트와 똑같군." 황제는 놀라움을 금치 못했다.

모고르가 대답했다. "인간에게 내려진 저주일지도 모릅니다. 우리는 서로 너무 다른 것이 아니라 너무 똑같습니다."

이제 세 소년은 숲 속에서 나무를 오르고, 맨드레이크를 찾으려고 수음을 하고, 서로에게 자기네 가족에 대한 정신 나간 이야기를 들려주고, 두려움을 숨기기 위해 미래에 대해 불평하면서 대부분의 시간을 보냈다. 파치 음모가 진압된 직후 역병이 피렌체를 덮치자 안전을 위해 세 친구는 시골로 보내졌기 때문이다. 니콜로의 아버지 베르나르도는 도시에 남았다 병에 걸렸다. 아버지가 구사일생으로 목숨을 건진 뒤 아들은 친구들에게 어머니 바르톨로메아의 옥수숫가루 마법 덕분이라고 말했다. 그는 숲의 올빼미들이 듣지 못하도록 소리 죽여 엄숙하게 선언했다. "우리가 병이 나면 엄마는 옥수숫가루죽을 몸에 발라줘. 보통은 달콤한 노란 폴렌타*를 쓰지만, 심각한 병일 경우 프리울리 포도주 같은 걸 사지. 아마 이런 것에다 케일이랑 토마토도 넣을걸. 다른 마법 재료로 뭐가 들어가는지는 잘 모르겠어. 하지만 효과가 있어. 엄마는 우리한테 옷을 다 벗으라고 하고 국자로 뜨거운 죽을 떠서 우리 몸 구석구석에 발라. 죽이 병을 빨아들이면, 그걸로 말끔해지는 거지." 그후 아르갈리아는 일 마키아네 미친 가족을 '폴렌티니'라고 부르기 시작했고, 폴렌타라는 가상의 연인에 관한 노래를 지어냈다. "그녀가 플로린 금화라면, 그녀를 써버렸을 텐데. 그녀가 책이라면, 그녀를 빌려주었을 텐데." 아고도 합세했다. "그녀가 활이라면, 그녀를 구부렸을 텐데. 그녀가 고급 매춘부라면, 그녀를 세주었을 텐데. 내 사랑스러운 폴렌타여." 마침내 일 마키아는 짜증내기도 지쳐 친구들과 합세했다. 만일 그녀가 서신이라면, 그녀를 보냈을 텐데. 그녀가 의미라면, 그녀를 의미했을 텐데. 그러나 니노 아르갈리아의 부모가 역병에 걸렸다는 소식이 왔을 때, 폴렌타 마법이야말로 아무짝에도 쓸모없는 것으로 밝혀졌다. 아르갈리아는 열 살도 못 되어 고아 신세가 되었다.

니노가 일 마키아와 아고에게 부모님이 돌아가셨다는 말을 전

---

* 이탈리아 요리의 일종. 옥수수, 보리 가루 따위로 만든 죽.

하러 참나무숲에 온 날은 또한 그들이 맨드레이크를 찾아낸 날이기도 했다. 맨드레이크는 겁먹은 짐승처럼 떨어진 가지 밑에 숨어 있었다. 아고가 서글프게 말했다. "이제 우리에게 필요한 건 우리를 남자로 바꿔줄 주문뿐이야. 그 주문이 없으면 여인들이 우리한테 홀딱 빠진들 무슨 소용이겠어?" 그때 아르갈리아가 왔다. 그들은 그의 눈을 들여다보고 그가 남성성의 주문을 찾아냈음을 알았다. 그들이 맨드레이크를 보여주자 그는 어깨를 으쓱하고는 말했다. "그런 것은 이제 흥미 없어. 난 제노바로 도망가서 황금부대에 들어갈 거야." 때는 콘도티에리, 즉 이탈리아의 도시국가에 고용되어 복무하는 개인 용병군대와 함께 행운을 찾아 떠도는 군인들의 쇠퇴기였다. 용병은 비용이 적게 들어 도시국가들은 자체 상비군을 유지하지 않아도 되었다. 자기네 도시의 조반니 밀라노 이야기를 모르는 피렌체인은 없었다. 그는 백 년 전 스코틀랜드에서 존 하우크스방크 경으로 태어났다. 프랑스에서 그는 '장 오뱅'이었고, 스위스의 독일어 사용 주에서는 '한스 호크', 이탈리아에서는 조반니 밀라노, '밀라노'였다. 밀라노인은 사기꾼이었기 때문에. 백색 용병단의 지도자이자 지난날 피렌체의 장군, 피렌체 편에 서서 가증스러운 베네치아인에게 맞선 폴페토전투의 승리자. 파올로 우첼로가 그의 장례식 프레스코화를 그렸고, 그 작품은 아직도 두오모에 있다. 하지만 콘도티에리의 시대는 종말을 고하고 있었다.

아르갈리아의 말에 따르면, 현재 가장 위대한 용병 전사는 황금부대의 우두머리 안드레아 도리아로, 바로 그 무렵 제노바를 프랑스의 지배에서 해방시키기 위해 동분서주하고 있었다. 아고는 파리로 떠난 친척의 임무를 떠올리며 외쳤다. "하지만 너는 피렌체인이고, 우리는 프랑스인과 동맹관계야." 아르갈리아가 턱수염이라도 자라는 듯한 기분을 느끼며 말했다. "네가 용병이라면, 핏줄에 대한 충성 따위는 저버려야 해."

안드레아 도리아의 병사들은 화승총으로 무장했다. 화승총을 쏠 때는 작은 휴대용 대포처럼 삼각대로 받쳐야 했다. 그들 중 상당수는 스위스인이었다. 스위스 용병은 최악의 살인기계로, 상대를 공포에 떨게 하는 얼굴도 영혼도 없는 무적의 존재였다. 도리아는 프랑스인을 해치우고 제노바 해군의 명령에 따라 튀르크인을 직접 상대하기로 마음먹었다. 아르갈리아는 해전이 마음에 들었다. "어쨌거나 우리는 땡전 한 푼 없고, 아버지의 빚에 도시에 있는 우리 집이며 여기 있는 얼마 안 되는 재산도 다 녹아날 거야. 그러니 난 거지처럼 길거리에서 구걸을 하든가, 아니면 한몫 챙기다 죽든가 둘 중 하나야. 너희야 힘이 있으니 뚱뚱해져서 불쌍한 여자 둘한테 잔뜩 아기를 낳게 하고, 아내들이 집구석에서 쪼끄만 애새끼들이 질러대는 고함에 시달리는 동안 라 친가레타의 매음굴로 휭 가버리겠지. 아니면 너희가 신나게 방아를 찧을 동안 시를 읊어줄 수도 있는 나긋나긋한 고급 창부한테 가든가. 그럴 동안 나는 콘스탄티노플 밖의 불타는 범선 위에서 튀르크족의 언월도를 배에 맞고 죽어가겠지. 아니면 또 누가 알아? 내가 튀르크군이 되어 있을지. 튀르크인 아르갈리아, 네 명의 스위스 거인, 이슬람 개종자를 수행원으로 거느리고 마법의 창을 휘두르는 자. 스위스 무슬림, 그렇지. 안 될 게 뭐람. 용병이 되면 중요한 건 금과 보물이야. 그것을 얻으려면 동쪽으로 가야 해."

"너도 우리나 마찬가지로 어린애일 뿐이야." 일 마키아가 그를 설득했다. "제 발로 죽으러 가더라도 좀더 큰 다음에 가지그래?"

아르갈리아가 대꾸했다. "난 아니야. 난 이방의 신과 싸우러 이교도의 땅으로 떠나겠어. 거기서 그들이 섬기는 것이 전갈인지 괴물인지 벌레인지 알 게 뭐람. 하여튼 그놈들도 우리하고 똑같이 죽을 거야. 거기에 걸겠어."

니콜로가 말했다. "신성모독인 말을 잔뜩 지껄이면서 죽으러 가지는 마. 우리와 함께 있자. 우리 아버지는 적어도 너를 나만큼 사랑하셔. 아니면 오니산티에 베스푸치가 사람들이 얼마나 많은지 생각해봐. 네가 아고의 집에서 살고 싶다면, 너 하나쯤 더 있어도 알아채지 못할 거야."

아르갈리아가 말했다. "나는 떠날 거야. 안드레아 도리아는 도시에서 프랑스놈들을 거의 다 몰아냈어. 거기에 가서 자유의 날이 오는 것을 내 눈으로 보고 싶어."

황제는 모고르에게 다소 짜증스럽게 물었다. "그리고 너는 목수와 아버지와 유령, 이 세 신과 네번째 신인 목수의 어머니와 함께 왔지. 가장 훌륭한 신부는 군대를 지휘하고 여느 흔한 장군이나 군주 못지않게 잔인무도한 반면 대주교들을 목매달고 신부들을 말뚝에 묶어 불태우는 그 신성한 땅에서 말이다. 그런 네가 보기에 이 이교도 땅의 거친 종교 중 어느 것이 매혹적이더냐, 아니면 너에게는 하나같이 사악하게만 보이더냐?

아콰비바와 몬세라테 신부의 눈에는 우리가 네 친구 아르갈리아가 생각한 것과 같은 존재, 즉 신을 믿지 않는 돼지로나 보일 테지."

모고르 델라모레가 차분히 대꾸했다. "폐하, 저는 위대한 다신교의 만신전에 끌립니다. 그 이야기들이 더 훌륭하고, 더 수가 많고, 더 극적이고, 더 유머러스하고, 더 경이롭기 때문입니다. 신들은 우리에게 좋은 모범만 보여주지 않고, 간섭이 심하며 허영심이 강하고, 안달복달하며 못되게 굴기 때문입니다. 고백건대 그쪽이 저에게는 매력적입니다."

황제가 다시 평정을 되찾고 대답했다. "우리도 같은 감정이다. 이 무자비하고, 분노를 터뜨리고, 장난치기 좋아하고, 인정 많은 신들에게 우리는 정말 엄청난 애정을 갖고 있다. 우리는 신의 수를 세고 이름 붙일 백한 명의 군대를 만들었고, 모두가 힌두스탄의 신을 숭배했다. 이름 높은 신, 고귀한 신만이 아니라 지위가 낮은 신, 한숨짓는 삼림지의 관목숲과 깔깔대는 산골짜기의 시냇물 같은 장소에 깃든 조그만 정령까지 모두. 우리는 그들이 제 집과 가족을 떠나 끝없는 여행, 죽어서야 비로소 끝날 여행길에 오르게 만들었다. 우리가 그들에게 지운 임무는 불가능한 것이니까. 인간은 불가능한 일을 떠맡으면 매일 죽음과 함께 여행하며 여행을 정화로, 영혼의 확대로 받아들이게 된다. 그리하여 그것은 신들의 명명을 향한 여행이 아니라 신 자체를 향한 여행이 된다. 그들은 이제 겨우 그들의 일을 시작했지만, 벌써 백만 개의 이름을 모았다. 신성이 얼마나 엄청나게 퍼져나가는지! 우리는 이 땅에 피와 살을 지닌 인간보다 초자연적인 존재가 더 많다고 생각하며, 그토록 마술적인 세상에 살고 있어 행복하다. 그리고 우리는 있는 그대로의 우리 자신이 되어야 한다. 백만의 신은 우리 신이 아니다. 우리 아버지의 준엄한 종교가 항상 우리의 것이 될 것이다. 목수의 신조가 그대의 것이듯."

그는 모고르를 더는 보고 있지 않았다. 그는 몽상에 빠졌다. 공작새가 시크리의 아침 돌 위에서 춤을 추었고, 멀리서 거대한 호수가 유령처럼 어른거렸다. 황제의 시선은 공작과 호수를 지나, 헤라트의 궁정과 사나운 튀르크족의 땅을 지나 머나먼 이탈리아 도시의 첨탑과 돔 위에 머물렀다. 모고르가 속삭였다. "입맞춤을 갈구하는 여인의 입술을 상상해보십시오. 가장자리로 갈수록 좁아지고, 한가운데는 부풀어오르고, 아르노 강이 두 입술을 윗입술과 아랫입술로 갈라놓으며 흐르는 그것이 바로 피렌체 시입니다. 그 도시는 여마법사입니다. 그 도시가 폐하에게 키스할 때, 폐하는 자신이 평민인지 왕인지도 잊게 될 것입니다."

아크바르는 아무도 집 안에 머물고 싶어할 것 같지 않은 다른 돌로 된 도시의 거리를 걷고 있었다. 시크리의 삶은 닫힌 커튼과 빗장 지른 문 뒤에 있었다. 이 이방의 도시에서 삶은 하늘의 대성당 돔 아래에서 이루어졌다. 사람들은 새가 모이를 나누어 먹을 수 있는 곳에서 밥을 먹고, 소매치기가 지갑을 털 수 있을지 내기를 하고, 낯선 사람들이 훤히 보는 앞에서 입맞춤하고, 심지어 하고 싶으면 그늘 속에서 성교도 했다. 그렇게 완전하게 사람들 가운데에서 남자가, 또 여자가 된다는 것은 무슨 의미인가? 고독이 자취를 감출 때 인간은 더 자신에게 가까워질까, 아니면 멀어질까? 군중은 자아를 강하게 해줄까, 아니면 지워버릴까? 황제는 시민들이 어떻게 사는지 알아보려고 한밤중에 자기 도시를 돌아다녔다는 바그다드의 칼리프 하룬 알라시드가 된 기분이었다. 그러나 아크바르의 망토는 시간과 공간의 천에서 잘라낸 것이고, 이 사람들은 그의 시민이 아니었다. 그렇다면 왜 이 시끄러운 골목길의 주민에게 이토록 강하게 이끌리는 것일까? 어째서 말할 줄도 모르는 유럽의 언어를 마치 자기 것인 양 알아들을까?

황제는 잠시 후 입을 열었다. "왕권 문제들은 점점 우리의 관심사에서 멀어지고 있다. 우리 왕국에서는 법이 제 구실을 하고, 관리들은 믿을 만하고, 조세체계는 사람들을 궁핍으로 불행하게 만들지 않고도 충분한 돈을 거둬들인다. 물리쳐야 할 적이 있을 때는 물리칠 것이다. 즉 그 점에서는 요구하는 답을 가지고 있다. 그러나 인간의 문제는 계속해서 우리를 괴롭힌다. 그와 관련해 여자의 문제도 거의 비슷하게 성가시지."

모고르가 말했다. "폐하, 저의 도시에서는 인간의 문제가 항상 답을 얻었사옵니다. 그리고 여자로 말하자면, 그것이 바로 제 이야기의 가장 중요한 부분입니다. 피렌체의 첫번째 여마법사였던 시모네타가 죽고 오랜 세월이 지난 후, 예언대로 두번째 여마법사가 정말 도착했던 것입니다."

11

그가 사랑하는 것은 모두
그의 문 앞에 있었다

아고 베스푸치의 말에 따르면, 그가 사랑하는 것은 모두 그의 문 앞에 있었다. 진정으로 바라는 것을 찾기 위해 세상을 헤매고 다니다 이방인 틈에서 죽을 필요가 없었다. 오래전에 그는 산조반니 세례당의 팔각형 어둠 속에서 세례를 두 번 받았다. 관례대로 한 번은 기독교인으로서, 또 한번은 피렌체인으로서. 아고 같은 불경스러운 망나니에게는 두번째 세례가 중요했다. 도시는 그의 종교였고, 세계는 어느 천국 못지않게 완벽했다. 위대한 미켈란젤로 부오나로티는 세례당 문을 천국의 문이라 불렀다. 어린 아기였던 아고는 머리가 젖은 채 그 장소에서 나왔을 때, 즉시 그가 담을 쌓고 문을 닫아건 에덴에 들어왔음을 알아차렸다. 피렌체 시에는 열다섯 개의 문이 있었고, 문 안쪽에는 성모와 여러 성인의 그림이 그려져 있었다. 여행자들은 행운을 빌며 손으로 문을 만졌고, 그 문을 통해 여행길에 오르는 사람들은 반드시 점성술사와 상의

한 뒤에야 길을 떠났다. 아고 베스푸치의 견해로는 이러한 터무니없는 미신은 장거리 여행의 어리석음을 입증해줄 따름이었다. 페르쿠시나의 마키아벨리 농장이 아고의 우주 바깥 테두리였다. 그 너머부터 알지 못하는 구름이 시작되었다. 제노바와 베네치아는 하늘의 시리우스나 알데바란만큼이나 멀고 비현실적이었다. '행성'이라는 말은 방랑자를 뜻했다. 아고는 행성을 마뜩찮게 여겼고, 붙박이별을 더 좋아했다. 알데바란과 베네치아, 제노바와 시리우스는 너무 멀리 있어서 완벽하게 현실 같지 않을 수도 있었지만, 적어도 늘 그 자리에 그대로 있기는 했다.

파치 음모가 실패로 돌아간 후에도 교황과 나폴리 왕은 피렌체를 공격해오지 않았지만, 아고가 이십대 초반에 들어섰을 때 프랑스 왕이 모습을 드러내고 의기양양하게 도시로 들어왔다. 참을 수 없을 정도로 프랑스인 냄새를 풍겨대는 키 작은 붉은 머리 호문쿨루스의 모습에 아고는 속이 뒤집힐 것 같았다. 그래서 토하는 대신 매음굴로 가 기분을 풀어보려고 애썼다. 아고는 성인 남성으로 가는 문턱에서 친구 니콜로 '일 마키아'와 한 가지 사실에서 의견을 같이했다. 아무리 험한 세월일지라도, 여인네와의 화끈한 하룻밤이면 만사형통이라는 것이었다. 일 마키아는 그들이 겨우 열세 살이었을 때 이런 충고를 해주었다. "아고, 세상에 여자의 거기가 치료해주지 못할 슬픔이란 거의 없어." 아고는 입이 거친 깡패인 척하지만 속은 진지하고 선량한 젊은이였다. 그는 물었다. "그럼 여자는 슬픔을 치유하러 어디로 가지?" 일 마키아는 한 번도 그런 문제는 생각해본 적이 없다는 듯, 아니 어쩌면 그런 생각을 하는 데 남자의 시간을 허비해서는 안 된다고 암시하듯 당황한 표정을 지었다. "보나마나 서로를 찾겠지 뭐." 그는 아고에게 그 문제의 결론은 분명하다는 듯 청년 특유의 단호한 태도로 말했다. 피렌체 젊은이의 절반이 하는 일인데, 왜 여자는 서로의 품에서 위안을 구하면 안 된단 말인가?

한창때인 피렌체 남자들 사이에서 동성애가 널리 인기를 얻었던 탓에, 도시는 그 행위에서 전 세계의 수도가 되었다는 평판을 얻었다. 열세 살 니콜로는 자기 도시에 '다시 태어난 소돔'이라는 이름을 새로 지어주었다. 그는 어렸지만 아고에게 자신은 여자들에게 더 관심이 있으니, "숲에서 내가 너를 덮칠까봐 걱정할 필요 없어" 하고 안심시킬 줄도 알았다. 그러나 그들의 동년배 상당수는 정반대 성향을 보였다. 예를 들어, 그들의 반 친구 비아조 부오나코르시와 안드레아 디 로몰로가 그러했다. 점점 퍼져가는 동성애 관습 문제에 대응하기 위해 교회의 전폭적인 원조하에 품행관리소가 설치되었다. 여기서 하는 일은 유곽을 짓고, 보조하고, 이지역 매춘부를 보충하기 위해 이탈리아와 유럽의 다른 지역에서 매춘부와 뚜쟁이를 모집하는 것이었다. 오니산티의 베스푸치가는 기회를 알아채고, 그들의 사업을 다각화해 올리브유와 양모만이 아니라 여자까지 제공하기 시작했다. 아고는 열여섯 살 때 니콜로에게 침울하게 말했다. "아마 나는 점원조차 못 될 거야. 대신 결국 유곽이나 운영하는 신세가 되겠지." 일 마키아는 그에게 낙관적으로 보라고 말했다. "점원은 절대 여자 맛을 못 보잖아. 하지만 너는 우리 모두의 질투를 한 몸에 받게 될 거야."

소돔의 길은 아고한테 전혀 매력이 없었다. 사실 아고 베스푸치는 온갖 더러운 얘기를 입에 담으면서도 속은 지나치게 얌전한 젊은이였다. 하지만 일 마키아는 프리아포스 신*의 화신 같았다. 항상 행동할 준비가 되어 있었고, 직업여성과 아마추어를 가리지 않고 뒤꽁무니를 쫓아다녔으며, 일주일에 몇 번이고 아고를 자신의 악행에 끌어들였다. 넘치는 힘을 주체 못하던 청년 시절 초기에 아고는 친구와 어울려 소란스러운 밤의 매음굴에 갈 때면 항상 일 마키아의 단골집에서 제일 나이 어린 창녀를 선택하곤 했다. 그녀의 이름은 '스캔들'이었지만 겉보기에는 음전해 보였다. 비비오네 마을 출신인 이 해골같이 깡마른 여자는 절대 입을 여는 법이 없었고, 그와 마찬가지로 겁먹은 얼굴이었다. 실제로 그는 오랫동안 돈을 내고도 그녀의 침대 끄트머리에 가만히 앉아 있기만 했고, 일 마키아가 옆방에서 헐떡거리기를 멈출 때까지 대자로 누워 잠자는 척했다. 그러다 그녀에게 시를 읽어주며 그녀의 정신을 계발해주려는 노력을 시작했다. 그녀는 사실 지루해 죽을 지경에다 낭송 소리가 사람들이 거짓을 공모할 때 내는 소음처럼 들려 듣기 싫었지만, 상냥하게 시를 감상하는 척했다.

어느 날 그녀는 모든 것을 바꾸기로 마음먹었다. 엄숙한 표정을 풀고 수줍은 미소를 띠고, 아고에게 다가가 한 손으로는 페트라르카의 시로 가득 찬 그의 입을, 다른 손으로는 또다른 곳을 덮었다. 그녀가 그의 남성을 드러내자 아고는 얼굴이 홍당무처럼 새빨

---

* 그리스신화에 나오는 번식과 다산의 신.

개지더니 재채기를 하기 시작했다. 한 시간이나 쉬지 않고 재채기를 한 끝에 결국 코에서 피가 뿜어져나왔다. 해골 같은 창녀는 이러다 그가 죽겠구나 싶어 도움을 청하러 달려갔다. 그리고 아고가 본 적이 있는 제일 몸집이 큰 벌거벗은 여자를 데리고 돌아왔다. 그의 코가 그녀의 향기를 맡자마자 이상한 짓을 멈추었다. 라 마테라시나라는 거구 여자가 말했다. "알겠어. 당신은 자기가 비쩍 마른 여자를 좋아하는 줄 알지만, 실은 살집 있는 여자를 좋아하는 거야." 그녀는 돌아서서 비쩍 마른 동료에게 간단하게 한마디로 꺼지라고 했다. 그러자 예고도 없이 아고의 코에서 다시 피가 터져나왔다. 거구 여자가 외쳤다. "아이고 맙소사, 겁은 잔뜩 먹은 주제에 욕심도 많지. 우리 둘 다 갖지 못하면 만족을 못하겠다 이거지."

그후로 아무도 아고를 말릴 수 없었다. 일 마키아조차 갈채를 보낼 수밖에 없었다. 그가 흡족해하며 말했다. "늦게 배운 도둑질에 날 새는 줄 모른다더니. 별 볼 일 없는 녀석인 줄 알았는데 제법인걸."

아고가 스물네 살이 되었을 때, 도시에 대한 그의 애정이 전례 없는 시험에 들게 되었다. 메디치가가 추방당하고, 매음굴은 모두 폐쇄되고, 종교적 신성함의 악취가 대기를 가득 채운 것이다. 아고가 일 마키아에게 편협한 광신도라고 숨죽여 말하곤 했던 피아뇨니파*의 세력이 일어나던 때였다. 그들은 피렌체인으로 태어났

---

* 이탈리아 도미니크회 수도사이자 종교개혁가인 지롤라모 사보나롤라의 추종자들.

을지 몰라도, 지옥불로 활활 타오르는 탓에 그들의 이마에 떨어진 세례수가 성별해주기도 전에 증발해버린 것이 틀림없었다. "악마가 우리한테 악마의 소행에 맞서라고 경고해주기 위해 이 악귀들을 보낸 거야." 그는 긴 어둠이 끝나던 날 말했다. "그리고 빌어먹을 사 년 동안 우리를 괴롭혔어. 성스러운 성직복이 매번 악의 사타구니를 가린 거지."

그는 이 말을 하면서 더는 소리 죽여 속삭일 필요가 없었다. 그의 사랑하는 도시가 이제 치유의 불길 덕분에 전설 속 불사조처럼 다시 태어났기 때문이다. 모두의 삶을 생지옥으로 바꿔놓은 피아뇨니파의 우두머리 지롤라모 수도사는 눈물을 줄줄 흘리는 그의 동료들이 오래전 아름다움을 재로 만들어놓았던 바로 그 장소, 시뇨리아 광장에서 통구이가 되는 중이었다. 그들은 아름다움에 대한 인간의 사랑, 심지어 허영심 자체에 대한 집착까지도 위선적인 불길로 파괴할 수 있다는 잘못된 생각을 가지고 그곳에서 그림과 여자의 장신구, 심지어 거울에까지 불을 붙였다. "타올라라, 이 돼먹지 못한 놈들아." 아고가 곧 시의 서기라는 멀쩡한 직업을 가질 사람답지 않은 태도로 불타는 수도사 주위에서 깡총거리며 고함을 질렀다. "저 모닥불 덕분에 좋은 생각이 떠올랐어!" 지롤라모 사보나롤라의 불타는 살에서 풍기는 매캐한 악취도 아고의 들뜬 기분을 망치지는 못했다. 그는 스물여덟 살이었고, 매음굴이 다시 문을 열었다.

"매춘이오, 매춘." 부유한 상인의 도시는 또한 오랜 관습에 따르면 눈이 돌아갈 만큼 멋진 창녀의 도시이기도 했다. 피아뇨니파의 시대가 끝난 지금 이곳은 음탕한 호색가의 도시라는 명성 또한 되찾았다. 창녀촌의 세계가 물밀듯 돌아왔다. 베키오 시장과 세례당 부근 시내 중심에 있는 규모가 큰 마차나 매음굴은 덧문을 떼어내버리고 최고의 지위를 다시 굳히기 위해 단기 할인가격을 내놓았다. 매음굴 중심부에 있는 프라스카토 광장에는 춤추는 곰과 난쟁이 곡예사, '조국을 위해 목숨을 바치도록' 훈련받은 제복 차림의 원숭이와 매음굴 손님의 이름을 기억했다 그들이 나타나면 환영 인사를 외치는 앵무새가 다시 모습을 나타냈다. 그리고 물론 여자도 돌아왔다. 거칠 것 없는 슬라브족 창녀, 우울한 폴란드 창부, 시끄러운 로마 매춘부, 둔한 독일 갈보, 침대에서 상대 못지않게 사나운 스위스 용병 여자 들이 전장에 나섰다. 뭐니뭐니해도 그중에 최고는 동향 여자였다. 아고는 침대에서조차 여행을 믿지 않았다. 그는 그가 제일 아끼는 여자와 양질의 토스카나 상품 두 가지를 모두 다시 찾았다. 그리고 스캔들이라는 여자와 그녀의 짝패 라 마테라시나는 물론이고, 가슴이 한쪽밖에 없어 아마존의 여왕 판타실레아라는 이름이 붙은 베아트리체 피사나라는 여자도 좋아하게 되었다. 그녀는 가슴이 하나인 채로 태어났지만, 이를 벌충하고도 남을 만큼 그녀의 가슴은 도시에서 가장 아름다웠다. 다시 말해 아고가 아는 세상에서는 가장 아름다웠다.

대낮의 햇살이 스러지고 광장에 불도 꺼지고 하루 일과가 무사히 끝나면, 마차나와 경쟁 환락가인 소의 골목, 즉 키아소 데부오이에서 음악 소리가 높아지며 환락의 재탄생을 선언하는 천사처럼 도시를 축복했다. 아고와 일 마키아는 근심 걱정 없는 청춘의 마지막 밤이 될 근사한 밤을 신나게 즐기기로 했다. 사보나롤라는 아직도 불타고 있었지만, 새롭게 통치를 맡은 '80인평의회'에서 니콜로를 궁전으로 불러들여 피렌체공화국의 외교 업무를 처리하는 제2공관 서기로 임명했던 것이다.

니콜로는 즉시 아고에게도 일거리를 주겠다고 말했다. 아고가 되물었다. "왜 나야? 난 빌어먹을 외국인이 싫어."

일 마키아가 대답했다. "첫째, 푸르보,* 내가 외국인이랑 놀아날 동안 제일 지겨운 문서 작업은 너한테 맡겨놓을 거거든. 둘째, 이런 사태를 예언한 사람이 바로 너잖아. 너의 꿈이 실현되었으니 불평은 집어치우라고."

"제길, 남색꾼 같으니라고, 넌 진짜 개새끼야." 아고가 투덜거리면서 왼손 검지와 약지 사이로 엄지를 내밀어 친구에게 욕을 날렸다. "내 예지력을 찬양하는 뜻에서 술이나 한잔하러 가자."

푸르보는 거리의 지혜를 지닌 인물이었다. 남색꾼이라는 말은 칭찬이라 할 수 없었고, 니콜로의 경우 그 이름이 정확히 딱 들어맞지도 않았다. 아고도 일 마키아도 동성애자가 아니었고, 즐긴다 해도 어쩌다가였다. 하지만 그날 밤 피아뇨니파 신도들이 살기 위

---

* 이탈리아어로 현자라는 뜻.

해 도망가거나, 미처 도망가지 못해 골목길이나 마구간에서 목이 매달리는 동안, 진짜 피렌체가 숨어 있던 곳에서 모습을 드러냈다. 다시 한번 남자들이 손을 잡고 남들이 보든 말든 아무데서나 서로 입을 맞추었던 것이다. 일 마키아가 말했다. "부오나코르시와 디 로몰로는 마침내 그들의 사랑을 숨길 필요가 없게 되었어. 하여튼 그 녀석들도 고용해야 할 것 같아. 그래야 내가 공무로 출타 중일 때 네가 집무실에서 그들이 맹렬하게 그짓을 하는 걸 구경할 수 있을 테니까."

아고가 대꾸했다. "두 색광이 나한테 보여줄 수 있는 건 벌써 다 봤어. 그놈들 바짓속에 든 궁상맞은 불알도 포함해서."

부흥, 재생, 부활. 아고가 유일하게 제 발로 걸어 들어가는 건물인 오니산티에 있는 아고네 지역 교회에 어떤 대단한 창부가 자신의 매력을 광고하러 왔다는 소식이 퍼지자, 신도들은 조토*의 엄격한 마돈나가 밤새 만면에 미소를 띠었다고 맹세했다. 그리고 그날 저녁 가장 위대한 창부들이 다시 한번 밀라노산 최고급 의상과 자신들의 후원자가 준 보석으로 치장하고 예배차 다시 찾은 오르산미켈레 성당 밖에서, 뚱쟁이인 난쟁이 줄리에타 베로네세가 니콜로와 아고를 불렀다. 그녀는 피렌체를 통틀어 가장 명성이 자자한 밤의 여왕 알레산드라 피오렌티나의 동성애 상대라고도 하는 인물이었다. 베로네세는 그들을 아르노 강이 범람해 쓸어가기 전

---

* 피렌체 출신 화가. 관념적인 평면 회화에서 벗어나 입체감과 실제감을 주는 기법을 창시했다.

까지 강둑에 세워져 있던 전쟁의 신 동상 이름을 딴 도시 제일의 살롱 '마르스의 집' 재개장 축하 행사에 초대했다. 그 집은 은총의 다리 근처 북쪽 강둑에 있었다. 초대는 이례적인 사건이었다. 라 피오렌티나의 정보망은 두말할 것도 없이 최고에다 매우 빨랐고, 일 마키아가 제2공관 서기에 기용된 것 정도는 가장 까다롭고 배타적인 이 무리에 들어가는 데 그다지 도움이 되지 않았다. 그러니 그는 물론이고 그보다 훨씬 미미한 존재인 아고 베스푸치까지 끌어들였다는 것은 전례 없는 특전이었다.

그들은 알레산드라의 초상화를 보고 침을 흘렸는데, 그녀의 긴 금발은 죽은 시모네타를 떠올리게 했다. 시모네타가 죽은 뒤 정신을 놓은 오쟁이 진 남편 마르코는 라 피오렌티나의 살롱에 들여보내달라고 사정했지만 허사였다. 그는 알레산드라가 거느린 깡패들과 협상하기 위해 도시에서 제일가는 중개인 중 한 사람을 고용했다. 그 중개인은 오쟁이 진 마르코를 대신해 연애편지를 써 보내고, 저녁마다 알레산드라의 창 아래에서 세레나데를 불렀다. 심지어 주현절 선물로 특별히 페트라르카의 소네트를 금 글씨로 써서 보내기도 했다. 그러나 살롱의 문은 열리지 않았다. 줄리에타 베로네세가 중개인에게 말했다. "우리 여주인께서는 머리가 돈 오쟁이 진 남자의 시체애호증 망상에는 관심이 없으시다네. 자네 주인한테 가서 이런 짓 말고 죽은 아내 초상에 구멍이라도 뚫어서 그짓이나 해보라고 하게."

마르코 베스푸치는 이렇게 마지막 거절을 당한 지 일주일 후 목을 맸다. 그의 시체는 은총의 다리 밑에 대롱대롱 매달렸지만, 알레산드라 피오렌티나는 그쪽으로 눈길 한번 주지 않았다. 그녀는 창가에서 삼단 같은 긴 금발을 땋았다. 사랑에 눈먼 바보 마르코는 마치 투명인간 같았다. 알레산드라는 오래전부터 자신이 보고 싶은 것만 보는 기술을 완벽하게 통달했던 것이다. 그것이야말로 이 세상에서 희생양이 아닌 주인이 되고 싶다면 반드시 익혀야 할 자질이었다. 그녀의 눈에 보이는 것이 도시를 구성했다. 그녀가 보지 않는 사람은 존재하지 않는 것이나 마찬가지였다. 그녀의 창 밖에서 죽어가던 보이지 않는 마르코 베스푸치는 존재를 지우는 그녀의 시선 아래에서 두번째 죽음을 맞았다.

니콜로와 아고는 알레산드라가 젊음의 절정을 누리던 십 년 전, 그녀가 탁 트인 발코니에서 아르노 강을 내다보며 보카치오의 『데카메론』이던가, 책을 읽는 척하면서 자신의 고귀한 가슴 윗부분을 온 세상이 찬미할 수 있도록 붉은 벨벳 쿠션에 기대어 한가로이 시간을 보내던 시절 그녀를 숭배한 적이 있었다. 금욕의 세월도 그녀의 미모나 입지를 손상시키지는 못한 것 같았다. 그녀는 이제 자기 궁전을 소유한, 소위 마르스의 집의 여왕이었다. 그날 저녁 피아노 노빌레*에서 큰 연회를 베풀 것이었다. 줄리에타 베로네세가 말했다. "하층민은 1층 도박장에서만 즐길 수 있지." 피아뇨니파가 지배한 구 년 동안 난쟁이 줄리에타는 미용사, 점쟁이, 미약 조제사 따위로 근근이 입에 풀칠을 해야 했다. 무덤을 도굴해 죽

---

* 이탈리아 르네상스 시대 대저택의 응접실이나 거실 등이 있는 주요 층으로, 주로 2층이 해당된다.

은 태아를 훔쳐내고, 죽은 처녀의 처녀막을 뜯어내고, 무시무시한 주문에 쓸 죽은 자의 눈알을 뽑아냈다는 소문이 돌았다. 아고는 그녀야말로 하층민 어쩌고 할 처지가 못 된다고 쏘아붙이고 싶었지만, 일 마키아가 제때 그를 세게 꼬집은 덕분에 하려던 말을 잊어먹고 대신 니콜로 마키아벨리를 죽일 생각을 했다. 하지만 베로네세 마녀가 그들에게 지시를 내리는 바람에 이것도 금방 잊어먹었다. 그녀가 말했다. "그녀에게 시를 가져오시우. 꽃보다 시를 좋아하거든. 꽃이라면 넘쳐나니까. 산나차로나 체코 다스콜리가 쓴 최신작을 가져오든가, 아니면 파라보스코의 서정소곡 중 하나를 잘 익혀와서 그녀에게 불러줘요. 그녀는 보통 인물이 아니라오. 행여 노래를 제대로 부르지 못했다가는 따귀를 얻어맞을 거요. 그녀를 지루하게 만들면 안 돼요. 그녀가 총애하는 신사 양반들이 당신네를 싫증난 장난감처럼 창밖으로 내던져버릴 테니까. 귀찮게 해도 안 돼요. 그러면 내일 집에 돌아가기도 전에 골목길에서 그녀의 보호자들한테 칼 맞을 거유. 당신네가 초대된 이유는 딱 하나예요. 들어가지 말아야 할 곳에는 발을 들이지 마슈."

"그럼 왜 우리를 초대한 거지?" 일 마키아가 그녀에게 물었다.

베로네세 마녀가 짓궂게 말했다. "그녀가 마음이 내키면 말해줄 거유."

◆◦◆◦◆

황제 아크바르는 하티아풀의 하급 창녀에서 호반에 자기 저택을 소유한 잘나가는 고급 창부로 단시간에 성공한 해골과 매트리스라는 성노동자의 이야기를 알고 있었다. 아불 파즐이 왕에게 말했다. "사람들이 보기에 그들의 성공은 그 여자들의 총애를 받는 베스푸치, 모고르 델라모레라는 의심스러운 칭호를 더 좋아하는 그 외국인이 얼마나 막강한 지위에 있는지 보여주는 표시입니다. 이런 사업을 시작하는 데 필요한 자본이라면, 누구라도 투자하려고 할 것입니다." 아이야르 우마르는 힌두 전쟁의 신 이름을 딴 소위 '스칸다의 집'의 인기를 확신했는데, "그 여인들을 꽉 잡으려 할 때, 그것은 사랑을 나누는 것보다 격투를 벌이는 것에 더 가깝다"는 소문이 시크리 아랫지역 귀족들의 저택에 퍼져나갔기 때문이다. 우마르는 궁정의 천재 음악가 탄센이 두 창부를 기리는 뜻에서 라가*를 짓기까지 했다고 전했다. 그 라가는 스칸다의 집에서 그가 처음 불렀을 때 멜로디의 마법이 꺼져 있던 램프를 확 타오르게 했다 하여 라가 디팍이라 불렸다.

황제도 꿈속에서 그 매음굴을 찾아갔다. 밤의 나라에서 그 집은 그의 호숫가가 아니라 어딘지 모를 외국의 강둑에 있었다. 모고르 델라모레 또한 이 창녀들을 세상을 가로질러 그의 이야깃속 아르노로 옮겨놓은 것이 다름 아닌 그 자신이었던 만큼, 백일몽에서 헤어나오지 못하는 것이 분명했다. '창녀들에 대해서는 누구나 거짓말을 하지.' 아크바르는 이렇게 생각하며 그를 용서했다. 더 심각한 걱정거리가 있었으니까.

사랑을 찾아 헤매는 꿈은 사랑을 잃었다는 확실한 증거였다. 황제는 꿈에서 깨어나자 혼란에 빠졌다. 다음 날 밤 그는 조다를 찾아 전쟁에서

---

* 인도의 전통음악.

돌아온 이래 보여주지 않았던 거친 태도로 그녀를 가졌다. 그녀는 황제가 외국인의 이야기를 들으러 떠난 뒤 이 거친 열정이 그가 돌아왔다는 표시인지, 작별의 표시인지 궁금했다.

———◆◆◆———

황제가 말했다. "여자가 남자를 기쁘게 해주려면 노래를 부를 줄 알아야 한다. 악기를 다루고 춤도 출 줄 알아야 한다. 필요할 때는 세 가지 모두를 해야 하지. 노래, 춤, 피리를 불거나 혹은 현악기를 뜯거나. 글도 잘 쓰고, 그림도 잘 그려야 하며, 문신 새기는 솜씨도 뛰어나서 남자가 원하는 곳이면 어디에나 새겨줄 수 있어야 한다. 침대나 의자를 꾸밀 때, 심지어 뜰을 꾸밀 때도 체리는 충성, 수선화는 기쁨, 연꽃은 순수와 진실이라는 꽃말을 알고 있어야 한다. 버드나무는 여자이고 작약은 남자이다. 석류 싹은 풍요를 가져다주고, 올리브는 명예를, 솔방울은 장수와 부를 가져다준다. 나팔꽃은 죽음을 뜻하니 항상 피해야 할 것이다."

황제의 하렘에서 첩들은 푹신한 베개들이 부드러운 분위기를 자아내는 붉은 돌로 된 작은 침실에 틀어박혀 있었다. 햇빛과 뭇사람의 눈을 피하고자 위에 차양을 친 중앙 안뜰 주위로 작은 방들이 사랑의 군대처럼 혹은 가축처럼 빽빽이 늘어서 있었다. 어느 날 모고르는 아크바르와 함께 이 감춰진 세계에 동행할 수 있는 특권을 허락받았다. 그는 몸에 털한 오라기 나지 않은 호리호리한 환관의 뒤를 따라갔다. 그가 아이야르 우마르였다. 그는 눈썹도 없고, 머리는 투구처럼 반짝거렸으며, 피부는 주름 하나 없이 보드라웠다. 그의 나이는 도저히 가늠할 수 없었지만, 모고르는 이 나긋나긋한 청년을 보자마자 양심의 가책 하나 없이 사람을 죽일 수 있고, 황제의 뜻이라면 가장 친한 친구의 목도 벨 자라고 직감했다. 하렘의 여자들은 모고르에게 별의 운행—그렇다!—을, 태양 주위를 도는 천체의 움직임을 상기시키는 패턴으로 그들 주위를 돌았다. 그는 황제에게 나지막이 새로운 이론인 태양 중심설에 대해 이야기했다. 아직도 고향에서는 이단으로 몰려 말뚝에 묶여 화형을 당할 수 있는 생각이었기 때문이다. 교황의 귀가 여기 위대한 무굴의 하렘까지 미칠 수 없다 하더라도 큰 소리로 대놓고 할 말은 아니었다.

아크바르가 껄껄 웃었다. "그것은 백 년 전부터 알려진 사실이다. 그대의 새로 태어난 유럽은 딸랑이 소리가 시끄러워 싫다며 딸랑이를 요람 밖으로 내던진 아기처럼 발전이 더디구나." 모고르는 비난을 인정하고 화제를 바꾸었다. "폐하가 태양이고 이들은 폐하의 위성이라는 말을 하고 싶었을 뿐이옵니다." 황제는 그의 등을 탁 쳤다. "적어도 아첨 쪽으로는 그대에게 한 수 배울 만하겠구먼. 우리의 제일가는 아첨꾼 바크티 람 자인더러 그대에게 조언을 좀 구하라 해야겠다."

첩들은 말없이, 천천히, 꿈속의 존재처럼 몸을 흔들며 맴돌았다. 그들은 정신이 번쩍 들게 하는 향료를 친 마법의 수프처럼 황제 주위의 공기를 휘저었다. 서두르는 기색은 전혀 없었다. 황제는 모든 것을 지배했다. 시간 자체도 늘렸다 멈추었다 할 수 있었다. 세상의 모든 시간이 있었다.

"여자는 제 이, 옷, 손톱과 몸에 물을 들이고, 색을 칠하고, 그림을 그리는 기술에서 따라갈 자가 없어야 한다." 황제가 말했다. 그의 말투는 이제 정욕으로 느려졌다. 포도주가 금빛 잔에 담겨 나오자 그는 꿀꺽꿀꺽 들이켰다. 담뱃대를 앞에 대령하니, 그의 눈동자에 아편 연기가 비쳤다. 첩들은 이제 원을 좁히며 안쪽으로 더 가까이 다가와 그들의 몸을 황제와 손님의 몸에 스치기 시작했다. 황제와 동행한 자도 하루 동안은 황제였다. 황제의 특권이 곧 그의 것이 되었다. "여자는 여러 종류의 액체를 다른 높이로 채운 잔으로 음악을 연주하는 법도 알아야 하지." 황제가 알아듣기 힘들게 웅얼거렸다. "스테인드글라스를 바닥에 붙일 수도 있어야 한다. 그림을 그리고 배치하고 거는 법, 목걸이, 묵주, 화환이나 화관을 만드는 법도 알아야 하고. 수로나 수조에 물을 저장하거나 모으는 법도 알아야 하지. 향기에 대해서도 마찬가지야. 귀에 거는 장신구도. 무대에서 연기할 수도 있어야 하고, 손놀림도 재빠르고 틀림이 없어야 한다. 요리를 하고 레모네이드나 셔벗을 만들고, 보석을 달고, 남자의 터번을 감아줄 줄도 알아야지. 물론 마법도 알아야 하고. 이 몇 가지를 할 줄 아는 여자라면 무식한 짐승 같은 남자하고 거의 맞수가 될 만하다."

첩들은 단 한 명의 초자연적인 여성, 모두가 뒤섞인 하나의 첩으로 변해갔다. 그녀는 두 남자를 사랑으로 포위하고 주변을 온통 둘러쌌다. 환관은 욕망의 행성들이 그리는 원 밖으로 빠져나가고 없었다. 수많은 팔과 무한한 능력을 가진 유일한 여인인 그 첩이 그들의 혀를 침묵시키고, 그들의 단단함을 자신의 부드러움으로 어루만졌다. 모고르는 그녀에게 자신을 내맡겼다. 그는 머나먼 곳의 오래전 여인 시모네타 베스푸치와 알레산드라 피오렌티나, 그리고 그가 시크리에 전하러 온 이야기 속의 여인들을 생각했다. 그들 또한 이 첩의 일부였다.

그는 사랑을 나눈 뒤 한참 후에 우수에 찬 여인들 사이에서 쿠션에 기대어 입을 열었다. "저희 도시에서 교육을 잘 받은 여자는 신중하고 순결해야 하며, 남들 말거리가 되어서는 안 됩니다. 이런 여자는 겸손하고 침착하며, 솔직하고 상냥합니다. 춤을 출 때는 활기차게 움직여선 안 되고, 음악을 연주할 때는 요란스러운 금관 악기나 북은 피해야 합니다. 자기 초상은 되도록 그리지 말아야 하고, 머리 모양도 너무 화려하게 꾸미면 안 됩니다." 황제는 거의 잠들었는데도 마음에 들지 않는다는 소리를 냈다. "그렇다면 그쪽의 교육 잘 받은 남자들은 지겨워서 죽겠구먼." 모고르가 말했다. "아, 하지만 고급 창부가 있습니다. 그들은 황제 폐하의 모든 이상을 만족시켜줍니다. 스테인드글라스 작업만 빼고 말입니다." "스테인드글라스 작업에 서툰 여자와는 절대 잠자리를 해선 안 돼." 황제가 전혀 농담기 없이 엄숙하게 말했다. "그런 여자는 무식한 말괄량이니까."

<hr/>

그날 밤이 아고스티노 베스푸치가 처음 사랑에 빠진 날이었다. 그는 숭배 역시 하나의 여행이라는 것을 깨달았다. 그는 아무리 고향인 도시를 떠나지 않기로 마음먹는다 해도, 매인 데 없이 자유로운 친구들처럼 그가 알지 못하는 길, 위험한 장소에 발을 들이고, 악귀와 용과 마주치고, 목숨은 물론이고 영혼까지 잃게 될 위험을 무릅써야만 하는 오지의 좁은 길을 밟게 될 운명을 타고났다. 그는 라 피오렌티나의 비밀스러운 사실의 살짝 열린 문틈으로, 그 도시에서 제일 훌륭한 남자들 한가운데에 놓인 금박 입힌 안락의자에 기대 누워 있는 그녀의 모습을 엿보았다. 후원자인 프란체스코 델네로가 그녀의 왼쪽 가슴에 입 맞추고, 털이 복슬복슬한 작은 애완견이 오른쪽 젖꼭지를 빨고 있었다. 바로 그 순간 그

는 그녀가 그를 위한 단 한 명의 여자임을 알았다. 프란체스코 델 네로는 일 마키아의 친척이었다. 어쩌면 그 덕에 그들이 초대받았는지도 모르지만, 그 순간엔 상관없었다. 그는 그 자리에서 저 개자식의 목을 졸라버리고 싶었다. 빌어먹을 애완견도 마찬가지였다. 라 피오렌티나를 정복하려면 이러한 경쟁자를 수없이 물리쳐야 할 것이고, 재산도 있어야 할 것이다. 그는 미래를 향한 길이 자기 앞에 양탄자처럼 펼쳐지면서, 젊은이 특유의 무사태평함이 빠져나가는 것을 느꼈다. 그 자리에 톨레도 칼만큼이나 날카롭고 잘 담금질된 새로운 결의가 태어났다.

"그녀는 내 것이 될 거야." 그는 일 마키아에게 중얼거렸다. 그의 친구는 재미있어 죽겠다는 표정이었다. "내가 교황으로 선출되는 날, 알레산드라 피오렌티나는 나를 자기 침대로 초대할 거야. 너를 봐. 너는 아름다운 여인이 사랑에 빠질 만한 타입이 아니잖아. 여자를 위해 심부름이나 하고 발이나 닦아줄 남자지."

아고가 대꾸했다. "개소리 집어치워. 너는 세상을 너무 있는 그대로 보는 게 문제야. 친절함이라곤 눈을 씻고 찾아봐도 없어. 그런 말은 좀 혼잣속에 담아두면 안 돼? 꼭 입 밖에 내서 남의 기분을 망쳐놔야겠어? 병든 염소한테 가서 그짓거리나 하지그래."

일 마키아는 너무 심했다고 인정하듯 박쥐 날개처럼 생긴 눈썹을 치켜세우고 친구의 양볼에 입을 맞추었다. "용서해줘." 그가 후회하는 목소리로 말했다. "네 말이 옳아. 딱히 키도 크지 않고, 벌써 머리카락이 듬성듬성하고, 몸은 너무 작다 싶은 상자에 꽉 채운 푹신한 베개 더미 같고, 지저분한 것 빼고는 외우는 시도 없고, 입만 열면 음담패설이 쏟아져나오는 스물여덟 살짜리 젊은이야말로 여왕 알레산드라의 다리를 벌릴 자격이 충분하지." 아고가 슬프게 고개를 가로저었다. "내가 얼마나 바보 얼간이인지 말해줄게. 내가 원하는 건 그녀의 몸이 아니야. 빌어먹을 마음을 원해."

알레산드라 피오렌티나의 천장 높은 응접실, 아레스와 아프로디테가 사랑을 나누는 구름 매트리스와 푸른 하늘을 날아다니는 천사 프레스코화가 그려진 둥근 천장 아래에서, 이탈리아 최고의 코르네토 쿠르보* 연주자인 독일인 하인리히 징크가 연주하는 천상의 음악을 들으며 아고 베스푸치는 마치 한낮의 햇살 한 줄기가 자신을 비추는 듯한 기분을 느꼈다. 다시 한번 말라깽이 창녀의 침대에 앉아 위대한 당대 시인들의 시를 읽어주다 그녀가 본론으로 들어가려 하자 얼굴이 빨개져서 재채기를 하던 오래전의 뻣뻣하게 굳은 숫총각으로 되돌아간 것 같았다. 라 피오렌티나의 모습은 어디에서도 보이지 않았다. 그녀가 안 보이자 그는 주위에서 벌어지는 질펀한 주연에 끼지도 못하고 작은 분수대 옆에 그저 모자를 손에 들고 서 있었다. 일 마키아는 잠시 그를 버리고 한 쌍의 벌거벗은 드리아스**와 함께 트롱프뢰유 숲으로 도망갔다. 아고의 몸이 스스로를 무겁게 짓눌렀다. 그는 이 연회장에서 환영이었다. 흥청대는 유령의 집에서 유일하게 살아 있는 인간이었다. 그는 답답하고 슬프고 외로웠다.

---

* 르네상스 시대의 관악기로 나무나 상아로 만들며 굽은 피리 모양이다.
** 그리스신화에 나오는 나무와 숲의 요정.

그날 밤 다시 태어난 도시에서 잠든 이는 아무도 없었다. 음악이 어디에나 흘러넘쳤고, 거리, 선술집, 평판이 좋은 집과 나쁜 집, 시장, 수녀원 할 것 없이 모두 사랑으로 가득했다. 신들의 동상이 꽃으로 꾸민 받침에서 나와 따뜻한 인간의 살에 벌거벗은 차가운 대리석을 비비며 환락에 동참했다. 동물과 새조차 상황을 이해하고 진지하게 맹렬한 기세로 동참했다. 생쥐는 다리 그림자 속에서 암내를 풍겼고, 박쥐는 종탑 속에서 박쥐가 하고 싶어할 만한 짓은 다 했다. 한 남자가 벌거벗고 거리를 내달려 신나게 종을 쳤다. "눈을 닦고 바지를 벗어라, 눈물 흘릴 시간은 끝났다." 남자가 외쳤다. 마르스의 집에서 아고 베스푸치는 멀리서 울리는 종소리를 듣고 형언할 수 없는 공포심에 가득 찼다. 잠시 후 홀로 몸이 굳어 서 있는 동안 삶의 공포가 그를 지나가고, 그의 삶이 손가락 사이로 빠져나갔다는 것을 알았다. 마치 이십 년이 한순간에 지나가버린 것 같았다. 시간 자체가 그의 고통이라는 짐 아래 짓눌려 완전히 멈춰버리고, 음악에 실려 무력하게 마비와 실패로 가득 찬 미래로 떠밀려가버린 듯한 기분이었다.

그때 마침 뚜쟁이 줄리에타 베로네세가 그를 불렀다. "운도 좋은 사람이로구먼. 아무리 근사하고 굉장한 밤을 보냈다고는 해도 말이지, 라 피오렌티나가 지금 당신을 보자네요. 당신의 색광 친구도 함께." 아고 베스푸치는 숲을 그려놓은 침실로 고함을 지르며 뛰어 들어가 일 마키아를 드리아스한테서 떼어내고 옷을 던져준 다음, 옷을 다 입을 시간도 주지 않고 미인 알레산드라가 기다리는 마법의 방으로 끌고 갔다.

위대한 창부의 사실에는 실컷 즐긴 도시 명사들이 거의 아무것도 걸치지 않은 채 벨벳 소파 위에서 벌거벗은 창녀들의 엎어진 몸 위로 이리저리 네 활개를 펴고 잠들어 있었다. 여자들은 알레산드라의 어린 패거리로, 그녀를 도와 명사들이 품위도 잊고 울부짖는 늑대로 변할 때까지 벌거벗고 춤을 추었다. 그러나 라 피오렌티나의 침대는 텅 비었고, 시트도 전혀 손댄 흔적이 없었다. 아고의 가슴이 어리석은 희망으로 조금씩 쿵쿵거렸다. 그녀는 연인이 없어. 나를 기다리고 있는 거야. 그러나 빛나는 알레산드라의 머릿속에 섹스 따위는 없었다. 그녀는 금발 외에는 실오라기 하나 걸치지 않은 채 말끔한 침대 위에 축 늘어져 그릇에 담긴 포도를 먹고 있었다. 그들이 난쟁이 감시인과 함께 침실로 들어왔을 때에도 눈치챈 듯 만 듯 아주 살짝 알은체했을 뿐이다. 그들은 서서 기다렸다. 잠시 후 그녀가 잠자리에서 스스로에게 동화를 들려주듯 부드러운 목소리로 말했다.

"처음에는 세 친구가 있었지요. 니콜로 '일 마키아', 아고스티노 베스푸치, 안토니노 아르갈리아. 소년 시절 그들의 세계는 마법의 숲이었죠. 그러다 니노의 부모님이 역병으로 돌아가셨어요. 그는 행운을 찾아 떠났고 둘은 두 번 다시 친구를 보지 못했지요."

두 남자는 이 말을 듣자 현재를 잊고 기억 속으로 빠져들었다. 죽의 힘으로 병을 치료한 니콜로의 어머니 바르톨로메아 데넬리는 아홉 살 된 고아 아르갈리아가 콘도티에리 안드레아 도리아가 지휘하는 화승총으로 무장한 용병 집단에 들어가기 위해 제노바로 떠난 지 얼마 되지 않아 갑자기 사망했다. 니콜로의 아버지 베르나르도가 최선을 다해 폴렌타 치료제를 만들었지만, 바르톨로메아는 고열과 오한에 시달리다 죽었다. 그후로 베르나르도는 전혀 딴사람이 되었다. 요즘은 페르쿠시나의 농장에서 근근이 생계를 이어가면서 요리 재주가 부족해 아내의 생명을 구하지 못한 스스로를 자책하며 지냈다. "내가 주의만 기울였어도 요리법을 제대로 익힐 수 있었을 텐데. 불쌍한 마누라 몸뚱이에 쓸모없는 오물이나 발라주었으니, 나한테 정이 떨어져 떠나버린 게야." 그는 이 말을 하루에도 백 번은 했다. 일 마키아가 죽은 어머니와 폐인이 된 아버지를 생각할 동안, 아고는 아르갈리아가 어깨에 멘 지팡이에 보통이 하나만 걸치고 볼 장 다 본 매춘부 꼴로 자기들 곁을 떠나갔던 날을 떠올렸다. 그는 큰 소리로 말했다. "그가 떠나던 날 우리의 어린 시절도 끝난 거야." 그러나 그가 생각하는 것은 그것이 아니었다. 적어도 전부는 아니었다. 그리고 우리가 맨드레이크 뿌리를 찾은 날이었지, 그는 마음속으로 덧붙였다. 환상이 그의 머릿속에서 모습을 갖추기 시작했다. 알레산드라 피오렌티나를 평생토록 그의 사랑의 노예로 만들 계획이었다.

그들이 딴 데 정신을 팔자 알레산드라는 짜증이 났지만, 그런 기색을 내비치기에 그녀는 너무 우아한 인물이었다. "이 한 쌍은 어쩜 이렇게 인정머리라곤 하나도 없고 아무짝에도 쓸모가 없을까." 그녀는 무심하고 나지막한 목소리로 그들을 나무랐다. "잃어버린 제일 친한 친구의 이름을 십구 년 만에 들었는데, 당신들한테는 아무런 의미도 없는 건가?"

아고 베스푸치는 혀가 딱 굳어버려 대답조차 할 수 없었지만,

사실 십구 년은 긴 시간이었다. 그들은 아르갈리아를 사랑했고 그를 잃었다. 몇 달 동안, 몇 년 동안 소식을 기다렸지만 허사였다. 마침내 그들은 그의 이름을 아예 입에 올리지 않게 되었고, 둘 다 서로 말은 안 해도 속으로는 아르갈리아에게서 아무 소식도 없는 것으로 보아 그들의 친구가 죽은 것이 틀림없다고 확신하게 되었다. 그들은 그 진실을 마주하고 싶지 않았다. 그래서 각자 마음속에 아르갈리아를 숨겨놓았다. 그의 이야기를 입에 올리지 않는 한 그는 여전히 살아 있는 셈이었기 때문이다. 그러나 그들이 자라면서 아르갈리아는 그들의 마음속에서도 사라졌고, 존재는 희미해져 입 밖에 더 내지 않는 이름이 되었다. 그를 다시 되살려내기는 쉽지 않았다.

처음에는 세 친구가 있었고, 각자 여행길에 올랐다. 여행을 싫어했던 아고는 험난한 사랑의 길을 가야 할 운명이었다. 일 마키아는 아고보다 훨씬 매력 있는 인물이었지만, 권력 추구에 가장 관심이 많았다. 권력이야말로 어떤 마법의 뿌리보다 더 확실한 최음제였다. 그리고 아르갈리아, 아르갈리아는 천국으로 사라졌다. 그는 떠돌이별이 되었다⋯⋯ "나쁜 소식인가요?" 니콜로가 알레산드라에게 물었다. "죄송합니다. 우리는 줄곧 이 순간을 두려워해왔답니다."

알레산드라가 옆문을 향해 손짓하며 줄리에타 베로네세에게 지시했다. "이자들을 그녀에게 데려가. 난 너무 피곤해서 지금 당장은 어떤 질문에도 대답해줄 수 없어." 그녀는 이 말을 끝으로 쭉 뻗은 오른팔에 머리를 묻고 잠에 빠져들었다. 그녀의 완벽한 코에

서 들릴락 말락 희미하게 코고는 소리가 새어나왔다. 난쟁이 줄리
에타가 거칠게 말했다. "들었소? 갈 시간이유." 그러더니 약간 누
그러진 말투로 덧붙였다. "여기에서 모든 대답을 얻게 될 거유."

문 뒤에 또다른 침실이 있었지만, 이곳의 여인은 옷을 벗지도,
기대 누워 있지도 않았다. 방은 벽에 걸린 촛대에서 약하게 타오
르는 양초 한 개밖에 없어서 어둠침침했다. 어둠에 눈이 익자 꼭
끼는 보디스와 헐렁한 바지를 입고 양손을 가슴 앞으로 모아 쥔
왕족 분위기의 오달리스크*가 그들 앞에 서 있는 게 보였다. 줄리
에타 베로네세가 말했다. "어리석은 년. 자기가 아직도 오스만제
국의 하렘에 있는 줄 아는 모양이지. 현실에 익숙해지지를 못하
니." 그녀는 난쟁이 키의 거의 두 배나 되는 오달리스크에게 가까
이 다가갔다. 그리고 배꼽에서 나오는 듯한 목소리로 소리를 질렀
다. "넌 해적한테 사로잡힌 거야! 해적! 이 주 전쯤 베네치아의 노
예시장에서 팔렸고! 알겠어? 내 말 듣고 있어?" 그녀는 아고와 일
마키아 쪽으로 몸을 돌렸다. "주인이 한번 데리고 있어보라며 우
리에게 보냈지. 우리는 마음을 정했고. 이 여자는 정말 미인이야.
가슴, 엉덩이, 다 멋져요." 난쟁이가 꼼짝도 않는 여인을 음탕하게
주물럭거렸다. "하지만 이 사람은 분명 뭔가 이상해."

아고가 물었다. "이 여자 이름이 뭐지? 왜 프랑스어로 그녀에게
말을 거나? 왜 돌로 변한 듯한 모습을 하고 있지?"

줄리에타 베로네세가 육식동물처럼 침묵하는 여인의 주위를 빙

---

* 터키 궁정에서 시중을 들던 여자 노예 또는 하렘의 총비(寵妃).

빙 돌며 말했다. "튀르크인한테 납치당한 프랑스 공주의 이야기를 들은 적이 있다오. 하지만 그건 전설일 뿐이라고 생각했지요. 어쩌면 이 여자가 바로 그 공주일지도 몰라요. 아닐 수도 있고. 프랑스어를 하는 건 확실해요. 하지만 진짜 이름은 대답하지 않을 거요. 이름이 뭐냐고 물어보면 이렇게 대답한다우. 나는 기억의 궁전입니다. 직접 물어보쇼. 해보라니까. 뭐 어때요? 겁나우?"

일 마키아가 최대한 친절한 목소리로 물었다. "아가씨, 당신은 누굽니까." 그러자 돌 같은 여자가 대답했다. "나는 기억의 궁전입니다." "봤지?" 줄리에타가 의기양양하게 외쳤다. "전혀 인간 같지 않다니까. 오히려 어떤 장소에 더 가깝다고 해야 할까."

"이 여자가 아르갈리아하고 무슨 관계가 있나?" 아고는 알고 싶었다. 오달리스크는 뭔가 말하려는 듯 움찔했지만, 다시 한번 잠잠해졌다.

줄리에타 베로네세가 대답했다. "이런 거라우. 여기에 왔을 때는 입을 꼭 다물고 한마디도 안 했어요. 문과 창문을 모두 꽁꽁 닫아건 궁전 같았다니까. 그러다 주인님이 네가 지금 있는 곳이 어디인지 아느냐고 물었지요. 내가 그 질문을 프랑스어로 되풀이해주었소. 주인님이 너는 피렌체에 있다고 덧붙였는데, 그 말이 마치 열쇠를 돌린 것 같았지요. 여자가 말했다우. '이 궁전에 그 이름을 담은 방이 있어요.' 그러고는 몸을 불가사의하게 조금씩 움직이기 시작했지요. 전혀 움직이지 않고 걷는 사람처럼. 꼭 머릿속에서 어딘가로 가고 있는 사람 같았다우. 그러더니 무슨 말을 했는데, 바로 그 말 때문에 주인님이 나더러 당신들을 여기로 데려오라고 명령하신 거요."

"그 말이 뭔데?" 아고가 물었다.

"직접 들어보시구려." 줄리에타 베로네세가 대꾸했다. 그러고는 여자 쪽으로 돌아서서 물었다. "피렌체에 대해 무엇을 알고 있지? 궁전의 방 안에서 무엇을 찾을 수 있지?" 그러자 노예 소녀는 그 자리에서 움직이지 않으면서도 마치 복도를 걸어가 모퉁이를 돌아 대문간을 지나고 있는 것처럼 움직이기 시작했다. 그러더니 드디어 그녀의 입에서 완벽한 이탈리아어가 나왔다. "처음에는 세 친구가 있었지요. 니콜로 일 마키아, 아고스티노 베스푸치, 안토니노 아르갈리아. 어린 시절 그들의 세계는 마법의 숲이었죠."

아고는 몸이 덜덜 떨려왔다. "어떻게 그걸 알지? 어떻게 그 얘길 들을 수 있었지?" 그는 경악해 질문을 퍼부었다. 그러나 일 마키아는 답을 추측했다. 그 일부는 아버지의 작지만 평판이 좋은 서재에 꽂힌 책에 있었다(베르나르도는 부자가 아니었고 마음껏 책을 살 만큼 여유롭지 못했기에, 책 한 권 구입하기로 마음먹는 것 자체가 쉽지 않았다). 니콜로가 제일 좋아했던 티투스 리비우스의 『로마사』 옆에 키케로의 『웅변론』이 꽂혀 있었고, 그 옆에 익명의 저자가 쓴 얇은 책 『헤레니우스에게 바치는 수사학』이 꽂혀 있었다. 니콜로는 기억을 더듬어 말했다. "키케로의 말에 따르면, 이런 기술은 그리스인인 케오스의 시모니데스가 발명한 거야. 그가 중요한 사람이 잔뜩 참석한 저녁 만찬에 갔다 자리를 뜨자마자 천장이 무너져 모두 죽은 일이 있었지. 거기에 누가 있었느냐는 질문을 받은 그는 그들이 만찬 식탁에 앉았던 자리를 기억해내 죽은 사람의 이름을 모두 밝혔어."

"무슨 기술인데?" 아고가 물었다.

일 마키아가 대답했다. "『수사학』에서는 그것을 기억의 궁전이라는 똑같은 이름으로 불러. 머릿속에 건물을 하나 짓고, 그것을 완벽하게 기억해두는 거야. 그런 다음 여러 가지 특징, 가구, 장식 등 자기가 고른 것들에 기억을 붙여나가기 시작하는 거지. 특정 장소와 기억을 연결해놓으면, 머릿속의 그 장소를 걸어다니는 식으로 엄청난 양을 기억할 수 있어."

아고가 이의를 제기했다. "하지만 이 아가씨는 자기 자신이 궁전이라잖아. 마치 살아 있는 자기 몸 자체가 이런 기억이 붙어 있는 건물인 것처럼."

일 마키아가 말했다. "누가 상당히 애를 써서 인간의 전체 뇌 크기만 한 기억의 궁전을 지은 거야. 이 아가씨는 자기 기억을 삭제당했거나 마음속에 세운 기억의 궁전 어딘가 높은 다락 같은 곳에 맡겨둔 거지. 그리고 주인이 필요로 하는 것을 죄다 기억해두는 저장고가 된 거야. 오스만 궁정에 대해 우리가 뭘 알겠어? 이건 튀르크인 사이에서는 흔한 관습일지도 몰라. 아니면 특정 권력자나 그 총신의 전제적 변덕일 수도 있고. 우리 친구 아르갈리아가 바로 그 총신이라고 가정해봐. 그가 바로 이 기억의 궁전에서 적어도 특정한 한 방을 설계한 인물이라고 가정해보라고. 아니면 설계자가 그를 잘 아는 사람일 수도 있고. 어느 쪽이든 우리 어린 시절의 사랑하는 벗이 아직도 살아 있거나, 아니면 최근까지 살아 있었다고 결론을 내려야겠지."

아고가 말했다. "봐, 여자가 다시 무슨 말인가 하려고 해."

기억의 궁전이 말했다. "옛날에 아르칼리아라는 군주가 있었습니다. 마법의 무기를 지닌 위대한 전사였지요. 그는 네 명의 무시무시한 거인 수행원을 거느렸습니다. 또한 세상에서 가장 잘생긴 남자이기도 했답니다."

일 마키아는 엄청 흥분했다. "아르칼리아인지 아르갈리아인지, 우리 친구 이름 같은데."

아고 베스푸치도 감탄하며 말했다. "이 망할 놈 같으니라고. 하겠다더니 진짜로 해냈네. 세상 반대편으로 넘어가버렸어."

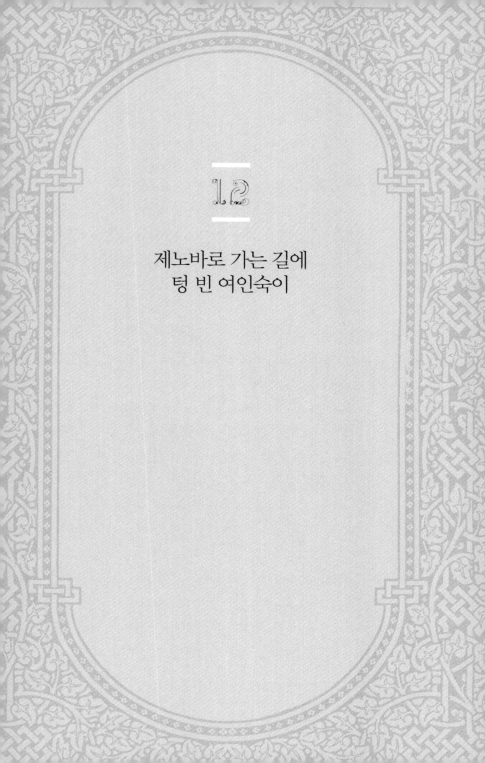

12

제노바로 가는 길에
텅 빈 여인숙이

제노바로 가는 길에 텅 빈 여인숙이 창에는 불이 꺼지고 문은 활짝 열린 채 버려져 있었다. 여인숙 주인, 그의 아내와 아이들, 손님 전부가 최근 위층에 들어온 반은 죽은 상태인 거인 때문에 떠나버린 것이다. 이 이야기의 주인공 니노 아르갈리아의 말에 따르면, 거인은 낮엔 완전히 죽어 있다 밤이면 무시무시하게 되살아나기 때문에 반만 죽은 것이었다. "그곳에서 밤을 보냈다가는 보나마나 한입에 잡아먹힐 거다." 소년 아르갈리아가 그곳을 지나갈 때 이웃이 말했다. 그러나 아르갈리아는 두려워하지 않고 안으로 들어가 혼자 배가 터지도록 포식을 했다. 그날 밤 되살아난 거인이 아르갈리아를 보고 말했다. "아하! 간식거리다! 훌륭하군!" 아르갈리아가 대답했다. "만약 네가 나를 잡아먹으면, 넌 내 비밀을 영영 모르게 될걸." 거인이 흔히 그렇듯 호기심은 많으면서 머리는 나빴던 거인은 말했다. "네 비밀을 말해다오, 이 쪼그만 간식거리야. 그러면 다 들을 때까지 너를 잡아먹지 않겠다고 약속하마." 아르갈리아는 고개를 깊이 숙여 절하고 이야기를 시작했다. "내 비밀은 저 굴뚝 위에 있어. 누구든지 제일 먼저 저기로 올라가는 사람이 세계 최고의 부자가 되지." "아니면 거인이나." 반만 죽은 거인이 말했다. "거인이나." 아르갈리아는 미심쩍다는 투로 맞장구를 쳤다. "하지만 너는 몸집이 너무 커서 맞지 않을 거야." "큰 보물인가?" 거인이 물었다. "세상에서 제일 크지." 아르갈리아가 대답했다. "그러니까 그것을 모은 지혜로운 왕이 보잘것없는 길가 여인숙의 굴뚝에 숨겨둔 거지. 그렇게 위대한 군주가 이런 바보 같은 은신처를 이용할 거라고 누가 생각하겠냐고." "왕은 바보야." 반만 죽은 거인이 말했다. "거인만큼은 아니지." 아르갈리아가 신중하게 덧붙였다. "맞는 말이야." 거인은 굴뚝 속에 몸을 쑤셔넣으려 애쓰며 말했다. "너무 커." 아르갈리아가 한숨을 쉬었다. "역시 내가 걱정했던 대로군. 안됐어." 거인이 울부짖었다. "신께 맹세코 아직 포기한 게 아니야." 그러더니 한쪽 팔을 잡아 뜯어냈다. "이제 내 몸이 그렇게 크지 않지?" 그는 말했지만, 여전히 굴뚝을 올라갈 수는 없었다. "다른 쪽도 뜯어내야 할지 모르겠는데." 아르갈리아가 말하자, 거인의 큼직한 턱이 즉시 남은 팔을 양의 정강잇살이라도 되는 듯 물어뜯었다. 그러나 여전히 굴뚝은 이 거대한 야수가 지나가기에는 좁았다. 아르갈리아가 말했다. "나한테 좋은 수가 있어. 뭐가 보이는지 네 머리를 저기 위로 던져올려보면 어때?" "난 이제 팔이 없단 말이다, 간식거리야." 거인이 서글프게 말했다. "네 생각은 아주 훌륭하지만, 내 힘으로는 머리를 떼어낼 수 없어.""내가 해줄게." 아르갈리아가 싹싹하게 대답했다. 그는 부엌칼을 들고 식탁 위로 팔짝 뛰어올라가 단 한 번 시원하게 내리쳐 거인의 목을 베었다. (근처 도랑에서 밤을 보낸) 여인숙 주인과 그의 아내와 가족과 손님 모두가 아르갈리아가 반만 죽은 거인의 목을 베어 이제 거인이 밤이나 낮이나 완전히 죽었다는 사실을 알게 되자, 한 번만 더 자기들을 도와 U. 근처 탐욕스러운 공작의 목을 베어줄 수 없겠느냐고 물었다. 그 공작 때문에 그들의 삶은 너무 고달팠다. 아르갈리아가 말했다. "여러분 문제는 알아서 해결하세요. 그건 저와 상관없는 일입니다. 저는 하룻밤을 보낼 조용한 잠자리가 필요했을 뿐이에요. 이제 안드레아 도리아 장군과 함께 돈을 벌러 항해를 떠날 겁니다." 그는 힘 빠진 사람들을 뒤로하고 자기 운명을 찾아 떠났다……

이야기는 완전히 허구였지만, 허구인 이야기의 거짓이 가끔은 진짜 세계에서 쓸모가 있을 때도 있다. 안드레아 도리아의 함대 기함의 앞갑판 밑 선실 침대 아래 숨어 있다 발각된 후, 친구 아고 베스푸치에게서 배운 식으로 즉석에서 지어낸 이런 끝없는 이야기가 어린 니노 아르갈리아의 목숨을 구해주었던 것이다. 그가 아는 정보는 날짜가 지난 것이었다. 프랑스군은 얼마 전 황금부대에 패배당했다. 도리아가 튀르크족과 싸우러 곧 출발할 예정이라는 말을 듣고, 그는 특단의 조치가 필요한 때라는 것을 알았다. 굶주린 밀항자가 위대한 콘도티에리 앞에 귀를 잡혀 끌려왔을 때는 화승총, 커틀러스,* 권총, 쇠고리, 단검, 채찍, 거친 욕설로 완전무장한 사나운 용병을 가득 실은 3단 노 갤리선 여덟 척이 이미 닷새

전에 출항한 뒤였다. 누더기 차림에 누더기 보퉁이를 가슴에 꼭 끌어안은 아르갈리아는 더러운 헝겊인형처럼 보였다. 안드레아 도리아는 성격이 좋은 사람이 아니었다. 양심 따위는 털끝만큼도 없었고, 어떠한 극단적 잔혹행위라도 능히 할 수 있었다. 그는 폭군이었고 허영심이 강했다. 한탕을 노리는 병사로 이루어진 피에 굶주린 그의 군대는 그가 훌륭한 지휘관이자 위대한 전략가이면서 두려움이 전혀 없는 인물이 아니었더라면 벌써 옛날에 들고 일어났을 것이다. 한마디로 그는 괴물이었다. 기분이 좋지 않을 때면 그는 반만 죽었건 아니건 어느 거인 못지않게 위험천만해 보였다.

그가 소년에게 말했다. "이 분 줄 테니 너를 지금 당장 배에서 집어던지지 말아야 할 이유를 대보아라."

아르갈리아는 그의 눈을 똑바로 쳐다보았다. "그렇게 하신다면 정말 어리석은 짓일 겁니다." 그는 거짓말을 했다. "왜냐하면 저는 기이하고 다양한 경험을 한 사람이기 때문입니다. 저는 행운을 찾아 온 세상을 떠돌아다녔고, 그 여행에서 거인 하나를 처형했습니다. 그리고 '영혼이 없는 마법사'를 처치하고 그의 주문의 비밀을 알아냈으며, 뱀의 말을 완전히 익혔습니다. 물고기의 왕을 만나보았고, 아들이 일흔 명이나 있는데 주전자는 한 개밖에 없는 여자의 집에서도 살아보았습니다. 저는 자유자재로 사자나 독수리, 개나 개미로 변신할 수 있어서 사자의 힘으로 장군님을 섬길 수도 있고, 독수리의 눈으로 장군님을 위해 정탐을 할 수도 있으며, 개

---

* 과거 선원이나 해적이 쓰던 칼날이 넓적하고 약간 휜 단검.

처럼 충성을 바치고, 개미만큼 작아져 장군님의 시야에서 제 몸을 숨길 수도 있습니다. 따라서 장군님의 귓속으로 기어들어 독살하려는 자객을 장군님은 결코 볼 수 없을 것입니다. 한마디로 저를 화나게 하시면 안 됩니다. 저는 몸집은 작지만 장군님과 함께할 만한 가치가 있습니다. 장군님 자신이 따르는 것과 똑같은 심오한 원칙에 따라 살아가니까요."

"그 원칙이 무엇이냐고 누가 묻는다면?" 안드레아 도리아는 좀 흥미가 동해 물었다. 턱수염을 길게 기른 그의 입가에는 냉소가 감돌았고, 번쩍이는 눈은 아무것도 놓치지 않았다.

"바로 목적이 수단을 정당화한다는 것입니다." 아르갈리아는 일 마키아가 도저히 손에 넣을 수 없는 여자들을 유혹하려면 맨드레이크 뿌리를 이용하라면서 즐겨 말하던 것을 기억해내고 이렇게 대답했다.

"목적이 수단을 정당화한다." 도리아는 놀라서 되풀이했다. "그거 표현 한번 기가 막히구나."

아르갈리아가 대답했다. "제가 만들어낸 말입니다. 저도 장군님처럼 고아거든요. 장군님처럼 젊을 때 땡전 한 푼 없는 신세가 되어 장군님과 똑같이 직업전선에 뛰어들지 않을 수 없었습니다. 고아는 살아남기 위해 필요하다면 무슨 짓이든 기꺼이 해야 한다는 것을 잘 알지요. 거기에는 제한이 없습니다." 일 마키아가 대주교가 목매달린 후에 했던 말이 무엇이었던가? "적자생존입니다."

"적자생존이라." 안드레아 도리아는 생각에 잠겼다. "그것도 대단한 생각이군. 네가 생각해낸 것이냐?" 아르갈리아는 겸손하면서도 자부심 넘치는 태도로 고개를 숙였다. 그리고 계속 말했다. "장군님도 부모님을 여의셨으니 제가 겉보기엔 어린아이라도 무력한 아이는 아니라는 것을 아실 겁니다. '아이'는 세상의 진실로부터 차단되어 안전하게 보살핌을 받으며 단순한 놀이로 세월을 낭비해도 좋은 존재이지요. 지혜는 학교에서 얻을 수 있다고 믿습니다. 하지만 '어린 시절'은 장군님이 그랬듯 저에게도 누릴 여유가 없는 사치입니다. '어린 시절'의 진실은 세상에서 가장 거짓된 이야기 속에 숨겨져 있습니다. 아이들은 괴물이나 악귀와 마주쳐도 두려워할 줄 모르기 때문에 살아남을 뿐입니다. 아이들은 간절한 소원을 들어주는 마법 물고기를 풀어주지 않으면 굶어죽을 것입니다. 해가 뜰 때까지 시간을 끌어 트롤을 돌로 변하게 하지 않으면 그들에게 산 채로 잡아먹힐 것입니다. 어린아이는 콩을 던져 미래를 예언하는 법, 콩으로 사람들을 자기 뜻대로 묶어놓는 법, 이런 마법의 콩이 발견되는 콩나무를 키우는 법을 배워야 합니다. 고아도 엄연히 아이입니다. 우리의 삶은 우화와 극단의 삶입니다."

"이 허풍선이 철학자한테 먹을 것을 좀 주어라." 도리아 장군이 체바라는 보기만 해도 무시무시한 황소 같은 갑판장에게 말했다. "우리 여행이 끝나기 전에 쓸모가 있을지도 모르지. 그때가 올 때까지는 이놈의 터무니없는 거짓말도 재미있을 것 같구나."

갑판장은 아르갈리아의 귀를 떨어질 듯 세게 잡고 선장의 선실 밖으로 끌고 나왔다. "네놈의 허무맹랑한 헛소리 덕분에 잘 빠져나왔다고 생각지는 마라. 네놈을 살려두는 이유는 딱 하나야." "아야, 그게 뭔데요?" 아르갈리아가 물었다.

갑판장 체바가 그의 귀를 더 세게 비틀었다. 그는 얼굴 오른편에 전갈 문신을 새겼고, 절대 웃지 않는 사람의 죽은 눈빛을 하고 있었다. "그 이유는 네놈이 선장님 눈을 똑바로 쳐다볼 만큼 배짱이 좋든가 뻔뻔스러워서다. 그러지 못한다면 간을 꺼내 갈매기떼 먹이로 던져줄걸."

아르갈리아가 대답했다. "저는 끝장나기 전에 그런 판단을 내릴 수 있는 지휘관이 될 거예요. 그럼 당신은? 제 눈을 똑바로 쳐다보든가 하는 편이 좋을걸요."

체바는 살가운 구석이라곤 조금도 없이 그의 머리통을 후려쳤다. "네놈 순서나 기다려야 할 거다, 요 꼬맹아. 지금 네 키로는 나를 쳐다봤자 내 거시기밖에 안 보일 테니까."

전갈 체바가 뭐라고 말하건 아르갈리아의 긴 이야기가 목숨을 부지하는 데 한몫한 건 틀림없는 사실일 것이다. 밝혀진 바로는 극악무도한 안드레아 도리아 장군에게 여느 우둔한 거인과 마찬가지로 이런 이야기에 맥을 못 추는 약점이 있었던 것이다. 바다가 깜깜해지고 별이 하늘에 뚫린 구멍처럼 불타오르는 저녁이 되면, 장군은 갑판 밑에서 아편을 피우며 이야기꾼 소년을 불렀다. 아르갈리아는 말하곤 했다. "장군님의 제노바 배들은 3단 노 갤리선이니까, 장군님은 한 갑판에는 치즈를, 다른 갑판에는 빵 부스러기를, 또다른 갑판에는 썩어가는 고기를 놓아두셔야 합니다. 쥐의 섬에 닿으면, 쥐한테 치즈를 주는 거예요. 빵 부스러기는 개미섬의 주민을 위한 것이고요. 썩은 고기는 맹금 섬에 사는 새한테 주지요. 그렇게 하면 장군님께 막강한 동맹이 생길 겁니다. 생쥐는 장군님을 위해 모든 장애물을 쏘아서 산이라도 뚫어줄 것이고, 개미는 인간의 손으로 하기에는 너무 미세한 임무를 맡아줄 것입니다. 맹금은 장군님께서 부탁만 하시면 영원한 생명의 샘물이 솟는다는 산꼭대기까지 장군님을 태우고 날아갈 것입니다." 안드레아 도리아는 투덜거렸다. "하지만 그 지긋지긋한 섬들은 어디에 있지?" 그는 알고 싶어했다. "장군님, 키를 잡은 사람은 장군님이지 제가 아닙니다. 그 섬들은 장군님의 해도 어딘가에 틀림없이 있을 것입니다." 이런 뻔뻔스러운 얘기를 늘어놓았음에도 그는 하루하루를 살아서 넘겼다. 옛날 옛적에 오렌지 세 개가 있었습니다. 그 안에 아름다운 소녀가 한 명씩 들어 있었지요. 소녀가 오렌지에서 나오자마자 물을 주지 않으면 소녀는 죽게 됩니다. 장군은 연기의 소용돌이에 감싸여 보답으로 그에게 비밀 이야기를 들려주었다.

바다에서는 살인이 난무했다. 바르바리 지역 해적들의 소형 범선이 바다를 누비며 약탈과 납치를 일삼았다. 콘스탄티노플이 몰락한 후 오스만리 튀르크 또는 오스만제국 해군의 갤리선도 여기에서 활발히 활동했다. 안드레아 도리아 장군은 마맛자국이 있는 얼굴을 쳐들고 이 모든 바다의 이단자들에게 맞섰다. "나는 그놈들을 지중해에서 몰아내고 제노바를 바다의 여왕으로 만들 테다." 그가 떠벌렸다. 아르갈리아는 감히 그 말에 딴죽을 걸거나 빈정거리지 못했다. 안드레아 도리아는 입을 다문 소년 쪽으로 몸을 기울였다. 소년의 눈빛은 아편에 취해 흐릿했다. "네가 알고 내가 아는 것을 적들도 알고 있다." 그는 아편에 반쯤 취해 속삭였다. "적들 또한 고아의 법을 따르니까." "어떤 고아입니까?" 아르갈리아가 물었다. "무함마드지." 안드레아 도리아가 대답했다. "무함마드, 그들의 고아 신 말이다."

아르갈리아는 이슬람의 예언자와 자신이 고아의 지위를 공유한다는 것을 미처 몰랐다. 안드레아 도리아가 걸쭉한 목소리로 느릿느릿 말을 이었다. "목적이 수단을 정당화한다. 알지? 그들은 우리와 똑같은 법을 따른다. '단 하나의 계율.' 우리가 선택하는 것은 무엇이나 취할 수 있다. 그러니까 그들의 종교는 우리와 똑같아." 아르갈리아는 숨을 깊이 들이쉬고 위험한 질문을 던졌다. "그 말이 맞다면, 그들이 진짜 우리의 적일까요? 우리의 적이라면 응당 우리와 정반대라야 하지 않은가요? 거울 속에서 적의 모습을 마주할 수도 있단 말인가요?" 안드레아 도리아 장군은 거의 무의식에 가까운 상태였다. "지당한 말이야." 그는 의자에 쿵 하고 몸을 부리며 웅얼거리고는 코를 골기 시작했다. "그리고, 어찌 되었든, 무슬림 해적 쓰레기들보다 더 밉살스러운 적이 하나 있어."

"그게 누군데요?" 아르갈리아가 물었다.

"베네치아. 계집애 같은 베네치아 개새끼들을 다 잡아 족칠 테다."

제노바의 3단 노 갤리선 여덟 척이 전투 대형을 짜고 그들의 먹잇감을 쫓는 동안, 아르갈리아는 종교하고는 아무런 관계도 없다는 것을 확실히 깨달았다. 바르바리에서 온 무슬림 해적선들은 누구를 정복하거나 믿음을 전파하는 데 관심이 없었다. 그들의 관심사는 오직 몸값과 공갈 협박, 갈취였다. 오스만제국으로 말하자면, 그들은 새로운 수도 스탐불의 생존이 다른 어딘가에서 항구로 식량을 가져오는 데 달려 있기 때문에 항로를 계속 열어두어야 한다는 것을 잘 알았다. 또한 슬슬 욕심을 내며 항구들을 공격하러 에게 해 연안 너머까지 배를 보내기 시작했다. 그들 역시 베네치아인을 좋아하지 않았다. 권력과 부와 소유와 부와 권력. 아르갈리아로 말하자면, 밤이면 그의 꿈에도 이국적인 보석이 가득했다. 그는 앞갑판 밑 선실에서 홀로 맹세했다. "무슨 일이 있어도 빈털터리가 아니라 왕처럼 보물을 가득 싣고 피렌체에 돌아가겠어." 그의 목표는 정말 단순했다. 세계의 본질도 분명해졌다.

그러나 상황이 가장 분명해질 때 반드시 가장 심하게 뒤통수를 맞는 법이다. 미틸레네의 바르바로사 형제의 해적선과 교전을 벌여 승리를 거둔 후, 장군은 만족스럽게 사라센인의 피를 뚝뚝 떨어뜨리며 사로잡은 해적들의 처형을 감독하고 있었다. 해적들은 고향 마을 광장에서 몸에 역청을 덮어쓰고 산 채로 불태워졌다. 문득 그의 머리에 에게 해로 들어가 오스만제국의 앞마당에서 그들과 한판 붙어보자는 대담무쌍한 생각이 떠올랐다. 그러나 황금 부대가 전설적인 바다로 들어가 오스만제국의 갤리선과 정면으로 맞닥뜨렸을 때, 어딘지 모를 곳에서 신비로운 안개가 흘러나와 온 세상을 부옇게 흐려놓았다. 마치 올림피아의 장난꾸러기 신이 손을 쓴 것 같기도 하고, 그 지역의 태곳적 신이 오랜 세월 인간의 애정과 충성을 더는 지배하지 않다가 심심해져서 그저 옛정을 생각해 다시 인간을 장난감 삼아 그들의 계획을 망쳐놓기로 결심한 것 같기도 했다. 제노바의 3단 노 갤리선 여덟 척은 전투 대형을 시도했지만, 안개 때문에 방향감각을 잃고 말았다. 귀신 울부짖는 소리와 마녀의 웃음소리, 질병의 악취와 익사자의 아우성이 안개 속에 울려퍼졌고, 거칠 것 없는 용병들조차 곧 공포에 사로잡혔다. 도리아 장군이 바로 이런 날에 대비해 갖춰둔 농무 경적 시스템은 순식간에 망가져버렸다. 배들은 제각기 길고 짧은 소리로 경적을 불어댔지만, 죽음과 미신의 독기에 혼이 빠진 용병들은 제대로 의사소통을 하지 못했고, 오스만제국의 농무 경적도 마찬가지였다. 결국 누구도 자신이 어디에 있는지, 누가 아군이고 누가 적군인지 구분할 수 없게 되었다.

돌연 3단 노 갤리선의 대포와 오스만제국 갤리선 갑판 위의 강력한 회전 대포가 불을 뿜었다. 형태 없는 림보 한가운데의 안개 속에서 솟아오르는 대포의 붉은 화염과 밝은 섬광은 지옥의 작은 조각들처럼 보였다. 사방에서 튀는 소총의 불꽃은 치명적인 붉은 꽃이 만개한 번쩍이는 정원을 연상케 했다. 누가 누구에게 쏘는지, 어떻게 행동하는 게 최상인지 아무도 알지 못했다. 엄청난 파국이 입을 벌리고 다가왔다. 그때 갑자기 양편이 정확히 똑같은 순간에 자기들이 처한 위험한 상황을 이해하기라도 한 듯 침묵이 깔렸다. 총소리도 멎고, 고함 소리도 들리지 않고, 경적도 울리지 않았다. 텅 빈 안개 속 여기저기에서 은밀한 움직임이 시작되었다. 기함의 갑판 위에 홀로 서 있던 아르갈리아는 그의 어깨를 움켜쥐는 운명의 손길을 느꼈다. 그는 운명의 손이 두려움에 떠는 것을 알아차리고 깜짝 놀랐다. 뒤를 돌아보았다. 아니, 그의 뒤에 서 있는 것은 운명이 아니라 갑판장 체바였다. 이전의 험악하고 무시무시한 모습은 간 데 없고 힘을 다 잃은 무기력한 개 같은 모습이었다. "장군님이 보자신다." 그는 소년에게 귓속말을 하고 안드레아 도리아가 기함의 뿔피리를 들고 기다리는 갑판 아래로 그를 데려갔다. 장군이 부드럽게 말했다. "오늘은 너의 날이다, 내 이야기꾼아. 오늘 너는 말이 아니라 행동으로 위대한 업적을 이루게 될 거다."

계획은 아르갈리아를 작은 배에 태워 바다로 내보낸다는 것이었다. 그러면 그는 노를 저어 되도록 빨리 기함에서 멀어져야 했다. 장군이 말했다. "노를 백 번 저을 때마다 이 뿔피리를 세게 불어라. 적은 희미한 소리를 오만한 행동으로 오인하고, 안드레아 도리아의 코르네토가 던진 도전을 받아들여 네 쪽으로 배를 돌릴 것이다. 엄청난 전리품, 바로 이 몸을 사로잡을 줄 알고 말이다! 그때 나는 그 기회를 이용해 적이 전혀 예상치 못한 방향에서 치명타를 가할 것이다." 아르갈리아에게는 좋지 않은 계획으로 보였다. "그럼 저는요?" 그가 손에 들린 뿔피리를 바라보며 물었다. "이교도의 배가 제 작은 배를 덮치면 어떡해야 하죠?" 전갈 체바가 그를 번쩍 안아올려 작은 배에 태우며 속삭였다. "노를 저어, 작은 영웅아. 살고 싶으면 노를 저으라고."

장군이 자신 없게 말했다. "안개가 걷히고 적을 격퇴하면 너를 다시 데려오마." 체바가 배를 힘껏 밀었다. "그래. 그렇게 할 거다."

그러고는 하얀 안개와 바다 소리뿐이었다. 하늘과 땅이 오래전부터 전해온 우화처럼 느껴지기 시작했다. 아무것도 보이지 않고 둥둥 떠 있는 이 세상이 우주의 전부였다. 그는 한동안 명령받은 대로 했다. 백 번 노를 젓고 뿔피리를 한 번, 두 번, 세 번 크게 불었지만 아무 소리도 들려오지 않았다. 세상은 살기와 침묵에 잠긴 채였다. 죽음이 소리 없는 물보라 속에서 그를 덮쳐올 것이다. 오스만제국의 배가 그를 덮쳐 벌레 으깨듯 뭉개버릴 것이다. 그는 뿔피리 불기를 멈추었다. 장군은 그가 죽건 말건 관심이 없으며, 배 밖으로 가래침 뱉듯 손쉽게 '어린 이야기꾼'을 희생시켰다는 사실이 분명해졌다. 그는 이제 익사하기 전까지 짧은 시간 동안 파도 위에서 꺼떡이는 가래 덩어리에 지나지 않았다. 그는 기운을 돋우려고 스스로에게 이야기를 들려주려 했지만, 바다 깊은 곳에서 올라와 거대한 턱으로 배를 산산조각 내버리는 바다 괴물, 몸을 쭉 뻗는 심해 벌레, 불을 뿜는 바다 용 등 무서운 것밖에 떠오르지 않았다. 시간이 더 지나자 이야기도 전부 희미해졌고, 그는 제 몸을 지킬 것이나 의지할 것 하나 없이 하얀 안개 속을 정처 없이 표류하는 외로운 영혼 신세가 되었다. 이것이 집과 가족, 친구, 도시, 조국, 자기 세계를 빼앗긴 인간의 결말이었다. 지금 일시적으로 뛰는 심장을 제외하면 이름도, 의미도, 삶 전체마저 박탈당한 존재, 과거는 희미해지고 미래는 황량해 앞뒤 맥락도 없는 존재였다. 그는 혼잣말을 했다. "내가 어리석었어. 김 나는 똥무더기 속 바퀴벌레도 나보다는 의미 있는 존재일 거야." 오랜 세월이 지나 그가 숨겨진 무굴 공주 카라 쾨즈를 만나 드디어 그의 삶이 운명이 그를 위해 마련해두었던 의미를 얻게 되었을 때, 그는 그녀의 눈 속에서 버림받은 자의 절망을 보고 그녀 역시 인간 조건의 심오한 부조리와 직면해야 했던 적이 있었음을 알았다. 다른 이유가 없었다면 바로 그 이유 때문에 그녀를 사랑하게 되었을 것이다. 그러나 그에게는 다른 이유도 있었다.

그를 둘러싼 안개가, 그의 눈, 코, 목을 둘러싼 안개가 짙어졌다. 숨이 막힐 것 같았다. 이제 죽을지도 모른다고 생각했다. 그의 의지는 무너졌다. 어떤 운명이 닥치든 받아들일 것이다. 그는 작은 배에 누워 피렌체를 떠올렸다. 역병으로 흉해지기 전 부모님의 모습이 보였다. 친구 아고와 일 마키아와 함께 숲 속에서 했던 소년 시절의 철없는 장난들이 떠올랐다. 이런 기억이 불러온 애정이 마음을 가득 채웠다 잠시 후 희미해졌다.

정신을 차려보니 안개는 걷혔고, 안드레아 도리아 장군의 갤리선 여덟 척도 보이지 않았다. 제노바의 위대한 콘도티에리는 등을 돌리고 달아나버린 것이다. 작은 배의 뿔피리는 그저 적의 주의를 딴 데로 돌리기 위한 수단이었다. 아르갈리아의 작은 배는 굶주린 고양이떼에게 쫓겨 구석에 몰린 생쥐처럼 밀집한 오스만 해군 앞 물결 위에 무력하게 떠서 흔들렸다. 그는 배 위에 서서 정복자들에게 손을 흔들며 목이 터져라 장군의 뿔피리를 불어댔다.

그는 고함을 질렀다. "항복이다. 와서 나를 잡아가라, 이 이교도 튀르크 돼지들아."

13

위스퀴브의
어린이 포로수용소에서

위스퀴브의 어린이 포로수용소에서(기억의 **궁전**이 말했다) 쓰는 언어는 다양했지만, 신은 오직 하나뿐이었다. 해마다 강제징집대가 팽창해가는 제국을 돌며 데브시르메* 세와 어린이 공물을 거두었다. 그들은 제일 힘세고 똑똑하고 잘생긴 소년들을 노예로 잡아다 술탄의 뜻대로 움직이는 도구로 바꾸어놓았다. 술탄 영토의 원칙은 변모에 의한 통치였다. 우리는 너희의 제일 잘난 자손을 데려가 완전히 바꾸어놓을 것이다. 그들은 너희를 잊고, 너희를 우리 발밑에서 벗어나지 못하게 할 힘으로 바뀔 것이다. 너희의 잃어버린 자식들로 하여금 너희를 지배하게 하리라. 변화의 과정이 시작되는 위스퀴브에서 쓰는 언어는 다양했지만, 옷차림은 오스만제국 신병이 입는 헐

---

* 삼사 년마다 오스만제국이 정복한 기독교 속주들로부터 기독교 소년들을 징집해 강제로 이슬람으로 개종시킨 제도.

렁한 바지 차림으로 통일되었다. 그들은 주인공의 누더기를 벗긴 뒤 씻기고 먹이고 깨끗한 마실 물을 주었다. 그런 다음 아이한테서 기독교도 빼앗았고, 아이는 새로운 파자마를 입듯 강제로 이슬람을 받아들여야 했다. 위스퀴브에는 그리스인과 알바니아인, 보스니아인과 크로아티아인, 세르비아인이 있었고, 캅카스 출신 백인 노예인 맘루크 소년들, 그루지야인과 밍그렐리아족, 체르케스인과 압하스인, 아르메니아인과 시리아인도 있었다. 이탈리아인은 주인공뿐이었다. 오스만제국은 시간이 지나면 바뀌리라 보았지만, 피렌체는 아직 어린이 공물을 바치지 않고 있었다. 그를 사로잡은 자들은 그의 이름을 말하는 게 힘든 척하며 그를 정복자라는 뜻인 알가지 또는 텅 빈 것, 용기라는 뜻의 알칼리아라고 부르며 놀렸다. 그러나 이름은 중요치 않았다. 아르갈리아건 아르칼리아건 아르콸리아건, 알칼리야건. 의미 없는 말들이었다. 그건 문제가 되지 않았다. 다른 모든 이와 마찬가지로 새로운 관리하에 놓인 것은 그의 영혼이었다. 부루퉁한 얼굴의 아이들은 새 의상을 입고 열병장에서 군복을 입은 남자 앞에 줄지어 섰다. 그의 하얀 모자는 흰 턱수염 길이만큼이나 높았다. 이마 위로 3피트쯤 솟아오른 모자와 턱에서 똑같은 길이만큼 아래로 뻗은 수염이 엄청나게 긴 머리를 가진 듯한 인상을 주었다. 이 사람이 성스러운 자, 베크타시 교단의 데르비시였다. 그들을 이슬람으로 개종시키기 위해 온 자였다. 화가 나고 겁에 질린 소년들은 유일신과 그의 예언자에 대해 꼭 알아야 할 아랍어 문장을 가지각색 억양으로 따라했다. 그들의 변모가 시작된 것이다.

일 마키아는 공화국을 위해 일하느라 돌아다니면서도 기억의 궁전을 한시도 잊지 않았다. 7월에 그는 카테리나 스포르차 리아리오 백작부인에게 그녀가 원하는 것보다 훨씬 적은 액수로 그녀의 아들 오타비아노가 피렌체군 편에 서서 싸우게 해달라고 설득하러 라벤나에서 포를리로 가는 길을 따라 말을 달렸다. 만약 거절한다면 그녀는 피렌체의 보호를 받지 못하고 보르자가의 교황 알렉산데르 6세의 아들인 무시무시한 로마냐의 체사레 보르자 공작의 손아귀에 떨어질 것이다. '포를리의 마돈나'는 일 마키아의 친구 비아조 부오나코르시가 안드레아 디 로몰로와의 동성애 관계를 정리하고 니콜로에게 그녀의 그림을 가져다달라고 부탁했을 정도로 아름다운 여인이었다. 그러나 니콜로는 알레산드라 피오렌티나의 마르스의 집 내실에 대리석상처럼 서 있던 이름 모를 프랑스 여자를 생각했다. 아고 베스푸치는 편지에 이렇게 썼다. "이봐 마키아, 빨리 여기로 돌아와야겠다. 네가 없으니 술과 카드로 밤을 지새울 계획을 짤 사람이 없어. 게다가 공관은 이탈리아에서 제일 개 같은 병신새끼만 득시글거리는 곳이야. 다들 우리를 못 잘라서 안달이라니까." 그러나 계략이나 파란만장한 생활 따위는 니콜로의 안중에 없었다. 그가 유혹하고 싶은 것은 오직 한 여자의 육체였다. 그녀의 비밀 자아, 기억의 궁전 밑에 숨겨진 억눌린 인격을 여는 열쇠를 찾아낼 수만 있다면.

일 마키아는 가끔 세상을 너무 유추해서 보는 경향이 있었는데,

어떤 상황을 전혀 공통점이 없는 다른 상황과 연관지어 읽어내곤 했다. 그래서 카테리나가 그의 제안을 거부하자, 이것을 나쁜 징조로 보았다. 분명 기억의 궁전과도 실패할 것이다. 얼마 안 있어 니콜로가 예견한 대로 체사레 보르자가 포를리를 공격해 정복했다. 카테리나는 성벽 위에 서서 로마냐 공작에게 자신의 성기를 내보이며 가서 뒈져버리라고 욕설을 퍼부었다. 결국 그녀는 산탄젤로 성에 교황의 포로로 갇혔지만, 일 마키아는 그녀의 운명을 좋은 신호로 해석했다. 카테리나 스포르차 리아리오는 알렉산데르 교황의 성에 포로로 갇힘으로써 알레산드라 여왕의 마르스의 집 어두운 방에 틀어박힌 여인의 거울과 같은 존재가 된 것이다. 그녀가 보르자에게 음부를 드러냈다는 사실은 어쩌면 기억의 궁전도 그에게 똑같은 행동을 하게 될지 모른다는 의미였다.

그는 마르스의 집으로 돌아갔다. 뚜쟁이 줄리에타는 툴툴대면서도 그를 기억의 궁전에게 무제한 접근할 수 있게 해주기로 했다. 그녀 역시 그가 이 몽유병에 빠진 아가씨를 깨워 말하는 조상이 아닌 제대로 된 창부 노릇을 시작할 수 있게 되기를 바랐다. 그리고 일 마키아가 예측한 징조는 정확했다. 그는 그녀와 침실에 단둘이 있게 되자, 그녀의 손을 부드럽게 잡고 금빛 백합을 수놓은 연푸른색 비단으로 된 프랑스식 휘장을 친 기둥 네 개짜리 침대로 이끌고 가서 눕혔다. 그녀는 키가 컸다. 그녀가 누우면 일이 더 쉬워질 것이다. 그는 그녀 곁에 누워 황금빛 머리카락을 쓰다듬고 보디스의 단추를 풀면서 그녀의 귀에 질문을 소곤거렸다. 그녀는 가슴이 작았다. 그것도 맘에 들었다. 그녀는 두 손으로 허리를 감싼 채 그의 손길을 거부하는 어떤 기색도 보이지 않았다. 마음속에 묻혀 있던 기억을 암송할 때 그녀는 지고 있던 짐을 내려놓는 듯이 보였다. 기억의 무게가 가벼워지면서 정신도 맑아졌다. "나에게 다 얘기해줘." 일 마키아는 이제 막 드러난 그녀의 가슴에 입 맞추면서 귀에 대고 속삭였다. "그러면 자유로워질 거야."

◆◆◆

어린이 공물이 다 모이면(기억의 궁전이 말했다) 그들을 스탐불로 데려가 튀르크족의 좋은 집안에 나눠주어 시중을 들면서 튀르크어와 이슬람 신앙의 복잡한 내용을 배우도록 했다. 그런 다음 군사훈련을 받았다. 시간이 좀 지나면 소년들은 왕궁에 시동으로 들어가 이치 오글란이라는 칭호를 받거나, 아니면 아젬 오글란*으로 술탄의 근위보병대에 들어갔다. 강한 전사, 마법의 창을 휘두르는 자, 세계 최고의 미남자가 된 열한 살의 주인공은 술탄의 근위보병이 되었다. 부대 역사상 가장 훌륭한 근위보병. 아, 오스만 술탄의 무시무시한 근위보병대의 드높은 명성 널리널리 퍼지라! 그들은 튀르크인이 아니었지만, 오스만제국의 기둥이었다. 유대인은 절대 받아주지 않았는데, 그들의 신앙이 너무 확고해 바꿀 수 없었기 때문이다. 집시도 안 되었다. 그들은 인간쓰레기니까. 루마니아의 몰도바인과 왈라키아인도 절대 들이지 않았다. 주인

---

* 외국인 태생의 아직 훈련받지 않은 젊은이라는 뜻.

공의 시대에 왈라키아인들은 그들의 왕인 블라드 드라큘라, 꿰어 죽이는 자 밑에서 싸워야 했다.

  기억의 궁전이 술탄의 근위보병에 대해 이야기하는 동안, 일 마키아의 관심은 그녀의 입술로 옮겨갔다. 그녀는 훈련생들이 스탐불에 도착해 벌거벗은 채 검사를 받았다는 이야기를 했고, 그는 그녀의 입술이 프랑스어의 nus를 발음할 때 얼마나 아름다운가에 생각을 집중했다. 그녀는 그들이 백정과 정원사로 훈련받았다고 이야기했고, 그는 그녀가 단어를 말할 때 움직이는 입술의 윤곽을 집게손가락으로 더듬었다. 그녀는 그들이 본래 이름과 성을 빼앗기고 압둘라나 압둘모민 등 압드로 시작하는 이름을 받았다고 말했다. 압드는 노예라는 뜻으로, 세상에서 그들이 처한 지위를 알려주는 말이었다. 그러나 이 젊은이들의 굴곡진 인생을 걱정하는 대신 그는 오로지 동양의 음절을 발음하는 그녀의 입술 모양이 마음에 들지 않는다는 생각만 할 뿐이었다. 그녀가 황제의 시중을 들도록 훈련받은 백 환관장과 흑 환관장에 대해 이야기할 때, 그의 친구인 주인공이 훈련생으로선 전례가 없는 매잡이의 대장이라는 지위로 시작했다는 이야기를 할 때, 그는 그녀의 입꼬리에 키스했다. 그는 사라진 친구, 어린 시절이 없는 친구가 그녀의 이야기와 함께 성장하고 있음을 알았다. 그녀의 이야기 속에서 성장하는 친구는 뭔지 몰라도 어린 시절을 갖지 못한 아이들이 어린 시절 대신 갖게 되는 것을 갖고, 자라면서 한 남자, 아니 뭔지 몰라도 어린 시절이 없는 아이가 될 수 있는 것, 어쩌면 남성성이 없는 남자가 되어가고 있었다. 그렇다, 아르갈리아는 다른 사람들로 하여금 그를 두려워하고 우러러보게 하는 군사기술을 익혔다. 그의 주위에 젊은 전사 무리가 모여들었다. 전투 중 사로잡혀 탕헤르의 노예시장에서 경매로 팔려온 네 명의 알비노 스위스 거인 용병 오토, 보토, 클로토, 다르타냥과 노보브르도 포위 공격에서 사로잡힌 콘스탄틴이라는 거친 세르비아인, 그리고 멀리 유럽의 변방지대에서 어린이 공물로 끌려온 훈련생들이었다. 그러나 그는 이 정보의 중요성엔 아랑곳없이 기억의 궁전이 말할 때 미세하게 움직이는 얼굴에만 집중한 채 몽상 속을 헤맸다. 그렇다, 아르갈리아는 어딘가에서 자라며 다양한 재주를 익혔다. 이 모든 것이 그가 알아둬야 할 정보였지만, 지금 여기에는 입술과 뺨의 느린 진동, 혀와 턱의 움직임, 하얗게 빛나는 매끄러운 피부가 있을 뿐이었다.

때때로 그는 페르쿠시나의 농장 근처 숲 속의 부드러운 낙엽이 깔린 땅 위에 누워 높고 낮고 높게, 높고 낮고 높고 낮게, 높고 낮고 높고 낮고 높게 두 음조로 지저귀는 새의 노랫소리에 귀를 기울였다. 가끔은 숲 속 시냇가에서 자갈 깔린 강바닥 위를 부드럽게 굽이치며 흐르는 시냇물을 바라보기도 했다. 여자의 육체도 그와 같았다. 여자의 몸을 주의 깊게 관찰하면, 그 몸이 세상의 리듬, 깊은 리듬, 음악 밑에 깔린 음악, 진실 밑의 진실에 맞춰 어떻게 움직이는지 보일 것이다. 그는 사람들이 신이나 사랑을 믿듯이 숨겨진 진실을 믿었다. 진실은 사실 늘 숨겨져 있으며, 한눈에 뚜렷하게 보이는 것은 언제나 일종의 거짓이라고 믿었다. 그는 정확한 것을 좋아하는 성격이었으므로, 숨겨진 진실을 정확히 포착해 옳고 그름의 개념, 선과 악의 개념, 미와 추의 개념을 넘어선 진실을 분명하게 보고 기록하고 싶었다. 모든 개념은 표면에 드러난 세상의 기만책일 뿐이며, 세상이 실제로 어떻게 돌아가는지와는 거의 관계가 없었다. 사물의 본질, 암호, 숨겨진 형태, 미스터리와도 연관이 없었다.

여기 이 여인의 육체에서 그 미스터리를 볼 수 있으리라. 겉으로 보기에는 움직임 없는 존재, 끝없는 이야기 밑에서 지워졌는지 묻혔는지 모를 그녀의 자아, 그가 듣고 싶은 것보다 더 많은 이야기가 숨겨진 이야기 방들의 미궁. 관능적인 몽유병자. 공백. 그가 바라보는 동안 그녀에게선 제가 무슨 말을 하는지도 모른 채 외운 말들이 쏟아져나왔고, 그는 단추를 풀고 그녀를 애무했다. 아무 거리낌도 없이 그녀의 옷을 벗기고, 죄책감 없이 그 몸을 어루만지고, 어떤 가책도 없이 그녀를 애무했다. 그는 그녀의 영혼을 탐구하는 과학자였다. 보일 듯 말 듯 눈썹을 치켜세우는 동작에서, 움찔하는 허벅지 근육의 움직임에서, 윗입술의 왼쪽 입꼬리가 갑자기 미세하게 휘는 모습에서 그는 그녀가 살아 있음을 느꼈다. 존귀한 보물인 그녀의 자아는 파괴되지 않았다. 그것은 잠들어 있었고, 깨울 수 있었다. 그는 그녀의 귓가에 속삭였다. "네가 이 이야기를 하는 것은 이게 마지막이야. 이야기를 하고 잊어버리는 거야." 천천히, 한 구절 한 구절, 일화 하나하나, 그는 기억의 궁전을 해체하고 인간 존재를 해방시켰다. 그녀의 귀를 살짝 물자 응답하듯 그녀의 고개가 살짝 기울어졌다. 그녀의 발을 쥐자 발가락이 기꺼이 움직였다. 그녀의 가슴을 애무하자 살짝, 더 깊은 진실을 찾는 자만이 알아차릴 수 있을 정도로 아주 살짝 그녀의 등이 반응하듯 휘었다. 그가 한 일은 전적으로 옳았다. 그가 그녀를 구출했다. 때가 오면 그녀는 그에게 감사할 것이다.

트라브존을 포위 공격하는 동안 매일 비가 내렸다. 타타르족과 다른 이교도가 언덕을 가득 메웠다. 산에서 내려오는 길은 말이 허리까지 빠질 만큼 깊은 진흙탕으로 변했다. 그들은 보급 마차를 부수고 짐을 낙타 등에 실어 날랐다. 낙타 한 마리가 쓰러지는 통에 보물 궤짝이 부서져 육천 개의 금이 모두가 볼 수 있게 산허리에 쏟아졌다. 즉시 주인공이 스위스 거인들과 세르비아인과 함께 칼을 뽑고 나서서 황제가 현장에 도착할 때까지 흩어진 술탄의 보물을 지켰다. 그후 주인공은 술탄에게 그의 혈족보다 더 신뢰받는 존재가 되었다.

마침내 그녀의 팔다리가 나긋나긋해졌다. 그녀의 몸은 긴장이 풀린 채 비단 시트 위에 유혹적인 자태로 누워 있었다. 이제 그녀의 이야기는 최근까지 거슬러 올라왔다. 아르갈리아는 거의 일 마키아와 아고의 나이만큼 성장했다. 그들의 연표는 다시 한번 합쳐졌다. 그녀는 곧 이야기를 마칠 것이고, 그러면 그가 그녀를 깨울 것이다. 성질 급한 줄리에타가 그녀가 자는 동안 빨리 그녀를 취하라고 재촉해댔다. "거기에 그냥 콱 쑤셔 박으라니까. 빨리 해치워요. 부드럽게 할 필요 없다니까 그러네. 그게 저애한테도 좋아. 눈이 번쩍 뜨일 거야." 그러나 그는 그녀가 자연스럽게 깨어날 때까지 함부로 범하지 않기로 마음먹었다. 그 문제에 대해서는 알레산드라 피오렌티나에게도 동의를 얻어두었다. 기억의 궁전은 보기 드문 미인이니만큼 섬세하게 다뤄야 했다. 그녀는 고급 창부의 집에 있는 노예에 불과할지 모르지만, 이 정도의 배려는 받아야 했다.

보통 인간의 힘으로는 블라드 '드라큘라' '용-악마', 말뚝에 꿰어 죽이는 군주 카지클리 베이* 등의 별명을 지닌 왈라키아의 총독 블라드 3세를 압도하지 못했다. 블라드 왕이 말뚝에 꿰인 희생자들이 단말마의 고통에 몸부림칠 때 그들의 피를 마셨고, 사람들의 생피를 마심으로써 죽음도 넘어서는 신비한 힘을 얻게 되었다는 소문이 퍼지기 시작했다. 그는 죽을 수 없었다. 그를 죽일 수도 없었다. 그는 야수 중에서도 가장 잔인한 야수였다. 그는 자신의 무용을 과시하기 위해 자기가 죽인 자들의 코를 베어 헝가리 군주에게 보냈다. 이런 소문 때문에 군대는 그를 두려워했고, 왈라키아로 행군하지 않으려 했다. 술탄은 근위보병대의 사기를 북돋기 위해 삼천 개의 금을 나누어주고, 이기면 재산권을 부여하고 본래 이름도 되찾게 해주겠다고 약속했다. 악마 블라드는 벌써 불가리아 전역을 불사르고 이만 오천 명을 나무말뚝에 꿰어 죽였지만, 그의 병력은 오스만군보다 규모가 작았다. 그는 퇴각하면서 모든 곳에 불을 지르고, 우물에 독을 풀고, 소를 도살했다. 술탄의 군대가 식량도 물도 없는 황량한 땅에 고립되자, 악마 왕은 기습 공격에 나섰다. 많은 병사가 죽었

---

* Kazikli Bey, 꿰어 죽이는 왕이라는 뜻.

고 그들의 시신은 날카로운 말뚝에 꿰였다. 그리고 드라큘라는 트르고비슈테로 후퇴했다. 술탄은 선언했다. "이곳이 악마의 최후 장소가 될 것이다."

그러나 트르고비슈테에서 그들은 끔찍한 광경을 보았다. 단지 전진하는 군대에게 무엇이 그들을 기다리는지 보여주기 위해 여자와 아이까지 이만 명을 도시 주변을 둘러싼 말뚝 울타리에 꿰어놓은 것이다. 까마귀가 둥지를 튼 말뚝에 꿰인 어머니들의 썩어가는 가슴에 아기들이 매달려 있었다. 말뚝에 꿰인 자들의 숲을 보고 술탄은 구역질이 치밀어 기가 꺾인 군대를 철수시켰다. 출정이 결국 파국으로 끝날 것 같던 순간, 주인공이 자신의 충성스러운 무리를 이끌고 앞으로 나섰다. "저희가 마땅히 해야 할 일을 하겠습니다." 한 달 후 주인공은 꿀단지에 그 악마의 목을 담아 스탐불로 돌아왔다. 불사의 존재라는 소문에도 불구하고 결국 드라큘라도 죽는다는 사실이 밝혀졌다. 그의 시체는 그가 많은 이에게 했던 것처럼 말뚝에 꿰였고 스나고브의 수도사들에게 알아서 매장하도록 맡겨졌다. 그때 비로소 술탄은 주인공이 마법의 힘을 지닌 무기에 인간의 능력을 뛰어넘는 동료를 거느린 초인적 존재라는 사실을 알았다. 그는 오스만제국 술탄이 내리는 최고 영예인 마법의 창을 휘두르는 자의 지위를 수여받았다. 게다가 다시 한번 자유인이 되었다.

술탄이 그에게 말했다. "지금부터 너는 나의 오른팔이며, 내 아들들과 똑같이 내 아들이다. 너의 이름은 노예의 이름이 아니다. 이제 너는 어느 누구의 맘루크나 압드가 아니고, 너의 이름은 튀르크인 파샤 아르칼리아다."

행복한 결말이군, 일 마키아는 덤덤하게 생각했다. 우리 옛 친구가 드디어 성공했어. 기억의 궁전이 이야기를 끝맺기에 이보다 더 맞춤한 자리는 없을 거야. 그는 그녀 곁에 누워, 동방의 파샤가 되어 웃통을 벗은 누비아족 환관들이 부쳐주는 부채 바람을 맞으며 하렘의 미인에 둘러싸인 니노 아르갈리아의 모습을 그려보았다. 그러자 이 변절자의 모습에 반감이 치밀어올랐다. 새로운 콘스탄티니이예, 즉 튀르크인의 스탐불이 된 잃어버린 콘스탄티노플의 환락가에서 즐기거나, 근위보병대의 모스크에서 기도를 올리거나, 유스티니아누스 황제의 부서진 조각상이 떨어질까 신경 쓰지도 않고 걷는, 서구의 적들의 나날이 커져가는 권세를 한껏 누리는 이슬람으로 개종한 기독교인. 아고 베스푸치처럼 아르갈리아의 여행을 본인은 관심이 없는 흥미로운 모험 정도로 여기는 온순하고 순진한 사람이라면, 이런 반역자로의 변신에도 그다지 나쁜 인상을 받지 않았을 것이다. 그러나 니콜로의 마음속에서는 우정의 끈이 끊어져버렸다. 그들이 다시 얼굴을 마주하는 날이 온다면, 아마도 적으로 만나게 될 것이다. 아르갈리아의 변절은 인간의 역사를 이끌어나가는 힘과 혈족관계의 영원한 진정성이라는 더 깊은 진실에 대한 범죄였다. 같은 일족에게 등을 돌린 자에겐 결코 자비를 베풀어선 안 된다. 그러나 그때나 많은 세월이 흐른 뒤에도 니콜로는 어린 시절의 친구를 진짜 다시 만나리라고는 꿈에도 생각지 못했다.

난쟁이 줄리에타 베로네세가 머리를 문틈으로 쑥 들이밀었다. "어때?" 니콜로는 신중하게 고개를 끄덕였다. "내 생각엔 그녀가 곧 깨어나 제정신을 되찾을 것 같소. 나로 말하자면, 그녀의 인격, 그러니까 위대한 피코*가 말했듯 우리 인간의 가슴속 가장 깊은 곳에 자리한 인간의 존엄을 되살리는 데 작으나마 내가 한 역할에 자부심을 느끼오." 줄리에타는 아니꼽다는 듯 씩씩거렸다. "그럴 법도 하지." 그러고는 물러가버렸다.

그와 거의 때를 같이해 기억의 궁전이 잠 속에서 웅얼거리기 시작했다. 그녀의 목소리가 점점 커졌고, 니콜로는 그녀가 마지막 이야기를 한다는 것을 알아챘다. 그녀의 뇌를 점령한 기억의 궁전에서도 바로 대문간에 묻어둔 이야기, 그녀가 대문을 통과해 평범한 삶으로 다시 깨어나려면 반드시 해야만 하는 이야기, 마치 시간을 되돌리듯 거꾸로 전개되는 그녀 자신의 이야기였다. 그는 자기 앞에서 세뇌된 내용을 읊는 그녀의 모습을 보며 점점 커져가는 두려움을 느꼈다. 그는 스탐불의 주술사를 보았다. 최면술과 기억의 궁전 만들기에 능한, 긴 모자를 쓰고 턱수염을 길게 기른 베크타시 교단의 수피 신비주의자가 새로 임명된 어떤 파샤의 명령에 따라 포로로 잡힌 이 여인의 기억을 파샤의 목적에 이용하는 작업을 하고 있었다. 아르갈리아는 과대 포장된 자신의 이야기를 위한 공간을 만들려고 그녀의 삶을 지웠다. 술탄이 노예가 된 이 미인을 그에게 선물로 주었고, 그는 바로 이런 식으로 그녀를 이용했던 것이다. 야만인! 반역자! 그런 놈은 제 부모와 함께 역병에 걸려 죽었어야 했다. 안드레아 도리아가 배에 태워 내던졌을 때 물

---

* 조반니 피코 델라미란돌라. 이탈리아의 인문주의자이자 철학자.

에 빠져 죽었어야 했다. 왈라키아의 블라드 드라큘라에 의해 말뚝에 꿰였더라도 이런 짓을 한 데 비하면 심한 벌이라고 할 수 없을 것이다.

일 마키아의 마음이 이런저런 분노로 어지러운 와중에 갑자기 과거로부터 생각지도 않은 영상이 불쑥 떠올랐다. 소년 아르갈리아가 병을 치료해준다는 그의 어머니의 죽을 놓고 그를 놀리던 모습이었다. "마키아벨리가 아니라 폴렌티나라고." 아르갈리아가 가상의 죽 여인에 대해 만든 노래도 떠올랐다. 그녀가 죄라면 그녀를 회개할 텐데. 그녀가 죽는다면 슬퍼해줄 텐데. 일 마키아는 어느새 뺨에 눈물이 흘러내리고 있음을 깨달았다. 그는 고난의 궁전에서 그가 데려온 피와 살로 이루어진 처녀를 방해하지 않으려고 나지막이 노래를 불렀다. 그녀가 서신이라면, 그녀를 보냈을 텐데. 그는 아르갈리아의 기억과 함께, 새로운 격분의 감정과 친구에 대한 어린 시절의 달콤한 옛 기억과 함께 혼자였다. 그는 흐느껴 울었다.

제 이름은 안젤리크, 몽펠리에의 상인인 부르주의 자크 쾨르의 딸입니다. 제 이름은 안젤리크, 자크 쾨르의 딸입니다. 제 아버지는 상인으로 다마스쿠스에서 나르본까지 견과류와 비단과 양탄자를 실어오셨습니다. 아버지는 프랑스 왕의 정부를 독살했다는 누명을 쓰고 로마로 도피하셨습니다. 제 이름은 안젤리크, 교황에게 서훈을 받았던 자크 쾨르의 딸입니다. 아버지는 교황의 갤리선 열여섯 척을 지휘하는 선장이 되어 로도스 섬을 구하러 가셨습니다만, 도중에 병으로 돌아가셨습니다. 제 이름은 안젤리크, 자크 쾨르 집안의 일원입니다. 오빠들과 함께 레반트와 무역을 하던 중 해적에게 납치되어 스탐불의 술탄에게 노예로 팔렸습니다. 제 이름은 안젤리크, 자크 쾨르의 딸입니다. 제 이름은 안젤리크, 자크의 딸입니다. 제 이름은 안젤리크, 딸입니다. 제 이름은 안젤리크, 저입니다. 제 이름은 안젤리크.

그는 그날 밤 그녀 곁에서 잤다. 그녀가 깨어나면 무슨 일이 있었는지 그녀에게 말해주리라. 부드럽고 다정하게 대해주리라. 그녀는 과거의 숙녀, 곱게 키워진 상인 집안의 따님으로 되돌아와 그에게 감사를 표할 것이다. 그녀가 겪은 불행에 동정심을 느꼈다. 처음엔 프랑스인한테서, 두번째는 튀르크인한테서, 두 번이나 바르바리 해적에게 납치당했다. 그녀가 어떤 몹쓸 짓을 당했을지, 얼마나 많은 남자가 그녀를 범했을지, 그녀가 이런 일에 관해 무엇을 기억할지, 지금 자유의 몸이 아니라는 것까지 누가 알랴. 그녀는 여느 귀족 못지않게 세련돼 보였지만, 지금은 환락의 집에 있는 소녀일 뿐이었다. 그러나 그녀의 오빠들이 살아 있다면 당연히 그들의 숨겨진 누이, 잃어버린 사랑하는 안젤리크가 돌아온 것을 기뻐할 것이다. 그녀를 알레산드라 피오렌티나한테서 되살 것이다. 그러면 그녀는 나르본이든 몽펠리에든 부르주든, 어디가 되었든 집으로 돌아갈 수 있을 것이다. 그러기 전에 그녀와 잘 수 있을지도 모른다. 아침이 오면 줄리에타와 그 문제를 놓고 상의해봐야겠다. 손상된 자산의 가치를 높여주었으니 마르스의 집은 그에게 빚을 진 셈이다. 사랑스러운 안젤리크, 슬픔의 안젤리크. 그는 오로지 타인을 위해 훌륭한 일을 한 것이다.

그날 밤 그는 기이한 꿈을 꾸었다. 동양의 파디샤인지 황제인지 모를 자가 해질녘에 붉은 사암으로 지은 오 층짜리 피라미드 모양 건물 꼭대기의 작은 돔 아래에서 금빛 호수를 내려다보았다. 시종이 그의 뒤에서 커다란 깃털 부채를 부쳤고, 그의 옆엔 남자인지 여자인지 모를 유럽인이 서 있었다. 알록달록한 마름모꼴 가죽을 이어붙인 외투를 입고 긴 금발을 늘어뜨린 유럽인은 사라진 공주에 관한 이야기를 들려주고 있었다. 금발 인물은 뒷모습만 보였지만, 파디샤는 똑똑히 보였다. 턱수염을 짙게 기르고 보석을 주렁주렁 달았으며, 피부가 희고 비만이 될 기미를 보이는 몸집이 큰 미남자였다. 분명 이들은 그가 불러낸 꿈속의 인물이었다. 이 군주는 당연히 오스만제국의 술탄일 리 없었고, 금발 조신은 새로운 이탈리아인 파샤처럼 보이지 않았던 것이다. 파디샤가 말했다. "그대는 연인들의 사랑 이야기만 하는구나. 하지만 우리는 군주에 대한 백성의 사랑을 생각하고 있다. 우리의 중대한 소망은 사랑받는 것이니까."

상대방이 대답했다. "사랑은 변덕스럽습니다. 오늘은 폐하를 사랑하더라도 내일은 사랑하지 않을 수 있습니다."

파디샤가 물었다. "그러면 어찌할까? 잔인한 군주가 되어야 할까? 증오를 살 방식으로 행동해야 한단 말이냐?"

금발 남자가 대답했다. "증오가 아니라 공포이옵니다. 힘을 잃지 않고 지속되는 것은 공포뿐입니다."

"어리석은 소리 말거라. 공포가 사랑과 아주 잘 어울려 지낸다는 것은 다 아는 사실이니라."

그는 비명 소리와 밝은 빛과 열린 창문 때문에 잠에서 깨어났다. 여인들이 이리 뛰고 저리 뛰며 북새통을 벌였다. 난쟁이 줄리에타가 그의 귀에 대고 날카롭게 외쳤다. "그녀한테 무슨 짓을 한 거냐?" 헝클어진 머리에 화장도 하지 않은 지저분한 얼굴로 화려한 옷이 아닌 잠옷을 대충 걸친 창부들이 이 방 저 방을 소리치며 뛰어다녔다. 문이란 문은 다 활짝 열려 마법의 해독제라 할 햇빛이 가차 없이 마르스의 집으로 쏟아져 들어왔다. 여자들은 그야말로 쓰레기 같은 추한 노파, 구린 입내에 끔찍한 목소리로 찍찍대는 쥐새끼 같은 몰골이었다. 그는 일어나 앉아 옷을 꿰입으려고 애썼다. "무슨 짓을 했냐니까?" 그러나 그는 아무 짓도 하지 않았다. 그녀를 도와주고, 그녀의 정신을 정화해주고, 영혼을 자유로이 해방시켜주었을 뿐 손끝 하나 대지 않았다. 물론 이 뚜쟁이에게 땡전 한 푼 빚진 것도 없었다. 그런데 왜 나한테 이 난리일까? 이 소동은 또 뭔가? 당장 떠나야 했다. 아고와 비아조와 디 로몰로를 찾아서 아침이나 먹어야겠다. 그리고 물론 해야 할 일도 있었다. "이 멍텅구리야." 줄리에타 베로네세가 고래고래 소리를 질렀다. "뭐가 뭔지도 모르면서 주제넘게 참견을 하다니!" 무슨 일이 벌어진 것이다. 이제 그럭저럭 남 앞에 나설 만한 꼴을 갖춘 그는 마법이 풀린 마르스의 집에서 최대한 품위를 지키며 움직였다. 그가 지나가자 창부들은 입을 다물었다. 손가락질하는 이도 있었다. 두엇이 속닥거리는 소리가 들렸다. 대응접실의 아르노 강이 내려다보이는 쪽 창문이 부서져 있었다. 무슨 일이 일어났는지 알아야 했다. 그때 여주인 라 피오렌티나가 화장기 없이도 여전히 아름다운 모습으로 그의 앞에 나타났다. 그녀는 예의 바르지만 얼음처럼 차가운 투로 말했다. "서기님, 당신은 이 집에서 다시는 환영받지 못할 겁니다." 그러더니 페티코트 자락을 날리며 자리를 떴다. 울부짖음과 탄식이 다시 시작되었다. 줄리에타가 말했다. "지옥에나 떨어져라. 그녀를 막을 수 없었어. 당신이 썩어가는 시체처럼 잠든 방에서 그녀가 달려나왔다고. 아무도 그녀를 가로막을 수 없었어."

◆◆◆◆◆

너는 네 삶의 비극으로 마비되어 있을 동안에는 살아남을 수 있었다. 맑은 정신이 되돌아왔을 때, 고통스럽게 제정신이 들었을 때, 너는 미쳐버릴 수도 있었다. 다시 깨어난 너의 기억은 너를 광기로 몰고 갈 수도 있었다. 그토록 많은 손을 타고 침범당한 치욕의 기억, 남자들의 기억. 기억의 궁전이 아니라 매음굴이었다. 그 기억들 뒤로 네가 사랑하는 사람들은 죽었다는, 탈출구는 없다는 사실이 떠올랐다. 이런 사실을 깨닫자 너는 일어서서 자신을 추스르고 내달렸다. 빨리 달린다면 과거로부터, 너에게 일어난 모든 일에 대한 기억으로부터, 미래로부터, 앞에 놓인 빠져나갈 수 없는 황량함으로부터도 벗어날 수 있을지 몰랐다. 너를 구해줄 오빠들이 있었나? 아니, 오빠들은 죽었다. 어쩌면 세계 자체가 죽어버렸을지도 몰랐다. 그렇다. 죽은 세계의 일부가 되려면 너도 죽어

야 했다. 세계들 사이의 경계에 닿을 때까지 있는 힘껏 달려야 했
다. 그리고 멈추지 않고 마치 거기 경계가 없는 것처럼, 마치 유리
가 공기이고 공기가 유리인 것처럼 경계선을 가로질러 계속 달려
가니 네가 떨어질 때 유리처럼 네 주변의 공기가 산산이 부서졌
다. 공기가 칼날처럼 너를 조각조각 갈랐다. 삶에서 빠져나와 다
행이다. 잘된 일이다.

◆┼◆┼◆

"아르갈리아, 내 친구." 니콜로가 반역자의 환영에게 말했다.
"넌 나에게 삶을 빚졌어."

14

탄셴이 불의 노래를 부르자

탄센이 해골과 매트리스가 운영하는 스칸다의 집에서 불의 노래 디팍 라가를 부르자 램프가 그의 음악의 힘으로 불타올라 터져 버린 후, 그는 심한 화상으로 고생했다. 노래하느라 무아지경에 빠진 나머지 그는 자기 몸이 천재성의 격렬한 불길 아래 달아올라 화상이 나타나기 시작한 것도 몰랐다. 아크바르는 그를 황제의 가마에 태워 고향인 괄리오르로 보내면서 푹 쉬고 상처가 낫기 전까지는 돌아오지 말라고 당부했다. 괄리오르에서 두 자매 타나와 리리가 그를 찾아왔다. 그들은 그의 부상에 마음 아파하며 메그 말하르, 즉 비의 노래를 부르기 시작했다. 그러자 미안 탄센이 나무 그늘에 누워 있었는데도 곧 부드러운 보슬비가 그의 위로 내리기 시작했다. 보통 비가 아니었다. 리리와 타나는 노래를 부르며 그의 상처에서 붕대를 풀었다. 비가 그의 피부를 씻어내리자 피부가 다시 말짱해졌다. 괄리오르 전체가 비의 노래의 기적 이야기로 야

단법석이 났다. 탄센은 시크리로 돌아가 황제에게 경이로운 여인들에 관해 이야기했다. 아크바르는 즉시 비르발을 보내 자매를 궁정으로 초대하고, 그들의 공에 감사하는 뜻으로 보석과 옷을 선물했다. 그러나 타나와 리리는 비르발을 만나 그가 원하는 바를 듣고 얼굴이 굳었다. 그들은 황제의 선물을 전부 물리치고 그 문제를 상의하기 위해 자리에서 물러났다. 잠시 후 다시 돌아온 그들은 비르발에게 다음 날 아침에 답을 주겠노라고 했다. 비르발은 괄리오르 마하라자*의 손님으로 그의 훌륭한 성채에서 마시고 즐기며 밤을 보냈으나, 다음 날 타나와 리리의 집에 다시 가보니 모두가 깊은 슬픔에 빠져 있었다. 자매가 우물에 몸을 던져 목숨을 끊은 것이다. 그들은 엄격하게 계율을 지키는 브라만으로서 이슬람의 왕을 섬기고 싶지 않았으나, 거부했을 경우 아크바르가 이를 모욕으로 받아들여 가족을 괴롭힐까 두려웠다. 그래서 이런 결과를 피하기 위해 차라리 자기네 생명을 희생하는 쪽을 택했던 것이다.

마법의 목소리를 지닌 자매의 자살 소식을 들은 황제는 깊은 슬픔에 빠졌다. 황제의 기분이 가라앉으면 도시 전체가 숨을 죽였다. 새로운 숭배의 천막에서 물 마시는 자와 포도주 애호가 들은 논쟁을 멈추었고, 왕후와 첩들도 토닥거리고 다투기를 그만두었다. 하루의 열기가 가시면 스스로를 모고르 델라모레라 칭한 니콜로 베스푸치는 명령받은 대로 황제의 처소 바깥에서 기다렸지만,

---

* 토후국의 왕을 가리키는 호칭.

황제는 그의 이야기를 들을 기분이 아니었다. 해질녘이 가까울 무렵 아크바르가 갑자기 호위병과 펑카 부치는 시종을 대동하고 방에서 나와 판치마할 쪽으로 향했다. 그는 모고르를 보자 방문객의 존재 자체를 잊어버린 사람처럼 말했다. "너로구나. 잘되었다. 가자." 황제를 호위한 사람들이 조금씩 움직여 자리를 내주자, 모고르는 권력의 원 안으로 들어갔다. 그는 잽싸게 걸어야 했다. 황제가 다급하게 움직였기에.

판치마할 꼭대기의 작은 돔 아래에서 힌두스탄 황제는 시크리의 금빛 호수를 내려다보았다. 시종들이 그의 뒤에서 커다란 깃털 부채를 부쳤고, 그의 옆엔 사라진 공주에 관한 이야기를 들려주려고 금발 유럽인이 서 있었다. 황제가 말했다. "그대는 연인들의 사랑 이야기만 하는구나. 하지만 우리는 군주에 대한 백성의 사랑을 생각하고 있다. 고백건대 그것이야말로 우리가 바라는 것이다. 그러나 이 여인들은 뭉치기보다 흩어지기를 더 좋아하고, 우리의 신보다 그들의 신을, 사랑보다 증오를 더 좋아해서 죽었다. 그리하여 우리가 내린 결론은 인간의 사랑은 변덕스럽다는 것이다. 하지만 그런 결론 뒤에 무엇이 따라오느냐? 잔인한 폭군이 되어야 옳겠느냐? 공포를 유발하는 방식으로 행동해야 하겠느냐? 지속되는 것은 오직 공포뿐이더냐?"

모고르 델라모레가 대답했다. "위대한 전사 아르갈리아가 불멸의 미녀 카라 쾨즈를 만났을 때 모든 인간, 즉 남편 중의 남편이시고 연인 중의 연인이시며 왕 중의 왕이시고 인간 중의 인간이신 무굴 황제, 폐하께까지도 사랑할 수 있는 인간의 특별한 능력과 불멸의 힘에 대한 믿음을 다시 소생시킬 이야기가 시작되었습니다."

황제가 판치마할 꼭대기에서 내려와 밤을 맞아 처소로 물러갔을 즈음 슬픔의 외투는 그의 어깨에서 벗겨지고 없었다. 도시가 일제히 안도의 한숨을 내쉬었고, 별도 머리 위에서 조금은 더 밝게 빛났다. 모두 알다시피 황제의 슬픔은 나약함이나 폭력 또는 두 가지 모두로 변형될 수 있었기에 세계의 안전에 위협이 되었다. 황제의 기분이 좋으면 평탄한 삶이 계속되리라고 믿어도 좋았다. 아크바르의 기분을 회복시켜준 인물이 그 이방인이라면 그를 더 신뢰해도 되었다. 그는 필요할 때 친구로 대접받을 권리를 얻었다. 이방인과 그의 이야기 주제인 검은 눈의 공주 카라 쾨즈도 아마 그럴 것이다.

━━━◆┃◆◆━━━

그날 밤 황제는 사랑에 관한 꿈을 꾸었다. 그는 꿈속에서 다시 한번 바그다드의 칼리프 하룬 알라시드가 되어, 이번에는 정체를 감추고 이스바니르의 거리를 돌아다녔다. 갑자기 칼리프는 누구도 치료할 수 없는 가려움증을 느꼈다. 그는 즉시 바그다드의 궁전으로 돌아왔다. 20마일에 걸친 여행길 내내 온몸을 긁어대면서. 집에 돌아와 당나귀 젖으로 목욕도 해보고 애첩들에게 온몸을 꿀로 마사지하게도 해보았다. 그러나 여전히 가려움증 때문에 미칠 지경이었다. 의사들이 그에게 죽기 일보 직전까지 부항을 뜨기도 하고 거머리를 붙여 피를 빨게도 했지만 어느 의사도 치료법을 찾아내지 못했다. 이 돌팔이들을 다 쫓아버리고 기운을 차린 그는 가려움증을 고칠 수 없다면 정신을 완전히 딴 데 쏟아 가려움증을 잊는 수밖에 없다고 결론 내렸다.

그는 가장 유명한 희극배우를 불러들여 그를 웃기게 하고, 가장 박식하다는 철학자를 불러 머리를 최대한 굴려보기도 했다. 관능적인 무희가 그의 욕망을 자극하고 가장 기술 좋은 창부가 그 욕망을 만족시켰다. 그는 궁전과 학교와 경기장을 짓고 길을 닦았다. 이 모든 일이 쓸모가 있었지만 가려움증은 조금도 나아질 기미가 없었다. 그는 가려움증을 일으키는 원인을 퇴치하려고 이스바니르 시 전체를 격리하고 도랑마다 훈증을 했지만, 사실 왕만큼 지독한 가려움증에 시달리는 사람은 거의 없는 것 같았다. 그러던 어느 날 밤, 망토를 둘러쓰고 몰래 바그다드의 거리로 나갔다 높은 창에 켜진 등불을 보았다. 올려다보니 촛불 빛에 비쳐 금으로 만들어진 듯 보이는 한 여인의 얼굴이 힐끗 눈에 들어왔다. 그 짧은 순간 가려움증이 완전히 사라졌지만, 그녀가 덧문을 닫고 촛불을 불어 끄자 가려움증은 배가되어 되돌아왔다. 그때 비로소 칼리프는 가려움증의 실체를 이해했다. 이스바니르에서도 비슷한 순간에 다른 창에서 내려다보던 똑같은 얼굴을 본 적이 있었다. 그후로 가려움증이 시작되었던 것이다. 그는 대신에게 명령했다. "그녀를 찾아내라. 그녀가 바로 나에게 마법을 건 마녀이니라."

그 일은 말처럼 쉽지 않았다. 칼리프의 부하들은 이레 동안 왕 앞에 하루에 일곱 명씩 여자를 데려왔으나, 그들에게 맨얼굴을 내보이라고 명령하자마자 그가 찾던 이가 아니라는 것을 알 수 있었다. 그러나 여드레째 되는 날, 베일을 쓴 여인이 부름도 받지 않고 궁정으로 찾아와 자기가 바로 칼리프의 고통을 덜어줄 사람이라며 알현을 청했다. 하룬 알라시드는 당장 그녀를 들이라 했다. 그가 외쳤다. "그러니까 네가 바로 마법사로구나." 여인이 대답했다. "저는 그런 사람이 아닙니다. 하지만 이스바니르의 거리에서 두건을 쓴 남자의 얼굴을 힐끗 본 순간부터 참을 수 없는 가려움증에 시달렸습니다. 장소를 옮기면 고통이 덜어질지 모른다는 생각에 고향 마을을 떠나 여기 바그다드로 오기까지 했습니다만 아무 소용이 없었습니다. 그래서 한 가지 일에 정신을 집중하려고도 해보고, 정신을 딴 데 팔아보려고도 하고, 커다란 태피스트리를 짜고 시를 쓰기도 했지만 다 허사였습니다. 그러던 중 바그다드의 칼리프가 가려움증을 유발한 여자를 찾는다는 소식을 들었습니다. 저는 그 수수께끼에 대한 답을 알고 있었습니다."

그녀는 그 말과 함께 대담하게도 베일을 벗어던졌다. 그러자 즉시 칼리프의 가려움증이 완전히 사라지고 전혀 다른 감정이 그 자리를 대신했다. "당신도?" 그가 묻자 여자는 고개를 끄덕였다. "이제 가렵지 않습니다. 대신 다른 것을 느낍니다." "그리고 그것 또한 어느 남자도 고쳐줄 수 없는 고통이다." 하룬 알라시드가 말했다. "제 경우에는 어떤 여자도 고쳐줄 수 없는 것입니다." 여인이 대답했다. 칼리프는 손뼉을 쳐서 곧 혼례를 올리겠다는 소식을 알렸다. 그와 베굼은 그후로 시간의 파괴자인 죽음이 오는 날까지 행복하게 살았다.

이것이 황제가 꾼 꿈이었다.

◆━◆━◆

숨겨진 공주의 이야기가 귀족의 저택과 시크리의 협곡으로 퍼져나가면서, 나른한 섬망상태가 수도 전체를 사로잡았다. 사람들은 남자나 여자, 하층민이나 궁정 조신, 창녀나 고행자 할 것 없이 늘 그녀에 대한 꿈을 꾸기 시작했다. 그녀의 연인 아르갈리아가 나중에 '동방의 피렌체'라고 이름 붙여준 머나먼 헤라트의 사라진 무굴 여마법사는, 긴 세월이 흐르고 어쩌면 죽었을지 모르는데도 힘은 줄어들지 않았음을 입증했다. 그녀는 보통 꿈꿀 시간도 없는 모후 하미다 바노까지도 홀렸다. 그러나 하미다 바노가 잠든 시간에 찾아오는 카라 쾨즈는 무슬림으로서 신앙심과 보수적 품행의 본보기였다. 어떤 이방의 기사도 그녀의 순수함을 더럽힐 수 없었다. 그녀는 자기 백성과 떨어져 있어야 한다는 사실에 몹시 괴로워했다. 분명히 말해둬야겠지만, 아마도 그것은 언니 탓이었을 것이다. 연로한 공주 굴바단은 이와 반대로 전혀 다른 카라 쾨즈를 꿈꾸었다. 그녀는 무례하다 못해 불경스러울 정도로 활달한 자유로운 영혼을 지닌 모험가였다. 그녀의 활달함은 조금은 충격적이지만 무척이나 유쾌했고, 세상에서 가장 잘생긴 남자와의 관계에 대한 이야기는 그저 신나기만 했다. 굴바단 공주는 할 수 있다면 그녀를 질투했겠지만, 공주 역시 한 주에도 며칠씩이나 대리만족을 흠뻑 맛보고 있었다. 호반에 있는 스칸다의 집 성주인 해골에게 카라 쾨즈는 여성적 섹슈얼리티의 화신으로, 이 창부의 관음증적 쾌락을 위해 불가능에 가까운 묘기 같은 체위를 해냈다. 그러나 숨겨진 공주에 대한 꿈이 전부 호의적인 것만은 아니었다. 황태자의 연인 만 바이 양은 사라진 공주를 둘러싼 말도 안 되는 소동 탓에, 젊음으로 보나 타고난 운명으로 보나 마땅히 미래의 백성이 환상의 대상으로 삼아야 할 힌두스탄의 다음 왕비감인 자신한테서 사람들의 관심이 떠났다고 생각했다. 그리고 자신의 창조주인 황제조차 찾아오지 않는 방에 홀로 있는 왕비 조다는 숨겨진 공주가 옴으로써 그녀가 저항할 수 없는 힘을 지닌 상상의 경쟁자가 나타났음을 깨달았다.

확실히 검은 눈의 공주는 모든 이에게 본보기, 연인, 적대자, 뮤즈, 그 모든 것이었다. 그녀는 존재하지 않는 곳에서 인간이 그들의 편애, 혐오, 편견, 개성, 비밀, 불안과 기쁨, 그들의 실현되지 않은 자아, 그들의 그림자, 그들의 순결과 죄악, 그들의 의심과 확신, 세계를 통과하는 여정에 대한 가장 관대하면서 가장 인색한 반응을 쏟아붓는 빈 그릇이었다. 그리고 그녀의 이야기꾼이자 황제의 새로운 총신이 된 '사랑의 무굴인' 니콜로 베스푸치는 순식간에 시에서 가장 많은 이가 청하는 손님이 되었다. 낮이면 모든 집의 문이 그에게 활짝 열렸고, 밤이면 스칸다의 집 초대장이 모두가 가장 탐내는 지위의 상징이 되었다. 그가 기분 전환 장소로 스칸다의 집을 선택한 덕에, 쌍둥이 여신인 홀쭉이와 뚱뚱이 두 여왕은 시크리 최고 명사를 마음대로 고르고 택할 수 있었다. 깡마르고 지칠 줄 모르는 해골 모히니에게 베스푸치가 일편단심 바치는 애정은 경탄의 대상이 되었다. 그녀 자신조차 이를 선뜻 믿지 못했다. 그녀는 의심스러워하며 그에게 말했다. "시크리의 여자 절반은 당신에게 뒷문을 열어줄 거예요. 그런데 정말 나만 원한다고요?" 그는 그녀를 안심시키려는 듯 감싸안았다. "내가 그저 그짓이나 하려고 오는 건 아니라는 점을 알아줬으면 좋겠어."

그가 찾아오는 진짜 이유는 무엇일까? 도시에서 가장 예리한 사람 상당수를 그리고 가장 심술궂은 재사 몇몇을 괴롭히는 문제였다. 모고르 델라모레가 귀족의 저택에서 끝없이 이어지는 연회와 하층민의 술자리에서 묘사한 대로, 낮에는 술에 절고 밤에는 섹스에 미쳐 보낸다는 머나먼 피렌체의 문화에 대한 일반 시민의 관심이 커져가면서, 일부 사람들은 이것이 사람들의 도덕성을 약화시키고 유일신의 도덕적 권위를 좀먹으려는 쾌락주의적 음모가 아니냐는 의심을 하기 시작했다. 물 마시는 자들의 금욕적 지도자이자 점점 더 반항적이 되어가는 황태자 살림의 스승 바다우니는 새로운 숭배의 천막에서 베스푸치한테 비웃음을 당한 후로 죽 그를 증오했다. 이제는 그를 악마의 도구로까지 보기 시작했다. 그는 살림에게 말했다. "마치 신에게서 점점 멀어지는 아버님이 사람들을 타락시키는 데 힘을 보태라고 이 악마의 호문쿨루스를 불러내신 것 같습니다." 그리고 위협적으로 덧붙였다. "무슨 수든 내야 할 때입니다, 그런 일을 할 만한 인물이 있기만 하다면."

살림 황태자가 바다우니와 손을 잡으려는 이유는 유치하기 짝이 없었다. 그는 아불 파즐이 아버지의 가장 가까운 벗이라는 이유로 아불 파즐의 적과 한편이 되었다. 금욕주의는 그에게 맞지 않았다. 황태자는 이 말라깽이 남자가 알게 된다면 겁에 질릴 정도로 엄청난 탕아였다. 따라서 황제가 지옥에서 유혹의 악마를 불러냈다는 바다우니의 주장에 별 관심이 없었다. 그가 베스푸치를 싫어한 이유는 스칸다의 집 후원자인 이 외국인만이 해골 여인을 마음대로 할 수 있기 때문이었다. 만 바이 양이 미친 듯이 몸 바쳐 그를 모셔도, 모히니에 대한 황태자의 갈망은 갈수록 커져갈 뿐이었다. 그는 성난 투로 중얼거렸다. "나는 다음 황제가 될 몸이다. 그런데 이 오만방자한 매음굴이 내가 요구하는 여자를 내놓지 않는다니." 만 바이 양은 약혼자가 아직도 자신의 예전 노예를 애타게 원한다는 사실을 알고 미칠 듯이 분노했다. 그 분노는 그녀가 아는 모든 이의 꿈속에 베스푸치가 교묘하게 불어넣은 꿈의 공주에 대한 분개와 합쳐져 그녀의 정신을 추하게 곪아들게 만들었다. 어떻게든 난폭하게 째야 할 필요가 있었다.

살림이 그녀를 찾아왔을 때, 그녀는 잔뜩 교태를 부리며 이 사이에 포도를 물고 그에게 혀로 가져가보라고 했다. "모고르라는 자가 황제를 설득해 같은 혈족임을 믿게 만든다면," 그녀가 연인에게 속삭였다. "아니면, 이쪽이 더 그럴듯하지만, 황제가 나름의 이유가 있어 그를 믿는 척한다면, 그 결과로 당신에게 얼마나 복잡하고 위험한 일이 일어날지 아시겠어요?" 살림 황태자는 보통 다른 사람들이 자기 대신 결과가 복잡한 일들을 해결해줘야 했기 때문에, 그녀에게 자세히 설명해보라고 했다. "오, 다음 힌두스탄 황제시여, 당신의 아버님이 그 때문에 당신보다 다른 사람이 황위에 더 어울린다고 말씀하실 수도 있다는 사실을 모르시겠어요? 이런 말이 너무 억지스러워 믿을 수 없다 해도, 만약 황제께서 그 아첨꾼을 아들로 들이고자 하신다면 어떻게 되겠어요? 황위가 황태자님께 더는 중요하지 않은가요, 아니면 황위를 위해 싸우실 건가요? 황태자님의 비가 되는 것 외엔 아무것도 바라는 게 없는 여자로서, 황태자님이 황제가 되실 재목이 아니라 배짱도 없는 버러지에 불과하다는 것을 알게 된다면 너무 가슴 아플 겁니다."

궁정에선 황제의 최측근들조차 갈수록 모고르 델라모레의 존재와 진짜 목적을 점점 더 의심하기 시작했다. 모후 하미다 바노는 그를 신성한 왕국을 혼란에 빠뜨리고 약화시키기 위해 파견한 서양 이교도의 첩자라고 생각했다. 비르발과 아불 파즐은 그가 고향에서 뭔가 무시무시한 짓을 저지르고 도망쳐온 악당임에 분명하다고 보았다. 분명 그는 과거의 삶을 더 영위할 수 없게 되었기 때문에 새로운 삶으로 서서히 비집고 들어가야 하는 사기꾼일 것이다. 그가 왔던 곳으로 되돌아간다면 화형이나 교수형, 능지처참형을 당하든가, 그 정도는 아니더라도 고문과 투옥은 면치 못할 처지일지 모른다. 아불 파즐이 말했다. "그자한테 순진하고 잘 속는 동방인으로 보여서는 안 됩니다. 한 예로 하우크스방크 경의 죽음에 있어 그자에 대한 의심을 버릴 수가 없습니다." 비르발은 황제가 걱정이었다. "그자가 폐하께 해를 끼칠 의도를 갖고 있다고는 생각지 않습니다. 그러나 폐하께서 온당히 관심을 쏟아야 할 중요한 문제에 집중하지 못하게 함으로써 결국 폐하를 해롭게 할 수도 있는 주문을 걸었습니다."

황제는 그런 주장을 납득하지 못했고, 이방인을 동정하는 쪽으로 마음이 기울었다. 그가 말했다. "그는 세상에서 머물 곳을 찾는 집 없는 자다. 언덕 아래 스칸다의 집에서 그는 환락의 집에 가정 비슷한 성격을 부여하고, 말라깽이 창녀를 아내 비슷한 존재로 만들었다. 사랑에 얼마나 굶주렸으면 그랬을꼬! 고독은 방랑자의 운명이니라. 그는 어디를 가든 오로지 자기 의지만으로 존재하는 이

방인이다. 마지막으로 여자가 그를 찬미하고 자기 것이라 부른 때
가 언제이던가? 마지막으로 사랑받는다고 혹은 가치 있고 귀중한
존재라고 느껴본 때가 언제이던가? 아무도 자기를 원하지 않을
때 남자의 내부에 있던 뭔가는 죽어가기 시작한다. 낙천주의가 사
라져간다. 우리의 현자 비르발이여, 우리의 신중한 보호자 아불
파즐이여, 남자의 힘은 끝없이 솟아나지 않는다. 남자는 낮엔 자
기에게 의지하는 이를, 밤엔 자기 품에 안기는 여자를 필요로 하
는 법이다. 우리의 모고르, 그는 오랫동안 이러한 자양분을 얻지
못했던 것 같다. 우리가 그를 만났을 때 그에게선 빛이 거의 꺼져
가고 있었지만, 우리와 함께해서인지 아니면 그 작은 해골 모히니
덕인지 나날이 그 빛이 강해져가고 있다. 어쩌면 그녀가 그의 생
명을 구하고 있는지도 모르지. 과거에 그의 삶이 어떠했는지 사실
우리는 알 길이 없다. 아콰비바 신부가 말했듯 그의 이름은 그의
도시에서 유명했을지 모르지만, 그는 제 도시의 보호를 받지 못하
는 추방자 신세다. 그가 내쳐진 이유가 무엇인지 누가 알랴? 지금
우리는 그와 즐겁게 지내니 그의 수수께끼가 풀리든 말든 상관없
다. 그는 범죄자일 수도, 살인자일 수도 있다. 알 수 없는 일이지.
우리가 아는 것은 그가 하나의 이야기를 뒤로하고 또다른 이야기
를 하기 위해 세상을 건너왔다는 것, 그의 짐이라곤 우리에게 가
져온 이야기뿐이라는 것, 그의 가장 깊은 욕망은 사라져버린 불쌍
한 다슈완트의 욕망과 똑같다는 사실뿐이다. 그는 자기가 하는 이
야기 속으로 걸어 들어가 그 안에서 새로운 삶을 시작하고 싶어한
다. 다시 말해 그는 우화의 창조자다. 선량한 이야기꾼은 절대 누

구에게도 실제로 해를 끼치지 않는다."

"폐하, 그 말씀이 어리석었음을 알게 되는 날이 오지 않기만을 바랄 뿐이옵니다." 비르발이 엄숙하게 대답했다.

도시 전체가 동생인 숨겨진 공주에게 열광할수록 언니인 죽은 칸자다 베굼의 평판은 점점 나빠져갔다. 이 위대한 공주는 샤이바니칸 밑에서 오랜 포로생활을 마치고 돌아와 아크바르의 할아버지 바바르의 궁정에서 여주인공이 되었고, 그후 국가의 모든 대소사에 조언을 해주는 무굴 집안의 유력한 인물이 되었으며, 지금은 모든 잔인한 언니의 원형이 되었다. 한때 크게 우러름을 받았던 그녀의 이름은 여자가 허영, 질투, 비열함, 배신 등을 비난하고 싶을 때 분노에 차서 서로에게 던지는 모욕의 말이 되었다. 많은 이들이 숨겨진 공주가 가족을 떠나 완전한 어둠으로 향하는 미지의 길을 선택한 이유는 외국인 파샤가 그녀에게 푹 빠져서이기도 하지만 그 못지않게 칸자다한테서 받은 대우 때문이었으리라고 믿기 시작했다. 시간이 가면서 '사악한 언니'에 대한 대중의 반감은 우려할 만한 결과를 불러오기 시작했다. 그 이야기로부터 뭔가 불화의 기운이 피어올랐다. 이야기에서 악취 나는 푸른 불화의 연기가 올라와 시크리의 여자들을 감염시켰다. 그리하여 이전에는 우애 좋던 자매들이 격한 싸움을 벌이고, 의심과 비난이 난무하고, 치유할 수 없을 만큼 사이가 갈라지고 멀어지고, 심한 다툼에 심지어 칼부림까지 일어났다. 금발 외국인이 칸자다 베굼의 가면을 벗기기 전까지는 여자들이 거의 의식하지도 못했던 혐오와 원한이 부글부글 끓어오르고 있다는 소문이 궁정에도 닿았다. 분란은 점점 더 광범위하게 퍼져 처음에는 사촌, 그다음에는 더 먼 친척을 끌어들인 끝에 결국 친족이고 아니고를 떠나 모든 여자한테 영향을 미쳤다. 황제의 하렘에서도 전례 없는 적대감이 두고 볼 수 없는 수준까지 치솟았다.

비르발이 말했다. "여자는 항상 남자 때문에 한탄해왔습니다만, 가장 깊은 불만은 서로에게 있었다는 것이 드러났습니다. 여자는 남자가 변덕스럽고, 신의 없고, 나약한 존재라고 생각하면서 같은 여자에게는 더 높은 기준을 적용하기 때문입니다. 여자는 동성에게 충성, 이해, 든든함, 사랑 같은 것을 기대합니다. 그런데 모든 여자가 일제히 그러한 기대가 잘못된 것이었다고 판단을 내린 것입니다." 아불 파즐은 냉소를 담은 날선 목소리로 이야기가 무해할 것이라던 황제의 믿음이 점점 더 궁지에 몰리고 있다는 말을 덧붙였다. 황제와 두 조신 모두 남자는 결코 여자의 전쟁을 끝낼 수 없다는 것을 잘 알았다. 모후 하미다 바노와 연로한 공주 굴바단이 꿈의 장소로 불려왔다. 그들은 서로를 밀치면서 도착해 저마다 큰 소리로 상대방의 은밀한 배신에 대해 불평을 늘어놓았다. 이제 위기가 통제할 수 있는 범위를 벗어났다는 것이 확실해졌다.

시크리에서 이러한 영향이 미치지 않은 몇 안 되는 곳 가운데 하나가 스칸다의 집이었다. 마침내 해골과 매트리스는 언덕 위로 올라가 문제에 대한 해결책이 있다며 황제를 알현하게 해달라고 요구했다. 그들이 이렇게 엉뚱한 행동을 감행한 강력한 동기는 스스로를 보호하기 위함이었다. 해골은 밤에 잠자리에서 모고르에게 속삭였다. "무슨 수를 내야 해요. 그러지 않으면 오 분도 못 버티고 누군가 이 모든 소동을 당신 탓으로 돌릴 거예요. 그러면 우리 모두 끝장이에요." 황제는 창녀들의 대담한 행동이 재미있기도 하고 이 상황이 걱정스럽기도 하여 알현 요청을 허락하고, 그들을 모든 연못 가운데 최고의 연못 가로 불렀다. 그는 연못 가운데 놓인 왕좌 위에서 쿠션에 기대앉아 창부들에게 어서 말해보라고 했다. 해골이 입을 열었다. "자한파나여, 세계의 보호자시여, 시크리의 모든 여자에게 옷을 모조리 벗으라 명령해주십시오." 황제가 몸을 일으켜 앉았다. 호기심이 동했다. "옷을 전부 다?" 그는 제대로 들었는지 확인하려고 재차 물었다. "실오라기 하나도 남김없이 말입니다." 매트리스가 엄숙하게 대답했다. "속옷, 양말, 심지어 머리에 맨 리본까지도 떼어야 합니다. 하루 동안 여자들이 완전히 다 벗은 채로 시내를 돌아다니게 하시면 이 모든 소동이 가라앉을 겁니다."

해골이 설명했다. "이 소동이 매음굴까지 퍼지지 않은 이유는, 우리 밤의 여인들은 서로에게 비밀이란 게 전혀 없기 때문입니다. 우리는 서로의 은밀한 곳을 씻어주고, 어느 창녀가 매독에 걸렸고 누가 깨끗한지 다 압니다. 도시의 여인들이 거리에서, 부엌에서, 시장에서, 어디에서나 서로의 벌거벗은 모습을 보고, 모든 결점이며 비밀스러운 곳의 무성한 털까지 다 드러내놓는다면, 자기 모습에 웃음을 터뜨리게 될 것입니다. 또한 저런 괴상망측한 것을 자기의 적이라고 생각한 게 얼마나 어리석은 짓이었는지 깨닫게 될 것이옵니다."

해골 모히니는 말을 이었다. "남자들은 모두 눈가리개를 하도록 명령해주십시오. 폐하도 똑같이 하셔야 하옵니다. 여자들이 서로를 숨기지 않고 쳐다보며 다시 한번 서로를 받아들이게 될 하루 동안 시크리의 어떤 남자도 여자들을 보아서는 안 됩니다."

하미다 바노가 말했다. "내가 그런 짓을 할 거라고 생각한다면, 그거야말로 외국인의 이야기가 폐하의 뇌를 제멋대로 주무르게 되었다는 증거요." 황제 아크바르는 어머니의 눈을 똑바로 쳐다보았다. "황제의 명령에 불복한다면, 그에 대한 처벌은 곧 죽음입니다."

여자들이 벌거벗은 날 날씨는 제법 괜찮았다. 구름이 온종일 해를 가렸고, 서늘한 산들바람이 불었다. 그날 시크리의 남자들은 일을 쉬었다. 가게도 닫았고, 들판은 텅 비었으며, 화가와 장인의 작업실도 빗장이 걸렸다. 귀족들은 침대에 머물렀고, 음악가와 조신 들도 얼굴을 벽으로 돌렸다. 남자들이 사라진 자리에서 수도의 여자들은 다시 한번 자기들이 거짓과 배신이 아닌 털과 피부와 살로 이루어진 존재이며, 서로가 똑같이 불완전하고, 서로에게 숨길 만한 특별한 것이라곤 독약이고 음모고 아무것도 없다는 것을, 자매들까지도 결국 함께 잘 지낼 방법을 찾을 수 있다는 것을 배웠다. 해질녘 여자들은 다시 옷을 입었고, 남자들은 눈가리개를 벗고 단식을 풀 때 먹는 식사와 비슷하게 물과 과일로 저녁을 먹었다. 그날부터 해골과 매트리스의 집은 황제가 승인한 인장을 수여받은 유일한 밤의 집이 되었으며, 두 여자는 황제의 자문이 되는 영예를 누렸다. 나쁜 소식은 딱 두 가지였다. 하나는 살림 황태자와 관련된 것이었다. 그날 밤, 그는 거나하게 취해 아버지의 명령을 무시하고 눈가리개를 푼 채 몇 시간이나 벌거벗은 여자들을 구경했다고 자랑했다. 그 이야기가 아크바르의 귀까지 들어갔고, 그는 즉시 아들을 투옥하라고 명령했다. 황태자의 죄에 합당한 벌을 내놓은 자는 아불 파즐이었다. 다음 날 아침, 그는 황제의 하렘 밖 공터에서 살림을 홀딱 벗겨놓고 환관과 남자 씨름꾼 같은 체격의 여자들로 이루어진 하렘 경비대에게 매질을 하게 했다. 그들은 살림이 자비와 용서를 구할 때까지 몽둥이로 때리고 돌멩이와 진흙 덩어리를 던졌다. 그후로 술주정뱅이에 아편쟁이인 황태자가 언젠가 아불 파즐과 힌두스탄 황제에게 복수하겠다고 마음먹었으리라는 것은 불 보듯 훤한 일이었다.

여자들이 벌거벗은 일로 빚어진 두번째 슬픈 결과는 연로한 공주 굴바단이 감기에 걸려 급속히 기력을 잃고 죽음을 맞은 것이었다. 임종 때 그녀는 황제를 불러 죽은 칸자다 베굼의 평판을 회복해주려 했다. "폐하의 부왕께서 오랜 페르시아 도피생활에서 돌아와 폐하를 다시 찾아내셨을 때, 폐하를 돌봐준 이가 바로 칸자다 베굼이었습니다. 하미다 바노는 아직 거기 없었으니까요. 칸자다는 폐하를 애지중지 아꼈습니다. 그것을 잊으시면 안 됩니다. 그녀는 폐하의 손과 발에 입 맞추고 그것들을 보노라면 폐하의 조부가 생각난다고 말하곤 했습니다. 그녀가 카라 쾨즈를 어떻게 대했다고 전해지든 이 또한 사실이라는 것을 기억하십시오. 못된 언니라도 애정 넘치는 대고모가 될 수 있답니다." 굴바단은 항상 과거의 일을 정확히 기억했지만, 이제는 정신이 혼미해져 아크바르를 그의 아버지인 후마윤으로 부르기도 하고, 심지어 그의 조부 이름으로 부르기도 했다. 마치 최초의 무굴 황제 세 명이 아크바르의 육체 속에 포개진 채 그녀의 침대 곁에 모여 그녀의 영혼이 이 세상을 떠나는 길을 굽어 살펴주는 듯했다. 굴바단이 죽은 뒤 하미다 바노는 깊은 회한에 시달렸다. "내가 그녀를 밀쳤어. 쓰러질 정도로 세게 떠밀었어. 그녀가 손위였는데. 난 그녀를 제대로 공경하지 못했는데 이제 그녀는 가고 없구나." 아크바르가 어머니를 위로했다. "굴바단 님도 어머님이 자기를 사랑했다는 걸 알고 있었습니다. 심술궂게 떠미는 여자가 동시에 좋은 친구도 될 수 있다는 것을 알았지요." 그러나 이런 위로도 소용이 없었다. "그녀는 항상 너무 젊어 보였소. 천사가 실수한 게야. 그녀가 죽기만 기다린 사람이 바로 나라오."

굴바단을 위한 사십 일의 애도 기간이 끝나자, 아크바르는 모고르 델라모레를 꿈의 장소로 불렀다. "너는 시간을 너무 오래 끌고 있다. 이야기를 영원히 끌 수는 없다. 이제 그만 너의 이야기를 끝내야 할 때가 되었다. 되도록 빨리 모든 이야기를 하거라. 제발 여자들을 또다시 자극하지 말고 끝내라."

모고르는 허리를 깊이 숙여 절하며 말했다. "세계의 보호자시여, 제 이야기를 전부 들려드리는 것이야말로 제가 가장 간절히 원하는 바이옵니다. 무엇보다도 사람들이 그것을 바라기 때문입니다. 그러나 검은 눈의 공주를 튀르크인 아르갈리아의 품으로 데려오려면, 먼저 이탈리아와 힌두스탄 사이에 선 세 강대한 세력, 즉 우즈베크 장군 웜우드칸, 샤 이스마엘이라고도 하는 페르시아 사파비왕조의 이스마일 왕, 그리고 오스만제국 술탄의 군사적 발전에 관해 설명드려야 합니다."

아크바르가 짜증을 내면서 붉은색과 금색 포도주잔을 벌컥벌컥 들이켰다. "이야기꾼 모두 저주나 받아라. 네놈 자식한테까지 천 연두나 퍼져라."

15

늙은 감자 마녀들이
카스피 해변에

늙은 감자 마녀들이 카스피 해변에 앉아 흐느끼고 있었다. 그
들은 소리 높여 거침없이 곡을 했다. 트란속사니아 전체가 애도하
는 인물은 바로 위대한 샤이바니칸이자 막강한 웜우드 경, 호라산
의 지배자이자 사마르칸트, 헤라트, 부하라의 세력가, 예전에 벼
락출세한 무굴인 바바르를 정복했던 칭기즈칸의 피를 이은 진짜
후손……

황제가 부드럽게 말했다. "우리 면전에서 그 악한이 우리 조부에 대해
떠벌린 이야기를 되풀이하지 말아줬음 좋겠군."

……증오의 대상 샤이바니로, 마르브전투에서 패해 페르시아
의 샤 이스마일에게 살해당한 야만스러운 악당이었다. 샤 이스마
일은 그의 해골을 보석으로 장식한 붉은색과 금색 포도주잔에 박

아녕었고, 그의 시체 토막은 그가 죽었다는 증거로 전세계에 보냈다. 비록 많은 이를 떨게 했지만 노련했던 무지하고 야만스러운 육십 줄의 전사는 그렇게 비명에 갔다. 스물네 살밖에 안 된 새파란 젊은이의 손에 치욕스럽게 목이 잘리고 사지가 베여 그에게 딱 어울리는 죽음을 맞은 것이다.

"그게 훨씬 낫군." 황제가 만족스럽게 포도주잔을 바라보며 말했다. "제 동포를 죽이고, 친구를 배신하고, 믿음도 자비도 종교도 없이 사는 것을 능력이라 부를 수는 없으니까. 그런 식이라면 누구든 권력을 손에 넣을 수 있겠지만, 영광스럽다고 할 수는 없지."

"피렌체의 니콜로 마키아벨리도 그보다 더 지당한 말은 할 수 없었을 것입니다." 이야기꾼이 맞장구를 쳤다.

——◆——

감자 마법은 실존인물인지 의심스러운 마녀들의 어머니 올가 1세에 의해 나중에 볼가 강으로 불린 아틸 강변의 아스트라한에서 탄생했다. 그러나 그 마법의 대변자들은 세계가 나뉘어졌듯 오래전부터 패가 갈렸다. 그리하여 지금은 수피 신비주의를 따르는 사파비왕조 샤 이스마일의 근거지인 아르다빌 부근으로 하자르라 불리는 카스피 해 서쪽 해안의 마녀들은 시아파로서 새로운 열두 이맘파인 페르시아제국의 승리를 축하한 반면, 우즈베크인이 사는 동쪽 해안의 마녀들—그들 중 몇몇은 불쌍하게도 길을 잃었다— 은 웜우드칸의 편이었다. 나중에 샤 이스마일이 오스만군의 손에 패배를 맛보았을 때, 이 하자르 해 동쪽의 수니파 감자 마녀들은 자기들의 저주가 서쪽 시아파 자매들의 마법보다 더 강력하다는 것이 밝혀졌다고 주장했다. 그들은 자기들의 가장 신성한 신조를 거듭 외쳤다. 호라산의 감자는 전능하여 무엇이든 이룰 수 있을지니라.

수니-우즈베크의 감자 주문을 적절히 쓰면, 남편을 찾거나, 더 매력적인 연적을 물리치거나, 시아파 왕을 몰락시키는 일도 가능했다. 샤 이스마일은 거의 쓰이지 않는 위대한 우즈베크 반시아파 감자와 철갑상어 저주의 희생물이 되었다. 그 주문은 모으기 쉽지 않을 만큼 많은 양의 감자와 캐비아는 물론이고, 그 못지않게 이루기 어려운 수니파 마녀들 간의 의견 일치를 필요로 했다. 동쪽 감자 마녀들은 이스마일이 패배했다는 소식에 울부짖음을 멈추고 눈물을 닦은 뒤 춤을 추었다. 발끝으로 빙빙 도는 호라산 마녀의 춤은 좀처럼 보기 힘든 특이한 광경으로, 한번 보면 잊기 힘들다. 캐비아와 감자 저주는 감자 마녀들의 자매애에 오늘날까지도 치유되지 않을 만큼 깊은 균열을 남겼다.

그러나 찰드란전투의 결과와 관련해서는 더 멋없는 이유가 있었다. 오스만군은 수적으로 페르시아군을 크게 압도했다. 오스만 병사들은 페르시아인이 남자답지 못한 무기라며 거부한 소총을 갖고 있었다. 그리하여 페르시아인 대부분은 확실히 남자답긴 했지만 불가피한 죽음을 맞았다. 오스만군의 선두에는 왈라키아의 용-악마라는 말뚝 살인자 블라드를 살해한 무적의 근위보병대 장군, 피렌체 출신 튀르크인 아르갈리아가 있었다. 샤 이스마일이 아무리 스스로를 위대한 인물이라 믿어도—그는 자신을 높이 평가하기로는 누구에게도 뒤지지 않았다—마법의 창을 휘두르는 자에게 맞서 그리 오래 버틸 수는 없었다.

지상의 열두번째 이맘임을 자처하는 페르시아의 샤 이스마일은 들리는 소문에 의하면 오만하고 이기적인 이트나 아샤리, 즉 열두이맘파로 개종한 광신도였다. "적들의 폴로 스틱을 부러뜨릴 것이다." 그는 수피 성인 샤이흐 자히드의 말을 빌려 떠벌렸다. "그리고 들판을 다 내 것으로 만들 것이다." 그러고는 자기 입으로 더 엄청난 주장을 내놓았다. "내가 바로 신, 신, 신이다! 이리 오너라, 오 길 잃고 헤매는 눈먼 자여, 진실을 보라! 내가 인간이 말하는 전능자이니라." 그는 신의 대리자라는 뜻의 발리 알라로 불렸다. 그의 '붉은 머리' 키질바시 병사들에게 그는 정말 신과 같은 존재였다. 그는 겸손, 관대, 친절 따위와는 거리가 멀었다. 그러나 그가 샤이바니칸의 머리를 꿀항아리에 넣어가지고 마르브의 전쟁터에서 서쪽으로 진군해 헤라트로 개선했을 때, 역사가 잊은 공주, 검은 눈의 공주 카라 쾨즈는 바로 이 단어들로 그를 묘사했다. 샤 이스마일은 그녀가 처음으로 푹 빠진 상대였다. 그녀의 나이 열일곱이었다.

황제가 외쳤다. "그러니까 그녀가 칸자다와 조부의 궁정으로 돌아오지 않겠다고 한 이유, 고귀하신 조부가 기록에서 그녀를 지워버린 이유가 되었던 외국인, 친애하는 굴바단 고모가 말씀하셨던 유혹자가 그대의 아

르칼리아인지 아르갈리아인지가 아니라 페르시아의 샤였다는 게 사실이
로구나."

"그들은 그녀의 이야기에서 두 개의 장에 불과합니다, 오 세계의 보호
자시여." 이야기꾼이 대답했다. "승자와, 승자의 정복자가 차례대로 나옵
니다. 누구나 인정해야 하듯 여자는 완전하지 않습니다. 그 어린 숙녀는
이기는 편에 선다는 약점이 있었던 것 같습니다."

비할 데 없는 미세화의 창시자인 화가 베자드와 사랑에 관한 불
후의 철학자인 시인 자미가 살았던 곳, 아름다움의 후원자인 위대
한 여왕 가우하르 샤드, 즉 '행복한 또는 빛나는 보석'의 마지막
쉼터였던 호라산의 진주 헤라트여! "이제 너는 페르시아의 것이
다." 샤 이스마일은 정복한 도시의 거리를 말을 타고 누비며 큰 소
리로 외쳤다. "너의 역사, 오아시스, 욕탕, 다리, 운하, 첨탑 모두
내 것이다." 높은 궁전 창문에서 포로인 무굴 가문의 두 공주가 그
를 바라보았다. "이제 우리는 죽든지 자유의 몸이 되든지 둘 중 하
나다." 칸자다가 떨리는 목소리를 억누르며 말했다. 샤이바니칸은
그녀를 아내로 삼았고, 그녀는 그에게 아들을 낳아주었다. 그녀는
정복자의 말 뒤에 꽂힌 평범한 창 끝에 매달린 봉인한 항아리를
보고 그 안에 무엇이 들었는지 알아차렸다. "아비가 죽었으니 아
들도 마찬가지 운명을 피할 수 없겠지." 그녀의 추측은 옳았다. 샤
이스마일이 공주들의 문 앞에 모습을 드러냈을 즈음 아이는 이미
아버지 곁으로 보내진 뒤였다. 페르시아 왕은 칸자다 공주 앞에서
고개 숙여 절했다. "당신들이 위대한 형제의 누이로군요. 당신들

을 자유로이 풀어주겠소. 지금 쿤두즈에 있는 바바르 왕에게 우정의 표시로 당신들을 많은 선물과 함께 보내려 하오. 두 분이야말로 그중에서도 최고의 선물이 될 것이오."

칸자다가 대답했다. "바로 조금 전까지만 해도 저는 누이일 뿐 아니라 어머니이자 아내였습니다. 당신이 저의 삼분의 이를 파괴하였으니, 마지막 남은 부분은 집으로 돌아가는 게 좋겠지요." 윔우드칸의 왕비로 구 년, 왕자의 어머니로 팔 년을 보낸 후였으니 그녀의 가슴은 갈기갈기 찢겼다. 그러나 칸자다 베굼은 한순간도 얼굴 표정이나 목소리에 자신의 참된 감정을 드러내지 않았다. 그것이 샤 이스마일에게 무정하고 차갑다는 인상을 주었다. 스물아홉 살인 그녀는 대단한 미인이었다. 페르시아인은 베일에 가려진 그녀의 얼굴을 보고 싶은 유혹을 강하게 느꼈으나, 감정을 억제하고 더 어린 소녀 쪽으로 관심을 돌렸다. 그리고 최대한 공손하게 예를 갖춰 물었다. "그러면 당신은, 당신을 해방시켜준 자에게 무슨 말을 해야 하겠소?"

칸자다 베굼이 동생을 끌어오려는 듯 팔꿈치를 잡았다. "감사합니다. 제 동생도 저와 같은 마음입니다." 그러나 카라 쾨즈는 언니의 손을 뿌리친 뒤 베일을 벗고 젊은 왕의 얼굴을 똑바로 마주 보았다.

"저는 여기 남고 싶습니다."

싸움이 끝나고 남자가 삶의 무상함을 깨달을 때, 삶을 하마터면 떨어뜨릴 뻔한 수정그릇처럼 품에 안을 때, 삶의 귀중함이 그들의 용기를 꺾어버릴 때 남자를 엄습하는 약점이 있다. 바로 이런 순간 남자는 모두 겁쟁이가 된다. 여자의 포옹, 여자만이 속삭여줄 수 있는 치유의 말, 치명적인 사랑의 미궁에서 길을 잃는 환희 외에는 아무것도 생각할 수 없다. 이 약점에 붙들리면 남자는 일껏 공들여 세워놓은 계획을 무너뜨릴 짓도, 자기 미래를 바꾸어놓을 약속도 할 수 있다. 그러니까 열일곱 살 공주의 검은 눈에 익사한 쪽은 페르시아의 샤 이스마일이었다.

"그럼 남으시오." 그의 대답이었다.

황제가 기억을 더듬으며 말했다. "살인의 외로움을 여자가 치유해줄 필요가 있지. 승자의 죄책감이나 패자의 허세를 없애줘야 하네. 뼛속까지 파고드는 떨림을 진정시켜줘야 하네. 안도와 수치의 뜨거운 눈물을 말려줘야 하네. 증오가 썰물처럼 빠져나가고 그 자리에 밀려드는 더한 곤혹감을 느낄 동안 남자를 붙잡아줘야 하네. 라벤더 향료를 뿌려 손끝에 밴 피 냄새와 턱수염에 엉긴 피를 지워줘야 하네. 당신은 내 것이라고 말해주고, 죽음에서 마음을 돌리도록 해줘야 하네. 최후의 심판 날에 심판 자리에 선다는 건 어떤 것일까에 대한 궁금증을 눌러주고, 앞서 가서 신의 땅을 본 자에 대한 질투심을 사라지게 해주고, 사후세계와 심지어 신 자체의 존재에 대한 장이 꼬일 정도의 의구심을 달래줘야 하네. 살인은 그토록 철저하게 불모이고, 보다 더 높은 목적 따위는 아예 존재하지도 않는 것 같으니까."

훗날 그녀를 영영 잃게 되었을 때 샤 이스마일은 마법에 대해 언급했다. 그녀의 시선엔 전적으로 인간의 것이라고 보기 어려운 마력이 있었다는 것이다. 그녀 안에 악마가 있었고, 그것이 그를 저주받은 운명으로 몰고 갔다. 그는 귀먹은 벙어리 몸종에게 말했다. "그토록 아름다운 여인이 그리도 무정할 줄 몰랐다. 그럴 줄은 미처 몰랐어. 그렇게 쉽게, 신발을 바꿔 신듯 나한테서 돌아설 줄이야. 가장 사랑하는 사람이 되리라 믿었다. 내가 사랑에 미쳐 마즈눈 라일라*가 될 줄은 몰랐다. 그녀가 내 마음을 아프게 할 줄은 몰랐어."

칸자다 베굼이 동생을 남겨둔 채 쿤두즈의 바바르에게 돌아온 날, 병사와 무희, 나팔과 노래가 어우러진 성대한 환영 행사가 열렸다. 그녀가 가마에서 내리자 바바르가 달려나와 그녀를 포옹했다. 그러나 그는 속으로 몹시 격분했다. 카라 쾨즈를 역사 기록에서 삭제하도록 명령한 것이 바로 이즈음이었다. 그러나 한동안 샤 이스마일이 그들을 우방이라고 믿도록 내버려두었다. 이를 증명해 보이기 위해 이스마일의 얼굴을 새긴 주화도 만들었다. 이스마일은 사마르칸트에서 우즈베크인을 몰아내는 데 힘을 보태려고 군대를 보내주었다. 그러다 바바르는 갑자기 더 참을 수 없어 이스마일에게 군대를 이끌고 돌아가라고 했다.

황제가 말했다. "흥미롭구먼. 사마르칸트를 되찾은 뒤 사파비왕조의 군대를 돌려보내기로 한 조부의 결정이 항상 풀리지 않는 수수께끼였는

---

* 이슬람 문학에 등장하는 시인. 라일라라는 여인을 미친 듯이 사랑해 '마즈눈 라일라'라는 별명이 붙었다.

데. 바로 그즈음 조부는 자서전을 쓰던 것도 중단하셨지. 그리고 십일 년 동안 다시 집필에 착수하지 않으셨어. 조부는 그 문제를 언급하신 적이 없어. 페르시아 군대가 떠나자마자 다시 사마르칸트를 잃고 동방으로 도피하셔야 했지. 우리는 페르시아의 도움을 거부하신 이유가 샤 이스마일의 종교에 관한 허풍이 못마땅했기 때문이라고만 여겼네. 이스마일이 자기가 신이니 하는 열두이맘파의 과장된 말을 그칠 줄 모르고 떠들어댔으니까. 그러나 숨겨진 공주에 대한 바바르의 서서히 일어난 분노가 진짜 이유였다면, 그녀의 선택으로 인해 얼마나 많은 중대한 문제가 생겨났는지! 조부는 사마르칸트를 잃었기 때문에 힌두스탄으로 와서 여기에 왕조를 세웠고, 우리가 그 왕조의 3대가 되었네. 그러니 그대의 이야기가 사실이라면, 우리 제국의 시작은 바로 카라 쾨즈의 변덕이 낳은 직접적 결과일세. 그녀를 비난해야 할까, 칭찬해야 할까? 그녀는 영원히 멸시당해야 할 반역자일까, 아니면 우리의 미래를 만들어낸 어머니일까?"

모고르 델라모레가 말했다. "그녀는 아름답고 변덕스러운 여자였습니다. 그리고 남자에 대한 영향력이 너무 커서, 아마 그녀 자신조차 처음엔 자신이 지닌 마법의 힘을 알지 못했을 것입니다."

카라 쾨즈. 카이사르의 깔개 위를 데굴데굴 구르는 클레오파트라처럼 이제 사파비왕조의 수도 타브리즈에서 샤의 훌륭한 양탄자에 몸을 비비는 그녀를 보라. 타브리즈에는 언덕까지 양탄자가 깔려 있었다. 햇빛에 말리기 위해 거대한 양탄자를 언덕 비탈에 펼쳐놓았기 때문이다. 검은 눈의 공주는 자기 방에서 마치 연인의 육체라도 되는 양 페르시아 양탄자 위를 이리저리 굴렀다. 구석에

선 항상 사모바르가 끓고 있었다. 그녀는 자두와 마늘로 속을 채운 닭고기나 타마린드 반죽으로 싼 새우, 향긋한 쌀을 곁들인 케밥을 배가 터지도록 먹었다. 그러고도 그녀의 몸매는 날씬했고 키는 컸다. 그녀는 몸종 거울과 함께 백개먼 게임을 했고, 페르시아 궁정에서 그 게임을 가장 잘하게 되었다. 그녀는 거울과 다른 게임도 했다. 침실 문을 잠그고 두 소녀는 킬킬대기도 하고 새된 비명을 지르기도 했다. 많은 조신은 그들이 연인 사이라 믿었지만, 누구도 감히 그런 말을 꺼내지 못했다. 그런 소문을 퍼뜨렸다가는 대가로 목을 내놓아야 할 것이었기 때문이다. 카라 쾨즈는 폴로를 하는 젊은 왕을 바라보면서 그가 스틱을 휘두를 때마다 관능적인 희열에 빠져 한숨을 내쉬었다. 사람들은 이런 탄식과 외침이 실은 공에 마법을 거는 것이며, 그래서 공이 골대로 똑바로 날아가는 동안 수비들의 스틱은 헛되이 허공만 가르는 거라고 믿기 시작했다. 그녀는 우유로 목욕을 했다. 천사처럼 노래를 불렀다. 책은 읽지 않았다. 그녀는 스물한 살이었다. 아이를 가진 적은 없었다. 어느 날 그녀의 이스마일이 강력한 경쟁자인 오스만제국의 술탄 베야지트 2세가 서쪽으로 세력을 확장해가고 있다는 얘기를 하자, 그녀는 치명적인 조언을 속삭였다.

"그에게 폐하의 술잔을 보내세요. 샤이바니칸의 해골로 만든 것을요. 자기 자리를 명심하지 않으면 무슨 일이 생길지 경고하는 거예요."

그녀는 그의 허영심에 매혹되었다. 그의 결점에 반했다. 자신을 신이라 믿는 남자야말로 그녀에게 어울리는 남자일지 모른다. 왕

정도로는 충분치 않을지 모른다. "바로 신!" 그녀는 그가 자기를 가질 때면 부르짖었다. "전능자여!" 물론 그는 이를 좋아했고 칭찬에 약했기에, 그녀의 뛰어난 미모에서 비롯하는 자율성에는 생각이 미치지 않았다. 그것은 어떤 남자도 소유할 수 없고, 오로지 그 자체로 존재하며, 바람처럼 어디로든 가고 싶은 곳으로 날아가버릴 수 있는 것이었다. 그녀가 그를 위해 모든 것을 버리고, 한 번의 시선으로 자신의 세계를 바꾸고, 잘생긴 이방인과 함께하기 위해 언니와 오빠와 혈족을 버리고 서쪽으로 떠나왔는데도, 끝없는 자기애에 빠진 샤 이스마일은 이러한 극단적 행동이 자신을 위한 것이었으므로 당연한 것이라 생각했다. 그 결과 그는 그녀 안에서 떠도는 것, 뿌리 없는 것을 보지 못했다. 여자가 그렇게 쉽게 신의를 저버리고 돌아섰다면, 다음에도 기꺼이 돌아서리라는 것은 자명한 사실이었다.

그녀는 못되게 굴고 싶어할 때도 있었다. 그와 그녀 자신, 둘 다 그러기를 원했다. 잠자리에서 그녀는 자기 안에 또다른 자아, 못된 자아가 있다고 속삭였다. 그 자아가 주도권을 쥐었을 때는 자기 행동에 책임이 없으며, 무슨 짓이든 다 할 수 있다고 했다. 이런 말이 그를 참을 수 없게 자극했다. 사랑에 있어 그녀는 그와 대등하지 않았다. 그녀는 그의 여왕이었다. 사 년 동안 그녀는 그에게 아들을 낳아주지 못했다. 그래도 문제가 되지 않았다. 그녀는 감각을 위한 향연이었다. 남자가 목숨을 바칠 만한 존재였다. 그를 중독시키고 가르쳤다. "내가 베야지트에게 샤이바니의 술잔을 보내길 원하는군." 그는 취한 듯 탁한 목소리로 중얼거렸다. "그에게 다른 자의 해골을 보내란 말이지."

"당신에게는 적의 해골에 술을 마신다는 것이 대단한 승리예요." 그녀가 속삭였다. "하지만 베야지트가 당신의 적에게 패배한 자의 머리에 술을 마신다면 그의 가슴에 공포가 깃들 거예요." 그는 그녀가 술잔에 공포의 주문을 걸어놓았음을 알았다. "아주 좋아. 당신이 말한 대로 하지."

━━◆◆◆◆━━

아르갈리아의 마흔다섯번째 생일이 지났다. 그는 키가 크고 창백한 남자였다. 전쟁으로 오랜 세월을 보냈는데도 피부는 여자처럼 희었고, 남자나 여자나 모두 그 부드러움에 감탄했다. 튤립을 무척 좋아했던 그는 튤립이 행운을 가져다준다고 믿고 튜닉과 망토에 튤립을 수놓았다. 스탐불의 다양한 천오백 종 튤립 가운데 특히 여섯 종이 그의 궁전 방을 가득 채웠다. 낙원의 빛, 비할 데 없는 진주, 쾌락을 더하는 자, 열정을 불어넣는 자, 다이아몬드의 질투, 새벽의 장미. 그가 특히 좋아하는 종이었다. 그는 이 튤립으로 전사의 외관 밑에 숨은 관능주의자로서의 면모, 살인자의 피부 속에 숨은 쾌락의 창조자, 남자 안의 여성적 자아를 드러냈다. 또한 그는 여성 취향의 화려한 옷을 좋아했다. 그래서 전투복 대신 보석으로 장식한 비단옷을 입고 빈둥거렸고, 크림반도에서 페오도시야를 통해 스탐불로 들어온 모스크바공국산 스라소니와 검은 여우 같은 이국적 모피에 무척 약했다. 그의 긴 머리카락은 악마처럼 검었고 도톰한 입술은 피처럼 붉었다.

피와 피 흘리기가 그의 삶에서 주된 관심사였다. 그는 술탄 메메트 2세 밑에서 십여 차례 전투를 벌였고, 총알이 날아오는 곳을 향해 화승총을 겨누거나 칼을 뽑았던 모든 전투에서 승리했다. 그는 부관인 스위스 거인 오토, 보토, 클로토, 다르타냥과 함께 충성스러운 근위보병대를 방패처럼 주위에 두었다. 또한 음모가 난무하는 오스만 궁정에서 일곱 차례나 암살 시도를 무력화했다. 메메트가 사망한 후, 제국은 두 아들 베야지트와 젬의 다툼으로 거의 내전 지경까지 갔다. 아르갈리아는 젬이 스탐불로 와서 왕좌를 빼앗을 수 있도록 최고 대신이 이슬람 전통을 무시하고 술탄의 시체를 사흘 동안 매장하지 않았다는 사실을 알고, 스위스 거인들을 이끌고 대신의 처소로 쳐들어가 그를 죽였다. 그리고 베야지트의 군대를 이끌고 찬탈자에게 맞서 그를 쫓아냈다. 일이 마무리되고 그는 새로운 술탄의 총사령관이 되었다. 그는 육지와 바다에서 이집트의 맘루크왕조와 싸웠다. 베네치아와 헝가리, 교황의 동맹군을 물리친 뒤 해군 대장으로서 그의 평판은 뭍에서 전사로서 얻은 명성과 맞먹게 되었다.

그후로는 아나톨리아의 키질바시족이 가장 큰 골칫거리였다. 그들은 열두이맘파에 대한 애정 표시로 열두 개의 주름을 잡은 붉은 모자를 썼고, 그런 만큼 신을 자칭하는 페르시아의 샤 이스마일에게 끌렸다. 베야지트의 셋째아들 냉혈한 셀림은 그들을 완전히 쳐 없애고 싶어했지만, 아버지는 신중했다. 그래서 냉혈한 셀림은 아버지를 약해빠진 유화론자라 여기기 시작했다. 샤 이스마일이 보낸 술잔이 스탐불에 도착하자, 셀림은 이를 도저히 참아 넘길 수 없는 모욕으로 받아들였다. "신의 이름을 참칭하는 저 이단자에게 예의범절을 가르쳐줘야 합니다." 그는 선언했다. 그리고 결투자가 제 얼굴을 친 장갑을 집어들듯 잔을 들어올렸다. "이 컵으로 사파비왕조의 피를 마시겠습니다." 그는 아버지에게 장담했다. 튀르크인 아르갈리아가 앞으로 나섰다. "제가 그 잔에 포도주를 따르겠습니다."

베야지트가 전쟁을 불허하자, 아르갈리아의 상황도 바뀌었다. 며칠 후 그는 근위보병대를 이끌고 냉혈한 셀림의 군대에 합류했고, 베야지트는 강제 퇴위당했다. 늙은 술탄은 은둔생활을 하도록 트라키아에 있는 그의 출생지 디다이모테이코로 강제 추방을 당했으나, 상심한 나머지 미처 그곳에 닿기도 전에 죽었다. 차라리 잘된 일이었다. 용기 없는 자가 설 자리는 세상에 없었다. 셀림은 자기편에 선 아르갈리아와 함께 형제 아메드, 코르쿠드, 샤힌샤를 추격해 교살하고, 그들의 아들들도 모두 죽였다. 안정이 다시 찾아왔고 쿠데타의 위험도 사라졌다. (오랜 세월이 지난 후 아르갈리아는 일 마키아에게 이 일을 이야기하면서 이런 말로 정당화했다. "군주가 권력을 쥐면 우선 제일 나쁜 짓부터 해치워야 해. 그러고 나면 무슨 짓을 하든 백성은 처음보다 나아졌다고 생각하게 되거든." 일 마키아는 신중하게 침묵에 잠기더니 잠시 후 천천히 고개를 끄덕였다. "끔찍하지만 사실이야.") 그리고 샤 이스마일과 맞설 차례가 되었다. 아르갈리아와 근위보병대는 북중부 아나톨리아의 룸으로 가서 키질바시족 수천 명을 생포하고 수천 명을 학살했다.

이렇게 해놓자 군대가 냉혈한 셀림의 서한을 샤에게 전하기 위해 그들의 땅을 가로질러 진군할 때에도 모두 잠잠했다. 셀림은 서한에 이렇게 썼다. "그대는 신성한 법의 계율과 금기를 더는 따르지 않고 있도다. 그대는 가증스러운 시아파가 부정한 성적 결합을 맺도록 부추겼도다. 그리고 무고한 피를 뿌렸도다." 이 말을 샤 이스마일의 불경스러운 목구멍에 밀어넣기 위해 오스만제국 병사 십만 명이 동부 아나톨리아의 반 호수에 막사를 쳤다. 그들 가운데 근위보병대의 소총병 만 이천 명은 아르갈리아의 지휘에 따랐다. 또 대포 오백 문을 쇠사슬로 연결해 단단히 장벽을 쳤다.

페르시아군은 반 호수 북동쪽에 있는 찰드란 전쟁터에 진을 쳤다. 샤 이스마일의 군대는 겨우 사만 명에 대부분이 기병이었는데, 그들의 진용을 살펴본 아르갈리아는 수적 우세가 늘 싸움을 결판 짓지는 않는다는 걸 알았다. 왈라키아의 블라드 드라큘라처럼 이스마일도 대지를 모두 불태우는 전략을 썼다. 아나톨리아는 검게 타버려 초토화되었고, 시바스에서 에르진잔으로 전진하던 오스만군은 식량이나 물을 거의 구할 수 없었다. 셀림의 군대는 긴 행군 끝에 지치고 굶주려 호숫가에 막사를 쳤다. 이런 군대는 언제 쳐도 이길 수 있는 법이다. 나중에 숨겨진 공주는 아르갈리아와 함께 살게 되었을 때 예전 연인이 왜 졌는지 말해주었다.

"기사도, 어리석은 기사도 때문이지요. 내 말은 안 듣고 멍청한 조카 말만 들었다니까요."

특기할 만한 일은 페르시아의 여마법사가 그의 노예 거울을 데리고 전장 위 지휘관이 있는 언덕에 나타났다는 사실이다. 얇은 베일이 바람결에 그녀의 얼굴과 가슴에 달라붙은 모습이 너무 도발적이어서, 왕의 천막 밖에 나와 선 그녀의 아름다운 육체에 홀린 사파비왕조의 병사들은 전쟁에서 완전히 생각이 떠났다. "당신을 데려오다니 그자가 미쳤던 게 틀림없어." 아르갈리아는 죽음이 난무했던 그날 하루가 끝날 무렵, 비로 더럽혀지고 살육에 질린 채 버려진 그녀를 발견하고 이렇게 말했다. 그녀는 덤덤하게 대답했다. "맞아요. 내가 그를 사랑으로 미치게 만들었죠."

그러나 군사 전략 문제만큼은 그녀의 마법조차 샤 이스마일이 그녀 말을 귀담아듣게 만들 수 없었다. 그녀가 외쳤다. "봐요. 저들은 아직도 방어용 참호를 만들고 있어요. 저들이 준비되기 전에 당장 공격해요." 그리고 이런 말도 했다. "봐요, 적군에게는 쇠사슬로 연결한 오백 문의 대포가 있고 그 뒤로 소총병 만 이천 명이 있어요. 지금 당장 저들을 치지 않으면 바보처럼 당하고 말 거예요." 또 이런 말도. "총 없어요? 총이 어떤 무기인지 알잖아요. 도대체 왜 총을 가져오지 않은 거죠?" 이런 말들에 샤의 조카 두르미시칸은 바보 같은 대답을 내놓았다. "적이 싸울 준비가 되지 않았을 때 공격하는 것은 정정당당하지 못합니다." "병사를 보내 배후에서 습격하는 짓은 품위가 떨어집니다." "총은 남자가 쓸 무기가 아닙니다. 맞붙어 싸울 배짱이 없는 겁쟁이나 쓰는 무기죠. 저들에게 총이 아무리 많더라도, 백병전이 벌어지기 전에 우리가 제압해버리면 됩니다. 용기가 승리를 거두는 법입니다. 그따위 '화승총'이나 '소총'이 아니고요." 그녀는 절망한 나머지 웃음을 터뜨리며 샤 이스마일 쪽으로 돌아섰다. "이자에게 바보 천치라고 말해주세요." 그러나 페르시아의 샤 이스마일은 대답했다. "나는 야음을 틈타 살금살금 숨어다니는 도적떼 두목이 아니오. 신이 말한 대로 모두 이루어질 것이오."

그녀는 전투를 보지도 않고 왕의 천막 안으로 들어가 문을 등지고 앉았다. 거울이 옆에 앉아 그녀의 손을 잡아주었다. 샤 이스마일은 군대를 이끌고 우측으로 돌격했지만, 여마법사는 외면했다. 양측 군대 모두 막대한 손실을 입었다. 페르시아 기병대는 오스만제국의 꽃인 기수들과 일리리아인, 마케도니아인, 세르비아인, 에피루스인, 테살리아인, 트라키아인을 베어 넘겼다. 사파비왕조 쪽에서는 지휘관이 하나씩 쓰러져갔다. 그들이 죽을 때마다 여마법사는 천막 안에서 그들의 이름을 입속으로 되뇌었다. 무하마드칸 우스타즐루, 후사인 베그 랄라 우스타즐루, 사루 피라 우스타즐루…… 마치 직접 보지 않아도 다 보이는 것 같았다. 거울이 그녀의 말을 되풀이하자, 죽은 자의 이름이 왕의 천막 안에 메아리치는 것 같았다. 아미르 니잠 알딘 압드 알바키…… 알바키…… 그러나 자신을 신이라 믿는 샤의 이름은 불리지 않았다. 오스만제국의 중심은 흔들리지 않았지만, 튀르크 기병대는 아르갈리아가 대포를 앞으로 끌고 오라 명령하자 혼비백산했다. 아르갈리아가 근위보병대에게 고함을 질렀다. "도망치려는 자가 있으면 그놈한테 포문을 돌릴 것이다." 완전 무장한 스위스 거인들이 아르갈리아의 위협을 한층 강조하기 위해 오스만제국의 전투 대열을 따라 달렸다. 그때 총소리가 천둥같이 울리기 시작했다. "태풍이 시작되었어." 천막 안에 앉은 여마법사가 말했다. "태풍이." 거울이 대답했다. 굳이 보지 않아도 페르시아군이 죽어간다는 걸 알 수 있었다. 구슬픈 노래를 불러야 할 때였다. 샤 이스마일은 목숨을 건졌지만, 전투에서는 졌다.

그는 그녀를 찾으러 오지도 않고 부상당한 몸으로 전장에서 도망쳤다. 그녀는 이미 알고 있었다. "그가 도망갔어." 그녀가 거울에게 말했다. "예, 그는 도망쳤습니다." 상대가 되풀이했다. "우리는 이제 적의 손아귀에 떨어졌어." 여마법사가 말했다. "손아귀에." 거울이 반복했다.

그들을 지키기 위해 천막 밖에 배치되었던 부하들도 달아난 뒤였다. 유혈이 낭자한 전쟁터에 오직 두 여자뿐이었다. 찰드란전투가 끝나고 아르갈리아가 그들을 발견했을 때, 그들은 베일도 쓰지 않고 등을 꼿꼿이 편 채 천막 문을 등지고 슬픈 노래를 부르고 있었다. 카라 쾨즈 공주는 자기의 맨얼굴을 가리려 하지도 않고 자신을 바라보는 그를 향해 고개를 돌렸다. 그 순간부터 그들은 오직 서로만 보게 되었고, 나머지 세계는 사라져버렸다.

그녀는 그가 여자 같다고 생각했다. 죽음을 물리도록 포식한, 큰 키에 얼굴은 창백하고 머리카락은 검은 여자. 어쩌면 얼굴이 저렇게도 흴까. 가면처럼 희구나. 그 흰 얼굴에 입술은 핏자국처럼 붉디붉었다. 오른손에 검을, 왼손에 총을 쥔 그는 검사이면서 총사이고, 남성이면서 여성이고, 자기 자신인 동시에 자신의 그림자였다. 그녀는 샤 이스마일이 그녀를 버리자 그를 버리고 다시 선택했다. 이 창백한 얼굴의 여성이자 남성을. 나중에 그는 그녀와 거울을 전리품으로 요구할 것이고, 냉혈한 셀림도 그 청을 받아들이겠지만, 그녀는 이미 오래전에 그를 선택했다. 뒤따라 일어난 모든 일을 움직인 것은 어디까지나 그녀의 의지였다.

"두려워하지 마시오." 그가 페르시아어로 말했다.

"이곳에서 공포의 의미를 아는 자는 아무도 없습니다." 그녀는 처음엔 페르시아어로, 그다음엔 튀르크인 어머니의 모국어인 차가타이어로 대답했다.

그 밑에 숨은 진짜 말은 이것이었다. 나의 것이 되어주겠소. 예, 저는 당신 것입니다.

⟡⟡⟡

타브리즈를 약탈한 후 셀림은 겨울 동안 사파비왕조의 수도에 머물다 봄에 페르시아 나머지 지역을 정복하고 싶어했지만, 아르갈리아는 이를 고집한다면 군대가 폭동을 일으킬 것이라고 충고했다. 그들은 전쟁에서 이겼고 동부 아나톨리아와 쿠르디스탄 상당 지역을 합병했다. 오스만제국의 두 배 가까이 되는 넓이였다. 그것으로 충분했다. 찰드란까지 이르는 선을 오스만과 사파비 사이의 새로운 경계선으로 삼으면 된다. 타브리즈는 텅텅 비어 있었다. 병사나 군마나 짐 나르는 낙타를 먹일 식량이 전혀 없었다. 군대는 고향으로 돌아가고 싶어했다. 셀림은 끝낼 때가 되었음을 알았다. 오스만군이 타브리즈에 들어온 지 여드레째 되는 날, 냉혈한 셀림은 부하들을 이끌고 도시를 빠져나와 서쪽으로 향했다.

패배한 신은 더는 신이 아니었다. 전쟁터에 짝을 버리고 온 남자는 더는 남자도 아니었다. 샤 이스마일은 파괴된 도시에 망가진 모습으로 돌아가 술과 실의에 빠져 생의 마지막 십 년을 보냈다. 그는 긴 검은 옷을 입고 검은 터번을 썼다. 사파비왕조의 깃발도 검은색으로 물들였다. 그는 두 번 다시 전쟁에 나서지 않았고, 모두에게 그의 나약함과 절망의 깊이를 보여주려는 듯 깊은 슬픔에 빠졌다가 요란하게 주색잡기에 빠지기를 반복했다. 그는 술에 취하면 궁전의 방마다 돌아다니며 더는 그곳에 없는, 다시는 그곳에 돌아오지 않을 누군가를 찾았다. 그는 서른일곱도 채 못 되어 죽었다. 그는 이십삼 년 동안 페르시아의 샤였지만, 소중한 것은 전부 잃었다.

———◆◎◆———

그녀는 아르갈리아의 옷을 벗기고 그의 속옷에 수놓인 튤립을 본 순간, 그 역시 미신에 푹 빠져 있으며 죽음을 업으로 삼은 남자가 으레 그렇듯 최후의 날을 피해보려고 할 수 있는 일은 다 하는 남자임을 알았다. 그의 속옷마저 벗기고 어깨뼈와 엉덩이, 심지어 페니스에까지 새겨 넣은 문신을 본 그녀는 일생의 사랑을 만났다고 확신했다. 그녀는 문신을 애무하며 말했다. "이제 이런 꽃은 필요 없어요. 당신은 행운의 부적이 될 나를 손에 넣었으니까요."

그는 생각했다. 그래, 당신을 손에 넣었지. 하지만 언제까지나 그런 것은 아니지. 당신이 자매를 떠났듯 나를 떠날 때까지, 샤 이스마일에서 나로 갈아탔듯 다시 말을 갈아타기로 할 때까지만이지. 어쨌거나 말은 말일 뿐이니까. 그녀는 그의 마음을 읽었다. 그에게 그 이상의 확신을 줄 필요가 있다는 것을 알고 그녀는 손뼉을 쳤다. 거울이 온통 꽃으로 장식한 침실로 들어왔다. "그에게 내가 누구인지 말해주어라." 그러자 거울이 말했다. "공주님은 당신을 사랑하는 분이십니다. 공주님은 땅에서 뱀에게, 나무에서 새에게 마법을 걸어 그들이 사랑에 빠지게 만들 수 있습니다. 그런 공주님이 당신과 사랑에 빠졌으니, 이제 당신은 원하는 것은 무엇이든 가질 수 있습니다." 여마법사가 살짝 눈짓을 하자 거울이 옷을 벗고 침대로 미끄러져 들어왔다. 여마법사가 말했다. "저 아이는 저의 거울입니다. 빛나는 그림자이지요. 저를 얻는 자는 저 아이까지 얻습니다." 이쯤 되자 위대한 전사 아르갈리아도 패배를 인정하지 않을 수 없었다. 이처럼 허를 찌르는 공격 앞에서 남자에게 남은 유일한 길은 무조건 항복뿐이었다.

그는 그녀에게 '안젤리카'라는 새 이름을 주었다. 목구멍에서 걸리고 발음도 익숙지 않은 '카라 쾨즈'라는 이름 대신 새로운 세계에서 불릴 천사의 이름을. 그녀는 그 이름을 거울에게도 넘겨주었다. "내가 안젤리카가 되면, 나의 수호천사도 안젤리카가 되는 거예요."

오랫동안 그는 술탄의 총애를 받는 자로서 근위보병대 병영의 스파르타식 숙소가 아니라 토프카프 궁전 내의 '행복의 집' 사실에 머무는 영예를 허락받아왔다. 이제 그 방에 여인의 우아한 손길이 더해지자, 진짜 집 같은 분위기가 나기 시작했다. 그러나 아르갈리아 같은 남자에게 집이란 선뜻 믿기에는 항상 골치 아프고 위험한 개념이었다. 집은 올가미처럼 남자를 옭아맬 수도 있었다. 냉혈한 셀림은 베야지트나 메메트가 아니었다. 그는 아르갈리아를 없어서는 안 될 오른팔이 아니라 권력을 노릴지도 모르는 위험한 라이벌, 예전에 최고 대신을 죽였을 때처럼 다시 한번 근위보병대를 이끌고 궁정 안쪽 처소로 쳐들어올 수 있는 인기 많은 장군으로 생각했다. 대신을 살해할 수 있는 남자라면 국왕이라고 죽이지 못할 이유가 없다. 이런 자를 필요 이상으로 오래 살려두었는지도 모른다. 술탄은 스탐불로 돌아오자마자 이탈리아인 사령관이 유명한 찰드란의 승리에서 세운 공을 사람들 앞에서 아낌없이 칭찬하는 한편, 비밀리에 아르갈리아를 무너뜨릴 음모를 꾸미기 시작했다.

아르갈리아가 위태로운 상황에 처했다는 소문은 카라 쾨즈가 튤립에 대한 그의 사랑을 계속 만족시켜주기로 결정한 덕에 그의 귀에까지 들어왔다. 행복의 집은 온통 정원으로 둘러싸여 있었다. 담장을 친 정원과 침상 정원, 사슴이 자유로이 거니는 숲과 골든 혼까지 뻗은 물가의 잔디밭까지. 튤립 화단은 네번째 뜰에 있었는데, 토프카프 궁전의 북쪽 끝 나지막한 언덕 위에 있는 행복의 집 전체에서 제일 높은 곳으로, 키오스크라는 작은 나무 정자가 있었다. 그 주변에 가득 자란 튤립은 고요하고 평화로운 분위기를 만들어냈다. 카라 쾨즈 공주와 거울은 베일을 쓰고 새치름하게 정원을 거닐다 키오스크에서 휴식을 취하곤 했다. 그들은 달콤한 주스를 마시며 궁정 정원사인 보스탄시들에게 아르갈리아를 위해 꽃을 따달라고 부탁하기도 하고, 여자들이 곧잘 그러듯 최근의 악의 없는 뜬소문을 놓고 한가로이 수다를 떨며 다정하게 말을 붙이기도 했다. 곧 제일 미천한 잡초 뽑기 담당부터 수석 정원사인 보스탄시 바샤까지 모든 정원 일꾼이 두 여인한테 홀딱 반해버렸고, 그 결과 진정한 연인만이 그렇듯 그들 앞에서는 이 말 저 말 다 주워섬기게 되었다. 그들 중 많은 이가 두 외국 여인이 튀르크어를 엄청나게 빨리, 거의 하룻밤 만에 완벽하게 익혔다는 사실을 알아챘다. 정원사들은 마치 마법 같다고 떠들어댔다.

그러나 카라 쾨즈의 진짜 목적은 딴 데 있었다. 그녀는 행복의 집에 새로 들어온 이라면 누구든 금세 알게 되듯, 천한 명의 보스탄시가 술탄의 정원사일 뿐 아니라 공식 사형집행인이기도 하다는 것을 알고 있었다. 어떤 여자가 유죄 판결을 받으면, 그녀를 산 채로 자루에 돌멩이와 함께 넣고 꿰맨 다음 보스포러스 해에 던지는 것도 보스탄시였다. 만약 남자가 죽을죄를 지었다면, 정원사 한 무리가 그를 붙잡아 의식을 치르듯 교살형을 집행했다. 카라 쾨즈는 이러한 보스탄시들과 친해져 그들이 음침한 농담 삼아 튤립 소식이라고 부르는 것에 대해 알게 되었다. 그리고 얼마 지나지 않아 배신의 악취가 꽃향기를 압도하기 시작했다. 정원사들은 그녀에게 위대한 장군이자 세 명의 술탄을 모셨던 종복인 그녀의 주인이 날조된 죄목으로 사형당할 위험에 처했다고 경고해주었다. 수석 정원사가 직접 들려준 이야기였다. 행복의 집 보스탄시 바샤는 원예기술뿐 아니라 발도 빨라 술탄의 사형집행 책임자로 뽑힌 인물이었다. 궁정의 고관이 사형선고를 받으면, 평민에겐 허용되지 않는 기회가 주어졌다. 만약 보스탄시 바샤보다 빨리 달리면 판결이 추방령으로 바뀌어 목숨을 건질 수 있는 것이었다. 그러나 보스탄시 바샤는 바람처럼 빨리 달리기로 유명했기 때문에, 그 '기회'란 사실상 전혀 기회라고 할 수 없었다. 그러나 이번만큼은 정원사도 자신이 하게 될 일이 그다지 달갑지 않았다. "이렇게 위대한 인물을 처형해야 하다니, 저에게도 수치스러운 일입니다." "그럼 가능한 한 이 상황에서 빠져나갈 방법을 찾아봐야겠군요." 여마법사가 말했다.

그녀는 집으로 돌아와 아르갈리아에게 말했다. "그가 곧 당신을 죽일 거예요. 정원에 소문이 무성해요." 아르갈리아가 엄숙하게 물었다. "무슨 구실로?" 공주는 그의 창백한 얼굴을 두 손으로 감쌌다. "제가 바로 그 구실이에요. 당신은 무굴 공주를 전리품으로 가졌어요. 당신에게 허락할 때는 왕도 몰랐겠지만, 지금은 안 거예요. 무굴 공주를 사로잡는 것은 무굴 왕에게 전쟁을 선포하는 행위라는 것을. 그는 당신이 저지른 반역으로 오스만제국이 이런 지경에 처했으니 대가를 치러야 한다고 말할 거예요. 튤립이 말해 줄 소식이 바로 이거예요."

아르갈리아는 미리 경고를 받은 덕에 계획을 세울 여유가 있었다. 그들이 그를 데리러 왔을 때, 그는 야음을 틈타 이미 카라 쾨즈와 거울을 그가 여러 차례의 성공적인 출정에서 모은 부를 담은 수많은 보물 궤짝과 함께 네 명의 스위스 거인과 전부 백 명쯤 되는 가장 충성스러운 근위보병들의 보호 아래 피신시킨 뒤였다. 그들은 수도 남쪽 부르사에서 그를 기다렸다. "만약 내가 당신과 함께 달아난다면, 셀림은 우리를 쫓아와 개처럼 죽일 것이오. 그러니 나는 재판을 받아야 하오. 판결을 받은 다음 정원사와의 경주에서 이기겠소." 카라 쾨즈는 그의 입에서 이런 말이 나올 줄 이미 알고 있었다. "당신이 죽기로 작정했다면, 저도 어쩔 수 없겠지요." 그녀의 말은 그녀가 그의 생명을 구해야겠지만, 그 경주 현장에 있지 않을 것이므로 쉽지 않으리라는 뜻이었다.

냉혈한 셀림이 행복의 집 알현실에서 반역자 아르갈리아에게 사형을 선고하자마자, 규칙을 알고 있던 이 전사는 한쪽 뒤꿈치로 뱅그르르 돌고는 달리기 시작했다. 알현실에서 물고기의 집 대문까지는 궁전 정원들을 지나 800미터 남짓 되었다. 그는 붉은 모자에 흰색 모슬린 반바지를 입고 웃통을 벗어젖힌 보스탄시 바샤보다 먼저 거기에 닿아야 했다. 정원사는 벌써 성큼성큼 불나게 뒤쫓아와 그를 따라잡을 기세였다. 붙잡힌다면 그는 물고기의 집에서 처형당해 모든 시체의 종착지인 보스포러스 해에 던져질 것이다. 꽃밭 사이를 달리는 그의 눈앞에 물고기의 집 대문이 나타났고, 뒤에선 바짝 따라오는 보스탄시 바샤의 발소리가 들렸다. 그는 도저히 빠져나갈 수 없으리라는 걸 알았다. 그는 생각했다. '산다는 게 참 우습군. 숱한 전쟁에서 살아남고서 고작 정원사한테 목 졸려 죽게 되다니. 영웅은 죽기 전에야 비로소 영웅이고 뭐고 다 허망하다는 것을 깨닫게 된다더니 사실이었어.' 그는 소년 시절 안개 속에서 벌어진 해전 한가운데 작은 쪽배에 홀로 남겨져 삶의 부조리함을 처음 깨달았던 때를 떠올렸다. '그 세월을 다 지내고 나서 다시 한번 그 교훈을 깨닫다니.'

왜 술탄 냉혈한 셀림의 발 빠른 수석 정원사가 경주를 불과 서른 발짝쯤 남겨놓고 갑자기 배를 움켜쥐고 나뒹굴었는지, 왜 그때 그가 여태껏 누구도 맡아보지 못한 고약한 냄새가 나는 방귀를 총 쏘듯 요란하게 뀌면서 뿌리 뽑힌 맨드레이크처럼 고통스럽게 울 부짖었는지 만족할 만한 설명은 전혀 나오지 않았다. 아르갈리아 는 그 틈을 타서 물고기의 집 대문을 지나쳐 그를 기다리던 말에 올라 박차를 가해 탈출했다. "당신이 무슨 수를 썼소?" 아르갈리 아는 부르사에서 연인을 만나자 물었다. "내 귀여운 바샤한테 무 슨 짓을 할 수 있었겠어요?" 그녀는 눈을 동그랗게 뜨고 되물었 다. "그에게 나의 사악한 유괴자인 당신을 살해해줘서 감사하다는 전갈과 함께 아나톨리아산 포도주 한 단지를 미리 보낸 일은 있지 요. 하지만 포도주에 탄 어떤 약이 그의 장에서 효과를 내기까지 시간이 얼마나 걸릴지 정확하게 계산한다는 것은 도저히 불가능 하잖아요." 그는 그녀의 눈을 똑바로 들여다보았지만, 발뺌하는 기미나, 그녀나 거울 혹은 둘이 함께 정원사가 이런 남자에게는 평생 지속될 환희의 순간을 보답으로 주는 대신 의무를 저버리도 록, 어쩌면 미리 정해진 시간에 그 음료를 마시도록 설득하기 위 해 뭔가를 했을 법한 낌새는 전혀 찾지 못했다. 아니야, 아르갈리 아는 생각했다. 카라 쾨즈의 눈이 그 마력 속으로 그를 깊이 끌어 들였으므로 그런 일은 일어났을 리 없다고 믿었다. 내 연인의 눈을 보라. 얼마나 순진무구한가. 얼마나 사랑과 진실만이 가득한가.

제노바 함대의 대장 안드레아 도리아 장군은 육지에 머물 때는 항구로 가는 북서쪽 관문인 산토마소 성문 앞, 도시 성벽 밖에 있는 파솔로 교외에 살았다. 그는 야코보 로멜리노라는 제노바 출신 귀족한테서 이곳의 저택을 사들였다. 그 저택이 그에게 플리니우스*가 묘사한 라우렌티눔 저택의 인물처럼 웅장한 바닷가 저택에 사는 토가 차림에 월계관을 쓴 고대 로마인이 된 기분을 느끼게 해주어서이기도 하고, 항구가 한눈에 내다보여 정확히 누가 도시를 들고 나는지 늘 감시할 수 있어서이기도 했다. 그의 갤리선들은 필요할 때면 곧장 출동할 수 있도록 집 바로 바깥에 정박해 있었다. 그러니 로도스 섬에서 아르갈리아를 태우고 이탈리아로 돌아오는 배를 맨 처음 본 사람은 당연히 그였다. 그는 소형 망원경을 통해 배 위에 중무장한 많은 남자들이 오스만 근위보병 제복 차림이라는 걸 알아보았다. 그들 중 네 명은 한눈에 보아도 백변종 거인이었다. 그는 앉아 있던 테라스에서 사자를 보내 그의 부관 체바에게 배를 타고 나가 로도스 배를 맞이하고 새로운 방문객의 의중을 떠보라고 지시했다. 이리하여 전갈 체바가 적의 바다에 버렸던 자와 다시 대면하게 되었던 것이다.

체바가 아직 아르갈리아인 줄 알아보지 못한 남자는 터번을 쓰고 부유한 오스만 군주처럼 치렁치렁한 비단옷 차림으로 배의 돛

---

* 고대 로마의 법률가이자 정치가.

대 앞에 서 있었다. 중무장한 근위보병들이 대기 자세로 그의 뒤에 서 있었고, 옆에는 체바가 일찍이 본 적 없는 미인 둘이 그들의 미모를 모두 볼 수 있게 베일을 쓰지 않고 여신의 치렁치렁한 머리칼처럼 풀어헤친 검은 머리를 산들바람에 날리며 서 있었다. 그들이 햇빛을 전부 끌어들여 나머지 세상은 어둡고 추워진 듯했다. 체바가 바로 뒤에 황금부대 분견대를 이끌고 로도스 수송선에 오르자, 여인들이 그쪽으로 고개를 돌렸다. 그 순간 그는 손에서 칼이 툭 떨어지는 것을 느꼈다. 양어깨에 부드럽지만 가차 없이 내리누르는 압력이 느껴졌다. 저항하고 싶은 마음이 전혀 일지 않는 힘이었다. 갑자기 그와 그의 부하 모두 일제히 방문객의 발 앞에 무릎을 꿇었다. 그의 입에서 익숙지 않은 환영 인사가 흘러나왔다. 훌륭하신 귀부인들과 두 분을 돌보는 모든 분을 환영합니다.

"조심해야지, 전갈." 오스만 군주가 완벽한 피렌체 억양의 이탈리아어로 말하더니, 체바의 말투를 흉내 내 이렇게 덧붙였다. "언놈이고 내 눈을 똑바로 쳐다보지 못하면 그놈 간을 꺼내 갈매기떼한테 먹이로 던져줄 테니까."

그제야 체바는 자기 앞에 선 인물이 누구인지 깨닫고 무기를 더듬어 찾으며 일어나려 했다. 그러나 어째서인지 무릎이 바닥에서 떨어지지 않았고, 그의 부하들도 마찬가지였다. 아르갈리아가 생각에 잠겨 말을 이었다. "하지만 나중에 다시 보자. 지금 네놈 눈높이는 기껏해야 내 빌어먹을 물건을 볼 정도밖에 안 돼."

턱수염과 구레나룻이 거대한 파도처럼 얼굴을 뒤덮은 위대한 콘도티에리 도리아는 조각가 브론치노가 자신의 벗은 모습을 스케치할 동안 해신 넵투누스처럼 오른손에 삼지창을 들고 저택 테라스에 벌거벗은 채 서 있었다. 바로 그때 경악스럽게도 중무장한 악당 무리가 그의 개인용 부두부터 진군해와 그의 앞에 들이닥쳤다. 그들의 선두에는 놀랍게도 그의 부하인 전갈 체바가 아첨꾼처럼 알랑거리고 서 있었다. 무리 가운데에는 두건 달린 외투를 입은 두 여자가 있었다. 그는 그들의 정체를 한눈에 판단할 수 없었다. 그래서 한 손으로 칼을 낚아채고 다른 손에 쥔 삼지창을 휘두르며 외쳤다. "도적떼와 창녀가 싸움 한번 없이 안드레아 도리아를 끌고 갈 수 있으리라 생각했다면, 네놈 중 몇 명이나 살아서 여기를 나갈 수 있을지 한번 보자꾸나."

그때 여마법사와 그녀의 노예가 두건을 젖혔다. 도리아 장군은 갑자기 얼굴이 빨개지면서 혀가 꼬였다. 그는 다가오는 무리한테서 물러서며 반바지를 찾았지만, 여자들은 그의 벌거벗은 몸에는 전혀 신경 쓰지 않는 눈치였다. 설령 의식하더라도, 외려 더 침착하게 행동했다. "당신이 내팽개치고 떠났던 소년이 자기 몫을 받으러 돌아왔습니다." 카라 쾨즈가 말했다. 흠잡을 데 없는 이탈리아어로. 분명 이탈리아 여자가 아니었지만, 도리아가 듣기에는 그랬다. 그녀는 남자가 목숨을 걸 만한 상대였다. 당연히 숭배받아야 할 여왕이었다. 이 여인의 거울상 같은 친구 또한 육체의 아름다움과 매력에서 원본보다 아주 살짝 떨어질 뿐 숭배받을 만한 미인이었다. 이런 경이로운 미인들 앞에서 싸울 생각을 한다는 것은 불가능했다. 다가오는 이방인들 앞에서 도리아 장군은 망토로 몸을 가린 채 바다에서 솟아오른 님프에게 사로잡힌 해신처럼 입을 벌리고 서 있었다.

카라 쾨즈가 말했다. "그는 장담했던 대로 큰 재산을 모아 군주처럼 돌아왔습니다. 그는 복수하고픈 욕망을 깨끗이 버렸으니 당신은 무사할 것입니다. 그러나 그가 과거에 했던 봉사와 지금 베푸는 자비에 비추어, 응당 그의 몫이라 할 보답을 당신에게 요구합니다."

안드레아 도리아가 물었다. "그러면 그 보답이란 것이 얼마만큼이오?"

"당신의 우정과 푸짐한 저녁식사, 그리고 이 땅을 통과할 통행증입니다." 여마법사가 대답했다.

장군이 물었다. "어느 쪽으로의 통행증을 원하시오? 이런 무시무시한 무리를 이끌고 어디로 가려는 거요?"

튀르크인 아르갈리아가 대답했다. "뱃사람이 갈 곳이 고향밖에 더 있겠습니까. 전사가 갈 곳도 고향이지요. 나는 온 세상을 보았고, 신물 나도록 피 맛도 보았고, 재산도 크게 모았으니 이제 쉬고 싶습니다."

안드레아 도리아가 말했다. "자네는 아직도 어린아이에서 벗어나지 못했군. 여전히 긴 여행이 끝나면 고향에서 평화를 찾을 수 있을 거라 생각하다니."

16

마치 피렌체인이
전부 추기경이라도 된 것처럼

마치 피렌체인이 전부 추기경이라도 된 것처럼, 도시의 천대받는 빈자들이 시스티나 성당에 갇혀 있던 붉은 옷의 추기경 전하들을 대신해서 메디치가 출신 교황이 선출된 것을 축하하기 위해 모닥불을 피워 올렸다. 도시 전체에 화염과 연기가 가득해 멀리서 보면 도시가 불타는 것 같았다. 해질녘 바다에서 길을 따라 이쪽으로 오는 여행자가 있었다. 그는 가느다란 눈과 흰 피부, 긴 검은 머리 때문에 고향으로 돌아오는 사람이라기보다는 일본이라고도 하는 지팡구 섬에서 온 머나먼 동방의 전설 속 사무라이, 즉 중국 황제 쿠빌라이칸의 침략군을 물리쳤던 가공할 쿠슈 기사의 후손 같은 이국적인 존재로 보였다. 이 여행자는 자신이 당도한 곳이 참화 현장이라고 믿었을지도 모른다. 발길을 멈추고 말고삐를 틀어쥔 채 장군답게 도도한 자세로 남을 복종시키는 데 익숙한 손을 들어 상황을 살펴보는 편이 나았을지도 모른다. 아르갈리아는 앞으로 여러 달 동안 그 순간을 수없이 떠올리게 될 것이다. 추기경들이 결정을 내리기도 전에 모닥불이 피어올랐지만, 곧 그들의 예언이 옳은 것으로 드러났다. 메디치가의 조반니 데메디치 추기경 레오 10세가 정말 그날 밤 피렌체에서 그의 형제 줄리아노 공작과 병력을 합쳐 교황으로 선출되었다. "그 재수 없는 놈들이 다시 권력을 잡은 걸 생각하면, 제노바에 남아 도리아와 함께 그의 전투선을 타고 세상이 제정신을 되찾을 때까지 훌쩍 떠났어야 했어." 그는 일 마키아를 만났을 때 말했다. "하지만 실은 그녀를 과시하고 싶었어."

"사랑에 빠지면 남자는 바보가 되지." 황제가 모고르 델라모레에게 말했다. "연인의 아름다움을 맨얼굴로 온 세상에 보여준 탓에 결국 그녀를 잃게 되었으니."

여행자가 대꾸했다. "어떤 남자도 카라 쾨즈에게 얼굴을 드러내라고 명령하지 않았습니다. 그녀도 자기 노예에게 그렇게 하도록 명령하지 않았고요. 그녀는 자기 의지로 결정을 내린 것입니다. 거울도 마찬가지였고요."

황제는 입을 다물었다. 시간과 공간을 넘어 그는 사랑에 빠져들고 있었다.

◆◆◆

마흔네 살의 니콜로 '일 마키아'는 늦은 오후에 방앗간 주인 프로시노 우노와 푸주한 가부라, 여인숙 주인 베토리와 함께 페르쿠시나의 선술집에서 카드게임을 했다. 그들은 서로에게 욕설을 해댔지만, 마을의 지주에게만은 입조심을 했다. 그가 술에 취해 그들의 시끄러운 탁자에 함께 앉아 허물없는 사이처럼 굴었어도 말이다. 그는 게임에 지면 두 번, 이기면 세 번 주먹으로 탁자를 쿵쿵 내려쳤다. 그리고 그들에게 똑같이 험한 욕을 퍼붓고, 그 자리의 어느 누구 못지않게 술을 퍼마시고, 그들을 사랑스러운 친구라고 불렀다. 그때 입이 걸고 아무짝에도 쓸모없는 쓰레기 같은 인간인 나무꾼 가글리오포가 눈을 희번덕거리며 다급하게 뛰어 들어왔다. 그는 헐떡거리면서 문가를 가리키며 새된 목소리로 외쳤다. "백 명도 넘는 사람이 몰려와. 내가 거짓말쟁이라면 내 궁둥짝을 두 번 걷어차도 좋아. 중무장을 하고 말 탄 거인들과 함께 이쪽으로 오고 있어!" 니콜로는 손에 카드를 든 채 자리에서 일어섰다. "자, 이보게들, 난 이제 죽은 몸이네. 위대한 줄리아노 공작께서 나를 없애버리기로 결정하셨어. 오늘 저녁 즐거운 자리를 마련해 고단했던 하루의 끝에 내 머리에서 그 생각을 잠시나마 몰아낼 수 있게 해줘서 고맙네. 이제 처에게 작별 인사를 하고 떠나야겠네." 가글리오포가 허리를 구부리고 쑤시는 통증을 달래느라 옆구리를 움켜쥔 채 가쁘게 숨을 몰아쉬었다. "그건 아닐지도 몰라요. 우리 제복을 입지 않았거든요. 망할 외국인입니다요. 리구리아나 아니면 그보다 더 먼 곳에서 온 자들입니다. 여자도 같이 말을 타고 오고 있어요. 그들과 함께 있으니 외국인일 텐데, 그 마녀 한 쌍을 한번 보기만 하면 고것들이랑 한번 해보고 싶은 욕구가 돼지

콜레라처럼 확 일어날 겁니다. 제 말이 거짓말이면 저는 뒈져도 쌉니다요."

이 사람들은 좋은 사람들이다, 일 마키아는 생각했다. 이 몇 안 되는 나의 사람들은. 하지만 피렌체인은 거의 다 반역자다. 공화국을 배신하고 메디치가를 다시 불러들인 것이 바로 그들이었다. 그는 진정한 공화주의자로서, 제2공관 서기이자 외교관, 피렌체 시민군의 창설자로서 그들을 위해 헌신했는데, 그들은 그를 배신했다. 공화국이 몰락하고 국가기관의 수장이었던 곤팔로니에레* 피에르 소데리니가 해고되면서 일 마키아도 같이 해고되었다. 십사 년 동안이나 충성을 다해 일했는데 시민들은 충성 따윈 안중에도 없다는 식이었다. 권력 앞에서 그들은 바보였다. 일 마키아가 고문자들이 기다리는 도시의 구불구불한 지하로 끌려가게 내버려두었다. 이런 자들한테는 잘해줄 필요가 없었다. 공화국은 이자들에게 과분하다. 이런 자들한테는 폭군이 어울린다. 어쩌면 사람은 모두, 어디에서나, 항상 다 똑같은지도 모른다. 그가 함께 술을 마시고 카드게임을 했던 이 촌뜨기들과 친구 두엇, 예를 들면 아고스티노 베스푸치 정도만 빼고. 천만다행하게도 그들은 아고를 고문하지 않았다. 그는 강하지 못했다. 고문당했다면 죄다 불어버렸을 것이다. 그러고 나면 그들은 그를 죽였을 것이다. 물론 고문 중에 죽지 않았다면 말이지만. 어쨌든 그들은 일 마키아의 하급자인 아고는 원하지 않았다. 그들이 죽이고 싶어한 사람은 바로 일 마

---

* 중세 이탈리아 도시 국가의 고위 행정관.

키아였다.

그들에게 그는 과분했다. 이 촌뜨기들은 그와 함께할 자격이 있지만, 일반적으로 사람들에게는 잔인한 군주로 족했다. 그의 육체를 관통한 고통은 고통이 아니라 깨달음이었다. 사람들에 대한 그의 마지막 남은 신뢰마저 산산이 부숴버리는 교훈적인 고통이었다. 그는 그들에게 헌신했는데 그들은 빛도 없는 지하 감옥, 이름 없는 자들이 역시 이름 없는 자들의 육체에 이름 붙일 수 없는 짓을 하는 이름 없는 장소에서 고통으로 갚았다. 거기에서 이름은 중요하지 않았다. 고통만이 중요했다. 고통 다음에는 자백이, 그다음에는 죽음이 뒤따랐다. 사람들은 그의 죽음을 원했다. 아니, 그 정도까지는 아니라 해도 그가 죽건 살건 관심이 없었다. 전 세계에 인간 개인의 영혼이 지닌 가치와 자유에 대한 사상을 전파했던 도시에서 그들은 그에게 아무런 가치도 두지 않았고, 그의 영혼의 자유나 육체의 존귀함에 손톱만큼도 신경 쓰지 않았다. 그는 십사 년에 걸쳐 그들에게 정직하고 영예로운 봉사를 다했는데 그들은 그의 지고한 생명에는 아랑곳하지 않았다. 이런 자들은 무시해버려야 한다. 사랑도 정의도 행할 능력이 없는 쓸모없는 인간들이다. 이런 자들은 더는 문제도 되지 않는다. 제일 중요한 존재가 아니라 없어도 그만인 자들이니까. 중요한 존재는 오직 폭군뿐이다. 사람들의 애정은 변덕스럽고 쉽사리 변하므로, 이런 애정을 좇는 것은 어리석은 짓이다. 애정 따위는 없다. 있는 것은 권력뿐이다.

그들은 서서히 그에게서 품위를 빼앗아갔다. 그는 피렌체 영토를 떠나는 것을 금지당했다. 여행을 무척 좋아하는 사람이었는데.

그는 베키오 궁전 출입도 금지당했다. 그토록 오랜 세월 거기에서 일해왔고, 그곳의 일부였는데. 그는 자기 후임인 미켈로치에게 횡령 혐의로 심문을 받았다. 메디치가에 누구보다 앞장서서 아첨을 일삼는 자에게. 그러나 마키아는 공화국의 정직한 종복이었기에 어떤 불법행위의 흔적도 발견되지 않았다. 그러자 그의 이름이 적힌 종이를 그가 알지도 못하는 자의 호주머니에서 찾아내 그를 이름 모를 곳에 가두었다. 그자의 이름은 보스콜리였다. 너무 허술해서 착수하기도 전에 발각되어버린 메디치가에 대한 역모를 꾸민 네 바보 가운데 한 사람. 보스콜리의 주머니에서 이십여 명의 명단이 나왔다. 바보가 생각하는 메디치가의 적이었다. 그 이름 중에 마키아벨리도 있었다.

사람이 고문실에 한번 들어갔다 나오면, 그의 감각이 죽을 때까지 잊지 못하는 것들이 있다. 축축한 어둠이라든가 인간의 오물에서 풍기는 싸늘한 악취, 생쥐, 비명 소리 등이다. 사람이 한번 고문을 받고 나면, 그의 몸 중 어딘가는 언제까지나 그 고통을 느낀다. 스트라파도라는 형벌은 사람을 바로 죽이지 않고 가할 수 있는 가장 끔찍한 고통을 준다. 손목을 등 뒤로 묶고, 묶은 밧줄을 천장에 매달린 도르래에 건다. 밧줄에 매달려 발이 땅에서 들어올려지면, 어깨에 가해지는 고통은 온 세상이 된다. 피렌체와 그곳의 강만이 아니라, 이탈리아만이 아니라 신의 모든 자비로움까지 이 고통으로 지워진다. 고통은 새로운 세계다. 일 마키아는 아무 생각도 더는 할 수 없게 되기 직전에, 이후에 무슨 일이 벌어질지 생각하지 않기 위해 다른 신세계와 야고의 사촌이며 곤팔로니에레 소데리니의 친구인 아메리고를 생각했다. 콜럼버스와 함께 대양에 배를 두 동강 내는 괴물 따위는 없으며, 적도까지 가도 불에 타버리지 않고, 서쪽으로 아주 멀리 항해해 나가도 진흙 바다로 변하지 않는다는 것을 증명한, 그리고 그보다 훨씬 더 중요한 것으로 얼간이 콜럼버스는 죽었다 깨어나도 깨닫지 못했을 사실, 즉 대양의 끝에 있는 땅이 인도가 아니라는 사실을 알았을 만큼 똑똑했던 그 방랑자를. 그 땅은 인도와 아무 상관도 없었다. 실은 완전히 새로운 세계였다. 이제 그 신세계는 메디치가의 명령에 따라 부인될 것인가, 칙령에 의해 취소되고 사랑이나 성실, 자유처럼 그저 또하나의 불운한 사상이 되어 몰락한 공화국과 함께, 소데리니와 그 자신까지 포함해 나머지 패자들과 함께 쓰러지고 말 것인가? 일 마키아는 생각했다. 메디치가의 손이 뻗치지 않는 세비야에 안전하게 있다니, 운도 좋은 뱃놈이군. 아메리고는 늙고 병들었지만 안전했다. 적어도 모든 방랑을 끝내고 평화롭게 죽음을 맞을 수 있을 것이다. 이런 생각을 하는데 밧줄이 처음으로 그를 들어올렸다. 그러자 아메리고와 신세계는 사라지고 다시 구세계가 돌아왔다.

그놈들이 여섯 차례나 나를 들어올렸지만 난 아무것도 자백하지 않았어. 자백할 게 없었으니까. 고문을 끝낸 뒤 그들은 그를 다시 감방에 가두고 마치 그의 존재를 잊어버린 척, 쥐가 설치는 어둠 속에서 서서히 죽어가도록 그를 내버려둘 셈인 척했다. 그러다 결국, 뜻밖에도 그는 풀려났다. 치욕과 망각, 결혼생활 속으로. 페르쿠시나로 풀려났다. 그는 아고 베스푸치와 함께 숲을 거닐며 맨드레이크 뿌리를 찾았지만, 이제 그들은 어린아이가 아니었다. 그들의 희망은 빛나는 미래 대신 무너진 과거에 있었다. 맨드레이크를 찾던 시절은 지나가버렸다. 옛날에 아고가 라 피오렌티나의 음료에 맨드레이크 가루를 넣어 자기한테 반하게 만들려고 한 적이 있었다. 그러나 영리한 알레산드라는 그런 수법에 걸려들지 않았다. 그녀에게는 맨드레이크 마법이 통하지 않았다. 도리어 그녀가 아고에게 나름대로 무시무시한 벌을 내릴 준비를 했다. 맨드레이크 가루를 마신 그날 밤, 그녀는 평생 고수해온 까다로운 태도를 버리고 그 오만한 침대에 보잘것없는 아고를 들였다. 그리고 그에게 사십오 분 동안 농밀한 천상의 환희를 선사한 다음 싸늘하게 그를 내치고는, 그가 떠나기 전에 맨드레이크의 비밀스러운 저주를 상기시켰다. 그 뿌리의 힘으로 여자와 사랑을 나눈 남자는 여자가 하룻밤 내내 그와 같이 머무는 것으로 그의 생명을 구해주지 않으면 여드레 안에 죽는다는 것이었다. 그녀는 말했다. "물론 내가 그렇게 해줄 리는 없지요." 유달리 마법에 집착하는 만큼 미신을 겁내는 아고는 곧 죽음이 닥칠 거라고 굳게 믿고 여드레를 보냈다. 그는 팔다리로 서서히 기어 올라와 차가운 손가락으로 그를 애무하고, 서서히, 서서히 그의 고환과 심장을 조여오는 죽음의 존재를 느끼기 시작했다. 아흐레째 아침 그는 살아서 눈을 떴지만, 마음을 놓지 못했다. 그는 일 마키아에게 말했다. "살아 있는 죽음은 죽은 자의 죽음보다 더 나빠. 살았어도 죽은 자는 여전히 실연의 고통을 느낄 수 있으니까."

이제 니콜로는 살아 있는 죽음에 대해 뭔가 알았다. 죽은 자의 죽음을 간발의 차로 피하기는 했지만, 그 역시 이제 불쌍한 아고 못지않은 죽은 개 신세였으니까. 그들은 둘 다 삶으로부터, 일자리로부터, 알레산드라 피오렌티나의 집 같은 최상급 살롱으로부터, 자기들이 존재하는 진정한 이유라 믿었던 것으로부터 쫓겨났다. 그렇다. 그들은 상심한 개였다. 개보다 못한 존재였다. 게다가 결혼한 개였다. 그는 매일 밤 저녁 식탁 맞은편에 앉은 아내를 물끄러미 쳐다만 볼 뿐 할 말을 찾지 못했다. 마리에타, 아내의 이름이었다. 그리고 그의 아이들, 그들의 아이들, 그들의 많고도 많은 아이들이 있었다. 그렇다, 그는 여느 사람들처럼 물론 결혼했고 아이도 있었다. 그러나 그것은 다른 시대, 그가 무심히 영광을 누리던 시대의 얘기였다. 그 시절에 그는 활력을 유지하기 위해 매일 다른 여자와 잠자리를 했고, 물론 아내와도 적어도 여섯 번은 관계를 가졌다. 그의 속옷과 수건을 깁는 마리에타 코르시니, 그의 아내는 아는 것이 아무것도 없고, 그의 철학을 이해하지도, 그의 농담에 웃지도 않았다. 아내만 빼고 온 세상 사람이 그를 재미있는 사람이라고 생각했지만, 그녀는 곧이곧대로 듣는 사람이라 그가 무슨 말을 하든 그대로 받아들였다. 암시나 비유는 그저 여자를 속여먹으려고, 무슨 일이 벌어지는지 모르게 하려고 남자가 써먹는 수작으로나 여겼다. 그는 아내를 사랑했다. 그건 사실이었다. 그녀를 가족의 한 사람으로 사랑했다. 말하자면 오누이처럼. 아내와 잠자리를 할 때면 아주 약간 **나쁜 짓**을 하는 듯한 느낌이 들었다. 마치 여동생과 그짓을 하는 것처럼 근친상간을 저지르는 기분이었다. 사실 아내와 함께 누워 있을 때면 이 생각만이 유일하게 그를 흥분시켰다. 난 지금 여동생이랑 그짓을 하는 거야, 그는 속으로 중얼거리며 절정에 올랐다.

아내도 여느 아내가 제 남편의 마음을 알듯 그의 속마음을 알았고, 그 때문에 마음이 편치 않았다. 그는 그녀에게 예의를 지켰고, 나름대로 그녀에게 깊이 마음을 썼다. 마리에타 부인과 여섯 아이, 그가 먹여 살려야 할 입이었다. 마리에타는 어이없을 정도로 애를 잘 가졌다. 손만 댔다 하면 배가 남산만 해져서 베르나르도, 구이도, 바르톨로메아, 토토, 프리마베라, 그의 이름을 딴 로도비코를 쑥쑥 낳았다. 그의 아비 노릇은 끝나지 않을 것 같았다. 요즘은 돈도 무척 쪼들렸다. 시뇨라 마키아벨리. 그녀가 마치 자기 집이 불타기라도 한 사람처럼 황망히 선술집으로 들이닥쳤다. 그녀는 주름장식을 한 실내용 모자를 쓰고 입이 조그마한 계란형 얼굴 옆으로 고수머리를 지저분하게 늘어뜨리고 손을 오리 날개처럼 파닥거렸다. 오리 얘기가 나왔으니 말인데, 그녀가 오리처럼 뒤뚱뒤뚱 걷는다는 것을 인정하지 않을 수 없다. 그의 아내는 뒤뚱거렸다. 그는 뒤뚱거리는 아내와 결혼했다. 이제 두 번 다시 아내의 은밀한 곳을 더듬는 상상은 할 수도 없었다. 더는 그녀에게 손을 댈 이유도 없었다.

"여보." 그녀가 그야말로 꽥꽥대며 외쳤다. "길을 따라 뭐가 오는지 봤수?"

"뭔데 그래요, 여보?" 그는 걱정스럽게 대꾸했다.

"이 지역에 좋지 않은 거예요. 말 탄 사신과 그를 따르는 귀신들 같아요. 옆에 마귀 여왕도 있는 것 같고."

여마법사 안젤리카, 소위 피렌체의 여마법사로 유명세인지 악명인지를 떨치게 되는 여인이 페르쿠시나의 산탄드레아에 나타나자, 남자들은 들판에서, 여자들은 부엌에서 앞치마에 밀가루 반죽이 묻은 손가락을 닦으며 모여들었다. 나무꾼이 숲에서 나오고, 푸주한 가부라의 아들이 푸줏간에서 피 묻은 손으로 뛰쳐나오고, 도공이 가마를 팽개쳐두고 달려왔다. 방앗간 주인 프로시노 우노와 쌍둥이 형제 프로시노 두에는 밀가루투성이로 방앗간에서 튀어나왔다. 전투에서 얻은 흉터투성이로 강인해 보이는 스탐불의 근위보병들은 볼만한 구경거리였다. 백마를 탄 백변증 스위스 거인 네 명도 이런 지역에서 매일 볼 수 있는 모습은 아니었다. 기마행렬 앞에 선, 시뇨라 마키아벨리가 사신인 줄 알았던 희디흰 피부에 검디검은 머리카락의 인상적인 인물, 창백한 얼굴의 대장 또한 확실히 놀랄 만했다. 그가 지나가자 아이들이 몸을 움츠렸다. 그는 절멸의 천사든 아니든, 자신을 위해서든 다른 누구를 위해서든 너무나 많은 죽음을 봐왔던 것이다. 그러나 설령 그가 죽음의 천사라 하더라도 이상하리만치 낯이 익어 보였고 그 지역 방언을 완벽하게 구사해서, 사람들은 사신이 그림자의 세계로 우리를 데려갈 때조차 늘 그 지역에 어울리는 태도로, 우리가 쓰는 속어를 쓰고 우리의 비밀을 알고 우리의 은밀한 농담까지 공유하는 것인가 의아했다.

그러나 모두의 눈길을 순식간에 사로잡은 것은 마리에타 코르시니 마키아벨리가 '마귀 여왕'이라 했던 두 여자였다. 그들이 남자처럼 다리를 벌리고 말을 타고 있었기 때문에 구경하던 여자와 남자 들은 각기 다른 이유로 입을 다물지 못했다. 마치 여인들이 베일을 벗었던 초기에 자기들을 쳐다보는 눈에서 빛을 빨아들여 사람을 홀리고 환상을 일으키는 힘을 덧붙여 자기들이 원래 지닌 광휘인 양 다시 내뿜었던 것처럼, 그들의 얼굴은 계시의 빛으로 눈부시게 빛났다. 프로시노 형제는 가까운 장래에 함께 혼례를 올리는 상상을 하며 꿈꾸는 듯한 표정을 지었다. 그러나 그들은 정신이 몽롱한 와중에도 날카로운 눈썰미로 이 경이로운 여인들이 완전히 똑같지는 않으며, 아마 혈연관계도 아닐 것이라는 사실을 알아챘다. 밀가루 범벅인 프로시노 두에가 말했다. "첫번째 여자가 주인이고 다른 여자가 하녀야." 그러고는 둘 중에 더 시인 기질이 있었기에 이렇게 덧붙였다. "그들은 태양과 달, 소리와 메아리, 하늘과 그 하늘이 호수에 비친 모습 같아." 형은 직설적인 타입이었다. "그러면 내가 첫번째 여자를 가질 테니 넌 두번째 여자로 해." 프로시노 우노가 말했다. "두번째 여자도 아름다우니까, 너도 손해 보는 건 아니야. 하지만 첫번째 여자 옆에 세워놓으면 두번째는 눈에 들어오지도 않을걸. 넌 한쪽 눈을 감고 네 여자를 봐야 해. 그래야 네 여자도 예쁘다는 것을 알게 될 테니까." 십일 분 먼저 태어난 형으로서 그는 먼저 고르는 특권을 차지했다. 프로시노 두에가 막 항의하려던 그때 첫번째 여인, 여주인이 형제 쪽으로 똑바로 시선을 돌리고 완벽한 이탈리아어로 동행에게 속삭였다.

"무슨 생각 하니, 나의 안젤리카?"

"저의 안젤리카님, 저들에게는 저들만의 단순한 매력이 없지만은 않은데요."

"물론 그건 금지된 것이지, 나의 안젤리카."

"저의 안젤리카님, 물론입니다. 하지만 저들의 꿈속에 찾아갈 수도 있을 것입니다."

"우리 둘이 저 둘을 찾아가자고, 나의 안젤리카?"

"저의 안젤리카님, 꿈에서 그렇게 하는 편이 더 나을 겁니다."

그들은 천사였다. 악마가 아니라 마음을 읽는 천사였다. 틀림없이 날개를 옷 속에 고이 접어두었을 것이다. 프로시노 형제는 얼굴이 빨개져서 몸을 움츠리고 주변을 돌아보았지만, 말 탄 천사들의 말을 들은 사람은 자기들뿐인 것 같았다. 물론 있을 수 없는 일이었다. 그러니 더더욱 뭔가 신성한 일이 벌어졌다는 증거였다. 신성한 것이거나 밀교적인 것이거나. 그러나 이들은 천사, 천사들이었다. '안젤리카', 그들이 공유하는 이름은 분명히 악마의 단서가 아니었다. 그들은 방앗간 주인들에게 그들 같은 남자는 정말 꿈에서나 맛볼 수 있는 기쁨을 약속한 꿈의 천사였다. 천상의 기쁨. 갑자기 그들의 입에서 키들거리는 웃음이 터져나왔고, 형제는 돌아서서 다리를 있는 힘껏 놀려 방앗간으로 달려갔다. "너희 어디 가냐?" 푸주한 가부라가 그들의 뒤에 대고 외쳤지만, 지금 당장 뛰어가 자리에 누워 눈을 꼭 감고 있어야 한다는 말을 어떻게 할 수 있겠는가? 왜 잠자는 것이 그토록 중요한지, 왜 어느 때보다 더 중요한지 어떻게 명확히 설명하겠는가?

행렬은 베토리의 선술집 밖에서 멈췄다. 지친 말 울음소리만 정적을 깼다. 일 마키아는 다른 사람들처럼 여자들을 쳐다보다가, 창백한 전사의 입에서 흘러나오는 아르갈리아의 목소리를 듣는 순간 아름다운 곳에서 악취 풍기는 오물구덩이 속으로 끌려 들어간 듯한 기분을 느꼈다. 목소리가 말했다. "왜 그래, 니콜로. 친구를 잊으면 너 자신마저 잊게 된다는 걸 모르나?" 마리에타는 겁에 질려 남편의 팔을 꽉 움켜쥐고는 남편의 귀에 속삭였다. "사신이 오늘 당신 친구가 되었다면, 밤이 가기 전에 당신 자식들은 고아가 되겠구려." 일 마키아는 사람을 취하게 하는 외풍 한 줄기에 어깨를 움츠리듯 몸을 부르르 떨며 말 탄 자의 눈을 침착하게, 냉정하게 바라보았다. 그는 부드럽게 말했다. "처음에는 세 친구가 있었지. 니콜로 '일 마키아', 아고스티노 베스푸치, 안토니노 아르갈리아. 소년 시절 그들의 세계는 마법의 숲이었어. 그러던 중 니노의 부모님이 역병으로 돌아가셨지. 그는 행운을 찾아 떠났고 친구들은 그를 다시는 보지 못했어." 마리에타는 남편과 이방인을 번갈아 쳐다보았다. 이제 알겠다는 빛이 천천히 그녀의 얼굴에 퍼졌다.

니콜로가 결론을 지었다. "긴 세월을 영혼은 지옥에 떨어지고 육체는 고문대에 매달려도 쌀 만큼 조국과 신을 거스르는 짓을 저지르고 다닌 후, 파샤 아르갈리아—아르칼리아, 아르콸리아, 알갈리야인지 이름조차 거짓이 되어버린 그가 더는 제 고향이 아닌 곳으로 돌아왔어."

일 마키아는 그다지 신심이 깊은 사람이 아니었지만, 그래도 기독교인이었다. 미사에는 잘 나가지 않았어도 다른 종교는 전부 거짓이라고 믿었다. 당대의 전쟁 대부분을 교황 책임으로 보았고, 주교와 추기경을 범죄자로 생각했지만, 추기경과 교황은 그가 말하는 세계의 본질에 관한 이야기를 군주보다는 더 잘 들어주었다. 선술집 친구들한테 교황청의 타락이 이탈리아인을 어떻게 신앙으로부터 멀어지게 했는지 목청껏 열변을 토하곤 했지만, 이교도는 아니었다. 두말할 것도 없이 아니었다. 그는 이슬람 술탄의 법에서 어떤 점은 기꺼이 배울 용의가 있다고 인정했을 뿐 아니라 칭찬까지 했지만, 그런 권력자의 휘하에 들어간다는 것은 생각만 해도 구역질이 났다.

자신의 육체와 정신에 저질러진 짓들 때문에 창문에서 뛰어내려 죽은 아름다운 소녀, 부르주의 안젤리크 쾨르, 천사의 심장, 기억의 궁전 문제도 있었다. 이 문제를 아내 앞에서는 절대 들먹일 수 없었다. 그의 아내는 질투심이 강했다. 그는 자기가 아내를 그런 성격으로 만들었으며, 아내가 아니라 실은 바르베라 라파카니 살루타티라는 여인에 대한 사랑에 불타고 있다는 데 죄책감을 느꼈다. 그녀는 너무나 달콤한 목소리로 노래를 부르고, 너무나 많은 것을 훌륭하게 연기하는 콘트랄토 가수였다. 그렇다, 바르베라, 바르베라, 그래! 예전만큼 젊지는 않지만 여전히 그보다 훨씬 젊고, 아름다웠던 청춘 시절 내내 늙은 남자를 설명할 수 없을 정도로 기꺼이 사랑해줬던 여자…… 그러니까, 요컨대 다른 데에 정신을 팔 경우 초래될 결과를 고려해본다면 지금은 신성모독과 반역 문제에만 집중하는 편이 나았다.

"파샤 님," 그는 박쥐 날개 같은 눈썹을 못마땅한 듯 잔뜩 힘주어 찌푸리며 소년 시절의 친구를 맞이했다. "어인 일로 이교도가 이곳 기독교인의 땅에 오셨습니까?"

아르갈리아가 대답했다. "부탁이 하나 있어. 나를 위한 것은 아니고."

◆◈◆

소년 시절의 두 친구는 일 마키아의 서재에서 책과 종이 더미에 둘러싸여 한 시간이 넘게 단둘이 있었다. 날이 어두워졌다. 마을 사람들은 대부분 흩어져 하던 일로 돌아갔지만, 아직도 많은 사람이 남아 있었다. 근위보병들은 말을 탄 채 꼼짝도 않고 그 자리에 그대로 있었고, 두 여인도 마키아벨리의 하녀가 내민 물만 받아 마셨을 뿐 그대로 있었다. 그러다 밤이 되자 두 사람은 다시 밖으로 나왔다. 일종의 휴전이 이루어진 게 분명했다. 아르갈리아가 손짓을 하자 근위보병들이 말에서 내렸다. 아르갈리아는 직접 카라 쾨즈와 거울이 말에서 내리는 것을 도왔다. 병사들은 밤을 보낼 천막을 쳤다. 어떤 이들은 그레베 부근 작은 밭에, 어떤 이들은 폰탈라, 일포조, 몬테파글리아노의 농장에. 네 명의 스위스 거인은 라 스트라다 저택에 남아 마당에 천막을 치고 주민의 안전을 지키는 보호자처럼 행동했다. 그러나 그들은 일단 한숨 돌리며 휴식을 취한 다음 다시 출발할 예정이었다. 뒤에 무언가 귀중한 것을 남겨두고.

여자들이 묵으러 올 거라고 니콜로가 아내에게 알렸다. 외국 여인으로, 무굴 공주와 그녀의 시녀라고 했다. 마리에타는 그 소식을 마치 사형선고처럼 받아들였다. 미모에 살해당하고, 남편의 끝없는 정욕의 말뚝에 묶여 화형당할 것이다. 페르쿠시나에서 여태껏 누구도 본 적이 없을 만큼 아름답고 매력적인 여성들, 마귀 여왕들이 그녀의 지붕 아래 묵는 것이다. 그들의 존재에 가려 마리에타는 소멸해버릴 것이다. 두 여인만 존재하게 될 것이다. 그녀는 남편의 존재하지 않는 아내가 될 것이다. 식사시간이면 음식이 식탁에 차려지고 빨래가 되고 집이 정돈되어도, 압도적인 매력으로 그 자리에서 그녀의 존재를 간단히 지워버릴 외국 마녀들의 눈속에 빠져 남편은 이런 일을 누가 하는지 알아차리지도 못할 것이다. 아이들도 로마 가도를 따라 여덟 개의 운하에 있는 집으로 옮겨야 할 것이다. 그녀는 그곳과 라 스트라다 사이를 오가야 할 것이다. 그건 말도 안 된다. 있을 수 없는 일이다. 그렇게 되도록 놔두지 않을 것이다.

그녀는 사람들이 다 보는 앞에서, 온 마을과 백변증 거인들과 죽은 자들 사이에서 돌아온 사신 아르갈리아가 보는 앞에서 남편을 닦아세우기 시작했다. 그러자 일 마키아가 한 손을 들어올렸다. 순간 그는 바로 얼마 전까지 그랬던 것처럼 피렌체의 고관대작답게 보였다. 그녀는 남편이 진심이라는 것을 알아차리고 입을 다물었다.

"좋아요. 하지만 공주님한테 어울릴 궁전 따위를 내줄 능력은 없으니 불평하지 않는 게 좋을 거예요."

바람둥이 남편과 십일 년 동안 결혼생활을 하다보니 시뇨라 마리에타의 성질은 많이 날카로워졌고, 이제 남편은 뻔뻔스럽게도 아내의 성깔이 못돼서 창녀 바르베라의 침실 같은 곳을 찾지 않을 수 없노라고 아내 탓을 하기까지 했다. 쇳소리나 질러대는 살루타티는 마리에타 코르시니보다 오래 살아서 그녀의 왕국을 빼앗고, 라 코르시니가 안주인이자 니콜로 아이들의 어미 노릇을 했던 라스트라다 저택의 부부 침실로 들어올 작정을 하고 있었다. 마리에타는 백열한 살까지 살아서 라이벌이 땅에 묻히는 꼴을 보고, 보름달이 뜬 밤에 무덤 위에서 벌거벗고 춤을 추겠다고 단단히 마음먹었다. 그녀는 악의에 불타는 자신의 꿈에 소름이 끼쳤지만, 그 꿈에 담긴 진실은 부인하지 못했다. 그녀는 다른 여자의 죽음을 기뻐할 수 있었다. 어쩌면 그 죽음이 더 빨리 오도록 만들 수도 있었다. 그녀는 마법에 대해 거의 아는 게 없어서 주문은 늘 실패했으므로, 살인밖에 방법이 없다고 생각했다. 한번은 남편과 관계를 갖기 전에 성스러운 연고를 온몸에 바른 적이 있었다. 남편이 그녀와 관계를 갖지 않고는 배길 수 없게 만들어줄 약이라고 했다. 만약 그녀가 마법을 더 잘 쓸 수 있었다면 남편을 영원히 자기에게 묶어둘 수도 있었을 것이다. 그러나 남편은 다음 날 오후가 되자 평소처럼 바르베라한테 가버렸다. 그녀는 멀어지는 남편의 등에 대고 성유(聖油)의 거룩함을 존중할 줄도 모르는 불경스러운 오입쟁이라고 욕설을 퍼부어댔다.

물론 남편은 그녀의 말을 귓등으로도 듣지 않았지만, 아이들은 들었다. 아이들의 눈은 어디에나 있었고, 아이들의 귀는 모든 것을 들었다. 아이들은 집안의 속삭이는 양심과도 같은 존재였다.

그녀는 아이들을 먹이고 옷을 기워주고 열이 나면 이마에 찬 물수건을 대주어야 한다는 것만 아니면 아이들이 그녀의 성령이라고 생각했을지도 모른다. 그런 걸 해줘야만 했기 때문에 아이들은 진짜였다. 그러나 그녀의 분노와 질투는 아이들보다 더 진짜였고, 그 때문에 아이들은 그녀의 관심에서 밀려났다. 아이들은 눈이고 귀이고 입이고, 밤에는 달콤한 숨결이었다. 아이들은 구석으로 밀려났다. 그녀의 시야를 온통 채운 것은 바로 이 남자, 그녀의 남편, 너무 무뚝뚝하고 너무 박식하고 너무 매력적인 실패자, 쫓겨난 자, 추방자, 아직도 인생에서 진정 가치 있는 것이 무엇인지 이해하지 못한 자였다. 스트라파도조차 그에게 사랑과 소박함의 가치를 가르쳐주지 못했다. 그는 온 힘을 다해 봉사했던 시민들에 의해 일자리를 잃고서도 애정과 충성을 대중이 아니라 가까운 가족에게 주는 편이 더 낫다는 것을 깨닫지 못했다. 그의 아내는 착한 사람이었다. 그녀는 그에게 애정이 넘치는 아내였지만, 그는 싸구려 젊은 계집 꽁무니나 쫓아다녔다. 그는 품위 있고 박식하고 작지만 먹고살기에 충분한 영지도 있었지만, 메디치 궁전에 매일 아무거라도 공무를 달라고 비굴하게 애걸하는 굴욕적인 편지를 썼다. 그 편지는 어둡고 회의주의적인 천재인 그에게 어울리지 않는 아첨으로 가득했다. 그는 소중히 여겨야 할 것을 경멸했다. 이 보잘것없는 재산, 이 토지, 이 집, 이 숲과 밭, 그의 땅 한 귀퉁이의 겸허한 여신인 여자를.

단순한 것들. 동트기 전 개똥지빠귀 덫 놓기, 뒤엉킨 덩굴, 동물, 농장. 그에게는 읽고 쓸 시간, 정신의 힘으로 어느 군주와도 겨룰 수 있는 시간이 있었다. 그의 정신이야말로 그에겐 최상의 것이었다. 그는 여전히 중요한 것은 전부 가졌지만, 격한 좌절감과 쫓겨났다는 고통에 사로잡혀 제 몸을 누일 새로운 숙소만 찾으려 했다. 아니면 특별한 휴식 장소인 바르베라, 노래하는 창녀 곁에만 있으려 하거나. 이 도시 저 도시에서 맨드레이크 뿌리를 소재로 한 그의 새 연극을 공연할 때면, 그는 막간에 관객을 즐겁게 해주기 위한 노래 공연을 그녀에게 맡기도록 했다. 관객이 귀가 아파 넌더리를 내며 뛰쳐나가지 않다니 놀랄 일이었다. 그의 착한 아내가 그의 포도주에 독을 넣지 않은 것도 놀랄 일이었다. 신이 선량한 여자는 쭈그러들고 늙어가게 놔두는 반면, 바르베라같이 닳고 닳은 계집은 잘 먹고 잘 살도록 놔둔다는 것도 놀라운 일이었다.

마리에타는 혼잣말을 했다. "하지만 이제 고 돼지 멱따는 소리나 내는 년하고 나하고 같은 처지가 된 것일지도 몰라. 어쩌면 이제 행복한 우리 피렌체인의 생활방식을 망쳐놓으러 온 마녀라는 새로운 문제를 놓고 같이 의논을 해야 할지도 모르겠군."

◆━◆━◆

매일 저녁 막강한 사자와 환담을 나누는 것이 니콜로의 습관이었다. 여기, 이 방에서 그는 이제 소년 시절의 친구와 마주 앉아 온몸을 파도처럼 덮쳐오는 적의를 접어둘 수 있을지, 아니면 서로 평생 적이 될 운명을 타고난 것인지 가늠해보았다. 그는 속으로 죽은 자들에게 조언을 구했다. 그는 고대의 많은 영웅과 악한, 철학자, 행동가와 가까이 지냈다. 홀로 있을 때면 그들이 그의 주변에 모여 논쟁을 벌이고 설명을 하거나, 그를 그들의 영원히 끝나지 않는 전투로 데려가기도 했다. 그는 로마와 그리스의 나머지 도시국가에 맞서 도시를 지키는 스파르타의 군주 나비스를 보기도 하고, 도공의 아들로 태어나 오로지 사악함만으로 시라쿠사의 왕이 된 시칠리아인 아가토클레스의 출세를 목격하기도 했다. 마케도니아의 알렉산드로스 대왕과 함께 페르시아의 다리우스 대왕에 맞서 말을 달리기도 했는데, 그럴 때면 마음에 쳐져 있던 장막이 열리면서 세상이 좀더 명확해지는 느낌이었다. 과거는 적절히 이용할 수만 있다면 동시대의 어떤 등불보다 현재를 더 밝게 비춰줄 수 있는 빛이었다. 위대함은 올림포스의 신성한 불꽃과도 같아서, 위대한 자들의 손에서 손으로 전해 내려온다. 알렉산드로스 대왕은 아킬레우스를 본보기로 삼았고, 카이사르는 알렉산드로스의 발자취를 따랐다. 이해한다는 것 또한 이러한 불꽃이다. 지식은 결코 인간의 정신에서 그냥 태어나지 않는다. 그것은 늘 다시 태어난다. 한 세대에서 다음 세대로, 재탄생의 주기를 거치며 대를 이어 내려오는 것, 그것이 지혜다. 그 외의 것은 전부 야만이다.

그러나 야만인은 어디에나 있었고, 어디에서나 승승장구했다. 스위스인, 프랑스인, 스페인인, 독일인 모두가 이 그칠 줄 모르는 전쟁의 시대에 이탈리아를 짓밟았다. 프랑스인이 침략해 들어와 이탈리아 땅에서 교황, 베네치아인, 스페인인, 독일인과 싸웠다. 그러고는 눈 깜짝할 사이에 프랑스인과 교황과 베네치아인과 피렌체인 대 밀라노인의 싸움이 되었다. 그다음에는 교황, 프랑스, 스페인, 독일이 베네치아와 싸웠다. 그리고 교황, 베네치아, 스페인, 독일이 프랑스와 싸웠다. 그다음은 롬바르디아의 스위스인이었다. 다음으로 스위스와 프랑스가 싸웠다. 이탈리아는 전쟁의 회전목마가 되었고, 전쟁은 짝을 바꿔가며 추는 춤 또는 음악에 맞춰 의자를 뺏는 게임과 같았다. 그리고 이 모든 전쟁에서 순수하게 이탈리아군으로만 이루어진 어떤 군대도 국경 너머에서 밀려오는 대군과 맞설 능력이 없다는 사실이 분명하게 드러났다.

결국 그가 돌아온 친구와 화해한 이유도 그것이었다. 이탈리아는 야만인을 쫓아내려면 아마도 자기만의 야만인이 필요할 것이다. 어쩌면 오랜 세월 야만인 틈에서 살아왔고, 죽음의 화신 같은 흉포한 야만인 전사로 성장한 아르갈리아가 조국이 필요로 하는 구세주일지 모른다. 아르갈리아의 셔츠에는 튤립이 수놓아져 있었다. 위대한 사자가 그의 귀에 대고 흡족하게 속삭였다. "튤립 속의 사신이라. 이 피렌체 출신 튀르크인이 어쩌면 우리 도시의 행운의 꽃이 될지도 모르겠는걸."

오래 생각한 끝에 일 마키아는 천천히 환영의 손을 내밀었다. "네가 이탈리아를 구원할 수 있다면, 너의 길었던 여행이 신의 섭리에 따른 것으로 밝혀질 수도 있겠지."

아르갈리아는 일 마키아의 가설에 깔린 종교적 의미에 반대했다. 일 마키아가 쾌히 동의했다. "좋아, '구세주'는 너에게 어울리지 않는 칭호야. 그 말이 맞아. 그냥 '개자식'으로 해두지."

마침내 안드레아 도리아는 아르갈리아에게 고향에 돌아가 편히

쉰다는 것은 헛된 꿈에 불과하다는 걸 납득시켰다. "줄리아노 공작이 이렇게 말할 줄 아나? '전투로 단련된 백한 명의 전사와 네 명의 백변증 거인을 이끌고 고향에 잘 돌아왔소, 완전무장한 해적에 반역자에 기독교인을 죽인 근위보병 각하. 당신이 평화롭게 돌아왔고, 이 신사분들 모두가 이제부터는 정원사며 집사며 목수며 페인트공으로 일할 것이라는 당신 말을 믿겠소.' 그따위 헛소리에 갓난애 아니면 누가 속을까. 자네가 당장이라도 전쟁을 벌일 준비가 된 모습으로 나타난 지 오 분도 안 되어 공작은 의용군을 모두 불러 모아 자네 목을 따오라고 보낼 걸세. 그러니 피렌체에 가면 자넨 그 즉시 죽은 목숨이야. 방법이 하나 있기는 하네만." 그 방법이 뭐냐고 아르갈리아는 묻지 않을 수 없었다. "공작은 지금 의용군 사령관이 정말 아쉬운 상황이니까 자네를 고용하라고 내가 말해주는 거네. 자네한테 다른 선택권은 그리 많아 보이지 않는데. 우리 같은 사람은 퇴역도 마음대로 할 수 없는 법이야."

아르갈리아는 일 마키아에게 말했다. "난 공작을 믿지 않아. 덧붙이자면 도리아도 전적으로 신뢰하지는 않고. 그는 항상 인간성 더러운 쓰레기였어. 그런 성격이 나이를 먹었다고 나아졌을 리 없겠지. 어쩌면 줄리아노에게 사자를 보내 아르갈리아가 도시 성벽 안에 발을 들여놓자마자 죽여버리라고 전했을 수도 있지. 그러고도 남을 냉혈한이야. 아니면 마음이 너그러워져서 옛정을 생각해 진짜 나를 추천했을 수도 있고. 사정이 어떤지 알기 전에는 저 여자들을 도시로 데려가고 싶지 않아."

니콜로가 쓸쓸하게 대꾸했다. "그자들이 어떤 입장인지 정확히 알려주지. 도시의 절대적 지배자는 메디치가야. 교황도 메디치가 사람이지. 이곳 사람들은 신도 아마 메디치가 사람일 거라고 말한 다네. 악마로 말하자면, 그놈도 보나마나 같은 족속이 틀림없어. 메디치가 때문에 난 여기에 처박혀 가축이나 치고 손바닥만 한 땅 뙈기를 갈고 땔나무를 팔면서 입에 풀칠이라도 하려고 푼돈을 벌 고 있다네. 자네 친구 아고도 사정이 좋지 않아. 도시에서 평생 동 안 충성스럽게 일한 보답이 이거라네. 자네는 신성모독과 반역을 일삼으며 살다 나타났지만, 바로 그래서 자네의 싸늘한 눈을 보면 누구나 다 알 수 있을 사실, 그러니까 자네가 사람 죽이는 데 이골 이 났다는 것쯤은 공작도 한눈에 알아볼 거야. 그러니 자네한테 내가 설립한 민병대의 지휘를 맡길 공산이 크네. 상비군도 충분히 둘 만큼 부유한 우리 도시에서 돈 한 푼에 벌벌 떠는 동료 시민들 을 설득해 만든 민병대지. 내가 그들을 훈련시켜 전투에 이끌고 나가 옛날에는 우리 것이었던 피사를 포위 공격해 재탈환하는 성 공을 거두었어. 그 민병대, 내 민병대가 제 잇속만 차리며 방탕하 고 죄 많은 인생을 살아온 상으로 자네한테 돌아간다네. 이런 마 당에 어떤 신앙인들 미덕이 결국은 보답받고 죄는 반드시 처단받 는다고 가르칠 수 있겠는가? 쉽지 않지."

"내가 부르러 보낼 때까지 두 여인을 보살펴주게. 운이 좋아 자 리를 얻으면 자네에게 도움될 만한 일을 알아보겠네. 아고한테도."

일 마키아가 대답했다. "훌륭하군. 그러니까 이번에는 자네가 나한테 은혜를 베풀겠다 이 말이지."

삶이 아고스티노 베스푸치를 세게 후려쳤다. 그 바람에 그는 요즘 들어 다른 사람이 되었다. 풀죽고 패배감에 젖어 지저분한 말도 입에 올리지 않았다. 일 마키아와 달리 그는 도시에서 추방당하지 않아서, 오니산티의 집에서 지내거나 끔찍이도 싫어하는 올리브유, 양모, 비단 장사를 했다. 그러나 종종 페르쿠시나의 산탄드레아로 가는 길에 홀로 맨드레이크 숲에 누워 니콜로와 함께 선술집에서 술을 마시며 보드게임을 할 시간이 될 때까지 나뭇잎과 새의 움직임을 지켜보았다. 빛나던 금발은 나이에 맞지 않게 일찍 세고 가늘어져 실제 나이보다 더 들어 보였다. 그는 결혼하지 않았고, 예전처럼 정기적으로 열심히 창녀촌을 찾지도 않았다. 일자리를 잃음으로써 야심이 꺾였다면, 알레산드라 피오렌티나에게 망신을 당함으로써 성욕을 잃었다. 이제 그는 옷도 추레하게 입었고, 돈에도 인색하게 굴기 시작했다. 봉급을 받지 못해도 베스푸치 집안의 재산으로 먹고살 만했으므로 꼭 그럴 필요도 없었는데 말이다. 일 마키아가 피렌체를 떠나 페르쿠시나로 가기 전날 밤, 아고는 만찬 파티를 열어주었다. 파티가 끝나고 그는 손님들에게, 심지어 니콜로한테까지 파티 비용으로 십사 솔디를 내라는 청구서를 주었다. 일 마키아는 그만한 현금이 수중에 없었던 탓에, 십일 솔디만 주었다. 요즘에도 아고는 그에게 삼 솔디 더 받을 것이 있다고 눈살이 찌푸려질 정도로 자주 일깨워주곤 했다.

그러나 일 마키아는 갑자기 인색해졌다고 친구를 나무라지 않았다. 오랜 세월 힘들게 일하고도 시에서 내침을 당한 아고가 자기보다 훨씬 더 충격을 받았다고 믿었기 때문이다. 사랑하는 사람을 잃으면 별의별 기기묘묘한 증상이 다 드러나는 법이다. 아고는 세 친구 중에서 여행을 떠날 이유가 전혀 없었던 사람이었기에, 도시야말로 그에게 필요한 전부이고 그 이상이었다. 일 마키아가 도시를 잃었다면, 아고는 온 세상으로부터 내쳐진 셈이었다. 가끔 그는 피렌체를 영영 떠나 아메리고를 따라 스페인으로 가서 대양을 건너겠다는 말까지 했다. 물론 이런 여행을 생각할 때에도 들뜨는 기색은 전혀 없었다. 마치 삶에서 죽음으로의 여정을 묘사하는 것 같았다. 사촌 아메리고의 사망 소식은 그를 더 깊은 우울증에 빠뜨렸다. 아고는 이전의 어느 때보다 진지하게 이국의 하늘 아래에서 죽음을 맞을 생각을 해보는 것 같았다.

다른 옛 친구들 사이에서는 싸움이 잦아졌다. 비아조 부오나코르시와 안드레아 디 로몰로는 절교했고, 아고랑 일 마키아와도 연을 끊었다. 그러나 베스푸치와 마키아벨리는 여전히 가깝게 지냈다. 그래서 아고는 일 마키아와 들새 관찰이나 하러 나가려고 동트기 전에 말을 타고 찾아왔다 아침 안개 속에서 네 명의 거한이 그를 에워싸고 무슨 용무로 왔냐고 묻자 간이 떨어지도록 놀랐던 것이다. 그러나 일 마키아가 긴 망토를 두르고 집에서 나와 친구라고 알려주자 거인들은 금세 싹싹해졌다. 아르갈리아는 이미 잘 아는 바지만, 사실 네 명의 스위스 근위보병은 장날에 나온 생선 장수 여편네처럼 입 싸고 말 많은 수다쟁이였다. 오토, 보토, 클로토, 다르타냥은 작은 새장에 넣을 느릅나무 잔가지에 새 잡는 끈

끈이를 마저 바르려고 집 안으로 다시 들어간 일 마키아를 기다리면서, 아고에게 어떤 상황인지 알려주었다. 그들이 전해주는 정보가 얼마나 생생했던지, 아고는 오랫동안 죽어버렸던 성욕이 처음으로 새롭게 꿈틀거리는 것을 느꼈다. 듣자하니 그 여자들은 꼭 한번 볼만한 가치가 있는 것 같았다. 그때 니콜로가 준비를 마치고 빈 새장을 끈으로 등에 맨 채 영락없이 쫄딱 망한 행상꾼 꼬락서니로 나왔다. 두 친구는 숲을 향해 출발했다.

안개가 걷히고 있었다. 일 마키아가 말했다. "개똥지빠귀의 이동이 끝나면 무슨 낙으로 살지 모르겠어." 그러나 그의 눈에서 한동안 보이지 않던 빛이 반짝였다. 아고가 말했다. "그런데 그 사람들 정말 굉장하지 않아?"

일 마키아의 얼굴에 미소가 다시 돌아왔다. "이상한 일이야. 마누라조차 갑자기 불평을 그쳤어."

카라 쾨즈 공주와 거울이 마키아벨리의 집에 들어선 순간, 마리에타 코르시니는 바보가 된 기분이었다. 두 외국 여인이 집에 들어오기 전에 먼저 달콤 쌉쌀한 향기가 퍼졌다. 향기는 순식간에 복도를 따라 계단을 올라 집 안 구석구석으로 퍼져나갔고, 그 진한 향기를 들이마신 마리에타는 자기 인생이 늘 생각했던 것만큼 그렇게 고되지는 않으며, 남편은 자기를 사랑하고, 아이들도 착하고, 무엇보다 이 손님들은 여태껏 맞아본 손님 가운데 가장 고귀한 분들이라는 생각이 들기 시작했다. 도시로 떠나기 전 하룻밤만 묵게 해달라고 청했던 아르갈리아는 일 마키아의 서재에 있는 긴 의자에서 자기로 했다. 마리에타는 공주에게 손님 침실을 보여주고 쭈뼛거리며 시녀에겐 아이들 방 중에 하나를 쓰겠냐고 물었다. 카라 쾨즈는 여주인의 입술에 한 손가락을 대고 그녀의 귀에 속삭였다. "우리 둘은 이 방 하나면 충분해요." 마리에타는 기묘한 환희의 상태에 빠져 침대로 갔다. 남편이 침대로 미끄러져 들어오자, 그녀는 두 여자가 함께 방을 쓰기로 했다고 전혀 놀라는 기색도 없이 알려주었다. "그 여자들은 신경 쓰지 말아요." 남편이 말했다. 마리에타의 가슴이 기쁨으로 뛰었다. "내가 원하는 여자는 바로 여기 내 손 안에 있으니까." 공주의 달콤 쌉싸래한 향기가 방 안을 가득 채웠다.

그러나 카라 쾨즈로 말하자면, 자신과 거울 뒤로 방문이 닫히자 갑자기 자신을 덮쳐오는 실존적 불안을 느꼈다. 이 슬픔은 때때로 그녀를 찾아왔지만, 어떻게 이 슬픔에 맞서 자신을 방어해야 좋을지 아직 방법을 알지 못했다. 그녀는 삶을 자기 의지대로 이끌어왔으나, 때때로 흔들리고 약해졌다. 그녀는 남자에게서 받는 사랑과, 마음만 먹으면 언제든 이러한 사랑을 위태롭게 할 수 있는 능력에 대한 확신에 의지해 살아왔다. 그러나 자아에 관한 가장 어두운 질문이 던져질 때면, 고립과 상실의 무게에 짓눌려 떨며 자신의 영혼에 금이 가고 있다고 느낄 때면, 어떤 남자의 사랑도 그녀를 도울 수 없었다. 그리하여 그녀는 자신의 삶이 반드시 사랑과 자아 사이에서 선택을 요구할 것이며, 그러한 위기가 닥쳤을 때 사랑을 선택해선 안 된다는 것을 깨닫게 되었다. 사랑을 선택하면 그녀의 삶이 위태로워질 것이다. 생존이 우선이어야 했다.

이는 자신의 본래 세계에서 걸어나오기로 결정한 데에서 비롯한 필연적 결과였다. 언니 칸자다와 함께 무굴 궁정으로 돌아가기를 거부한 바로 그날, 그녀는 여자가 자기 길을 선택할 수 있다는 것뿐 아니라 이런 선택의 결과로 기록에서 지워질 수도 있다는 것을 알았다. 그녀는 스스로 선택했고, 그 뒤에 일어나야 할 일이 일어났고, 그에 대해 후회하지 않았지만 가끔은 어두운 공포에 시달렸다. 그 공포는 폭풍우 속의 나무처럼 그녀를 후려치고 뒤흔들었다. 공포가 지나갈 때까지 거울이 그녀를 안아주었다. 그녀가 침대에 무너지듯 눕자, 거울이 옆에 누워 그녀의 팔을 꽉 잡았다. 여자가 여자를 잡는 것이 아니라 남자가 잡듯이. 카라 쾨즈는 남자를 지배하는 자신의 힘으로 자기 삶의 여정을 만들어나가게 되리라는 것을 알았지만, 또한 그 과정이 엄청난 상실을 수반하리라는 것도 알았다. 그녀는 마법 기술을 완벽하게 갖추었고, 온 세상의 언어를 다 익혔고, 당대의 엄청난 일들을 목격했지만, 가족도, 일족도, 그리고 모국어와 오라버니의 보호 안에, 주어진 경계선 안에 머물 때 얻을 수 있는 위안도 갖지 못했다. 그녀는 마치 언제 주문이 풀려 땅으로 곤두박질쳐 죽을지 몰라 두려워하며 땅 위를 나는 것 같았다.

그녀는 단편적으로 얻어들은 가족 소식을 가슴에 소중히 품고 거기에 담긴 것 이상의 의미를 짜내보려고 했다. 샤 이스마일은 그녀의 오빠 바바르의 벗이었고, 오스만 왕조는 세상에서 일어나는 일을 다 알아낼 나름의 방법을 갖고 있었다. 그래서 그녀는 오빠가 살아 있다는 것, 언니가 오빠와 재회했다는 것, 나시루딘 후마윤이라는 아이가 태어났다는 것을 알았다. 그 외에 불확실한 것도 있었다. 조상 대대로 물려받은 왕국 페르가나를 잃었고, 아마도 영영 되찾지 못하리라는 것이었다. 바바르는 사마르칸트에 강한 애착을 갖고 있었지만, 웜우드 경 샤이바니칸이 패배해 죽었음에도 무굴 세력은 이 신화적인 도시를 지켜내지 못했다. 그래서 바바르 역시 집 없는 신세가 되었고, 칸자다도 의지할 곳이 없어졌으며, 가족은 신의 땅 어느 곳에도 영구적인 근거지를 마련하지 못했다. 어쩌면 무굴인이 된다는 것, 떠돌고, 먹을 것을 찾아 헤매고, 다른 이들에게 의지하고, 이길 희망도 없이 싸우고, 패하는 것이 이런 것일지도 몰랐다. 한동안 절망이 그녀를 사로잡았다. 그러다 그녀는 절망을 떨쳐냈다. 그들은 역사의 희생물이 아니라 역사를 만드는 자였다. 그녀의 오라버니와 그의 아들과 그의 아들과 또 아들은 세상의 영광이 될 왕국을 세울 것이다. 그녀는 그렇게 되기를 간절히 바라고, 예감하고, 사납도록 강렬한 욕망으로 실현하려 했다. 그리고 이 이방의 세계에서 불가능에 맞서 똑같은 일을 할 것이다. 자신의 왕국을 만들 것이다. 그녀 역시 지배하기 위해 태어난 자이므로. 그녀는 남자 못지않게 공포스러운 무굴 여인이었다. 그녀의 의지는 그 과업을 능히 감당할 수 있었다. 그녀는 조용히 알리시르 나바이의 시를 차가타이어로 암송했다. 모국어인 차가타이어는 그녀의 비밀이자 그녀의 버려진 진정한 자아와의 끈이었다. 그녀는 그 자아를 스스로 만들어낸 자아와 바꾸기로 선택했으나, 그것은 물론 새로운 자아의 일부이자 기반이, 칼이자 방패가 될 것이다. '슬퍼하는 자'라는 뜻의 나바이는 한때 머나먼 나라에서 그녀를 위해 시를 지었다. 오너라, 카라 쾨즈여, 나에게 그대의 다정함을 보여다오. 언젠가 오라버니는 제국을 지배하게 될 것이고, 그녀는 여왕으로 의기양양하게 돌아갈 것이다. 아니면 오라버니의 자식이 그녀를 맞아줄 것이다. 혈연은 끊을 수 없다. 그녀는 자신을 새로이 창조했지만, 과거의 그녀 또한 남아 있으며, 그녀의 유산은 그녀의 것이 되고 그녀 자식들의 것이 될 것이다.

문이 열렸다. 그 남자, 그녀의 튤립 군주가 들어왔다. 그는 집안 식구들이 잠들기를 기다렸다 이제야 그녀에게, 그들에게 온 것이다. 어둠이 그녀를 떠나지 않았지만, 몸을 움직여 한쪽으로 물러나 침대에 연인을 위한 자리를 내주었다. 거울은 그녀의 긴장이 풀린 것을 느끼고, 그녀를 놓고 아르갈리아의 옷시중을 들었다. 그는 아침이면 도시로 떠날 것이다. 그는 곧 모든 일이 잘 해결될 거라고 말했다. 그녀는 속지 않았다. 상황이 잘 풀리든가, 잘 풀리지 않아 정말 심각하게 나빠지든가 둘 중 하나라는 것을 알았으니까. 내일 밤이면 그는 죽은 몸일지도 모르고, 그러면 그녀는 또다른 생존자를 선택해야 할 것이다. 그러나 오늘밤 그는 살아 있다. 거울이 애무와 기름으로 그녀를 위해 그를 준비시켰다. 그녀는 달빛 속에서 시녀의 손길 아래 피어나는 그의 창백한 몸을 바라보았다. 긴 머리 때문에 그는 거의 여자처럼 보였다. 손은 너무 길고, 손가락은 너무 가늘고, 피부는 믿을 수 없을 만큼 부드러웠다. 눈을 감은 그녀는 그들 중 누가 자기 몸을 만지는 것인지 구분할 수 없었다. 그의 손은 거울의 손만큼이나 부드러웠고, 머리카락도 그녀만큼 길었고, 혀 또한 그녀 못지않은 솜씨를 지녔다. 그는 여자처럼 사랑을 나누는 법을 알았다. 그리고 거울은 거친 손가락을 그녀의 몸에 남자처럼 찔러넣을 수 있었다. 물결처럼 굽이치는 그의 몸, 느린 움직임, 가벼운 애무, 그 때문에 그녀는 그를 사랑했다. 그림자가 이제 구석으로 밀려나고 달빛이 세 사람의 움직이는 육체를 비추었다. 그녀는 그를 사랑하고 섬겼다. 그녀는 거울을 사랑했지만 섬기지는 않았다. 거울은 두 사람 모두를 사랑하고 섬겼다. 오늘밤 중요한 것은 사랑이다. 내일은 아마도 다른 것이 더 중요해질 것이다. 그러나 그건 내일 일이다.

"나의 안젤리카." 그가 불렀다. 그러자 두 여자가 대답했다. "안젤리카 여기 있어요, 여기에요." 그리고 부드러운 웃음소리와 신음 소리, 한 번의 커다란 비명과 작은 외침들이 이어졌다.

그녀는 동트기 전 잠에서 깨어났다. 그는 깊이 잠들어 있었다. 깨어나면 많은 것을 요구받게 될 자의 깊은 잠이었다. 그녀는 그가 숨 쉬는 모습을 바라보았다. 거울도 잠들어 있었다. 카라 쾨즈는 미소를 지었다. 나의 안젤리카, 그녀는 이탈리아어로 속삭였다. 여자 사이의 사랑은 여자와 남자의 사랑보다 더 변치 않고 오래가는 법이었다. 그녀는 그들의 칠흑같이 검고 긴 머리카락을 쓰다듬었다. 그때 밖에서 소리가 들렸다. 방문객이었다. 스위스 거인들이 그를 막아섰다. 집주인이 나가서 사정을 설명하는 소리가 들렸다. 니콜로, 그녀는 그에게서 패배의 시간을 견디는 위대한 남자의 모습을 볼 수 있었다. 어쩌면 그는 다시 일어설지도 모르고 다시 이름을 떨치게 될 수도 있겠지만, 패배의 집에 그녀를 위한 자리는 없었다. 패배한 자라 할지라도 지성의 위대함은 물론이고 아마도 영혼의 위대함까지 절로 세상에 알려질 수 있다. 그러나 그는 자신의 싸움에서 패했으므로 그녀에게 아무것도 아닌 존재였다. 어떤 의미도 지닐 수 없었다. 그녀는 지금 아르갈리아에게 전적으로 의지했고, 그가 성공하기만 바랐다. 만약 그가 성공한다면 그녀도 그와 함께 일어서서 날개를 펼 것이다. 그러나 그를 잃는다면 가눌 수 없는 슬픔에 빠질 것이다. 그러고 나서 자신이 해야 할 일을 할 것이다. 자기 갈 길을 찾을 것이다. 오늘 무슨 일이 일어나든, 곧 궁정으로 길을 떠날 것이다. 그녀는 궁정과 왕을 위해 존재하므로.

━━━◆┃�◆◆━━━

새장으로 날아든 새들이 느릅나무 가지에 바른 끈끈이에 달라붙었다. 아고와 일 마키아는 새를 잡아 작은 목을 부러뜨렸다. 나중에 맛있는 스튜를 끓여먹을 것이다. 삶은 아직 그들에게 얼마간은 즐거움을 주었다. 적어도 개똥지빠귀가 다 떠나기 전까지는 그랬다. 그들이 새로 가득 찬 부대 두 자루를 들고 라 스트라다로 돌아와보니, 마리에타가 고급 적포도주를 들고 기분 좋은 얼굴로 그들을 기다리고 있었다. 아르갈리아와 부하들은 필요할 때 여인들을 돌봐주도록 세르비아인 콘스탄틴과 그의 지휘를 받는 근위보병 십여 명만 남겨놓고 떠난 뒤였다. 그래서 아고는 방랑자와 다시 만날 날을 기다려야 했다. 그는 잠깐 고통스러울 만치 강렬한 실망감을 느꼈다. 니콜로는 옛 친구가 여성스러우면서도 한편으론 동양에서 온 잔인무도한 죽음의 화신처럼 변했더라고 묘사했다. "튀르크인 아르갈리아." 오래전 어린 소년이었던 그가 행운을 찾아 떠나던 그날 예언했던 대로, 마을 사람들은 이미 그를 이렇게 불렀다. 아고는 이 이국적 인물을 제 눈으로 보고 싶어 안달했다. 아르갈리아가 꿈꾸었던 대로 네 명의 스위스 거인을 데리고 진짜 귀향했다는 사실만으로도 이미 놀랍기 짝이 없었다.

그때 계단에서 발소리가 들렸다. 아고 베스푸치가 위를 올려다본 순간, 마치 아르갈리아는 더 존재하지 않는 것 같았다. 그는 지금까지 세상에 어떤 아름다운 여인도 존재한 적이 없었고, 시모네타 베스푸치와 알레산드라 피오렌티나도 평범하기 그지없는 여염집 여자에 불과하다고 중얼거렸다. 지금 그를 향해 내려오는 여자들은 미 자체보다도 아름다웠고, 너무 아름다워서 그 용어를 다시 정의해야 할 정도였다. 그들은 남자들이 그전까지 아름답다고 여겼던 것을 평범하고 밋밋한 것으로 몰아버렸다. 그들이 계단을 내려오기에 앞서 향기가 퍼져나와 그의 심장을 감쌌다. 첫번째 여인이 두번째 여인보다 약간 더 아름다웠지만, 한쪽 눈을 감고 그녀의 모습을 지우면 두번째 여자가 세상에서 제일가는 미인으로 보였다. 그러나 누가 그런 짓을 하겠는가? 누가 단지 이미 뛰어난 미모를 더 아름답게 만들자고 보기 힘든 미모를 지워버리겠는가?

"제기랄, 마키아." 욕설을 전혀 하지 않은 지 오랜 시간이 지난 후였는데도 그는 감정을 이기지 못해 진땀을 흘리면서 조그맣게 욕설을 내뱉었다. 죽은 개똥지빠귀 부대가 그의 손에서 떨어졌다. "이제야 삶의 의미를 다시 찾은 것 같아."

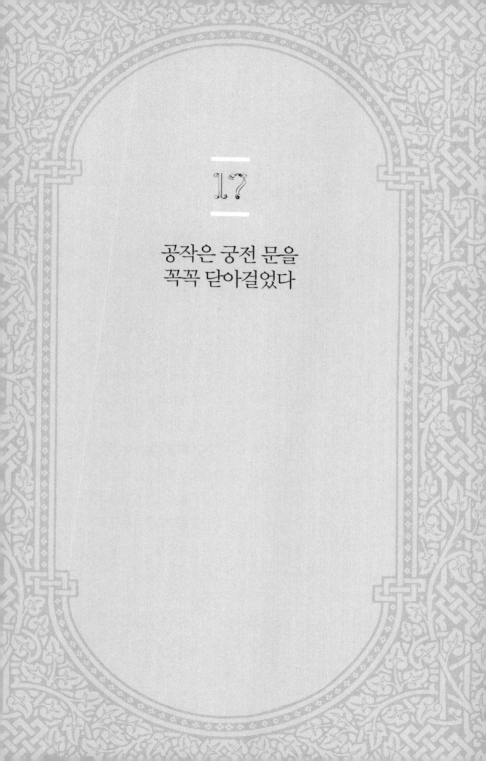

17

공작은 궁전 문을
꼭꼭 닫아걸었다

공작은 격분한 군중이 쳐들어올까 두려워 궁전 문을 꼭꼭 닫아 걸었다. 첫번째 메디치가 교황이 선출된 후로 도시는 금방이라도 폭동이 터질 듯한 광란상태에 놓여 있었다. 아르갈리아는 훗날 일 마키아에게 말했다. "남녀노소 할 것 없이 죄다 바보짓을 하고 있 었지." 영광을 찬양하는 교회 종소리가 귀가 먹먹해질 만큼 요란 하게 끊임없이 울렸고, 모닥불이 도시 전역을 쓸어버릴 듯 위협적 으로 타올랐다. 아르갈리아는 이렇게 전했다. "누오보 시장에서 젊은 치들이 비단 상점과 창고에서 널빤지며 판자를 뜯어냈어. 관 헌이 막으려고 나섰을 즈음에는 이미 옷감 상인 길드인 구 칼리말 라의 지붕까지 땔감으로 뜯어다 태운 뒤였지. 산타마리아델피오 레 성당의 종탑 위에도 불이 붙었다더군. 사흘 동안 이런 말도 안 되는 일이 벌어졌지." 소음과 연기가 거리를 가득 메웠다. 골목마 다 남녀끼리, 남남끼리 엉겨붙어도 누구 하나 뭐라 하지 않았다.

매일 저녁 황소가 화환으로 장식한 수레를 끌고 산마르코 광장의 메디치가 정원에서 라르가 거리의 메디치 궁전으로 왔다. 문을 굳게 닫아건 궁전 밖에서 시민들은 교황 레오 10세를 찬양하는 노래를 부른 다음 수레와 꽃을 불태웠다. 메디치 궁전 위층 창문에서 새로운 지배자들이 군중에게 하사금을 뿌렸다. 아마도 금화 일만 두카토와 피렌체인이 갈기갈기 찢어버린 커다란 은색 천 열두 장이었을 것이다. 시내 거리에는 아무나 마음대로 집어가도록 포도주통과 빵바구니를 놓아두었다. 죄수는 사면을 받고 창녀는 떼돈을 벌었으며, 남자아이에게는 줄리아노 공작과 그의 조카 로렌초나 레오 교황이 된 조반니의 이름을 붙여주고, 여자아이에게는 메디치가 귀부인들의 이름을 따서 라오다미아나 세미라미데로 세례를 주었다.

이런 때에 무장한 부하 백 명을 이끌고 도시로 들어가 줄리아노 공작에게 알현을 청하기란 불가능했다. 탕아와 방화자가 거리를 지배했다. 도시 성문에서 경비병에게 그가 가져온 문서를 건넨 아르갈리아는 경비병이 벌써 그의 도착을 기다리라는 명령을 받았다는 사실을 알고 마음을 놓았다. 경비병은 이렇게 대답했다. "예, 공작님께서 뵙자고 하십니다. 하지만 이해해주셨으면 하는데, 지금 당장은 안 됩니다." 근위보병대가 성벽 아래에서 야영한 지 나흘째 되던 날, 마침내 교황을 위한 피렌체인의 파티도 열기가 식었다. 그럼에도 아르갈리아는 여전히 도시로 들어오라는 허가를 받지 못했다. 경비대장이 말했다. "오늘밤 날이 어두워지면 귀한 분께서 찾아오실 겁니다."

여자처럼 사랑을 나누는 법과 남자처럼 사람을 죽이는 법을 아는 아르갈리아라 해도, 화려하게 차려입은 메디치 공작을 대면한건 처음이었다. 그러나 줄리아노 데메디치가 그날 밤 남의 눈에 띌세라 두건을 뒤집어쓰고 그의 야영지에 말을 타고 왔을 때, 아르갈리아는 한눈에 피렌체의 새로운 지도자가 약해빠진 인간이며, 나란히 말을 타고 온 그의 젊은 조카도 마찬가지라는 사실을 알아차렸다. 진짜 권력자이자 위대한 로렌초의 권위를 물려받은 진정한 메디치가 사람은 그의 아버지인 교황 레오로 알려져 있었다. 이런 한심한 인간들에게 피렌체를 맡겨놓았으니 그가 얼마나 노심초사할 것인가! 진짜 메디치 공작이라면 단지 제 밑에 두게 될지도 모를 자를 만나려고 도둑처럼 살금살금 제 도시를 빠져나오지 않았으리라. 줄리아노 공작이 그렇게 했다는 것부터가 신뢰할 만한 강자를 제 편에 둘 필요가 있다는 증거였다. 그것은 바로 군인이었다. 꽃의 도시를 지켜줄 튤립 장군. 여기 빈자리가 있다는 것은 의심의 여지가 없었다.

아르갈리아는 노란 램프 불빛이 깜박이는 막사 안에서 귀족들을 꼼꼼히 뜯어보았다. 로렌초 데메디치의 못난 자손 줄리아노 공작은 서른 중반으로, 슬퍼 보이는 긴 얼굴에 건강이 안 좋은 듯했다. 오래 살지 못할지도 몰랐다. 틀림없이 문학과 예술 애호가일 것이다. 교양과 지혜를 갖춘 인물이 틀림없다. 그러니 이런 이수라장에 맞을 리 없다. 전투는 싸움에 특출한 자, 싸움이 그들의 문화이고 살인이 그들의 예술인 자에게 맡겨두고 집에 들어앉아 있는 편이 나을 것이다. 또다른 로렌초인 조카는 거무스름한 피부에 사나운 얼굴로 거들먹거리는 자였다. 아르갈리아는 피렌체에 널리고 널린 스무 살짜리 허풍선이 젊은이 가운데 하나에 불과하다고 결론지었다. 섹스와 자신밖에 모르는 어린애. 결코 믿을 만한 자가 아니었다.

아르갈리아는 자기주장을 펼 준비를 해두었다. 긴 여행 끝에 알게 된 것을 말할 셈이었다. 즉 피렌체는 어디에나 있으며 모든 곳이 다 피렌체였다. 전 세계 어디를 가도 전능한 군주, 항상 모든 것을 주재해왔으므로 모든 것을 주재하며, 단지 그렇게 되어야 한다고 포고하는 것만으로 원하는 것을 진실로 만들 수 있는 메디치가가 있었다. 그리고 피아뇨니파 역시 어디에나 있었다(아르갈리아는 피아뇨니파의 시대에 피렌체에 없었지만, 수도사 사보나롤라와 그 추종자들 소식이 멀리까지 전해져왔다). 피아뇨니파는 신이 그들에게 진실이 무엇인지 보여주었다고 굳게 믿기 때문에 모든 것을 주재하길 원했다. 그리고 자기들이 모든 것을 주재한다고 생각하지만 실은 그렇지 못한 자들도 어디에나 있다. 이 마지막 집단은 너무 규모가 커서 거의 하나의 사회계급, 마키아의 계급, 어쩌면 쓰디쓴 진실을 보게 될 때까지는 자기들이 주인이라고 믿는 하인계급이라고 불러도 좋을 정도였다. 이 계급은 신뢰할 수 없었다. 군주에게 가장 큰 위협은 언제나 반드시 그들에게서 비롯될 것이다. 그러므로 군주는 외국 군대뿐 아니라 이 하인계급의 모반을, 외부로부터의 공격은 물론이고 내부 적의 공격도 제압할 능력을 반드시 갖춰야 한다. 이러한 두 가지 위협으로부터 살아남고자 하는 국가라면 모두 막강한 전쟁의 지배자가 필요했다. 그리고 아르갈리아는 피렌체 연합 창조에서 완벽하게 나머지 부분을 상징한다. 왜냐하면 그가 바로 자신의 조국에 평온과 안정을 가져다줄 수 있는 반드시 필요한 장군이기 때문이다. 그는 다른 도시에서, 머나먼 곳의 다른 군주들을 위해 그 일을 해냈다.

　메디치가는 카르도나 장군이 지휘한 '하얀 무어인'이라 불리는 스페인 용병의 도움을 얻어 몇 달 전 권력을 탈환했다. 아름다운 도시 프라토 바깥에서 그들은 일 마키아의 자랑인 피렌체 민병대와 조우했다. 민병대는 수적으로 우세했으나 용기와 지도력 면에서는 열세였다. 피렌체 민병대는 오합지졸이 되어 도망쳤고, 도시는 첫날 싸움다운 싸움 한번 못해보고 함락되었다. 그 이후로 '하얀 무어인'이 광포하게 도시를 약탈하자, 피렌체인은 공포에 질려 공화국을 해체하고 무릎을 꿇고 메디치가를 다시 불러들였다. 프라토 약탈은 삼 주나 계속되었다. 사천 명의 남자, 여자, 아이가 죽고, 불태워지고, 겁탈당하고, 반 토막이 났다. 카르도나의 음탕한 부하들은 수녀원조차 내버려두지 않았다. 피렌체에서 프라토 성문이 번개에 맞았는데, 이런 전조는 무시할 수 없는 것이었다. 그러나 — 바로 이 부분이 아르갈리아의 논조에서 핵심이었다 — 스페인인은 지금 모든 이탈리아인이 치를 떨며 증오하는 대상이니 메디치가가 다시 그들에게 의지하는 건 현명치 못한 짓이다. 그들에게 필요한 것은 피렌체의 민병대를 통제하고 그들이 갖추지 못한 조직과 근간, 천성적으로 관료이지 전사가 아닌 니콜로는 절대 가르쳐줄 수 없는 투지를 심어줄 전쟁으로 잔뼈가 굵은 전사 집단이다.

그래서 튀르크인 아르갈리아는 치욕을 당한 옛 친구와 조심스럽게 거리를 두면서 피렌체의 콘도티에리 자리를 향해 제 길을 나아갔다. 그는 몇 달간의 정해진 기간이 아니라 영구적인 복무 계약을 제안받고 깜짝 놀랐지만, 한편으론 기뻤다. 콘도티에리가 몰락한 시대에 그의 동료 전사 중 몇몇은 석 달 정도의 단기간으로 고용되었고, 보수도 군사적 모험의 성공 여부에 따라 결정되었다. 반면 아르갈리아의 보수는 당시 기준으로 제법 괜찮았다. 게다가 줄리아노 공작은 새로운 대장에게 필요한 하인 전부와 넉넉한 거주비와 함께 포르타 로사 거리에 있는 상당한 규모의 저택을 제공했다. 그는 관대한 조건을 기꺼이 받아들이고 줄리아노 공작에게 말했다. "도리아 장군께서 틀림없이 저를 높이 천거하셨을 겁니다." 공작이 우아하게 대꾸했다. "장군께서는 당신이야말로 손에 겨우 식칼만 들고 할례를 받지 않은 아기처럼 발가벗고 있을지라도, 뭍에서나 바다에서나 맞서고 싶지 않은 유일한 야만인 상놈이라고 말씀하셨습니다."

◆│◆│◆

전설에 따르면, 메디치가에는 세상에서 가장 매력 있는 여인의 모습을 지배자 자리에 있는 공작에게 보여주는 마법 거울이 있었다. 현재 지배자의 숙부로, 파치 음모가 있던 날 살해당한 선대 줄리아노 데메디치가 처음으로 시모네타 베스푸치의 얼굴을 본 것도 바로 이 거울에서였다. 그러나 그녀가 죽은 후로 거울은 어두워졌고, 시모네타보다 못한 미인을 보여줘 그녀의 기억을 더럽히고 싶지 않다는 듯 아무것도 비추지 않았다. 메디치가가 도시에서 쫓겨났던 동안, 거울은 한동안 원래 있던 자리인 라르가 거리의 오래된 저택 줄리아노 숙부의 침실 벽에 걸려 있었지만, 계시의 도구로든 평범한 거울로든 기능을 완전히 상실한 탓에 결국 떼어져 청소도구나 보관해두는 침실 벽장에 처박혔다. 그러던 중 교황 레오가 선출된 후 갑자기 거울이 다시 빛나기 시작했다. 어느 하녀가 벽장을 열었다 거미줄이 쳐진 구석에서 자기를 향해 빛나는 여인의 얼굴, 다른 세상에서 온 방문자처럼 보이는 이방인의 얼굴을 보고 기절했다는 이야기가 전해졌다. "피렌체 전체에 이런 얼굴은 없다." 줄리아노 공작은 이 기적을 보고 말했다. 마법 거울을 들여다보면서 그의 건강과 태도도 눈에 띄게 나아진 듯했다. "거울을 다시 벽에 걸어놓아라. 누구든 내 앞에 이 사랑스러운 환영을 데려오는 자에게 금화 일 두카토를 주겠다."

화가 안드레아 델사르토가 마법 거울 속 미인의 초상을 그리라는 명을 받고 불려왔지만, 거울은 그런 잔꾀에 쉽게 넘어가지 않았다. 마법 거울이 신비한 이미지를 재현하도록 허용한다면, 곧 제 할 일을 잃을 것이다. 델사르토는 거울에서 자기 얼굴 외에는 아무것도 보지 못했다. 줄리아노는 낙담해 말했다. "괜찮다. 내가 그녀를 찾아내면 실물을 그릴 수 있을 것이다." 델사르토가 떠난 후 공작은 혹시 거울이 화가의 재능에 만족하지 못한 것이 아닌가 싶은 의구심이 들었다. 그러나 산치오는 로마에서 바티칸의 부오나로티와 다투는 중이고, 죽은 시모네타에게 너무 깊이 빠져버린 나머지 그녀의 발치에 묻히기를 원했던 늙은 필리페피는—물론 그러지는 못했다—이미 죽었으며, 어쨌거나 죽기 오래전부터 가난하고 무력해져 지팡이 두 개에 의지하지 않고서는 일어설 수도 없는 처지였기 때문에, 현재 일할 수 있는 화가 중에서는 델사르토가 최고였다. 필리페피의 제자 필리피노 리피는 시내 행진과 거리의 카니발 공연을 조직하는 축제예술가로 인기를 누렸지만, 줄리아노 공작이 마음에 두고 있는 작업에는 걸맞지 않았다. 그렇게 해서 남은 인물이 델사르토였으나 소용이 없었다. 그때부터 마법 거울은 줄리아노 공작이 방에 혼자 있을 때만 얼굴을 보여주었기 때문이다. 그후 며칠 동안 그는 이 세상 것 같지 않은 아름다움을 들여다보기 위해 하루에도 몇 번씩 자기 침실로 물러갈 구실만 찾기 시작했다. 그렇지 않아도 그의 나쁜 건강과 신경쇠약증을 염려하던 조신들은 그의 상태가 악화된 건 아닐까 걱정하며 점점 더 아첨 가득한 얼굴로 아마도 그의 뒤를 잇게 될 로렌초 쪽을 힐끔거리기 시작했다. 바로 그때 매혹적인 인물이 튀르크인 아르갈리아와 나란히 말을 타고 도시로 들어왔고, 여마법사의 시대가 시작되었다.

─◆◆◆─

그녀는 겨우 스물두 살, 일 마키아보다 거의 사반세기나 어렸지만, 그에게 그의 숲을 함께 산책하지 않겠냐고 청하자 그는 뭣에 홀린 젊은이처럼 잽싸게 벌떡 일어섰다. 아고 베스푸치도 벌떡 일어났는데, 이게 니콜로의 신경을 건드렸다. 저 게으름뱅이 녀석은 왜 아직도 여기 있는 거야? 우리를 따라올 셈인가? 지겹고도 지겹지만 이런 상황에서는 아마도 피할 수 없을 것이다. 그때 보기 드문 공주의 재능이 처음으로 조짐을 드러냈다. 성질 나쁜 여자 중에서도 가장 질투가 심한 니콜로의 아내 마리에타는 남편이 깜짝 놀랄 만큼 열광적으로 그 제안에 동의했다. "하지만 물론 당신이 그 여자에게 구경을 시켜줘야 해요." 그녀는 달콤하게 속삭이며 외출의 즐거움을 더해줄 소풍바구니와 포도주병을 잽싸게 내놓았다. 놀란 일 마키아는 곧 자기 아내가 틀림없이 어떤 마법에 걸린 거라고 확신했다. 순간 마음속에 외국 마녀라는 말이 떠올랐지만, 호의에 관한 속담*을 기억해내고는 이런 추측을 지우고 모처럼의 행운을 즐기기로 했다. 그는 삼십 분 안에 준비를 마치고 아고와 함께 출발했다. 세르비아인 콘스탄틴과 그의 호위군 분대가 거리를 두고 뒤따르며 일 마키아의 어린 시절 참나무숲으로 가는 젊은 공주와 시녀를 호위했다. "여기에서 옛날에," 아고가 그녀에게 말했다. 일 마키아는 그가 그녀에게 깊은 인상을 주려고 다소 안쓰러울 정도로 애쓰는 것을 볼 수 있었다. "제가 진짜 맨드레이크 뿌리를 찾았답니다. 전설에 나오는 마법의 뿌리 말입니다. 예, 제가 찾았어요! 여기 어딘가였죠." 그는 어느 방향을 가리켜야 할지 갈팡질팡하면서도 활기에 차서 일 마키아를 쳐다보았다. "아, 맨드레이크 말인가요?" 카라 쾨즈가 흠잡을 데 없는 피렌체인의 이탈

---

* '남의 호의를 트집잡지 말라'는 속담을 가리킨다.

리아어로 대답했다. "저기를 보세요. 그 귀한 것이 깔렸네요."

누가 그들을 제지하기도 전에, 누가 그들에게 먼저 진흙으로 귀를 막아야 한다고 경고하기도 전에 두 여인은 세상에 존재할 수 없는 식물 쪽으로 달려가 그것을 뽑기 시작했다. "비명 소리." 아고가 말을 듣지 않는 손을 휘저으며 쉿소리를 질렀다. "멈춰요, 멈춰! 그러다 우리 모두 미쳐버릴 거요! 귀머거리가 되던가! 아니면 우린 모두……" 죽을 거다, 그렇게 말하려 했지만 두 여인은 의아한 표정으로 양손에 뿌리 뽑힌 맨드레이크를 쥐고 그를 쳐다볼 따름이었다. 치명적인 비명은 전혀 들리지 않았다. 카라 쾨즈가 사려 깊게 말했다. "물론 지나치면 해로워요. 하지만 두려워할 필요는 없어요." 두 남자는 자신들이 맨드레이크 뿌리가 불평 한마디 없이 생명을 버릴 정도의 여자들 앞에 있다는 사실을 깨닫고 크게 놀랐다. 아고는 조금 전의 두려움을 감추려 애쓰며 큰소리를 쳤다. "흠, 나한테는 쓰지 마시오. 그랬다간 내가 당신과 영원히 든, 아니면 적어도 우리 중 하나가 죽을 때까지 사랑하게 될 테니까." 그는 밝은 목소리로 말했지만, 셔츠 칼라 밑으로 붉은 기가 퍼지기 시작해 소매에서 삐죽 나온 손까지 색이 바뀌었다. 말하나마나 그가 이미 절망적인 영원한 사랑에 빠져버렸음을 보여주는 것이었다. 그의 사랑을 확고히 하기 위해 어떤 비교 식물의 힘도 필요치 않았다.

아르갈리아와 스위스 거인들이 카라 쾨즈를 코키 델네로 저택으로 데려가려고 돌아왔을 즈음 페르쿠시나의 산탄드레아 마을은 남자고 여자고 아이고 할 것 없이 모두 그녀의 마법에 빠져버린 상태였다. 암탉까지도 행복에 취해 달걀을 더 많이 낳았다. 공주는 이러한 숭배가 커져가도록 부추기는 어떠한 행동도 하지 않았다. 그러나 그렇게 되었다. 마키아벨리의 집에 묵은 엿새 동안 그녀는 거울과 함께 숲을 거닐고, 다양한 언어로 시를 읽고, 집 안의 아이들과 친해지고, 마리에타가 거절하기는 했지만 부엌일을 거들겠다고 나서기까지 했다. 저녁이면 일 마키아와 함께 서재에 앉아 즐거운 시간을 보내며 그에게 피코 델라미란돌라와 단테 알리기에리의 작품이나 스칸디아노의 마테오 보이아르도의 서사시 〈사랑하는 오를란도〉에서 몇 구절을 읽어달라고 했다. 그녀는 보이아르도의 작품에 등장하는 여주인공의 굴곡진 인생유전을 듣고 외쳤다. "아, 가엾은 안젤리카! 추적자가 그토록 많이 따라붙는데 그들을 물리치거나 자기 뜻대로 할 힘은 없다니."

그동안에 마을이 한목소리로 그녀를 찬양하기 시작했다. 나무꾼 가글리오포는 카라 쾨즈와 거울을 가리켜 '망할' '마녀'라고 거칠게 말하는 대신, 이렇게 훌륭한 여인들과 육체관계를 맺는다는 것은 꿈조차 꾸지 못할 만큼 공손한 경외심에 차서 눈을 동그랗게 뜨고 그들에 관해 이야기했다. 마을의 멋쟁이 프로시노 형제는 대담하게도 그녀와 튀르크인 아르갈리아가 실제로 합법적 부부인지 아닌지는 확실치 않지만, 그녀에게 구혼하겠다고 선언했다. 두 방앗간 주인은 만약 부부가 맞다면 당연히 그의 권리에 도전하지 않겠다고 동의했다. 그리고 형제애를 위해 그녀와 시녀를 번갈아 공유하기로 했다. 프로시노 우노와 두에만큼이나 어리석은 사람은 아무도 없었지만, 카라 쾨즈에 대한 전반적인 평가는 후했다. 남자고 여자고 '매혹당했다'고들 말했다.

그러나 이것이 마법이라면 가장 자비로운 종류의 마법이었다. 모든 피렌체인이 그 당시 어둠의 여마법사가 벌인 탐욕스러운 짓을 잘 알았다. 그들은 순결한 남자를 강제로 음란한 행위에 끌어들여 마귀를 불러낸다든가, 인형과 핀으로 적을 고문한다든가, 착한 남자로 하여금 가정과 일을 버리고 자기의 노예가 되게 만들 힘이 있었다. 그러나 일 마키아의 집에서 카라 쾨즈나 그녀의 시녀는 흑마술을 쓰는 낌새가 전혀 없었고, 그들이 마녀로 오인받을 만한 행동을 하더라도 무슨 까닭인지 트집을 잡지 않았다. 모두 잘 알듯 마녀는 숲을 즐겨 배회하지만, 카라 쾨즈와 거울이 숲 속을 산책하는 모습은 페르쿠시나의 선량한 사람들이 보기에 '매력적일' 뿐이었다. 맨드레이크 사건은 널리 알려지지 않았다. 이상한 일이지만 일 마키아는 다시는 그 군락지를 찾아내지 못했고, 두 여인이 뽑은 식물도 눈에 띄지 않았기 때문에 니콜로와 아고는 그 일이 정말 일어나기는 했던 것인지 헷갈렸다.

마녀는 동성애 경향을 강하게 보인다고 널리 알려져 있지만, 아무도, 마리에타 코르시니조차 두 여인이 한 침대를 쓰기로 한 데 전혀 놀라지 않았다. "그 왜, 워낙 친하다보니 그런 게지요." 마리에타는 께느른한 목소리로 남편에게 말했다. 그는 오후에 과음한 포도주가 아직도 깨지 않아 졸린 듯 무겁게 고개를 끄덕였다. 악마와 정을 통한다는 마녀의 유명한 열정으로 말하자면, 페르쿠시나에서 악마 따위는 전혀 찾아볼 수 없었다. 지옥에서 올라와 벽난로에서 캑캑거리거나, 선술집 혹은 교회 지붕 위에 괴물 석상처럼 앉아 있는 존재는 없었다. 마녀사냥의 시대였고, 도시의 법정에서 여자들이 포도주와 유향, 월경혈, 사자의 해골에 담긴 물을 이용해 선량한 시민의 마음을 훔치는 끔찍한 짓을 저질렀다고 고백했다는 얘기가 들렸다. 그러나 페르쿠시나 사람들이 모두 카라쾨즈 공주에게 홀딱 반한 것은 사실이었지만, 그녀가 불러일으킨 흠모의 감정은 성욕이 지나치게 강한 프로시노 쌍둥이를 제외하고는 순결한 것이었다. 전에 "둘 중 하나가 죽을 때까지"라고 말했듯 그녀를 사랑하는 낭만적인 천치 아고 베스푸치조차 그 당시엔 그녀의 육체적 연인이 되겠다는 생각을 추호도 하지 않았다. 그녀를 숭배하는 것만으로도 충분히 즐거웠다.

훗날 피렌체 여마법사의 행적을 기록하고 분석한 자 가운데 가장 유명한 인물인, 위대한 철학자 조반니의 조카이자 『마녀 또는 악마의 속임수』의 저자 잔 프란체스코 피코 델라미란돌라는 페르쿠시나 주변, 산카시아노와 발디페사, 임프루네타와 비비오네, 팔티냐노와 스페달레토를 넘어 인근으로 순식간에 퍼져나간 카라쾨즈를 따르게 만든 요사스러운 기운은 엄청난 잠재력을 지닌 치밀한 마법의 산물이었으며, 그녀가 자기 힘을 시험해볼 목적으로 썼던 것이라고 결론지었다. 후일 그녀는 그 힘으로 피렌체 전체에 엄청난 효과를 발휘해, 그러지 않았다면 적대적인 분위기였을 그곳에 쉽사리 들어갈 수 있었다는 것이다. 잔 프란체스코는 튀르크인 아르갈리아가 스위스 거인들과 함께 돌아왔을 때 마치 기적이라도 일어난 것처럼, 페르쿠시나에 성모가 나타나기라도 한 것처럼 상당수 군중이 마키아벨리의 집 밖에 모여 있는 것을 발견했다고 기록했다. 모두 그녀를 보려고 모인 인파였다. 카라 쾨즈와 거울이 고급 비단옷과 보석으로 치장하고 집 밖으로 나오자, 모여든 인파는 축복이라도 바라듯 정말 무릎을 꿇었다. 그들은 말없이 미소 지으며 한 팔을 부드럽게 들어올리고 축복을 베풀었다. 그러고는 그녀가 안으로 들어가자, 마리에타 코르시니는 꿈에서 깨어난 듯 사람들에게 자기 마당을 짓밟지 말고 일이나 하러 가라고 소리를 질렀다. 잔 프란체스코는 이렇게 전했다. "정신을 차린 시골뜨기들은 자기가 어디 있는지 깨닫고 깜짝 놀랐다. 그들은 머리를 긁으며 집으로, 들로, 방앗간으로, 숲으로, 가마로 돌아갔다."

마녀와 추종자들이 약초 요법을 썼다고 믿은 안드레아 알차토는 신비로운 '페르쿠시나 사건'을 지역 주민의 잘못된 식습관 탓으로 돌렸다. 그 때문에 환상과 환각에 취약해졌다는 것이다. 반면 이러한 사건이 있은 지 십 년 뒤에 쓰인 『마녀 연구』의 저자 바르톨로메오 스피나는 카라 쾨즈가 마을 사람들을 끌어모아 악마적인 광란상태에 빠뜨려 대규모 흑미사로 이끌었다고까지 했다. 당시 역사 기록에서 아무런 증거도 찾아볼 수 없는 악의적 추측이었다.

도시는 그곳을 유명하게 만든 지나치게 쾌락적인 축하 행사로 도시의 새로운 콘도티에리이자 피렌체 민병대 대장 안토니노 아르갈리아, 소위 '튀르크인'의 피렌체 입성을 맞이했다. 시뇨리아 광장에 나무 성을 건조해 백여 명이 방어하고 삼백 명이 공격하는 가짜 포위 공격 공연이 상연되었다. 모두 갑옷도 입지 않은 채 서로 창으로 찌르고 굽지 않은 벽돌을 서로의 머리에 내던지며 격렬하게 싸우는 바람에 많은 배우가 산타마리아 누오바 병원으로 실려가야 했으며, 불행히도 그중 몇몇은 죽기도 했다. 광장에서 황소 사냥도 열렸는데, 황소 또한 여러 참가자를 병원으로 보냈다. 검은 종마를 잡으라고 사자 두 마리를 풀었으나, 말이 첫번째 사자의 공격에 너무도 우아하게 대응하며 사자를 발로 차 상인 길드의 법정 건물인 메르칸탄티아 밖에서 광장 가운데까지 몰아가는 바람에 야수의 왕은 광장의 그늘진 구석으로 도망쳐 숨었다. 그후 사자 두 마리는 소동에 낄 엄두를 내지 못했다. 사람들은 이를 보고 말은 분명 피렌체이고 사자는 프랑스, 밀라노, 그 밖의 저주받아 마땅한 곳에서 오는 피렌체의 적이라는 대단한 길조로 해석했다.

사전 행사가 끝난 뒤 행렬이 도시로 들어왔다. 먼저 바퀴를 단 연단 여덟 대가 들어왔다. 그 위에서 배우들이 소위 로마의 두번째 건립자로 감찰관이자 집정관이었던 고대의 위대한 전사 마르쿠스 푸리우스 카밀루스의 승리 장면을 재연하고, 그가 이천여 년 전 베이 포위 공격에서 사로잡은 수많은 포로를 연기하고, 옷과 무기와 은 등 전리품이 얼마나 넘쳐났는가를 보여주었다. 그러고 나서 사람들은 거리에서 노래하며 춤을 추었고, 화려한 마구로 장식한 기병대대 네 부대가 창을 높이 쳐들고 들어왔다. (스위스 거인 오토, 보토, 클로토, 다르타냥이 미늘창 훈련을 책임졌다. 온 세상이 스위스 근위보병의 미늘창 기술을 두려워했기 때문이다. 한두 번 사전훈련을 했을 뿐인데도 민병대의 창술은 벌써 눈에 띄게 나아졌다.) 마지막으로 아르갈리아가 스위스 친구 넷을 옆에 거느리고 거대한 문으로 들어왔다. 세르비아인 콘스탄틴이 바로 뒤에서 양옆에 말을 탄 외국 여인 두 명을 대동하고 들어온 다음, 보기만 해도 심장이 공포로 오그라드는 근위보병 백 명이 들어왔다. 함성이 솟아올랐다. 이제 우리의 도시는 안전하다, 무적의 보호자가 왔으니. 무적, 그것이 바로 도시의 새로운 수호자에게 붙여진 이름이었다. 줄리아노 공작은 베키오 궁전 발코니에서 자신의 약속이 시민에게 잘 먹혀들어 기쁜 얼굴로 손을 흔들었다. 반면 그의 조카 로렌초는 무뚝뚝하고 성난 모습이었다. 아르갈리아는 두 메디치가 지배자를 올려다보며 젊은 쪽을 주의 깊게 살펴야겠다고 생각했다.

줄리아노 공작은 카라 쾨즈가 마법 거울 속의 여인, 자신이 처음으로 반한 상대임을 한눈에 알아보았다. 그의 가슴은 환희로 뛰었다. 로렌초 데메디치도 그녀를 보았다. 그의 탐욕스러운 마음 역시 그녀를 보자마자 자기 것으로 만들 꿈을 꾸기 시작했다. 아르갈리아로 말하자면, 연인을 공작의 눈앞으로, 그렇게 요란하게 도시로 데려가는 데 따를 위험을 알고 있었다. 공작과 동명인 숙부는 파렴치하게도 도시의 예전 최고 미인을 그녀의 오쟁이 진 남편 마르코 베스푸치에게서 빼앗았다. 마르코는 그녀를 잃은 충격으로 폐인이 되어, 그녀가 죽자 그녀의 유품을 공작에게 가지라며 자기가 갖고 있던 그녀의 옷과 그림을 전부 메디치 궁전으로 보냈다. 그후 그는 은총의 다리로 내려가 목을 맸다. 그러나 아르갈리아는 자살할 사람이 아니었고, 공작이 지금 막 임명해 축하받으며 도시로 입성하는 군 실력자를 적으로 돌리지는 않을 거라는 계산도 있었다. 아르갈리아는 생각했다. '그리고 만약 그가 그녀를 빼앗아가려 한다면, 내 부하 전부와 함께 기다리는 나와 맞닥뜨리게 될 것이다. 그런 저항에 맞서 그녀를 데려가려면 헤라클레스나 마르스 정도는 되어야 하는데, 누가 봐도 알겠지만 이 약해빠진 자는 아니다.'

그동안 그는 기쁜 마음으로 그녀를 자랑했다.

군중이 카라 쾨즈를 본 순간 도시 전체에 속닥대는 소리가 퍼져나가기 시작하더니, 속삭임이 그날의 모든 소음을 잠재웠다. 그리하여 아르갈리아와 여인들이 코키 델네로 저택에 도착했을 때는 피렌체 사람들이 시모네타 베스푸치의 죽음으로 가슴에 뚫렸던 구멍을 메워줄 완벽한 육체의 검은 미인이 도착한 의미를 곱씹는 듯 기이한 침묵이 흘렀다. 그녀는 도착한 지 얼마 되지도 않아 도시의 특별한 얼굴, 새로운 상징, 도시 자체가 소유한 누구도 따르지 못할 사랑스러움이 인간 형상으로 나타난 화신으로 도시의 마음속에 각인되었다. 피렌체의 검은 여인을 본 시인은 펜으로, 화가는 붓으로, 조각가는 끌로 손을 뻗었다. 이탈리아 전역에서 가장 시끄럽고 소란스러운 사만 명의 보통 사람들은 자기네 식으로, 즉 그녀가 지나갈 때 조용히 꼼짝 않고 있는 것으로 그녀에게 예를 표했다. 그 결과 줄리아노 공작과 로렌초 데메디치가 사암으로 이루어진 건물 정면에 높은 아치형 문 세 개가 있는 새 사층집 입구에서 아르갈리아 무리를 맞이했을 때 일어난 일을 모두 들을 수 있었다. 건물 정면 가운데 문 위에는 최근 힘든 시기를 맞아 메디치가에 집을 팔게 된 코키 델네로 가문의 문장이 있었다. 이 저택은 솔다니에리가, 모날디가, 보스티키가, 코시가, 벤시가, 바르톨리니가, 캄비가, 아르놀디가, 다비치가 등 도시에서 가장 유서 깊은 가문의 웅장한 저택이 즐비한 그 걸작의 거리에서 가장 훌륭한 걸작 건축물이었다. 줄리아노 공작은 아르갈리아와 그 밖의 모든 이에게 자신이 얼마나 관대한지 분명하게 알리고 싶어서, 아르갈리아가 아니라 카라 쾨즈에게 가볍게 절까지 하고는 수많은 미사여구를 섞어 발언을 했다.

그는 운을 뗐다. "이 더없이 훌륭한 보석에게 그 매력에 딱 어울릴 장소를 드리게 되어 기쁩니다."

카라 쾨즈는 낭랑한 목소리로 대답했다. "공작님, 저는 겉만 번지르르한 싸구려가 아니라 티무르와 테무친, 즉 칭기즈칸 왕족의 핏줄을 물려받은 공주입니다. 당신들은 겡기스라고 부르는 분이지요. 제 지위에 걸맞게 불러주시기를 바랍니다."

몽골이래! 무굴이래! 매혹적이고 낯선 단어가 군중 사이에 퍼지면서 흥분과 공포가 관능적일 정도로 뒤섞였다. 그때 얼굴이 붉고 거만한 로렌초 데메디치가 나서서 일부 사람들이 느끼던 것을 말함으로써 허영심만 많은 별 볼 일 없는 놈이라는 아르갈리아의 평가를 굳혔다. 로렌초가 외쳤다. "아르갈리아, 어리석은 자여, 이 무굴의 건방진 딸을 납치한 것은 황금군단*을 우리 머리 위로 끌어온 것과 다름없다." 아르갈리아가 엄숙하게 대답했다. "그렇다면 그거야말로 대단한 업적이 될 것입니다. 황금군단은 백여 년 전 공주의 조상인 티무르에게 패배하고 영영 힘을 쓰지 못하게 되었으니까요. 게다가 저는 아무도 납치한 적이 없습니다. 공주는 예전에 페르시아 샤 이스마일의 포로였는데, 제가 찰드란전투에서 그 왕을 꺾고 공주를 자유의 몸으로 만들어주었습니다. 공주는 우리한테 배울 것이 많다는 것을 알고, 또 우리에게 가르쳐줄 것도 많다고 믿고서, 유럽과 동방의 위대한 문화를 융합할 수 있으리라는 희망을 품고 자유의지로 여기에 왔습니다."

귀를 쫑긋 세운 군중은 이 말을 분명하게 들었다. 그리고 새로운 보호자가 이미 전설이 된 전투에서 승리자였다는 사실에 깊은 인상을 받았다. 공주에게 경의를 표하는 환호성이 요란하게 솟아올라 그녀의 존재에 대한 어떤 반대도 더는 있을 수 없게 만들었다. 줄리아노 공작은 노련하게 놀라고 당혹한 기색을 지우고 손을 들어 함성을 가라앉혔다. "이렇게 훌륭한 방문자가 피렌체에 오셨으니 피렌체도 이에 걸맞게 행동해야 한다. 피렌체는 그렇게 할 것이다."

---

* 13세기에 유럽에 원정한 몽골 군단.

코키 델네로 저택에는 도시에서 가장 웅장한 대응접실 가운데 하나가 있었다. 폭 24피트에 길이 53피트, 천장 높이 20피트, 스테인드글라스 창문 다섯 개가 있는, 가장 호화로운 규모로 즐길 수 있는 방이었다. 소위 혼례의 방이라 불리는 주침실에는 옛 프로방스 연애담을 소재로 한 안토니오 푸치의 낭만적인 시를 형상화한 프레스코 벽화가 사면에 그려져 있었다. 두 연인(혹은 셋)이 일어나거나 집을 나설 필요를 전혀 느끼지 않고 밤낮을 온전히 보낼 수 있는 방이었다. 달리 말하면 이곳은 카라 쾨즈가 평민과 떨어져 도시에서 가장 세련된 사람들하고만 틀어박혀 피렌체의 모든 훌륭한 귀부인처럼 행세할 수 있는 저택이었다. 그러나 그것은 공주가 시간을 보내기로 선택한 방법이 아니었다.

그녀와 거울은 둘 다 자기 존재를 남들 앞에 드러내기를 즐기는 게 확실했다. 공주는 낮이면 거울을 벗 삼아 그녀를 지켜줄 세르비아인 콘스탄틴만 데리고 사람이 붐비는 거리로 산책을 나가 시장에 들르거나 그냥 구경을 하면서 피렌체의 귀부인과는 달리 일부러 남들 눈앞에 모습을 드러냈다. 피렌체인은 그 때문에 그녀를 사랑했다. 처음에 그들은 그녀를 '시모네타 두에', 두번째 시모네타라고 불렀다. 그녀와 거울은 그 이름을 듣고 나서 서로에게 '첫번째 안젤리카'라는 이름을 교대로 썼다. 사람들은 그녀가 지나가는 곳이면 어디든 그녀의 발치에 꽃을 던졌다. 그녀의 겁 없는 모습에 도시의 양가집 처녀들은 부끄러움을 느끼고 서서히 그녀 뒤를 따라 문밖을 나서게 되었다. 그들은 전통을 깨고 저녁에도 둘 혹은 넷씩 짝지어 산책을 나와 도시의 젊은 신사들을 기쁘게 해주었고, 결국 남자들은 매음굴에서 멀어지게 되었다. 도시의 매음굴엔 파리가 날리기 시작했고, 소위 '창부의 몰락'이 시작되었다. 로마의 교황은 고향의 공중도덕에 일어난 갑작스러운 변화에 감사하며 영원한 도시를 방문한 줄리아노 공작에게 기독교인이 아니라고 주장하는 검은 공주가 실은 교회의 새로운 성인이 아니냐고 큰 소리로 물었다. 신앙심이 두터운 줄리아노는 이를 한 조신에게 전했고, 피렌체의 팸플릿 출판업자들이 이 일화를 온 도시에 퍼뜨렸다. 레오 10세는 카라 쾨즈의 기적에 관한 소문이 퍼지자마자 그녀의 신성을 이런 식으로 추측했던 것이다.

거리를 걸어가는 그녀의 모습을 본 많은 이들이 그녀 주위에서 수정같이 영롱한 천상의 음악이 울리는 것을 들었다고 주장했다. 어떤 이들은 그녀의 머리에서 한낮의 뜨거운 햇빛 아래에서도 눈에 띌 만큼 밝게 빛나는 후광을 보았다고 맹세했다. 불임인 여자들은 카라 쾨즈에게 배를 만져달라고 부탁한 바로 그날 밤 어떻게 아이를 갖게 되었는지 세상에 알렸다. 장님은 눈을 떴고, 절름발이는 똑바로 걷게 되었다. 죽은 자가 실제로 부활한 기적만 그녀의 마법 같은 행적에서 빠졌다. 아고 베스푸치마저 기적을 퍼뜨리고 다니는 사람들의 대열에 동참해 그녀가 자비롭게도 자기 포도밭을 방문해 축복을 내려준 덕에 유래 없는 최고의 품종이 나왔다고 주장했다. 그는 코키 델네로 저택에 매달 한 번 공짜로 포도주를 갖다주기로 했다.

간단히 말해 '안젤리카'로 베일을 벗은 카라 쾨즈는 여성적인 힘을 최대한 발휘했으며, 도시에 그 능력을 전력으로 행사해 피렌체인의 생각을 어버이의, 자식의, 육체의, 신의 사랑의 이미지로 가득 채우는 자애로운 안개를 공기 중에 퍼뜨렸다. 익명의 팸플릿 저자들은 그녀가 베누스의 화신이라고 선언했다. 화해와 조화의 희미한 향기가 대기를 가득 채웠고, 사람들이 더 열심히, 더 생산적으로 일해 가정생활의 질이 개선되고, 출생률이 올라가고, 교회마다 사람이 넘쳤다. 메디치가 사람들은 일요일이면 산로렌초 성당에서 자기네 가문의 막강한 우두머리만이 아니라, 머나먼 인도인지 중국인지의 공주이자 우리 피렌체의 공주이기도 한 새로운 방문객의 덕성을 찬양하는 설교를 들었다. 여마법사의 빛나는 시대였다. 그러나 어둠이 곧 찾아올 것이다.

그즈음 사람들의 머릿속은 온통 가공의 여마법사, 예를 들면 모르가나 르 페이의 사악한 자매로 그녀와 공모해 다른 자매를 괴롭힌 알치나, 사랑의 딸인 착한 마녀 로기스틸라, 만투아의 여마법사 멜리사, 기사 오를란도를 사로잡은 드라곤티나, 고대의 키르케, 시리아의 이름 모를 무시무시한 여마법사 등으로 가득했다. 피렌체인의 상상 속에서 추하고 늙은 괴물, 노파였던 마녀는 이 매혹적인 인물들에게 밀려났다. 그들의 휘날리는 머리카락은 느슨한 도덕을 나타냈고, 그들 마력은 도저히 저항할 수 없는 정도였으며, 그들의 마법은 선한 목적으로 쓰일 때도, 해를 주기 위해 쓰일 때도 있었다. 도시에 안젤리카가 온 후로 착한 여마법사, 사랑의 여신이면서 수호자인 자비롭고 초자연적인 존재에 대한 생각이 확고히 자리 잡았다. 뭐라 해도 그녀는 베키오 시장에서 살아 숨 쉬는 존재였다. "안젤리카, 이 배 좀 한번 맛보세요!" "안젤리카, 이 자두는 즙이 아주 많아요!" 그녀는 허구가 아니라 피와 살을 지닌 여인이었다. 그래서 숭배받았고, 대단한 능력이 있다고 믿어졌다. 그러나 여마법사와 마녀 사이의 거리는 여전히 별로 멀지 않았다. 아직도 모든 여자의 신비한 힘을 해방시키는 이 새로운 여자 마법사의 겉모습은 가장일 뿐이며, 이런 여자의 진짜 얼굴은 늙은 라미아, 무시무시한 노파의 얼굴이라고 말하는 목소리도 있었다.

초자연적인 사건을 믿지 않는 이런 회의론자들은 피렌체가 그 시대에 누렸던 빛나는 만족감과 물질적 번영에 대해 관습적인 설명을 더 선호할 것이다. 어떻게 보느냐에 따라 천재일 수도 있고 어리석은 바보일 수도 있는 피렌체의 진정한 주인 교황 레오 10세의 자비로운 독재적 비호 아래에서 도시의 부가 늘어나고 적들이 물러났다는 등등의 설명 말이다. 뭐든 어깃장을 놓는 이런 삐딱한 부류라면, 마리냐노전투 이후 교황과 프랑스 왕의 만남, 교황의 동맹과 조약, 그가 얻어내거나 사서 피렌체인에게 준 새 영토 덕분에 도시가 크게 이득을 보았다고 할 것이다. 아니면 그가 로렌초 데메디치를 우르비노의 공작으로 임명했기 때문이라던가, 줄리아노 데메디치가 사부아의 필리베르타 공주와 결혼하도록 주선해 그후 프랑스 왕 프랑수아 1세가 그에게 느무르 공국을 하사하고 그의 귀에 나폴리도 곧 그의 것이 될 것이라고 속삭여주었다던가…… 이 모든 것이 제일 중요하게 생각될 수도 있다.

이런 무미건조한 궤변은 내버려두기로 하자. 물론 교황의 권력은 엄청나다. 프랑스 왕과 스페인 왕, 스위스 군대, 오스만 술탄, 이 모든 이의 권력이 끊임없이 분쟁, 결혼, 화해, 권리 포기, 승리, 패배, 음모, 외교, 호의 사고팔기, 세금 징수, 모략, 타협, 동요, 그밖의 온갖 것에 연루되는 것과 마찬가지다. 하지만 다행히도 이모든 일은 본론과는 관계가 없다.

얼마 후부터 카라 쾨즈는 육체적으로나 정신적으로 기력이 달리는 징조를 보였다. 아마도 이런 조짐을 맨 처음 알아차린 이는 거울이었을 것이다. 그녀는 매일 매 순간 여주인에게서 눈을 떼지 않았다. 그러니 관능적인 입꼬리가 아주 살짝만 당겨져도 눈치채고, 무희의 팔 같은 그녀의 팔근육이 긴장으로 뻣뻣해져도 알아차리고, 두통을 돌봐주고, 짜증내는 순간을 불평 없이 참아주었을 것이다. 아니면 튀르크인 아르갈리아가 제일 먼저 그녀를 걱정했을 수도 있다. 그들의 로맨스에서 처음으로 그의 요구에 고개를 돌리고 거울에게 대신 그를 기쁘게 해주라고 부탁했기 때문이다. 지금은 그럴 기분이 아니에요. 너무 피곤해요. 성욕이 사라졌어요. 기분 나쁘게 받아들이지는 마세요. 왜 그걸 이해 못하나요. 당신은 이미 가장 힘 있는 장군이고, 그건 의심의 여지가 없어요. 그에 반해 저는 그저 제힘을 발휘해보려 애쓸 뿐이에요. 저를 사랑하면서 왜 이해를 못하나요. 그건 사랑이 아니에요. 이기심일 뿐이에요. 사소한 다툼으로 사랑이 식어가다 종말을 맞는 흔한 얘기였다. 그는 그들의 사랑이 식을 수도 있다는 것을 믿고 싶지 않았다. 마음속에서 그런 생각을 몰아냈다. 그들의 사랑은 당대 최고의 러브스토리였다. 쩨쩨하게 끝날 수는 없었다.

줄리아노 공작 또한 그의 마법 거울에서 뭔가가 잘못되었음을 알아차렸다. 그는 아내인 사부아의 필리베르타가 불같이 화를 낼 정도로 여전히 매일 거울을 들여다보았다. 필리베르타와의 결혼은 순전히 정치적인 것이었다. 사부아 출신 공주는 젊지도, 아름답지도 않았다. 결혼식을 올린 후에도 줄리아노는 변함없이 먼발치에서 카라 쾨즈를 숭배했다. 비록 자기의 훌륭한 장군으로부터 그녀를 꼬여내려는 시도는 한 번도 못해보고 그녀를 기리는 뜻에서 교황이 피렌체를 방문했을 때 벌인 축하 행사에 버금가는 축제를 여는 것으로 만족하긴 했지만. 필리베르타는 피렌체에 와서 무굴 공주를 위해 열린 축제에 대한 일화를 듣고 새신랑에게 새신부를 위해 적어도 그 정도는 해줘야 한다고 요구했다. 줄리아노는 그런 축제는 그녀가 상속자를 낳은 뒤에 여는 게 적절하겠다고 대꾸했다. 그러나 그는 그녀의 침실에 거의 발걸음을 하지 않았고, 그의 외아들 이폴리토는 사생아로 태어나 사생아가 흔히 그렇듯 추기경이 되었다. 그렇게 거절당한 필리베르타는 카라 쾨즈를 깊이 증오하게 되었고, 마법 거울의 존재를 알고부터는 거울도 증오했다. 어느 날 그녀는 줄리아노가 검은 공주의 건강이 좋지 않다고 걱정하는 말을 듣고 참아왔던 분노를 터뜨렸다. "몸이 좋지 않다더군." 그가 슬픈 어조로 말하자 그녀는 남편이 평소처럼 마법 거울을 멍하니 바라보고 있는 걸 눈치챘다. 필리베르타가 고함을 질렀다. "그 딱한 여자를 봐요. 그녀는 아파요. 내가 아프게 만들 거예요." 그러고는 뒷면을 은도금한 머리빗을 마법 거울에 집어던져 박살냈다. "나도 몸이 좋지 않아요. 당신에게 솔직히 털어놓자면, 내 평생 이렇게 끔찍한 기분은 처음이에요. 그녀만큼 내 건강도 좀 걱정해보라고요."

카라 쾨즈가 힘을 지나치게 쓴 것은 사실이었다. 어떤 여자도 오랫동안 그토록 엄청난 노력을 쏟아부을 수는 없을 것이다. 사만 명에게 몇 달이고 몇 년이고 계속 마법을 쓴다는 것은 아무리 그녀라도 무리였다. 기적에 대한 소문이 점점 뜸해지더니 아예 뚝 끊겨버렸다. 교황은 그녀를 성인으로 봉한다는 얘기를 더 입에 올리지 않았다.

태양의 여신 알란쿠와와 달리 그녀는 삶과 죽음을 주재할 힘이 없었다. 그녀가 피렌체에 온 지 삼 년째 되던 해, 줄리아노 데메디치가 병으로 죽었다. 필리베르타는 어마어마한 값어치가 나가는 혼수품을 포함해 자기 물건을 전부 꾸려 즉시 의식도 치르지 않고 사부아로 돌아가버렸다. 고향에 돌아간 그녀는 말했다. "피렌체는 사라센 창녀한테 휘둘리고 있어. 선량한 기독교 여인이 머물 곳이 못 된다니까."

18

사자와 곰이 사고를 쳤다

카라 쾨즈를 위한 축제 기간 중에 사자와 곰이 사고를 쳤다. 첫 날에는 팔리오 경주*와 불꽃놀이가 있었다. 둘째 날에는 시뇨리아 광장에 황소, 물소, 수사슴, 곰, 표범, 사자 등 야수를 풀어놓고 사람들이 거대한 나무거북과 나무고슴도치 안에 숨거나 말을 타고 혹은 타지 않고서 창을 들고 야수와 싸웠다. 한 사람이 물소에게 받혀 죽었다.

한번은 제일 큰 수사자가 곰의 목을 움켜쥐고 죽이려는 찰나, 정말 놀랍게도 암사자가 곰의 편을 들며 끼어들어 수사자의 목을 세게 깨무는 바람에 수사자는 곰을 잡고 있던 발을 놓았다. 그러고 나서 곰은 기운을 차렸지만, 다른 수사자와 암사자 들이 곰을 구해준 암사자를 따돌렸다. 암사자는 상심한 듯 아무도 공격하지

---

* 팔리오 깃발을 차지하기 위해 안장 없는 말을 타고 벌이는 경주.

않고 사냥꾼들의 조롱과 외침도 무시한 채 절망에 빠져 붐비는 광장을 배회했다. 며칠이고 몇 달이고 이 이상한 사건의 의미를 놓고 갑론을박이 벌어졌다. 암사자가 카라 쾨즈를 상징한다는 것이 중론이었지만, 그렇다면 곰은 누구이고 사자는 누구란 말인가? 결국 몇몇 피렌체인을 제외하고는 누구에게도 알려지지 않은 저자 니콜로 마키아벨리, 인기 있는 극작가이자 치욕을 당한 권력자가 쓴 익명의 팸플릿에 실린 해석이 널리 받아들여져 정설로 굳었다. 암사자는 평화를 위해 자기 인종과 다른 인종 사이에 선 그녀를 뜻한다고 팸플릿 저자는 적었다. 그처럼 카라 쾨즈 공주 또한 도저히 화해할 수 없을 것처럼 보이는 세력들을 화해시키기 위해 자기 민족을 등져야만 했음에도 그들 속으로 온 것이다. "그러나 광장의 암사자와 달리 이 인간 암사자는 혼자가 아니다. 곰 가운데 많은 참된 벗이 있으며, 앞으로도 항상 그러할 것이다."

그리하여 그녀는 많은 이에게 평화, 평화를 위한 자기희생의 상징이 되었다. '동방의 지혜'에 관한 소문이 무성했으나, 이 소문을 들은 그녀는 묵살했다. 그녀는 아르갈리아에게 말했다. "동방에 특별한 지혜 같은 건 없어요. 인간은 모두 똑같이 어리석어요."

◆❧◆

카라 쾨즈와 거울이 그의 집을 떠나자마자 일 마키아는 남은 십삼 년의 생 내내 그를 떠나지 않을 쓰라린 슬픔이 닥쳐오는 것을 느꼈다. 권력이 자기 저택에서 그를 내쫓은 후로 친구들은 모습을 감추었고 영광은 이미 먼 옛날의 추억이 되었지만, 그의 삶에서 위대한 미인이 떠난 것이 최후의 일격이 되었다. 페르쿠시나에 걸렸던 여마법사의 마법이 풀리자 아내가 다시 한번 뒤뚱거리는 오리로, 아이들은 돈만 들어가는 짐으로 보였다. 그는 노래하는 바르베라뿐 아니라 남편이 말도 없이 도망가버린 이웃의 부인한테도 발걸음이 잦아졌다. 이러한 방문도 그의 기운을 돋워주지는 못했지만. 그는 그 달아난 남편이 부러웠고, 자기도 어느 날 밤 갑자기 자취를 감춰 가족이 그가 죽었다고 믿게 놔둘까 진지하게 생각해보기도 했다. 처자를 버리고 달아나서 뭘 하고 살지만 생각해낼 수 있었다면 아마도 실행에 옮겼을 것이다. 그렇게 하지도 못한 채 그는 비굴하게도 궁정의 호의를 되찾기만 바라며 쓰고 있는 짧은 책에 평생 쌓아온 사상과 지식을 쏟아부었다. 그러나 과연 지혜가 경망스러움보다 높이 평가받고, 명쾌한 시각이 아첨보다 더 중요하다고 인정받게 될까? 그는 몸소 책 한 권을 다 써서 줄리아노 데메디치에게 헌정했다. 그리고 줄리아노가 죽자 책을 똑같이 다시 써서 로렌초에게 바쳤다. 그러나 그의 마음속에 가장 크게 자리한 것은 미인이 영영 그를 떠났고, 나비는 시든 꽃엔 앉지 않는다는 자각이었다. 그가 그녀의 눈을 똑바로 바라보았을 때 그녀는 그가 시들었음을 알고 떠나가버렸다. 그것이 마치 사형선고처럼 느껴졌다.

그는 피렌체의 새로운 장군이 연인을 데리러왔을 때, 서재에서 아르갈리아와 이십 분 동안 머물렀다. 아르갈리아가 그에게 말했다. "어릴 때부터 내 평생의 신조는 가야 하는 곳에 도달하기 위해

해야 할 일이라면 무엇이든 한다는 거였어. 나는 무엇이 나에게 가장 도움이 되는지 알고 충성을 넘어, 애국심을 넘어, 알려진 세계의 경계를 넘어 그 별을 따라갔기 때문에 살아남았지. 나, 나, 언제나 오직 나 자신뿐이야. 이것이 생존자의 방식이지. 그러나 그녀가 나를 길들였다네, 마키아. 나는 그녀가 어떤 존재인지 알아. 그녀는 여전히 과거의 나와 같은 식으로 살아가니까. 그녀는 나를 사랑하는 것이 자신에게 도움이 되는 때까지만 나를 사랑할 거야. 나를 숭배하지 말아야 할 때가 올 때까지만 나를 숭배할 거고. 그러니까 그때를 늦추는 것이 내가 할 일이지. 왜냐하면 나는 그런 식으로 그녀를 사랑하지 않거든. 그녀를 향한 내 사랑은 사랑받는 사람의 행복이 사랑하는 사람의 행복보다 더 중요하다는 것을 알지. 사랑은 자신을 버리는 거니까. 그녀는 그걸 모르는 것 같아. 나는 그녀를 위해 죽을 수 있지만, 그녀는 나를 위해 죽지 않을 거야."

니콜로가 말했다. "그렇다면 자네가 그녀를 위해 죽을 필요는 없었으면 좋겠군. 자네의 선한 마음만 아까워질 테니."

그는 그녀와, 또는 그녀와 그녀로부터 떼어놓을 수 없는 거울과 시간을 보낸 적이 있었다. 일 마키아는 그녀의 진정한 사랑은 거울일 것이라고 짐작했다. 그는 그녀에게 애정 문제에 대한 이야기는 하지 않았다. 부적절하고 예의에도 어긋나는 짓이니까. 대신 이렇게 말했다. "여기는 피렌체입니다, 부인. 여기에서 잘 지내실 수 있을 겁니다. 피렌체인은 잘 사는 법을 아니까요. 하지만 부인께서 분별이 있으시다면, 뒷문이 어디 있는지 항상 알아두셔야 할 겁니다. 탈출로를 확보해두고 언제라도 이용할 수 있도록 준비해 두십시오. 아르노 강이 범람하면 배가 없는 사람은 모두 빠져죽을 수밖에 없거든요."

창밖으로 그의 소작농들이 일하는 들판 너머 대성당의 붉은색 돔이 보였다. 도마뱀 한 마리가 나지막한 담장 위에서 볕을 쬐었다. 금빛 꾀꼬리가 월라월로 하고 우는 소리가 들렸다. 점점이 흩어진 참나무와 밤나무, 편백나무, 왜금송이 풍경을 이루었다. 하늘 높이 저 멀리서 말똥가리가 빙빙 돌았다. 자연의 아름다움은 여전했다. 그러나 목가적인 풍경은 그에게 감옥 안뜰같이 보였다. 그가 카라 쾨즈에게 말했다. "아아, 나에게는 탈출구가 없군요."

그는 그날 이후로 그녀에게 자주 편지를 썼지만 보내지는 않았다. 죽기 전 그녀를 딱 한 번 더 만났을 뿐이었다. 그러나 여전히 도시를 자유로이 누빌 수 있는 아고는 한 달에 한 번 코키 델네로 저택으로 그녀를 찾아갔고, 그녀는 대응접실 옆에 있는 소위 '꾀꼬리의 방'에서 그를 맞이하는 특혜를 베풀어주었다. 벽에 잔뜩 그려진 우거진 숲과 새 때문에 붙은 이름이었다. 그는 마차에 포도주를 싣고 집 뒤의 좁은 길을 따라 상인이 드나드는 출구로 갔지만, 상인처럼 집에 들어가지는 않았다. 그는 제일 좋은 옷, 궁정에 드나들 때나 입는 옷을 차려입었다. 어차피 요즘은 달리 입을 일도 없었다. 그는 정부를 찾아가는 나이 든 한량처럼 포르타 로사 거리를 성큼성큼 걸어갔다. 한때는 금발이었던 희고 가는 머리카락을 착 붙게 빗어넘기고, 손에는 꽃을 들었다. 좀 우스꽝스러운 모습이었다. 그는 지나치게 정직한 그녀의 눈을 통해 그 사실을 알 수 있었지만, 그것이 그가 할 수 있는 최선이었다. 그는 그녀에게 아무것도 바라지 않았지만, 그녀는 그에게 뭔가를, 비밀을 요구했다. "저를 위해 이 일을 해주실 수 있나요?" 그녀가 묻자 그는 대답했다. "원하신다면 언제든." 무슨 이야기가 오갔는지 아는 이는 거울과 꾀꼬리들뿐이었다.

줄리아노 데메디치가 죽고 로렌초 데메디치가 로렌초 2세로 피렌체의 지배자가 되면서 사정이 달라지기 시작했다. 그러나 삼 년간은 변화가 뚜렷이 드러나지 않았다. 로렌초는 숙부와 마찬가지로 아르갈리아가 절실하게 필요했다. 레오 10세가 우르비노의 공작 프란체스코 마리아를 배신하는 과정에서 벌어진 전투에서 피렌체군을 이끈 자가 바로 아르갈리아였다. 메디치가가 추방되었던 시절 그들을 보호해준 이가 바로 프란체스코 마리아였지만, 이제 그들은 그의 공국을 빼앗기 위해 그에게 맞섰다. 프란체스코 마리아는 잘 훈련된 병력을 지휘하는 막강한 인물로, 아르갈리아의 근위보병대조차 그를 무찌르는 데 삼 주나 걸렸다. 이 교전이 끝나갈 무렵 아르갈리아의 강인한 오스만 전사 중 아홉이 죽었다. 네 명의 스위스 거인 중 다르타냥도 죽었다. 오토와 보토, 클로토가 울부짖으며 슬퍼하는 모습은 차마 볼 수 없을 지경이었다. 그후 아르갈리아는 안코나의 국경지대에서 프란체스코 마리아에게 충성을 바치는 수많은 남작의 반란을 진압했다. 튀르크인 아르갈리아는 로렌초가 공개적으로 적대시하기엔 너무나 강력했다.

일 마키아가 로렌초의 궁정에 그의 소책자를 보낸 것도 이 무렵이었다. 그는 감사 인사는 고사하고 감상평이든 비판이든, 심지어

받았다는 간단한 인사 한마디조차 듣지 못했고, 로렌초가 죽은 뒤 그의 유품 중에서도 그 책은 한 부도 발견되지 않았다. 로렌초가 그 책을 건네받고 경멸하듯 껄껄 웃으며 한쪽으로 치워버렸다는 이야기가 돌았다. 그는 잔뜩 빈정대며 말했다. "실패자 주제에 감히 군주에게 어떻게 성공해야 하는지를 가르치려 들다니. 분명히 내가 즉시 기억할 만한 책이렷다." 조신들의 웃음소리가 잦아들자 그가 덧붙인 한마디에 또다시 폭소가 일었다. "한 가지는 확실하겠군. 이 니콜로 만드라골라*의 이름이 행여나 기억된다면, 사상가로서가 아니라 희극배우로서일 게야." 이 이야기는 아고 베스푸치의 귀에도 들어갔지만, 친구한테 이런 이야기를 전할 정도로 인정머리가 없지는 않았다. 아무런 답변도 받지 못할 것이 확실해지자 일 마키아는 한층 더 가파른 내리막길로 들어섰다. 그 작은 책자로 말하자면, 그는 한쪽으로 밀쳐놓고 평생 출판할 생각도 하지 않았다.

1519년 봄, 로렌초가 행동을 개시했다. 그는 롬바르디아 주변의 프랑스인을 쫓아내기 위해 아르갈리아를 보냈다. 피렌체의 튀르크인은 베르가모 곳곳에서 프랑수아 1세의 병사와 전투를 벌였다. 아르갈리아가 자리를 비운 틈을 타서 로렌초는 산타크로체 광장에서 마상 창시합을 크게 열었다. 예전에 줄리아노 데메디치가 비할 데 없는 미녀의 아름다움을 칭송하는 깃발을 걸고 시모네타 베스푸치를 기리기 위해 열었던 마상 창시합을 본뜬 행사였다. 카

---

* 니콜로 마키아벨리의 유명한 희곡. 이탈리아어로 '맨드레이크'라는 뜻이다.

라 쾨즈는 금빛 백합으로 장식한 푸른색 차양을 친 권력자의 단상
위 영예로운 자리로 초대를 받았고, 로렌초는 델사르토가 그린 그
녀의 초상과 '비할 데 없는 미녀'라는 똑같은 글귀가 적힌 새로운
기를 펄럭이며 그녀에게로 말을 타고 다가왔다. "피렌체와 중국의
안젤리카, 우리 도시 미의 여왕에게 이 행사를 바칩니다." 로렌초
가 선포했다. 카라 쾨즈는 무덤덤하게 앉아 있을 뿐, 그가 두르도
록 수건이나 스카프를 던져주는 호의도 베풀지 않았다. 공작의 두
뺨에 퍼져오른 붉은 기운이 그의 굴욕과 분노를 드러냈다. 기사가
열여섯 명 정도 있었는데, 도시를 지키기 위해 남은 군인이었다.
상은 금빛 비단과 은빛 비단으로 만든 두 가지 팔리오였다. 공작
은 대놓고 화를 내지는 않았지만, 카라 쾨즈 옆에 앉아 상이 내려
질 때까지 그녀에게 한마디도 하지 않았다.

경기가 끝난 후 메디치 궁전에서 연회가 열렸다. 파비아식 수프
와 공작 요리, 키아벤나산 꿩고기, 토스카나산 자고고기, 베네치
아산 굴이 차려졌다. 설탕과 계피를 듬뿍 넣은 아랍식 파스타도
있었지만, 돼지껍질로 만든 파졸리처럼 돼지고기가 들어간 요리
는 귀한 손님의 예민한 감수성을 고려해 나오지 않았다. 레조산
모과잼, 시에나식 마르지판, 피렌체산 카치 마르촐리니, 즉 '3월
치즈'도 있었다. 실컷 먹고 마신 후에 플라톤의 『향연』에 기록된
아가톤의 축제처럼 사랑이라는 주제를 놓고 시인과 학자가 연설
을 했다. 로렌초는 바로 『향연』에서 가려 뽑은 구절을 암송하는
것으로 축제를 매듭지었다. "사랑은 남자로 하여금 연인을 위하여
목숨을 바치게 한다, 오직 사랑만이. 여자 또한 마찬가지다. 펠리

아스의 딸 알케스티스는 이 점에서 모든 헬라스*의 기념할 만한 모범이다. 아무도 그렇게 하려 하지 않을 때 남편 대신 기꺼이 목숨을 버렸기 때문이다." 그가 자리에 털썩 앉자 카라 쾨즈가 그가 고른 구절에 대해 물었다. "이렇게 즐거운 삶을 누리는데 어찌하여 죽음을 말씀하시는지요?"

로렌초는 그녀에게 상상도 못할 만큼 거친 말을 내뱉어 그녀를 경악하게 했다. 그는 술에 진탕 취했고, 포도주에 약하기로 유명했다. "죽음이란, 부인, 부인께서 상상하는 만큼 그리 먼 곳에 있지 않습니다. 머지않아 당신이 어떤 요구를 받게 될지 누가 알겠습니까." 그녀는 자기 운명이 이 버릇없는 젊은 주인을 통해 자신에게 막 말을 걸려는 참이라는 사실을 알고 조용히 입을 다물었다. 그가 계속 말했다. "꽃은 시들기 전에 향기가 희미해집니다. 그리고 부인, 당신의 향기도 상당히 희미해졌습니다. 그렇지 않습니까." 그것은 질문이 아니었다. "이제 당신 주변에서 울리는 천상의 음악이라던가, 영광스러운 치유행위라던가, 불모의 자궁에 놀랍게도 아이가 생겼다던가 하는 얘기는 좀처럼 들려오지 않습니다. 누구보다 잘 속는 우리 시민조차, 단지 굶주림을 잊으려고 환각을 일으키는 약초로 맛을 낸 빵을 먹는 굶주린 자들조차, 너무 자주 상한 음식과 독 있는 식물을 먹어 밤마다 악귀를 보는 거지들조차 당신이 지닌 마법의 힘에 대해 더 이야기하지 않습니다. 당신의 마법은 지금 어디 있나요, 부인? 모든 남자를 취하게 만들

---

* 그리스의 옛 이름.

어 그들의 마음을 욕정으로 달뜨게 했던 당신의 그 향기는 어디 있습니까? 가장 아름다운 여인의 마법조차 나이가 들면 어쩔 수 없는 법인가보지요?"

카라 쾨즈는 스물여덟 살이었지만, 로렌초가 잔인하게도 정확하게 집어낸 은밀한 이유에서 비롯된 피로가 그녀의 빛과 탱탱함을 잃게 한 것은 사실이었다. 그는 연극조로 속삭였다. "고향에 있었어도 사정은 나빠질 수 있었겠지요. 피렌체에서 육 년, 그 전에도 몇 년이 있겠지만, 당신은 아이가 없습니다. 사람들은 당신이 불임은 아닌가 의심하고 있어요. 의사라면 제 몸부터 고쳐야지요." 카라 쾨즈가 몸을 일으키려 하자 로렌초 2세의 손이 그녀의 팔을 의자 팔걸이에 꽉 눌렀다. 그가 물었다. "그에게 아들을 낳아주지 못한다면, 당신의 보호자가 언제까지 당신을 보호해줄 것 같소? 그러니까, 그가 전쟁에서 돌아온다면 말이오."

그 순간 그녀는 반역행위가 모의 중에 있음을, 아르갈리아의 휘하에 있는 누군가가 혼자인지 무리인지 몰라도 높은 자리를 약속받는 대가로 그를 배신하는 데 동의했음을 알았다. 배신행위는 갈비뼈에 꽂히는 비밀스러운 칼로 드러날 수도 있고, 공개 처형으로 드러날 수도 있다. 배신은 또다른 배신을 부르는 법이다. "그의 부하들이 그를 둘러싸고 있는 한, 절대 그를 죽이지 못할 거예요." 그녀가 들릴락 말락 속삭였다. 바로 그때 예언처럼 그녀의 눈앞에 세르비아인 콘스탄틴의 얼굴이 불쑥 떠올랐다. 그녀가 물었다. "무엇을 약속했기에 그토록 오랫동안 충성을 바쳤던 그가 그런 더러운 짓에 동의했나요?" 로렌초는 몸을 기울여 그녀의 귓가에 속삭였다. "그가 상상할 수 있는 모든 것을." 그의 잔인한 대답이었다. 그러니까 그녀가 뇌물이었다. 오랜 세월 그녀를 가까이에서 지켰던 콘스탄틴은 바로 그렇게 가까이 있었던 탓에 타락해 더 가까이 가고픈 갈망을 갖게 되었던 것이다. 그녀가 아르갈리아를 파멸로 몰아넣었다. 그녀가 말했다. "그가 그런 짓을 할 리 없어요." 로렌초는 그녀의 팔을 쥔 손에 더 힘을 주었다. "그가 그렇게 한다 해도, 공주, 그는 보상을 받지 못할 거요." 그렇다, 그녀는 알아들었다. 이제 운명의 순간이 닥쳤다. "부하들이 죽은 사령관을 방패 위에 떠메고 전투에서 돌아온다고 가정해봅시다. 물론 끔찍한 비극이지요. 그래도 도시의 영웅 사이에 매장될 것이고, 적어도 한 달 동안 애도할 거요. 하지만 그가 돌아올 때쯤 우리가 당신과 당신의 시녀와 당신의 물건을 전부 포르타 로사 거리에서 라르가 거리로 옮긴다고 생각해보시오. 당신이 여기에서 내 손님으로 끔찍한 슬픔 속에서 위안을 찾는다고 생각해보란 말이오. 당신의 연인이자 나의 벗이었던 피렌체의 영웅을 살해한 비겁자에게 내가 어떻게 할지 상상해보시오. 나에게 당신이 쓰고 싶은 고문을 다 얘기해주어도 좋소. 극한을 경험할 때까지 그를 살려둘 것을 보증하오."

음악이 시작되었다. 이제 춤을 출 시간이었다. 그녀는 자신의 희망을 암살하려는 자와 함께 파바나를 춰야 했다. "생각해봐야겠어요." 그녀의 말에 그가 허리를 굽혀 절했다. "당연하지요. 하지만 빨리 생각해야 합니다. 당신이 생각하기 전에, 오늘밤 내 사실로 당신을 데려올 것이오. 당신이 생각해야 할 게 무엇인지 이해할 수 있도록." 그녀는 춤을 멈추고 그의 앞에 마주 섰다. "부인, 제발." 그는 그녀가 다시 한번 스텝을 밟기 시작할 때까지 손을 내밀고 채근했다. "당신은 티무르와 칭기즈칸 왕족의 고귀한 핏줄을 물려받은 공주요. 세상이 어떻게 돌아가는지 알지 않소."

그녀는 세상 돌아가는 이치를 자신이 정말 잘 알고 있다는 것을 보여준 다음, 그날 밤 거울과 함께 집으로 돌아왔다. "안젤리카, 일어나야 할 일이 일어나고 말았어." "안젤리카 님, 이제 우리 죽을 채비를 해요." 거울이 대답했다. 이것은 그녀와 공주가 오래전 정해놓은 암호였다. 즉 떠나야 할 때가, 한 삶을 벗어버리고 다음 삶을 찾아야 할 때가, 탈출 계획을 이용해 자취를 감출 때가 되었다는 뜻이었다. 계획을 실행하기 위해 거울은 도시가 잠든 후 두건 달린 긴 외투를 입고 상인 출입구로 몰래 빠져나가 코키 델네로 저택 뒤 좁은 골목을 지나, 도시를 이리저리 돌아 오니산티 구역으로 가서 아고 베스푸치의 문을 찾아야 했다. 그러나 카라 쾨즈가 고개를 가로저어 거울은 깜짝 놀랐다. "우리는 떠나지 않을 거야. 남편이 살아서 집으로 돌아오기 전에는." 그녀는 삶과 죽음을 지배할 힘이 없었다. 그 대신 전에는 결코 믿어본 적 없는 힘에 매달렸다. 바로 사랑의 힘이었다.

◆┃◆┃◆

다음 날 강물이 말랐다. 로렌초 데메디치가 죽을병에 걸렸다는 소문이 온 도시에 파다했다. 아무도 입 밖에 내어 말하지는 않았지만, 그 병이 무시무시한 매독이라는 걸 모르는 이는 없었다. 아르노 강에 물이 마른 것은 불길한 징조였다. 로렌초의 의사들은 그를 밤낮없이 간호했으나, 이 병이 이십삼 년 전 이탈리아에 나타난 이후로 너무나 많은 피렌체인이 죽었기 때문에 공작이 살아남으리라 예상한 사람은 거의 없었다. 평소처럼 도시의 반은 병을 프랑스군 탓으로 돌리고, 나머지 반은 크리스토퍼 콜럼버스가 항해에서 옮겨왔다고 주장했으나, 카라 쾨즈는 그런 뜬소문에 관심이 없었다. 그녀는 거울에게 말했다. "내가 예상했던 것보다 더 빨리 터졌군. 나에게 의심이 쏠리는 건 이제 시간문제라는 뜻이지." 많은 이가 이 말을 들으면 이상하다고 여길 것이다. 검진을 했다면 밝혀졌을 일이지만 카라 쾨즈는 매독이 아니었고, 그후에도 매독에 걸린 적이 없으니까. 그러나 사실상 전에는 누구도 로렌초 2세가 병에 감염되었다고 의심한 적이 없었다. 그 때문에 이렇게 갑작스럽게 가장 심한 형태로 발병한 것이 훨씬 더 사람들의 주목을 끌었다. 의심스러운 사건이었다. 이런 사건에서는 용의자, 적어도 희생양을 찾아내야 했다. 튀르크인 아르갈리아가 살아 돌아오지 못한다면 상황이 어떻게 돌아갈지 누가 알겠는가.

그가 돌아오기 전날 밤, 그녀는 쉽사리 잠들지 못했으나 일단 잠이 들자 언니의 꿈을 꾸었다. 붉은색과 금색 천으로 된 대형 천막 안에 깔린, 붉은색과 금색으로 가장자리에 무늬를 넣고 중앙에 붉은색과 금색 다이아몬드무늬가 있는 푸른 양탄자 위에 칸자다 베굼이 앉아 누군지 알 수 없는 남자를 뚫어져라 바라보고 있었다. 남자는 크림색 비단옷을 입고 분홍색과 초록색 숄을 어깨에 두르고 머리에 하늘색과 하얀색과 금색이 약간 들어간 터번을 썼다. 낯선 남자가 말했다. 나는 네 오라버니 바바르다. 그녀는 그의 얼굴을 쳐다보았으나 그녀의 오빠가 아니었다. 아닌 것 같은데요, 그녀가 말했다. 남자는 약간 떨어져 앉아 있는 두번째 남자 쪽으로 고개를 돌리고 말했다. 쿠쿨타시, 나는 누구지? 두번째 남자가 말했다. 폐하, 당신은 자히르우드딘 무하마드 바바르이십니다. 우리가 쿤두즈에 앉아 있다는 것만큼이나 확실한 사실입니다. 칸자다 베굼이 대답했다. 왜 내가 당신보다 저 사람을 더 믿어야 하지요? 난 쿠쿨타시를 모릅니다. 오빠와 언니는 그 천막 안에 계속 앉아 있었다. 그녀는 시녀의 시중을 받고, 그는 활과 창을 든 병사들의 호위를 받았다. 감정을 전혀 드러내지 않았다. 여인은 그녀의 오빠를 알지 못했다. 오빠를 보지 못한 지 십 년이 되었다. 카라 쾨즈는 꿈을 꾸는 중이었음에도 꿈속에서 자신이 그 모든 사람이라는 걸 깨달았다. 그녀는 가족과 강제로 떨어져 자신을 돌아가게 해줄 기억과 사랑의 통로를 찾을 수 없게 된 자신의 언니였다. 그녀는 사람들의 목을 치고도 같은 날 오후에 숲 속 공터의 아름다움을 찬양할 수 있는, 흉포하면서도 시적이지만 제 것이라 할 나라도 땅도 없는 남자, 아직도 온 세상을 떠돌며 머물 곳을 찾기 위해 싸워 땅을 빼앗았다 다시 잃기를 반복하고 이제는 의기양양하게 사마르칸트로, 칸다하르로 진군했다 다시 쫓겨나온 오라버니 바바르였다. 달리고 또 달리며 정착할 수 있는 땅을 찾는 바바르. 그리고 그녀는 바바르의 친구 쿠쿨타시이고, 시녀이고, 병사였다. 그녀는 자기 밖에서 떠다니며 아무것도 느끼지 못하고, 스스로에게 느끼도록 허락하지도 않고, 남의 일인 양 자기 이야기를 보았다. 그녀는 자기 자신이면서 자신의 거울이었다.

그때 꿈이 바뀌었다. 천막의 차양과 둥근 천장이 단단한 붉은색 돌로 바뀌었다. 일시적이고, 옮길 수 있고, 고정되지 않은 것이 갑자기 한순간에 영구적이고 고정불변한 것이 되었다. 언덕 위에 석조 궁전이 서 있고 오라버니 바바르가 직선 형태의 연못, 아름다운 연못, 비할 데 없는 연못 한가운데 석좌에서 편안히 쉬고 있었다. 그는 얼마나 부유한지 인심 쓰고 싶을 때면 연못의 물을 빼고 대신 돈으로 채운 뒤 백성이 와서 마음껏 퍼가도록 했다. 그는 부유하고 편안했으며, 연못은 물론이고 왕국도 그의 것이었다. 그러나 그는 바바르가 아니었다. 그녀의 오라버니가 아니었다. 누군지 잘 알 수 없었다. 모르는 남자였다.

그녀는 잠에서 깨어나 거울에게 말했다. "미래를 봤어, 안젤리카. 미래는 돌에 새겨져 있어. 오라버니의 후손은 아무도 따를 자 없는 황제야. 우리는 물이야. 우리는 공기로 바뀌어 연기처럼 사라질지도 모르지만, 미래는 부와 돌이야." 그녀는 미래가 다가오기를 기다릴 것이다. 그때가 오면 예전의 삶으로 돌아가 거기에 합류해 완전한 전체를 이룰 것이다. 칸자다보다 더 잘해낼 것이다. 반드시 왕을 알아볼 것이다.

꿈속에서 뒤편으로 한 여자가 보였다. 어깨 위로 긴 금발을 늘어뜨리고, 갖가지 색 마름모꼴 가죽을 이어붙인 외투를 걸친 그녀는 왕과 마주 앉아 이야기를 했다. 실내에 또다른 여인이 있었는데, 햇빛을 절대 보지 않고 그림자처럼 궁정 복도를 떠돌며 희미해졌다 강해졌다 다시 희미해졌다. 꿈속에서 이 부분은 확실치 않았다.

———◆I◆◆———

카라 쾨즈는 감정을 억누르는 법을 잘 알았다. 로렌초 2세의 사실에 갔다 온 이후로 그녀는 스스로에게 어떤 감정도 허락하지 않았다. 그는 마음먹었던 일을 했고, 그녀 역시 마음먹은 바를 냉정하게 실행에 옮겼다. 코키 델네로 저택으로 돌아온 후에도 그녀는 완벽하게 냉정하고 침착한 태도를 유지했다. 거울은 여주인이 남겠다고 결정했는데도 여자가 보통 혼수품을 쌀 때 쓰는 큰 상자 두어 개를 꾸리고 바로 떠날 수 있도록 짐도 쌌다. 카라 쾨즈는 대응접실의 활짝 열린 창가에 서서 산들바람을 타고 도시의 이야기가 그녀에게 들려오기를 기다렸다. 오래지 않아 그녀가 이미 아는 소식, 그녀가 남아 있으면 위험해질 소식이 들려올 것이다. 그러나 그녀는 절대 떠나려 하지 않았다.

마녀야. 그 여자가 그에게 마법을 걸었다고. 마녀랑 같이 자서 병에 걸려 죽은 거야. 그 전에는 멀쩡했는데. 마법이라니까. 그 여자가 그에게 악마의 병을 옮겼어. 마녀, 마녀, 마녀.

전투 열기가 한창일 때 세르비아인 콘스탄틴이 위대한 콘도티에리 아르갈리아 장군을 죽이려 해 온 군대가 경악했음에도 불구하고, 민병대가 치사노 베르가마스코에서 승리를 거두고 질서정연하게 행군해 돌아올 무렵 로렌초 2세는 숨을 거두었다. 콘스탄틴은 화승총과 미늘창, 검으로 무장하고 동료 근위보병 여섯 명과 함께 비겁하게 뒤에서 장군을 공격했다. 첫번째 총알이 아르갈리아를 맞혔다. 그는 말에서 떨어졌으나, 말들이 대장 주위를 온통 에워싸서 모반자들이 가까이 다가가지 못하는 바람에 겨우 목숨을 건졌다. 남은 스위스 거인 세 명은 뒤쪽의 반역자와 싸우기 위해 앞쪽의 적을 등졌다. 격렬한 백병전 끝에 반란은 제압되었다. 세르비아인 콘스탄틴은 가슴에 스위스인의 미늘창을 맞고 죽었다. 그러나 보토도 죽었다. 해질 무렵 프랑스군과의 전투에서 승리했으나 아르갈리아는 조금도 기쁘지 않았다. 그의 원래 부하 가운데 살아남은 자는 일흔 명도 채 못 되었다.

도시가 가까워지자 교황 선출일에 그랬던 것처럼 곳곳에서 솟아오르는 불꽃이 보였다. 아르갈리아는 무슨 일인지 알아보고 오라며 기수를 급히 먼저 보냈다. 정찰병은 공작이 죽었으며 오합지졸인 시민들이 카라 쾨즈가 공작에게 저주를 걸었다고, 굶주린 짐승처럼 공작의 육체를 성기부터 시작해 바깥쪽으로 먹어치우는 강력한 마법을 썼다고 비난한다는 소식을 전했다. 아르갈리아는 남은 두 상심한 스위스 형제 중 오토에게 군대를 이끌고 빨리 행군해 병영으로 되돌아가라고 지시했다. 그리고 붕대로 걸어 멘 다친 오른팔은 아랑곳도 않고 클로토와 남은 근위보병을 모아 바람처럼 집으로 말을 달렸다. 그날 밤에는 정말 바람이 불었다. 그들은 바람에 올리브나무가 뿌리째 뽑히고 참나무가 조그만 묘목처럼 옆으로 날아가고 호두나무, 벚나무, 오리나무도 날아가는 것을 보았다. 숲이 말을 달리는 그들과 나란히 날아가는 것 같았다. 도시 가까이 오자 엄청나게 시끄러운 소리가 들렸다. 피렌체 시민만이

낼 줄 아는 소리였다. 그러나 기쁨의 소리가 아니었다. 마치 도시의 모든 이들이 늑대인간으로 변해 달을 보고 울부짖는 것 같았다.

———◆|◆|◆———

순식간에 여마법사는 마녀로 바뀌었다. 어제만 해도 그녀는 공식 추대를 받지 않았다 뿐이지 도시의 수호성인이었다. 그런데 오늘 그녀의 문 앞에 군중이 모여들었다. 거울이 말했다. "뒷문은 아직 열려 있어요, 안젤리카 님." "안젤리카, 우리는 기다릴 거야." 그녀가 대답했다. 그녀는 대응접실 창가에 놓은 의자에 꼿꼿이 앉아 비스듬히 밖을 내다보며 보이지 않는 것을 보았다. 보이지 않는 것은 그녀의 운명이었다. 그녀는 여전히 침착함을 잃지 않았다. 그때 말발굽 소리가 들렸고, 그녀는 자리에서 벌떡 일어섰다. "그이가 왔어." 그리고 그가 왔다.

코키 델네로 저택 밖 포르타 로사 거리는 점점 넓어지며 다비치 궁전과 포레시의 탑건물들이 에워싼 작은 광장으로 이어졌다. 아르갈리아와 근위보병들은 광장 쪽으로 말을 달리다 마녀사냥에 나선 군중에게 막혀 속도가 느려졌다. 그러나 중무장을 한 그들의 결연한 모습에 사람들은 길을 터주었다. 근위보병들은 저택 앞에 도착해 사람들을 몰아내고 안전하다는 걸 확인한 뒤 문을 열었다. 인파 속에서 어떤 목소리가 외쳤다. "왜 당신은 마녀를 보호하지?" 아르갈리아는 그 말을 무시했다. 그러자 똑같은 목소리가 외쳤다. "당신은 누구를 섬기는가, 콘도티에리. 백성인가 아니면 자신의 정욕인가? 당신은 도시와 마법에 걸린 공작을 섬기는가, 아니면 그에게 마법을 건 마녀에게 매여 있는가?" 아르갈리아는 말을 돌려 군중을 마주했다. "나는 그녀를 섬긴다. 항상 그래왔고 앞으로도 그렇듯이." 그러고는 바깥을 지키도록 클로토를 남겨두고 서른 명의 부하와 함께 안뜰로 말을 몰았다. 기수들은 안뜰 한가운데 우물 주위에 멈추었다. 조용하던 저택이 짐승의 울음소리, 무기 부딪는 소리, 명령을 내리고 대답하는 남자들의 고함 소리로 온통 시끄러워졌다. 집안 하인들이 달려나와 기수와 말에게 마실 것과 음식을 주었다. 카라 쾨즈는 꼭 잠에서 깨어난 여자처럼 갑자기 위험을 깨달았다. 그녀는 안뜰에서 올라오는 층계참 맨 꼭대기에 섰고 아르갈리아는 아래에서 그녀를 올려다보았다. 그의 피부는 죽음처럼 하얬다.

"당신이 살아 있을 줄 알았어요." 그녀가 말했다. 그는 부상당한 팔은 언급하지 않았다.

"그리고 당신도 살아야 하오. 사람들이 점점 더 많이 모여들고 있소." 그는 오른쪽 어깨의 통증에 대해, 거기부터 몸 전체로 퍼지는 불타는 듯한 느낌에 대해 아무 말도 하지 않았다. 그녀를 보았을 때 느꼈던 심장박동도 말하지 않았다. 그는 오랫동안 말을 달린 뒤라 숨이 턱까지 찼다. 그의 흰 피부는 만져보면 타는 듯 뜨거웠다. 그는 '사랑'이라는 말을 쓰지 않았다. 그의 삶에서 마지막으로 보답받을 수 있을 때까지만 사랑을 주는 여자에게 자신의 사랑을 허비한 것은 아닌가 의심했다. 그러나 그 생각을 밀쳐냈다. 그의 삶에서 이번만큼은 자신의 마음을 주었고, 그럴 기회를 얻을 수 있었던 자신은 운 좋은 사람이라고 여겼다. 그녀가 그의 사랑을 받을 가치가 있는가의 문제는 의미가 없었다. 그의 마음은 이미 오래전에 그 질문에 답했다.

"당신이 나를 보호해줄 거예요." 그녀가 말했다.

"내 목숨을 걸고." 그가 대답했다. 그는 몸이 조금씩 떨리기 시작했다. 치사노 베르가마스코의 전쟁터에서 쓰러졌을 때 그는 세르비아인 콘스탄틴의 반역에 비통해하다 뒤이어 자신의 어리석음을 깨달았다. 그는 찰드란전투에서 페르시아의 샤 이스마일을 사로잡았을 때도 정확히 똑같은 것을 깨달았다. 검객은 총 든 자를 절대 이기지 못하는 법이다. 화승총과 빛, 기동성 좋은 대포의 시대에 갑옷 입은 기사가 설 자리는 없었다. 그는 과거의 인물이 되었다. 낡은 것이 새것에 파괴당하는 것이 당연하듯 그가 총알을 맞은 것도 당연한 일이었다. 그는 가벼운 현기증을 느꼈다.

그녀가 말했다. "전 떠날 수 없었어요." 그녀의 목소리에는 마치 자신에 대해 특별한 것을 깨달았다는 듯 놀라는 기색이 있었다.

"이제 떠나야 하오." 그가 숨을 약간 헐떡이며 대답했다. 그들은 서로를 향해 움직이지 않았다. 포옹하지도 않았다. 그녀는 자리를 떠나 거울을 찾았다.

"안젤리카, 우리 이제 죽을 준비를 하자꾸나." 그녀가 말했다.

━━◆◈◆━━

그날 밤 불이 났다. 도처에서 불길이 솟아올라 하늘을 밝게 비추었다. 지평선에 낮게 걸린 보름달도 붉게 물들어 신의 차갑고 광기 어린 눈처럼 보였다. 공작은 죽었고 소문만 무성했다. 소문에 따르면 교황이 '안젤리카'를 잔인한 창녀라고 저주했으며, 도시를 책임지고 마녀를 처리하라며 추기경을 보냈다. 시뇨리아 광장에서 세 명의 피아뇨니파 지도자 지롤라모 사보나롤라, 도메니코 부온비치니, 실베스트로 마루피가 말뚝에 묶여 화형당한 기억이 아직도 생생했기 때문에 밝게 타오르는 불꽃과 함께 여자의 살 타는 악취를 기대하는 이들이 있었다. 그러나 군중은 본래 참을성이 없는 법이다. 자정께 군중은 약 세 배 정도 불어났고, 분위기는 더 험악해졌다. 코키 델네로 저택으로 돌멩이가 날아들었다. 스위스인 클로토 휘하의 근위보병들은 방진을 짜서 여전히 입구를 막고 있었지만, 그들도 지쳤고 일부는 상처를 치료하고 있었다. 자정 넘은 시각 군중이 아우성치는 와중에 치명적인 소식이 날아들었다. 마녀 안젤리카를 물리치라는 교황의 확인되지 않은 명령에 자극받은 피렌체 민병대가 성난 군중과 합류하기 위해 일어나 완전무장한 채 포르타 로사 거리로 진군해온다는 것이었다. 이 소식을 들은 클로토는 이제 그의 형제 셋이 모두 죽었다는 것을 알고 상황을 끝낼 준비를 하기로 결심했다.

그는 한 손으로는 칼을, 다른 손으로는 끝에 가시 돋친 구가 달린 긴 사슬을 휘두르며 돌진했다. "스위스인을 위하여." 그의 동료 근위보병들이 놀라 그를 쳐다보았다. 군중들은 무기라야 몽둥이와 돌멩이가 고작이라 클로토를 막을 수 없었다. 그에게서 살기가 감돌았다. 사람들은 그의 말발굽 아래 쓰러져 짓밟혀 죽었다.

군중은 공포와 분노로 거칠어졌다. 처음에는 말을 타고 미친 듯이 날뛰는 백변증 거인한테서 모두 물러났다. 그러다 이상한 순간이 찾아왔다. 국가의 운명을 결정짓는 그런 순간이었다. 물러서던 군중이 갑자기 멈추었다. 바로 그 순간 말 위에서 칼을 쳐든 클로토는 끝이 왔음을 알았다. "근위보병들, 내게로." 그가 외쳤다. 그때 군중이 물밀듯이 그들을 덮쳤다. 무수한 고함 소리와 함께 병사들을 잡으려는 손이 뻗쳐오고 주먹이 날아들고 돌멩이가 비처럼 쏟아졌다. 사람들은 고양이처럼 병사들에게 달려들었다. 그들은 말을 끌어당기려다 전사들의 날아드는 무기에 맞아 죽어가면서도, 할퀴고 당기고 움켜쥐고 잡아채며 앞으로 밀고나가 마침내 병사들을 모두 말에서 끌어내렸다. 사람들의 발이, 불어날 대로 불어난 군중의 압도하는 힘이 밀어닥쳤고, 온 세상이 피로 물들었다.

민병대가 도착하자 군중은 바다가 갈라지듯 무장한 군인들을 위해 길을 터주었다. 이미 코키 텔네로 저택 밖의 근위보병들은 그곳에 없었다. 쓰러진 전사들한테서 빼앗은 도끼를 들고 군중은 저택의 나무문 세 개를 공격했다. 문 뒤 안뜰에서 튀르크인 아르갈리아와 중무장한 채 말등에 올라탄 남은 전사들은 최후의 저항을 할 태세를 갖추었다. 아르갈리아는 생각했다. '가장 큰 치욕은 전쟁에서 내가 지휘했던 자들의 손에 죽는 것이다. 하지만 적어도 내 가장 오래된 동료들은 나와 함께 죽을 것이다. 그만해도 영광이지.' 그때 영광과 치욕의 문제가 그의 마음속에서 사라졌다. 카라 쾨즈가 떠날 채비를 마쳤던 것이다. 최후의 말을 해야 할 때가 왔다.

그녀가 말했다. "군중이 어리석어서 다행입니다. 그렇지 않았더라면 아고와 거울이 뒷문을 통해 골목으로 나갈 수 없었을 테니까요. 당신 친구 니콜로의 조언을 듣길 정말 잘했어요. 안 그랬으면 전혀 방도가 없었겠지요. 빈 포도주통에 우리를 숨겨 기운이 팔팔한 말이 끄는 수레에 싣고 데려가줄 사람이 바깥에 아무도 없었을 거예요."

튀르크인 아르갈리아가 말했다. "처음에는 세 친구가 있었지. 안토니노 아르갈리아, 니콜로 '일 마키아', 아고 베스푸치. 그리고 마지막에도 역시 셋이 있었지. 일 마키아는 당신을 위해 더 빠른 말을 대기시켜놓았을 거요. 가시오." 이제 열병이 그를 사로잡았고, 상처의 고통이 견딜 수 없을 만큼 심해졌다. 그는 덜덜 떨기 시작했다. 종말이 닥치는 데 그리 오랜 시간이 걸리지는 않을 것이다. 말 위에서 오래 버티기도 어려울 것이다.

그녀가 문득 입을 열었다. "사랑해요." 나를 위해 죽어줘요.

"나도 사랑하오." 그가 대답했다. 나는 이미 죽어가지만, 당신을 위해 죽을 것이오.

"어떤 남자도 당신처럼 사랑한 적은 없어요." 그녀가 말했다. 나를 위해 죽어줘요.

"당신은 내 평생 유일한 사랑이었소." 내 생명은 거의 다해가지만, 남은 생명을 당신을 위해 바치겠소.

"저를 남게 해주세요. 저를 포기하세요. 그러면 모든 것이 다 끝날 거예요." 다시금 그녀의 목소리에서 자신이 그런 말을 하고, 그런 제안을 하고, 그렇게 느낀다는 데 스스로 놀란 기미가 배어나왔다.

"그러기에는 너무 늦었소."

무적의 피렌체 영웅들은 훗날 피의 궁전으로 알려지게 된 곳의 안뜰에서 최후의 싸움을 치렀고, 포르타 로사 거리의 폭동에서 최후의 패배와 파멸을 맞았다. 싸움이 끝났을 무렵, 마녀와 그녀의 보호자는 이미 자취를 감춘 지 오래였다. 그들이 달아난 것을 알게 되자 피렌체 사람들의 분노는 사라진 듯했다. 마치 끔찍한 꿈에서 깨어난 것처럼 죽음에 대한 식욕을 잃었다. 그들은 제정신을 차렸고, 더는 폭도가 아니었다. 독립적인 개별 존재로서 모든 군중은 웅얼거리며 부끄러운 기색으로 손에 피를 묻힌 것을 후회하며 집으로 돌아갔다. 누군가가 말했다. "갈 테면 가라지, 뭐. 그녀에게 작별 인사나 해야겠군." 뒤쫓으려 하지도 않았다. 그저 부끄러움뿐이었다. 교황의 섭정이 피렌체에 도착해보니 코키 델네로 저택은 문이 잠긴 채 덧문이 내려져 있었고, 그 위에 도시의 문장이 붙어 있었다. 그후 백 년이 넘도록 그곳에는 아무도 살지 않았다. 그리고 튀르크인 아르갈리아가 패혈증으로 온몸이 불덩이같이 달아올라 의식을 잃고 쓰러졌을 때, 감염으로 죽어가는 그의 목을 한 민병의 비열한 미늘창이 꿰뚫었을 때, 비로소 위대한 콘도티에리의 시대가 종막을 고했다.

그리고 아르노 강은 마치 마녀가 저주라도 내린 것처럼 일 년하고도 하루 동안 말라버렸다.

"그녀에게는 아이가 없었지." 황제가 말했다. "그 점은 어떻게 생각하나?" "그게 끝이 아닙니다." 상대방이 대답했다.

＊｜＊｜＊

　니콜로는 동이 틀 무렵 저 멀리에서 오는 아고의 모습을 보았다. 아고는 뒤에 포도주통 두 개를 실은 수레의 고삐를 잡고 있었다. 니콜로는 개똥지빠귀를 잡으러 가려던 계획을 포기하고 새장을 내려놓은 뒤 몸소 말을 준비하러 갔다. 그는 말 두 마리를 선물할 여유가 없음에도 내주었고, 후회하지 않았다. 이렇게 해서 그는 무굴 여인, 티무르와 칭기즈칸 가문의 고귀한 핏줄을 이은 공주, 지난날 피렌체의 여마법사가 추격자들을 따돌리도록 도운 자로 기억될지 모른다. 그는 위층에 있는 아내에게 큰 소리로 즉시 음식과 포도주를 준비하고, 여행 중에 먹을 것보다 더 넉넉히 꾸리라고 일렀다. 아내는 남편의 목소리에서 위기를 감지하고는 잠자리를 박차고 나왔다. 평소보다 달게 잠들었다 깨어나서 무뚝뚝한 명령을 받은 것이 즐거울 리야 없지만, 그래도 토 달지 않고 시킨 대로 했다. 그때 아고가 파랗게 질려서 숨을 헐떡이며 마키아벨리의 집 앞으로 달가닥거리며 달려왔다. 아르갈리아는 그와 함께 있지 않았다. 일 마키아의 눈썹이 말없이 아고 베스푸치에게 질문을 던지자, 그는 손가락으로 목을 긋는 시늉을 하더니 공포와 흥분과 슬픔으로 눈물을 쏟았다. "제발 포도주통을 열어요." 마리에타 코르시니가 나와서 말했다. "저 안에서 이리저리 부딪혀 다 죽을 지경일 거예요."

아고는 포도주통 안에 쿠션과 긴 베개를 덧대고 옆에 경첩으로 문을 단 통기 구멍을 조그맣게 내놓았지만, 그의 노력에도 불구하고 두 여자는 붉어진 얼굴로 숨을 헐떡이며 고통으로 말이 아닌 몰골이 되어 숨어 있던 곳에서 나왔다. 그들은 물을 달게 받아 마셨지만 여행의 후유증으로 음식은 거절했다. 그러고는 더 소란 피우지 않고 옷을 갈아입을 방을 부탁했다. 마리에타는 그들을 부부 침실로 데려갔다. 거울이 작은 꾸러미를 들고 카라 쾨즈의 뒤를 따랐다. 두 여자는 삼십 분쯤 지나 짧은 튜닉—카라 쾨즈는 붉은색과 금색, 거울은 초록색과 흰색이었다—에 허리띠를 두르고, 말을 탈 수 있도록 긴 모직바지를 입고 양가죽장화를 신은 남자 복장으로 나타났다. 머리카락은 짧게 쳐서 꼭 맞는 스컬캡 속으로 쑤셔넣었다. 마리에타는 딱 붙는 바지를 입은 그들의 모습에 헉하고 숨을 들이켰지만 아무 말도 하지 않았다. "떠나기 전에 뭐 좀 먹지 않으려우?" 그녀가 물었지만 그들은 괜찮다고 했다. 그리고 그녀가 준비해준 빵과 치즈, 차가운 고기가 든 가방을 받아들며 감사를 표했다. 그들이 문밖으로 나가자 일 마키아와 아고가 기다리고 있었다. 아고는 여전히 수레 위에 앉아 있었다. 포도주통은 이제 싣지 않았지만, 여인들의 소지품을 담은 상자 두 개가 거기 있었고, 아고의 옷과 단위가 큰 지폐 여러 장을 포함해 그의 수중에 있는 돈 전부가 든 다른 가방도 있었다. "제네바에 도착하면 더

구할 수 있을 겁니다. 제 수표가 있거든요." 그는 카라 쾨즈의 눈을 마주 보았다. "여자끼리만 여행하실 수는 없습니다." 그녀의 눈이 커졌다. "그러니까," 그녀가 대답했다. "도움을 부탁받고 우리가 곤경에 처한 걸 보자마자, 곧장 집에서, 당신의 일에서, 당신의 삶에서 뛰쳐나와, 하나의 위험을 피해 수많은 위험으로 뛰어드는 알 수 없는 미래로 우리와 함께 도망치시겠다는 건가요?" 아고 베스푸치가 고개를 끄덕였다. "예, 그렇습니다." 그녀는 그에게 다가가 그의 손을 잡았다. "그렇다면 이제 우리는 당신 것입니다."

일 마키아는 옛 친구에게 작별 인사를 했다. "처음에는 세 친구가 있었지. 안토니노 아르갈리아, 니콜로 '일 마키아', 아고 베스푸치. 셋 중 둘은 여행을 좋아했고, 나머지 하나는 고향에 머무는 걸 더 좋아했지. 이제 두 여행자 중 한 명은 영원히 가버렸고, 또 하나는 홀로 외로운 신세가 되었군. 내 지평선은 쪼그라들었고 이제 쓸 것이라고는 결말밖에 없어. 그리고 자네, 집밖에 모르던 사랑하는 벗 아고가 새로운 세계를 찾아 떠나려 하는군." 그는 손을 내밀어 삼 솔디를 아고의 손에 쥐여주었다. "자네한테 빚진 돈일세." 잠시 후 말에 탄 두 명과 수레에 탄 한 명이 길모퉁이를 돌아 사라졌다. 이른 아침 햇살이 이제 가늘어지고 하얗게 센 아고 베스푸치의 머리카락에 입 맞추었다. 그러나 그 노란 빛 속에서 그의 머리카락은 다시 한번 일 마키아와 처음으로 카파조 참나무숲으로, 임프루네타의 산타마리아 근처 계곡 숲으로, 그리고 맨드레이크 뿌리를 찾을 희망에 들떠 비비오네 성 주변 숲으로 떠났던 소년 시절의 황금빛으로 보였다.

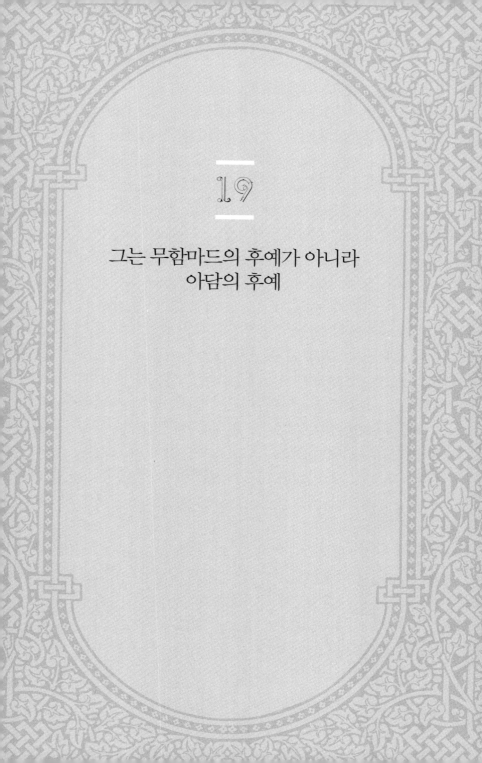

19

그는 무함마드의 후예가 아니라
아담의 후예

그는 무함마드나 칼리프의 후예가 아니라 아담의 후예라고 아
불 파즐은 그에게 말했다. 그의 정통성과 권위는 모든 인간의 아
버지인 '첫번째 인간'의 후손으로부터 나왔다. 어떤 단 하나의 믿
음도, 지리적 영역도 그를 담아낼 수 없었다. 무슬림 이전에 페르
시아를 통치했던 왕 중의 왕보다 위대하고, 고대 힌두교의 개념인
전륜성왕*, 즉 그의 전차 바퀴가 닿지 않은 곳이 없을 만큼 거칠
것 없는 왕보다 우월한 그가 바로 온 세상의 지배자, 경계나 이데
올로기적 한계가 없는 세계의 왕이었다. 이로써 알 수 있는 것은
역사를 움직이는 위대한 힘은 신의 의지가 아니라 인간 본성이라
는 사실이었다. 완벽한 인간 아크바르, 바로 그가 시간의 원동력
이었다.

---

* 정법(正法)으로 온 세계를 통치한다는 인도 신화 속 임금.

아직 해가 뜨지 않았지만 황제는 일어나 있었다. 어둠 속의 시크리는 삶의 위대한 신비를 구체화하는 듯 보였다. 그것이 그에겐 답을 찾아야만 하는 물음들의 난해한 세계처럼 느껴졌다. 그는 하루 중 이 시간에 명상을 했다. 그는 기도를 하지 않았다. 가끔 한 번씩 입정 사나운 자들의 소문을 잠재우기 위해 체면상 치슈티의 묘 주위에 그가 지은 훌륭한 모스크에 가곤 했다. 특히 바다우니의 입을 다물게 할 필요가 있었다. 아버지보다 신심은 훨씬 얕은 주제에 단지 아버지를 괴롭힐 셈으로 광신도와 한편에 선 황태자의 입도 마찬가지였다. 그러나 대개 황제는 태양이 시크리의 돌과 시민의 감정을 달구기 전에, 이렇게 이른 시간을 이용해 살림 황태자처럼 시시하고 짜증스러운 것이 아니라 고상한 것에 대해 충분히 생각하기를 좋아했다. 그는 정오에, 저녁에, 한밤중에 다시 명상을 했으나, 이른 아침의 명상을 가장 좋아했다. 연주자들이 눈에 띄지 않는 곳에서 조용히 경건한 찬송가를 연주했다. 종종 그는 손을 흔들어 그들을 내보내고 침묵에 몸을 맡겼다. 침묵을 깨는 것은 새벽에 우는 새 소리뿐이었다.

그는 욕망이 많은 인물이었으므로, 가끔 그의 고상한 상념이 여자의 이미지로 어지럽혀질 때도 있었다. 춤추는 소녀, 애첩, 왕비의 모습까지 떠올랐다. 과거에는 허구의 왕비 조다 생각으로, 그녀의 뾰족한 혀, 미모, 잠자리 기술에 마음이 어지러워질 때가 제일 많았다. 그는 완벽한 인간이 아니었다. 속으로는 그 사실을 알았지만, 오랫동안 자신이 창조한 그녀를 완벽한 여성으로 생각해왔다. 반려자, 원조자, 관능적인 호랑이, 어떤 남자도 그 이상은 바랄 수 없을 것이다. 그녀는 그의 걸작이었다. 그렇지 않더라도 오랫동안 그렇게 생각해왔다. 그녀는 육체가 된 꿈이며, 그가 공상의 세계에서 현실의 경계를 가로질러 데려온 여행자였다. 그러나 이제 사정이 바뀌었다. 조다는 그의 묵상을 훼방놓을 힘이 더는 없었다. 대신 다른 여자가 그를 찾아왔다. 검은 눈의 여인, 숨겨진 공주 카라 쾨즈였다. 오랫동안 그는 그녀를 인정하지 않으려 하면서, 그의 마음이 어느 쪽으로 이끌리는지 알기를 거부했다. 그것은 그를 불가능으로, 도저히 이루어질 수 없는, 아무리 따져봐도 말이 안 되는 열정으로 이끌었기 때문이다. 그는 미래의 소리에 온 정신을 집중했고, 그녀는 머나먼 과거에서 울려오는 메아리였다. 어쩌면 그것이, 그녀의 향수 어린 인력이 그를 매혹했는지도 모른다. 어느 쪽이든 그녀는 그를 시간을 거슬러 끌고 가 결국 그의 생각이나 믿음이나 희망이나, 모든 면에서 뒤로 되돌리려 하는 정말 위험천만한 여마법사였다.

그녀는 그에게 나쁜 영향을 끼칠 것이다. 그를 불가능한 사랑의 광희로 유혹해 그녀에게 빠져들게 하고, 법과 행동과 위엄과 운명의 세계로부터 멀어지게 만들 것이다. 어쩌면 이를 위해 보내진 존재일지도 모른다. 어쩌면 니콜로 베스푸치는 기독교 세계의 첩자, 그를 파괴하기 위해 이 음란한 여자를 심어놓으라고 보내진 자객, 고립된 변절자, 적일지도 모른다. 모후 하미다 바노도 이 이론을 지지하는 사람 중 하나였다. 어떤 남자도 무력으로 시크리를 손에 넣을 수 없다. 그러나 숨겨진 공주는 그의 내부에서 그를 패배시킬 수 있을지 모른다. 그녀는 그에게 좋지 않다. 그러나 그녀는 점점 더 자주 왔고, 조다는 결코 파악하지 못했지만 그녀는 이해하는 것이 있었다. 예를 들면, 그녀는 침묵을 이해했다. 숨겨진 공주는 그에게 올 때면 말을 하지 않았다. 잔소리를 하거나 집적거리는 건 그녀의 방식이 아니었다. 그녀는 말을 하지도, 깔깔거리지도, 노래를 하지도 않았다. 재스민 향기를 풍기며 와서는 그저 그의 옆에 앉아 그에게 손도 대지 않은 채 하루가 시작되는 것을 지켜보았다. 마침내 동쪽 지평선이 가장자리부터 붉게 물들고 달콤한 산들바람이 불어오면, 그 순간 그들은 한 사람이 되었다. 그는 어떤 여자와도 그래본 적이 없을 만큼 그녀와 일체가 되었다. 그러고는 그녀는 한없이 우아하게 그를 떠났다. 그는 홀로 새벽의 사랑스러운 첫 손길을 기다렸다.

아니, 그녀는 그에게 나쁘지 않았다. 그는 나쁘다고 말한 자들을 모조리 물리칠 것이다. 그녀에게서, 혹은 그녀를 여기로 데려온 남자에게서 악한 면은 전혀 볼 수 없었다. 이렇게 모험심 넘치는 영혼을 어떻게 비난할 수 있겠는가? 카라 쾨즈는 그가 여태껏 한 번도 만나본 적 없는 그런 여자, 관습을 넘어서 오로지 자기 의지만으로 자신의 삶을 만들어낸 여자, 왕과 같은 여자였다. 이것은 그에게 새로운 꿈이었다. 한 여자가 무엇이 될 수 있는가에 관한 꿈꿔보지도 못했던 환상이었다. 그것이 그를 경탄케 하고, 자극하고, 취하게 하고, 사로잡았다. 그렇다, 카라 쾨즈는 보기 드문 여자였다. 황제는 베스푸치, 모고르 델라모레도 역시 그렇다고 믿었다. 황제는 그를 시험했고, 대단한 장점을 찾아냈다. 그는 적이 아니었다. 총신이었다. 그는 비난이 아니라 칭찬받아 마땅했다.

아크바르는 억지로 생각을 다시 제 길로 돌렸다. 그는 완벽한 사람이 아니었다. 그건 아첨꾼의 표현일 뿐이었다. 아불 파즐의 아첨 탓에 그는 모고르 델라모레가 역설의 거미줄이라 부른 것 속으로 빠져들었다. 인간을 신과 가까운 지위로 끌어올리고 그에게 절대 권력을 허락하면서 신이 아닌 인간이 운명의 주인이라고 주장하는 데에는 많은 검증에서 버티지 못할 모순이 있었다. 게다가 인간사에서 신앙이 방해가 되었던 증거는 그의 주변에도 숱하게 널렸다. 그는 천사의 목소리를 듣는 자매 타나와 리리가 신앙과 타협하느니 죽음을 택했던 일을 잊을 수 없었다. 그는 신이 되고 싶은 마음은 없었다. 황제는 생각했다. 신이 아예 없었더라면, 선이 무엇인지 알아내기가 더 쉬웠을지 모른다. 전능자 앞에서 자아를 버리고 숭배를 바치는 것은 잘못된 길이었다. 선이 있는 곳이 어디든, 신 앞에 아무 생각 없이 절만 하는 의식에는 없었다. 그보다 차라리 개인적이거나 집단적인 움직임에서 나오는 느리고 서툴며 오류투성이인 노력에 있을지도 몰랐다.

다시 그는 곧 모순 속으로 빠져들었다. 그는 신이 되고 싶지 않았지만 자신의 힘, 그 절대적인 힘의 정의로움을 믿었다. 그런 믿음을 고려한다면, 어느새 그의 머릿속에 비집고 들어온 불복종의 미덕에 대한 이 기이한 생각은 다소 선동적이었다. 그는 정복의 권리로 인간의 생명을 지배할 힘을 가졌다. 힘은 권리이며 나머지 모든 것, 예를 들면 선에 관한 이 끝없는 명상은 장식에 불과하다는 것은 현실적인 군주라면 누구라도 도달하게 될 피할 수 없는 결론이었다. 승자가 곧 선을 지닌 사람이다. 해야 할 말이 있다면 이것뿐이다. 차이가 있기는 하다. 또 처형과 자살도 있을 것이다. 그러나 불화는 종식될 수 있으며, 그것을 진압할 수 있는 것은 그의 주먹이다. 그러나 매일 아침 내면에서 조화에 대해 속삭이는 목소리는 모든 인간이 하나라는 신비주의자의 어리석은 가르침이 아니라 이 기이한 생각이었다. 불화, 차이, 불복종, 다툼, 불경, 우상파괴, 무례, 오만조차 선의 원천일 수 있다는 생각. 왕이 할 만한 생각이 아니었다.

그는 외국인의 이야기 속 머나먼 나라의 공작들을 생각했다. 그들은 자기네 땅에서 신의 권리를 요구하지 않고, 그저 승자의 권리만 주장했다. 그들의 철학자 또한 인간 존재를 그의 시대, 그의 도시, 그의 삶, 그의 교회 중심에 서 있는 자로 묘사했다. 그러나 어리석게도 그들은 사람의 인간적 속성을 신에게 부여하고, 굳이 신의 허락이 필요치 않은 더 사소한 인간의 문제에서는 자기들의 명분을 뒷받침하기 위해 허가를 요구했다. 토스카나의 한 도시와 로마 주교의 한 교구를 다스리자고 그런 짓을 하다니, 얼마나 정신없고 쩨쩨한 자들인지. 그러면서도 스스로를 얼마나 대단한 존재로 여기는지. 그는 경계가 없는 우주의 지배자이며 그들보다 더 명확하게 보았다. 아니, 그는 자기가 한 말을 고쳤다. 그 역시 제대로 보지 못한다. 그렇게 주장한다면 단지 제 아집에 빠진 것이다. 모고르가 한 말이 옳았다. 인간의 저주는 우리가 서로 너무 다르다는 것이 아니라 너무 똑같다는 것입니다.

햇빛이 양탄자를 깐 바닥 위로 퍼지자 그는 자리에서 일어섰다. 자로카* 창에 모습을 드러내고 백성의 숭배를 받아야 할 시간이었다. 백성은 오늘 축제 분위기였다. 신나게 즐기는 데에 타고났다는 점에서 그들은 그가 꿈속에서 거닐었던 다른 도시 주민과 공통점이 있었다. 오늘은 황제의 탄신일인 10월 15일이었다. 황제의 몸무게를 재고 그 열두 배에 맞먹는 무게의 금, 비단, 향수, 구리, 물소 젖 버터, 철, 곡물, 소금을 하렘의 왕비들이 집집마다 푸짐한 선물로 보낼 것이다. 가축을 키우는 이들은 왕의 나이와 맞먹는 수의 양, 염소, 닭을 받게 될 것이다. 도축장으로 갈 운명이었던 다른 많은 동물은 마음껏 돌아다니도록 풀어놓고 제 운을 시험하게 할 것이다. 나중에 하렘에서 그는 그의 생명줄, 그의 나이를 기록하는 줄의 매듭을 푸는 의식에 참여할 것이다. 또 오늘 그는 '사랑의 무굴인'이라고 주장하는 외국인과 관련해 결정해야 할 일이 있었다.

황제는 이 인물에게서 흥미로움, 매혹, 관심, 실망, 환멸, 놀라움, 호의, 지겨움 등 수많은 감정을 경험했고, 애정과 감탄이 점점 커져가는 것을 인정하지 않을 수 없었다. 어느 날 그는 애정을 느끼는 순간은 극히 드물고 실망과 환멸, 의심은 사라지지 않는 자기 아들의 경우를 제외하면, 이 또한 부모가 자식을 대하는 방식일 수 있다는 것을 깨달았다. 황태자는 어린 시절부터 황제에게 맞설 음모를 꾸며왔고, 세 자식은 모두 타락한 인간이었다. 그러나 카라 쾨즈의 이야기를 들려준 이 남자는 변함없이 공손하고, 어느 모로 보나 지적이고, 확실히 겁이 없었다. 그는 실로 대단한 모험

---

* 건물 앞에 돌출된 발코니로 무굴제국의 전형적 건축 양식이다.

담을 엮어내는 인물이었다. 최근 아크바르는 점점 더 호감이 가는 베스푸치에 대해 엄청난 물의를 빚을 만한 생각을 즐기기 시작했다. 그는 시크리의 궁정생활에 아주 잘 적응해서, 이제는 거의 모두가 그를 원래부터 거기에 속한 사람인 양 대했다. 살림 황태자는 그를 끔찍이 싫어했고, 광신도 바다우니도 마찬가지였다. 황제를 공격하는 악의적인 내용으로 가득한 그의 비밀일기는 날마다 두꺼워지는 반면 책의 저자는 날이 갈수록 야위었다. 그러나 그 적의만큼은 엄청나게 커져갔다. 황제의 어머니와 실존하는 연상의 아내 마리암우즈자마니 왕비 역시 그를 싫어했다. 상상력이 부족한 그들은 꿈의 세계가 현실로 침입하는 것은 모조리 반대했다.

베스푸치에 대한 엄청난 물의를 빚을 만한 생각이 한동안 아크바르를 괴롭혔다. 그는 이를 시험해보기 위해 이 외국인을 나랏일과 관련된 문제에 끌어들이기 시작했다. 금발의 '무굴인'은 만사브다르 체제를 복잡한 세부까지 거의 순식간에 완벽하게 익혔다. 제국은 그 체제에 의해 다스려졌으며, 제국의 생존이 거기 달려 있었다. 만사브다르란 연공서열에 따라 군대와 말을 유지하고, 보답으로 사적 봉토를 받아 부의 근원으로 삼는 귀족들의 피라미드였다. 그는 며칠 만에 제국의 만사브다르 이름을 모조리 외워버렸다. 여기에는 만 명을 호령하는 왕자부터 열 명을 지휘하는 낮은 직급까지 서른세 개의 서열이 있었다. 게다가 그는 관리의 실적을 요약정리하고, 황제에게 어느 만사브다르가 승진하고 그들 중 누가 임무를 다하지 못했는지 조언해주는 위치를 차지했다. 아크바르에게 백오십 년간 제국의 안정을 보장해줄 체제의 구조를 근본

적으로 바꿀 것을 제안한 인물도 바로 그 외국인이었다. 원래 만사브다르는 페르가나와 안디잔 인근이 근거지인 무굴의 부족 구성원 가운데 중앙아시아 출신인 투란족이거나, 아니면 페르시아인이 대부분이었다. 그러나 아크바르는 모고르가 권한 대로 어떤 집단도 다수를 차지하지 못하도록 라지푸트족, 아프간족, 인도계 무슬림 등 다른 민족을 대거 포함시키기 시작했다. 투란족이 여전히 가장 큰 집단이었으나, 대대적인 개혁 후로는 직위의 사분의 일만 점하게 되었다. 결과적으로 어떤 단일 집단도 나머지를 뜻대로 좌지우지할 수 없게 되었고, 따라서 서로 관계를 잘 유지하며 협동할 수밖에 없었다. 술이쿨. 완전한 평화가 찾아왔다. 모두 조직의 문제였다.

그러니까 그는 마술과 이야기 외에 다른 재능도 지닌 남자였다. 대단히 좋은 인상을 받은 황제는 이 젊은이의 운동 실력과 무술도 시험해봤는데, 그 결과 그가 안장 없이 말을 탈 수 있고, 화살로 과녁을 명중시키고, 태연자약하게 칼을 휘두를 수 있다는 것을 알게 되었다. 경기와 결투가 벌어지는 들판을 벗어나서도 그의 뛰어난 입담은 이미 명성이 자자했고, 삽시간에 그는 찬달 만달 같은 보드게임이나 간지파 같은 카드게임처럼 궁정에서 가장 인기 있는 실내 게임의 전문가가 되었다. 그는 게임 카드와 시크리의 고관들을 연관 지어 사람들을 즐겁게 해주었다. 말의 군주, 게임에서 최고 카드인 아시와파티는 말할 것도 없이 황제여야 했다. 보물의 군주 단파티는 분명 재무대신 라자 토다르 말이었고, 귀부인들의 여왕 티야파티는 당연히 조다바이였다. 라자 만 싱은 전투의 군주 달파티였고, 같은 급 인물 중에서 가장 사랑받는 비르발은 아마도 요새의 군주 가르파티일 것이다. 아크바르는 이런 기지에 매우 즐거워했다. "그리고 너, 사랑의 무굴인은 내가 보기에 아스르파티가 틀림없도다." 황제가 말했다. 그것은 재능의 군주, 마법사와 요술쟁이의 왕이었다. 그러자 외국인이 배짱도 좋게 말했다. "그리고 뱀의 왕 아히파티는 자한파나여…… 아마도 살림 황태자이겠지요?"

요컨대 이자는 많은 자질을 갖춘 남자였다. 고위직에 오르는 데 필요한 첫번째 조건이었다. 황제가 그에게 말했다. "이야기는 기다릴 수 있다. 여기 사정이 어떻게 돌아가는지 잘 알아두는 것이 우선이다." 그리하여 모고르 델라모레는 먼저 라자 토다르 말 밑에서 수련하고, 그다음에 라자 만 싱에게 가서 재무와 통치술의 비밀을 전수받았다. 비르발이 치토르가르와 메랑가르, 아메르와 자이살메르 요새가 있는 서쪽으로 황제의 백성과 그 지역 동맹을 점검하러 말을 타고 떠날 때 외국인은 수석보좌관으로 그와 동행했다가, 모든 군주가 왕 중의 왕에게 무릎을 꿇었던 난공불락의 요새로 둘러싸인 궁전을 보고 황제의 권력에 눈이 휘둥그레져 돌아왔다. 달이 지나 해가 거듭되면서 모두가 키 큰 금발 남자를 더는 외국인으로 여기지 않는다는 것이 점점 확실해졌다. '사랑의 무굴인'은 위대한 무굴인의 고문이자 심복이 되었다.

황제가 모고르에게 주의를 주었다. "어쨌든 뱀의 군주를 조심하라. 그가 내 등에 꽂으려 하는 칼이 너를 향할 수도 있다."

그러던 중 비르발이 죽었다.

황제는 군 지휘권을 달라는 친구의 소원을 들어준 자신을 책망했다. 놀랍게도 비르발은 황제를 대신해 몸소 아프간 일루무나티*인 라우샤나이 종파의 반란을 진압하러 나섰다. 그들의 지도자인 예언자 바야지드는 힌두와 이슬람을 뒤섞어 도덕관념이 없는 다신교 잡탕을 만들어냈다. 비르발은 이를 지극히 혐오했다. "신은 모든 사람과 모든 것에 내재해 있으니 모든 행동은 신성하다. 그러므로 선한 행위와 악한 행위, 옳고 그름 사이에 아무런 차이가 없다. 그러니 우리 좋은 대로 행동해도 된다는 말이 아닙니까?" 그는 비웃었다. "자한파나여, 저를 용서해주십시오. 그러나 보잘 것없는 군 지도자 하나가 폐하를 비웃고 있습니다. 모든 믿음 안에서 하나의 믿음을 찾아내고자 하는 폐하의 소망에서 아름다움을 빼앗아 추한 것으로 바꾸어놓고 폐하를 비웃고 있습니다. 그가 야만인처럼 약탈을 저지르지 않았다 해도, 그런 무모함만으로도 파멸해야 마땅합니다. 물론 그가 보기에 약탈도 금할 일은 아니겠지요. 하! 라우샤나이는 신으로부터 세계를 물려받을 운명을 부여받은 선택된 자들이니까요. 그들이 시간을 조금 앞당겨 자기네 유산을 움켜쥐려 한다 해서 누가 그럴 자격이 없다고 말하겠습니까?"

약탈은 신이 선택된 자들에게 선물로 내려주신 것을 손에 넣는 종교적 의무라는 관념은 아프간 산악의 부족들에게 강한 호소력이 있었고, 종파는 급속도로 세력을 키워나갔다. 그때 갑자기 바

---

* 신비주의를 추종하는 밀교 집단 가운데 하나.

야지드가 죽으면서 그의 막내아들인 열여섯 살의 잘랄우드딘이 라우샤나이의 지도자가 되었다. 이러한 전개에 비르발의 분노는 걷잡을 수 없이 치솟았다. '잘랄우드딘'은 황제 아크바르의 이름이기도 했던 것이다. 이런 우연의 일치도 라우샤나이의 오만함에서 비롯된 것이었다. "자한파냐여, 이러한 모욕에 답해줘야 할 때가 왔습니다." 아크바르는 군인이 아닌 그의 분노에 재미있어하며 비르발이 뜻대로 하게 해주었다. 그러나 외국인 모고르 델라모레는 비르발과 동행하지 않았다. "그는 아프간전쟁에 나설 준비가 안 되었다." 황제가 일동의 웃음에 이처럼 선언했다. "그는 여기, 궁정에서 우리와 함께 있어야 한다."

그러나 반란은 웃을 일이 아니었다. 산길은 거의 사람이 지나다닐 수 없는 지경이었다. 비르발은 일루미나티에게 한 수 가르쳐주기 위해 도착한 지 얼마 되지도 않아 말란드라이 통행로에서 매복에 걸렸다. 나중에 이 훌륭한 대신이 자기 군대에서 도망쳐 목숨을 건지려 했다느니 등등의 악의적인 뒷얘기가 떠돌았지만, 황제는 배신에 관한 소문만 믿었다. 그는 황태자가 어느 정도 관련되었을지 모른다고 의심했으나 입증할 방법이 없었다. 비르발의 시체는 끝내 찾지 못했다. 그의 부하 팔천 명이 학살당했다.

말란드라이 통행로의 재앙 이후 황제는 오랫동안 끔찍하게 비참한 기분에 빠져 식음을 전폐하고 폐인이 되다시피 했다. 그는 죽은 벗을 기리는 시를 썼다. 그대는 무력한 자들에게 그대가 줄 수 있는 모든 것을 주었노라, 비르발이여. 이제 내가 무력한 자가 되었으나, 그대는 나를 위해 아무것도 남겨놓지 않았구나. 그는 처음이자 마지막으로, 왕이 아닌 사랑하는 벗을 위해 비탄의 노래를 부르는 한 인간으로서 일인칭으로 글을 썼다. 그는 비르발을 애도하는 동안 처음에는 토다르 말, 그다음에는 만 싱을 라우샤나이를 격파해 굴복시키라고 보냈다. 시크리의 궁전 어디를 보아도 공허뿐이었다. 그의 아홉 보석 중 세 자리가 비었다. 그보다 못한 자로 빈자리를 채울 수는 없었다. 그는 아불 파즐을 더 가까이했고, 점점 더 의지하게 되었다. 그리고 비르발이 죽기 여덟 달 전, 그의 마흔네번째 생일에 몸무게를 재러 왕의 저울로 가던 중 신중하게 고려해봤던 엄청난 물의를 빚을 만한 생각을 떠올렸다.

그가 답을 찾으려는 질문은 바로 이것이었다. 니콜로 베스푸치로도 알려진 외국인 모고르 델라모레, 자기가 황제의 숙부라는 터무니없는 주장을 펼친 이야기꾼, 스스로 뛰어난 행정관이자 고문임을 입증한 자, 기대 이상으로 그의 마음에 쏙 든 인물을 그의 명예 아들로 삼으면 어떨까? 파르잔드라는 지위는 매우 드물게 주어지며, 제국에서 모두가 가장 갈망하는 명예였다. 그 칭호를 받는 자는 누구든 곧바로 황제의 실세 집단에 받아들여지게 된다. 그의 자식(혹은 숙부)이라기보다는 동생에 더 가까울 이 젊은 무뢰한이 그런 엄청난 영예를 받을 가치가 있을까? 그리고—이 또한 중요한 문제인데—이런 임명이 어떻게 받아들여질 것인가?

그가 자로카에 모습을 드러내자 군중은 목이 터져라 환호했다. 아크바르는 사랑의 무굴인도 대중에게 인기가 많다는 사실을 떠올렸다. 그리고 그의 인기가 카라 쾨즈의 이야기 못지않게 호반의 창부 집, 해골과 매트리스가 지배하는 스칸다의 집이 성공한 덕분이 아닐까 의심했다. 그러나 숨겨진 공주 이야기가 수도 전설의 일부가 되었으며, 그에 대한 사람들의 관심이 식을 줄 모른다는 것만큼은 부인할 수 없는 사실이었다. 사람들도 황제의 아들이 기대할 건더기가 없는 인물이라는 걸 잘 알았다. 그러니 왕조의 미래가 문제였다. 전설에 따르면, 낙타 치는 사람으로 변장하고 여행하던 무굴의 선조 티무르에게 한 탁발수도자가 다가와 먹을 것과 물을 청하며 말했다. "저에게 먹을 것을 주신다면 당신에게 왕국을 드리지요." 탁발수도자는 힌두교를 위해 이슬람을 버린 자였다. 티무르가 원하는 것을 주었더니, 탁발수도자가 망토를 그에게 덮어씌우고 그의 등을 손바닥으로 철썩철썩 갈기기 시작했다. 열한 대를 맞고 나서 성이 난 티무르는 망토를 벗어던졌다. "매질을 더 참아냈더라면 당신의 왕조는 더 오래갔을 것이오. 열한번째 후손에서 끝나겠구려." 탁발수도자가 말했다. 아크바르 황제는 절름발이 티무르의 8대손이었다. 그러니 전설을 믿는다면 무굴은 앞으로 삼 대는 더 힌두스탄의 황위를 안전하게 지킬 수 있었다. 그러나 9대손이 문제였다. 열여덟, 열다섯, 열네 살에 그들은 모두 술주정뱅이였고, 그중 하나는 간질을 앓았으며, 황태자로 말하자면 생각하기도 싫었다.

황제는 그의 생일날 생명의 저울에 앉아 자기 몸무게의 열두 배가 되는 쌀과 우유의 무게를 재면서 미래를 곰곰이 생각했다. 나중에 공방을 찾았을 때에도 그의 정신은 딴 데 가 있었다. 여자들이 그를 빈틈없이 둘러싸고 부드러움으로 온통 감싸는 하렘에서조차 딴생각을 했다. 그는 전환점에 도달했으며, 외국인에 대한 결정도 어느 정도 내려졌다고 느꼈다. 외국인을 가족으로 받아들이는 것은 그가 세계의 왕이 되리라는 아불 파즐의 생각을 정말 따르고 있으며, 아직 알려지지 않은 땅, 그들 차례가 되면 또한 포섭될지도 모를 땅으로부터 사람, 장소, 이야기, 가능성을 그의 가계로, 그 자신에게로 통합할 수 있다는 신호였다. 한 외국인이 무굴인이 될 수 있다면, 머지않아 모든 외국인이 그렇게 될 수 있을 것이다. 게다가 모든 것을 아우르는 문화, 라우샤나이 종파가 자기네 존재로 풍자했던 바로 그 문화로 한 걸음 더 나아가게 될 것이다. 모든 인종, 부족, 씨족, 신앙, 국가가 하나의 웅대한 무굴 통합체, 즉 과학, 예술, 사랑, 차이, 문제, 허영심, 철학, 운동, 변덕 등 온 세상의 모든 것을 하나로 융합한 것의 일부가 되는 그의 참된 공상이 되살아날 것이다. 이 모든 것이 모고르 델라모레에게 파르잔드 칭호를 내리는 게 좋겠다는 결론을 짓도록 그를 부추겼다.

그러나 한편으론 나약함으로 보이지 않을까? 감상, 자기기만, 우매함으로 보이지는 않을까? 자신에 관해 불완전하며 연대기상으로 따져도 문제투성이인 이야기를 내놓았을 뿐, 그 밖에 아무것도 알려진 바 없는 말만 번지르르한 이방인에게 보기 좋게 속아넘어간 것으로 보일 수도 있지 않을까? 그에게 공식 지위를 준다면 사실상 진실은 이제 별 의미가 없으며, 그의 이야기가 교묘한 거짓말이라 해도 더는 상관없다고 말하는 셈이 될 것이다. 군주가 그렇게 노골적으로 진실을 무시하는 태도를 보여서는 안 되지 않는가? 진실의 가치를 수호하고, 그러한 수호를 구실 삼아 필요할 때 거짓말을 해야 하지 않는가? 요컨대 군주라면 당연히 환상과 공상에 더 냉정하고 무심하게 대처해야 하지 않는가? 어쩌면 그가 스스로에게 허락할 수 있는 유일한 공상은 권력뿐인지도 모른다. 외국인의 부상이 황제의 권력에 이로울까? 그럴지도 모른다. 그렇지 않을지도 모른다.

이러한 질문 너머 여전히 더 깊은 질문, 손에 잡히는 물질의 세계에 사는 것만큼이나 모두가 열정적으로 사는 마법의 세계에서 온 질문이 놓여 있었다. 아크바르는 매일 자로카 창에서 밖을 내다보며 이런 믿음을 키웠다. 그의 아래에는 열광적인 추종자, 막 싹트기 시작했으나 이후에 기적담을 퍼뜨리게 될 '시선을 믿는 종파'의 신도들이 있었다. 병자, 죽어가는 이, 부상자가 매일 거기로 왔다. 아크바르의 눈길이 그들에게 닿으면, 그들이 그를 힐끗 볼 때 그가 눈길을 주면 반드시 몸이 나았다. 눈길을 줌으로써 황제의 잠재력이 눈길을 받은 자에게로 옮겨갔다. 마법은 언제나 마법이 더 강한 인물(황제, 강령술사, 마녀)로부터 더 약한 자에게로 흘러가는 법이었다. 마법의 법칙이었다.

마법의 법칙을 거스르지 않는 것이 중요했다. 여자가 떠난다면, 그것은 여자에게 주문을 제대로 걸지 못했거나, 다른 누가 더 강한 마법을 걸었거나, 남편과 아내 사이의 사랑의 끈이 끊어지도록 누가 결혼에 저주를 내렸기 때문이다. 왜 일에서 이러저러한 이보다 아무개가 더 성공을 거두는가? 바로 그가 제대로 된 마법사를 찾아갔기 때문이다. 황제는 한편으론 이 모든 허튼소리에 반발했다. 자기 스스로 행동할 힘을 포기하고, 이러한 힘이 자기 안이 아니라 밖에 있다고 믿는다면 자아를 유아상태로 되돌리는 것이 아닌가? 이는 또한 신의 존재가 인간으로부터 스스로 윤리적 구조를 형성할 권리를 빼앗는다는, 신에 대한 그의 반론이기도 했다. 그러나 마법은 도처에 있으니 부정할 수 없을 것이다. 코웃음으로 무시해버린다면 경솔한 지배자로 비칠 것이다. 종교는 다시 생각해보고, 다시 검토하고, 다시 만들고, 심지어 버릴 수도 있지만, 마법은 그러한 공격에도 끄덕하지 않는다. 이것이 결국 카라 쾨즈의 이야기가 시크리 사람들의 상상력을 그토록 쉽게 사로잡은 이유였다. 그녀는 다른 세계, 자기들만의 신비요법을 가진 세계에 자신의 마법, '그들의' 마법을 걸었고, 그녀의 마법이 그들 것보다 강력하다는 것을 입증했다. 그녀의 마법. 황제조차 저항할 수 없었다.

외국인 니콜로 베스푸치, 자칭 사랑의 무굴인과 관련된 마법 논란은 이렇게 정리할 수 있었다. 그들 속에서 그의 존재는 축복인가 저주인가? 그를 높은 지위로 끌어올리면 그 결과로 제국에 축복이 내릴 것인가, 아니면 행운의 어떤 알지 못할 법칙을 거슬러 왕국에 재앙이 올 것인가? 이 외래성 자체는 그것을 지지하는 자들에게 포상과 성공을 내리는 소생의 힘으로 포용될 것인가, 아니면 전체적으로 개인과 사회에 본질적인 것을 타락시키고, 소외되고 거짓된 죽음으로 끝나게 될 부패의 과정을 개시하게 할 것인가? 황제는 보이지 않는 왕국의 수호자인 손금쟁이, 점성술사, 점쟁이, 신비론자, 그리고 수도, 특히 살림 치슈티의 묘 주변에 차고 넘치는 잡다한 신들에게 조언을 구했지만, 그들의 조언은 서로 모순되었다. 그는 외국인의 동료인 유럽인 아콰비바와 몬세라테 신부에겐 의견을 묻지 않았는데, 이야기꾼에 대한 그들의 적의는 익히 알려진 사실이었기 때문이다. 그리고 비르발, 오 그의 총신이여, 지혜로운 비르발은 이제 없었다.

그는 결국 홀로 남겨졌다. 오직 그만이 선택할 수 있었다.

하루가 끝났다. 그는 마음을 정하지 못했다. 그는 초승달 아래에서 한밤중까지 명상을 했다. 그녀가 은빛을 사방에 뿌리며 말없이 그에게로 왔다.

<hr />

조다가 많은 이들에게 보이지 않게 되는 때가 왔다. 그녀를 모시는 하인들은 생계가 거기 달려 있는 만큼 당연히 그녀를 볼 수 있었다. 그러나 그녀의 존재를 늘 못마땅하게 여겨온 다른 왕비들은 그녀를 더는 알아보지 못했다. 그녀는 자기에게 뭔가 좋지 않은 일이 일어나고 있다는 걸 알고 두려움에 휩싸였다. 그녀는 더 희미해지는 것을 느꼈고, 심지어 때로는 마치 자신이 왔다갔다하는 것 같다고, 촛불처럼 자신의 존재가 꺼졌다 다시 타올랐다 또 꺼졌다 다시 타오르는 것 같다고 느꼈다. 비르발은 죽었고 자신은 희미해져간다고 그녀는 생각했다. 세상이 점점 더 나쁜 쪽으로 바뀌고 있었다. 요즘 황제는 부쩍 그녀를 찾지 않았고, 딴 데 정신이 팔린 것 같았다. 그녀와 사랑을 나눌 때도 다른 누구를 생각하는 듯한 인상을 받았다.

아직 일어나지 않은 일까지 포함해 모든 것을 볼 수 있는 첩자

환관 우마르는 그녀가 열기가 뜨거운 한낮에 바람의 방에서 쉬는 모습을 보았다. 2층에 있는 그 방은 선조세공한 돌 칸막이인 잘리로 사방 벽 가운데 세 곳을 채워 바람이 잘 들었다. 황제의 생일 다음 날이었다. 그는 기이하게도 급하게 서두르는 듯했다. 평소엔 거드름피우듯 나른한 태도와 물 흐르듯 유연한 몸짓을 잃지 않는 그였다. 그러나 오늘은 그가 전해야 할 소식이 그의 안에서 이리저리 튀어올라 균형을 무너뜨리기라도 한 듯 허둥대다시피 했다. 그가 알렸다. "자, 왕비님께 아주 중요한 순간이 왔습니다. 비길 데 없는 보석이자 당대의 케디브, 신성한 칼리프의 아내와 어머니이신 영원의 마리아와 저택의 마리아께서 친히 납시신답니다."

영원의 마리아란 살림 황태자의 친어머니이며 아메르의 카치와하 라지푸트 공주인 마리암우즈자마니, 즉 라지쿠마리 히라 쿤와리였다. 저택의 마리아 마리암 마카니는 황제의 어머니 하미다 바노였다(칼리프, 보석과 케디브는 모두 황제를 가리켰다). 전에는 존재하지 않는 왕비를 알은체한 적이 없는 두 귀부인이 그녀의 사실로 그녀를 보러 오다니, 엄청나게 의미 있는 일이 벌어진다는 뜻이었다. 정신을 수습한 조다는 양손을 맞잡고 눈은 내리깐 채 겸손한 자세로 그들이 도착하기를 기다렸다.

잠시 후 그들은 얼굴에 놀람과 경멸의 표정을 동시에 띠고 들이닥쳤다. 모후의 시녀인 비비 파티마가 얼마 전에 죽어서, 이번에는 메아리처럼 따라 하는 그녀의 목소리가 들리지 않았다. 어쨌거나 귀부인들은 비밀 유지에 있어 가장 믿을 만한 아이야르 우마르 외에 조신은 아무도 거느리지 않고 왔다. 그들은 당혹스러운 얼굴로 여기저기 둘러보더니 우마르에게 도움을 청했다. 하미다 바노가 나지막이 물었다. "그녀는 어디에 있느냐? 방을 나갔느냐?" 우마르는 조다 쪽으로 고개를 기울였다. 모후는 당황한 표정이었으나, 젊은 왕비는 심술궂게 콧방귀를 뀌며 첩자가 가리키는 쪽으로 고개를 돌렸다.

마리암우즈자마니 왕비가 마치 머리 나쁜 아이와 이야기를 나누듯 지나치게 큰 목소리로, 지나치게 천천히 말을 시작했다. "내 여기 오긴 했다만, 존재하지 않는 여인, 어느 거울에도 모습이 비치지 않는 여자, 나에게는 양탄자 위의 텅 빈 공간처럼 보이는 여자에게 말을 걸어야 한다니 적잖이 당혹스럽구나. 내 여기 '면죄의 쿠폴라의 미망인'이시자, 이제 천국을 안식처 삼으신 세계의 수호자 후마윤 황제의 과거 애처이신 황제의 어머니를 모시고 왔다. 우리가 여기 온 까닭은 그대가 나의 존경하는 부군이자 모후 마마의 빛나는 아들인 황제 폐하를 소유하는 것보다 더 나쁜 일이 일어날까 두려워서다. 우리가 보기에는 외국인 베스푸치가 황제 폐하께 마법을 걸었다. 그자는 이교도나 악마의 사악한 끄나풀로, 우리의 평안을 해치고 우리를 타락시키기 위해 이곳에 보내진 자다. 이 마법은 황제의 남자다움을 사로잡아 정신을 어지럽혔다. 이러다간 왕국 전체가 위험에 처할 것이고, 결국 우리 모두 위험해질 것이다. 그대가 듣게 될 마법은 바로 이것이다. 시크리 사람들은 이미 누구나 알고 있는 모양이다! 그 마법은 바로 소위 숨겨진 공주, 카라 쾨즈의 유령 형상을 취하고 있다."

이 대목에서 영원의 마리아는 약간 주저했다. 자기가 해야 할 얘기가 자존심에 거슬렸던 것이다. "우리는 무슨 까닭인지 황제 폐하가 다른 어떤 여인보다 그대를 귀애하신다는 것을 알고 있다." 그녀는 왕비라는 말을 쓰지 않았다. "폐하가 어떤 위험에 처했는지 이해하고, 그대가 마땅히 해야 할 일을 깨닫기 바란다. 솔직히 말하면, 폐하를 마법에서, 여자 형상을 한 이 지옥에서 온 악마에 대한 욕망에서 구해낼 수 있도록 그대가 지닌 모든 힘을 폐하에게 발휘해주었으면 좋겠다. 그러니까 우리는 여자가 남자를 지배할 수 있는 모든 수단을, 황제는 남자라서 모르기에 그대에게 알려줄 수 없는 것을 황제의 다소 터무니없고 지금은 거의 눈에 보이지도 않는 피조물인 그대에게 도움 삼아 가르쳐주러 여기 온 것이다. 우리는 그대가 책을 많이 읽었다는 걸 안다. 물론 책에서도 배울 것이 많을 것이다. 그러나 책에 절대 나오지 않는, 시간이 시작된 이래로 여자들끼리 입에서 입으로만, 어머니가 딸에게 귓속말로만 전해준 것도 있는 법이다. 이대로만 하면 폐하는 다시 한번 그대의 노예가 될 것이고, 파테푸르 시크리의 주인이 악마의 손아귀에 들어가는 것도 막을 수 있을 것이다. 확신하건대 그 여자는 과거로부터 온 사악한 유령, 오랫동안 추방당한 데 원한을 품고 황제를 과거로 빨아들여 홀린 뒤 망가뜨려서 모든 것을 빼앗으려는 유령이다. 어찌 되었건 방도가 있기만 하다면 힌두스탄의 황제, 눈에 보이는 현실의 왕, 흠 하나 없는 육체의 거주자, 믿음과 천계의 주인이 변절자의 유령이자 죽은 대고모에게 홀리는 것만은 막아야 할 것이다."

"화가 다슈완트에게 일어났던 일을 기억해라." 모후가 말했다.

마리암우즈자마니도 동의했다. "참으로 지당하신 말씀입니다. 화가 하나쯤이야 그런 식으로 잃는다 해도 넘어갈 수 있지만, 세계의 보호자를 잃을 수는 없는 일이지요."

그들은 실제로 자기들이 말을 건네는 상대를 볼 수 없었지만, 그녀의 양탄자 위에 자리를 잡고 베개에 기대누워 그녀의 하인들이 내온 포도주를 마시며 역사 이래 여자의 성에 관한 비밀을 텅 빈 허공에 대고 이야기했다. 시간이 좀 지나자 자기들이 미쳤다는 느낌도 사라지고, 마치 둘만 있다는 듯 서로에게 이야기를 했다. 늘 덮어두었던 것을 끄집어내 이야기하고, 욕망이 빚어내는 충격적인 희극에서 남자가 원하는 웃기지도 않는 짓거리와 여자가 그들을 즐겁게 해주기 위해 하는 똑같이 웃기지도 않는 짓거리를 신나게 비웃다보니 마침내 그들로부터 세월이 떨어져나가고 자기들의 젊은 시절이 떠올랐다. 이러한 비밀을 다른 엄격하고 성격이 불같은 여자들, 세월이 흘러 역시 환희에 찬 요란스러운 웃음소리 속으로 사라진 여자들에게서 들었던 기억이 떠올랐다. 자기네 차례가 되었을 때 그 지식을 어떻게 전수받았던가를 기억해냈고, 끝에 가서 방 안의 웃음소리는 모든 세대, 모든 여자, 역사의 웃음소리가 되었다.

그들은 다섯 시간 반 동안 이런 식으로 수다를 떨었다. 이야기를 마쳤을 때 그들은 일생 중 가장 행복한 날이었다고 생각했다. 그들은 전에 없이 조다에게 다정한 마음이 들었다. 그녀도 이제 그들과 한패였고, 끝없이 이어져온 여성 세대의 일부였다. 그녀는 더는 황제의 창조물이 아니었다. 어느 부분에선 그녀 역시 그들의 것이었다.

땅거미가 깔렸다. 궁전의 촛불 켜는 시녀들이 은촛대에 꽂은 장뇌 초를 들고 들어왔다. 방 뒤쪽에 걸린 큰 쇠촛대에 불이 켜졌고, 면실과 기름이 유쾌하게 타오르자 두 부인의 그림자가 붉은 돌 잘리 위에서 춤추듯 흔들렸다. 그때 시크리의 또다른 곳에서는 황제의 공상이 마침내 영원히 바뀌었고, 바람의 방에서는 아이야르 우마르가 숨을 죽였다. 잠시 후 영원의 마리아와 저택의 마리아는 그가 본 것을 보았다. 잘리에 비친 세번째 여인의 그림자는 물론이고, 희박한 공기 속에서 한 여인의 윤곽이 점점 더 선명해지더니 마침내 입가에 기이한 미소를 띠고 그들과 마주 섰다. "그대가 조다로구나." 모후가 희미하게 속삭였다. 그러자 환영이 검은 눈을 반짝이며 대답했다. "아닙니다. 조다바이는 사라졌습니다. 폐하가 그녀를 더 필요로 하지 않으니까요. 이제부터 제가 폐하의 동반자가 될 것입니다." 유령의 입에서 처음 나온 말이었다.

◆—◆◆◆—◆

두 왕비가 조심했음에도 허구의 왕비 조다바이가 카라 쾨즈의 유령에게 밀려났다는 소문은 삽시간에 온 도시로 퍼졌다. 어떤 이들은 이를 숨겨진 공주가 진짜 존재했으며, 그녀가 전설이 아니라 사실의 영역에 속해 있다는 최후의 증거로 받아들였다. 실제로 살고 죽었던 적이 없는 여자가 유령이 될 수는 없는 노릇이기 때문이다. 어떤 이들은 이를 황제에게 신적인 지위를 부여한 아불 파즐의 주장에 힘을 더 실어주는 근거로 보았다. 이제 그는 명예롭게도 존재하지 않는데도 걸어다니고 말하고 사랑을 나눌 수 있는 완전한 허구의 여인을 창조했을 뿐 아니라, 죽은 자들 사이에서 돌아온 진짜 여인까지 갖게 된 것이다. 밤이면 자녀들에게 부모가 즐겨 들려주게 된 숨겨진 공주 이야기에 넋을 잃었던 많은 가족은 그녀가 실제로 대중 앞에 나타날지도 모른다는 기대에 흥분했다. 분개하는 소수의 보수적인 목소리는 그녀가 왕실 여성들의 방을 나올 때는 어떤 경우에든 반드시 베일을 써야 한다고 주장하기도 했다. 서양의 거리에서처럼 뻔뻔스럽게 맨얼굴을 내놓는 행동은 무굴 수도의 점잖은 이들한테는 절대 받아들여질 수 없다는 이유에서였다.

초자연적인 일들이 당연시되면서, 그 무렵에는 이런 사건도 정상적인 것으로 여겨졌다. 그전에는 현실과 비현실이 영원히 구분되어 서로 다른 군주와 별개의 법체계 밑에서 따로 살아가도록 운명 지워졌다. 더욱 놀라운 것은 그토록 무정하게 황제에게 내침을 당하고, 바람의 방에서 모후와 왕비의 눈앞에서 치욕스럽게 밀려난 불행한 조다바이를 동정하는 이가 없었다는 것이다. 많은 시민은 조다가 궁전을 떠나기를 거부했다는 이유로 그녀에게 좋지 않은 인상을 받았다. 이런 이들에게 그녀의 비물질화는 지나친 오만과 대중과의 감화력 부족에 응당 내려져야 할 벌이었다. 조다는 항상 홀로 멀리 떨어져 있는 왕비였던 반면, 카라 쾨즈는 순식간에 모두의 공주가 되었다.

아이야르 우마르는 황제에게 이 모든 내용을 보고하면서 경고의 말을 덧붙였다. 소식에 대한 반응이 전부 호의적이지는 않았다. 투란족 거주지, 페르시아인 구역 그리고 인도계 무슬림 지구에서 좀 동요가 있었다. 신이 셀 수도 없이 많은, 무슬림이 아닌 다신교도 사이에서는 기적적인 존재가 하나 더 나타난 건 그리 관심 가질 일도 아니었다. 그렇지 않아도 신이 너무 많아 다 파악하기도 어려울 지경이었다. 모든 것이 신을 담고 있었다. 나무에도 정령이 깃들고, 강에도 있고, 또 뭐가 더 있는지는 하늘만 알 일이었다. 어쩌면 쓰레기의 신이나 변소의 신도 있을지 몰랐다. 그러니 새로운 유령이 나왔다 해도 왈가왈부할 일이 못 되었다. 그러나 일신교도의 거리에서는 좀 충격이 있었다. 나지막한 수군거림이 퍼져나갔다. 귀를 아주 바짝 세워야 간신히 들을 수 있는, 황제의 정신상태에 관한 수군거림이었다. 밤마다 만쿨파의 지도자가 잠들면 우마르가 여전히 암기하는 바다우니의 비밀일기에서 신성모독 문제가 제기되었다. 사람들이 꿈을 현실로 바꿀 수 있다면 그를 막을 신의 법 따위는 없으니 조다의 창조 역시 비난할 수 없다고 주장할 수 있겠으나, 전능하신 신만이 산 자와 죽은 자를 지배할 힘을 가졌는데 오로지 개인의 기쁨을 위해 저승에서 여자를 도로 데려오는 것은 너무 지나친 일이며, 그에 대해서는 변명할 여지가 없다는 것이었다.

바다우니가 남몰래 쓴 글을 그의 추종자들이 서로 소리 죽여 나누어 보기 시작했다. 이런 웅얼거림은 옛 속담이 말하듯 위대한 무굴 궁정에서는 몸을 낮춰야만 발부리가 걸리지 않기 때문에 아주 나지막이 퍼져나갔다. 그럼에도 우마르가 보기에 우려할 만한 이유가 있었다. 나지막한 웅얼거림 아래 그보다 더 낮은 소리로 더 음침하게 와글거리는, 아크바르와 카라 쾨즈의 새로운 관계에 관한 더 심도 있는 비난이 들려왔기 때문이다. 이 깊은 곳에서 우마르는 어떤 희미한 소리를, 입술을 달싹이지도 않고 말하고 듣는 귀를 생각만 해도 겁에 질릴, 거의 소리라 하기도 힘든 소리를 잡아냈다. 거의 소리가 되기 직전의 이 진동은 너무 강력해서 황제가 받는 존경에 심각한 타격을 가할 수 있는, 어쩌면 그의 왕좌까지도 뒤흔들 수 있는 한마디 말을 담고 있었다.

바로 근친상간이라는 말이었다. 그리고 우마르의 경고는 시의적절했다. 파테푸르 시크리에 카라 쾨즈가 출현하고 얼마 안 있어 살림 황태자가 수도를 떠나 알라하바드에서 반역의 깃발을 들었던 것이다. 그가 반란을 정당화하기 위해 내놓은 죄상은 **신성모독**과 근친상간이었다. 살림은 삼만 명의 군대를 일으켰지만 반란은 별것 아니었다. 몇 년 동안 그는 실제 전투에 위대한 왕을 감히 끌어들이지 못한 채 아버지의 폐위를 주장하며 북부 힌두스탄을 돌아다녔다. 그러다 한 번 엄청난 승리를 거두었는데, 그때 황제의 최측근 중 남은 고문을 살해하는 데 성공했다. 황태자는 그자가 아버지의 마음을 타락시키고, 불경스러운 행동을 하도록 부추기고, 아버지의 사랑을 신과 신성한 예언자로부터 돌아서게 만들고, 또한 늘 거짓된 이야기만 해서 황제가 상속자이자 아들인 황태자에게 등을 돌리게 되었다고 비난했다. 아불 파즐은 비르발이 그러했듯 매복에 걸려 죽었다. 살림 황태자는 동맹인 오르차의 라자 비르 싱 데오 분델라에게 '시크리의 보석'이 그의 영토를 여행하고 있으니 그를 비실재 영역으로 보내버리라는 전갈을 보냈다. 라자는 기꺼이 그 청을 받들어 무장도 하지 않은 대신의 목을 베어 알라하바드의 살림에게 보냈다. 살림은 평소 취향과 특유의 행동방식을 과시하려고 그 목을 병영 변소에 처넣었다.

아크바르는 바람의 방에서 포도주에 진탕 취해 긴 베개에 기대 누운 채 카라 쾨즈의 유령이 딜루바*를 벗 삼아 부르는 슬픈 사랑 노래에 귀를 기울였다. 그때 아이야르 우마르가 아불 파즐의 사망 소식을 전했다. 이 끔찍한 소식에 황제는 정신이 번쩍 들었다. 그는 벌떡 일어나 즉시 카라 쾨즈의 방을 나왔다. "우마르, 이제부터 사랑에 취한 얼빠진 소년 행세는 집어치우고, 다시 우주의 지배자로 돌아가는 거다."

군주가 준수해야 하는 법은 우정이나 복수의 법이 아니었다. 군주는 왕국의 이익을 고려해야 했다. 아크바르는 세 아들 중 둘은 술과 병 탓에 실제로 죽을 수도 있기 때문에 왕위를 잇기에 적합하지 않다는 걸 알고 있었다. 남는 아들은 살림뿐이었다. 그가 무슨 짓을 했건 왕가는 이어가야 했다. 그리하여 아크바르는 살림에게 사절을 보내 아불 파즐의 죽음에 보복하지 않겠다고 약속하고, 장자에 대한 변함없는 애정을 선언했다. 살림은 이를 아불 파즐을 죽인 자신의 행동이 정당화되었다는 의미로 받아들였다. 통통한 족제비를 급파했으니, 아버지가 다시 한번 두 팔을 벌려준 셈이었다. 살림은 코끼리 왕을 달래기 위해 아크바르에게 코끼리 삼백오

* 인도의 현악기.

십 마리를 선물로 보냈다. 그리고 시크리로 돌아가는 데 동의했다. 할머니 하미다 바노의 집에서 그는 황제의 발밑에 엎드렸다. 황제는 살림을 일으켜 세우고, 아무런 악감정도 없다는 것을 보여주기 위해 자신의 터번을 벗어 황태자의 머리 위에 씌워주었다. 살림은 울었다. 그는 정말 감상적인 젊은이였다.

그러나 살림의 스승 바다우니는 파테푸르 시크리의 가장 깊은 지하 감옥에서도 제일 더러운 방에 던져졌다. 간수들을 제외하고는 누구도 그의 살아 있는 모습을 두 번 다시 보지 못했다.

———◆◆◆———

아불 파즐이 죽은 뒤 황제는 엄격해졌다. 백성이 어떻게 살아가야 하는지를 분명하게 정해줘야겠다는 생각이 떠올랐다. 너무 오랫동안 그 의무를 게을리했다. 그는 의사가 처방한 경우를 제외하고는 평민에게 술 판매를 금지했다. 수도 주변에서 메뚜기떼처럼 와글거리는 유명한 창녀 모두를 멀리 떨어진 악마의 마을이라는 야영지로 쫓아내고, 악마에게 가려는 남자는 무조건 그 지역에 들어가기 전에 이름과 집주소를 적도록 명령했다. 그는 소고기와 양파, 마늘은 금지한 반면, 호랑이고기는 용기를 얻기 위해 먹도록 권했다. 또한 종교 행사는 어떤 종교든 관계없이 박해받지 않을 것이며, 사원을 지어도 되고, 남근상을 닦아도 좋다고 선언했으나, 턱수염에는 그리 관대하지 않았다. 턱수염이 고환에서 양분을 빼앗는다는 이유였다. 그래서 환관은 턱수염이 자라지 않는 것이다. 그는 어린아이의 결혼을 금지하고 과부 화형과 노예제를 비난했다. 그는 사람들에게 성관계를 한 뒤 목욕을 하지 말라고 명했다. 그리고 외국인을 아눕 탈라오로 불렀다. 연못은 산들바람조차 불지 않는데도 물결이 거칠었는데, 이는 평화로워야 할 상황이 어지러워졌다는 뜻이었다.

황제는 짜증스레 말했다. "그대를 둘러싸고 아직도 풀리지 않은 비밀이 너무 많다. 살아온 이야기의 앞뒤가 맞지 않는 자를 신뢰할 수는 없다. 그러니 우리에게 모든 것을 털어놓아라. 그러면 그대를 어찌할지, 그대의 운명이 별을 향해 올라갈지 땅바닥으로 곤두박질칠지 지금 결정할 수 있을 것이다. 이제 확실히 하자. 한 가지도 빼놓지 말라. 오늘이 심판의 날이니라."

모고르 델라모레가 대답했다. "제가 말씀드려야 할 이야기는 호의를 얻기 어려울지도 모릅니다, 폐하. 신세계와, 지도에 다 나오지 않는 그 영토의 시간이 지닌 괴상한 성질과 관련된 것이기 때문입니다."

———◆❙◆❙◆———

대양 너머 신세계에서는 공간과 시간의 법칙이 적용되지 않았다. 공간이 어느 날은 확 팽창했다 다음 날은 수축할 수 있어서, 지구의 크기가 두 배도 되었다 반도 되었다 하는 것 같았다. 탐험가는 저마다 신세계의 넓이와 주민의 특징, 우주의 이 새로운 사분원이 작동하는 방식에 대해 전혀 다른 설명을 가지고 돌아왔다.

날아다니는 원숭이나 강만큼 긴 뱀 등에 관한 이야기가 있었다. 시간으로 말하자면, 완전히 통제 불능이었다. 제멋대로 빨라졌다 느려졌다. '기간'이라는 단어가 이런 현상을 설명하는 데 적합하지는 않지만, 아예 시간이 움직이지 않는 기간도 있었다. 유럽 언어에 통달한 소수의 주민은 그들의 세계는 변화가 없으며, 시간 바깥에 있는 정치된 공간이라고 확신했다. 그들은 그쪽을 더 좋아했다. 시간이 다양한 질병과 함께 유럽인 항해자와 정착자에 의해 신세계로 유입되었다고 목청 높여 주장하는 철학자도 있었다. 시간이 제대로 흐르지 않는 것도 그 때문이었다. 시간은 아직 새로운 환경에 적응하지 못했다. 신세계 사람들은 말했다. "때가 되면 시간이 있게 될 거야." 그러나 당분간은 요동치는 신세계의 시계를 그저 받아들이는 수밖에 없었다. 이러한 연대기상의 불확실성이 가져온 가장 놀랄 만한 효과는 시간이 사람마다, 심지어 가족 안에서도 다른 속도로 흐를 수 있다는 것이었다. 아이들은 부모보다 더 빨리 나이를 먹어서 선조보다 더 나이 들어 보일 정도였다. 어떤 정복자와 선원, 정착자에게는 하루 시간이 충분하지 않은 듯했다. 또다른 이들에게는 세상에 넘쳐나는 것이 시간이었다.

모고르 델라모레의 이야기에 귀를 기울이던 황제는 서양의 나라들이 동방의 단조로운 사람들은 이해 못할 정도로 이국적이고 초현실적이라는 것을 알았다. 동방에서는 남녀가 열심히 일해 잘 살거나 못살고, 고귀하게 죽거나 비천한 죽음을 맞고, 위대한 예술, 위대한 시, 위대한 음악, 어떤 위안과 많은 혼란을 주는 신앙을 믿었다. 요컨대 보통 사람들은 살아간다. 그러나 그 믿기 어려운 서양인들은 피렌체의 피아뇨니파가 일으켰던 광기처럼, 질병 같이 나라를 휩쓸어 경고도 없이 상황을 완전히 뒤바꿔놓는 광란 상태에 쉽게 빠지는 것 같았다. 최근에는 황금 숭배가 이 극단적인 광란상태의 특별한 유형을 낳았고, 이것이 그들의 역사를 끌고 가는 추동력이 되었다. 아크바르는 마음의 눈으로 금빛 신부들이 있고, 금빛 숭배자들이 황금의 신을 달래기 위해 금을 공물로 들고 기도하러 오는 서구의 금으로 만든 사원들을 그려보았다. 그들은 황금 음식을 먹고 황금 음료를 마셨으며, 눈물을 흘릴 때면 녹은 금이 빛나는 뺨을 타고 흘러내렸다. 그들의 선원들을 세계의 가장자리로 떨어질 위험을 무릅쓰고 대양을 가로질러 더 멀리 서쪽으로 이끄는 것도 바로 금이었다. 금, 그리고 어마어마하게 많은 양의 금이 있다고 여겨지는 인도였다.

그들은 인도를 찾지 못했지만, 그들은…… 더 먼 서쪽을 찾아냈다. 더 먼 서쪽에서 금을 발견했고, 더 많은 금, 금빛 도시, 황금의 강을 찾았다. 그들은 자기네보다 훨씬 덜 그럴듯하고 덜 인상적인 존재와 조우했다. 깃털과 가죽과 뼈를 걸치고, 인디언이라 불리는 기괴하고 알 수 없는 남녀들이었다. 아크바르는 이 말에 기분이 상했다. 신에게 인간 공물을 바치는 자들이 인디언이라고 불리다니! 이 다른 세계의 '인디언' 중 일부는 원주민과 거의 다를 바 없었다. 도시와 제국을 건설했던 자들조차 패했거나, 아니면 황제의 생각엔 피의 철학을 믿는 것 같았다. 그들의 신은 반은 새이고 반은 뱀이었다. 그들의 신은 연기로 만들어졌다. 그들의 신은 채소의 신, 순무와 옥수수의 신이었다. 그들은 매독을 얗았고 돌과 비와 별을 살아 있는 존재로 생각했다. 그들은 들판에서 천천히 게으르게 일했다. 그들은 변화를 믿지 않았다. 이 사람들을 인디언이라고 부르는 것은 아크바르가 보기에 힌두스탄의 고귀한 남녀에 대한 모욕이었다.

황제는 마음속에서 일종의 경계선에 이르렀음을 알았다. 자신의 공감과 관심의 힘은 그 경계를 넘어갈 수 없었다. 여기에는 나중에 대륙으로 변하는 섬과 단순한 섬으로 밝혀지는 대륙들이 있었다. 강과 정글과 절벽과 지협과 그 밖에 알 수 없는 것들이 있었다. 어쩌면 그 나라에는 히드라나 그리핀, 소문에 따르면 깊은 정글 속에 있는 어마어마한 보물 더미를 지키는 용이 있을지도 몰랐다. 스페인인과 포르투갈인은 그 모두에게 환영받았다. 이 어리석은 외국인들이 발견한 곳이 인도가 아니라 동양도 서양도 아닌 완전히 다른 어딘가, 서양과 위대한 갠지스 강과 전설 속의 보물섬 타프로바네* 사이, 힌두스탄과 지팡구와 중국 너머 어딘가에 놓인 곳이라는 사실이 점점 확실해졌다. 그들은 세계가 자기들이 믿었던 것보다 더 크다는 사실을 알았다. 운 좋게도 그들은 섬과 대양의 육지를 헤매고 다니다 괴혈병과 십이지장충, 말라리아, 결핵, 딸기종으로 죽어갔다. 황제는 그 모든 것에 싫증이 났다.

하지만 그곳은 바바르와 칸자다의 여동생, 그의 핏줄인 티무르와 테무친 왕가의 말썽꾸러기 공주가 사라진 곳이었다. 전 세계 역사에서 어떤 여인도 그녀처럼 여행한 적은 없었다. 그 때문에

---

* 스리랑카의 옛 이름.

그는 그녀를 사랑했고 또한 찬미했으나, 그러면서도 대양을 건너는 그녀의 여행이 일종의 죽음 이전의 죽음이라고 확신했다. 죽음 역시 알려진 세계에서 미지의 세계로 떠나는 항해이기 때문이다. 그녀는 비현실 속으로, 사람들이 여전히 존재하기를 꿈꾸는 환상의 세계로 항해를 떠났던 것이다. 사랑을 위해 이기적으로 가족과 의무의 세계를 저버렸듯, 불가능한 희망을 위해 실제 세계를 포기했던 이 과거의 피와 살을 지닌 여인보다 차라리 그의 궁전에 깃든 허깨비가 더 현실적이었다. 자신의 기원으로 되돌아갈 길을 찾기를, 더 이전의 자아와 재회하기를 꿈꾸면서 그녀는 영원히 사라져버렸다.

<hr />

그녀는 동쪽으로 갈 수 없었다. 바다의 해적선 때문에 바닷길은 너무 위험했다. 오스만제국에서 그리고 샤 이스마일의 왕국에서 그녀는 자신의 배를 불태웠다. 호라산에선 샤이바니칸이 남긴 빈자리를 메운 자가 누구인지 몰라도 그에게 사로잡힐까 두려웠다. 바바르가 어디에 있는지도 몰랐지만, 그에게 돌아가는 길은 막혀 있었다. 아고 베스푸치에게 부탁해 제네바의 바닷가에 있는 안드레아 도리아의 집으로 간 그녀는 왔던 길을 다시 되돌아갈 수는 없다고 마음을 정했다. 피렌체의 분노가 두려워 그곳에 머물 수도 없었다. 늙은 회색 물개 도리아는 카라 쾨즈와 거울이 남복을 하고 나타나자 솔직히 큰 충격을 받았으나, 그에 대한 언급을 삼가

고 그들을 환영해주었다. 카라 쾨즈는 여전히 냉담하고 야수 같다고 정평이 난 남자에게서도 용맹스러움을 끌어낼 수 있는 능력이 있었다. 도리아는 그의 보호 아래 있는 한 피렌체의 손은 그들에게 결코 미칠 수 없다며 안심시켰다. 대양을 건너가 새 삶을 일굴 가능성을 맨 처음 입에 올린 사람이 바로 도리아였다.

그는 말했다. "처치해야 할 바르바리 해적이 너무 많지만 않다면 시뇨르 베스푸치의 이름 높은 사촌의 발자취를 따라 몸소 여행하는 것도 고려해보겠소만." 그는 적지 않은 해적을 죽였고, 거의 해적에게서 빼앗은 배로 구성된 그의 개인 함대는 지금 열두 척을 헤아렸다. 배의 선원은 오직 도리아에게만 충성했다. 그러나 그는 육지에서의 싸움엔 관심이 없었기 때문에 자신을 진짜 콘도티에리로 생각하지 않았다. 그는 선언했다. "아르갈리아가 우리 중 마지막이었소. 나는 뭍에 있으면 멀미가 난다오." 그는 전쟁에 나가지 않을 때면, 제노바에서 그를 권력에서 배제하려는 아도르니와 프레고시 가문의 경쟁자들과 정치적 전투를 벌이며 시간을 보냈다. "하지만 나에게는 배가 있소." 그는 이렇게 말하고 여인들 앞인데도 자신을 억누를 수 없어 이런 말을 덧붙였다. 어쩌면 여인들이 젊은 남자로 변장하고 있어서일지도 몰랐다. "그리고 그놈들은 고자요. 그렇지 않나, 체바?" 대장의 문신을 새긴 충성스러운 부하 전갈 체바는 진짜로 얼굴을 붉히며 어색하게 대답했다. "맞습니다, 장군님. 제가 고자라는 걸 알아보지 못한 놈은 한 놈도 없습죠."

도리아는 손님들을 서재로 데려가 일찍이 아무도, 아메리고와 관련된 것이지만 혈연관계인 아고조차 본 적이 없는 것을 보여주었다. 바로 생 디에데스보주 수도원의 베네딕트회 수도사 발트제밀러가 쓴 『세계지 입문』이었다. 그 책에는 펼쳐놓으면 바닥을 다 덮을 만큼 엄청나게 큰 지도가 있었다. '프톨레마이오스의 전통과 아메리고 베스푸치와 다른 이들의 공헌에 따른 세계 지리'라는 긴 이름의 지도였다. 이 지도에는 프톨레마이오스와 아메리고가 자기들의 창조물을 내려다보는 신처럼 혹은 거상처럼 묘사되어 있었다. 큼직한 신세계 부분에는 '아메리카'라는 단어가 적혀 있었다. 발트제밀러는 그의 입문서에 이렇게 적었다. "발견자이며 명민한 천재인 아메리고의 이름을 따서 명명하는 데 반대할 사람은 아무도 없으리라 본다."

아고 베스푸치는 이것을 읽고 깊은 감동을 받았다. 비록 그는 항상 야성적인 아메리고를 그가 하는 말은 적당히 깎아서 들어야 하는 허풍선이 장사꾼 정도로만 여긴 고지식한 인간이었지만, 사촌의 모습에서 운명이 평생 자신을 신세계로 이끌려 했음이 틀림없다는 사실을 깨달았다. 그는 아메리고를 잘 알지 못했고, 서로 공통점도 거의 없어 실제로 그를 더 잘 알려고 노력해본 적도 없었다. 그러나 이제 보니 항해하는 베스푸치야말로 명민한 천재였고, 자기 이름을 신세계에 붙였다. 존경받을 가치가 있는 이름이었다.

아고는 천천히, 수줍게, 여러 차례 자기는 본래 여행 체질이 아니라고 되풀이해 말하며 사촌의 대륙 발견 항해를 놓고 도리아 장군과 토론을 시작했다. 베네수엘라와 베라크루스*라는 말이 나왔다. 그동안 카라 쾨즈는 세계 지도를 연구했다. 그녀는 마치 그녀에게 마음 깊이 원하는 것을 가져다줄 수 있는 마법의 말이나 주문인 듯 새로운 장소의 이름에 반응했다. 그녀는 더, 더 많이 듣고 싶었다. 아고가 발파라이소, 놈브레데디오스, 카카푸에고, 리오에스콘디도를 언급했다. 그는 손으로 바닥을 짚고 무릎을 꿇고 앉아 읽어나갔다. 테노치티틀란, 케찰코아틀, 테스카틀리포카, 몬테수마, 유카탄. 안드레아 도리아가 덧붙였다. 에스파뇰라, 푸에르토리코, 자메이카, 쿠바, 파나마. 카라 쾨즈가 말했다. "내가 한 번도 들어보지 못한 이 단어들이 내게 고향으로 돌아가는 길을 일러주고 있어요."

아르갈리아는 죽었다. "적어도 그는 제 고향에서 사랑하는 사람을 지키다 죽었어." 도리아는 퉁명스럽게 묘비명을 읊듯 말하고는 포도주잔을 들어 경의를 표했다. 아고는 그런 남자의 보잘것없는 대리인이었지만, 카라 쾨즈는 지금 그녀에겐 그밖에 없다는 것을 잘 알았다. 마지막 여정을 함께할 이가 바로 아고, 아고와 거울이었다. 이들이 그녀의 마지막 보호자였다. 도리아는 그들에게 서쪽으로 갔던 대부분의 선원과 스페인과 포르투갈 지배자들이 인도로 가는 길, 신세계의 대륙을 통해 갠지스 강으로 가는 항해에 딱 맞는 출구가 곧 발견되리라 믿고 있다는 이야기를 들려주었다. 많은 사람이 이 중간 항로를 필사적으로 찾았다. 그동안에 에스파뇰라와 쿠바의 식민지들은 안전했고, 새로운 장소인 파나마는 아마

---

* 멕시코 중동부에 있는 주.

도 더 안전해졌을 것이다. 이곳에서 에스파뇰라의 백만 명, 쿠바의 이백만 명 이상의 인디언은 대부분 통제하에 있었다. 그들 중 많은 이가 기독교도의 언어를 전혀 모르는데도 기독교 개종자였다. 어쨌든 해안선은 안전했고, 내륙조차 개방되어 있었다. 누구든 돈만 있다면 카디스나 팔로스에서 떠나는 소형 범선의 선실을 얻을 수 있었다.

공주가 엄숙하게 선언했다. "그렇다면 저는 가서 기다리겠어요. 그토록 많은 훌륭한 분이 고생해가며 찾고 있으니, 새로운 세계의 입구가 반드시 발견되겠지요." 그녀는 양팔을 벌리고 똑바로 일어섰다. 그녀의 얼굴에서 이 세상 것 같지 않은 빛이 났다. 그녀의 모습에 안드레아 도리아는 기적을 행하는 나사렛 사람 그리스도, 빵과 고기를 늘리거나 죽은 자들 사이에서 라자로를 일으키는 그리스도를 떠올렸다. 카라 쾨즈의 얼굴에 그녀가 피렌체에 마법을 걸던 때 얻었지만, 슬픔과 상실로 훨씬 더 어두워진 바로 그 긴장된 표정이 떠올랐다. 그녀의 힘은 약해졌지만, 마지막으로 전에 한 번도 시도해본 적 없는 방식으로 힘을 발휘해 세계 역사를 그녀가 가야 할 방향으로 움직일 셈이었다. 그녀는 중간 항로를 순전히 그녀의 마법과 의지의 힘으로 존재하게 만들 것이다. 안드레아 도리아는 올리브그린색 튜닉과 타이츠를 입고 짧게 친 검은 머리를 검은 후광처럼 빛내는 젊은 여인을 바라보았다. 그는 그녀 앞에 무릎을 꿇고 그녀의 양가죽부츠에 손을 댄 채 일 분쯤, 어쩌면 그 이상 고개를 숙이고 그대로 있었다. 그후 도리아는 위대한 노년을 살면서 자기가 했던 행동을 하루도 빼놓지 않고 생각했다.

그는 무릎을 꿇고 축복을 받았는지 주었는지, 그녀를 숭배해야겠다고 느꼈는지 보호해야겠다고 느꼈는지, 최후의 영광에 빛나는 그녀를 찬미해야 했는지 그녀의 운명을 단념하도록 설득해야 했는지 결코 확신할 수 없었다. 그는 겟세마네의 그리스도와, 그리스도가 죽음을 맞을 준비를 하면서 자신의 사도들을 어떤 심정으로 바라보았을지 생각했다.

"내 배로 당신들을 스페인까지 데려다주리다." 그가 말했다.

■◆◆◆

흰 안개가 낀 아침, 전설적인 전투선 카돌린 호가 세 명의 승객과 키를 잡은 전갈 체바를 태우고 성 게오르기우스의 십자가가 그려진 제네바 깃발을 휘날리며 파솔로에 있는 그 배의 새로운 주인 안드레아 도리아의 항구에서 돛을 올렸다. 체바가 작별 인사를 하자 안드레아 도리아는 앞서 그로 하여금 무릎을 꿇게 했던 감정을 가까스로 억눌렀다. 그는 카라 쾨즈에게 말했다. "행동파에게 서재는 별 쓸모가 없지요. 하지만 당신이 내 책에 의미를 주었소." 그는 『세계지 입문』을 읽고 발트제뮐러의 훌륭한 지도를 살펴본 후, 공주가 흙과 공기와 물의 세계를 벗어나 책 속 종이와 잉크의 세계로 들어가, 대양을 건너 신세계의 에스파뇰라가 아니라 이야기의 페이지 속으로 가버린 듯한 느낌이 들었다. 그는 이 세계에서고 새로운 세계에서고 그녀를 다시 보지 못하리라는 확신이 들었다. 죽음이 매처럼 그녀의 어깨 위에 앉아 있었다. 죽음은 한동안 그녀와 함께 여행하다 마침내 여행에 싫증을 내고 참을성을 잃게 될 것이다.

"안녕히." 그녀는 말하고 하얗게 희미해져갔다. 체바는 마치 기쁨이란 기쁨은 마지막 흔적조차 영원히 그의 삶에서 떠나버린 듯한 얼굴로 카돌린 호를 타고 예정대로 순조로이 파솔로로 돌아왔다. 도리아는 거의 이 년이 지나서야 마젤란이 운 좋은 선원에게나 신세계의 서쪽 끝을 돌아 지나가도록 허락해주는 폭풍우 치는 해협을 발견했다는 소식을 들었다. 그는 아름다운 공주가 마젤란해협에서 동행과 함께 숨지는 악몽에 시달렸다. 그녀의 소재나 운명에 관한 정확한 소식은 그의 긴 삶 동안 한 번도 들려오지 않았다. 그러나 숨겨진 공주가 이탈리아에서 돛을 올린 지 오십사 년후, 스무 살밖에 안 되어 보이는 젊은 금발의 무뢰한이 도리아의저택 앞에 나타나 그녀의 아들이라고 주장했다. 안드레아 도리아가 죽은 지 십삼 년이 지난 뒤였고, 그의 조카의 아들로 멜피의 군주이자 위대한 도리아팜필리란디 가문의 시조인 조반니가 그 집의 주인이었다. 조반니가 티무르와 테무친 왕가의 사라진 공주 이야기를 알았다 하더라도 이미 잊은 지 오래였으므로, 그는 누더기차림의 부랑아를 문 앞에서 쫓아냈다. 그후로 아버지의 가장 친한두 벗의 이름을 따서 '니콜로 안토니노 베스푸치'라 이름 지은 젊은이는 세상 구경을 하러 떠나 때로는 선원으로, 때로는 태평한밀항자로 여기저기 배를 타고 돌아다녔다. 그는 늘 법의 테두리안에 있는 건 아니었지만, 여러 언어를 배우고 별의별 기술을 익히면서 자신의 이야기를 차곡차곡 쌓아나갔다. 수마트라의 식인

종한테서 탈출한 이야기, 브루나이의 달걀만 한 진주 이야기, 겨
울에 위대한 튀르크족으로부터 탈출해 볼가 강을 따라 모스크바
까지 가서 줄로 엮은 다우 배*를 타고 홍해를 건넌 이야기, 신세계
어느 지역의 여자는 일고여덟 남편을 거느리고 남자는 처녀와 결
혼하지 못하는 일처다부제 이야기, 무슬림인 척하고 메카를 순례
한 이야기, 메콩 강 어귀 부근에서 위대한 시인 카몽이스와 난파
했다가 카몽이스의 시가 적힌 종이를 머리 위로 높이 쳐들고 발가
벗은 채 강가로 헤엄쳐 「루지아다스」를 구한 이야기 등이었다.

　그는 항해 중 만난 이들에게 자신의 이야기는 이런 이야기 중
어느 것과도 견줄 수 없을 만큼 기이하지만, 정당한 몫을 받게 될
날을 기대하며 언젠가 만나게 될 딱 한 사람에게만 들려줄 수 있
으며, 자신은 강력한 마법의 보호를 받고 있어서 자신을 돕는 자
는 모두 축복을 받고 해를 입히는 자는 저주를 받을 거라고 말하
곤 했다.

　그는 아눕 탈라오 연못가에서 아크바르에게 말했다. "세계의 보
호자시여, 신세계의 시간은 가변성이 있기 때문에, 다시 말해 그
지역은 시간이 불안정한 탓에 제 어머니이신 여마법사는 젊음을
연장할 수 있었습니다. 어머니께서 낙담하지만 않았더라면, 귀향
가능성을 끝까지 믿었더라면 삼백 년은 사실 수 있었을 겁니다.
어머니는 적어도 내세에선 죽은 가족과 함께할 수 있을 거라는 생
각에 깊은 병에 걸려서도 개의치 않으셨습니다. 매 한 마리가 어

---

* 큰 삼각형 돛을 단 아랍 배.

머니의 창으로 날아 들어와 어머니가 최후의 숨을 들이쉬실 때 임종 침상에 앉았습니다. 그것이 어머니의 마지막 마법이었습니다. 대양을 건너 날아온 이 영광스러운 새가 신세계에서 어머니의 현현이었습니다. 매가 창밖으로 날아갔을 때, 우리는 모두 그것이 어머니의 영혼임을 알았습니다. 어머니가 돌아가셨을 때 저는 열아홉 살하고 육 개월이었는데, 영면한 어머니의 모습은 부모라기보다 누이처럼 보였습니다. 그러나 아버지와 거울은 보통 사람처럼 나이를 먹어갔습니다. 어머니의 마법은 지구의 지리를 바꿀 수 없었듯 시간의 힘에 저항하도록 그분들을 도울 만큼 강하지 못했습니다. 어떤 중간 항로도 발견되지 않았기에 어머니는 죽기로 결심한 순간까지 신세계에 갇혀 있었습니다."

황제는 침묵을 지켰다. 그에게서 전혀 속내를 짐작할 수 없는 요지부동의 분위기가 풍겼다. 아눕 탈라오의 물은 끊임없이 출렁였다.

황제가 마침내 무겁게 입을 열었다. "이것이 마지막으로 그대가 우리에게 믿으라 하는 이야기로구먼. 마침내, 그 모든 일이 있고 나서, 이런 말이로군. 그녀가 시간의 흐름을 막는 법을 익혔다는 것."

그가 대답했다. "어머니의 육체에서는, 어머니 한 분에게만은 그러했지요."

"만약 가능하기만 하다면, 참으로 엄청난 묘기로구나." 아크바르는 자리에서 일어나 안으로 들어갔다.

그날 밤 아크바르는 판치마할의 꼭대기층에 홀로 앉아 어둠에 귀를 기울였다. 그는 외국인의 이야기를 믿지 않았다. 대신 스스로에게 더 나은 얘기를 들려줄 셈이었다. 그는 꿈의 황제였다. 어둠에서 진실을 뽑아내 빛으로 가져올 수 있었다. 그는 외국인에게 인내심을 잃었고, 결국엔 늘 그러했듯 홀로 남았다. 그는 심부름꾼 새처럼 세상 반대편으로 자신의 공상을 날려 보냈고, 드디어 답이 돌아왔다. 이제 이것은 그의 이야기였다.

스물네 시간 후 그는 베스푸치를 모든 연못 가운데 최고의 연못으로 불렀다. 못의 물은 여전히 어지러이 요동쳤다. 아크바르의 표정은 엄숙했다. 그가 물었다. "베스푸치 경, 그대는 낙타를 잘 아는가? 낙타의 방식을 관찰해볼 기회가 있었는가?" 그의 목소리는 물결치는 연못을 가로질러 나지막한 천둥처럼 울려왔다. 외국인은 그 말에 당황했다.

"어찌하여 그런 질문을 하시는지요, 자한파나여?" 그가 묻자, 그를 쏘아보는 황제의 눈이 분노로 번쩍였다.

"감히 우리에게 질문하지 말라. 다시 묻겠노니, 신세계에 낙타가 있는가? 여기 힌두스탄에 있는 것과 같은 낙타인가, 그리핀과 용 사이에서 낙타를 찾을 수 있는가?" 아크바르가 물었다. 그는 상대가 고개를 가로젓는 것을 보고 한 손을 들어 침묵시키고는 말을 이었다. 그의 목소리엔 갈수록 힘이 실렸다. "우리는 항상 낙타의 육체적 자유가 단순한 인간 존재에게 도덕을 뛰어넘은 교훈을 준다고 생각해왔다. 낙타들 사이에 금지된 것이라곤 없으니까. 어린 수컷 낙타는 태어나자마자 제 어미와 교접하려 한다. 다 자란 수컷은 아무런 양심의 거리낌 없이 제 딸을 임신시킨다. 낙타는 짝을 찾을 때 손자, 조부모, 자매, 형제 가리지 않는다. 근친상간이라는 말은 이 짐승에겐 아무 의미도 없다. 그러나 우리는 낙타가 아니다. 그렇지 않느냐? 근친상간은 태곳적부터 금기였고, 이를 무시한 자는 혹독한 형벌을 받는다. 정당한 형벌이지. 그대도 동의하리라 본다."

한 남자와 한 여자가 돛을 올리고 안개 속으로 떠나 그들을 아는 이가 아무도 없는, 형체 없는 신세계에서 자취를 감추었다. 그들이 가진 것이라곤 서로와 시녀뿐이었다. 남자 역시 하인이었다. 미를 섬기는 하인이었고, 그의 여행의 이름은 사랑이었다. 그들은 어느 장소에 도착했다. 그들의 이름이 중요치 않듯 그곳의 이름도 중요치 않았다. 세월이 흐르고 그들의 희망은 죽었다. 그들 주변은 온통 활기 넘치는 사람들로 가득했다. 남쪽으로 펼쳐진 거친 세계와 북쪽으로 향하는 또다른 세계는 서서히, 서서히 길들여졌다. 변하지 않는 것에 양식과 법, 형식이 부여되었으나, 그 과정은 오래 걸릴 것이다. 천천히, 천천히 정복이 진전되었다. 전진과 후퇴, 다시 전진과 사소한 승리, 사소한 패배, 또다시 더 큰 승리가 있었다. 아무도 이것이 좋은 과정인지 나쁜 과정인지 묻지 않았다. 적법한 질문이 아니었으니까. 신의 뜻대로 진행되는 일이었고, 금 또한 채굴되었다. 그들 주위가 소란스러워질수록 승리는 더 극적이었고, 패배는 더 무시무시했으며, 신세계에 대한 구세계의 복수는 더 잔혹했다. 그럴

수록 남자, 여자, 시녀, 중요하지 않은 세 사람은 점점 더 조용해졌다. 날이 가고 달이 가고 해가 갈수록 그들은 작아지고 의미를 잃어갔다. 그러다 병이 덮쳤고, 여자가 죽었으나 아이 하나를 남겼다. 딸이었다.

남자는 이제 아이와 죽은 처의 거울인 시녀를 제외하고는 세상에 아무것도 남은 게 없었다. 그들은 함께 아이를 키웠다. 안젤리카. 마법의 아이. 시녀의 이름도 안젤리카였다. 남자는 딸이 커가면서 제 어미의 이미지를 닮은 두번째 거울이 되어가는 모습을, 아이 어미가 다시 살아 돌아오는 모습을 지켜보았다. 나이를 먹어갈수록 시녀는 자라나는 소녀에게서 기괴하리만치 닮은 모습을 보았다. 과거가 되살아나는 듯했다. 게다가 그녀는 아버지의 싹터오르는 욕망도 보았다. 그들 셋은 아직도 완전히 제 모습을 갖추지 못한 세상, 말이 의미하고 싶은 바를 의미할 수 있고, 행위 또한 그럴 수 있는 이 세상에서 너무 외로웠다. 그 세상에서 그들은 새로운 삶을 힘닿는 한 최상으로 만들어야 했다. 남자와 시녀 사이에 공모가 이루어졌다. 과거에 그들 셋은 함께 눕곤 했다. 그들은 떠나간 또다른 이가 그리웠다. 새로운 생명, 환생한 생명이 자라 옛 생명이 있던 자리를 채웠다.

안젤리카, 안젤리카. 그들이 쓰는 언어가 바뀌는 시점, 어떤 말이 의미를 잃는 시점이 있다. 예를 들면 내 자식이라는 말처럼 아버지라는 말이 잊히는 순간이다. 그들은 자연 그대로, 은총을 받은 상태로 나무의 과실을 아직 따먹지 않아 선과 악을 알지 못했던 에덴에서 살았다. 어린 여자아이는 남자와 시녀 사이에서 자랐고, 그들 사이에서 벌어진 일은 자연스러웠으며, 순수하게 느껴졌다. 아이는 행복했다. 아이는 티무르와 테무친 황실의 핏줄을 이은 공주였다. 그녀의 이름은 안젤리카, 안젤리카였다. 어느 날 통로가 발견될 것이며, 그녀는 사랑하는 남편과 함께 그녀의 왕국으로 돌아갈 것이다. 그때까지 그들은 보이지 않는 집에서 익명의 삶을 영위하며, 이 침대에서 너무나 달콤하게, 너무나 자주, 너무나 오랫동안 그들 셋이, 남자, 시녀, 여자가 함께 움직였다. 그러다 아이가 태어났다. 그들의 아이이자 세 부모의 자식, 제 아비처럼 금발인 아들이었다. 남자는 가장 친한 벗들의 이름을 따서 아이 이름을 지었다. 옛날에 세 친구가 있었다. 그는 그들의 이름을 대양 너머로 가져옴으로써 그들 또한 바다 건너로 데려온 듯한 느낌이었다. 그의 아들은 다시 태어난 그의 친구들이었다. 세월이 흘렀다. 딸은 알 수 없는 이유로 병이 들었다. 그녀의 삶에서 뭔가가 잘못되었다. 그녀의 영혼에 뭔가 잘못된 일이 일어났다. 그녀는 정신착란에 빠져 자기가 누구냐고 물었다. 아들과 나눈 마지막 대화에서 그녀는 가족을 찾아서 그들과 함께하라고, 언제나 참된 자신과 하나가 되어 이후로는 절대 사랑이나 모험이나 자아를 위해 세상 속으로 떠나지 말라고 말해주었다. 그는 무굴 왕가의 피를 이은 왕자였다. 가서 그의 이야기를 들려주어야 한다. 매 한 마리가 창으로 날아 들어와 그녀의 영혼과 함께 날아갔다. 금발 젊은이는 항구로 가서 배를 찾았다. 노인과 시녀는 뒤에 남았다. 그들은 더는 중요하지 않았다. 그들이 할 일은 끝났다.

모고르 델라모레가 말했다. "그런 일은 없었습니다. 제 어머니는 폐하의 조부의 누이이고, 위대한 여마법사 카라 쾨즈이며, 어머니는 시간을 멈추는 법을 익혔습니다."

"아니, 그녀는 익히지 못했다." 황제 아크바르가 대답했다.

마리암우즈자마니의 질녀이자 라자 만 싱의 여동생인 만 바이
양은 궁정 점성술사가 택해준 날에 세계의 보호자 아크바르 파디
샤가 참석한 가운데 아메르에 있는 그녀 집안의 요새 궁전에서 오
랜 연인 살림 황태자와 결혼식을 올렸다. 황제가 도입한 새 태양력
에 따르면 그해 이스판다르무드의 십오 일째 되는 날, 즉 2월 13일
이었다. 그녀는 결혼식날 밤 남편과 단둘이 남게 되자 평소처럼
황태자에게 연고를 바르고 마사지를 해준 후, 그가 자기 안으로
들어오기 전에 두 가지 조건을 걸었다. "우선 또다시 해골을 찾았
다간 매일 밤 당신의 페니스에 갑옷을 두르고 자야 할 거예요. 어
느 날 밤에 내가 복수할지 모르니까요. 두번째로, 해골의 쓰레기
같은 금발 외국인 애인을 조심하세요. 그가 시크리에 있는 동안
당신 아버지가 정신이 나가서 응당 당신에게 속한 것을 그에게 줄
지도 모르니까요."

아눕 탈라오에서의 일이 있은 후 황제는 니콜로 베스푸치를 파
르잔드로 임명하려던 생각을 접었다. 외국인의 이야기를 자기 식
대로 풀어낸 것이 맞다고 굳게 믿으면서 그에게 혐오감도 좀 느꼈
기 때문에, 이런 부도덕한 결합으로 생겨난 자식을 왕가의 일원으
로 인정할 수는 없다고 결론지은 것이다. 베스푸치 본인은 그 문
제에 있어 분명히 결백하고 자신의 진짜 태생에 대해 정말 아무것
도 모른다고 할지라도, 또 그의 매력과 재능이 아무리 대단하다
해도, 근친상간이라는 단어가 그를 용인할 수 있는 범주 밖에 놓

도록 만들었다. 그는 유능한 인물이니 원한다면 시크리에서 틀림없이 일거리를 구할 수 있을 것이다. 황제는 이런 일자리를 찾아 제공해주라는 지시를 내렸지만, 그들의 친밀한 관계는 이 정도에서 끝내야 했다. 이러한 결정의 정당성을 확인해주듯 아눕 탈라오의 물결은 평소처럼 잔잔해졌다. 아이야르 우마르가 니콜로 베스푸치에게 수도에 남아도 좋다는 허락이 떨어졌지만 이제부터 '모고르 델라모레'라는 별명은 써선 안 된다는 소식을 전했다. 그는 황제를 아무 때고 쉽게 만날 수 있었던 특권도 과거의 일이 되었음을 깨달아야 했다. 우마르가 알려주었다. "오늘부터 당신은 평민으로 간주될 것이오."

　군주들의 복수심은 끝이 없는 법이다. 베스푸치가 황제의 총애를 한순간에 잃었음에도 만 바이 부인은 만족하지 못했다. "황제의 마음이 이렇게 순식간에 총애에서 거부로 넘어갈 수 있다면, 반대쪽으로도 그만큼 빨리 되돌아갈 수 있다는 얘기지." 외국인이 수도에 남아 있는 한 살림 왕자의 왕위 계승을 보장할 수 없었다. 그러나 짜증스럽게도 황태자는 추락한 경쟁자를 적으로 돌리려 하지 않았다. 베스푸치는 아크바르의 관리들이 그를 위해 마련해준 관리직을 물리치고, 대신 해골과 매트리스와 함께 스칸다의 집에서 손님의 쾌락을 위해 헌신했다. 만 바이는 황태자를 경멸했다. "아불 파즐같이 훌륭한 사람은 아무렇지도 않게 죽였으면서 이런 뚜쟁이는 처리하지 않으려 하는 까닭이 뭐예요?" 그녀가 따져 물었다. 그러나 살림은 아버지가 노할까 두려워 손 놓은 채로 있었다. 그러던 중 만 바이가 아들을 낳았다. 쿠스라우 왕자였다.

이로써 상황이 바뀌었다. "이제 당신은 자신의 미래뿐 아니라 후계자의 미래도 보호해야 해요." 만 바이 부인의 말에 살림은 이번엔 아무 대답도 하지 않았다.

그리고 탄센이 죽었다. 생명의 음악도 잠잠해졌다.

황제는 친구의 시신을 고향 마을 괄리오르로 옮겨가 그의 스승인 탁발수도자 셰이크 무하마드 가우스의 묘 옆에 묻어주고 절망에 빠져 시크리로 돌아왔다. 그의 밝은 빛이 하나씩 꺼져갔다. 돌아오는 길에 그는 어쩌면 사랑의 무굴인에게 잘못을 저질렀는지도 모른다는 생각을 곰곰이 했다. 탄센의 죽음이 그 벌인지도 모른다. 제 선조의 잘못에는 책임이 없다. 게다가 베스푸치는 떠나기를 거부함으로써 황제에 대한 충성심을 증명했다. 그러니까 그는 단순히 떠돌아다니는 기회주의자가 아니었다. 그는 여기 머물려고 온 것이다. 이 년도 넘는 시간이 지나갔다. 어쩌면 이제 그를 복권시켜줄 때가 되었는지도 모른다. 황제의 행렬이 히란 미나르를 지나 궁전으로 향하는 언덕을 오를 때, 그는 마음을 정하고 스칸다의 집에 심부름꾼을 보내 외국인에게 내일 아침 파치시 정원으로 오라고 알렸다.

만 바이 부인은 이런 일에 대비해 도시 구석구석까지 정보원을 거미줄처럼 깔아두었기 때문에, 심부름꾼이 스칸다의 집에 도착한 지 한 시간도 안 되어 앞으로 벌어질 변화에 대해 알게 되었다. 황태자의 아내는 즉시 이를 남편에게 알리고 어머니가 말썽쟁이 아이를 꾸짖듯 그를 꾸짖었다. "오늘밤 그 남자를 처리해야 해요."

군주들의 복수심은 끝이 없는 법이다.

한밤중에 황제는 판치마할 꼭대기층에 조용히 앉아 탄센이 스칸다의 집에서 디팍 라가를 부르다 기름 램프만이 아니라 자기에게까지 불을 붙였던 그 유명한 밤을 떠올렸다. 그 기억이 마음속에 떠오른 바로 그 순간, 아래쪽 멀리 물가에서 붉은 불꽃이 솟아올랐다. 잠시 무슨 일인가 멍해 있다 어둠 속에서 집 한 채가 불타고 있다는 걸 깨달았다. 잠시 후 스칸다의 집이 잿더미가 되었다는 것을 알게 되었을 때, 잠깐의 놀라움이 스쳐 지나간 후 그의 마음속 불이 이 또다른 불, 더 치명적인 불길을 일으킨 건 아닌가 생각했다. 그는 니콜로 베스푸치가 필시 죽었으리라 생각하고 슬픔에 빠졌다. 그러나 연기가 피어오르는 잔해를 수색했음에도 외국인의 시신은 흔적조차 찾지 못했다. 그을린 잔해 속엔 해골과 매트리스의 시신도 없었다. 그 집의 여인들은 이미 탈출한 것 같았고, 손님들도 마찬가지였다. 파테푸르 시크리에서 조심스럽게 귀를 땅에 바짝 붙이고 있는 사람은 만 바이 부인만이 아니었다. 해골은 아주 오랫동안 예전 주인을 두려워했다.

외국인이 사라졌으며, 불타는 집 한가운데에서 마법처럼 모습을 감춰 수도의 많은 시민이 그를 마법사라고 떠들어댄다는 소문을 듣고 황제는 최악의 사태를 염려했다. "이제 드디어 저주에 관한 그 모든 이야기가 사실인지 아닌지 알게 되겠구나."

불이 난 다음 날, 얼음 수송선 군자이시 호가 성난 도끼에 바닥을 찍혀 큼직한 구멍이 뚫린 채로 호수 건너편에서 발견되었다.

사랑의 무굴인 니콜로 베스푸치는 마법이 아니라 배로 탈출해 영원히 자취를 감추었다. 두 여자도 그와 함께 갔다. 카슈미르에서 얼음이 도착했지만, 호수 건너 시크리로 실어갈 배가 없었다. 호화로운 왕실 여객선 아사이시 호와 아라이시 호를 동원해야 했던 것은 물론이고, 소형 범선 파르마이시 호도 흘수선까지 얼음덩어리를 실어 날라야 했다. '그가 물로 우리를 벌주는군.' 황제는 생각했다. '그는 사라지면서 자기 존재 대신 갈증을 우리에게 남길 작정인 게야.' 사라진 세 명이 제 집에 불을 놓았다고 비난하라는 만 바이 부인의 지시에 따라 살림 황태자가 황제를 찾아왔을 때, 황제는 아들의 이마에서 햇불처럼 훤히 보이는 죄상을 알아보았으나 아무 말도 하지 않았다. 이미 벌어진 일은 되돌릴 수 없었다. 그는 외국인과 그의 여자들이 떠나도 좋다는 명령을 내렸다. 배를 침몰시킨 책임을 묻기 위해 그들을 뒤쫓아 붙잡아올 마음은 없었다. 그냥 가게 내버려두었다. 그들이 무사하기를 바랐다. 갖가지 색 마름모꼴 가죽을 이어붙인 외투를 입은 남자와 칼날처럼 마른 여자 그리고 통통 튀는 공 같은 여자가. 세상이 살 만하다면 셋처럼 적응하기 힘든 사람조차 받아줄 평화로운 곳이 있을지 모른다. 베스푸치의 이야기는 마무리되었다. 그는 존재하는 세계의 경계선 너머, 마지막 페이지 다음의 텅 빈 페이지로 건너갔다. 그는 죽은 것도 산 것도 아닌 자들의 세계, 호흡이 멎기 전에 삶이 끝나버린 가련한 영혼들의 세계로 들어가버렸다. 호숫가에서 황제는 사랑의 무굴인에게 편안한 내세와 고통 없는 결말이 있기를 기원했다. 그러고는 돌아섰다.

만 바이는 한 번 벌인 일을 완전히 매듭짓고 싶은 조바심에 헛되이 피를 찾아 울부짖었다. "사람을 보내 그들을 죽여버려요." 그녀는 남편에게 고함을 쳐댔지만, 그는 그녀를 조용히 시켰다. 그의 쩨쩨한 삶에서 처음으로 그가 자라서 위대한 왕이 될 징조를 보여준 것이었다. 최근 사건은 그의 마음을 깊이 휘저어놓았고, 새로운 것이 그의 안에서 꿈틀거렸다. 그것이 그를 안달복달하는 젊은이에서 훌륭하고 고상한 남자가 되도록 만들어주었다. 그는 말했다. "내가 살인을 저지르던 날들은 이제 끝났소. 지금부터는 생명을 파괴하기보다 지키는 것을 더 훌륭한 행동으로 여길 것이오. 다시는 나에게 이런 잘못을 저지르도록 요구하지 마시오."

황태자의 심경 변화는 너무 늦게 찾아왔다. 파테푸르 시크리의 파괴가 이미 시작되었다. 다음 날 아침 공포에 질린 비명 소리가 황제의 침실 쪽으로 들려왔다. 황제가 몸소 급수 시설에서 벌어지는 대소동과 대상들이 묵는 여관 주변의 더 큰 소란을 지나쳐 언덕을 내려가보니, 호수에서 무슨 일인가 벌어지고 있었다. 천천히, 조금씩, 사람이 뒷걸음치듯 물이 뒤로 물러가고 있었다. 그는 도시 제일의 기술자를 불러왔지만, 그들은 제대로 설명하지 못한 채 그저 쩔쩔맬 따름이었다. "호수가 우리를 떠나고 있다." 사람들이 비명을 질렀다. 생명을 주는 금빛 호수, 과거 해질녘에 도착했던 여행자가 녹은 금이 담긴 줄로 착각했던 바로 그 호수였다. 호수가 마르면 카슈미르에서 가져온 얼음덩어리가 궁전에 신선한 산의 물을 제공할 수 없었다. 호수가 마르면 카슈미르의 얼음을 살 여유가 없는 시민들은 물을 마실 수도, 씻을 수도, 요리를 할 수도 없을 테고, 아이들은 곧 죽고 말 것이다. 한낮의 열기가 점점 뜨거워졌다. 호수가 마르면 도시도 바싹 말라비틀어진 콩깍지 꼴이 될 것이다. 물은 계속 줄어들었다. 호수의 죽음은 곧 시크리의 죽음이었다.

물이 없으면 우리는 아무것도 아니다. 황제조차 물에 거부당하면 순식간에 먼지로 화해버릴 것이다. 물이야말로 진짜 군주이며, 우리는 모두 그의 노예다.

"도시를 소개시켜라." 아크바르 황제가 명령했다.

———◆❘◆❘◆———

황제는 남은 평생 동안 파테푸르 시크리의 호수가 사라진 설명할 수 없는 현상을 부당하게 추방당한 외국인의 소행으로 믿을 것이다. 황제는 그를 다시 품기로 결정했지만 너무 늦어버렸다. 사랑의 무굴인은 물로 불과 싸웠고, 그가 이겼다. 아크바르의 가장 뼈아픈 패배였다. 그러나 그것이 치명타는 아니었다. 무굴인은 예전에 유목민이었으므로 다시 유목민이 될 수 있었다. 이동식 집을 짓는 데 도가 튼 천막 군대 이천오백 명이 낙타와 코끼리를 몰고 모여들었다. 그들은 황제가 명령만 내리면 행군에 나서서 황제가 쉬기로 결정하는 곳이면 어디든 천막을 칠 준비를 갖추었다. 그의 제국은 너무나 광대하고, 그의 주머니는 너무나 깊고, 그의 군대는 너무나 강해서 이번처럼 강력한 타격이라도 한 차례의 타격으로는 무너지지 않았다. 바로 인접한 아그라에 궁전과 요새가 있었다. 라호르에도 있었다. 무굴제국의 부는 헤아릴 수 없을 정도였다. 그는 시크리를 버려야 했다. 갑자기 말라버린 곳에 홀로 선 도시, 모든 것이 덧없고, 제아무리 막강한 민족과 강한 인간일지라도 변화를 피할 수 없음을 보여주는 상징이었던 그림자와 연기의 사랑하는 붉은 도시를 떠나야만 했다. 그러나 그는 살아남을 것이다. 군주가 된다는 것, 변모를 주도할 수 있다는 것은 바로 그런 의미였다. 그리고 군주는 자기 백성을 확대한 자일 뿐이며 거의 신의 위치까지 들어올려진 인간이므로, 이는 또한 인간이 된다는 것을 의미하기도 했다. 변모를 주도하며 계속 나아간다는 것. 궁정은 움직일 것이며 많은 하인과 귀족이 따르겠지만, 대상들의 여관을 떠나는 마지막 대상인 농부들의 경우 이곳에 자리가 없었다. 그들은 광대한 힌두스탄 곳곳으로 흩어져 생존을 도모하게 될 것이다. 황제는 생각했다. 그러나 그들은 들고 일어나 우리를 학살하지 않는다. 그들은 비천한 운명을 받아들인다. 어떻게 그럴 수 있을까? 어떻게? 그들은 그들을 버리는 우리를 뻔히 보면서도 여전히 우리를 섬긴다. 이 또한 알 수 없는 일이다.

대이주를 준비하는 데 이틀이 걸렸다. 물도 이틀 정도는 버틸 만했다. 이틀이 끝날 무렵 호수는 완전히 말랐고, 한때 달콤한 물이 반짝이던 곳에는 진흙투성이 웅덩이만 남았다. 진흙조차 이틀 후면 딱딱하게 마를 것이다. 사흘째 되는 날 황족과 조신들은 아그라 거리를 떠났다. 황제는 말 위에 꼿꼿이 앉아서, 왕비들은 가마를 타고. 귀족들이 황족의 행렬을 뒤따랐고, 그들 뒤로 하인과 식솔의 어마어마하게 긴 기마행렬이 이어졌다. 황소가 끄는 수레가 노련한 일꾼들의 짐을 싣고 뒤따랐다. 푸주한, 빵집 주인, 석공, 창녀 등이었다. 이런 사람들은 항상 머물 곳이 있었다. 기술은 어디든 가지고 갈 수 있었다. 땅은 그럴 수 없었다. 밧줄로 땅에 묶이기라도 한 듯 농부들은 엄청난 행렬이 떠나는 것을 지켜보며 생기를 잃고 죽어갔다. 버림받은 군중은 남은 평생 불행을 견디기 전에 단 하룻밤이라도 쾌락을 즐기기로 결심한 듯 궁전으로 가는 언덕을 올랐다. 오늘밤, 이 단 하룻밤 동안에는 평민도 왕의 안뜰에서 인간 주사위 놀이를 즐길 수 있었고, 사적 알현관의 훌륭한 석조나무 꼭대기에 왕처럼 앉아볼 수 있었다. 오늘밤에는 농부도 판치마할의 꼭대기층에 앉아 눈에 보이는 모든 것 위에 군림할 수 있었다. 오늘밤에는 원한다면 황제의 침실에서 잠을 잘 수도 있었다.

그러나 내일이면 죽지 않을 방법을 찾아야 하는 신세가 될 것이다.

━━━◆◆◆◆━━━

황실 식구 중 한 명은 파테푸르 시크리를 떠나지 않았다. 스칸다의 집에 불이 난 후, 만 바이 부인은 정신적 혼란상태에 빠졌다. 처음에는 피를 찾아 울부짖다 살림 황태자가 나무란 뒤에는 깊은 우울증, 크나큰 슬픔에 빠져 갑자기 말을 잃었다. 시크리가 죽어가면서 그녀의 생명 역시 끝났다. 그녀는 지난 며칠간의 혼란 속에서 죄책감에, 무굴제국 수도의 죽음에 대한 책임감에 짓눌려 고독의 순간을 찾아냈다. 그녀는 궁전 구석에서 시녀들의 눈을 피해 아편을 먹고 숨을 거두었다. 살림 황태자는 거대한 탈출 행렬의 선두에 선 슬픔에 찬 아버지와 합류하기 전에 마지막으로 사랑하는 아내를 매장해주었다. 이렇게 만 바이와 해골의 기나긴 대립의 이야기는 비극적 결말을 맞았다.

아크바르는 시크리의 생명줄인 호수가 있던 텅 빈 웅덩이 옆을 지나면서 그에게 내린 저주의 본질을 깨달았다. 저주받은 것은 현재가 아니라 미래였다. 지금 그는 무적이었다. 그는 마음만 먹으면 새로운 시크리를 열 개라도 건설할 수 있었다. 그러나 그가 죽고 나면, 그가 생각했던 모든 것, 그가 만들기 위해 일했던 모든 것, 그의 철학과 존재방식 등 모든 것이 물처럼 증발해버릴 것이다. 미래는 그가 원했던 것과 달리 사람들이 살아남기 위해 기를 쓰고, 이웃을 미워하고, 서로의 사원을 부수고, 그가 영원히 종식시키려 했던 거대한 싸움, 신을 놓고 벌이는 싸움으로 새롭게 일어난 열기 속에서 다시 한번 서로를 죽이게 될 메마른 적의로 가득 찬 장소였다. 미래는 문명이 아니라 무자비함이 지배하게 될 것이었다.

그는 떠나간 외국인에게 마음속으로 말을 건넸다. '사랑의 무굴인이여, 이것이 그대가 나에게 주는 교훈이라면, 그대가 스스로에게 준 호칭은 틀렸다. 이런 세상에서는 어디서도 사랑을 찾을 수 없으니까.'

그러나 그날 밤 그의 천막으로 숨겨진 공주 카라 쾨즈가 불꽃같이 아름다운 모습으로 찾아왔다. 피렌체에서 탈출할 때의 단발한 남자 같은 모습이 아니라 젊음으로 빛나던 시절, 페르시아의 샤 이스마일과 피렌체의 근위보병으로 마법의 창을 휘두르는 자 튀르크인 아르갈리아를 매혹했던 바로 그 저항할 수 없는 모습으로. 아크바르가 시크리를 떠나던 날 밤, 그녀가 그에게 처음 말을 걸었다. 당신이 잘못 알았던 것이 있어요.

그녀는 불임이었다. 그녀는 왕과 위대한 전사의 연인이었으나 어느 쪽과도 아이는 없었다. 그녀는 신세계에서도 딸을 낳지 못했다. 그녀에게는 아이가 없었다.

그렇다면 그 외국인의 어머니는 누구인가, 황제가 의아해하며 물었다. 거울 조각으로 장식한 문직 천막 벽에 촛불 빛이 비치고, 그의 눈 속에 반사된 상이 춤을 추었다. 나에게는 거울이 있었지요, 숨겨진 공주가 말했다. 그녀는 물에 비친 내 모습처럼, 내 목소리의 메아리처럼 나와 똑같았어요. 우리는 우리의 남자들을 포함해 모든 것을 공유했지요. 하지만 나는 죽어도 될 수 없지만 그녀는 될 수 있는 게 한 가지 있었어요. 나는 공주였지만 그녀는 어머니가 되었지요.

그 나머지는 당신이 상상한 대로예요, 카라 쾨즈가 말했다. 거울의 딸은 자기 어머니의 거울이었고, 거울이 섬겼던 여자의 거울이었어요. 그리고 죽음이 있었지요. 그래요, 지금 당신 앞에 서 있는 여자, 당신이 되살려낸 여자는 첫번째예요. 그후에 거울이 아이를 낳았고, 그 아이는 자신을 실제와 다른 존재, 아이의 어머니가 한때 비추고 또 사랑했던 여자로 믿었어요. 여러 세대의 경계가 흐려지고, 아버지와 딸이라는 말이 사라지고 다른 근친상간적 말이 그 자리를 대신했어요. 그리고 당신이 상상했던 일을 그녀의 아버지가 했지요. 그래요, 그랬어요. 그녀의 아버지가 그녀의 남편이 되었던 거예요. 자연을 거스르는 범죄가 저질러졌지만, 내 아이가 그렇게 더럽혀졌던 것은 아니에요. 그 아이는 죄로 태어나서 자기가 누구인지도 모르고 요절했어요. 안젤리카, 안젤리카, 그래요. 그것이 그애의 이름이었어요. 그 아이는 죽기 전에 자기 아들에게 당신을 찾아서 그의 것이 아닌 것을 요구하라고 보냈어요. 죄인들은 그녀가 임종하는 자리에서 침묵을 지켰지만, 거울과 그녀의 주인이 신 앞에 선 날, 그들이 한 모든 짓이 밝혀졌어요.

그리하여 진실은 바로 이것이었다. 공주의 아들이라고 믿도록 키워진 니콜로 베스푸치는 거울의 아이가 낳은 아이였다. 그와 그의 어머니 모두 모든 속임수에 대해 전혀 몰랐다. 그들은 속은 자였다.

황제는 침묵에 빠져 자신이 저지른 불의를 생각했다. 그의 수도가 맞은 파멸은 그에게 내려진 벌이었다. 결백한 자의 저주가 죄인에게 내려진 것이다. 그는 겸허히 고개를 숙였다. 숨겨진 공주 카라 쾨즈, 검은 눈의 여인이 그의 발치에 앉아 그의 손을 부드럽게 어루만졌다. 밤이 지나갔다. 새날이 시작되고 있었다. 과거는 무의미했다. 현재만 존재했다. 그녀의 눈만. 그 눈의 저항할 수 없는 마법 아래에서 수세대가 흐릿해지고, 뒤섞이고, 녹아들었다. 어떻게 그가 느낀 것이 자연을 거스르는 죄악일 수 있겠는가? 누가 감히 황제가 스스로에게 허락한 것을 황제에게 금하겠는가? 그는 법의 조정자이자 법의 화신이었고, 그의 마음속엔 어떤 범죄도 없었다.

그는 그녀를 죽은 자들 사이에서 일으켜 세워 산 자의 자유를 허락함으로써 그녀가 자유로이 선택하고 선택받게 했다. 그녀는 그를 선택했다. 마치 삶이 강이고 인간은 그 강의 징검다리인 것처럼, 그녀는 물 같은 세월을 건너 그의 꿈을 지배하고 그의 신과 같은 전능한 공상에서 다른 여인의 자리를 빼앗기 위해 돌아왔다. 그가 그녀에게 싫증나버리면 어떻게 될까? 아니, 그는 절대 그녀에게 물리지 않을 것이다. 그러나 이번엔 그녀가 사라져버릴 수도 있지 않을까, 아니면 그녀 홀로 남거나 떠나기로 결정할 수도?

그녀가 그에게 말했다. "결국 고향으로 돌아왔어요. 당신이 나를 돌아오게 해주었어요. 그래서 내가 여기에, 내 여정의 끝에 있게 된 거예요. 세계의 지배자여, 이제 나는 당신 것입니다."

그대가 나를 떠나기 전까지는, 세계의 지배자는 생각했다. 내 사랑이여, 그대가 나를 떠나기 전까지는.

책

Ady, Cecilia M., *Lorenzo de' Medici and renaissance Italy.* London: The English University Press Ltd, 1960.

Alberti, Leon Battista, *The Family in Renaissance Florence.* Columbia, S.C.: University of South Carolina Press, 1969.

Anglo, Sydney, *The Damned Art: Essays in the Literature of Witchcraft.* Boston: Routledge & Kegan Paul, 1977.

Ariosto, Ludovico, *Orlando Furioso.* New York: Oxford University Press, 1966.

Birbari, Elizabeth, *Dress in Italian Painting 1460-1500.* London: John Murray, 1975.

Boiardo, Matteo, *Orlando Innamorato.* West Lafayette, IN: Parlor Press, 2004.

Bondanella, Peter, ed., trans. Mark Musa, *The Portable Machiavelli.* New York: Penguin, 1979.

Brand, Michael, and Lowry, Glenn, eds., *Fatehpur-Sikri.* Bombay: Marg Publications, 1987.

Brebner, John Bartlet, *The Explorers of North America: 1492-1806.* London: A. & C. Black, 1933.

Brown, Judith and Davis, Robert, *Gender and society in Renaissance Italy.* London, New York: Longman, 1998.

Brucker, Gene., ed., *The Society of Renaissance Florence: A Documentary Study*. Toronto: University of Toronto Press, 2001.

_____, 'Sorcery in Early Renaissance Florence'. *Studies in the Renaissance*, Vol. 10(1963), pp. 7-24.

_____, *Renaissance Florence*. Berkeley: University of California Press, 1969.

_____, *Giovanni and Lusanna: Love nad Marriage in Renaissance Florence*. Berkeley: university of California Press, 1986.

Burckhardt, Jacob, *The Civilization of the Renaissance in Italy*. Vol. I. New York: Harper & Row, 1958.

Burke, Peter, *The Italian Renaissance: Culture and society in Italy*. 2nd edn, Princeton, NJ: Princeton University Press, 1986.

_____, *The Renaissance*. New York: Barnes & Noble, 1967.

Burton, Sir Richard, *The Illustrated Kama Sutra*. Middlesex, UK: Hamlyn Publishing Group, 1987.

Calvino, Italo, trans. George Martin, *Italian Folktales*. New York: Harcourt Brace Jovanovich, 1980.

Camporesi, Piero, *The Magic Harvest: Food, Folklore and society*. Cambridge, UK: Polity Press, 1993.

Cassirer, Ernest, ed., *The Renaissance Philosophy of Man*. Chicago: The University of Chicago Press, 1948.

Castiglione, Baldesar, trans. George Bull, *The Book of the Courtier*. New York: Penguin, 1967.

Cohen, Elizabeth S., and Cohen, Thomas V., *Daily Life in Renaissance Italy*. Westport, CT: The Greenwood Press, 2001.

Collier-Frick, Carole, *Dressing Renaissance Florence*. Baltimore: Johns

Hopkins University Press, 2002.

Creasy, Sir Edward S., *History of the Ottoman Turks form the Beginning of Their Empire to the Present Time*. Ann Arbor, MI: UMI, Out-of-Print books on Demand, 1991.

Curton, Philip D., *Cross-Cultural Trade in World History*. New York: Cambridge University Press, 1984.

Dale, Stephen Frederic, *Indian Merchants and Eurasian Trade, 1600-1750*. New York: Cambridge University Press, 1994.

Dalu, Jones, ed., *A Mirror of Princes: The Mughals and the Medici*. Bombay: Marg Publications, 1987.

Dash, Mike, *Tulipomania*. New York: Random House, 2001.

de Grazia, Sebastian, *Machiavelli in Hell*. Hertfordshire, UK: Harvester Wheatsheaf, 1989.

Dempsey, C., *The Portrait of Love: Botticelli's Primavera and Humanist Culture at the Time of Lorenzo the Magnificent*. Princeton, NJ: Princeton University Press, 1992.

Dubreton-Lucas, J., *Daily Life in Florence in the Time of the Medici*. New York: The Macmillan Company, 1961.

Eraly, Abraham, *Emperors of the Peacock Throne: The Age of the Great Mughals*. New Delhi: Penguin Books India, 2000.

Fernandez-Armesto, Felipe, *Amerigo: The Man Who Gave His Name to America*. New York: Random House, 2007.

Findly, Ellison B., 'The Capture of Maryam-uz-Zamani's ship: Mughal women and European traders'. *Journal of the American Oriental society*, Vol. 108, No. 2(Apr., 1988).

Finkel, Caroline, *Osman's Dream: The Story of the Ottoman Empire*

1300-1923. London: John Murray, 2005.

Gallucci, Mary M., "'Occult" Power: The Politics of Witchcraft and Superstition in Renaissance florence'. *Italica* Vol. 80,(Spring, 2003), pp. 1-21.

Gascoigne, Bamber, *The Great Mughals: India's Most Flamboyant Rulers*. London: Constable & Robinson, 2002.

Goodwin, Godfrey, *The Janissaries*. London: Saqi books, 1997.

Goswamy, B.N. and Smith, Caron, *Domains of Wonder: Selected Masterworks of Indian Painting*. San Diego, CA: San Diego Museum of Art, 2005.

Grimassi, Raven, *Italian Witchcraft: The Old Religion of Southern Europe*. Woodbury, Minnesota: Llewellyn Publications, 2006.

Gupta, Ashin Das and Pearson, M.N., eds., *India and the Indian Ocean, 1500-1800*. Calcutta: Oxford University Press, 1987.

Hale, J.R., *Florence and the Medici: The Pattern of Control*. London: Thames & Hudson, 1977.

Horniker, Arthur Leon, 'The Corps of the Janizaries', *Military Affairs*, Vol. 8, No. 3(Autumn, 1944), pp. 177-204.

Imber, Colin, *The Ottoman Empire, 1300-1650: Structure of Power*. New York: Palgrave Macmillan, 2002.

King, M., *Women of the Renaissance*. Chicago: University of Chicago Press, 1991.

Klapisch-Zuber, Christine, *Women, Family and Ritual in Renaissance Italy*. Chicago: University of Chicago Press, 1985.

Kristeller, Paul Oskar, *Renaissance Concepts of Man and Other Eassays*. New Work: Harper & Row Publishers, 1973.

Lal, Ruby, *Domesticity and Power in the Early Mughal World*. New York: Cambridge University Press, 2005.

Landucci, L.A., *Florentine Diary from 1450 to 1516*. New York: Arno Press, 1969.

Lawner, Lynne, *Lives of the Courtesans: Portraits of the Renaissance*. New York: Rizzoli, 1987.

Lorenzi, Lorenzo, trans. Ursula Creagh, *Witches: Exploring the Iconography of the sorceress and Enchantress*. Florence: Centro Di, 2005.

Machiavelli, Niccoló, *The Discourses*. New York: Penguin Putnam, 1998.

Manucci, Niccolao, trans. William Irvine, *Mogul India 1653-1708 or Storia do Mogor*, Vols. III & IV. New Delhi, India: Low Price Publications, 1996.

Masson, Georgina, *Courtesans of the Italian Renaissance*. New York: St Martin's Press, 1976.

McAlister, Lyle N., *Spain and Portugal in the New World: 1492-1700*. Minneapolis: University of Minnesota, 1984.

Mee, Charles L., *Daily Life in Renaissance Italy*. New York: American Heritage Publishing Co. Inc., 1975.

Morgan, David, *Medieval Persia, 1040-1797*. Essex, UK: Pearson Education Ltd, 1988.

Mukhia, Harbans, *The Mughals of India*. Malden, MA: Blackwell Publishing, 2004.

Nath, R., *Private Life of the Mughals of India: 1526-1803*. New Delhi: Rupa & Co., 2005.

Origo, Iris, 'The Domestic Enemy: Eastern Slaves in Tuscany in the 14th and 15th Centuries'. *Speculum* 30(1955), pp. 321-66.

Pallis, Alexander, *In the Days of the Janissaries.* London: Hutchinson & Co., 1951.

Penrose, Boies, *Travel and Discovery in the Renaissance 1420-1620.* Cambridge, MA: Harvard University Press, 1952.

Pottinger, George, *The Court of the Medici.* London: Croom Helm Ltd, 1978.

Raman, Rajee, *Ashoka the Great and Other Stories.* Vadapalani, Chennai: Vadapalani Press, date NA.

Rizvi, Saiyid Athar Abbas and Flynn, Vincent John Adams, *Fathpur-Sikri.* Mumbai India: Taraporevala Sons & Co., 1975.

Rogers, Mary and Tinagli, Paolo, *Women in Italy, 1350-1650: Ideals and Reality.* Manchester, UK: Manchester University Press, 2005.

Rosenberg, Louis Conrad, *The Davanzati Palace, Florence, Italy. A Restored Palace of the Fourteenth Century.* New York: The Architectural book Publishing Company, 1922.

Ruggiero, Guido, Binding Passions: *Tales of Magic, Marriage, and Power at the End of the Renaissance.* New York: Oxford University Press, 1993.

Sachs, Hannelore, *The Renaissance Woman* — see chapter: 'Women Slaves, Beggars, Witches, Courtesans, Concubines', pp. 49-53. New York: McGraw-Hill, 1971.

Savory, roger, *Iran Under the Safavids.* New York: Cambridge University Press, 1980.

Seed, Patricia, *Ceremonies of Possession in Europe's Conquest of the New World: 1492-1640.* New York: Cambridge University Press, 1995.

Sen, Amartya, *The Argumentative Indian: Writings on Indian History, Culture and Identity*. New York: Farrar, Straus & Giroux, 2005.

Seyller, John, *The Adventures of Hamza: Painting and Storytelling in Mughal India*. Washington, D.C.: Freer Gallery of Art and Arthur M. Sackler Gallery, Smithsonian Institute, 2002.

Sharma, Shashi S., *Caliphs and Sultans: Religious Ideology and Political Praxis*. New Delhi: Rupa & Co., 2004.

Symcox, Geoffrey, ed., *Italian Reports on America: 1493-1522*. Turnhout, Belgium: Brepols, 2001.

Thackston, Wheeler M., ed. trans., *The Baburnama: Memoirs of Babar, Prince and Emperor*. New York: Oxford University Press, 1996.

Treharne, R.F., and Fullard, H., eds., *Muir's Historical Atlas: Medieval and Modern*. 10th edn, New York: Barnes & Noble Inc., 1964.

Trexler, R., *Public Life in Renaissance Florence*. New York: Academic Press, 1980.

Trexler, Richard, *Dependence and Context in Renaissance Florence* — see chapter: 'Florentine Prostitution in the Fifteenth Century: Patrons and Clients'. Binghamton, N.Y.: Medieval and Renaissance Texts and Studies, 1994.

Turnball, Stephen, *Essential Histories: The Ottoman Empire, 1326-1699*. Oxford, UK: Routledge, 2003.

Viroli, Maurizio., trans. Antony Shugaar, *Niccolò's Smile: A Biography of Machiavelli*. London: I.B. Tauris, 1998.

Weinstein, D., *Savonarola and Florence: Prophecy and Patriotism in the Renaissance*. Princeton, N.J.: Princeton University Press, 1970.

Welch, Evelyn, *Shopping in the Renaissance: Consumer Cultures in*

Italy, 1400-1600. New Haven, CT: Yale University Press, 2005.

웹사이트

al-Fazl ibn Mubarak, Abu, trans. H. Beveridge, *Akbar-namah(The Book of Akbar)*. Packard Humanities Institute: *Persian Literature in Translation*. Available online: http://persian.packhum.org/persian

al-Fazl ibn Mubarak, Abu, trans. H. Blockhmann and Colonel H.S. Jarrett. *Ain-i-Akbari(Akbar's Regulations)*. Packard Humanities Institute: *Persian Literature in Translation*. Available online: http://persian.packhum.org/persian

Bada'uni, Abd al-Qadir, trans. Haig, W., Ranking. G., Lowe, W., *Muntakhab ut-tawarikh*, Packard Humanities Institute: *Persian Literature in Translation*. Available online: http://persian.packhum. org/persian

Brehier, Louis, *The Catholic Encyclopedia*, Vol. V — see entry: 'Andrea Doria'. New York: Robert Appleton Company, 1909. Available online: www.newadvent.org/cathen/05134b.html

Cross, Suzanne, *Feminae Romanea: The Women of Ancient Rome. 2001-2006*. Available online: web.mac.com/heraklia/Dominae/imperial_women/index.html

Encyclopaedia Britannica, 2007 — see entry: 'Doria Andrea'. Available online: Encyclopaedia Britannica Online, 31 Oct. 2007: http://www.britannica.com/eb/article-9030969

Gardens of the Mughal Empire — see page: Silver, Brian Q. 'Introduc-

tion to the Music of the Mughal Court'. Smithsonian Productions.
Available online: www.mughalgardens.org/html/music01.html
Von Garbe, Richard, trans. Lydia G. Robinson, *Akbar, Emperor of India*.
Project Gutenberg eBook, 23 Nov. 2004. Available online:
www.gutenberg.org

추신

이상은 내가 참조했던 작품들의 완벽한 목록은 아니다. 본문에서 이용한 자
료 중에 실수로 누락된 것이 있다면 사과하겠다. 누락된 부분은 이후 개정
판에서 수정하도록 하겠다.

참고 문헌을 모으는 데 도움을 주고 이 소설을 위한 자료 조사에 매우 중요한 원조를 해준 버네사 맨코에게 감사를 전하고 싶다. 뉴욕 헌터 대학의 허톡 펠로십도 조사에 큰 도움이 되었다. 편집자 윌 머피, 댄 프랭클린, 이반 나보코프, 그리고 에모리 대학과 스테파노 카르보니, 프랜시스 코디, 나비나 하이다르, 레베카 쿠마르, 수케투 메흐타, 하르반스 무키아, 엘리자베스 웨스트에게도 감사한다. 오래전 내가 즉흥적으로 부른 노래 〈내 사랑스러운 폴렌타〉를 들어준 이언 매큐언에게도 감사를 전한다.

　살만 루슈디의 신작 『피렌체의 여마법사』는 정체불명의 금발 남자가 무굴제국에 엘리자베스 1세 여왕의 편지를 지니고 나타나면서 시작된다. 마술사인지 사기꾼인지 미지의 세계로부터 온 사자인지 알 수 없는 이 인물의 현란한 요설은 수많은 세월과 동서양을 종횡무진 가로지르고 현실과 환상의 경계마저 넘나들면서 동방제국 사람들을 위로는 왕에서 아래로는 창부들까지 사로잡는다. 듣는 이의 혼을 빼놓는 그의 이야기 솜씨는 루슈디가 지닌 최고 이야기꾼의 재능을 새삼 실감케 한다.

　인도 출신의 대표적인 영국 작가로 루슈디는 그간 자신의 작품세계에서 깊이 있게 천착해왔던 서로 다른 두 세계의 만남이라는 주제를 이번 작품에서도 환상과 현실이 교차하는 서사에 실어 펼쳐낸다. 자신을 모고르 델라모레라 소개한 금발 남자는 피렌체에서 세상의 반을 가로질러 와서 오래전 무굴제국을 떠나 피렌체를 거쳐 신세계로 사라진 공주 카라 쾨즈의 이야기를 들려준다. 카라 쾨즈가 자신이 만난 무수한 남자에게 걸었다는 마법은 미지의 세계에서 온 낯설고 이질적인 존재가 지니는 매혹과 공포를 의미한다. 낯설기에 매혹적이고 한없이 끌리지만, 동시에 이질적이므로 공포를 자아낸다. 카라 쾨즈는 전장에서 잔뼈가 굵은 거친 사내조차 무릎을 꿇을 만한 미모를 지녔다고 전해지지만, 그녀가 지닌 진정한 힘은 바로 그 다름에서 나온다. 일찍이 한 번도 본 적 없고 우리와 다르기에 정체를 파악할 수 없고 뭐라 이름 붙이기도 어려운 이질적인 타자에게 사람들은 자신이 품고 있던 낯선 세계에 대한 열망과 동경 혹은 공포와 혐오를 투사한다. 그에 따라 카라 쾨즈는 매혹적인 천사가 될 수도, 가공할 마녀가 될 수도 있다.

모고르 델라모레의 말처럼 알고 보면 우리는 너무 달라서 문제인 게 아니라 너무 똑같아서 문제다. 어떤 의미에서 다른 세계는 하나의 세계가 꾸는 꿈이다. 그렇기에 자신을 둘러싼 현실과 다른 낯선 세계를 꿈꾸며 어디에도 정착하지 않고 다시 먼 길을 떠나는 카라 쾨즈와 모고르 델라모레는 떠나지 못하고 제자리에서 다른 세계를 꿈꾸는 이들의 꿈이 된다. 그러나 그들이 떠나는 혹은 그들이 떠나온 다른 세계는 꿈속에만 존재하는 것이 아니라 실존하는 세계이므로, 이 세계에 있는 자들의 꿈이면서 동시에 그들 현실의 일부이기도 하다. 소설 속 인물들은 수많은 비와 첩을 두고도 가공의 아내 조다와 살아가는 아크바르처럼, 카라 쾨즈의 그림을 그리다 그녀에게 매혹당해 그림 속으로 사라져버린 화공처럼,

카라 쾨즈의 꿈을 꾸는 이들처럼, 그녀의 환영과 싸우는 만 바이 부인처럼 자신의 상상이 창조해낸 환상과 현실이 중첩되는 세계에서 살아간다.

우리가 살고 있는 현대 세계에서는 국경을 넘는 일이 불가능해 보이는 모험이 아니며, 죽을 때까지 한 번도 발 들일 일 없는 머나먼 나라도 매일 텔레비전에서 볼 수 있다. 우리에게 미지의 세계는 더 남아 있지 않고, 꿈꿀 필요 역시 없어진 것일까? 그러나 우리가 안다고 믿는 다른 세계의 일, 텔레비전에서 비추어주는 다른 세계의 모습이 아크바르 황제가 꿈속에서 본 도시 혹은 피렌체의 친구들이 환영 속에서 본 무굴제국의 모습과 얼마나 다르다고 할 수 있을까? 우리는 먼 곳에서 온 사자가 전하는 이야기를 모두 믿을 수 있을까? 낯선 것에 대한 매혹과 공포는 물리적 거리가 가까워진다 해서 사라지지 않는다. 어쩌면 낯선 세계와의 접촉이 잦아지고 쉬워질수록 다른 세계에 우리의 어떤 꿈을 덧입히는가는 더 치명적인 결과를 낳을 수도 있다.

모고르의 기상천외한 이야기에 이끌리는 한편으로 끊임없이 의심하며 지쳐갔던 아크바르 황제는 결국 자신의 견고한 도시를 잃고 유목민족 본래의 운명대로 다시 사막을 유랑해야 할 처지에 놓인다. 역사상 타문화를 포용하는 관용정책을 폈던 아크바르 황제조차 모고르를 거부함으로써 미래를 저주받게 되지만, 그의 꿈을 통해 카라 쾨즈는 긴 세월을 뛰어넘어 돌아가고자 열망했던 고국으로 되돌아온다. 조화와 화합보다는 문명 간 충돌과 갈등이 더 많이 거론되는 세계에서, 루슈디가 희망을 품고 있는 것은 바

로 다른 세계를 향한 우리의 꿈과 환상, 이야기하기의 욕망일지
도 모른다.

2011년 5월
송은주

옮긴이 **송은주**

이화여대 영문학과를 졸업하고 동대학원에서 박사학위를 받았다. 현재 전문번역가로 활동하며 건국대, 이화여대에서 강의를 하고 있다. 옮긴 책으로 『광대 샬리마르』 『클라우드 아틀라스』 『공포의 헬멧』 『엄청나게 시끄럽고 믿을 수 없게 가까운』 『모든 것이 밝혀졌다』 『미들섹스』 『순수의 시대』 『집으로 가는 길』 『종이로 만든 사람들』 등이 있다.

문학동네 세계문학
피렌체의 여마법사

초판 인쇄 2011년 5월 20일 | 초판 발행 2011년 5월 30일

지은이 살만 루슈디 | 옮긴이 송은주 | 펴낸이 강병선
책임편집 류현영 | 편집 오영나 | 독자 모니터 이태균
디자인 윤종윤 이원경 | 저작권 김미정 한문숙
마케팅 정민호 김도윤 박보람 정진아 | 온라인 마케팅 이상혁 한민아 장선아
제작 안정숙 서동관 김애진 | 제작처 (주)상지사P&B

펴낸곳 (주)문학동네
출판등록 1993년 10월 22일 제406-2003-000045호
주소 413-756 경기도 파주시 교하읍 문발리 파주출판도시 513-8
전자우편 editor@munhak.com | 대표전화 031) 955-8888 | 팩스 031) 955-8855
문의전화 031) 955-3576(마케팅) 031) 955-8858(편집)
문학동네카페 http://cafe.naver.com/mhdn

ISBN 978-89-546-1507-5 03840

www.munhak.com